EVEREST 685

ORHAN KEMAL

Asıl adı Mehmet Raşit Öğütçü olan Orhan Kemal, 15 Eylül 1914'te Adana'nın Ceyhan ilçesinde doğdu. Babası ilk TBMM'de milletvekilliği ve Adalet Bakanlığı yapmış olan Abdülkadir Kemali Bey'dir. Adana'da *Ahali Cumhuriyet Fırkası*'nın kurucusu olan Abdülkadir Kemali Bey daha sonra partisinin kapatılması üzerine ailesiyle birlikte Beyrut'a yerleşti ve Orhan Kemal bu dönemde orta son sınıftaki eğitimini yarıda bıraktı. 1932'de Türkiye'ye geri döndükten sonra, çırçır fabrikalarında işçilik, dokumacılık ve ambar memurluğu yapan Orhan Kemal 1937 yılında evlendi. 1938 yılında, Niğde'de askerlik görevini yaparken Ceza Yasası'nın 94. maddesine muhalefetten yargılanarak beş yıl hüküm giydi. 1940 yılında Bursa Cezaevi'nde Nâzım Hikmet'le tanışması sanat yaşamının önemli dönüm noktalarından biri oldu. 26 Eylül 1943'te serbest kalan Orhan Kemal 1951 yılında İstanbul'a yerleşti. Bu dönemden itibaren geçimini yazarlıkla sağlayan Orhan Kemal, 1966 yılında bir ihbar nedeniyle yeniden tutuklanarak Sultanahmet Cezaevi'ne gönderildi. Otuz beş gün sonra salıverildi. 1968 yılında bu davadan beraat ettikten iki yıl sonra 2 Haziran 1970'te davetli olarak gittiği Sofya'da öldü. İlk şiirlerini Raşit Kemali adıyla *Yedigün*, *Yeni Mecmua* gibi dergilerde yayımlayan Orhan Kemal, Nâzım Hikmet'in etkisiyle düzyazıya yöneldi. İlk düzyazısı *Balık* adıyla 1940 yılında *Yeni Edebiyat* gazetesinde yayımlandı. İlk öykülerini ise 1942 ve 1943 yıllarında *İkdam* ile *Yurt ve Dünya* dergilerinde yayımlayan Orhan Kemal daha sonra *Varlık*, *Gün*, *Yığın*, *Seçilmiş Hikâyeler*, *Yaprak*, *Yeni Başdan*, *Yeditepe*, *Beraber* gibi dergilerde de yer alırken birçok romanı da *Vatan*, *Dünya*, *Ulus*, *Son Havadis* ve *Cumhuriyet* gazeteleri tarafından tefrika edildi. *Kardeş Payı* ile 1958 yılında Sait Faik Hikâye Armağanı'nı kazanan Orhan Kemal, *Önce Ekmek* ile de 1969 yılında Sait Faik Hikâye Armağanı'nı ve TDK Öykü Ödülü'nü kazandı. *72. Koğuş*, *Murtaza*, *Eskici Dükkânı*, *Kardeş Payı* ve *İspinozlar (Yalova Kaymakamı)* adlı yapıtlarını oyunlaştırdı. *72. Koğuş* ile 1967 yılında Ankara Sanatseverler Derneği tarafından en iyi oyun yazarı seçildi. Orhan Kemal'in ailesi tarafından 1972 yılından beri yazarın ölüm yıldönümünde verilmek üzere Orhan Kemal Roman Armağanı düzenlenmektedir. Yapıtları: *Murtaza*, *El Kızı*, *Yalancı Dünya*, *Sokakların Çocuğu*, *Müfettişler Müfettişi*, *Üçkâğıtçı*, *Ekmek Kavgası*, *72. Koğuş*, *Eskici ve Oğulları*, *Cemile*, *Nâzım Hikmet'le Üç Buçuk Yıl*, *Bereketli Topraklar Üzerinde*, *Sokaklardan Bir Kız*, *Vukuat Var*, *Hanımın Çiftliği*, *Suçlu*, *Dünya Evi*, *Kötü Yol*, *Yağmur Yüklü Bulutlar*, *Kırmızı Küpeler / Babil Kulesi*, *Oyuncu Kadın*, *Grev*, *Serseri Milyoner*, *Gurbet Kuşları*, *Evlerden Biri*, *Kaçak*, *Kanlı Topraklar*, *Arkadaş Islıkları*, *Devlet Kuşu*, *Bir Filiz Vardı*, *Avare Yıllar*, *Sarhoşlar*, *Baba Evi*, *Çamaşırcının Kızı*, *Önce Ekmek*, *Tersine Dünya*, *İstanbul'dan Çizgiler*, *Oyunlar 1-2*, *Yazmak Doludizgin* (Günlükler-Şiirler), *Senaryo Tekniği ve Senaryolar*, *Önemli Not!* (Düzyazılar), *Abdülkadir Kemali Bey'in Anıları*.

VUKUAT VAR

Hanımın Çiftliği 1

Orhan Kemal

Türkçe Edebiyat **220**

Vukuat Var

Hanımın Çiftliği 1

Orhan Kemal

Yayına hazırlayan: Çiğdem Su

Kapak tasarım: Utku Lomlu

Arka kapak fotoğrafı: Ara Güler

Mizanpaj: Bahar Kuru

1-3. Basım: 1958-1974, Remzi Kitabevi

4-8. Basım: 1976-1989, Tekin Yayınevi

9-11. Basım: 2005-2006, Epsilon Yayınları

12-13. Basım: Ağustos 2009-Eylül 2009, Everest Yayınları

14. Basım: Ekim 2009, Everest Yayınları

ISBN: 978 - 975 - 289 - 612 - 3

Sertifika No: 10905

Orhan Kemal Müzesi

Akarsu Caddesi No: 30 Cihangir/İSTANBUL

Tel: (0212) 292 92 45 Fax: (0212) 243 67 82

E-mail: info@orhankemal.org

www.orhankemal.org

Baskı ve Cilt: Melisa Matbaacılık

Tel: (0212) 674 97 23 Fax: (0212) 674 97 29

EVEREST YAYINLARI

Ticarethane Sokak No: 53 Cağaloğlu/İSTANBUL

Tel: (0212) 513 34 20-21 Fax: (0212) 512 33 76

Genel Dağıtım: Alfa, Tel: (0212) 511 53 03 Fax: (0212) 519 33 00

e-posta: everest@alfakitap.com

www.everestyayinlari.com

VUKUAT VAR

Hanımın Çiftliği 1

1

Taneleri fındık iriliğindeki kehribar tespihini şıkırdatarak Kuruköprü'de, Berber Kürt Reşit'in dükkânından içeri giren Cemşir, kapıda bir an durdu.

Berber Reşit o sıra gözünde gözlük, yaprakları lime lime olmuş *Kan Kalesi Cengi*'ni kim bilir kaçıncı kez okumaktaydı. Kendini kitaba kaptırmış, sallanıyordu.

Cemşir'in içeri girdiğini görünce, gözlüğünü telaşla çıkarıp kalktı.

"Buyur ağa."

Cemşir içeri yürüdü.

"Esselamünaleyküm!"

"Vaaleykümüsselaam."

Bir doksan boy, yüz kilonun üstünde ağırlığıyla Cemşir, keyifli gözüküyordu. Uçları kulaklarına varan kapkara, pırıl pırıl bıyığıyla, ayna karşısına geçti. Kendini, daha çok da koç bıyığını uzun uzun gözden geçirdikten sonra, Berber Reşit'e döndü, biraz geç, sordu:

"Keyfe te hoşe?"

Kupkuru Reşit, "Hoşe," dedi. "Hoşe kurban!"

"Hele ver şu zıknabutları."

Berber Reşit çekmeceden el aynası, cımbız, bıyık yağı kutusunu aldı, getirip Cemşir'e verdi. Cemşir alçak bacaklı hasır iskemlelerden birine bağdaş kurarcasına oturdu ilkin, olmadı. Aynayı oraya koydu olmadı, buraya koydu olmadı. Birden sinirlenerek, icat edene sövdü.

Reşit, "Ver ben tutayım ağa," dedi.

"İstemez."

Yanı başındaki iskemleyi çekti, ayaklarını dayadı, yüzünü daha çok da bıyığını en iyi görebileceği biçimde aynayı dizleri arasına yerleştirdi. Bıyığını bura bura, yağı bıyığa yedire yedire yağlamaya başladı.

Berber Reşit ise, elinde gözlüğü, Cemşir'i hayranlıkla seyrediyordu. Erkek dediğin böyle olurdu işte. Enine, boyuna, alımlı çalımlı, koç bıyıklı...

Bir ara Cemşir, Reşit'e bakmadan, "Bizimki," dedi, "yeni bir tane yakalamış!"

Yeşile çalan kupkuru avurtları, ufacık ufacık kara gözleriyle Reşit kurnazca güldü:

"Helal olsun. Sen onun yerinde olsan... Hı?"

Hakarete uğramış gibi sertçe döndü.

"Niye? Bana ne olmuş?"

"Ne olacak? Onnan bir misin sen?"

"Birim ya, ne var?"

"Aho, birmiş. Kalübela'nın Cemşir'i kuzularla kırpılsın da güle güle patla!"

Cemşir kaba kaba gülerek başını salladı. Doğru söylüyordu galiba Reşit. Enine, boyuna, koç bıyığına karşın, gençliği uçup gitmişti. Onun gençliği oysa...

"Dördüncü Ordu" diye anılan doğuda, bundan tam otuz beş yıl önce... On yedisini sürmekteydi o zaman, oğlu Hamza kadardı. Belinde Trablus puşu, ayaklarında kanarya sarısı yumurta akçe yemeniler, bacağında cep ağızları sırma işlemeli, İngiliz laciverdinden şalvar, hatta sırtında tozkoparan cepken...

Derin bir iç geçirdi.

Berber Reşit'le ta o zamanlardan arkadaştılar. Az buçuk hısımlıkları da vardı ya, dostlukları her şeyin üstündeydi. Bir fındıkları bile olsa kardeş payı paylaşırlar, birine yan bakılsa öteki bunu kendine sayardı. Sadece içtikleri ayrı giderdi.

Günün birinde akıllarına İstanbul'a gitmek geldi!

Cemşir'in babası ora toprak beylerinden, halli mallı bir ihtiyar, kırkından çok sonra kazandığı Cemşir'iyle, Cemşir'in kafayı çekip çekip karıların kızların ardında dolanmasıyla gururlanırdı. Oğlunun illa ki İstanbul'a gitmek için ayak diremesine dayanamadı, kemerine yüz kırmızı altını kendi eliyle dizdikten sonra, Reşit'i kıyıya çekti:

"Cemşirim sana emanet. Gövdesine bakma, mukayyet ol. Selametle gidin, selametle dönün. Dönüşte oğlumu senden birtamam isterim ha!"

O zamanlar berber yanında çalışan Reşit, birbirine çok yakın, ufacık gözlerini kırpıştırarak, "Hiç merak etme dayı," dedi. "Evvel Allah, sonra ben. Çemşir'in kılına bile halel gelmez!"

Gelir mi, gelmez mi? Orası henüz belli değildi yaşlı adam için ama oğlundan ayrılmak çok ağırına gidiyordu. Bu icat da nerden çıkmıştı, ah nerden? İstanbul nireydiii, Dördüncü Ordu nire? Kuş uçmaz, kervan geçmez yollardan, dağları, belleri aşıp varacaklardı İstanbul'a. Ya varamazlarsa? Ya başlarına bir iş gelirse? Ya oğlunun, canından çok sevdiği Cemşirinin kanlı gömleğini getirirlerseydi?

Gözyaşları içinde oğlunu kucaklayıp, "Baba kurban," dedi. "Baba hayran boyuna bosuna. Gitmesen daha iyi amma, madem taktın aklına, var git sağlıcağla. Amma gelirken de sütbeyaz İstanbul avradını koluna takıp getirmelisin!"

Sütbeyaz avradın sözü mü olurdu canım?

Babasının fırlak damarlı kuru elini öpüp yanında köpekten çok daha bağlı Reşit, memleketten çıkmıştı.

Çıkış o çıkış!

İstanbul'a ayak bastıklarının ertesi yılı Birinci Dünya Savaşı patlamış, ondan sonra da babayla oğul birbirlerine hasret kalmışlardı.

Anası yoktu, kardeşi yoktu. Emmi, dayı, hala, teyzeleri vardı ama, emmi, dayı neyse, "Karı kancık takımı" dediği halasıyla teyzelerini hesaba kattığı yoktu. Hatta güzelliğiyle ün salmış küçük teyzesinden ötürü utanır, isterdi ki yakınları çirkin, yadırgılarsa güzel, tevatür güzel olsunlar!

İstanbul'a ayak bastıklarının ertesi günü, Sirkeci'den Bahçekapı'ya inerlerken, çarşaflı kadınlara rastlamışlardı. İçlerinden biri peçesini kaldırıp Cemşir'e hayranlıkla baktıktan sonra, kendini tutamamış, "Maşallah," demişti, "kırk bir kerre... Seni yaradana kurban olayım!"

Ne çare ki Türkçeyi pek az biliyorlardı. Kadının dediklerini anlamamışlar, anlamayınca da üzerinde durmamışlardı. Oysa kadın sütbeyazdı, uzun kirpikli iri gözleri, iştah verici etli dudakları, ufacık ağzı vardı. Hani işi gücü bırakıp ardından gitseler, kadın arkadaşlarından ayrılıp Cemşir'in peşine düşer mi düşerdi.

Tahtakale'de hemşerilerinin yanında eğleşiyorlardı.

Tahtakale de, Tahtakale'ydi hani o zamanlar!

El üstünde tutularak yatıp kalktıkları Şadırvanlı Otel'in havuzu başında hazırlattıkları içki masasına kuruldular da ikişer kadeh attılar mı, Cemşir'in seyrine doyum olmuyordu: Pençe pençe yanaklar hafifçe buğulanıyor, yeni terlemiş kömür karası bıyık, uzun kirpikli, kudretten sürmeli kara gözleriyle masalların "Hazreti Yusuf"u olup çıkıyordu.

Derken çalgılar, çengiler... Tahtakale esnafı içinde kulamparalığı sanat hâline getirmiş erbap çevrelerini alıveriyor, başlıyorlardı hep birlikte demlenmeye.

Havuzbaşı âlem oluyordu çok geçmeden. Bir yanda çalgılar çalınır, çengiler kıvrım kıvrım kıvrılırlarken, öte yanda kulamparalar çekişir, Cemşir için, Cemşir'in aşkına ana avrat küfürler gırla gider, daha olmazsa tabancalara sarılınarak havaya altıpatlarlar boşaltılırdı. Bir Yanaki vardı, terzi Yanaki Uzunoğlu... Sultanın gayrimüslim kullarından. Su içse sarhoş olurdu Cemşir'in karşısında. Kendini bildi bileli Rum, Arnavut, Boşnak, İtalyan oğlanlarıyla düşmüş kalkmış, sarraf babasından kalma altınları oğlan meclislerinde deve yapmıştı da, ömründe Cemşir gibisine rastlamadığını açık açık söyler, Cemşir'den de ödü kopardı. Delikanlı yakışıklıydı falan ama o kadar. Oturulup içilsin, yüzüne bakıla bakıla göğüsler yumruklansındı. İş el peşrevine dökülmeye başladı mı, "Dördüncü Ordulu"dan çok Reşit'in nevri dönüveriyor, el beldeki altıpatlara gidiveriyordu.

"Ye beni!" diyordu Yanaki Uzunoğlu. "Ye beni be Cemşirakimu. Vre gördü ben çok güzel delikanli, ma sen başka be yahu!"

O zamanın Tahtakalesi... Kim kime? Zaptiyeler, polis, bekçiler altıpatlar sesine koşsalar bile, çok geçmeden herhangi bir "vukuat" olmadığını görünce, kendilerini kaptırıveriyorlardı havuzbaşı âlemine.

Hava coşkun, Mastika ya da Duziko'lar dilediğince etkin olsun, Berber Reşit'e vız geliyordu. Cemşir'e sataşmalar azıttı mı, ufacık ufacık gözleri hemen çakmaklanıveriyor, nevri dönüveriyordu. Arada mahsustan yaratılan içtenlik anları da olmuyor değildi. Örneğin, şerefe kadehlerin kalktığı, naraların atıldığı, göğüslerin kıyasıya yumruklandığı anlar... Pirlerden biri Cemşir'in güzelliği karşısında kendini tutamayıp Cemşir'e sarılıverdi mi,

Reşit'te şafak atıveriyor, atıverince de araya girip kırk sekiz kilosuyla etli butlu Cemşir'i koruyordu.

Daha sonra zilzurna kalkılıyor, başta Cemşir'le Reşit, arkalarında Yanaki Uzunoğlu'yla bütün erbap, şarkılar mâniler içinde karşıya geçiliyor, Galata ya da Yüksekkaldırım altüst ediliyordu.

Nereye gidilirse gidilsin, ne olursa olsun, Reşit her zaman Cemşir'in kolundadır. Mevsim kışsa, vıcık vıcık sokakların kaypak çamuruna, yazsa tozuna toprağına batıla çıkıla gidilir, genelevlerin altı üstüne getirilirdi.

Sevdiği için gözünü budaktan sakınmayan, güzelliğiyle namlı, zevk ehli, vefakâr fahişeler vardı. Gece yarıları, hatta sabahlara kadar Mastika'nın âlâsı içilir, Aşçı Pandeli'nin kendi elleriyle hazırlayıp getirdiği midye tavalar, buğulama levrekler, çeşit çeşit kızartmalarla salataların her türlüsü büyük bir iştahla yenilip yutulurdu.

Yakıcı güzelliğiyle ünlü bir Eleni vardı. Çiçi derlerdi kısaca. Öyle her önüne gelenle çıkmaz, külhan karı. İşte bu külhan ve hovarda karı, Cemşir'in dostuydu. Daha doğrusu, Cemşir'e öylesine vurgundu ki, beyler, paşalardan sızdırdığını Cemşir'e yedirir, kafayı çekti mi de zıvanadan çıkıverirdi:

"Of Zemsiiir, ye beni Zemsirakimu!"

Böyle zamanlarda dünyadan pervası yoktu. Kendini Cemşir'in kucağına bırakır, her ikisine de imrenen, hayran bakışlar önünde genç adamın boynuna sarılır, rakının alevinden halvet kızılına çalmış, terli yanaklarına ufacık dudaklarını yapıştırarak onu emer, ayıba falan aldırış etmezdi. O kadar ki, şayet Reşit araya girip başları dönmüş sevgilileri kendilerine getirmese, daha ileri gidebilirlerdi. Ama Reşit'in iki sülüğü hatırlatan kaşları çatılıp da öfkeli sesi yılan ıslığı gibi fişlayınca, Cemşir de, Çiçi de kendilerine gelir, derlenip toparlanırlardı.

Birinde Cemşir'le gene uzun uzun oynaşıp, onun hayran olduğu yüzüne baka baka ağlamaya başlayan Çiçi, "Zemsir," demişti, "öldür beni Zemsir!"

Gözüne Reşit ilişince de: "Ama o, o sok fena. Getirme bir daha n'olursun Zemsiir!"

O zaman, işte o zaman işin rengi değişivermişti. Yakıcı bir erkek güzeli, ama kocaman bir budaladan başkası olmayan Cemşir, alev dokunmuş ispirto gibi parlamış, kendini karyoladan atarak, giysilerine sarılmıştı.

Gidecekti, bir daha gelmemek üzere gidecek, Çiçi'nin yüzüne bir daha bakmayacaktı!

Kadın ise anlamıştı falsosunu. Kırdığı potu düzeltmek için Cemşir'in eline ayağına düşmüş, kendini yerden yere atarak gitmesini önlemeye çalışmış, beli kırık yılan gibi, Cemşir'in ayakları altında sürünmüş, inlemiş, yalvarmıştı.

O günden sonra Reşit baştacı edilmişti.

Günün birinde de hiç beklenmedik bir şey: Çiçi'nin maması elli beşlik Kalyopi, Cemşir'in sofrasında Cemşir'e baka baka kendinden geçmiş, istavroz çıkararak, "Oh Zemsir, kurban olayım sana. Bitirdin beni!" demiş, pörsük derilerini titrete titrete delikanlının boynuna sarılıvermişti. O zaman, işte o zaman Çiçi'nin gözü dönmüş, önündeki bira şişesini kaptığı gibi...

O günden sonra ne mama, ne de Çiçi iflah olmuşlar, biri hastanede, öbürü hapishanede mumlar gibi eriyerek, ortalardan silinip gitmişlerdi.

Cemşir'e göreyse hava hoştu. Çiçi gittiyse Eftahiya vardı; Eftahiya olmazsa Marika. Marika fazlaca şişmansa Despina, Benli Nigâr ya da paşa kızı Selma! Ama en çok, Şişli, Nişantaşı, Büyükada, Kadıköy'ün güneş görmemiş dilberleriyle düşer kalkardı. Hemen hepsi de neleri var, neleri yoksa yedirirlerdi, bu yüzden de hemen hemen hiç çalışmazdı. Dünyaya yemek, içmek, sırtüstü yatıp güzel âlem yapmak için gelmişti sanki. Kadınların ardından koşmaz, tam tersi, kadınlar onun ardından seğirtirlerdi.

Arada konaklardan birinin alt kat kafeslerinden biri usullacık kalkardı. Cemşir durur, şöyle bir bakar, sonra yoluna koyulurdu. Üst yanı Reşit'e kalmış bir işti. Reşit uygun görmüşse her şey olurdu. Görmemişse, yoluna altın döşeseler boştu.

Cemşir işini bitirmişti. Aynayla ötekileri geri verdi.

Arkadaşını avucunun içi gibi bilen Berber Reşit, Cemşir'in gene canının sıkıldığını anlamıştı.

Kürtçe sordu:

"Hayrola, ne var?"

Cemşir içini kahırlı kahırlı çekti:

"Efkârlandım."

"Neye?"

Cemşir, caddeden gelip geçenlere dalmış, susuyordu. Neyesi var mıydı? Reşit bilmiyor muydu? Otuz beş, kırk yıl önce sımsıkı, kütür kütür, pırıl pırıl bir elma kadar sapasağlam olan Cemşir, artık yorulmuştu. Ne zaman ayna karşısına geçip kendine baksa, eski diriliğinden iz kalmadığını görerek efkârlanır, pek pek, "Avratlar yedi beni Reşit," derdi, "yedi bitirdiler tüm!"

Böyle olduğu halde, hâlâ dört karısı, dört karıdan sayısını kendinin de bilmediği, yirmi kadar irili ufaklı çocuğu vardı. Karılarından en büyüğü Kürt, ikinci Arnavut, üçüncü Arabuşağı, en küçüğü de Boşnak'tı.

Karılarının dördü de ardından sürüklenmiş, Cemşir'in yoluna saçlarını süpürge etmişlerdi. Oysa, dördü de çevrelerinin en güzelleriydiler; artlarında sürü sürü hayranları vardı. Vardı ama, değil hayran, âşık, sevdalı, sırasına göre analarını, babalarını, hatta çocuklarıyla kocalarını tepip gelmişlerdi. Gelmişler, Cemşir'in koynuna girip çıkmışlar, gebe kalmış, doğurmuşlardı. Zaten hep böyle olurdu bu. Kadınlar gebe kalır, kendi kendilerine doğurur, çocuklar yaşar, yaşamaz, yaşayanlar da adeta Cemşir'in dışında, kendi kendilerine büyürlerdi.

"Aaaaaamaaaan," derdi, "yaşayan yaşar, ölen ölür. Cenab-ı Allah değilim ya!"

O böyle düşünürdü, ama kadınlarla çocuklar onun üstüne titrerlerdi adeta. Besiden gerilmiş bir boğaydı o. Göz alıcı, pırıl pırıl taşlı altın yüzükler bulunan ellerini arkasına koyarak "kulunç kıra kıra" mahalleden geçmez mi, pencerede hemen kadınlar belirir, arada şöyle konuşmalar olurdu:

"Boğa geçiyor!"

"Aygır..."

"Enseye hele enseye!"

"İlahi boyun devrilmeye e mi?"

"Niye? Varsın devriliversin, n'olurmuş?"

Sinirli bir kocakarı hemen atılırdı:

"Tövbe de kız!"

"Niye?"

"Nasıl dilin varıyor da söylüyorsun?"

"Neden söylemeyecekmişim? Az canlar mı yaktı?"

"Yaksın, helal olsun ona her şey. Tu tu tu... Kırk bir kerre maşallah!"

Ve kahkahalar.

Bu konuşmaları Cemşir'in işittiği de olurdu. İşitir, döner bakar, güler, sonra da tohumlu pamukların tohumundan ayrılma işinin yapıldığı çırçır fabrikalarının arkasındaki aralığa ağır ağır yürürdü. Burada karılarından birinin oturduğu, ayı inine benzeyen, ılık ılık gübre, is, genzi tırmalayan acı zeytinyağı ya da sidik kokan izbelerden birine girer, kendini bir köşedeki mindere bırakır, iri taneli, sarı kehribar tespihini çıkarıp başlardı şakırdata şakırdata çekmeye.

Kadın için böyle anların gururu bambaşka olurdu. Sıtmadan bir deri bir kemik, çalıştığı çırçır fabrikasının pamuk tozu yüklü ağır havası içinde uykusuz geçmiş gecelerin göz çevrelerindeki mor mor halkalarına karşın, hazdan kırılarak, yakışıklı erkeğinin kendisine geldiğini komşulara gösterebilmiş olmanın mutluluğuyla içeri girer, dışarı çıkar, ortalarda yeni gelin gibi dolanır dururdu.

Cemşir ise, güçlü çeneleriyle ağır ağır geviş getiren besili bir sığırın ılık tembelliği içinde bir kıyıya yanlamış, yarı kapalı gözlerini bir noktaya dikmiş beklemektedir.

Para beklemektedir!

Adını sanını bilmediği, bilme gereğini duymadığı sürüyle çocuğunun bütün bir hafta, her gün en aşağı on iki saat çalışma karşılığı kazandıkları paraları beklemektedir. Çocuklar mavi para zarflarıyla fabrikadan henüz dönmemişlerse, anaları, uzun kapkara saçı kara don içindeki kıvrak kıçını döve döve kocasına yiyecek hazırlarsa da, Cemşir'in beklediği, un bulamacı, pek pek yarım kaşık kuyruk yağıyla pişmiş bulgur pilavı ya da yarma denen, ikiye kırılmış buğday çorbası değil, paradır.

Çocuklar haftalıklarıyla terli, yorgun gelip de mavi zarflar içindeki paralarını babalarının etli, kocaman avucuna bırakınca, adam canlanır. Çocuklarının yüzlerine bile bakmadan zarfları yırtar, paraları çabucak sayar. Bırakacağını analarına bırakıp üst yanını kara şalvarının geniş cebine atarak yolu tutar.

İşi bitmiştir artık. Ayı inine benzeyen, ılık ılık gübre, is, yanık zeytinyağı ya da sidik kokan izbede daha çok durmanın anlamı kalmamıştır.

Kadınla çocuklar ardı sıra gider, babalarını yolcu ederler. Bu bile, daha çok kadın için, tadına doyulmaz bir şeydir. Kocası, herkesin imrendiği, koynuna girebilmek için can attığı kocası ona gelmiştir. Dosta düşmana karşı gelmiştir ya!

Adam gider. Kadın, mutluluktan en az on yaş gençleşmişçesine, pırıl pırıl gözleriyle avlunun ortasında durur, çevreye duyurmak için başlar:

"Babanızın dediklerini duydunuz ya? Karışmam. Vallaha kemiklerinizi kırar. Sizin babanız başkalarının babasına benzemez, haberiniz olsun!"

Babaları çocuklarına bir şey söylemek şöyle dursun, başını kaldırıp yüzlerine doğru dürüst bakmamıştır bile. Ama kadın böyle konuşmak zorundadır. Çünkü aynı avluda oturdukları diyelim bir Gülizar, odasının kapısı önünde saçlarını taramaktadır. Gülizar yirmisinde yoktur henüz. İkinci kocasından da kaçalı on gün olmamıştır. Sonra Gülizar'ın uzun saçları, renk renk fistanları vardır. Dudaklarını boyar, gözlerine sürme çeker, pudra allık kullanır. Kahkahayı attı mı, avlu çınlar. Daha kötüsü de, "Cemşir gibi kocam olsa tövbe kaçmam!" demiştir komşulara.

Komşular arada, "Selvi," derler, "erin niye günde günde gelmiyor? Niye her daim sennen yatmıyor? Bir avradın eri gecelerini eşiynen geçirmez mi?"

İçinde yaradır bu ama, gene de ekini belli etmemeye çalışır:

"Onun vazifesini biliyon mu sen? İşi pek zor. Onun işi tekmil ağalarla, beylerle. Onca tarlaya ırgat bulmak kolay mı? Dağ taş dolanır durur bütün hafta!"

Sonra da ekler:

"Canı sağ olsun da arada bir gelsin. Bize onun canının sağlığı ilazım!"

Cemşir'in ağalara, beylere, yani büyük toprak sahiplerine kıştan, ilkbahar için çapa ırgadı bulduğu, bulmaya çalıştığı doğrudur. Ağalarla beylerden aldığı yüklü paraları kışın yağmurlu, soğuk günlerinde, ırgatlara beşer, onar, yirmişer dağıtıp adamların kimlik cüzdanlarını alır. Çapa mevsimi gelince de, adamları yük kamyonlarına yükmüşlercesine doldurup, pamuk tarlalarına yollar. Üst yanı Memo'ya kalmıştır artık. Kısa boylu, kalın bir esrarkeş olan Memo, Cemşir'in sağ koludur. Cemşir Ağa der, başka bir şey demez. Çünkü Cemşir onu, Çukurova'nın alev alev yanan cehennem sıcaklarında harman makinesinin en ağır işi olan "koltukçuluk"ta çalışırken kurtarmış, kendine yardımcı yapmıştır. Kuldur, köledir Cemşir'e!

Memo, Berber Reşit'in dükkânında buldu Cemşir'i. Ter içindeydi. Yıllar yılı Çukurova'da yaşadığı hâlde, Türkçeyi hâlâ doğru dürüst kıvıramıyordu. Konuştuğu dilin kafasını gözünü yararak, "Ağa," dedi. "Seni Yasin Ağa çağırır."

Cemşir'in konuşması da ondan daha düzgün değildi:

"Nörecek beni lo?"

Hiç gereği yokken, yağmur yemiş çulaki kasketini avucuna vuran Memo, "Bilmirem," dedi.

Tepe saçları dökük, iri başını hart hart kaşıdı.

Berber Reşit bir kıyıdan kuşkuyla bakmaktaydı. Bekliyordu. Cemşir ona haber vermeden hiçbir iş tutmaz, hatta hatta helaya bile gitmezdi. Gene öyle, döndü, Reşit'e uzun uzun baktıktan sonra, "Ne diyorsun?" dedi Kürtçe. "Yasin beni niye çağırdı acaba?"

Reşit hatırlattı:

"Geçende avans istediydin ya!"

Unutmuştu bile. Hatırlayınca bayağı sevindi.

"Sahi ha... Akıl akıl değil ki, tuz kabağı!"

Dükkân kapısına gitti, durdu, dışarıları gözden geçirmeye başladı. Muşambalarını çekmiş, lastik tekerlekli, "kerusa" denilen faytonların gelip geçtiği parke döşeli caddeye sicim gibi yağmur iniyor, insanlar kaçışıyorlardı. Gökyüzüyse kalın, kapkara bulutlarla sıkı sıkıya kaplıydı.

Yanı başında dikilmekte olan Memo'ya bakmadan sordu:

"E, ne yapacağız?"

Memo gene Kürtçe, "Paşa keyfin bilir," dedi.

Berber Reşit gözlüğünü takmış, usturaları biliyordu.

"Öyle mi Reşit?" diye sordu Cemşir.

Reşit baktı:

"Babam?"

Cemşir elleri arkasında, yanına gitti Reşit'in. Sıkıntıdan patlayacak gibiydi. Reşit'in ustura bileyişine bir süre baktıktan sonra:

"Bu havada ne yapılır?"

Reşit memnun, güldü. Anlamıştı arkadaşının maksadını.

"Kafa çekilir!" dedi Memo.

Berber Reşit'ten beklediği karşılığı Memo'dan alan Cemşir coştu.

"Yaşşa ulan Memo... At da sana, avrat da!"

Elleri arkasında, dükkân kapısına ağır ağır yürürken, "Girilir kebapçıya," dedi, "oturulur masalardan birine, ver edilir rakının gözüne... Öyle değil mi Berber Reşit?"

Reşit'in ağzı sulanmıştı.

"Senin canının bülbülü sağ olsun ağam. Bilmez misin? Eversen sözünden çıkmam!"

Sıkıntı mıkıntı uçup gitmiş, Cemşir besili camız ağırlığından sıyrılmıştı. Hemen çekip gitmeliydiler. Durulacak, hele hele vakit geçirecek zaman değildi. Bütün masalar tutulup kebaplar, rakılar tükenebilirdi.

Berber Reşit, "Beni dinlersen, önce Yasin Ağa'yı git gör, sonra kafaları çekelim!" dedi.

Aklına yattı. Elindeki tespihi cebine atarak başını salladı.

"Doğru. Ondan sonra?"

"Ondan sonra da Giritli'nin kebapçı dükkânına!"

Memo'ya döndü:

"Git bir kerusa çağır şurdan!"

2

Kuruköprü'deki Giritli'nin kebapçı dükkânı, dar, derin, loş bir yerdi. Daha çok cumartesileri iplik, bez, sabun, çırçır fabrikalarının mavi tulumlu işçileri, ustaları, kâtipleriyle dolar, eski pikabın bozuk plaklarında avaz avaz haykıran birinin gazeli, dükkânın kebap dumanı yüklü anason kokulu havasını çılgına çevirirdi.

Gene öyle, sonuna dek açılmış pikapta Hafiz Burhan, gücünün yettiğince bağırıyor, kebapçı dükkânının buğulu camlarında yağmur taneleri kayıyordu.

Cemşir, Berber Reşit, Irgatbaşı Memo, dükkânın arka bölümünde, sağ başta oturmuşlardı. Erken gelip masa tutmasalar, orayı ellerine zor geçirirlerdi. Kebapçı dükkânının en iyi köşesi olduğundan, herkes orayı tutmak isterdi. Kebapçıya göre hava hoştu; sık sık gelip avuç dolusu para bırakan Cemşir Ağa'dan daha iyisine ayıracak değildi ya orasını!

Cemşir, baba yadigârı, gümüş köstekli Serkisof marka saatini çıkarıp baktı. Sonra Reşit'e döndü:

"Bizim yiğit gecikti."

Reşit'le Memo gülümseyerek başlarını salladılar.

Reşit, "Babasının oğlu," dedi.

Cemşir şakadan:

"Niye? Babasını beğenemedin mi?"

"Aboo. Nasıl beğenmem?"

"Daha ne?"

Rakısını yudumlayan Reşit, "Hemen hemen tıpkı senin gençliğin," dedi.

Cemşir'in de istediği buydu. Kadehine gururla sarıldı. Eski günlerden kalma bir canlılıkla rakısını yarıladıktan sonra, çatalıyla iri bir kebap parçası aldı, ağzına attı.

Reşit göz altından Cemşir'e bakıyor, adamın hayli bozulmuş, yer yer kırışıklar içinde, ama hâlâ yakışıklı yüzünde yıllarca öncenin Tahtakale, Galata, Abanoz gecelerini hayalliyordu.

Cemşir de o günleri hatırlamıştı. Gerçekten de tam oğlunun yaşındaydı o zamanlar. On yedi. Ama nerdeydi o yıllar, nerde şimdi oğlununki.

"Bizim zamanımız başkaydı," dedi. "Bizim yetiştiğimiz devirler..."

Berber Reşit'le anlayışlı anlayışlı bakıştılar.

Sonra Memo'ya döndü. "Biz iş nedir bilmezdik," dedi Kürtçe. "El kapısında çalışmak, ondan bundan azar işitmek, boyun bükmek."

Çenesiyle Reşit'i işaret etti:

"Bu iyisini bilir, belimde halis Trablus kuşağı, bacağımda İngiliz laciverdinden şalvar, ayaklarımda kanarya sarısı yemeniler..."

Reşit'e sordu:

"Nasıl, yalan mı?"

Reşit başını salladı.

"Eeeeh o günler de bir günmüş..."

"Belimdeki kemerde ya? Yüz kırmızı altın ki, kale gibiyim. Şimdi bakıyorum oğluma da... Bu dünya bir rüya, bir düş. Bir varmış bir yokmuş hesabı. Gençlik, doyamadan uçup gidiyor!"

Bütün bunlarla "Dünya bir pencereymiş, her gelen bakıp geçti" şarkısını hatırlamıştı. Çok severdi bu şarkıyı. Çatalını tabağa vurdu. Kebapçı Giritli kocaman göbeği, altın dişleriyle koşarak geldi.

"Emret Cemşir Ağa!"

Bozuk Türkçesiyle, "Efkârlandım kurban," dedi. "Benim plağı koy hele..."

"Derhal ağa, hemen, şimdi!"

Koşarak gitti, pikaba onun plağını koydu.

Cemşir dirseklerini masaya dayadı, yüzünü avuçları içine aldı, gözlerini yumdu. Anlatamayacağı hazlar içinde yüzüyordu adeta. Sanki göklerdeydi de uçuyor, uçuyordu. Sonra, pırıl pırıl elektriklerin zarif rakı kadehlerinde, su sürahilerinde kırıldığı anason kokulu bir gece başlamıştı içinde.

"*Dünya bir pencEredir her gelen baktı geçti...*"

Geçiyordu, durmamacasına akan bir şeyler geçiyordu. Babası, amcası, dayıları, teyzeleri, yollar, yollarda at sırtında geçtikleri dağlar, bakılınca baş döndüren, kendine çeken uçurumlar, tepeler sonra... Batan güneşler, doğan aylar, ağır bir denizmişçesine hışırdayan ormanlar, buz gibi kaynaklar, şırıltılı dereler, yollar, kıvrıla büküle, uzaya kısala uzayıp giden yollar, en sonra da İstanbul! Denizi, vapuru, tramvayları, cıvıl cıvıl insanlarıyla koca İstanbul şehri. Tahtakale, Galata, Karaköy, Adalar, Nişantaşı, Şişli, konaklar, apartmanlar, gene konaklar, sonra gene apartmanlar...

Daha sonra kızgın güneşi; tarlalarında kan tere bata çıka, karıncalar gibi çalışılıp didinilen Çukurova, dört karısı, dört karıdan sayısız çocukları...

Birden, gene oğlu Hamza'yı hatırladı. Gözlerini açtı. Saatine yeniden baktıktan sonra, "Dörde geliyor," dedi endişeli.

Memo anlamıştı ağasının endişesini. Davrandı.

"Gidip bakayım mı ağa?"

"Nereye?"

"Fabrikaya."

"Bu saatte fabrika mı kaldı? Çıktıysa çoktan çıkmıştır şimdiye."

"Doğru."

Tam bu sırada, babasının otuz beş yıl önceki halini hatırlatarak Hamza kebapçıdan içeri girdi. Omuzunda ceketi, ağzında sigarası, arkasında kavuşuk elleri... Kapıdan girmiş, içerisini gözden geçiriyordu. Birden gördü. Görünce de her hâline tuhaf bir şımarıklık yayıldı. Tam bir kopuk özentisi içinde, yaylanarak yürüyordu. Sevilip arandığını gayet iyi bilmenin şımarıklığı içinde masaya geldi, adımını öne atarak, "Yaa," dedi. "Demek böyle Cemşir Ağa?"

Babasının pek hoşuna gitmişti.

"Neyle?"

"Rakılar bizsiz içiliyor ha?"

Memo çoktan ayağa fırlamıştı. Berber Reşit iskemle ikram ediyordu. Bütün bunlara aldırış etmeyen Hamza, babasına sataşmayı, onun hoşuna gideceğini bildiği için artırdı.

"Cevap ver Cemşir Ağa, cevap ver bakalım."

"Ne cevabı?"

"Ne cevabı olacak Allahsız, rakılar bizsiz içiliyor, plaklar bizsiz dinleniyor... Kaçtan aşağı olmaz yani?"

Omuzundaki ceketinin iç cebinden çıkardığı kamayı çekiverdi.

"Bak, buna girdiği yerden haber getiren Bursa söğüt yaprağı derler!"

Kamayı masanın tahtasına saplayıverdi.

Reşit yerine oturmuştu. Kamayı, saplandığı yerden alıp iç cebine soktu.

Hamza, "Berber Reşit, ver kamamı," dedi.

"Bende dursun kurban. Giderken veririm!"

"İ... hikâye-i mansure mi ne? Hasım sahabı adamık biz arkadaş. Bizim bıçağımız, tabancamız yanımızda bulunmalı. İcap etti mi şıp, çekivermeliyiz. Ver şunu!"

Verirdin, vermezdin... Sonunda Hamza gitti, Berber Reşit'ten "cebren" aldı. Sonra ikram edilen iskemleye oturdu.

Babası sordu:

"E, hoş geldin ağa. Niye geciktin bu kadar?"

"Hoş bulduk ya, hani kebapçı? Nerde bizim tabak, bardak, kadeh, çatal, bıçak, kaşık?"

Anında her şey şipşak getirilip önüne kondu.

"Niye mi geciktim? Şu boynu kravatlılar yok mu? Akıl diyor, çek bıçağını, tabancanı. Önüne gelen kravatlıyı şıp şıp şıp!"

Birden ilgilenmişlerdi.

"Niye?" dedi Cemşir.

"Bırak niyeyi, demin az kalsın birini yiyordum kravatlının."

Reşit, "Aboo..." dedi.

"Aboo'su var mı Reşit Emmi? Adamı dinden imandan çıkarıp kıza bindiriyorlar. Şu belediye aptesanesine girdik, işiyek dedik bir iki. Birden bir kravatlı, efendi yani... Ayağına basmışık. Çüş, dedi. Bir baktım, laf bana! Nevrim döndü ki o kadar olur. Derhal yapıştım yakasına. Dedim bu çüş bize miydi lan gav gav? Dedi ayağıma bastın. Dedim, belle ki bastık, n'olacak? Gık dese Habibini şaşıracam ki Allah Allah. Alesteyim tekmil. Lakin demedi, çakalladı vaziyeti enayi, bastı gitti. Gitti ya, çüş lafı da tam koydu. Bıraktım işemeyi, düştüm peşine. Kalağınoğlu fabrikasının yamacında kavuştum, desteleyiverdim yakasını. Dedim cevap ver lan, sen kime çüş dediydin? Hık mık derken sağlı sollu iki Miralay ki, şakırtısını ben kendim bile beğendim!"

"!.."

"!.."

"!.."

"Tokadı yiyince deli tavuk gibi döndü, anca porttu elimden, yatırdı mahalle aralarına. Durur muyum? Hadi ben de arkasından. Lakin tuttular. Boş ver dediler, nerden baksan kravatlı. Uyduğun bir yiğit olmalı. Vurdun mu el âlem bravo demeli. Düşündüm, doğru. Ciğeri iki para etmez. Bi dene vursan yarısı boşa gider!"

Rakısını yudumladı.

Sonra babasına döndü.

"E, Cemşir, anlat bakalım, kaçtan aşağı olmaz?"

Bayılıyordu Cemşir, oğlunun bu türlü konuşmalarına.

"Kaçtan dersen oğlum..."

"Paranız yoksa haber verin, bak buna mangır derler!"

İç cebinden onluk, beşlik bir deste para çıkarıp masaya attı.

Cemşir'le Memo hayranlıkla güldüler. Berber Reşit ufacık gözleriyle dikkat kesilmiş, genç adama bakıyordu. Bu, Hamza'nın gözünden kaçmadı.

"Sen niye gülmedin Reşit? Hı? Niye gülmedin de yiyecek gibi bakıyon? Kaçtan aşağı olmaz yani? Hıı?"

Berber Reşit, Cemşir'e döndü. "Oğlun senden hızlı arkadaş," dedi. Cemşir başını salladı.

Reşit paraları işaret ederek sordu:

"Kimden?"

Hamza güldü:

"Kimden olur?"

"Müdürün avradından mı?"

"Tabii."

Reşit sordu:

"Hamza, o avrat el çantasında tabanca taşırmış, doğru mu?"

"Biznen düşüp kalkan bizim gibi tabancalı, bıçaklı olmamalı mı Reşit Emmi?"

"Demek yiğit avrat?"

"Yiğit amma..."

"E?"

"Donunun paçaları çok kısa, yiğitlik tekmil dökülüyor. Dökülmese, bildiğin gibi değil."

Cemşir'le Reşit'in kahkahaları top gibi patladı. Herkes onlara baktı. Koca göbekli Giritli kebapçı koşarak geldi.

"Ne o Hamza Ağa?" dedi. "Gene ne anlatıyon?"

"Hiç canım. Malum!"

Göz kırptı, başıyla bir yeri işaret etti. Giritli anlamıştı.

"Çaktım, müdürünki değil mi?"

"Kaldır ayağını, üstüne bastın!"

Fabrikatörlerden birinin metresiyken, yetişkin oğullarının zoruyla kadını evlendirip kocasına da fabrikasında iş veren fabrikatörle metresi Behiye'yi şehirde herkes tanırdı. Hele Giritli kebapçının bulunduğu semtte onları bilmeyen yoktu. Bütün semt, Behiye'nin Hamza'yı nasıl çılgınca sevdiğini, çantasında laf olsun diye tabanca taşıdığını da bilirdi.

Üzerinde durmadılar. Cemşir Ağa sordu:

"Bacın da işten çıktı mı?"

"Çıktı."

"Tabii eve gitti ha?"

Hamza sertçe baktı.

"Başka nereye gidebilir?"

3

Pekâlâ da gidebiliyordu.

O gün Hamza'yla birlikte işten çıkmış, eve gelmişler, Hamza üstünü başını değişmiş; o lacivertlerini giyip kebapçının yolunu tuttuktan sonra, Güllü, anasına, "Sinemaya gideceğiz," demişti.

Cemşir'in en küçük karısı Boşnak Meryem, on dördünde Cemşir'e varmış, akça pakça, kara kaş kara gözlü bir kızdı. Uzun kapkara saçları iki örgü hâlinde belinden aşağıları döverek yürürken, yalnız gençler değil, yaşlılar da ah çeker, göğüslerini yumruklardı. Şimdi otuz ikisinde, dipdiri, capcanlı, hatta erkeklere göğüslerini yumruklattırdığı yıllardan bile güzeldi.

Tıpkı tıpkısına onun on beşindeki zamanlarını hatırlatan kızına korkuyla baktı.

Güllü kızdı.

"Ne var? Ne bakıyorsun gene?"

"Ağabeyin duyarsa ya?"

"Duyarsa duysun!"

Meryem hiçbir karşılık vermedi, ama yüreğine bir korkudur düşmüştü. Oğlunun ne lanet olduğunu biliyordu. Babası alabildiğine şımarttığı için, bacısı şöyle dursun, anasına bile kaç kez tokat, hatta birinde yumruk attığını unutmamıştı. Hele Güllü'yü... Üç yaş küçüğü kız kardeşini hiç yoktan insafsızca tokatlamış, kızı tekmeleri altında soluksuz bırakmıştı.

Böyle olduğu hâlde Güllü korkmuyordu işte.

"Sinemaya da giderim, tiyatroya da. Bana hiç kimse karışamaz. Çalışıyorum. Alnımın terini yiyorum, vız gelir dünya!"

Bulgur pilavını çabuk çabuk atıştırdıktan sonra kalktı, aynanın karşısına geçti. Saçlarını çözdü, taramaya başladı. Tarağın dişleri hemencik pamuk tozlarıyla doluvermişti.

Güllü fabrika çırçırlarında çalışıyordu. Bu işe sekiz yaşında başlamıştı. Mahalleli fakir fukara için gelenekti bu zaten. Çocuklar yalınayakları, şakıldaklı entarileriyle mahallenin çamuru, tozu toprağı içinde boy atıncaya dek oynar, boy atıp da palazlandılar mı, büyüklerinden çalışmayan ya da çoktan ölmüş birinin kimlik cüzdanıyla fabrikaya girerlerdi.

Güllü de öyle. O da mahallelerinin birbirini kesen daracık sokaklarında kışın çamurlu sulara, yazın da toza toprağa bulanarak palazlanmış, vakti gelince de ölü teyzesinin kimlik cüzdanıyla girmişti çırçır fabrikasına.

Günde en az on iki saat çalışıyordu, iyi kötü kazanıyordu da. Kazancının çoğunu babası elinden alsa bile gene de kendisine bir şeyler kaldığı, yıllar yılı daha iyi bir yaşam bilmediği için, bugününe şükrediyordu. On altıya girmeye birkaç ay kalmıştı. Kanlı canlı, taptaze, güzel... Onun ardından da erkekler göğüslerini yumrukluyor, gece yarıları evlerinin bulunduğu sokak sarhoş naralarıyla doluyordu.

Aldırış etmiyordu. Güzel, çok güzeldi. Elbette laf atılacak, elbette göğüsler yumruklanacak, elbette evlerinin çevresinde sarhoşlar nara atacaklardı!

Ayna karşısında uzun uzun gözden geçirdi kendini. Güldü bir ara, göz kırptı. Sinemada bilmem hangi filmdeki gibi öpüşme denemesi yaptı. O filmdeki kadından daha güzeldi. Apaçık bir şeydi bu, ama böyle böyle, ben o filmdeki kadından daha güzelim dese, arkadaşları kahkahalarla gülerlerdi. Varsın gülsünlerdi. Kemal'den daha mı iyi bileceklerdi?

Makine dairesindeki yağcı Kemal'i seviyordu. Arabuşağı Kemal boylu boslu, yirmi ikisinde var, yok... Yalnız annesi biliyordu şimdilik bunu. Ona kalsa hemencik memlekette düdük olur, dile düşerdi. Olsun, düdük olursa olsundu. Korkmuyordu ki! Annesi biliyordu, babası duysa bile hava, bir ağabeyi. O da kendi işine karışsındı. Fabrikanın iplikhane, çırçır dairesi, şurası burasında önüne gelen kızla konuşuyordu. Bütün bunlar yetmezmiş gibi, el çantasında tabanca taşıdığı söylenen bir hanımefendiyle de konuşuyordu ki, evet evet, kendi işine karışsındı o!

Birden, sinemaya ilk gidişlerini hatırladı. O gün ilk gidecekti. Arkadaşlarından çok işitmişti, ama gitmemişti, siftahı yoktu o güne dek. Çok güzeldi sinema, öyle sevmişti ki. Her gün her gün gideceği gelmişti. Her gün gitse doyup usanacağını sanmıyordu. Hiç kimse kimseye karışmamalı, herkes istediğince yaşamalıydı. Böyle olsaydı, ah, böyle olsa, o zaman her gün gider, Kemal'le yan yana otururlar, Kemal o günkü gibi elini avuçları arasına alırdı. Kocaman kocamandı Kemal'in avuçları. Nasırlı. Onun elleri de pek öyle yumuşacık, hanımefendi eli değildi, ama Kemalinkiler sert sertti.

Ellerini başka erkeklerin avuçlarına teslim etmek de hoş muydu acaba Kemalinki gibi?

Bayılmıştı. İçinden ılık ılık bir şeyler akmıştı. Gözlerini yummuştu bir ara, daha da hoşuna gitmişti ılık ılık akıntı. İçi kabarmıştı be! Gözlerini iyice yummuş, kendini Kemal'e yaslamış, daha sonra da başını genç adamın omuzuna düşürüvermişti.

Çırçır dairesinde, çırçır makinelerine örme kamış sepetlerle kütlü, yani tohumlu pamuk taşıyan "kütlücü oğlanlar"a kâğıttan kuyruk taktıkları, kuyruklu oğlanlara bütün çırçırları kahkahalarla güldürdükleri bir arkadaşı vardı, Pakize, Giritli Pakize... Ne anasının gözü kızdı!

"Demek içinden ılık ılık bir şeyler akıyor?"

"Senin akmıyor mu?"

"Biz öyle şeyleri unuttuk artık!"

"Niye?"

"Niyeymiş. Niyesi var mı kız? Ben de senin gibiydim, bir oğlanı severdim. Yattık onunla. Ondan sonra arkası kesilmedi. İnsan bir kere sever ama sever! Ölesi gelir. Ondan sonrakiler hava. Sen şimdi Kemal'i seviyor musun?"

"Bilmem."

"Nasıl bilmezsin?"

"Ne bileyim kız? Seviyorum işte..."

"Ondan hiç ayrılmamak gelmiyor mu içinden? Her zaman yanında olmayı istemiyor musun?"

"İstiyorum. Yatağa girdim mi aklımda hep o. Birlikte olsak, sıkı sıkı sarılsak diyorum. Uykum kaçıyor. Kızıyorum. Sonra da ağlamak geliyor içimden. Hiç kimsem olmasa ne iyi. O karışır, bu karışır... Kemal'den hoşlanıyorsam, her zaman birlikte olmak istiyorsam onlara ne?"

"Onlar kim?"

"Anam, babam, babama boş ver ya, Hamza boku. En çok da o. Benim namusum ondan sorulurmuş. Onun namusu kimden sorulur ya? Erkek olmak ne iyi değil mi? Başkalarının namusu onlardan sorulur. Kimse karışmaz. Babama bile lan baba der de, babam inek gibi güler! Biz? Su getir, gülme orospu gibi, nerdeydin? Kiminle konuşmuşsun fabrikada?"

"Bırak şimdi bunları. Sonu nereye varacak bunun?"

"Neyin?"

"Kemal seni alacak mı?"

Omuz silkmişti.

"O beni almazsa ben onu alırım!"

Pakize basmıştı kahkahasını:

"Demek o seni almazsa?"

"Ben onu alırım kız!"

"Nasıl?"

"Yolunu keser, bıçağı çekiveririm: Yürü lan!"

Gene kahkahalarla güldükten sonra:

"İyi, ama o Fellah sen Boşnak. Nasıl olacak bu iş?"

"Aaamaaan, düşündüğüne bak. Fellah'sa insan değil mi?"

"İnsan ama..."

"Aması maması yok. Seviyorum, hoşlanıyorum ondan. Her zaman her zaman yanımda olsun istiyorum. Etlerimi avuçlarının içine alsın, öpsün beni, bir yatakta yatalım. İşe birlikte gelip gidelim, sinemaya gidelim. Kimse karışmasın bana. Ne hakları var bana karışmaya başkalarının?"

Annesini kötü kötü düşündüren de bu hâliydi kızın. Dünyayı takmayan, takmak istemeyen bir tutumu vardı. Bir de oğlanın Arabuşağı, oluşu. Ona göre de kızı gibi, hava hoştu. Arabuşağı, Fellah... O da Allah'ın kuluydu. Kızı madem seviyordu, varsındı, ama eller ne derler meselesi olmasa! Bir şey değil, babasının yakın arkadaşı Reşit bir duysa, tamam. Düdüğe kor üfürürdü artık!

4

Kemal de bir gün, "Güllü," demişti. "Biliyorsun birbirimizi çok seviyoruz. Çok seviyoruz amma..."

Güllü ardından ne geleceğini bildiği için eliyle ağzını kapatıvermişti.

"Sus sus, biliyorum ne diyeceğini!"

"Ne diyeceğim?"

"Ben Fellah, sen Boşnak. Nasıl evleneceğiz, diyeceksin. Deme. Ne olursan ol. Çingene ol. Gâvur ol istersen. Seviyorum seni, zorla mı?"

"Baban?"

"Karışmaz o."

"Anan?"

"O dünden karışmaz. Hem biliyor seviştiğimizi."

"Ağabeyin?"

"O kendine baksın. Uzun lafın kısası, dünya vız gelir tırıs gider arkadaş!"

İşte o zaman, tam o zaman coşmuştu Kemal. Sırım gibi kollarıyla Güllü'yü sımsıkı sarmış, dudaklarını acıtarak öptükten sonra, "Madem böyle, seni benden değil kulu, Allah bile ayıramaz!" demişti.

"Beni de!"

"?.."

"..."

O gün de sofradan kalktı, tıraş takımını, aynayı hazırlayıp anasından sıcak su istedi.

O da küçük yaşından beri çeşitli fabrikalarda çalışmış, ağırbaşlı, çalışkan bir genç adamdı. Fabrika baş ustasının emrinde çalışıyor, günün birinde de onun yerine ustabaşı olmayı umuyordu. Hele Güllü'yü deli gibi sevmeye başlayıp onunla evlenmeyi kafasına koyduktan sonra, işe büsbütün dört elle sarıldı.

Kimlik cüzdanı üç yıl geç çıkarıldığı için askerliğini yapmamıştı daha, ama ilk, ikinci yoklamalar olmuş, jandarmaya ayrılmıştı. Askerden dönüşte daha da olgunlaşır. Güllü'yü ister. Verirlerse ne âlâ, vermezlerse, kızın dediği gibi, bir gün "hop ediverir," kaçırırdı. Çok değil iki oda, bir mutfakları olur, birbirleri, doğacak çocukları için yaşarlardı. Ne iyi, ne iyi olurdu, işten dönüşlerinde genç, güzel cıvıl cıvıl bir kadın tarafından karşılanmak! Sonra, onun, kendi elleriyle hazırladığı sofraya geçip, güle söyleye, güldüre söylete yemeklerini yemek, onun yumuşacık, tatlı mı tatlı ağırlığını kollarında taşımak!

Ya çocukları olunca? Çocuklarını okuturdu bak. Her gün işe gelip giderken rastladığı yalınayaklı, entarileri şakıldaklı, kıçı başı açık çocuklardan olmayacaktı onunkiler. Sokağa, babaları, anneleri olmadan çıkmayacaklar, okul çağları geldi mi de, fabrikaya değil, okula gideceklerdi. Varsın okusunlar. İyi yetişsinlerdi. Yığınla çocuk yapıp sokağa salıvermek hüner değildi. Hüner, az ama öz çocuk yapmak, geleceklerini düşünmekti. Yoksa köpeklerin de artlarında sürü sürü enikleri vardı. "İnsan, hayvan değildir!" derdi aynı vardiyada çalıştıkları arkadaşı. Vardı bir otuz beş yaşlarında. Her gün mutlaka gazete okurdu. Odasında yığınla kitabı vardı. İnsanın hayvan olmadığını o söylemişti ki, doğruydu. Kemal bunu ondan önce de biliyordu. Biliyordu ama hayvan olmayan insanın, sırasında hayvandan da beter yaşayıp durduğunu görmüyor değildi. Kim ne derse desin, Güllü'yle evlenecek, iki odalı şipşirin bir evleri, sonra da okula gidip gelecek çocukları olacaktı.

Bir gün arkadaşına açmıştı bütün bunları. O ise tatlı tatlı dinlemiş, başını iki yana salladıktan sonra dalıp gitmişti.

Nedenini sormuştu bunun.

"Niçin soruyorsun?" demişti beriki.

"Şunun için soruyorum ki, hayallediğim şeyler olmayacak şeyler mi?"

Gülmüştü.

"Olacak, olması gereken şeyler şüphesiz. Bu tatlı hayalleri yalnız senin kurduğunu mu sanıyorsun? Başkaları da bütün bunları akıllarından geçirmiyorlar mı?"

"Nasıl yani?"

"Yani, anlattığın şeylerin insanlığın müşterek gayesi olduğunu biliyor musun?"

"İyi, güzel, olası şeyler. Fena mı?"

"Fena olur mu?"

"Daha ne?"

İçini çekmişti:

"Yaşım otuz beş. Seninki on dokuz..."

"Küçük yazılmışım, aslında yirmi ikime bastım!"

"Yirmi iki olsun. Gene de senden on üç yıl önce başladım şu dünyada yaşamaya. Ve tabii hayaller kurmaya da. Şunu iyi bil ki, bu dünyada bugün attığımız taş istediğimiz kuşu vurmuyor!"

"Beni korkutuyorsun ustacığım."

"Neden?"

"Kurduğum hayallerde saraylar, milyonluk işyerleri, apartmanlar yok ki. İki odalı ufacık bir ev, genç bir kadın, sokaklarda yalınayak, başı kabak oynamayacak çocuklar istiyorum. Çocuklarımı okutmak, adam etmek istiyorum. Elimde olan bir şey bunlar sanırım..."

"Şüphesiz insan iradesinin rolü büyük. Elindedir, hatta gün gelir avucunun içinde bulursun da bunları. Sımsıkı da tutarsın, tuttuğunu sanırsın amaaaa..."

"Ama?"

"Bir de avucunu açarsın ki..."

"Korkmaya başladım!"

"Korkma. Sadece düşün, düşün ki, insanlardan hiçbiri kendiliklerinden, isteyerek, seve seve katil, cani, hırsız, serseri, rezil olmaz. Herkes, attığı taşın istediği kuşu vurmasını, aşığının cuk oturmasını ister. Kemal, aşıklarımız cuk oturmuyor!"

"Ne yapalım?"

"Hayatlarımızı aşık, zar, iskambil kâğıtlarının piyango rastlantısından kurtarmanın yollarını arayalım önce!"

O günden sonra Kemal çok düşünmüştü. Bir katil, bir cani, herhangi bir serseri gördü mü, eskiden olduğunca kızıp sinirlenmiyor, biçimine getirip bu hâle nasıl düştüğünün nedenlerini araştırıyordu. O kadar ki, rahatı, varlığını sandığı huzuru kaçmıştı.

Kırış kırış anası, küçük alüminyum tasta oğlunun sıcak tıraş suyunu getirdi.

"Nereye hazırlanıyorsun?" diye Arapça sordu.

Kemal de Arapça, "Hiç," dedi.

Yaşlı kadın biricik oğluna uzun uzun, hayran hayran baktı. Bu bakışta sadece onun çocukluğu, boklu kıçını yıkadığı yılların hasreti değil, içinde yaşanılan günlerin endişesi de vardı. Oğlu bir el kızına mı tutulmuştu yoksa? Hiç bilip tanımadığı bir kıza? Arlı mıydı kız, arsız mı? Oğlunu kandırıp koynuna girdikten sonra olmadık oyunlar çıkarır mı, çıkarmaz mı? Yavrusunun başını beladan belaya sokar mı sokmaz mı? Böyle bile olmasa, oğlu daha askere gitmemişti. Hele hayırlısıyla gitsin, tezkeresini alıp gelsindi de ondan sonra evlensindi. Nasıl olsa bir erkeğin, herhangi bir kadına ihtiyacı vardı. Gün gelecek, istese de istemese de olacaktı bu, Allah'ın emriydi, ama her şey sırasında, her şey yolunda olmalıydı. Askere gitmeden evlenirse karısını ya kızın babası ya da anasının yanında bırakır, yani kendisine emanet ederdi. Yaşlı başlı bir kadındı o. Gençlerle uğraşacak, onlara çobanlık edecek değildi ki! Anasının babasının yanına bıraksa, kadın uzun süre erkeksiz kalmanın azgınlığına yakalanır mıydı, yakalanmaz mı? Yakalanırsa ne olurdu? Oğlu bunu haber alınca elini kana bulamaz mıydı? Bulayınca hapislere düşüp gençliği, insanlığı mahvolup gitmez miydi?

Dolan gözlerinin yaşını göstermemek için dışarı çıktı.

Havanın kurşun ağırlığı parçalanmıştı. Bulut çatlaklarından vuran güneş, yerdeki kirli su birikintilerini parlatıyordu.

Tıpkı böyle kurşun ağırlığındaki günlerden bir günde rahmetli kocasıyla evlenmişlerdi. Tıpkı tıpkısına oğlu Kemal'e benziyordu kocası. Ya da oğlu, babasına... Düğünleri pek öyle gösterişli olmamıştı. Kocasınınkiler de, kendininkiler de fakir insanlardı. Birkaç dönüm bahçenin sahibi ev halkı elbirliğiyle toprağı işler, mevsimine göre marul, domates, patlıcan, biber yetiştirir, ürünü çapalar, ayazda yanıp kavrulmasınlar diye turfanda sebzelere hasırdan sepetler yapar, turfandalar yetişince de gene elbirliğiyle toplayıp sepetlere doldurduktan sonra eşeğe yükler, kilometrelerce uzaklardaki pazarlara götürürlerdi.

Bütün gün toplanan turfandalar, bir damlacık olsun dinlenilmeden pazara getirilirdi. Kağnı gıcırtıları, eşeklerin anırtısı, beygir kişnemeleri, öküz, camız böğürtüleri yüklü geceleri ne kadar severdi!

Böyle gecelerden birinde pişirmişlerdi işi kocasıyla!

Tam on yedi yaşındaydı. Saçları kıvır kıvır, teni hafifçe güneş yanığı esmerdi. Tıpkı tıpkısına oğlu Kemal'i andıran kocasıyla bütün gece yan yana yürüyerek, pazara bamya götürürken anlaşmışlardı. Birbirlerini tanırlardı, tarla komşusuydular. Hatta su yüzünden aileleri sık sık takışır, bu yüzden de uzun süre dargın dururlardı. Dururlardı, ama onlara neydi? Geriden geriye de olsa hoşlanırlardı birbirlerinden. Çevreye belli etmemeye çalışarak birbirlerini gözetlerler, bakışları karşılaşınca da gülüverirlerdi.

İşte o gece, o geceyi hiçbir zaman unutmamıştı.

Ne geceydi o!

İkisi de eşeklerindeydi, eşekleri de yan yana, uslu uslu gidiyordu. Üç gün önce gene su yüzünden tartışılmış, kazmalar kürekler kapılıp birbirlerinin üzerine yürümüştü aileleri ya, aralarında bunun sözü bile olmamıştı. Bol yıldızlı gökyüzünden, yıldızlardan, cinlerden, peri padişahlarından, ölülerden, öldükten sonra yeniden dirilineceğinden, Şıhmus'un ermişliğinden... Tam da Şıhmus'un ermişliğinden söz edilirken, eşeği birdenbire ürkmüş, yolun ortasında çakılıp kalmıştı. Kocası -o sıra henüz kocası değildi- eşeğinden atlayıp yardıma koşmuştu. Ne yapsa boş. Eşek ön ayaklarıyla dimdik, yularından çekilmek değil, çıpkıyla kıçına kıçına vurulduğu halde adımını bile atmıyordu.

Sakın gözüne bir şeyler gözükmüş olmasındı?

Ne olabilirdi?

Şu olabilirdi ki, Şıhmus'tan söz etmişlerdi. Belki de Şıhmus hayvanın gözüne gözükmüş ya da ayaklarını bağlayıp hayvanı yürüyemez hale getirmişti!

"Olur mu?"

"Neden olmasın?"

"Ne yapacağız?"

"Bilmem."

Genç adam, hayvanın kıçına kıçına vurduğu çıpkıyı elinden alırken eli eline değmişti. İkisi de bir tuhaf olmuşlardı besbelli, gene kızın çıpkı tutan elini avuçlayıvermişti!

Çekmemişti elini genç kız, hatta düşünmemişti bile bunu. O kadar hazırdı. Sonra çıpkı, eşeğin ön ayaklarıyla dikilip kalması, inadı falan unutulmuş, gene adam güçlü kollarıyla genç kıza sarılıvermişti. Dudakları dudaklarını bulmuştu ilkin. Sonra genç kız, genç adamın güçlü kollarında eşekten alınmış, yol kıyısındaki fundalığa taşınmış, yüreği çarparken yere sırtüstü bırakılmıştı. Hiç karşı koymamıştı, tam tersi, boynuna sarılmıştı genç adamın. Ama işler hızla ilerleyince başlamıştı ağlamaya.

"Ne ağlıyorsun?"

"Bilmem."

"Bana güvenemiyor musun?"

"Güveniyorum..."

"Peki?"

Bilmiyordu ki niye ağladığını. Ağlıyordu işte. Yol kıyısı olduğundan mı korkmuştu? Belki daha gerilere götürse, yol üstüne kazık kakmışçasına dikilekalmış eşeği yularından çekip ağaçlardan birine bağlasa belki de ağlamazdı. Belki de değil gerçekten de ağlamazdı. Çünkü eşek inattan vazgeçmiş, yol kıyısındaki otları otlamaya başlamıştı.

"Eşeği bağla!"

"Peki."

Bağlamıştı.

"Burda olmaz!"

"Ya?"

"Yoldan gelip geçen olur, görürler."

Kucaklayıp gerilere, gerilerdeki sık fundaların arkasına götürmüştü.

"Dur!"

"Ne var?"

"Sonra ne olacak?"

"Karım olacaksın!"

"Ailelerimiz?"

"Barışırlar, hısım oluruz..."

Kendini bırakıvermişti.

Daha sonra el ele yola inmişler, eşeği bağlı olduğu ağaçtan çözmüşler, genç adam kızı eşeğine bindirmiş, kendi de binmişti eşeğine, yola çıktıkları sıralardaki gibi yan yana şehrin yolunu yeni baştan tutmuşlardı. Derken bir dereyi geçmeleri gerekmişti. Kızın aklına kara şalvarındaki yaşlık gelmiş, eşeğinden inip şalvarının orasını bol suyla yıkamıştı. Gece olduğu için bu yaşlığın kan olduğunu anlayamamıştı.

Ertesi gün genç adam gerçekten de yollamıştı anasını. Aileler arasındaki buzlar erimiş, dargınlıklar, ikide bir patlak veren su tartışmaları silinip gitmişti.

Şehre sık sık inmezlerdi. Ne yapacaklardı inip de? Sinema, tiyatro, bayram seyran bilmezler, bilseler bile vakitleri olmazdı ki. Alev alev sıcaklarıyla yazlar, fırtınalı, ayazlı, bol yağmurlu kışlar gelip geçer, paylarına düşen avuç içi kadar topraklarından rızıklarını koparabilmek için savaşırlardı da savaşırlardı.

Dolu çocukları olmuştu. Kızlar evlenmiş, oğlanlardan çoğu ölmüş, kızlar da el oğullarının ardına takılıp uzak uzak gitmişlerdi. Kocası öldükten sonra... Bu ölümü de unutamıyordu bir türlü. Önceki yıl birdenbire hastalanıp mosmor ölüvermişti ki, o zamana dek çocuklarının yokluğuyla birden meydana çıkıveren yalnızlığı pek anlamamıştı. Kocası ölünce anlamıştı ki, artık yeryüzünde yapayalnız kalıvermiştir. Kocası yanı başında dolaşan, evini sigarasının dumanıyla dolduran erkek, kadını için dünyanın en sağlam direğidir. Erkeği çevresinde dolaşan kadına çoğu zaman Allah bile vız gelir. Ama kocası öldü mü, içini dimdik tutan direk yıkılır, tavan çöker. Artık ne yapılsa, ne edilse boştur. Zaten hemen hemen hiçbir şey yapılamaz. Kadın hızla elden ayaktan düşer ve bunun sonucu başlar kırışmaya.

Dalmıştı. Yanı başında oğlunun esans kokusunu duyarak döndü. Tıraş olmuş, tatillerde giyindiği urbasını giyinmiş, kravat bile takmıştı.

"Nereye oğlum?"

"Gidiyorum ana!"

"Gezip tozmaya mı?"

"Ne sayarsan say..."

Gitsindi, varsın gitsin. Çalışan genç bir erkekti, elbette gidecekti. Elini cebine atınca birkaç kuruşu bulunuyordu ya! Yalnız, ayağına çalı çırpı dolaşmasındı da nerde gezerse gezsin, gönlünü nerde eğlendirirse eğlendirsindi varsın.

Gene de zapt edemediği bir hıçkırıkla oğlunun boynuna sarıldı.

Oğlu şaştı:

"Ne o ana? Ne oluyorsun?"

Kendini çabuk topladı:

"Bir şey yok oğlum, bir şey yok..."

Vardı, mutlaka vardı bir şeyler! Dayattı:

"Söyle ne var?"

"Bir şey yok oğlum, geçti!"

"Neydi de geçti?"

"Bir şey yok dedim ya..."

Oğul, anasının yüreğini ağzına getiren sözü söyledi sonunda:

"Söylemezsen ölü yüzümü öp!"

Yaşlı kadın bir çığlık attı.

"Suuuuus!"

"O hâlde söyle, neden ağladın?"

Yaşlı kadın kırış kırış güldü:

"Seni birden babana benzettimdi de..."

Oğul da güldü. Anasını güçlü kolları arasına aldı. Sıktı sıktı, yanaklarını öptü.

Sonra şehrin yolunu tuttu.

Ana arkasından uzun uzun, içi kabara kabara baktı.

Gidiyordu. Kim bilir, belki de bir el kızıyla buluşmaya gidiyordu şehre. Böyle bir şey varsa, yakında belki bunu da ötekiler gibi yitirir, bu da el kızının ardına takılarak anasını unuturdu!

Çevreye bakındı. Oğlunun onu kucaklayıp göğsünde bastırdıktan sonra öptüğünü gören olmuş muydu acaba? Olmuşsa, böyle aslanlar gibi bir oğulun anası olduğundan ötürü imrenmişler miydi?

Büyük büyük ağaçlar, tarlalar, tarlalarda çapa çapalayan erkekler, kadınlar...

Böyle bir oğulun anası oluşu kimsenin umurunda değildi.

İçini çekti.

"Huğ" denilen kerpiç evine girdi.

***

Güllü'yle Dörtyolağzı'nda buluşup sinemanın yolunu tuttular.

Kemal bir ara, "Sen karşı kaldırımdan git, ben bu kaldırımdan," dedi.

Güllü hemen dikildi:

"Niye?"

"Gören mören olur belki..."

"Korkuyor musun?"

"Ben mi?"

"Ben!"

"Ben senin için..."

"Sen kendine bak!"

"Benim Allah'tan başka korktuğum kimse yok!"

"Benim var mı? Benim de yok..."

"İyi ya."

Sinemadan içeri girdikleri sıra baktılar ki bir alay bildik, gördük, tanıdık. Ok yaydan çıkmıştı artık. Kemal onu kapıda bırakıp gişeye gitti. İki bilet alacaktı, ama aklı fikri Güllü'de. İt kopuk doluydu. Ya birisi takılır, laf atar ya da bir yanını çimdiklerse?

Gişe önüne uzanan kuyrukta dönüp baktı. Yeni taranmış saçları, kırmızı tokası, yüklü göğsüyle film fotolarına bakıyordu. Kaşları da öyle çatıktı ki ferahladı.

Gişeye doğru yeni bir hamle!

Rahatsız başlar sinirli sinirli döndü, homurdananlar oldu. Oldu ya, uzun boyu, geniş omuzlarıyla cesaret kırıcıydı. Hani birisi yanılıp şaşıp da "Oha!" ya da "Çüüüş!" falan dese, deyiverseydi!

Yeni bir hamleden sonra gişeye yaklaştı, iki bilet alıp kalabalığı geniş göğsüyle yarıp Güllü'nün yanına geldi.

Kız heyecanla sordu:

"Aldın mı?"

"Öte bile geçtim."

"Ver bakim."

Biletleri aldı, hayranlıkla bakmaya başladı. Bunlarla gireceklerdi içeri işte. Üçüncü girişi olacaktı sinemaya. Yüreği öyle çarpıyordu ki. Kemal'in elini aldı, çarpan yere götürdü. Nasırlı, kocaman el sert memeye değince genç adamın içinden sanki güçlü bir elektrik akımı geçti; çekti elini. Ama kız yeniden yakalayıp götürdü.

"Nasıl çarptığına baksana!"

Nasırlı el göğse bastırılmıştı.

"Nasıl?"

"O biçim!"

"Seninki de çarpıyor mu?"

"Ohoo... Soruyor musun?"

Güllü eliyle çarpıp çarpmadığına baktı. Çarpıyordu, hem de öyle çarpıyordu ki.

Kemal, "Fukara anam," diye mırıldandı bir ara.

Güllü ilgiyle sordu:

"Anan mı? Niye? N'oldu?"

Kemal'in gözleri daldı. Anasının o anını hayallemişti.

"Ha? N'oldu?"

"Hiç, arkamdan ağladı da."

"Niye ağladı?"

"Beni babama benzetmiş. Fukara, benden başka hemen hemen hiç kimsesi yok!"

"Hani ağalarım, ablalarım var diyordun?"

"Var ama uzaklardalar, beni gözünden ziyade sever. Kemal demez mi, ağzından üç beş Kemal dökülür."

Güllü, genç adamın elini avuçları arasına alıp kulağına fısıldadı:

"Kaynanam, hı?"

"İnşallah."

"İnşallahı maşallahı yok. Kaynanam, evet!"

"Peki peki, kaynanan."

"Onu evimizin başköşesine oturtacağım, elini soğuktan sıcağa vurdurmayacağım, her işi kendim göreceğim..."

"İyi, ama o başköşede oturamaz ki!"

"Niye?"

"Bahçede sebzelerle uğraşmaya alışmış da ondan..."

"Onun işini ben görürsem ya?"

"Göremezsin ki!"

"Neden?"

"Bahçe işlerinden anlamazsın!"

"Bellerim."

"Zor. Bahçecilik çırçırlara benzemez. Çapa çapalamak, olunca ürünü devşirmek, pazara götürüp satmak... En iyisi biz, anamdan ayrı otururuz. Şehirde, fabrikanın ordaki memur, usta evlerinden birinde, iki oda, bir mutfak, kutu gibi bir evimiz olur. Perdeli..."

Sözünü heyecanla kesti:

"Perdelerini ben işlerim!"

"Nasıl istersen. Hafta tatillerinde giyinir, kuşanır, anama gideriz. Et de götürürüz. Anam öyle güzel çiğköfte yoğurur ki."

"Çiğköfteyi çok severim ben. Bizim Boşnaklar bilmez. O kadar ettim belleyemedim. Yoğurması zor. Anan bana belletir değil mi?"

"Belletir."

"Sonra?"

"Ne sonrası?"

"Evimizi anlatıyordun."

"Anlatıyordum ya..."

Durdu. İçinde sanki bir lamba kısılıvermişti, yüzü hafifçe gölgelendi.

Güllü kolundan sarstı:

"Niye anlatmıyorsun?"

"Aklıma şey geldi."

"Ne?"

"Usta canım, Muhsin Usta!"

Güllü, Muhsin Usta'yı uzaktan tanırdı. Aynı mahallede, aynı avluda oturuyorlardı. Bekârdı. Ama kimsenin karısında, kızında gözü yoktu. Dolu kitapları vardı. Boş zamanlarında kitap ya da gazete okurdu. Birinde annesinin dişi fena ağrımıştı da, komşular, "Muhsin Usta'ya gidin, o keser," demişlerdi. Annesiyle çekinerek gitmişlerdi. Adam gene kitap okuyordu. Onları görünce ayağa kalkmış, yer göstermiş, hâl hatır sormuştu. Annesinin dişi fena ağrıyordu. Ne yapmış, ne etmişlerse ağrıyı dindirememişlerdi. Usta dinlemiş, uzun uzun dinlemiş, sonra teneke bir kutudan beyaz bir hap vermişti. Çeyrek saat içinde diş ağrısı geçivermişti.

Güllü sordu:

"O senin ustan mı?"

"Yok canım," dedi Kemal. "O da benim gibi yağcı. Yalnız, benden eski olduğu için, aldığı saat ücreti daha çok. Bir de okumuş. Okumuşluğu siyaset üstüne. Bilmediği yok. Karşısına kim çıksa baş edemiyor. Ama bizim fabrika Allahlık. Okumuşsun, okumamışsın bir. Okumamışlar daha da çok tutuluyor. Neden dersen, okumuşlardan idareciler çekinir. Okumamışlardansa aftos piyos. Okumuşlara kül yutturamazlar, okumamışları çekerler idareye, dan dun etti mi pata küte döverler, kesesine kalır!"

Güllü daldı. Bir Hacı Ali Efendi vardı, iplikhane kâtibi, iriyarı, pehlivan gibi bir şey. Kafası kızdı mı, değil erkekleri, kadınları, kızları bile döverdi.

"Ne düşündün?"

"Bizim Hacı Ali Efendi aklıma geldi."

"Kadınları bile dövermiş hı?"

"Onu düşünüyordum. Birinde Giritli Hatice'yi dövdüydü ki, gök çürük içinde kaldıydı kızın her yanı. Pis. Kıza böyle böyle demiş, kız yanaşmamış. Vay sen misin yanaşmayan? Bir bahane, kızı odasına çekip... Kemal!"

"Hı?"

"Sen de ustabaşı olabilirsin değil mi?"

"Muhsin Usta'nın yaşına gelince olabilirim, ama yaparlar mı bakalım?"

"Niye yapmasınlar?"

Başını hınçla salladı:

"Gaddar olmak lazım. Ben olamam. Olmak istemem!"

"Olursan senden ayrılırım zaten..."

"Olamam ki!"

"Diyelim ki oldun, gaddar da olmadın, o zaman bayramlarda herkes bize gelir değil mi?"

"Yalnız fabrika sahibiyle müdür gelmezler."

"Biz mi onlara gideriz?"

"Usul öyle."

"Yalandan gider, sonra evimize döneriz. Bize gelecekleri bekleriz değil mi?"

"Tabii."

"Kapıcılar, kontroller, ustalar hep gelirler."

"Gelirler."

"Avratları?"

"Avratları da."

Güllü heyecanlandı. Ak pak yüzü pembeleşti:

"Bana hanımefendi derler... Hanımefendi, eşinize söyleyin de lütfen... Hemen peki demem!"

"Deme."

"Sen işten gelirsin, sana söylerim."

"Ben kızarım ilkin."

Güllü'nün aklı gitti:

"Bana mı?"

Kemal güldü:

"Sana ama yalancıktan..."

Gene adama kedi gibi sokuldu, avucuyla kolunu okşamaya başladı:

"Bana kızma, bana hiç kızma e mi?"

"Yalancıktan canım, bizim baş ustanın yaptığı gibi. Yoksa sana kızabilir miyim hiç?"

"Kızma. Babamdan, ağamdan çok çektim. Kendi evimde hanımefendi olmak istiyorum!"

Gözleri daldı.

"Radyomuz olmalı, karyolamız, aynalı dolabımız..."

Hırslanıverdi:

"Herkes bana imrenmeli, kıskanmalılar beni, arkamdan atıp tutmalılar, ama yüzüme karşı..."

Gözüne ağabeyinin yakın arkadaşlarından biri çarpmıştı. Kemal'in kolunu bırakıp çekildi azıcık.

"Kör Tahir!"

Kör Tahir, ağabeyi Hamza'yla çırçırlarda çalışırdı. Güllü onu da ağabeyi gibi, hiç sevmezdi. Hatta birinde yolunu kesmiş, "Kız," demişti, "toka ile gıcırlı sakız gönderdim, niye boş verdin?"

Güllü gene kaşlarını öyle bir çatmıştı ki, Kör Tahir ürkmüş, sonra kendini toplayarak, "Peki," demişti, "belle bunu!"

Sormuştu Güllü:

"N'olacak?"

"Belle. Biriyle konuşurken görürüm elbet bir gün seni."

"Oşt, kör it!"

Çekip gitmişti.

Makinist Kemal bütün bunları bilmiyordu, ama Kör Tahir'i tanıyor, suyabatmaz, itin biri olduğunu yakından bildiği için de hiç sevmiyordu. Birinde işten çıkmışlardı. Kör Tahir önden gidiyordu. Birbirini kesen sokaklardan geçerken Tahir birden küçücük bir çocuğun elinden elmasını kapıp kaçmıştı da bisikletini ardından sürüp yakalamış, elmayı elinden zorla çekip almıştı. Kemal'den başkası olsa vermez, gerekirse bir elma için karşısındaki adamı çekip vurabilirdi.

Güllü'yü şahin gibi yedeğine almış, Kör Tahir'e sert sert bakıyordu. Kör Tahir'in gözünden kaçmadı bu.

Güllü, "Pis," dedi. "Maymun suratına bakmadan... Beni gördüyse yandım!"

"Niye?"

"Hamza'ya yetiştirir hemen!"

Kara, kuru, kırbaç gibi ama sağlam Tahir'i gözleriyle uzun uzun izledi. Şer, bela, lanetin biriydi. Duruşundan, bakışından kavgacılık akıyordu. Ön sıraların orda durmuş, sinemanın içini gözden geçiriyordu. Sonra geçip sıralardan birine oturdu. Güllü iyice huylanmıştı.

"Gördü mü beni acaba?"

Kemal sinirlendi:

"Belle ki gördü. N'olacak?"

"Hiç Kemal, kızma. Hamza'ya yetiştirir de..."

"Yetiştirsin!"

"Ağzını bozar..."

"Bozsun!"

"Bozsun olur mu? Ben de bozarım. O bana, ben ona. Derken vurur. Benim ellerim armut toplamıyor ya ben de ona!"

"Sonra?"

"Sonra babam girer araya..."

"Baban çok şımartıyor onu galiba?"

"Çoook. Öyle kızıyorum ki!"

"Kime?"

"Babama da, ağabeyime de. En çok da babama. O oğlanın öyle şirnek oluşu hep babamın yüzünden. Pis. Şimdi de müdürün avradını yakalamış!"

Kemal güldü.

Güllü pirelendi:

"Niye güldün?"

"Niye güleceğim, onu yakalamak marifet mi? Kadın parlakçı. Parlak birini görmesin, gördü mü, tamam. Kancayı öyle bir atar, istesen de kurtulamazsın. Senin Hamza gibi nice niceleri onun defterinde kayıtlı. Sen onu bunu bırak ya, babanın dört avradı olduğu doğru mu?"

Güllü utanarak, "Doğru," dedi. "Dört anamdan on beş, yirmi çocuk. Hepimiz çalışırız, babam elimizden çeker alır. Sadece Hamza'dan almaz. O, kendi gençliğine benziyormuş sözde... Şimdi şimdi ben de kazancımı vermiyorum ona!"

"Niye?"

"Niye verecekmişim? Onun eline geçen para kimin eline geçer? En biri, elcilikten alır her yıl dünyanın parasını. Muzaffer Bey var, büyük çiftçi, dağ taş, toprak onun. Binlerce dönüm ekiyormuş her yıl. Çocukken giderdik pamuk toplamaya, hatırlıyorum, dağ taş pamuğa keserdi. Ondan avuç dolusu para alır her yıl, ama hepsi kendine kalmaz. Irgatlara avans dağıtır. Babam gene de saf adamdır, kızmam ona pek. Asıl Reşit var. Berber Reşit... Babamın akıl hocası o! Cin mi cin. Bir de suratsız ki, eh..."

Birden ışıklar sönünce kesti. Film başlamıştı. Gene de mırıldandı:

"Bugün cumartesi, Giritli'nin orda çekiyorlardır gene kafaları!"

5

Rakı masasında beşleşmişlerdi.

Beşinci adam, Elci Cemşir'le Irgatbaşı Memo'nun her yıl pamuk tarlalarına çapa ırgatı denkleştirdikleri büyük çiftçi Muzaffer Bey'in yeğeni Zaloğlu'ydu!

Asıl adı Ramazan olan kırk sekiz kiloluk bu sıska gence Zaloğlu adının takılması, herkesi yadırgatan palabıyığı, belindeki puşu denilen Trablus kuşağı, külot pantolonu, çizmeleri, hiçbir işine yaramadığı hâlde belinden eksik etmediği toplu tabancasından ötürüydü.

Dayısı Muzaffer Bey'den başka kimsesi yoktu. Adana'nın Sinekli Parkı'nda tek başına esrarlı sigara içtiği geceler çocukluğunu hatırlar, ağladığı bile olurdu.

Dedesinin arı kovanını hatırlatan zengin konağında geçmişti çocukluğu. O günleri şimdi bir düşmüşçesine hatırlıyordu. Besili koçların kesildiği, kupa landonların hatırlı konuklar taşıdığı, sağlıklı uşaklarla hizmetçi kızların merdivenler inip merdivenler çıkarak hizmet gördüğü, kileri zahire çuvallarıyla ağız ağza dolu günler geçirmişti.

Şimdilerdeyse, uçsuz bucaksız tarlalarından gelen kazancını Nis, Montekarlo kumarhanelerinde, Paris kafeşantanlarında avuç avuç yiyen dayısının çiftliğinde zavallı bir kâtip parçasıydı. Kâhyalardan izinsiz bir güvercin bile kesemezdi. Çünkü sülalesinin tüm "menkul ve gayrimenkul"ünü "bir suretle'" mülk edinen keyif düşkünü dayı, yeğenini zerrece sevmez, şurda burda cart curt edişi kulağına çalındı mı, küplere biner, o öfkeyle de oğlanı ele geçirdi mi, tekmeleri altında ezer, ezerdi.

Böyle olduğu hâlde, Zaloğlu için tek dayanak, öğünmelerine tek vesile gene de dayısıydı. Kafayı çekti mi, pireyi deve yaparak başlardı. Hele meclis kıvamında, dinleyicileri de dalga geçtiklerini belli etmiyorlarsa, Zaloğlu'nun konuşmasında ne hedef kalırdı ne de nişangâh!

Meclis, istediğince, tam da kıvamındaydı.

Cemşir'le Memo yarı örtük gözleriyle sadece dinliyorlardı. Hamza'ysa oldubitti bayılır, biterdi Zaloğlu'nun konuşmalarına. Berber Reşit'e gelince... O, kös dinlemekteydi!

Zaloğlu'nun sustuğu değil de, konuşmasına nokta koyduğu bir sıra, Hamza, "Sonra kardaş?" diye sabırsızlandı.

Zaloğlu yumruğunun tersiyle kaba bıyığını sıvazladıktan sonra, konuşmasının ardını getirdi:

"Sonra, dayımdır öfkelenir, lan paşa der, al vaziyetini karşımda! Paşa dediği de hani öyle ayın uyun* paşalardan değil haa... Sultan Hamit paşası ki, göğsü möğsü tekmil nişan dolu! Paşadır bu sözleri yemez. Hık mık... dayımdır iskemleyi kaptığı gibi paşanın kafasına patlatınca, paşadır soluksuz yıkılır, anide!"

Kadehine sarıldı, boştu. Rakı şişesine el attı, o da boş. Kan çanağına dönmüş gözleriyle kebapçı dükkânını taradı. Onlardan başka kimseler kalmamıştı hemen hemen, içkili yerlerin saat on birden sonra kapandığını bildiği hâlde, gene de seslendi:

"Bak hele heey, hısım!"

Koca göbekli dükkân sahibi, hesap isteyeceklerini sanarak, altın dişlerini göstererek koştu:

"Emret Ramazan Bey!"

Boş şişeyi uzattı:

"Dolusunu getir şunun!"

Şişko Giritli'nin aklı gitti. Ellerini ovalaya ovalaya, kırıla döküle özür diledi. Vakit çok geçmişti. Bekçi üçtür geliyordu. Bu kez de gelirse... Yoksa ne kıymeti vardı? Onlar için can fedaydı, başının üstünde yerleri vardı ama, biliyorlardı ortalığın sıkılığını...

Fitil gibi sarhoş Zaloğlu diretti:

"Şunun dolusunu getir Giritli!"

---

* Rasgele, beribenzer.

"Ramazan Bey, vallahi bildiğiniz gibi değil. Resmen tebliğ ettiler, saat on birden sonra açık görülecek içkili yerler derhal kapatılıp mühürlenecek!"

"Sana şunun dolusunu getir diyorum!"

"Ramazan Bey, ekmeğimle oynayacaksınız..."

"Şunun dolusunu lan, fazla laf istemiyorum!"

Kebapçı ne yapacağını, ne türlü davranacağını şaşırmıştı. Verse bir bela, vermese iki. Cemşir, zom olmuşçasına yarı örtük gözleriyle besili bir sığırı hatırlatıyordu. Zaloğlu'yu önlemek şöyle dursun, çekişmenin bile dışında gibiydi. Berber Reşit'se yukarı tükürse bıyık, aşağı tükürse sakal. En iyisi karışmamaktan yanaydı ki, Hamza'nın tepesi attı. Koskoca bir Muzaffer Bey'in, ağzından yağ bal akan yeğenine karşı bu ne terbiyesizliktir? Masaya bir tekme... Su bardakları, tabaklar, şişeler dükkânın betonunda şangırtıyla parçalanırken, Zaloğlu tabancasına tam el atmıştı ki, kapıda iriyarı bekçi belirdi. Zaloğlu, bekçiye şöyle bir baktı, tabancayı çekmekten vazgeçti. Vazgeçti ya, çekse ne lazım gelirdi yani? Muzaffer Bey'in yeğeniydi bugüne bugün. Paşaların kafasında iskemle parçalamış bir dayının yeğeni, beş kuruşluk bir bekçiden mi çekinecekti? Dayısı duyarsa ne derdi sonra... Yazıklar olsun demez miydi? Ben ki paşaların tepesinde iskemle parçalamış bir insan olayım da benim yeğenim bir bekçiye söz geçiremesin!

Dayısını hatırlatan bir çalımla, "Bekçi, burya gel!" dedi.

Ufacık adamın çalımı, bekçinin tuhafına gitmişti, gülüverdi.

Bekçinin niye güldüğünü anlayan Zaloğlu kızdı.

"Gelsene lan burya!"

Bekçi yemedi.

"Lazımsa sen gel!"

"Sana gel diyorum!"

"Sen kim oluyorsun da ayağına gelecekmişim?"

Kim mi oluyordu? Kim oluyordu ha? Dedesi, dedesinin arı kovanı gibi işleyen konağı, kurban bayramlarında sıra sıra boğazlanan besili koçlar, konuk taşıyan kupa landolar, dayısı, dayısının koç bıyığı, paşanın kafasında iskemle parçalayışı... Bütün bunlardan sonra hâlâ kim oluyordu ha?

Berber Reşit'e, "Git, şu hırta kim olduğumu anlat!" dedi.

Gözleri burun köküne akmışa benzeyen kırış kırış Reşit, herhangi bir olay çıkıp gece yarısı polis karakollarına düşmekten çekindiği için koştu.

"Kurban olurum sana Bekçi Efendi," diye onu kıyıya çekti. "İşimizi bitirdik, gidiyorduk. Zatınız geldiniz. Yoksa size karşı..."

"Zatınız" sözüyle tava gelen bekçi, "Kim o?" diye sordu.

Berber Reşit bir çırpıda dayısını falan anlatıverdi, bekçi duymuştu Muzaffer Bey'i ama onun kim olduğunu biliyor muydu o yumruk kadar adam? O soylu kişiyse, bekçi ondan geri mi kalırdı? Buraya Malatya'dan sürgün edilmişti bugüne bugün. Niye? Ağalara, beylere kavuk sallamadığından! Ve de sallamazdı! Ağa oldular, bey oldularsa Allah olmadılardı ya!

"Düşmez kalkmaz bir Allah. Biz de hanedan yerdeniz, benim babam, dedem de beydi, hem de beylerbeyi!"

Berber Reşit, bekçinin sırtını okşadı:

"Beylerbeyi, Çengelköy, Vaniköy... Bilmem mi?"

"Nedir bildiğin?"

"Hanedan yerden olduğun..."

"Beni tanır mısın?"

"Tanımaya lüzum var mı kurban?"

"Tanımıyorsan nasıl bilirsin hanedan yerden olduğumu?"

"Bir insanın sıfatı belli eder. Bıyığın, bakışın, pehlivan yapın..."

Bekçinin bıyıklarının ucu titriyordu öfkeden, ama yatışıverdi birden. İnsanın sıfatından belli olurdu soyu sopu, doğruydu.

"Beysin, bey oğlu beysin hem de. Madem bey oğlu beysin, bey beye saygı gösterir, bey beyin hatırını sayar, beyzade beyzadenin dilinden anlar. Hoş gör, kafayı bulmuş, yumruk kadar adam mesela... Şu pehlivan yapınla ona uyacak değilsin ya! Hem ne? Bir tokat atsan yarısı boşa gider mesela..."

Bekçi yumuşamıştı:

"Senin gül hatırın için bu seferlik..."

"Yaşa!"

"Yoksa o iti şerefsizim posta eder, götürürdüm!"

"Bilmiyor muyum? Sen bir kanun temsilcisisin mesela..."

"Anlat ona, cart curt herkese sökmez!"

"Anlatırım."

"Senin hatırın için gidiyorum, bir daha gelince dükkânı kapanmış bulmalıyım!"

"Emrin can baş üstüne!"

Bekçi çıktı. O kadardı işte. Yeni gelmişti buraya, ama yakında öğretecekti herkese ne adam olduğunu!

Düdüğünü çıkarıp kuvvetle öttürdü.

Reşit masaya döndü.

Zaloğlu hâlâ alıp veriyordu. Elleri arkasında, sordu:

"N'oldu?"

Berber Reşit, "Hiç canım," dedi, "n'olacak? Sepetledim gitti."

"Kim olduğumu anlattın mı?"

"Bak hele bak."

"Şafak attı mı enayide?"

"Hem de nasıl!"

Zaloğlu gene de içini çekti.

"Ne fayda, bırakmadınız ki... Bir bıraksaydınız, onun İsasını Musasını, yedi göbek sonra gelecek zürriyetini İskender'in askeriynen..."

Hamza coşarak bir nara attı:

"Oooof Allaaaaaaaaaah!"

Kebapçıyla Berber Reşit'in akılları gitti. En çok da Reşit'in. Bekçi yakınlarda olabilir, duyup gelebilirdi. Gelince de işler Arap saçına döner, politikasının ipliği pazara çıkardı ki, sonu karakolda biterdi.

Tam bu sırada Hamza ortaya bir fikir attı:

"Bakın hele... Kiloluk bir rakı alıp bize gidek mi?"

Zaloğlu'nun gözleri parladı. Reşit, Cemşir'e baktı. Cemşir hep o besili sığır ağırlığı içinde dünyadan habersiz, dikilip duruyordu.

Hamza, "Kardaş be," dedi kebapçıya, "bize sendeki kiloluk rakılardan bi dene meze müze de yap çat sar bir kâğıda... Oldu mu?"

İç cebinden üç on liralık çıkarıp tezgâhın üstüne attı.

"Bu paradan hesaplarımızı da al. Artık ziyade kalırsa yarın anlıyon ya?"

Kebapçı kurtuluşun verdiği sevinçle istenenleri yapmak üzere giderken Hamza, Zaloğlu'na sokuldu, koluna girdi.

Zaloğlu, "Lakin," dedi.

Hamza ardını bekledi, gelmeyince sordu:

"Ne lakini kardaş?"

"Bir şey yok."

Üsteledi:

"Essah* ne var?"

"Valla bir şey yok."

Hamza kuşkulanmıştı:

"Var," dedi. "Anam avradım olsun var bir şey. Söyle ne var? Benden gizli mi? Sen kardaşını fos mu belliyon? Senin uğruna ölmeyenin anasının donu başına be!"

Zaloğlu derin bir iç geçirdikten sonra Berber Reşit'e şöyle bir baktı:

"Ah Reşit Emmi ah, bırakmadın ki onun bekçi gibi, Allahını, kitabını şaşıraydım!"

Reşit koştu, öbür koluna girdi:

"Seni değil, bekçiyi düşündüm Ramazan Efendi. Cahil fukara, dururken kafası gözü kırılacak! Hem canım siz kiiim, o

---

* Sahi, gerçek.

kim? Koskoca Muzaffer Bey'in yeğeni mesela... El âlem ne der? İki paralık bir bekçiye uymuş demez mi? Size yakışır mı? En biri dayın! Duysa ki yeğeni beş kuruşluk bir bekçinin kafasını gözünü... Hı? Yazıklaaaar olsun benim yeğenime demez mi? Ben paşaların kafalarını parçaladıydım, yeğenim bekçilerin. Yakışık alır mı?"

Hamza, "Doğru," dedi. "Uyduğun şöyle beribenzer bir adam olmalı!"

"Hem beribenzer olmalı hem de... Kullar gibi yalvardı şerefsizim. Aman dedi, ben ettim siz etmeyin!"

Zaloğlu'nun gözleri güldü:

"Demek dayımı duyunca?"

"Ayın beyin* oldu tekmil!"

"Her kuşun eti yenmez diyeydin!"

"Demem mi?"

"Dayımın paşayı bir sandalyede yıktığını?"

"Bak hele bak. Demem mi?"

"Ne dedi?"

"Ben kirişi kırayım öyleyse dedi, kırdı..."

Rakıyla mezeler sarılmış, hazırdı. Dükkândan çıktılar.

Yıldızlarla dolu, pırıl pırıl bir gece vardı. Güçlü ay, sakin gecenin içindeki damları, çatıları yaş yaş parlatıyordu.

Üçü önden yürüyorlar, Cemşir'le Memo arkadan gidiyorlardı.

İşçi mahallelerine sapan çamurlu, dar sokağa girdiler. Elektriksiz sokak, köhne tahta perdelerle çevrili harap evler kalabalığının arasında uzuyordu. Karanlık pencereleriyle evler çoktan uykuya varmışlardı.

Bir ara cilaya gelen** Hamza müthiş bir nara attı:

"Ooooooooof Allaaaaaaaaaah!"

---

* Ters mers olmak, beyninden vurulmuşa dönmek.

** Coşmak, keyiflenmek.

Mahalle sanki kulak verdi naraya, silkindi sonra. Öksürükler duyuldu, uzaklarda da bir bekçi düdüğü...

***

Naraya uyanan Güllü, kulak verdi: Tamam, ağabeyiydi. Gene zilzurna geliyordu. Hiç yoktan mesele çıkarır, cart curt ederdi o kafayla. Allah kahretsindi, kahretsindi böyle yaşamayı. Uykunun en tatlı bir sırasında uyanmaya ne zoru vardı? "Çalış, çalış, çalış, itler dursun, sen durma. Tam uykuya bayıldığın sıra..."

Sesler yaklaşıyordu. Kulak verdi: Dört beş kişinin yaklaşan ayak sesleri, paldır küldür konuşmaları... Geliyorlardı, sağlama onlara geliyorlardı. Eyvah, bu saatten sonra bir de sarhoş avutmaya kalkarlarsa hâlleri dumandı.

Yanı başında uyumakta olan annesini dürttü. Kadın bütün hafta, her gün on iki saat çırçırlarda çalışmak, paydosta eve gelip çamaşır yıkamak, tahta silmekten yorgun, ölü gibi yatıyordu. Nara yakınlarda tekrarlanınca, Güllü'nün telaşı arttı. Annesini daha kuvvetle sarstı:

"Anne, anne kız, anneeeee!"

Kadın, "Hıh?" dedi.

Yorganı atıp sıçradı. Genç yaşında kırışmaya başlamış, yorgun ama güzel, ak pak bir kadın yüzü uykulu gözlerle kızına halsizce baktı:

"Ne var?"

Güllü, "Seninki geliyor," dedi. "Yatıyorum ben, geberiyorum uykusuzluktan zati... Sorarsa, uyuyor, uyandırma, de!"

Devrilip yorganı tepesine çekti.

Kadın, oğlunun pencere önünde patlayan son narası üzerine uyku sersemliğinin içinden sıyrılıp fırladı. Zaten kapı önüne gelmişlerdi. İdare lambasıyla koşuncaya kadar, kapı tekmelenmeye başlamıştı bile.

"Geldim oğlum, geldim!"

Kapıyı açtı. İdare lambasının hafif ışığı beş kişinin sarhoş yüzlerini aydınlattı.

Gene Hamza:

"Bu kapı niye geç açılıyor lan ana?" dedi.

Bir şeyler söylemek, kapının geç açılma nedenini belirtmek istediyse de dinleyen olmadı.

Hamza, "Buyrun," dedi. "Ramazan Efendi, buyur!"

Zaloğlu serili yatakları görmüştü, geriledi.

"Rahatsız ettik yahu, ayıp ettik..."

Kolundan çekti.

"Tekmil hikâyeymişsin... Rahatsızlık ne kelime? Alt tarafi karı kancık takımı. Adamdan mı sayıyon karı kancık takımını? Evin gibi buyur, çekinme Allahını seversen..."

Cemşir'e söz kalmıyordu oğlundan.

Beş erkek, çamurlu ayakkabıları, rakı mezeleri, leş gibi anason kokan soluklarıyla odaya paldır küldür doldular. Hamza, bacısının yatmakta olduğunu görünce, anasına sertçe döndü. Meryem, oğlundan çok korkardı. İşi anladı. Kızının yatağına gitti, çömeldi. Sesini namahreme duyurmamaya çalışarak bir şeyler fısıldamaya, kızı sarsmaya başladı. Güllü'nün öfkesi zaten üstündeydi. Gece yarısı, uykunun en tatlı zamanında yatağından kalkmaya ne zoru vardı? Ağası, babasıysalar Allah değillerdi ya. Ekmeğini de onlar vermiyorlardı üstelik!

Gel gelelim ananın aklı gidiyordu.

"Kızım, Güllüm, kurban olim kalk!"

Kalkmayacaktı, kalkmayacaktı, kalkmayacaktı işte!

"Allahını seversen kalk Güllü, kalk yavrum!"

Hamza fırladı. Güllü'nün yorganını tuttuğu gibi çekip aldı, kıyıya fırlattı. Bir an kızın kaymış etekleri altında bembeyaz bacakları göründü. Zaloğlu'nun Allah'ı şaştı. Şimdiye kadar böylesine güzel bacak görmediğini sanarak yüreği hızlı hızlı atmaya başladı.

Güllü yataktan fırlamış, ağasının üstüne atılmıştı:

"Ver yorganımı, ver be!"

"Kız bana baak..."

"Bakıyorum, ne var?"

"Misafirlerin önünde kazık gibi yatılır mı? Ayıp!"

"Ayıpsa bana, ver yorganımı!"

"Güllü, bana bak..."

"Bakıyorum işte!"

"Belle bunu amma, sorarım sana bilmiş ol!"

"Sorarsın, heye, sorarmış. Ver yorganımı!"

"?.."

"..."

Araya Berber Reşit girdi. Yorganı alıp kıza verirken Hamza'ya, "Sen misafirlere bak," dedi.

Ama Hamza fena bozulmuştu:

"Eh ulan Güllü, belle bunu. Misafirlere dua et. Senin Allahını, kitabını..."

Reşit ağzını eliyle kapatmasaydı sövüp sayacaktı. Sonra Güllü'nün yanına çömeldi. Meryem de çömelmişti. İkisi iki yandan kızı yatıştırdılar. Güllü aslında yatışmamıştı. Ne zorunaydı, ne zoruna? Misafirse misafir, onun misafiri değillerdi ya! Evleri meyhane miydi?

Zaloğlu büyülenmişçesine gözlerini kızdan ayıramıyor, kucaklamak, öpmek öpmek, sıkı sıkı sarmak geçiyordu içinden. Ne kızdı ya! Yatağının kıyısına ilişmiş, Berber Reşit'le anasını dinliyor, aldırış etmiyordu. Kaşları iyice çatıktı. Tam, tam istediği gibi bir kız. Avrat dediğin, sırasında böylesine yiğit olmalı, eli silah bile tutmalıydı. Bu öyleydi işte. Bunun eli silah da tutardı, bıçak da... Boyun eğmiyordu. Feleğe minneti yoktu, takmıyordu ağa mağa!

Birden kendine geldi. Millet kadehlerini kaldırmış, tokuşturmak için bekliyordu. O da aldı, tokuşturduktan sonra, kadehini Güllü'nün şerefine dipledi.

Güllü, bir kıyıdan, sofradakilere öfkeyle bakıyordu. Zaloğlu'nun koca bıyığı, kuşağı, çizmeleri, külot pantolonu tuhafına giderek gülesi tuttu. Soytarı mıydı ne? Yumruk kadar adamda kocaman, koç bıyık, kocaman kocaman çizmeler. O ne? Ona mı bakıyordu ne? "Dert!" dedi içinden. "Bıyığa hele. Şu da kendini adamdan sayıp bıyık bırakmış. Çizmeye hele çizmeye... Solucan suratlı!"

Zaloğlu'ysa, kızın çatık kaşlarına karşın, kendisine alttan alttan bakması hoşuna gidiyordu.

Coştu. Kadehine rakı koydu, hiç gereği yokken şerefe kaldırıp dikti. Kadehini Güllü'ye bakarak kaldırmış, dikerken de göz kırpmıştı.

Güllü "O ne?" dedi içinden. "Kime göz etti o? Bana mı? Bok suratlı. İ... yılışıyor... Senin bu yılıştığını Kemal görmeli şimdi, it! Sen Kemal'in kesip attığı tırnak olaman be! Kemal senin gibileri ot diye yer..."

Hamza, Zaloğlu'nun boşalan kadehini hemen doldurdu. Zaloğlu'ysa gözlerini Güllü'den ayırmıyor, kızın bakışını hayra yorarak umuda düşüyordu. Hani böyle böyle diye açsalar da, kız "Heye," yani evet dese... Olmayacak ne vardı? Dayısına yalvarır, yakarır, ayaklarına kapanırdı. Cemşir'in eline üç beş sıkıştırırlar, kızı çeker alırlardı. O zaman öyle iyi olurdu ki! Şehre mehre tövbe inmezdi. Çiftliğe yerleşir, içkiyi, kumarı, esrarı, afyonu da boşlardı. Dayısı... Öyle ya, soylu değil diye istemezse istemezdi. "Bunca soylu kız varken çırçırlarda çalışan bir kız alınır mı lan?" derdi belki de. Desin, eline ayağına kapanır, "Dayım dayım, kurban olim dayım. Ocağına düştüm!" derdi be. Daha olmazsa araya...

Kafasında şimşek çaktı: Evet daha olmazsa, dayısının çiftçibaşısı Yasin Ağa'yı araya kordu. Dayısı, Yasin Ağa'nın sözünden tövbe çıkmazdı. Yasin Ağa ne derse çiftlikte o olurdu. Yasin Ağa, ta dedesinin zamanından beri çiftlikteydi. Tamamdı, tamamdı canım. Yarın çiftliğe giderken Yasin Ağa'nın hoşlanacağı birkaç da kitap satın alır, götürürdü Yasin Ağa'ya. Geceleri okur, tam tavına gelince de açardı meseleyi.

Aklından, Ulucami'nin belediye helası bulunan aralığı geçti. Bitpazarı gibi bir aralıktı burası. Kuka, necef, adi taş tespihler, hacıyağları, boy boy, cins cins ağızlıklar, tahta, fakfon, teneke tabakalar, yedi delikli nazar boncukları, Mekke taşları, keçe, örme yün külahlar ve kapakları göz alıcı, parlak renklerle kitaplar, din kitapları... Arap harfleriyle *Mâlumât-ı Diniyye*'den, *Menâkıb-i Peygamberi* ve *Kısas-ı Enbiyâ*, *Kan Kalesi Cengi*'nden, En Güzel Mektup Numuneleri'ne dek çeşit çeşit kitaplar...

Aralığın hela kokulu havasına bazen güneş keskinlemesine vurur, kel, kör, topal dilencilerden, yağız çehreli patoz ırgatlarına dek omuz omuza bir kalabalık kaynaşır dururdu.

Zaloğlu yarın buradan birkaç kitap alacaktı Yasin Ağa'ya.

Berber Reşit deminden beri hiç sezdirmeden Zaloğlu'na bakıyordu gözucuyla. Oğlan amma da dikmişti gözlerini kıza ha! Dikmişti, hoşlandığı da belliydi ya, kız onun yanında deve gibiydi. Bıyığı, çizmeleri, belindeki puşusu, tabancası falan havaydı kızın yanında. Güllü onu bir tutuşta çocuk gibi öfeler, gerekirse yerden yere çalardı. Böyle bile olsa, nerden baksan bir kızdı. Kız dediğin de neydi? Erkek kısmının zevk aracı! Kadınların güzellikleri erkekleri içindi. Sonra, erkeğin güzeli, çirkini, yakışıklısı, yakışıksızı da olmazdı. Erkek erkekti, kadın da kadın. Oğlan gerçekten kıza abayı yakar da iş kıvamına girerse, Cemşir bir iki demez, kızını bu ufak tefek ama soylu delikanlıya veriverirdi. Vermeliydi de... Kız birden boy atıp gelişmiş, gemi de azıya almıştı. Bir kız boy atıp gemi de azıya aldı mı, onu ne yapıp yapıp el oğluna vermeli, evde daha fazla tutmamalıydı. Zaten harıl harıl çalışıp para kazansa bile hayrı yoktu. Babasına on para olsun vermediğini Cemşir kaç kez söylemiş, kızdan yakınmıştı. "İt, oğlu itin kızı. Kazanıyor kazanmasına ya, koklatmıyor. Eskiden böyle değildi. Şimdi asi oldu. İbiği mi kızardı ne? Münasibini bulsam, kuyruğuna çalıyı kıstırıp dehleyeceğim!"

Reşit rakısını yudumlarken, Güllü'nün kabadayı kız olduğunu düşündü. Kabadayıydı ama, karı kancığın kabadayılığından ne olacaktı? Bir kız ya da karı kabadayı mı? Önünde de, sonunda da genelevlere düşebilirdi. Onun için, yol yakınken Ramazan Efendi'nin aklını çelip şu işi bitirmeliydiler.

Oğlanın kıza yılışık bir işaretini yakaladı.

Oğlan çalmadan oynamaya başlamıştı bile. Besbelliydi ki kıza abayı yakmış!

Cemşir'e baktı. Ohoo... Onun dünyadan haberi yoktu. Memo'ya yaslanmış, sızmıştı bile. "Allahlık!" diye geçirdi. "Herif gittikçe hampolaşıyor. Ye, iç, yat, kalk, şişiyor boyuna. Dünya yansa içinde hasırı yok!"

Hamza boşalan kadehleri yeniden doldurdu.

"Haydi şerefe!"

"Şerefin vaar olsun..."

"Nur ol arkadaşım..."

"Diline sağlık..."

Zaloğlu'nun gözleri hep Güllü'de. Oğlanın abayı iyice yaktığını anlıyordu Reşit. Hani dayısı da bir razı gelse, soyluluk soysuzluk filan diye tutturmasa... Ulan tadından yenmezdi be! Koskoca Muzaffer Bey'in yeğenine varmak ne demekti Güllü için? Bırak Güllü'yü, kendilerinin bile ekmeklerine yağ sürülürdü. Bütün mesele, oğlanın sarhoş kafayla kıza bitip ertesi gün ayılınca unutmamasındaydı. İyi ama, kız beğenecek miydi bakalım oğlanı? "Ana, baba beğendikten sonra kıza bok yemek düşer! Kız da kim oluyormuş? Benim kızım olmalı da, benim beğenip verimkâr olduğuma omuz silkmeli! Allahımı inkâr ediyim, onu lokma lokma doğrarım!"

Gözleri Güllü'ye kaydı: Entarisinin eteğiyle oynuyordu. Reşit hayra yordu bunu. Bir kız, yadırgıların bulunduğu bir mecliste, gözlerini önüne eğip eteğiyle oynadı mı, yadırgılardan birine gönlü kaydı demekti. Yadırgı olarak kim vardı meclislerinde? Zaloğlu! Üst yanı babası, kardaşı, Memo, Reşit Emmisi. Üstelik deminden beri oğlan işaret üstüne işaret geçiyordu kıza. Kız'dı nerden baksan. Gönlü kayıverirdi. İnşallah kaymıştı da, içine ateş düşer, o ateşle...

Sinemayı düşünüyordu oysa Güllü. Oğlanın kızı tam öptüğü sıraydı işte. Kemal de nasıl kolunu beline geçirip sıkmıştı! İçinden sanki ılık ılık bir şeyler akmıştı. Ne hoş, ne hoştu. Demek Kemal'le gece gündüz bir arada, hele bir yatakta olsalar... Yarın Pakize inceden inceye sorardı artık. Sinemaya gittiniz mi? Ne oynadı? Sinema oynarken ne yaptınız? Öptü mü? Ne antika karıydı şu "Giritli Pakize!" Evlenmiş, boşanmış, yeniden evlenmiş, boşanmış. Artık evlenmek istemiyordu. "Canımın istediğiyle gezip dolaşırım. Dedikodu mu? Vız gelir tırıs gider... Bütün erkekler benim olsun istiyorum. Doyamıyorum kız, zorla mı? Hepsinin tadı bir başka. Ne diye içlerinden yalnız birine bağlanmalı?"

Güllü böyle düşünmüyordu. O yalnız Kemal'i düşünüyor, sadece sadece onu istiyordu. Sonuna dek de onunla kalmalıydı. Hani şu, "Allah bir yastıkta kocatsın," derlerdi ya, öyle. Kemal'le bir yastıkta kocamaktan başka dileği yoktu. Pakize o kadar erkek değiştirmişti de nesi artmıştı? Bir gün ya bir hastalık alır ya da bir zorlusuna rastlarsa görürdü gününü!

Zorlusu deyince, aklına Kör Tahir geldi. Sahi o. Sinemada görmemiş olamazdı Güllü'yü. Sigara içmeye çıkarken yan gözle bakmış, görmüş, gülmüştü, domuz, domuzoğlu domuz! Hamza'ya hemen yetiştirirdi, sağlam! Belki de yetiştirmez, gene yoluna çıkar, "Herkese şapur şupur da bana yarabbi şükür mü kız?" diyebilirdi. Desindi, desindi de ağabeyine söylemesindi. Desindi desindi ama, hava alınca? Hava alınca, bir iki demezdi vallaha, söyleyiverirdi. Hem de bire bin katarak!

İçinden bir sıkıntının kül renkli ağırlığı geçti.

Söylerse ne olurdu? Asar mıydı? O değil, onun Feriştah'ı asamazdı. Hele elini kaldırıp vurmaya kalksın? Ya da kötü bir laf söylesin? Onun elleri armut toplamıyor, ağzı da kirada değildi. Vurursa o da vurur, söverse o da... Başka?

Bir de şu vardı... Kör önüne çıkar, böyle böyle, "Herkese şapur şupur da, bana yarabbi şükür mü?" derse, gülüverir, umuda düşürür, sonra da Pakize'yi gönderip... Güldü, "Şu kör itin ifadesini alıver kız, derim. Canına minnet kahpenin. Alıverir!"

Ama gene de belli olmazdı işi sürtüğün. Bir erkekten hoşlanması gerekti. Hoşlanmadı mı, yoluna altın dizseler... Bir de, fabrikada, iş arkadaşı erkekler ya da ustalarla; Allah yazdıysa bozsun. İş arkadaşlarıyla yüzünü karaladın mı, yandın. Hemencik fabrikaya yayılıverir. Ondan sonra kurtulabilirsen kurtul!

Pakize yanaşmazdı Kör Tahir'e.

Canı sıkıldı. Canının sıkıldığı sıralarda olduğunca, gene bir ayaklanma başladı içinde, "Eeeeh... Bana kimse karışamaz! Kör Tahir değil, Allah olsun isterse. Seviyorum, sinemaya gittim, her zaman da gideceğim. Evet, oğlan Fellah da üstelik, kime ne? Hele ağızlarını bozup artık eksik bir şeyler söylesinler, vallaha onları parça parça ederim!"

Babasına baktı. Besili sığır ağırlığıyla, Memo'ya yaslanmış... Amma da uykucuydu be! Bütün gün uyur, gene de doymazdı uykuya. "Şam babası!" diye geçirdi. Bu söz de Pakize'nindi. Kâfir karı, neler de bilirdi!

Birden Zaloğlu'na dikkat etti: Aa... oğlan soytarı mıydı ne? Deert! Göz de kırpıyordu. Aynayla dargındı galiba. "Ulan dünyada bir sen kalsan, bir de ben. Sana gene de dönüp bakmam!"

Gözlerini elinden geldiğince kaçırıyor, ama arada bakışları karşılaşınca da oğlan... Gerçekten de soytarıydı, tamı tamına soytarı! Bayram yerlerinde Pakize'yle gülmekten kırıldıkları soytarıların tıpkısı. Kocaman bıyığı, belinde kuşağı, çizmeleri... Kafasını kızdırırsa vallahi de billahi de döverdi onu! Hem de, bağırta bağırta, kovalaya kovalaya. "Pestilini çıkarırım kahpe dölüyüm ki. Dayım şöyle, dayım böyle. Oğlan dayıya çeker, dayın da sana benzer bir soytarı besbelli. Sonra, dedesi, konakları, tarla marla, çiftlik; hem anlatıyor, hem de bana bakıyor. Aboo... Vuruldum anlattıklarına da sana da. Keleş, dayın hatırlı adamsa bana ne? Uğrunda ölecek değilim ya!"

Kemal onun gibi dört tanesini üst üste koyar da ezerdi!

Gece iyice ilerlemişti, horozlar ötmeye başlamıştı dışarda tek tük. Güllü esneyip duruyordu. Zaten içkicilerde de hayır kalmamıştı. Zaloğlu uyumamaya kendini zorluyordu, ama gene de başı düştü düşüveriyordu. Memo, Cemşir'e yaslanmış, horluyordu bile. Yalnız Reşit, Berber Reşit. O, hâlâ cin gibi, oğlanın kıza adamakıllı vurulduğunu düşünüp seviniyor, bu evlenmeyle ulaşacaklarının neler olabileceğini kestirmeye çalışıyordu.

Hamza da uyanıktı. Kiloluk şişede son kalanı Zaloğlu'yla paylaştıktan sonra, "Görüyon mu Reşit Emmi?" dedi. "Koca şişeyi hemen hemen, kardaşımnan temizledik ha!"

Temizlemişlerdi ya, Zaloğlu'nun neşesi uçuvermişti; kız, anasına dayanarak uyuyup gitmişti. Onda gözü olsa uyuyabilir miydi? Lakin gene de belli olmazdı.

"Bir bu kadar daha olsa içer miydik?"

"Bir iki demeyiz anam avradım olsun... Var mısın?"

Berber Reşit, Hamza'nın elinden boş şişeyi çekip aldı. "Var mısınmış..."

Kahkahayla gülen Hamza, "Niye Reşit Emmi?" dedi.

"Niyeymiş. Marifet mi belliyon rakı içmeyi? Vaktiyle baban da tıpkı senin gibiydi. Bak, horlayıp duruyor şimdi. Marifet, işi tadında bırakmak. Hadi bize müsaade!"

Zaloğlu pırıl pırıl çizmeleriyle zıplayıp kalktı.

Hamza, "Acele ettiniz," dedi. "Burda yatardık."

Zaloğlu'nun canına minnetti ya, gene de, "Yoo zaten lüzumundan çok rahatsız ettik... Haydi eyvallah!"

Reşit, Irgatbaşı Memo'yu da uyandırdı, üçü çıktılar. Ortalık yeni yeni ağarıyordu. Hiç konuşmadan mahallenin çamurlu sokaklarını geçtiler. Parke döşeli caddeye çıkınca, Reşit, "İsterseniz benim dükkâna gidek?" dedi.

Zaloğlu durakladı:

"N'apacağız senin dükkânda?"

"Açar otururuz. Sabahçı kahvesi de var yanımızda. Çay, kahve içeriz, kafamız kızarsa süt içeriz, her daim rakı içilmez ya!"

Dükkânın yolunu tuttular.

Böyle olduğu daha iyiydi Zaloğlu için. Biçimine getirir, Güllü'den söz açardı. Cemşir'in akıl hocası olduğunu, onu istediği yola getirebileceğini biliyordu. Zaten dikkat etmişti, kıza arada göz möz atarken, herif kurt gibi, onları göz hapsine almıştı. Hoşuna gider gibi bir hâli vardı ki, iyiydi. Demek istiyordu kızla işi pişirmesini. Madem istiyordu, ilk iş, kızı hâle yola sokmaktı ki dayısı daha sonra gelirdi. Öyle ya, kız bir sefer, "Heye," desin, ondan sonrası kolaydı. Demek şimdi Reşit elde birdi. Hamza'nın dünden bugüne yanaşacağına kuşkusu yoktu. Kalıyordu Cemşir'le kızın anası. Cemşir'i Reşit yola getirirdi. Anasıysa ister istemez uyacaktı onlara!

Dükkâna gelinceye dek ölçtü biçti. Sonunda bu işe olmuş gözüyle bakmaya başladı. Dayısının da hazmı kolaydı. Yasin Ağa'nın sakalına göre tarak vurdu mu, yaşlı adam da ondan yana oluverirdi. Hele birkaç kitapla gitti mi, tamamdı.

Birden aklına başka bir şey geldi: Hepsi iyi, hepsi hoştu ya, kız istemezseydi, öyle ya, hoşlanmamış olabilirdi. O zaman? O zaman eşeğin büyüğü ahırdan çıkmaz mıydı?

Hafifçe öksürdü.

Ama sanmıyordu. Bıyığı, puşusu, çizmeleri, külot pantolonuyla yiğitti, hem de yiğidin tekesi! Rakı içişi ya? Ordakilerin hepsinden çok rakı içmişti. Kız da görmüştü bunu. Dayısı dersen, hem çok zengin, hem de Allahına kadar hatırlı bir adamdı. Böyle bir adamın yeğeniyle bugüne bugün!

Birden bir başka şey hatırladı: Dayısının paşaya iskemle vurduğunu keşke kızın önünde anlatsaydı! Tuh be, ne diye akıl edememişti? Kız, eşek değildi, cin gibiydi. Yeğenlerin dayılara çektiğini de bilirdi. Derken, söz akşamki bekçi manzarasına gelirdi. Reşit açardı ağzını gayri. "Ramazan Efendi de, Allah bağışlasın, dayısından geri kalmaz!" derdi. "Bekçi dan dun ediyordu, bir çıkıştı herife, herifin akı bokuna karıştı!"

Berber Reşit'in dükkânının bitişiğindeki ufacık sabahçı kahvesinde arabacılar, lastik çizmeleri, siyah muşambalarıyla gürültülü bir kalabalık hâlinde toplanmışlardı. Çaylar, kahveler içiliyor, sigaralar savruluyordu. Berber Reşit'i, dükkânını bu kadar erken açar görünce şaştılar.

"Hayrola Reşit Emmi?"

"Karga bokunu yemeden böyle sabah sabah?"

"..."

"..."

Reşit kulak asmadı. Kilidi çıkardı, kepengi gürültüyle kaldırdı. Neden sonra meraklıları cevapladı:

"Öyle icap etti."

Dükkâna girdiler.

Arabacılar merak içindeydiler. Bu adam dükkânını neden böylesine erken açmıştı? Zaloğlu'nun, Reşit'le ne alaveresi vardı?

"Valla anlayamadım arkadaş."

"Kendine boş ver Zaloğlu'nun ya, dayısı..."

"Dayısı olmasa onu kim adam yerine kor?"

"Hiç canım."

"Reşit Emmi'nin kızı mızı yok ki, ha?"

"Kim bilir? Bir dalavereleri vardır!"

"Bu saate kadar nerdeydiler? Şimdi nerden geliyorlar?"

İçlerinden biri:

"Kafanızı yormayın, yarın ucuzlar. Lakin bizim millet gibi yok. Öyle şeyler uydururlar ki..."

"Ne gibi?"

"Dün Camlıkahve'ye gittim. Şoförler toplanmış, prafa oynuyorlardı. Bu geldi. Gene böyle çizme, külot pantolon, belde kuşak muşak... İçeri bir göz attı, aradığını bulamamış olacak, çekti gitti. Meğer şoförlerini arıyormuş. Ardından demediklerini komadılar. Herifin yüzüne Ramazan Bey, Ramazan Ağa; ardından Zaloğlu!"

Bir başkası, "Tabii oğlum," dedi. "Herkes itnen çuvala girecek değil ya!"

"Duyar haa..."

"N'olur duyarsa?"

"Ne mi olur?"

"N'olur lan? Asar mı beni dersin?"

"Dayısına der!"

"Dayısı bunu hesaba mı katar? Şuncacık kredisi yok dayısının yanında. Sonra, dayısı... Koskoca Muzaffer Bey yahu, herif sapına kadar yiğit adam. Bara gelen her avrat, önce çiftliği boylar, herifin tezgâhından geçermiş!"

"Ufak iş o. Herifin asıl zamparalığı Avrupa'da. Anlatıyorlar, aklın durur!"

"Ya kumara verdiği para?"

"İyi mi? Paramızı götürüp gâvurlara yedirmek iyi mi yani?"

"İyi, kötü. Para onun, keyfi misin?"

"Değilim ama..."

Sözünü kesti:

"Bitti. Alınteri döküp senin benim gibi kazanmıyor ki acısın paraya. Haydan gelen huya gider. Çalıış Memet, Hasan, Ali, Ayşe, Fatma..."

Bar kadınlarını pansiyonlarına götürüp getiren kupkuru bir arabacı, "Birinde," dedi, "seninki bara gider!"

Adam boş konuşmadığı için, iskemleler ilgiyle ondan yana çekildi:

"Ee..."

"Kim? Zaloğlu mu?"

Adam bir sigara yaktıktan sonra, "Zaloğlu," dedi. "Geçer oturur bir masanın başına..."

"Tabii gene bu kılıkta hı?"

"Tabii, yiğit adam. Başka kılıkta gezer mi?"

"Sonra?"

"Sonrasına bakın; çizme mizme, külot mülot, kuşak muşak... Ekspres gibi. Garsonlar boş verirler. Seninki dellenir. Lan garson diye bağırır. Garsonlar gene aftos piyos. Derken celallenir... Lan Allahsızlar, der, biz burda neciyik de boş veriyorsunuz? Adam değil miyik? Tabakları tutar tutar fırlatır. Tabaklar da i... tekmil efendi barın zemini beton, tabaklar cıncık. Kırılsana! Yok, kırılmazlar, başlarlar hop hop hoplamaya!"

Kahkahalar patladı, gözlerden yaşlar gelinceye kadar gülündü. Sonra matrak biri, "Ulan Araboğlu," dedi. "Hepsi essah, burası yaş!"

"Herifi yiyon. Betona düşen tabak kırılmaz mı?"

Araboğlu güldü:

"Demek inanmıyorsun?"

"İnanılır mı lan?"

"Şerefsizim hem kırılmamış hem de attığı tabak hop deyip önüne oturmuş!"

"İyi oğlum, aşk olsun mantarına..."

"Herifi Nasreddin Hoca yapıp çıktınız!"

"O ne i... tabakmış öyle ki hop deyip..."

"Lastik belki de..."

"Olur olur arkadaş!"

6

Zaloğlu, Berber Reşit'in dükkânından sabahın dokuzuna doğru çıktı. Ortalık günlük güneşlikti. Sımsıcak bir güneş, sırtını tatlı tatlı yakıyor, gevşeyen sinirleriyle habire esniyordu.

Ah şimdi yatağında olsa da uykuya bayılıverseydi! Şehre indikçe kaldığı her zamanki hanın yolunu tuttu.

Reşit'e hiçbir şey açmamıştı. Korkup çekindiğinden değil, dayısına güvenemediğinden. Evlenmesini isterdi dayısı herhalde ama, "Soylu soplu, arlı namuslu bir kız"la. Güllü'yse fabrika kızıydı. Çeşit çeşit erkeğin arasında büyümüş, gözü açılmıştı. Zaloğlu böyle düşünmüyordu. Böyle bile olsa makbulüydü ya, başta dayısı, dayısının arkadaşları, it sürüsü gibi hısım, akraba...

Hana geldi, yorgun bedenini karyolaya sırtüstü bıraktı. Uykudan geberiyordu güya. Hani? Nerdeydi uyku? Uykusu da, yorgunluğu da uçuvermişti. Aklında Güllü, yorgan çekiliverince görünen bembeyaz bacakları...

Ah şimdi şurda, yatağında olsaydı!

Tatlı tatlı gerindi.

Ne bacaklardı ya!

Dayısı, kendi evlenirken soylusunu arasındı, ne karışırdı yeğenine? Soylu soysuz, onun bileceği işti, dayısının değil! Değil ama, gene de dayısı razı gelmeliydi bu işe. Gelmezse, dünya dünyaya geçse havayla cıvaydı. Onun için, dayısının ağzından girip burnundan çıkacak, aklını çelecek birini bulması gerekti. Kim olabilirdi bu?

Aklına gene Çiftçibaşı Yasin Ağa geldi. Yasin Ağa meram ederse dayısını yola getirebilirdi. Çünkü Yasin Ağa sıradan, herhangi bir çiftçibaşı değildi ki! Dayısının ona inancı sonsuzdu. Yalnız dayısının değil, dayısının babasının, yani dedesinin bile ona güveni sonsuzmuş. Herif gerçekten de, yetmiş beşinde olduğu hâlde sırım gibiydi. Sonra öyle cesurdu ki, hiç ama hiç kimseden korkmazdı. Koca koca yılanları tuttuğu gibi koluna dolar, kurşuna bile göğsünü açıp giderdi. Karışılıkta Ermeni çeteleri Zaloğlu'nun dedesini yakaladıkları gibi dereye indirirler. Bitireceklerdir. Bey bas bas bağırır. Çetelerse insafsızca tokat, tekme, yumruk... Tam bu sırada nerdense durumu haber alan genç Yasin, çiftesini kaptığı gibi fırlar. Dereye gelir. Çeteler tanıdıkları için, "Yasin geri dur, karışma sen!" derlerse de, Yasin tek laf etmez, çiftesini çevirip herifleri keklik gibi avlar. Bey bayılır. Yasin'dir beyi omuzuna alıp çiftliğin yolunu tutan. O günden sonra bey, Yasin'i baştacı eder. Nereye gitse Yasin de birlikte, ne yese ne içse Yasin de... Beyin sağ kolu olur. Hatta bey ölürken, oğluna, "Yasin'in kıymetini bil Muzaffer!" der. "Ona güven, sev, dediğini dinle, ziyan etmezsin oğlum!"

Gerçekten de Muzaffer Bey, babasının ölümünden sonra çiftliği, tarlaların sürülüp ekilmesini, ürünün devşirilip ambarlanmasını, gerektiğinde satılmasını Yasin'e bırakmıştı. Yasin gereğini yapar, mevsim sonlarında beyin hissesine düşeni de bankalardaki cari hesaplarına yatırırdı. Bey de atlar giderdi Avrupa'ya. Nis, Montekarlo, Paris, sırasına göre İtalya'nın çeşitli şehirleri, Almanya, İngiltere dolaşır durur, iyice yoruldu mu da aklına çiftçiliği gelirdi. Gelirdi ama, gene de Yasin'den hesap sormazdı. Bilmezdi ki hesabını! Yasin ona gerekenleri söylerdi: Binlerce dönüm tarlaya kütlü denilen pamuk tohumu ekilmiş, çapaları yapılmış, mevsimi gelince de ırgatlara toplattırılmıştır. Şu kadar bin kilo yerli, şu kadar bin kilo Klevland cinsi çiğitleri depolarda aktarılıp durmaktadır. Şu kadar bin kiloyu tohumlu pamuk olarak falanca fabrikaya, şu kadarını da preselettirip falanca depolara yerleştirmiştir. Üst yanı olan şu kadar kiloyu da iplik-bez fabrikalarına gayet hesaplı satmıştır. Bu yıl, geçen yıllardan da çok kazanmışlardır. İşte banka defterleri, şu bankadaki hesabı şu kadardır bu bankadaki hesabı da bu kadar!

Muzaffer Bey defterleri alır, masanın üstüne atar.

"Canım Yasin... Senden hesap soran mı var da bana teker teker anlatıyorsun? İyi, hoş, güzel... Yapmış, çatmışsın işte. Başka? Başka ne var ne yok?"

Bu soruyla Muzaffer Bey'in, yeğeninin durumunu öğrenmek istediğini anlar Yasin Ağa. "Eh," der. "Fena değiliz."

"Esrar mesrar içiyor mu?"

"Yoook bey, bana söz verdiği günden beri ağzına koyduğu yok!"

Doğrucu Yasin Ağa, burda kancıklamıştır işte. Oğlan gerçi elinde kalem, defter Yasin Ağa'nın ardında dolanıp durmuştur ama, firsat buldukça esrar da içmiştir, afyon da atmıştır, rakının da göbeğinde uyumuştur. Hatta Yasin Ağa'ya zaman zaman kök söktürüp geldiği zaman dayısına söyleyeceği üzerine ağır yeminler de etmiştir ama, gene de yeğenine karşı nefret duyguları içindeki dayıya tek laf etmez aykırı. Çünkü Yasin Ağa'nın da çok zayıf bir yanı vardır. Yasin Ağa, Zaloğlu'nun anasını öz kızı gibi sever, üzerine babasıymış gibi titrerdi. Bu güzel, güzel olmaktan geçtim iyi huylu, üstelik Yasin Ağa'ya bol bol din ulularının serüvenleriyle dolu kitapları büyük bir sabırla okuyan bir kız, sonra beylerden biriyle evlenip kadın olmuştu. Kızken de, sonraları kadın olunca da Yasin Ağa'ya karşı saygısı değişmeyen bu melek kadın, oğlu beş yaşına bastığı yıl, birdenbire hastalanmış, doktor, ilaç, şu, bu para etmemiş, ölürken Ramazanını ona emanet etmişti. Bunca yıl geçtiği hâlde Yasin Ağa, genç kadının o anını hiçbir zaman unutamadı. Öfkeden çılgına dönüp, "Dayın gelince seni şikâyet etmezsem anamın donu başıma!" ya da "Seni dayına şikâyet etmezsem Yasin adım Bogos olsun!" diye yemin ettiği hâlde hiçbir zaman yeminini yerine getirmez, dayısı sorunca onu korurdu. Bunda Zaloğlu'nun annesinin etkisi olduğu kadar, oğlan haylaz maylaz, çoğu geceler ona kitap okurdu. Rakı, şarap, esrar içmek şöyle dursun, ağzına sigara bile koymayan Yasin Ağa'nın bir tek zevki, kitap okutup dinlemekti.

Zaloğlu tam da onun istediğince okurdu. Bin şu kadar yıl önce geçmiş ya da öyle farz olunmuş serüvenler, Yasin Ağa'nın renkli belleğinde öyle canlanır, öyle elle tutulacak hâle gelirdi ki, Yasin Ağa o günlerin içinde yaşamakla kalmaz, zaman zaman da coşup gür sesiyle haykırırdı:

"Vuuur ya Aliii!"

Muaviye ile Yezid'e nefreti sonsuzdu. Kerbela'da peygamberin torunlarına reva görülen zulümden ötürü hüngür hüngür ağlar, "Aaaah," derdi, "ah! Ben olmalıydım yanlarında ki!"

Çiftliğe yeşilli, sarılı, mavili dekolteleri içinde bar kadınlarının getirildiği; ut, dümbelek, gırnata, keman seslerinin köyü doldurduğu geceler Yasin Ağa, omuzunda çiftesi, çiftlik kapısında sabahlara dek beklerdi.

Bundan başka da, ekmeğin çiği, aşın kurtlusu, gündeliklerin düşüklüğüne mızırdanan ırgatların da baş belasıydı. Böylelerini ele geçirdi mi, sopa altına yatırır, "Allah yarattı" demezdi.

Yasin Ağa için iki çeşit kul vardı. Biri, Cenab-ı Allah'ın sevgili kulları... Bunlar malın, mülkün sahipleri, hatırlı, soylulardı.

İş görmek için değil, gördürmek için yaratılmışlardı. Yaptıkları her şey doğru, olması gerekendi.

Ötekilerse, Allah'ın sevmediği kullardı ki, Allah'ın sevgili kullarının işlerini görmek, azar işitmek, eza çekmek için yaratılmışlardı. Haşarattı bunlar. Her türlü kötülük, pislik, iffetsizlik bunlardaydı. Bunlara acımak, kurtarmaya çalışmak boştu. Böyle şeyler düşünmek Allah'a şirk koşmak olurdu. Zülcelâl mademki böyle yaratmıştı onları, böyle kalmalıydılar. Cenab-ı Allah'ın da bir bildiği vardı. Başka türlü olmalarını istese o türlü yaratmaya kadir değil miydi?

Zaloğlu, Yasin Ağa'yı avucunun içi gibi bildiğinden, Güllü'den pat diye söz açsa, adam, "Allah'ın sevmediği bir kulla evlenilir mi?" diye kesip atacağına şuncacık kuşkusu yoktu. Yoktu ama, gene de bir şeyler düşünmekten geri kalmıyor. Yasin Ağa'nın dinleyip sözüne değer vereceği birini hatırlamaya çalışıyordu. Öyle birini bulmalıydı ki Yasin Ağa peki desin, inansın, dayısını inandırsın!

Arkaüstü yattığı yerde gözlerini tavana dikmişti.

Var mıydı böyle biri?

Varsa, kim?

Hiç canı istemediği hâlde bir sigara yaktı. Ağız dolusu dumanları tavana bırakıyor, bildik, gördük, tanıdıkları aklından geçiriyordu. Bunca tanışları arasında elbette böyle biri vardı, olacaktı, olması gerekirdi. Öyle biri ki, tereyağından kıl çeker gibi önce onun aklı yatsın, sonra da Zaloğlu'nu Zaloğlu'dan daha içten, çok daha akıllıca savunsun, bu işin olup bitmesini sağlamakta önayak olsun!

Sigarasından üst üste aldığı dumanları ne kadar savursa, aklını ne kadar yorsa boştu. Bulamıyordu bulmak zorunda olduğunu. Bir yandan da uykusu öylesine bastırmıştı ki, elindeki sigarayı açık pencereden bir fiskeyle fırlatıp yan döndü. Gözleri çöller gibi yandığı hâlde uyuyamıyordu. Güllü'nün hayali ön plandaydı. Onu soyuyor, kucaklayıp yatıyordu. Çıldıracaktı. Bu dünyada bir işçi kızına da sahip olamayacak mıydı? Allah'ın sevmediği kul diye düşünemiyordu Güllü'yü Yasin Ağa gibi.

Allah'ın sevdiği, sevmediği ne demekti? Yasin Ağa ne biliyordu Allah'ın sevgili kullarıyla sevmediği kullarını? Fos laflardı bunlar ya, gene de Yasin Ağa'sız olamayacağı için, aldırış etmiyordu. Diyelim ki bu böyledir. Güllü, Allah'ın sevmediği bir kuldur. Olsun. Zaloğlu buna da razıdır. Dayısına, uzak yakın hısım akrabasına, bildik, gördük, tanıdıklara ne?

Bir yandan bir yana döndü.

Yaşayacak olan kendisidir. İsterse dayısı onları çiftlikte de oturtmasın. Versin dedesinden kalan hissesini bitsin gitsin. "Gel oğlum. İşte dedenden, annen yoluyla sana kalanlar... Şunca tarla... tarla mı istersin, para mı?"

"Para isterim dayı!"

"Peki, al hissene düşeni!"

Birkaç deste binliği uzatsa. Alsa. Hiç vakit geçirmeden, hemen atlardı şehre inecek kamyonlardan birinin şoför yerine, tutardı şehrin yolunu. Bankaya uğrar, binliklerden birini bozdurur, girerdi bir içkili lokantaya, kafayı çekerdi ama, fitil gibi değil. Kararında. Sonra bir taksi çevirir, şehrin en büyük mağazalarından birine uğrar, Güllü'ye, anasına, ağasına, babasına, hatta Berber Reşit'e hediyeler alır, dayanırdı kapılarına. Kız evde, değil, önemli olan, kızın yakınlarını hediyeye, paraya boğmaktı.

Uykuya ne zaman, nasıl geçtiğini anlayamadı. Düşündükleri, düşünde sürüp gidiyordu. Dayısı güler yüzle çağırıyor, tarla mı para mı istediğini soruyor. Kabak Hafiz, "Tarla iste!" diyor yanından. O da nerden çıkıveriyor sanki? Tarla istemek işine gelmiyor, "Para ver dayı!" diyor. Dayısından binlikleri alıyor. Kabak Hafiz gene yanı başında: "Hadi bakalım mirim, göster adaletini!"

Şehre inecek kamyonun şoför mahalline yan yana giriyorlar. Zaloğlu, "İyi ama Hafiz," diyor, "kafaları çektikten sonra nasıl döneceksin köye?"

Kabak Hafiz gülüyor:

"O daha sonra düşünülecek şey mirim. Önce kafaları çekelim!"

Kafaları çekiyorlar mı, çekmiyorlar mı? Çekiyorlarsa nerde, nasıl? Bütün bunların üzerinde durmuyor. Kafaları çekmişlerdir. İkisi de sarhoştur. Güllülerin mahallesine şarkılar, mânilerle dalıyorlar. Zaloğlu kıza, yakınlarına hediyeler almayı unutmuştur.

Kabak Hafiz, "Boş veer" diyor. "Dumanı doğru çıkar!"

"İyi ama, hediyesiz, elleri bomboş gidilir mi?"

"Gidilir!"

"Ayıp olmaz mı?"

"Olmaz. Çünkü Zâtı vâcib-ül-vücûd ve tekaddes hazretleri böyle istiyor. Benden daha mı iyi bileceksin? Karışma. Yapar çatarım ben!"

Birden uyandı. Ter içindeydi. Gerçekten de. Kabak Hafiz vardı be! Bu adam isterse din, iman, Allah, kitap yoluyla Yasin Ağa'yı yola getirebilirdi, hem de of gibi!

Uykusunu iyice almıştı. Yatağında oturup bir sigara yaktı keyifle. Nasıl da akıl edememişti!

Bir oturuşta sıcak dört somunla iyi kızarmış küçük bir kuzuyu temizleyip kalkabilir diye düşündüren, dev yapılı biriydi Kabak Hafiz. Kocaman bir sakız kabağını hatırlattığı için köylü, Kabak Hafiz derdi. Vaazlarında dehşet kesilmesine, Allah, öte dünya, azâb-ı elîm, azâb-ı şedît konularında şakası olmamasına karşın, su gibi yumuşaktı. Girdiği kabın biçimini alıverir, mescit dışında güler, söyler, köylüyle şakalaşırdı. Hatta vaazlardan hemen sonra, ağzı sıkı Müslüman kardeşleriyle şarap testisinin başına oturmaktan da çekinmezdi. Köyün azgın dullarından zengin Naciye'ye uçkur çözdüğü de ileri sürülürdü.

"Olmaz" sözcüğünü hemen hemen hiç kullanmazdı. Aptessiz namaz kılındığı gibi, üç öğün tıkındıktan sonra da oruç pekâlâ olabilirdi. Her şey selavat kuvvetine, kişinin düşünüşüne bağlıydı. "Âlemi mümkinât"tı bunun burası. Mademki "Âlemi mümkinât"tı, o hâlde? O hâlde her şey olur, olabilirdi. Şayet olmaz, olamazsa, "Alemi nümkinât" yerine, "Âlemi gayri mümkinât" denmek gerekirdi ki, günahtı böyle düşünmek, küfürdü!

Köylü arasında hır çıktı mı, çözümlemede son derece pratik bir yol tutmuştu: Hır güre düşenlerden hangisi ötekinden zenginse, elbette o haklıydı. Çünkü şeriatın kestiği parmak acımazdı. Yetinilmiyorsa, mahkemelerin yolu kapalı değildi ya!

Eşek dili yazar, kurşun döker, çarpıntı keser, "fiili cimâın en efdali"ni, İbrahim Hakkı Efendi Marifetnamesi'ne göre salık verir, muhabbet tılsımları yapar, geçim muskaları yazar ama kendisi hiç mi hiçbirine inanmazdı.

Birinde Zaloğlu, herifi şarap içerken bastırmıştı. Sanmıştı ki herif yakalanınca ürkecek, toparlanacak, sonra da eline ayağına düşüp kul gibi yalvaracaktı kimseye bir şey söylememesi için, hiç de öyle olmamıştı:

"Ooo mirim, buyur bakalım!"

Şaşmıştı Zaloğlu:

"Demek, demek böyle işlerin de var? Demek söylenenler doğru?"

Kalkmış, Zaloğlu'ya temiz bir bardak alıp geldikten sonra, "Otur," demişti, "otur demlenelim!"

Sır verircesine eklemişti:

"Sen benim vaazlarıma kulak asma. Gittiğim yoldan gel, zararlı çıkmazsın!"

Ondan sonra ahbap olmuşlardı.

"Cenab-ı Allah hiçbir şeyi boşuna yaratmaz. Her yaratılmış şeyin bir vazifesi vardır. Şarabın haramlığı, içmesini bilmeyenler içindir. Rakıya gelince, kitap onu yasaklamak değil, bahsini bile etmez. Demek oluyor ki rakı içilebilir. Şarap içişim, ucuzluğundan. Elime geçse, rakıyı şişeyle değil binlikle içerim!"

Zaloğlu bütün bunları yeni baştan hatırlayınca güldü. Ne hergele, ne üçkâğıtçıydı ya! Hergele, üçkâğıtçı ama, kendini satmasını öyle bilirdi ki... En biri Yasin Ağa. Yasin Ağa'nın yanında çiçeği burnunda bir "dinibütün" ki, o kadar olurdu. Ermişti o be ermiş! "Kabak Hafiz" denilmesine ifrit olurdu. Çiftliğe uğramaz mı, yere yurda komazdı onu. Giderken de fasulyeden, mercimekten, yataklık pamuktan, şundan bundan "Hazret"i mahrum etmez, bol bol kollardı.

Evet evet, bir büyük şişe rakıyla kutu sardalyesi, yalancı dolma, şu bu alıp gitmeliydi. Kafaları bulunca açardı derdini. Herifte "Olmaz" olmadığı için, herhalde ilgiyle dinler, elinden geleni esirgemez, akıl verirdi hiç olmazsa. Yataktan kalktı. Güldü.

Kabak Hafiz karşısındaymış gibi:

"Üst yanını ferasetine bırakıyorum üstat!"

7

Düşündüğü gibi yaptı: Bir şişe yarım kiloluk rakı, kutu sardalyesi, beyazpeynir, doğranmış pastırma, kara zeytin... Kabak Hafiz'ın evinin yolunu tuttu.

Köyle çiftlik arasında bir, bir buçuk kilometrelik yol vardı. Yerler çamur, ortalık karanlıktı. Arada bulutlar kayınca pırıl pırıl ay, yerdeki su birikintilerini parlatıyor, sonra da kapkara bulutlar ardında yitip gidiyordu...

Kaypak yolu zorla geçip köye girdi. Karanlık pencereleri, saz örtülü damlarıyla kerpiç huğlar çoktan uykuya geçmişlerdi. Bir köşe, bir köşe daha...

Kabak Hafiz'ın kapısına geldi. Hayretler içinde durdu: Kapı kanadı ardına dek açıktı!

Zaloğlu kuşkuyla çevresine bakındı. Ne bir ses, hatta ne de bir nefes!

İçeri daldı.

Öksürdü.

"Heey Hafiz!"

Kibrit çaktı: Yatağı seriliydi Hafiz'ın. Yatağının yanı başında kitap rahlesi, rahlenin üzerinde sarı yapraklarıyla açık, Marifetname!

Yeni bir kibrit çaktı.

İyi ama, nereye gidebilirdi? Bir yere gitmesi gerekliyse kapıyı ne diye ardına kadar açık bırakmıştı?

Dışarı çıktı.

Yağmur yüklü bulutların ardında ay, arada görünüp kayboluyordu. Uzaklar koyu bir karanlık içindeydiler.

Tuhaf, çok tuhaftı hem de. Yatağı karmakarışık olduğuna göre yataktan kalkıp gitmişti nereye gittiyse. Sakın Naciye'nin yanına gitmesindi?

Şöyle bir düşündü. Kadınla ilgisini Zaloğlu'dan saklamıştı ama, bilenler yeminle söylemişlerdi ki, Naciye'yle arası iyidir. Kadının evinden çıkarken görenler vardır.

Aklı yattı: Ordaydı, sağlama ordaydı. Ordaydı ama, kapısı neden açıktı? Aceleyle iyice çekememiş miydi? Rüzgâr açtı dese, rüzgâr yoktu havada. Peki?

Naciye'nin evine yollandı.

Köyün zengin dullarından Naciye, kırklık, kütür kütür bir kadın, bir eski muhtar kızıydı. Tarlası, çifti çubuğu vardı. Bütün bunlar önce babasından, sonra da karayağız kocasından kalmıştı. Adam karayağızdı ama hastalıklı, ufak tefek bir şeydi. Kamyon kazasında önceki yıl ölmüş, azgın karısını çeşitli ırgatlarıyla Kabak Hafiz'a bırakmıştı. Paralı, mallı mülklü, üstelik azgın bir erkek delisi olan kadın, "Evlenmeyeceğim," diyordu. "Kocamın hatıralarına saygısızlıktan falan değil, tek erkek hakkımdan gelemiyor. Gelemedikten sonra ne diye başıma ayak bağı çıkaracağım? Sonra, gizli saklının tadı başka?"

Bütün bunları açık açık dememişti ama, yaşayışıyla bal gibi de demiş oluyordu. Dile düşmüş, tehditlere uğramış, köy kahvesinde acar delikanlıların yumruklaşmasına sebep olmuştu.

Zaloğlu, Naciye'nin karanlık penceresi önünde durdu. Kulak verdi: Ses yoktu!

Tuhafina gidiyordu bütün bunlar.

Kulağını pencereye iyice yaklaştırdı. Hafiften bir mırıltı çalındı kulağına. Derken bir kadın kişnemesi, hafiften. Anlamıştı. "Papaz" Naciye'nin yanındaydı!

Pencereden tam çekilmişti, kadının sokak kapısı açıldı. Geri sıçradı, huğun köşesini siper aldı. Tam bu sırada ay da buluttan kurtulduğu için, ortalık yaş yaş parladıysa da, çok geçmeden ay bulutların ardına yeniden girdi, ortalığı koyu bir karanlık bastırdı. Bastırdı ama, karanlığın içinde çok daha karanlık gibi bir gölge. Kabak Hafiz'ın gölgesi kapıdan sıyrılıp dışarı çıktı. Kapı ardından usullacık kapandı.

Kabak Hafiz çamurlu köy yolunda hızla uzaklaşıyor, Zaloğlu'ysa gülerek gidiyordu ardından. Bir sokak sonra yetişerek öksürdü. Kabak Hafiz duraladı, kulak verdi. Zaloğlu iyice yaklaşarak, "Saatler olsun," dedi.

Zaloğlu'yu sesinden tanıyan Kabak Hafiz rahatladı:

"Oh be, sen miydin erenler?"

"Bereket versin benim Hafiz."

"Burada olduğumu ne biliyordun?"

"Senin kadar ben de ermişim oğlum!"

"Yoo... o zatımıza mahsus... Şakayı bırak, ne bildin burada olduğumu sahi?"

"Nereden bileceğim? Kabalapazar. Daha doğrusu, benden saklıyordun. Evine geldim, baktım sokak kapın ardına kadar açık. Ulan nerde bu herif, diye düşündüm..."

"Demek herif diye düşündün beni?"

"Canım sözün gelişi."

"Peki? Kapım açık mı dedin?"

"Ardına kadar hem de!"

"Vay anasını... Demek aceleden... İçecek, yiyecek bir şeyler getirdin mi?"

"Soruyor musun?"

"Ulan ne adamsın be!"

"Adamım tabii. Yeni mi anlıyorsun?"

"Ne getirdin?"

"Rakı!"

Kabak Hafiz az kalsın sevinçten nara atacaktı:

"Yaşşa," dedi. "Yaşşa, nur ol! Gerçekten de Zaloğlu'ymuşsun!"

"Zaloğlu" denmesine kızıyordu. Durakladı:

"Zaloğlu'suna sokturma, bak, çeker giderim ha!"

"Nereye gidersin?"

"Ananın dinine!"

"Rakıyla mezeleri bırak da öyle git bari..."

Zaloğlu gülüverdi. Yeniden evin yolunu tuttular.

"Başkası Zaloğlu dese, şerefsizim külahları değişirdim, o saat!"

"Beni bıçağın kesmez bilmem mi?"

"Ne o? Dalga mı geçiyon?"

"Sana öyle mi geldi? İmkân var mı? Büyük cesaret işi o erenler. Ben, bendeniz, hakîri pür taksir. Ağzı var, dili yok, kalıbı kıyafeti var, bıçağı tabancası, yumruğu yok bir zavallıyım!"

"Hafiz, başlarım Allahından kitabından ha!"

"Neden erenler?"

"Sokarım erenlere... Erenlermiş..."

"Peki gülüm, peki elmasım, peki arslanım, peki. Eversen bile sözünden çıkmam bilmez misin?"

"?.."

"Şakayı bırak, gecenin bu saatinde beni aramak neden icap etti? Gündüzleri kurt mu yemişti?"

"Hele eve gidek de..."

Kabak Hafiz, aceleyle açık bıraktığını anladığı kapıdan içeri koşarcasına girdi, üç basamaklı merdiveni çıktı, gaz lambasını yaktı. Zaloğlu gerçekten de ne için gelip aramıştı acaba? Ne için ararsa arasın, önemli olan rakıyla mezelerdi. Dul karı kahrından sonra ağız tadıyla "Bağdadı onarmak," şu anda dünyanın en güzel, en zevkli, hele hele en gerekli işiydi.

"Çıkar şu mübareği de görelim birader!"

Zaloğlu iç cebinden yarım kiloluğu çıkarıp gözüne dayadı:

"Gör, al!"

Esmer, irice iki somunu hatırlatan elleriyle şişeyi kaptı. Öptü, öptü, kollarıyla sarıldı.

"Nasıl," dedi Zaloğlu, "gözün doydu mu?"

"Sen, sen bir harikasın Ramazan!"

"Sahi mi?"

"Yalansam şerefsiz, aynı zamanda namussuzum!"

Şişenin kıçını yumruklayarak tıpayı çıkardı, kokladı:

"Oooooh, oh!"

Dehşetli bir açlığın dayanılmaz iştihasıyla sofra bezini getirip yaydı. Ekmek, birtakım küçük tabaklar, teneke açacağı, bıçak, su bardakları, rakı kadehi yerine iki çay bardağını falan çabucak getirip sofra bezinin kıyısına bağdaş kurup oturdu.

"Sen şu ekmeği dilimle erenler, ben balık kutusunu açayım!"

Zaloğlu ekmeği dilimleyip kara zeytinle pastırmayı tabaklara koyarken kutu açılmıştı bile:

"Heey yavrular, şunların yatışlarındaki usluluğa bak!"

Tabağa boşalttı, geç kalmışçasına titreyen eliyle şişeyi kaptı, çay bardaklarına döktü, su falan karıştırmadan kaptı, kokladı. Öylesine mest olmuştu ki, gözlerini yumdu. Dudakları dua ederkenki gibi titriyordu. Belki de gerçekten dua ediyordu.

"Haydi erenler, şerefe!"

Zaloğlu'yla tokuşturup bir dikişte susuz falan içti.

Zaloğlu su karıştırmış, içip içmemekte çekimserdi. Oldubitti rakıya karşı pek bir sevgisi yoktu. Bazen domuzuna içer, bazen de içene dek akla karayı seçerdi. Şu anda da öyle. İlk yudumu alsa, gerisi kendiliğinden gelirdi.

Kabak Hafiz'ınsa gözleri dünyayı görmüyordu:

"Amma da acıkmışım erenler be..."

Ahtapot gibi mezelere saldırıyor, soluk almamacasına tıkınıp duruyordu.

Zaloğlu uzun çekimserlikten sonra yudumu aldı.

Kabak Hafiz:

"İyisin, hassın amma, ara sıra havyar mavyar getirirdin sen? Bugün bakıyorum, pek yalınkat gelmişsin!"

"Aceleye geldi."

"Yoksa dayın havyarları kilit altına mı aldırdı?"

"Yok yahu. Dayım öyle şeyleri düşünür mü?"

"Demek aceleye geldi?"

"Aceleye geldi."

"Niye? Ne var da?"

"Boş ver. Demek Naciye'yle..."

"Evet?"

"Kıyak karı değil mi?"

"Sana ne?"

"Bana göre hiç ama, benden saklıyordun da..."

"Gene de saklarım. Kötü bir şey yapmıyorum ki... Allahü Teala'nın emri ilahilerini yerine getiriyorum!"

"Allahü Teala'nın emri ilahisi zina mı?"

"Zina ne demek?"

"Ne mi demek?"

"Oğlum, yavrum, evladım... rakı da içiyorsun ama, ağzın gene de süt kokuyor. Meşru ve gayrimeşru tefsire bağlı şeylerdir. Ancak, bu işlerin tefsirinde din adamlarının üstünlüğü tartışılmazdır. Bırak işin tefsirini din adamlarına. Biz içimizden gelene bakalım. Madem ki içimden böyle geliyor, o halde Zât-ı Kibriya içimden geleni benden böyle istemiş demektir. E, Vâcip-ül vücûdun isteğine karşı gelip küfre mi sapaydım? Hâşâ!"

Zaloğlu kadehini kaldırdı:

"Kes kes, zındık!"

"Niye erenler? Ne oldu?"

"Ananın dini oldu. Ne olduymuş..."

Kabak Hafiz kıs kıs güldü:

"Bu dolambaçlı izahlar, hilei şeriyye için kullanılır, öğren!"

"Bana gereği yok. Haydi şerefe!"

"Şerefin var, içtiğin zit, sevdiğin çift olsun!"

"Bak, buna amin derim amma, çifte boş ver. Tek olsun, o da beni sevsin yeter!"

Gözlerini yumdu, yumulu gözlerinin ardında Güllü, uzun uzun içti.

Kabak Hafiz da içti, içerken de Zaloğlu'ya dikkat etti. Ne demek istemişti yani? "... Tek olsun, o da beni sevsin yeter!"le ne demek istemişti? Bir sevdiği vardı da yüz mü bulamıyordu? Yeni mi başlamıştı bu? Eskiden olsa ağzında mercimek ıslanmayan geveze oğlan açardı ona. Açmadığına göre, demek... "Dur dur dur... oğlanın gece yarısı eve düşmesinin demek sebebi bu olabilir. Olabilirse, bundan böyle yaşadık. Yaşadık ki tam yaşadık hem de! En sıkı arkadaşı olurum, derdini bana açar, sık sık gırtlağımızı çalkalarız rakıyla, tavuk mavuk, havyar mavyar..."

"Geçen gün bir yerde bir yavru gördüm Hafiz, Allah Allaaaah, Allah Allaaaaaaaah!"

Kabak Hafiz oturduğu yere iyice yerleşip derlendi toparlandı:

"Eeee?.."

"Lakin arkadaş, Allah özene bezene yaratmış, ne yavru!"

"İyi ama, sana ne elin yavrusundan?"

"Ne demek bana ne? Bu yavru sevaba girmek istiyormuş!"

"Nasıl?"

"Basbayağı sevaba..."

"Açıkla şunu be: Ne yapmak istiyormuş yani?"

Attı:

"Bana varmak istiyor senin anlayacağın..."

"Haa, şu mesele. Demek sana varırsa sevaba girecek?"

"Verdiğin fetvayı ne çabuk unuttun papaz? Allah'ın sevmediği kullar, Allah'ın sevgili kullarına varmakla sevaba girerler demedin miydi?"

Kabak Hafiz güldü:

"Peki, kim bu günahkâr?"

Gözlerinin içine uzun uzun baktıktan sonra:

"Söyleyeceğim ama, şurda burda gevezelik etmezsin değil mi?"

"Aman erenler, o nasıl laf? Yanımda adam boğazla!"

"Söylersen?"

"Söylersem... Söylemem ya, şayet söylersem ne dersen o olayım!"

"Anayın donu başına mı?"

"Ölmüş anamı karıştırma!"

"İki gözün kör olsun mu?"

"Kıyma bana Ramazan!"

"Demek kendine güvenemiyon?"

"Güvenirim güvenmesine amma, kör şeytan, malum ya?"

Zaloğlu bir kahkaha attı:

"İstersen söyle, yay. Vız gelir tırıs gider... Elci Cemşir'in kızı!"

Kabak Hafiz bu yakışıklı elciyi tanıyordu. Hatta köy kahvesinde çok oturduklarından başka, çapa ırgatlarını bir saat erken uyandırabilmek için sabah ezanını bir saat önce okumasını ırgatbaşı Memo'yla rica ettirmişti.

"Cemşir'in demek böyle güzel kızı var?"

"Ne diyorsun arkadaş, güzel de söz mü? Adama din değiştirtir şerefsizim!"

Uzun uzun, ballandıra ballandıra anlattı: Bir süre önce Kuruköprü'deki Giritli'nin kebapçı dükkânında Elci Cemşir, oğlu Hamza, Cemşir'in öz kardaşından ileri Berber Reşit, Irgatbaşı Memo filan kafaları çekmişler. Tam kalkacakları sıra bir bekçi gelmiş. Cart curt etmek istemiş. Zaloğlu yer mi? Kafası kızmış, lan gel buraya demiş bekçiye. Bekçi gelmemiş. Zaloğlu'dur, tıpkı dayısının paşaya indirdiği gibi, bekçinin kafasına bir sandalye...

Kabak Hafiz dayanamadı:

"O kesik!" dedi.

"Ne?"

"Kesik o. Orasını iskonto et, gerisini anlat!"

Zaloğlu, kıpkırmızı oldu:

"Yalancının anasını, avradını... Lan boktan adamsın be!"
"Niye?"
"Biz bir şey söyledik mi yalan!"
"Canım efendim, bekçi bu. Devletin bekçisi. Sen ona nasıl sandalye vurursun? Adamın başını kıçından ağır getirirler..."
"Saat on birden sonra içkili yerler kapanacak, dedi. Tepem attı. Ben Muzaffer Bey'in yeğeniyim dedim, herif Malatya'dan sürgün gelmiş, tanımıyor. Dan dun etti. Baktım laf anlamıyor, ben de..."
"Ramazancığım, bu kısmı geçelim, yani sandalye vurma kısmını, üst yanını anlat!"
"Söverim ha!"
"Söv ama yalana boş ver.."
"Kalkar giderim ha imam!"
Küstü...
Bunu anlayan Kabak Hafiz, "Hiç de yarenliğe gelmezsin bre herif," dedi. "Maksadımız latife. Yoksa, senin gibi bir beyoğlu beyin, Allah'ın sevmediği bir bekçinin kafasına sandalye vurması iş mi? Bekçi de kim? Kaç paralık adam?"
Zaloğlu'nun gönlü olmuştu:
"Neyse, araya Berber Reşit girdi, Hamza girdi. Cemşir memşir girdi de mesele kapandı. Yoksa beynini patlatacaktım!"
"Haa, şimdi oldu. Ben yanlış anlamışım demek... Vurmadın sandalyeyi de, araya girmeseler vuracaktın... Tamam. Devam et!"
İkisinin de kafaları iyice dumanlanmıştı. Hele bardağı yirmi beş kuruştan satılan göktaşı karıştırılmış pis şaraplarla midesi bozulan Kabak Hafiz'a kulüp rakısı iksir etkisi yapmıştı. Uçuyordu. Hafifçe bulanık, okşayıcı bir âlemde uçuyordu.
Gözlerini yumdu. Ut, keman, hiç olmazsa bağlama olsaydı da bir şarkı ya da en iyisi bir gazel patlatsaydı!
Zaloğlu'ysa boyuna anlatıyordu. Kabak Hafiz'ın anladığına göre, mesele şuydu: Zaloğlu, Elci Cemşir'in kızına abayı fena hâlde yakmıştı. Kızı şeri şerif üzere, Allah'ın emri, peygamberin

kavliyle nikâhlayıp almak istiyordu. Ama dayısı bu evlenmeye izin verir miydi bakalım? Fabrikada çalışan, bin çeşit erkeğin arasında büyümüş bir kızı yeğenine almayabilirdi Muzaffer Bey. Onun için dayısına söz geçirecek biri gerekiyordu. Bu Kabak Hafiz olmasa bile bir başkası, örneğin Yasin Ağa olabilirdi pekâlâ! Ama olmazdı. Yasin Ağa, Allah'ın sevmediği bir kulu, Allahın sevgili kulu bir beyzadeye nasıl yakıştırırdı? Hatta Muzaffer Bey'den bile önde giderdi bu bakımdan. Gene de, "Anlaşıldı," dedi, "anlaşıldı Vehbi'nin kerrakesi..."

"Yasin Ağa senin öl dediğin yerde ölür be!"

"Eşhedü billah doğru."

"Doğruysa, üst yanı senin zekâna kalmış bir iş!"

"O da yalan değil."

Yalan değildi gerçekten de. İstese, Yasin'i değil, onun ağası Muzaffer Bey'i bile sulu dereye götürür susuz getirirdi ya, hemen istemesi doğru muydu? Değildi. Kendine pay çıkarmamalı mıydı? Yoksa daha şimdiden bazı kararlara varmıştı.

"İçelim!"

"İçelim erenler. Lakin, bak, bana bir daha Zaloğlu deme. Sonra..."

"Sonra?"

"Ben de sana..."

Sözünü kesti:

"Kabak Hafiz mı dersin?"

Zaloğlu bir kahkaha attı.

Kabak Hafiz ciddiydi:

"Ben senin gibi kızmam. Kızacak ne var? İnsan arı değil ki!"

Rakısını yudumladıktan sonra, "Yasin Ağa'nın gözüne gir!" diye öğütledi.

"Nasıl?"

"Nasılı var mı? Herifin gözüne girmek için ne yapman lazımsa yap!"

Zaloğlu düşündü düşündü:

"Bir dediğini iki etmiyorum. Bol bol da kitap okuyorum, başka?"

"Başkasına kulak asma, kitap okuma işi mühim. Şehre indiğin gün, hoşlandığı kitaplar al ona, sakalının altına gir işte ne bileyim ben?"

"Sen? Sen ne yapacaksın?"

"Benim ne yapacağıma karışma sen. İşimi bilirim ben..."

Rakı şişesini kaptı, kadehine yarı yarıya koyup bir çekişte dipledi.

8

Üç gün sonra Yasin Ağa'yı çiftlikte, tohumluk çiğit ambarında bulan Kabak Hafiz, sayılıp hürmet edileceğini bilenlerin ağırlığıyla, elleri arkasında, kapıda durdu:

"Kolay gelsin!"

Yasin Ağa, ilkbaharda ekilecek Klevland çiğitlerin aktarılarak havalandırılmasını gözden geçiriyordu. Döndü, Kabak Hafiz'ı görünce çiğitleri falan unutarak, yanına saygıyla koştu. Çünkü efendi hazretleri çiftliğe öyle her zaman uğramazdı. Acaba ne vardı?

"Hoş geldiniz efendim, hoş geldiniz!"

"Hoş bulduk."

"Ne şeref, bizim için ne şeref böyle."

Önünde kavuşuk elleri, Hafiz'ın yüzüne bakıyor, emirlerini bekliyordu. Hafiz'sa gözlerini yere indirmiş, "Ne şeref, bizim için ne şeref..." sözlerine karşılık "Estağfurullah" falan demeyi aklından bile geçirmiyor, düşünceli görünüyordu.

Yasin Ağa, "Buyrun, benim odaya gidelim," dedi.

Ambarda, yaba denilen kocaman kocaman tahta çatallarla çiğitleri aktarıp havalandırmakta olan ırgatlar da işi bırakmış onlara bakıyorlardı.

Kabak Hafiz'ın gözleri yerden Yasin Ağa'ya ağır ağır kalktı:

"Ramazan Efendi yok mu?"

Yasin Ağa iki yanına bakındı:

"Yok."

"Nerde?"

"Şehre inmişti. Bir emriniz mi vardı?"

Çevresine kuşkuyla baktı:

"Muzaffer Bey?"

"O da yok efendi hazretleri..."

"Ne zaman gelecek?"

"Bugünlerde gelmesi lazımdı ama... Bir şey mi vardı?"

Kabak Hafiz başını ağır ağır salladı:

"Var. Hem de müthiş bir şey!"

Yasin Ağa birden işin önemini kavrayarak dövündü:

"Vay, n'apsak acaba bilmem ki?"

"Hem de öyle müthiş bir şey ki... Demek Muzaffer Bey bugünlerde teşrif ederler."

"Bekliyoruz. Hoş, gene de belli olmaz onun işi yaa..."

Fakat neydi acaba o "müthiş" şey?

Öylesine bağlıydı ki bu mübarek adama! Hani öl dese ölür müydü ölürdü!

Görüverince, Hafiz'ın belki de un, bulgur, kuru fasulye, ya da yatak, yorgan, yastıklık pamuk isteyeceğini sanmıştı ama, öyle çıkmamış, titreyen dudaklarıyla, "... Hem de müthiş bir şey!" diyerek Yasin Ağa'yı şaşırtmıştı. Ara sıra geldiğinde oturur, Yasin Ağa'nın odasında karşılıklı kahve içer, Yasin Ağa'ya "Tuhfet-ül Kibar" ya da "Menakıb-i Peygamberî"den bir şeyler anlatarak, Yasin Ağa'nın çalmadan oynayan kafasında imajların en renklilerinin doğmasını sağlardı. O zaman, yani kafasında imajların bin bir renklileri doğunca adam naralar atar, ağlar, avuçlarıyla dizlerini döverek o yıllarda dünyaya gelmemiş oluşuna hayıflanırdı.

Demek oluyordu ki bu gelişi karşılıklı kahve içip konuşmak için değildi. Ne içindi acaba? Ondan saklandığı anlaşılan müthiş şey ne olabilirdi? Mübareğin dünya işlerinden elini eteğini çektiğini çok iyi biliyordu. Adamcağız bütün gün dininde, diyanetindeydi. Pek pek köy kahvesine çıkar, kahve halkının iskambil, tavla ya da parti çekişmelerinden uzak, bir köşeye çekilir, elinde tespih, yarı kapalı gözleri, titreyen dudaklarıyla kallavi fincanından kahvesini yudumlardı.

Çevresini yeniden gözden geçirdi.

İlkin Ramazan'ı sormuştu. Ramazan'ı ilkin sorduğuna göre, "müthiş" olan şey, o haytayla mı ilgiliydi acaba? Esrar, afyon, rakı, şarap, kumarın daniskası bulunan Ramazan'ı, çok büyük, hatta dediğince "müthiş" bir suçundan ötürü dayısına mı şikâyet edecekti?

Şöyle bir düşündükten sonra, "Hayır," diye geçirdi. Olamazdı. Esrar, afyon, şarap, kumar, kız ardında dolanmak "müthiş" değildi. Dayısı zaten biliyordu. Dayısının bildiğini de herhalde Hafiz Efendi bilecekti. Bilmese bile soytarı oğlanın yeni bir maskaralığını Yasin Ağa'dan ne diye saklasındı?

Gene saygıların en üstünüyle, "Buyrun efendi hazretleri," dedi. "Benim odaya gidip birer yorgunluk kahvesi içelim!"

Hafiz'ın da istediği buydu.

Yasin Ağa'nın odası, ta Muzaffer Bey'in babası zamanından beri oturduğu, tek göz, ufacık bir kerpiç huğdu. Muzaffer Bey'in çiftlikte kaldığı günler hizmetine bakan Gülizar, bu ufacık odayı her gün birkaç posta siler, süpürür, Yasin Ağa'nın portatif bir karyoladaki yatağını düzeltir, ortalığa çekidüzen verirdi.

Kapıda durdular.

Yasin Ağa, Muzaffer Bey'in beton evine doğru seslendi:

"Gülizaaaar!"

Kadın fazla bekletmeden, beton evin balkonunda olanca canlılığı, olanca bayıltıcılığıyla gözüktü:

"Buyur Yasin Ağa?"

"Anahtarı getir!"

Havaların bozuk, hayli de serin gitmesine karşın Gülizar, bal renkli, kısacık margizet entarisiyle bıngıl bıngıldı. Az sonra elinde anahtar, çorapsız kar gibi bacakları, yüklü göğsünün hemen hemen meydanda olduğu, sakız kabağı gümrahlığında ak pak kolları, bitiren cilvesiyle koşarak geldi:

"Buyur!"

Kabak Hafiz'a:

"Hoş geldiniz Hafiz Efendi Amca!'"

"Hoş bulduk yavrum, hoş bulduk... Nasılsın?"

"Teşekkür ederim, iyiyim."

"Allah daha iyi etsin!"

Yirmi sekizle otuz arası bu iliklerine dek kadın, cıvıl cıvıl tazeye, oldubitti içi gidiyor, haftada birkaç posta ihtilam oluyordu geceleri. Şeytan mıydı, şeytan-ı lain miydi ki geceleri düşlerine girip baştan çıkarıyordu? Ama memnundu. Ne zaman düşüne girse de aklını başından alsa, gözlerini sıkı sıkı yumar, düşün uçup gitmesini sanki önlemeye çalışarak, duyduğu hazzı uzatmak isterdi. Uzamazdı ki! Ağzına bir parmak bal çalınmışçasına, yatağında düşü uzun uzun düşünürdü.

"Buyrun efendi hazretleri!"

Yasin Ağa kapıyı açmış, girmesi için yol veriyordu hazrete.

Girdi. Sedire her zamankince yanladı.

"Kahve içeceksiniz değil mi?"

Gülüverdi:

"İlahi Gülizar Hanım kızım... Hastaya kar sorulur mu?"

Gülizar da çapkın çapkın güldü:

"Sorulur mu hiç?

Kanlı, canlı, güçlü, cezveyi, kahve fincanlarını aldı, şeker, kahve kavanozunu. Sonra kamineto denilen ispirtoluğu. Bal renkli margizet entarisini olanca iştah vericiliğiyle geren sereserpe çömelişiyle işe koyuldu. Sanki bütün bunları alabildiğine bir saflık içinde yapıyordu da, eteğinin altında ta bilmem nerelerine dek gözüken kar beyaz bacaklarının farkında değildi. Oysa öylesine farkındaydı ki, mahsustan, Hoca Efendi'nin en iyi görebileceği bir köşeyi seçmiş, tam karşısına çömelivermişti. Bu, Allah adamı bir Hoca Efendi'den çok, insanı gözleriyle yiyen adamda ne vardı ki, bakışları sanki çıplak teninde böcek gibi dolaşıyordu? Ne vardı bakışlarında ki, Gülizar adamın o çapkın bakışlarıyla mest oluyor, o da çoğu geceler düşünde bu iriyarı adamı görüp uyanınca da uzun süre etkisinden kurtulamıyordu?

Kahveyi, şekeri koydu, cezveyi karıştırırken sordu:

"Hafız Efendi Amca, biraz şekerlice yapıyorum?" Maksadı adamın ısırıcı bakışlarıyla karşılaşmaktı.

"Yap kızım," dedi Hafız, "yap yavrum!"

Sonra da heyecanını belli etmemek için, sakalını sıvazlayarak, "Allah!" dedi.

Dinibütün Yasin "Allah"ın adını hemen getirdi:

"Cellecelâlehuu!"

"Cellecelâlehuu" ama, Yasin Ağa'nın zihnini hâlâ şu "müthiş" şey tırmaladığı için, gözleri yerdeki çiçekli kilimde, Hafız Efendi'nin, genç kadını arada yiyecek gibi bakışlarını görmüyordu. Kabak Hafız da çekinerek bakıyordu kadına zaten. Şehvet dolu bakışlarının dini bütün adam tarafından yakalanmasını istemezdi. Onun için, gözlerini kadından sık sık kaçırıp duvarlardaki "Mekke-i Mükerreme"yle "Medine-i Münevvere"nin taşbasma resimlerinde gezdiriyordu. Bu yandaki duvarda Hazret-i Ali'nin Düldül'ü, çeşitli gazvelerden* çok acemice çizilmiş cenkler, gene Ali'nin Zülfikar'ı...

Yasin Ağa çekmecesinden sigarayla kibrit çıkarıp Hafız Efendi'ye ikram etti. İçmezdi o. Misafirlerine ikram için bulundururdu.

Fakat genç kadının açık saçıklığı dayanılacak gibi değildi. Yasin Ağa'yı şu sıra ya dışardan çağırsalar ya da onun aklına bir şey gelip dışarı çıkıverseydi. Çıkıverse, kalkıp kadına sarılmazdı belki ama, onun üzerine düşündüklerini açıklayacak bazı şeyler söylerdi herhalde. Tabii söylerdi. Ne vardı? Hangi kadın övül-

---

* Din uğruna yapılan savaş.

mekten hazzetmezdi de isyan ederdi sanki? Ama pis herif çıkmak şöyle dursun, bunu aklından bile geçirmiyordu besbelli.

Yasin Ağa bir ara, neden bilmiyor, arkasına dönüp de Gülizar'ın sereserpe çömelişi gözüne çarpınca, esmer yüzü mosmor kesildi kıskançlığın öfkesiyle. Değil Hafiz Efendi, herkesten kıskanırdı onu ama, doğru muydu, dininde diyanetinde bir Allah adamının karşısına geçip şurasını burasını açarak çömelmesi?

"Gülizar?"

"Efendim?"

"Çok susadım. Bir bardak su alıver!"

Gülizar su bardağıyla koştu, kapı yanındaki kırmızı testiden doldurup getirdi. Yasin Ağa suyu alırken, genç kadının gözlerine öyle bir hışımla baktı ki, kadın şaşırdı. Yasin Ağa'nın aşırı öfkelendiği sıra böyle hışımla baktığını bilirdi. O geceyi hatırladı... Dışarda yağmur, fırtına, yer yerinden oynuyordu. Yasin Ağa çağırmıştı. O gece aksi gibi canı hiç de istemiyordu oysa. Gündüz koş oraya koş buraya çok yorulmuştu. Yatağına girip sıkı sıkı sarınarak uyumak için can atıyordu. Aldırış etmemişti çağrılmasına. Yasin Ağa'ysa ucunu bırakmamış, üst üste çağırmıştı. Kadın aldırmayınca da öfkeden çılgına dönerek öyle bir hışımla gelmişti ki, tam böyle bakmıştı işte.

Yasin Ağa içtiği suyun bardağını geri verirken gene o hışımla baktı.

Kabak Hafiz'sa, hiçbir şeyin farkında değilmişçesine anlatıyordu:

"... Cenab-ı Allah'ın sevgili kullarına hizmet, sevapların en büyüğüdür. Böyle kullar Huzur-u Rabbilâlemin'de mergup ve muazzezdirler. Öyle değil mi Yasin Ağa?"

Yasin Ağa başını salladı.

"Ona ne şüpheee, ona ne şüphe?"

Kabak Hafiz iri taneli siyah tespihini çıkardı, gözlerini yerdeki bir noktaya dikti. Aklında Gülizar, tespihini ağır ağır çekmeye başladı. Az sonra kallavi fincanla kahve gelince, gözlerini yerdeki noktadan kaldırmadı. Sanki murakabeye varmıştı. Çıplak bacaklarındaydı gözleri oysa. Nitekim Yasin Ağa da, efendi hazretlerini murakabeye varmış sanarak, genç kadına, kahveleri bırakması için, çaktırmadan göz etti. Gülizar kahveleri tepsisiyle sedire bırakıp çekildi. Çekildi ama cinleri de tepesine toplanmıştı. "Kart eşek!" diye geçirdi. "Beni bir daha odana çağırırsın!"

Yasin Ağa:

"Buyur efendi hazretleri," dedi. "Kahvenizi buyrun..."

Murakabesinin içinden sıyrılıp çıktı:

"Efendim?"

"Kahvenizi buyurun!"

"Ha, kahve..."

Fincanını ağır ağır aldı, kalın dudaklarına ağır ağır götürdü, ağır ağır üfledi, gene ağır ağır yudumladı:

"Oooh... Tam da istediğim gibi olmuş. Berhudar ol yavrum!" Sanki genç kadının tepsiyi bırakıp öfkeyle gidişinin farkında değildi.

Döndü, arkasına, çevresine bakındı:

"Gitti mi?"

"Gitti efendi hazretleri..."

"Kahven gibi aziz ol, diyecektim!"

Yasin Ağa üzerinde durmadı. "Müthiş" olan şey neydi acaba? Kafasına fena takılmıştı. Sormak, öğrenmek, ferahlamak... Evet ama bunu da doğru bulmuyor, istiyordu ki, efendi hazretleri kendiliklerinden açsınlar! Bununla beraber, "müthiş" şeyin Ramazan'la ilgili olduğundan da kuşkusu yoktu. Kumar dese değil, esrar afyon dese değil, karı kız ardında koşmak dese gene değil. Peki neydi? Ne olabilirdi?

Kabak Hafiz gene uzun bir murakabeden sonra başını birden kaldırıp Yasin Ağa'ya baktı. Heyecanla, "Bu çocukta çok iş var!" dedi.

Yasin Ağa anlamadı:

"Hangi çocukta?"

"Ramazan'da."

"Ramazan'da mı? Bizim Ramazan'da mı?"

"Evet evet, çok iş var. Hem de tasavvur edemeyeceğin kadar!"

Çekinerek sordu:

"Yani, ne gibi?"

Kabak Hafiz duymamış davrandı. Gözlerini gene yerdeki noktaya dikti, öylece, uzun uzun kaldı. Sanki orda bir şeyler görüyordu. Arada başını sallıyor, gülümsüyor, kendi kendine ölçüp biçiyordu. Bütün bunlar, sapına dek dini bütün bir Allah adamı için şaşılacak şeyler değildi. Değildi, çünkü, efendi hazretlerinin, başkasının göremeyeceklerini görüp başkalarının duyamayacaklarını duyduğundan kuşkusu yoktu. Şu Ramazan işinde de örneğin... Kim bilir, belki de hüddamlarıyla görüşmekteydi efendi hazretleri şu sıra!

Kalktı. İçilip boşalmış kahve fincanlarını tepsisiyle aldı, az önce Gülizar'ın kahve pişirdiği yere bırakıp ayaklarının uçlarına basa basa geldi, kalktığı yere yeniden ilişti. Bunu yaparken, efendi hazretlerini murakabeye vardığı yerden ayırmak, dikkatini başka yanlara çekmekten sakınıyordu. Öte yandan da erenlerin ne düşündüğü ya da hüddamlarıyla neler konuştuğunu merak etmiyor değildi. Ama ne olursa olsun, ilişmeyecek, adamı daldığı yerden ayırmayacaktı.

Sonunda Kabak Hafiz ağır ağır konuştu:

"Yemyeşil, zümrüt gibi yeşil bir çayırlıkta oturmuşuz. Sular şırıl şırıl akıyor, dallarda bülbüller, isketeler, kanaryalar şakıyor, kınalı keklikler, turaçlar, ebabiller, zümrüdüanka kuşları salına salına dolaşıyorlarmış. Ben şöyle oturmuşum. Ramazan Efendi de tam karşımda ama yüksekçe bir yerde! Boynunu bükmüş, bana melül mahzun bakıyor. Sual ediyorum: 'Evladım melüllüğün, mahzunluğun niye?' İçini çekiyor, gözlerinden boncuk boncuk yaş dökmeye başlıyor. Israr ediyorum: 'Söyle, nedir mahzunluğunun sebebi? Niçin ağlıyorsun?' Öyle bir bakış bakıyor ki, tarif edemem, o bakış hâlâ içimde dâğ-ı derundur!"

Sustu. Yasin Ağa'yla göz göze geldiler.

Yasin heyecanlanmıştı:

"Rüya mı gördünüz?"

"Hayır. Beynennevm velyakaza!"*

"Hayırdır inşallah..."

Kabak Hafiz etki geçmeden ateşinin ardını getirdi:

"Beni serseri yerine koyuyorlar, beni adamdan saymıyorlar, bana zerrece ehemmiyet vermiyorlar," dedi. "Ben hem öksüz hem de yetimim. Ne dayım ne de Yasin Ağa'nın benimle hiç meşgul oldukları yok!"

Yasin Ağa karşı çıkacak oldu. Kabak Hafiz etli, kocaman elini kaldırarak, "Müsaade," dedi, "müsaade et, ardını dinle... Derken, gaipten seda... Allah seni inandırsın, dağlar, taşlar inim inim inlemeye, yerler, gökler haşyetullahtan zangır zangır titremeye başladı. Bir de arkama döneyim ki, ne döneyim?"

Yasin Ağa heyecandan safi, dikkat kesilmişti. Kabak Hafiz'a korkuyla sokuldu:

"Evet efendi hazretleri?"

"Ak sakalı göbeğinde, yeşiiiil yemyeşil libaslara bürünmüş bir pair-i fani!"

"Allahümme salli âlâ seyyidina Muhammet!"

"Yanıma yaklaştı, omuzumu tuttu, beni öyle bir sarsış sarstı ki, tarifi gayrikabil benim için Yasin!"

Yasin, çeneleri vura vura sordu:

"Dervişin esası, teberi, keşkülü var mıydı?"

"Her şeyi vardı, her şeyi tamam!"

"Tamam. Hızır'dı öyleyse, Hızır aleyhisselam!"

Efendi hazretleri tebessüm buyurarak başlarını hafif hafif salladılar:

"Aferin Yasin, iyi bildin!"

Yasin Ağa memnun, gülümsedi:

---

* Uyku ile uyanıklık arası.

"Sayenizde evvelallah. O kadarını artık, tabii..."

"Gerisi vaar... Dedi ki kurban olduğum, imam dedi imam. Beni İyi dinle: Cenab-ı Rabbülalemin'in emr-i ilahileri şu ki; Ramazan kulumun dayısını derhal bul tebşir et kiii, Mehdi-i Resul, yeğeni Ramazan'ın sulbünden dünyaya gelecektir! Zinhar vakit fevt etmeyip Elci Cemşir'in kızı Güllü ile eversin!"

Gözlerini Yasin Ağa'ya dikti. Yasin Ağa sanki donmuştu.

Kabak Hafiz neden sonra sordu:

"Var mı? Elci Cemşir'in bu namda bir kızı var mı?"

"Var."

"Adı Güllü mü?"

"Güllü."

"Bana rakamlar verilmişti. Hesab-ı Cifr'le bulup çıkardım. Demek kızın adı tutuyor? Âlâ..."

Yasin Ağa yerinde kımıldanıp hafifçe öksürdükten sonra, "Yalnız," dedi. "Bir şey sormama izin verir misiniz?"

"Elbette erenler, elbette, sor!"

"Hızır aleyhisselam bu rüyayı Muzaffer Bey'e söylemenizi emretmişler. Bana söylediniz. Tılsım bozulmadı mı?"

Kabak Hafiz gürledi:

"Suuuuus, gaafiiiil! Günaha giriyorsun. Hem de boyunla beraber! Tılsım ne demek? Cenab-ı Allah'ın emr-i ilahileri mekr-ü hiyle midir bozulsun? Tövbe et, tövbe istiğfar et!"

Yasin Ağa tövbe üstüne tövbe ediyor, mırıl mırıl mırıldanıyordu. Mırıldanıyordu ama, gene de Mehdi-i Resul'ün, şu ipsiz sapsız, şu yalan dolan içinde yuvarlanıp duran ayyaşın sulbünden meydana gelebileceğine inanamıyordu. Ama inanması da gerekti galiba. Koskoca bir dini bütün vardı karşısında. Yalan söylemesi söz konusu olamazdı. Olamazdı ya, hay aksi şeytan, kendini buna ne türlü inandırmaya kalksa inandıramıyor, içine yerleşmiş şeytan-ı lain dürtüp duruyordu: "Dünya'da adam kalmadı da sapı silik Ramazan'dan mı doğacak Mehdi-i Resul? Hah hah haaaay..."

Birden şeytan-ı lainin içine girip yerleşmiş olma nedenini anladı: Gece, Gülizar odasına gelmişti gene. Gerçi o işten sonra su dökünmüştü ama, gusül aptestini ihmal etmişti. Fiil-i cima'dan sonra gusül ihmal edilince şeytan-ı lain insanın içine gelip otururdu herhalde. Hoca Efendi'ye sormaktan çekindi. Ya gene azarlarsa? Ya, "İman tazelemen lazım. Bir Müslüman nasıl olur da fiil-i zinaya tenezzül eder," derse?

Kaşlarını çattı. Hay Allah kahretsindi şu boynuzlu şeytan-ı laini! İçinde, içinin derinlerinde dilini çıkarıyor, oynuyor, inanma diyordu. İnanma demekle kalsa, içinden çıkıp efendi hazretlerinin iri burnuna, iri burnundan tepesine, tepesinden sağ, sonra sol omuzuna sıçrıyordu.

Elinin bir hareketiyle şeytan-ı laini sinek kovar gibi kovdu.

Keremine çok şükür. Demek... öyle ya. Niye olmasın? Cenab-ı Allah neye kadir değil ki?

"Değil mi ya?"

"Bir damla meniden insanı halk eden zat-ı Kibriya..."

"Hay haay, hay haaay..."

"Demek Muzaffer Bey gelince..."

"Beni derhal haberdar et!"

"Ben açmayayım mı?"

"Hayır hayır hayır..."

"Çıtlatmayayım da?"

"Katiyen!"

"Peki, emriniz, can baş üstüne efendi hazretleri..."

Zaloğlu Ramazan gözünde birden öyle büyümüştü ki! Demek, yıllardır çeşitli vesilelerle işitip durduğu Mehdi-i Resul onun dölünden dünyaya gelecekti? Kudretinden sual olunmazdı. Kırk gün günahkâr, bir gün tövbekâr diye boşuna dememişlerdi tabii.

Avucuna hafifçe öksürdü.

Diyelim ki, diye düşündü, efendi hazretleri Cemşir'in kızını biliyor... "Hayır estağfurullah," diye düzeltti, "kızı değil, Cemşir'i. Cemşir'i biliyor. Kızını nereden bilecek? Adını? Adını ya?

Ben bile kızın adının Güllü olduğunu bilmiyorum da, Ramazan nereden bilecek?"

Evet evet... Bu bir işaret, işaret-i rabbani olmalıydı. Böyle mübarek, Zülcelal'in köyde en büyük vekili, muhterem bir insan imkânı yok yalan söylemezdi. Bok şeytan, içinden boyuna, "Yalan, hile, dubara," deyip duruyordu ama, boynuzlunun dediklerine kanacak kadar saf mıydı? Şeytan-ı laindi o. Cenab-ı Allah'ın dini bütün kullarını baştan çıkarmak için elbette yırtınacaktı ama, ona inanan, kulak asan kimdi?

Gırtlağını sinirli sinirli temizledi. Böyle şeyleri düşünmek bile günahtı, hem de erenlerin sık sık tekrarladıkları cinsten, "Günâh-ı kebâir"dendi!

Sesli sesli, "Allah, cellecelâlehûuu..." dedi.

Düşünmek istemiyordu. Yalnız, bir mesele vardı... Cemşir'in kızı, fabrikada çalışıp çeşitli erkeğin arasında kabak çiçeği gibi açılmış olması gereken bir kızdı şüphesiz. Çünkü, herifin dört karısı, dört karıdan da yığınla kızı, oğlu olduğunu, kızlar, oğulları, hatta karıların da kışın fabrikalarda, yazın tarlalarda itler gibi çalıştığını, kazandıklarını da getirip Cemşir'in avucuna koyduklarını işitmişti. Fabrikalarla, tarlalarda çalışan bir kul, yani Cenab-ı Allah'ın sevmediği bir kul, nasıl olurdu da soylu bir sevgili kulla evlenebilirdi?

"Efendi hazretleri, af buyurun, bir şey geldi aklıma..."

"Ne geldi?"

"Malum a, Ramazan Efendi ne de olsa beyzade. Ötekiyse, tarlada, fabrikada çalışan, Allahütealâ'nın sevmediği bir kul..."

Kabak hop kalktı hop oturdu:

"İndullah'ta kimin sevgili, kimin sevgisiz olduğu senin gibi günahkârlarca ne malum gaafiiil?"

Yasin Ağa yuttu.

Kabak Hafiz o öfkeyle yerinden fırladı. Çıkmadan önce:

"Muzaffer Bey gelince vakit fevt etmeden..."

Yasin Ağa suçlu suçlu:

"Zâtınıza," dedi, "zât-ı âlinize haber vereceğim!"

Ve şahadetparmağını tehdit edercesine salladı:

"Bu mesele derhal halledilip, zât-ı Kibriya'nın emr-i ilâhileri yerine getirilmelidir. Aksi hâlde..."

Gene öyle bir baktı ki; Yasin Ağa ufalıverdi:

"Aksi halde, biliyorum efendi hazretleri..."

"Başımıza taşların yağacağını, kıyametlerin kopacağını da biliyor musun?"

Bak bunu bilmiyordu Yasin ama, koskoca efendi hazretlerinden daha mı iyi bilecekti? Maazallaaaaah!

Efendi hazretleri "pür hiddet ve azamet" çekip gitti.

Yasin Ağa hâlâ ufacık, kapıda dikildi kaldı. Bunca yıldır hacılardan hocalardan işitip duruyordu. Ahir zamanda Mehdi-i Resul huruç edecek, bozulan dünyayı düzene sokacaktı. Bu düzenle dünya kırk yıl doğru dürüst gidecek, kurt kuzuyla yaşayacak, ortalık güllük gülistanlık olacak... Ondan sonra gene bozulacak, insanlar azdıkça azacak, bu bozuk düzen kıyamete dek gidecekti. Biliyordu böyle olacağını, biliyordu ama, gerek peygamberler ülkesinin kutsal toprağında, gerekse dünyanın dört bucağında Cenab-ı Allah'a yakın bunca hacı, hoca, âlim, ulema varken, Mehdi-i Resul'ün aptessiz, namazsız bir sapığın sulbünden gelecek olmasına şaşıyordu. İmam Efendi her ne kadar, "İndullah'ta kimin sevgili, kimin sevgisiz olduğu biz günahkâr fanice ne malum, gaafil?" demişti, ama aması vardı gene de... Kim bilir, belki de doğruydu. Koca dünyayı öküzün boynuzundan tutan zât-ı Kibriya neye kadir değildi?

Kapıdan çekildi. Teravih namazlarında kullandığı doksan dokuzluk tespihini sandığından alıp az önce imamın oturduğu yere bağdaş kurdu. Ortalık kararıncaya dek tespih çekerek kendinden geçti.

Az sonra Gülizar odaya bir gölge gibi girip, lambayı yakıp Yasin Ağa'yı dalmış görünce, imamın adamı gene büyülediğini anlayarak yanına geldi, elini omuzuna teklifsizce koydu:

"Ne o gene?"

Sertçe baktı:

"Ne olacaktı?"

"Ne mi olacaktı? Herif seni büyülemiş gene!"

Kadının eline vurdu:

"Çek elini, geri dur!"

Gülizar şaştı:

"Geri mi durayım?"

"Geri dur, geri!"

Elini çekti:

"Peki, gel diye yalvardıklarını unutma amma!"

Yasin Ağa kendini toplar gibi oldu:

"Tövbe estağfurullaaaah..."

"Tövbe estağfurullahmış. Bir daha çağırma beni, gelmem!"

Çekti gitti.

Yasin Ağa gözlerini yeniden yumdu.

Dışarda derinden derine bir kamyon homurtusu başlamıştı. Homurtu yaklaştı, yaklaştı... Kapının önünde durdu.

Yasin Ağa duymadı bile. Kendinden öylesine geçmişti.

Az sonra Zaloğlu, elinde *Ejder Kalesi Cengi* kitabıyla içeri girdiği vakit, Yasin Ağa'yı öylece buldu. Yanına gitti, elini omuzuna koydu:

"Emmi!"

Gülizar tam o sıra kapıya gelmişti.

"Bırak," dedi, "bırak!"

Zaloğlu döndü:

"Niye?"

"Kabak Hafiz gene büyüledi onu!"

Yasin Ağa, hiç beklenmeyen biçimde yerinden öyle bir fırladı ki, Zaloğlu da, Gülizar da şaştılar.

"Çık, çık dışarı rezil, melune!"

Kadın korkuyla dışarı çıktı. Yasin Ağa kapıyı ardından sertçe kapadı.

Zaloğlu hiçbir şey anlamamış, hayretler içindeydi. Yasin Ağa elindeki tespihi götürdü sandığına koydu. Hâlinde her zamandan başka, çok başka bir tuhaflık vardı. Dalgın, düşünceli, sıkkın hatta ne yapacağını şaşırmış...

Ağır ağır geldi, sedire ilişti. Gözlerini Zaloğlu'ya kaldırdı.

"Nedir o kitap?"

Zaloğlu unutmuştu:

"*Ejder Kalesi Cengi*," dedi.

Yasin Ağa canlandı:

"Hazret-i Ali'nin değil mi?"

"Evet."

"Ne olacak?"

"Sana aldım."

Heyecanlandı hafiften:

"Bana mı aldın?"

"Sana aldım ya!"

"Sen böyle şeyleri akıl etmezdin ya, nasıl oldu? Ver bakayım..."

Zaloğlu kitabı uzattı:

"Amma da kötü bellemişsin beni be emmi! Yanında tövbe piyasam yok. Ben bu kadar kötü müyüm?"

Yasin Ağa kendini topladı. Mehdi-i Resul'ün babası olacağını hatırlamıştı.

"Hâşâ," dedi, "sümme hâşâ! Kötü değilsin, dalgacısın bes. Yalan mı?"

Zaloğlu boynunu büktü, karşılık vermedi.

Yasin Ağa lafını değiştirdi:

"Eferim oğluma, eferim. Bugün nerelerde gezip dolaştın gayri?"

"Gezip dolaşacak nerem var ki?"

"Rakı makı içmedin mi?"

"Yok canım."

"Niye?"

"Bundan böyle de içmeyeceğim."

"Allah Allaaaah?"

"İçime bir tiksinti düştü, canım tövbe istemiyor!"

Yasin Ağa mim koydu. Her zaman eşekler gibi içen oğlanın içine tiksinti düşmesi boşuna değildi. Demek Cenab-ı Allah onu doğru yola sokmuştu? Evet evet... İş vardı oğlanda. Yumurtaya can veren Allah, neye kadir değildi ki? Sordu:

"Bu yakınlarda İmam Efendi'yi gördüğün var mı?"

Anlamazlıktan geldi:

"Hangi İmam Efendi'yi?"

"Canım, bizim imamı."

"Yoo, ne var da?"

Öyle inandırıcıydı ki. Yasin Ağa, "Hiç," dedi.

"Nasıl hiç?"

"Hiç canım, öyle sordum."

"Epeydir gördüğüm yok, lakin essahtan imammış mübarek be!"

Yasin Ağa'nın dikkati arttı:

"Niye?"

"Sana şu kitabı alıyordum, bir kitapçıya vardım, baktım konuşuyorlar. Kulak verdim, tamam, bizim imamdan konuşuyorlar. Yanlarına sokuldum. Neler konuştuklarını bir duysan şaşarsın!"

Yasin Ağa'nın merakı heyecan kertesinde artmıştı:

"Yok bee? Neler konuşuyorlardı gayri?"

"Aklımda tutamadım ki! Lakin mübareğin ünü dünyaya yayılmış. Bundan böyle sözünden tövbe çıkmayacağım!"

Yasin Ağa'yı uzun uzun gözden geçirdikten sonra, "Çok keskinmiş," dedi. "Ermiş diyorlar!"

"Doğru."

"Biz onu bizim köyde belliyoruz değil mi?"

"Değil mi?"

"Değil. Ta bilmem nerdeki camide namaz kıldırdığını söylemişler kitapçıya!"

Yasin Ağa da duymuştu bunu:
"Doğrudur," dedi.
"Bundan böyle Kabak mabak da demeyeceğim..."
"Deme tabii oğlum."
"İnsan çarpılır değil mi?"
"O saat!"
"Yer gök onların yüzü suyu hürmetine duruyor öyle ya!"
"Onların yüzü suyu hürmetine tabii."
"Yoksa?"
"Yoksa kıyamet kopar!"
"Kopar ha?"
"Kopar ya, vakit var daha. Hazret-i Peygamber efendimiz demiş ki, bilmem kaçta yatmam, bin bilmem kaça kalmam. Ebcete vurmuşlar, yakın!"
Zaloğlu sözde dalmıştı. Bir ara, "Tekmil koltuklarım kabardı," dedi.
"Neye?"
"Neye olacak emmi? Böyle mübarek bir insan bizim köyün imamı ve de yakınımız, dedim. Deyince görmeliydin ordakileri.. Bana iskemle ikram etmeler, çay kahve ısmarlamalar, tuuu... Dediler ki, aman dediler, mukayyet olun ve de kıymetini bilin mübareğin. Hiçbir yerde bir haftadan ziyade durmazmış. Bizim köyde iki yıldır eğleşiyor, dedim, şaştılar. Birbirlerine baktılar, dediler ki, bunda bir iş var mücerret dediler."
Yasin Ağa başını salladı.
Şimdi daha iyi anlıyordu İmam Efendi'nin gördüğü düşün boş olmadığını. İmam Efendi'nin gördüğü düşün boş olmadığı gerçekti de, Ramazan da boş değildi. Boş olsa birden kendine gelip, içkiye paydos demez, "Kabak aşağı kabak yukarı" sözlerine de pişmanlık duymazdı. Sonra daha önemlisi, bir yerde bir haftadan çok durmaması... Ramazan'ın dediğince, hazret bu köyde iki yıldır, kımıldamamacasına duruyordu. Niyeydi? Çünkü hazrete Mehdi-i Resul'ün hurucu ya da Ramazan'dan dün-

yaya geleceği malum olmuştu. Cenab-ı Allah bu işle onu vazifelendirmiş olacaktı!

Yalnız, zihnini gene bir kurt kemirmeye başlamıştı. Hadi Ramazan'la İmam Efendi sözleşmiş olsunlardı. Kitapçılara ne demeliydi ya? Sonra, oğlan bu yakınlarda görmediğini söylemişti ki doğruydu. Görmüş olsa ne diye saklasındı? Görmüş, görüşmüşlerdi diyelim, böyle bir yalanı hazırlamakta ne gibi bir çıkarları olacaktı? Koskoca imam, Allah adamı... Yalan yere Mehdi'den bahsetmenin büyük günah olacağını bilmez miydi?

İşte gene şeytan-ı lainin iğvasına uymuştu. Tövbe istiğfar ettikten sonra, sesli sesli, "Allah!" dedi.

Gülizar asık yüzü, çatık kaşlarıyla yemek tepsisini getirip sedire bıraktı:

"Getirmeyecektim ya, hadi neyse..."

Yasin Ağa yumuşayıvermişti.

"Kızım, evladım, yavrum... İnsanın bir eşref saati vardır, bir de hâşâ hâşâ eşek saati. Öyle değil mi Ramazan Efendi oğlum?"

"Doğr," dedi Zaloğlu.

Gülizar gene kızdı:

"Bana ne eşek saatinden? Ben senden güler yüz, tatlı dil istiyorum!"

Zaloğlu birden uyandı. Tatlı dil, güler yüz mü istiyordu? Niye? Karısı mıydı ki tatlı dil, güler yüz... Vay anasını! Demek aralarında... Neden olmasın? Herif bunca yıl evlenmemişti. Niye? Demek sebep Gülizar'dı. Beleş bir avrat. Herif bundan sonra evlenip ne yapacaktı?

Ramazan sordu:

"Ne var? Ne geçti aranızda?"

Gülizar, "Hiç bee," dedi. "Şu Kabak Hafiz'ın yanında hatırımı kırdı!"

Yasin Ağa parladı:

"Doğru konuş be!"

Gülizar da geri kalmadı:

"Nasıl konuştum?"

"Bütün dünyanın dilinde dolaşan bir mübareğe kabak diyemezsin!"

Yırtık bir kahkaha attı:

"Hah hah haaay... mübarekmiş!"

"Mübarek tabii, facire!"

"Ne demek o?"

"Ne demekse ne demek. Git, Ramazan Efendi'nin yemeğini de al gel buraya!"

Gülizar da "Ramazan Efendi" sözüne takıldı. Ne zamandan beri "Ramazan Efendi" olmuştu yazının serserisi? En biri Yasin Ağa, bizzat kendisi, oğlanın adam olmaz cinsten olduğunu söyleyip durmaz mıydı?

"Bakıyorum, Ramazan, Ramazan Efendi olmuş?"

Yasin Ağa sertçe baktı:

"O her zaman Ramazan Efendi'dir!"

"Ramazan Efendi'ymiş..."

Çıktı gitti. O hırsla ipsiz, uğursuz oğlanın yemeğini bir başka tepsiye hazırlayıp getirdi, sedirin üstüne, Yasin Ağa'nınkinin yanına bırakıp çıktı.

Yasin Ağa belirli bir saygıyla, "Buyur," dedi.

Yemeğe başladılar. Konuşmadan yiyorlardı. Yemek yerken konuşmanın günah olduğuna inanan yanları vardı. Ramazan inanmazdı böyle şeylere ya, maksadı Yasin Ağa'ya hoş görünmek olduğundan, inanıyormuş gibi davranıyor, konuşmuyordu.

Yemeği tam yemişlerdi ki, Gülizar gene geldi. Tek laf etmeden kahvelerini pişirip önlerine koydu. Sonra da tepsileri aldı, çekti gitti.

Üzerinde durmadılar.

"E, kitabı okuyum mu emmi?"

"Bak hele bak. Hastaya kar sorulur mu yavrum?"

Zaloğlu gaz lambasının altına bağdaş kurarak başladı. Tam da Yasin Ağa'nın istediğince okuyordu. Adam daha şimdiden imamı da, Mehdi-i Resul'ün babasını da, Gülizar'ı da unutmuştu. Hikâyeye kendini öylesine kaptırmıştı ki, arada coşuyor, çokluk olduğunca yerinde hopur hopur hoplayıp cenkteymişçesine bağırıyordu:

"Vuuuuur ya Aliiiii!"

Kitap gece yarısına doğru bitti. Yasin Ağa, Hazret-i Ali'nin yanında, müşriklere onunla birlikte kılıç sallamış kadar yorgundu. Mendiliyle terini sildikten sonra, "Aaaaah ah," dedi, "yanında ben olmalıydım ki mübareğin!"

Kalktı:

"Birer kahve hak ettik değil mi Ramazan Efendi?"

Ramazan da fırladı:

"Ettik amma, sen dur emmi!"

"Niye?"

"Ben pişirivereyim, müsaade et!"

"Yooook," dedi. "Geç yerine otur sen!"

"Mehdî-i Resul'ün babasına" pişirtecek değildi ya!

Zaloğlu üstelemedi. İşlerin tıkırında gittiği anlaşılıyordu. Demek Kabak Hafiz gelmiş, kamışı koymuştu? Koymuştu ya, canı da sıkılmıyor değildi. Şehirde Hamzalara uğramış, kızı görememişti. Hamza'nın o saatte evde olmayacağını bildiği hâlde gitmiş, sormuştu. Maksat kızı görmek. Demek kız da evde yokmuş ki, annesi çıkmış, Güllü'nün az yaşlı bir modeli, bozuk Türkçesiyle evde olmadığını söylemişti oğlunun. Kızı göremedikten sonra oğlan ha olmuş, ha olmamıştı. Yol boyunca düşünmüştü ki, kız evdeydi de acaba mahsustan mı gözükmemişti? Gözükmeyip saklanması için, kızının bir başkasını seviyor olması gerekirdi. Bunaysa imkân yok gibiydi. Ağası, Hamza yani, Allah'ını şaşırtırdı ona!

"Peki nerde olabilirdi o saatte?"

Fabrikada olamazdı. İşten çıktıkları saati hesaplamıştı. Yoksa işten gelmiş, anasının hazırladığı sıcak suyla alt evde yıkanıyordu da...

Kız içinden çırılçıplak geçti, ürperdi.

O gece, rakı içtikleri yerin altında yıkanırdı herhalde. Evleri tek gözden ibaret işçilerin böyle yıkandıklarını çok görmüştü. Güllü de orda yıkanacaktı elbette. Entarisini soyunurdu önce, sonra iç fanilasını, daha sonra da...

Titredi.

Koltuklarının altları belki de hafifçe tüylüydü? Ordan, o tüylü koltuk altlarından tutacaktı işte. Kendine çekecek, sımsıkı saracaktı. Kucaklayıp kaldırabilir miydi? Kaldıramazdı belki de. İriydi kız, uzun boylu. Bir şey değil, kucaklayıp kaldıramazsa amma da ayıp olurdu ha!

İçini çekti.

Dayısı kalıbında olmalıydı. Hakçası o kız, dayısı kalıbındakilere göreydi ya, düşünmek istemiyordu bunu. Dayısı gibi olmalıydı. O zaman, değil Güllü, hemen hemen bütün kadınlar bir tek işaretiyle ardından koşarlardı.

Birden bir korku kapladı içini: Dayısı razı geldi, kızı da nikâhlayıp aldı. Böylesine güzel bir kıza karşı dayısının tutumu ne olurdu acaba? Kızı ona bırakır mıydı? Bıraktı diyelim, kız? Kız o kadar yakışıklı bir erkek karşısında pusulayı şaşırmayacak mıydı? Şaşırırsa ya? Ya dayısı da şaşırırsa pusulayı? Bir çatı altında, Zaloğlu'dan habersiz buluşurlarsa? Sevişirlerse?

Yasin Ağa'ya baktı. O, ispirtoluğun üzerindeki cezveye gözlerini dikmiş, dalıp gitmişti. Düşü Ramazan'a söyleyip söylememek arasındaydı, hiçbir karar verememişti. Söylese mi iyiydi, söylemese mi? İmam Efendi de ne söyle demişti ne de söyleme. Söylenmemesi gerekseydi, "Sakın çıtlatma oğlana!" diye sıkılardı. Sıkılamadığına göre... O, Muzaffer Bey'i bekliyordu. Bekliyordu ama, Muzaffer Bey'in böyle şeylere inancı yoktu ki! İnansa bile, kendisi dururken eciş bücüş yeğeninin dölünden ne diye gelecekti Mehdî-i Resul? Dayı aslanlar gibi, yeğen çakal ya da tazı. Muzaffer Bey için Mehdî-i Resul bile gerçekten havaydı!

Cezvede kahve hafiften tütmeye başlamıştı.

Ağa mağa, bey mey... Herif zındıktı ki o kadar olurdu yani. Ne aptes, ne namaz, ne oruç, ne ramazan, ne bayram, ne şu ne bu... Doğru değildi oysa. Allahütealâ bunca mal mülk vermiş, ekmeğini pişkin, atını eşgin etmişti. Onun şimdi yatıp kalkıp dua üstüne dua etmesi gerekirdi Zülcelâl'e. Bayramdan bayrama bile alnı seccade görmezdi oysa. Sonra, bunca yıldır zina ardında koşmuş durmuştu. Kendi gibi bir kişi kızıyla evlenmeli, dağ taş malına mülküne bir hayırlı evlat peydahlamalıydı!

Sonra birden düşündü ki, Muzaffer'in bu türlü davranması gene de Zülcelâl'in takdiri cümlesindendi. Çünkü Mehdî-i Resul, yeğenin dölünden gelecekti!

Kahve kabarmıştı. Muzaffer Bey'i, dağ taş malını mülkünü, evlenip evlenmemesini, muhteşem zinasını falan unutup fincanlara böldü, Zaloğlu'nun yanına götürdü.

"Buyur Ramazan Efendi..."

"Eline sağlık emmi. Zahmet oldu!"

"Ne zahmeti evladım?"

"Lakin biliyor musun? Şu dünyada ne namussuz insanlar var..."

Yasin Ağa da sedirdeki yerine geçip oturmuştu:

"Ne gibi?

"Bugün kahvede bir şey anlattılar, beynim döndü. Müslümanlığa sığar mı yani?"

Yasin Ağa acı acı güldü:

"Ah yavrum ah... Ortalıkta Müslümanlığa sığmayan neler dönüyor, tuuu..."

"Doğru amma, bu öylesi değil!"

"Ne ya?"

"Bir dayı avradının yeğenine dolanmış!"

Yasin Ağa için önemli değildi. Bunca yıllık yaşamında bundan çok daha dehşetlilerini duymuş, işitmişti. Baba, öz baba kızına dolanırmış. Dayı haydi haydi ama, nesine gerekti? Yüzünü nefretle buruşturdu:

"Tövbe estağfurullaaaah... Sonra?"

"Sonrası sağlığın. Yeğendir dayısını avradıynan yakalayınca, çekmiş tabancasını, grav grav grav!"

"Amma etmiş. Aferin oğlana!"

"Böyle dayıları temizlemek farzdır değil mi?"

"Farz, hem de farz'ılayn!"

"Ne demek o?"

Yasin Ağa böyle Arapça sözleri şurdan burdan işitirdi ama, anlamının ne olduğunu merak etmez, yerli yersiz kullanırdı. Bunun anlamını da bilmiyordu. Bozuntuya vermedi:

"Aklın ermez, manası çok derindir! Şimdi sen bırak onu da, Cenab-ı Allah böyleleri için, küllü mızırrün yuktel buyurmuş!"

Zaloğlu asıl noktaya gelmişti:

"Benim dayıma kurban olsunlar be," dedi. "Öyle değil mi?"

Yasin Ağa'nın aklına ilkin Muzaffer Bey, sonra Ramazan, daha sonra da Elci Cemşir'in kızı Güllü ve "Mehdilik" meselesi geldi. Muzaffer Bey uçarı zamparaydı. Zamparaydı ya, "Mehdî-i Resul"ün anasına göz koyacak kadar da "Nefs-i emmâresi"ne düşkün bir dinsiz olamazdı ya!

"Senin dayının misli menendi var mı? Heye, zampara mamparadır amma..."

"Yeğeninin avradına?"

"Tövbeee!"

Kahvelerini karşılıklı höpürdettiler. Zaloğlu, gözlerini kendisine diken Yasin Ağa'ya sordu:

"Ne o emmi? Ne bakıyon manalı manalı?"

Yasin Ağa başını anlamlı anlamlı salladı:

"Sende çok iş var oğlum!"

"Ne gibi?"

"Hem de adamakıllı iş var!"

"Heye amma; ne gibi yani?"

Söylese mi, söylemese miydi? İmam, "Sakın oğlana çıtlatma," falan dememişti. Söylenmemesi gerekse herhalde sıkılayıp pekiştirirdi.

Sır verircesine, "Benden duymuş olma," dedi. Bizim imam, mübarek, bir ürya görmüş senden ötürü..."

Zaloğlu sanki baştan ayağı merak kesildi:

"Benden ötürü mü? Hayırdır inşallah!"

"Hayır oğlum, öyle hayır ki hem de, bu kadar olur yani!"

Ve ekledi:

"Şükür, çok şükür Rabbime..."

Düşü bire beş katarak uzun uzun anlattı.

Zaloğlu havadisin yükü altında ezilmiş, korkmuş, donakalmışçasına bakıyordu. Neden sonra, "Peki amma emmi," dedi. "Elci Cemşir'in kızı fabrikada çalışan, şöyle böyle bir kız, sonraa..."

Yasin Ağa sözünü kesti:

"Allah'ın sevgili kulu değil diyeceksin değil mi?"

"Değil ya, sevgili kulu mu?"

Güldü:

"İndullah'ta kimin sevgili, kimin sevgisiz olduğu biz günahkâr fanilerce ne malum? Gafil!"

Zaloğlu iç geçirdi:

"Doğru amma emmi, dayım indullah mindullah tanır mı?"

9

Gerçekten de tanımadı.

İki gün sonra Super Pacard'ıyla çiftliğe yorgun argın gelen Muzaffer Bey, arabasını Yasin Ağa'nın kapısı önünde tam durdurmuştu ki, kaç zamandır yolunu gözleyen Kabak Hafiz, yüzünde riyakâr gülücüklerle geldi, yeğeninin dölünden doğacak Mehdî-i Resul'den söz açtı.

Tam da sırasıydı. Oldubitti sinirine dokunan Kabak Hafiz'ın yeni bir dilencilik numarası diye düşünerek, olanca kanı bir anda beynine sıçrayan Muzaffer Bey, "Şimdi," diye bağırdı, "şimdi başlarım Mehdî'nden Allah'ından da ha!"

Kabak Hafiz bunu beklemiyordu. Kurşun yemiş domuz gibi, burnunun dikine, çiftlikten kaçarcasına uzaklaştı.

Ama Muzaffer Bey'in kan tepesine çıkmıştı bir kez, bas bas bağırıyordu:

"Pis, çingene! Allah adına her türlü kepazeliği yapar, sonra da... Rezil, mendebur, utanmaz!"

Arabanın yanında dikilekalmış, beyinin şu davranışını hiç de hoş karşılamayan Yasin Ağa, yerin dibine geçiyor, renkten renge giriyordu.

Muzaffer Bey ona döndü:

"Bana bak! Bu dilenci herif bir daha çiftlikten içeri adımını atmayacak, anladın mı? Karışmam sonra, beni günaha sokma, Allah belamı versin görürsem beynini parçalarım!"

Kontak anahtarını alıp arabadan sinirli sinirli atladı. Kapısında Gülizar'ın dikildiği beton evden içeri hep aynı öfkeyle girerken emretti:

"Banyoyu hazırla!"

Odasına çıktı.

En üst katta, örme hasır iskemleler, çeşitli şezlonglar, yerlerde halı, kilimlerle bu oda gerçekten zarifti. Duvarlarda ince çerçeveler içinde çıplak, yarı çıplak tablolar vardı. Bir köşede de sarı demirleri pırıl pırıl kocaman bir karyola. Muzaffer Bey çokluk bu odada kalırdı çiftliğe geldikçe. Banyosunu alır, şezlong ya da örme hasır iskemlelerden birini balkona atar, yanlardı. Balkon binlerce dönüm toprağını kucaklardı âdeta. O, göre göre alışıp iyice kanıksamışlıktan gelen bir görmezlikle sadece bakardı. Bu topraklar ona nerden, nasıl gelmiştir? Allah mı vermiş, kul mu edinmiş? Umurunda bile olmazdı. İnsanlardan çok önce var olan bu topraklara dedesi, belki de dedesinin dedesi tırnaklarını geçirmişti ilkin. Kim, ne zaman geçirirse geçirsin, bu topraklar onundu. Devlet, sık değişen hükümetlerse, o ve onun gibilerin topraklarına bekçilik, jandarmalık etmekten başka görevi olmayan şeylerdi. Yoksa ne gereği vardı devletin, hükümetlerin?

Hâlâ sinirli, banyonun hazırlanmasını beklerken Kabak Hafız'ı düşünüyordu: Çingene, pis, mendebur herifti evet. Yüzyıllar boyu rezaletleriyle tarihi dolduran bu heriflerin Mustafa Kemal köklerini kazıyamamıştı be! Aldattığı yarım pabuçlulardan sanıyordu onu da. "Vay hırt vay! Ulan ben kaçın kurasıyım? Deyyus. Elime bir firsat geçse, şerefsizim seni ve senin gibileri kilise direği enselerinizden asarım bir iki demeden..."

Uçsuz bucaksız tarlalarına bakan pencereden çekildi. Edepsizliğin dik âlâsıydı. Bu kadar yüzsüzlüğü anlayamıyordu. Evet, o da insandı, geçinecekti, ama bunun için bu kadar büyük, bu kadar usturuplu gibi görünen yalanın gereği neydi? Demek bunlar işi böylesine azıtmışlardı?

Odasının kapısına kadar gitti, durdu. Koridorun alacakaranlığına görmeden bir süre baktıktan sonra, sesli sesli:

"Demek bunlar işi böylesine azıttılar? Parti toplantısında şu ibret verici örneği söz konusu etmeli. Devrimler tehlikede diyorum da heriflerin kılı bile kıpırdamıyor be!"

Döndü, yeniden pencereye yürüdü.

Karşı partinin elindeki silahı almak için din adamlarına yüz vermekle iş bitmezdi. İşi gevşek tutuyorlar, gericiliğe yüz veriyor, okşuyorlardı. Olmazdı efendim, olmazdı. Gerici tayfasının yüz bulunca memleketin başına ne çoraplar ördüğünün örnekleriyle doluydu tarih. Sonra daha başka bir şey... Henüz iyice kesinleşmemekle beraber, parti ikiye bölünüyordu. Biri Devrimciler'di, öteki Tutucular. O, sapına kadar Devrimci'ydi. Devrimci'ydi, ama dinsiz anlamına değil. Devrimci Devlet her şeyin üstünde olmalı, din ise ona sadece yardımcılık etmeliydi. Din, laik devleti desteklediği oranda vardı, var olmalıydı. Ama devleti eline almak isteyince...

Elleri arkasında kapıya kadar gidip geliyor, arada duruyor, karşısında birisi varmışçasına söyleniyordu:

"Mehdî-i Resul, kılkuyruk Ramazan'ın dölünden gelecekmiş!"

Sinirli sinirli güldü.

"Yalan. Bir domuzluğu var, belki de bana hoş görünmek için. Kim bilir? Sistemli çalışmadıkları ne belli? Partiye de pekâlâ sızmış olabilirler. Olabilirler değil. Mustafa Kemal'den beri, hatta onun zamanında bile yani devrimlerin en hızlı zamanlarında, yüzde yüz yok olmadılar ki! Sindiler, sadece sindilerdi; sarığı atıp silindir şapkayı giyecek kadar. Ama onlar beni aldatamaz. İlk firsatta, ilk firsatta veryansın edeceğim!"

Bir sigara yaktı.

Aklına parti organı gazeteyle, gazetenin devrimci sahibi geldi. Şehre inince adamı alıp kulübe götürmeli, tehlikenin büyüklüğünü anlatarak uyarıcı makaleler yazmasını sağlamalıydı. Yapmalıydı bunu. Bunu yapmak, devrim ve memleketin yüksek çıkarları açısından gerekliydi. Kara kuvvetin kıpırdanışlarına göz yummak ihanetti, büyük ihanetti hem de!

Sigarasını bir kıyıdaki masa üzerinde duran tablaya çırptı.

"Evet, hükümet, bunları kızıl tehlikeye karşı kullanıyor, ama hayır, önemi yok kızıl tehlikenin. Ona karşı en güçlü baraj, tarih boyunca süregelen düşmanlık, daha önemlisi de halkın kızıllara karşı nefreti. Ondan korkum yok. Din ya laik devleti desteklemeli ya da..."

"Banyo hazır."

Düşüncelerinin şeridi koptu:

"Geliyorum."

Soyundu, zarif Arjantin külotla kaldı. Gülizar bornozunu tutuyordu. Ağzında sigara, bornozu sırtına dalgın dalgın aldı. Her zaman Gülizar'la el, dil şakaları yapardı. Bugün oralı olmadı.

Gülizar'sa her zamankini istiyordu:

"Kabağı amma da azarladın ha!"

Oracıktaki bir tabureye oturmuş, çoraplarını çıkarıyordu.

"Nasıl azarlamazsın? Dolandırdığı yarım pabuçlulardan sandı beni deyyus..."

"Geçende bizdeydi. Yasin Ağa'nın odasında oturdular, kahve mahve içtiler bir iki..."

Muzaffer Bey ilgilendi:

"Yaa?"

"Evet."

"Kahve içmekten başka ne yaptılar?"

"Hiiç. Kafa kafaya verip epey bir konuştular."

Muzaffer Bey'in kuşkusu artmıştı:

"Ne konuştuklarını duydun mu?"

"Duymadım. Kapıyı çekip çıktım."

"Evet evet... Ona yüz veren hep o Yasin!"

Gülizar kırıtarak, "Ne biçim hoca?" dedi. "Öyle bir bakıyor ki, insan ürküyor Allah vermiye..."

"Pireyi sekitmez, zampara deyyus. Hocaymış, Allah adamıymış. Laf!"

"Sana ne dedi de huylandın?"

"Mehdî-i Resul bizim kılkuyruk Ramazan'ın sulbünden gelecekmiş dünyaya!"

Gülizar hiçbir şey anlamamıştı. O sıra oturmakta olduğu tabureden kalkıp banyonun yolunu tutan beyin ardından yürüdü. Banyoya girip kapıyı içerden sürgülediler.

"Yani ne gelecekmiş?"

Bey bornozunu asmıştı. Kısacık külotunu çıkarıp uzattı.

"Senin anlayacağın..."

Kısaca anlattı. Gülizar utanarak başını çevirdi.

Bey çenesini tuttu:

"Ne o? Utandın mı?"

"..."

Kolundan hırsla çekti:

"Utandın mı lan?"

"Utandım ya, utanmam mı?"

Beyin güçlü kalın kolları genç kadını sımsıkı sardı. Kadının hazdan gözleri yumuldu. Güçlü kollar dolgun kadını çocukmuşçasına kucaklayıp sedire taşıdı, sırtüstü yatırdı. Kadının gözleri açıldı, kapandı. Her şeye razı, kendini bıraktı.

***

Banyo fazla ısınmıştı.

Muzaffer Bey, etli kocaman elinin tersiyle alnındaki ter tomurcuklarını sildikten sonra, "Aç şu pencereyi," dedi. "Bunalacağım!"

Çırılçıplak gövdesi ter içindeki Gülizar da bunalacaktı. Sedirden atlayıp gitti pencereyi açtı. Bey, küvetin sıcak suyuna girdi, yorgun bedenini sırtüstü bıraktı sulara. Gözlerini yumdu. Kabak Hafiz'ı, Ramazan'ın dölünden gelecek Mehdî-i Resul'ü, partiyi, partideki ikiliği, başyazar arkadaşını, yazacağı makaleleri falan unutmuştu.

Gülizar kokulu sabunla beyin iri gövdesini sabunlarken, onu camıza benzetmişti. Lakin sapına kadar erkekti hani. Onu herkesten kıskanıyordu, ama neye yarardı kıskanması? Bir gün burdaysa ertesi gün şehirde, daha ertesi gün İstanbul ya da Ankara'daydı. Ankara'daydı evet. Kim bilir ne biçim avratlarla neler de neler yapmıştı!

"Ankara'da neler oldu gayri?"

Ohooo, neler de neler olmuştu!

Anlamazlıktan gelerek sordu:

"Ne gibi?"

"Güzel güzel avratlarnan... Hı?"

Güldü:

"Avrat değil misiniz? Hepiniz birsiniz..."

"Öyle amma gel de erkeklere anlat. Bir taneyle olmazsınız. Kim bilir neler yaptın gayri Ankara avratlarına?"

"Fazla bir şey yapılmıyor. Birine ne yapılırsa ötekine de o, bir başkasına da..."

"Ayıp ayıp."

"Niye?"

"Koskoca bir beysin, çiftin çubuğun var. Yakışır mı?"

"Yakışmaz mı?"

"Yakışmaz ya. Muzaffer Bey deyince, herkes on adım öteden selama duruyor!"

"Duracaklar tabii."

"Tabii amma..."

"Fazla gevezelik etme de arkamı ovuştur. Al o süngeri..."

Gülizar bir kıyıdaki mavi süngeri alırken, "Heye," dedi, "gevezelik etmeymiş... İşine gelmedi değil mi?"

Beyin sırtını, kollarını, kıllı göğsünü uzun uzun ovaladı. Lakin ne erkekti! Ne Yasin Ağa'ya benziyordu ne de Ramazan'a. Ramazan'ın kolları bacakları ipinceydi. Adam onu çocuk diye kucağına alıverirdi. Ama bu? İliklerine dek güç, erkeklik, yiğitlik doluydu.

Az önceki boğuşmanın kudretli erkek etkisini yeniden duyarak beyin kolunu sıktı. "Ne o?" dedi bey. Gülizar kıpkırmızıydı, karşılık vermedi.

"Ha?"

"Hiç."

"Kolumu niye sıktın?"

"Amaan sen de..."

Bey anlamıştı. Bir an göz göze geldiler. Kadının iri siyah gözleri azgın bir kısrağınkiler gibi alev alevdi. Bileğinden banyoya çekti. Kadın razı, ama gene de nazlandı:

"Azgın!"

Banyodan sonra Muzaffer Bey'in sinirleri iyice yatışmıştı. Sırtında buğuyla hafifçe nemli bornoz, odasına geldi, karyolasına kendini sırtüstü bıraktı.

Gülizar da yorgundu ama aldırmıyordu. Sırtına rasgele geçiriverdiği bal renkli kısacık margizet entarisi, kuru bir havluyla yanına yaklaştı:

"Kurulayım mı?"

Beyin gözleri yumuktu:

"Hayır," dedi. "Sen bana okkalı bir kahve yap!"

Her yanından rahatlık akıyordu. Yıllar, yıllarca kalabilirdi böyle. Demek aşırı öfkesi bu yüzdendi? Ama niye? Ankara'da ne sarısını bırakmıştı, ne beyazını, ne de esmerini. Birden aklına Ankaralı doktorun verdiği kırmızı haplar geldi. Üç gündür, ikişerden günde altı tane alıyordu. Doktorsa sabah, öğle, akşam birer tane demişti.

"Adaaam sen de," diye geçirdi, "... Atın ölümü arpadan olsun. O iş olmadıktan sonra dünya yansın isterse." Bir yandan bir yana döndü.

Birkaç kuruş koparabilmek için önünde adeta perende atan zavallıya ne diye bağırmıştı sanki? Rezil kepaze etmişti be. Babası, dedesi nasıllardı? Hiçbir dilenciyi boş çevirmezler, hepsini memnun ederlerdi. İleri Batı memleketlerinde bu iş dernekler yoluyla disiplin altına alınmamış mıydı? Sadaka, genel olarak, toplumlarda bir çeşit subap değil miydi? Buhar kazanlarındaki emniyet subapları. Emniyet subapları kazanların patlamamasını nasıl sağlarlarsa, sadaka da toplumların fakir fukaralar yüzünden patlamamalarını sağlarlardı.

Bir tıkırtı. Gözlerini açtı: Yasin Ağa, uzun boyu, esmer, hüzünlü yüzüyle kapıda dikiliyordu.

Güldü:

"Gel bakalım Yasin Baba, buyur!"

Bornozuna iyice sarınıp karyolasında oturdu.

"Çeksene bir iskemle..."

Yasin Ağa dokunsalar ağlayacak, iskemleyi çekip oturdu. Oturdu ya, tadı yoktu adamın. Nedenini ise gayet iyi biliyordu. Aldırış etmedi. Ankara gezisinin izlenimlerini saydı döktü: Hükümet, Amerika'dan geniş çapta tarım araçları getirmeye karar vermişti. Sovyetler'in Boğazlar'da üs, Kars'la Ardahan'ı istemeleri bir bakıma hiç de kötü olmamıştı. Hükümet artık kesin bir karara varmak üzereydi. Seçimlerden sonra herhalde topyekûn bir Amerikancı politika izlenecekti. Çünkü Sovyetler karşısında Amerikalıların endişesi de büyük, hatta çok büyüktü. Karşısında güçlü devlet istemiyordu. Kim bilir, belki de günün birinde Sovyetler Birliği'ni atom bombalarıyla dize getirir, dünyayı "Komünizm afeti"nden kurtarırdı.

"Ne olursa olsun, uzak bir ihtimal o. Hoşu, Marşal planı gereğince memlekete çok sayıda tarım aracı verilmesi. Bizde de bundan böyle Amerika'da olduğunca dinamik ziraat başlayacak. Öküz, tahta saban tarihinin karanlıkları içinde unutulup gidecek!"

Gülizar'ın getirdiği okkalı kahveyi aldı:

"Yasin Ağa'ya da pişir!"

Yasin Ağa başını iki yana salladı:

"İstemem bey, ziyade olsun..."

"İstemez misin? Niye? Pişir hadi pişir!"

Gülizar çıktı.

Bey, kâhyasını kim bilir kaçıncı kez gözden geçirdikten sonra, "Senin canın sıkkın gibi Yasin Ağa... Niye? Ne var?"

İçini çekti:

"Bir şey yok bey. Canıyın sağlıyı."

"Hele mibzerlere hiç diyecek yok. Çapa, ırgat, elci, ırgatbaşı, vırt zırt derdinden kurtulacağız. O zaman istediğin gibi bol bol ek. Ne çapa derdi, ne şu, ne bu..."

"Ne demek o?"

"Öyle ya. Mibzer, çiğidi toprağa usulünce ekecek. Çapa makineleri de çapalama işini usulünce yapacak!"

"Çapa makinesi ha?"

"Tabii. Çapa ırgadına hemen hiç ihtiyacımız kalmayacak!"

Yasin Ağa sevinmemişti. Beyine ıslak ıslak baktı.

Bey kuşkuyla sordu:

"Ne o? Memnun olmadın mı ne?"

"Olmadım bey, olmadım doğrucası..."

Şaştı:

"Niye?

"Niye olacak? Ben şu kadar yıllık bir kâhyayım şu memlekette. Dokuz yüz yirmi yedilerde de böyle olduydu. Memleket makineyle dolduydu. Fordson'dan geçilmiyordu. O zaman da baba, dede yadigârı mübarek öküzle kara sabana hor bakıldıydı..."

"Evet ama, bu sefer..."

"Sözümü bitirmedim. Bu makineler bizim memlekete göre değil bey. Neden dersen, fakir fukaranın ekmeğini alıyor elinden. Fakir fukaraya da yazık. Onlar da Cenab-ı Allah'ın kulu!"

Muzaffer Bey şaşırmıştı.

"Cenab-ı Allah'ın fakir fukarayı, sevgili kulları için yarattığını söyleyen sen değil miydin?"

"Bendim beyim, bendim. Demin itten beter kovduğun imamın yalancısıyım ben de..."

Muzaffer Bey imamı hatırladı:

"Sahi... Fena kovduk zavallıyı... Şunu buldurmak kabil değil mi acaba?"

Yasin Ağa derin bir iç geçirdikten sonra başını acı acı salladı:

"Kabil beyim, kabil amma..."

"Amma?"

"Kırılanı tamir güç!"

Ve ekledi:

"Senin bir baban, cennetmekân bir deden vardı..." Sesi titriyordu. Gırtlağına bir şey sokulmuşçasına durdu. Konuşamayacaktı artık. O cennetmekân babayla dedenin dölünden mi gelmişti bu nobran, bu fakir fukara, hem de Allah adamını huzurundan it gibi kovan evlat?

Hıçkırdı. Koca Yasin ağlıyordu. Hem de sarsıla sarsıla!

Muzaffer Bey kireç kesilmişti. Ne demeli, nasıl davranmalıydı da gönlünü almalı, kendini affettirmeliydi? Elleri titriyor, imamı kovduğuna pişman, koca yaşlının hâline acınarak bakıyordu. Nice vartalar atlatmış bu dini bütün, dini bütün olduğunca da taş kalpli adamı ağlatan şeyden ürkmeye başlamıştı. Laik bir devlet içine çöreklenmiş gericilik demek böylesine mayalanmıştı memlekette? Bu mayalanışı kazıyıp atmak, atabilmek imkânsız mıydı yani?

"... Baban, deden... Nur içinde yatsınlar... Ne Avrupa bilirdi ne Amerika. Onlar da ağaydı, onlar da beydi. Hem de ağaların ağası, beylerin beyi! Yasin dediler mi, ağızlarından beş, on Yasin birden dökülürdü. Bu topraklar gene sürülür, gene ekilir, mahsul de gene kaldırılırdı. Ortalıkta bet bereket vardı. Aaaaah ah eski günler ah! Ben o rahmetlilerin değil hacı, hoca, imam, en değersiz bir dilenciyi bile kovduklarını hatırlamam!"

Eski adamın basit bir geçmiş tutkusuydu ki, az sonra silinip giderdi.

Gülizar kahvesini getirmişti:

"Buyur kahveni."

Aldı. Genç kadın, koca yaşlının ağlamışlığına dikkat ederek şaştı.

Muzaffer Bey, "Bakma, bir iştir oldu," dedi. "Sen çağırt onu bana da..."

Yasin Ağa bakmadan, "Gelmez," dedi.

"Niye?"

"Ondaki onur kimde var? Tekmil ünü memlekete yayılmış bugüne bugün. Yeğenini çağır da sor. Bak, eller ne diyor anlatsın, dinle!"

İş gittikçe önemli bir hâle geliyordu. "Komünizme karşı baraj" olsun diye göz yumulan bu güç, demek günün birinde iyice dal budak salacak, sonra da önüne geçilemez bir hâl alacaktı. Evet evet, art arda etkili makaleler yazdırmalı, parti ileri gelenlerini uyarmalıydı. Çünkü görünen köy kılavuz istemezdi. Gemi azıya almışlardı. Gün gelecek, laiklik maiklik, devlet mevlet güme gidecekti. Bir gün Çiftçi Birliği'nde bir arkadaşıyla yaptığı tartışmayı hatırladı. Arkadaşı, "Laiklik maiklik," demişti. "Elden giderse ne olur?"

"Ne mi olur? Mustafa Kemal ve devrimlere elveda!"

Koca burunlu arkadaşı gülmüştü:

"İlahi Muzaffer, düşündüğün şeye bak..."

Şaşmıştı:

"Demek devrimlerin lüzumuna inanmıyorsun?"

Omuz silkmişti:
"Yoo."
"Peki niçin bu kadar kan döküldü? Milli Mücadele ve onun şuuru?"
Arkadaşı birden ciddileşmişti:
"Mühim olan, senin ve benim nefsi nefisimizdir. Bunu temin edecek devlet ister laik olsun, ister şer'i. Haydi şerefe!"
"Peki halk? Fakir fukara?"
"Vız gelir!"
Yasin Ağa, "Yumurtaya can veren Allah," dedi. "Kim bilir, belki de Mehdî-î Resul onun dölünden gelecek, ne malum? İtikatsizlik kötü şey. Senin babannan deden..."
Sıkılmaya başlamıştı:
"Peki peki," dedi. "Çağır bana onu. Şey... yahut dur, Gülizar!"
Gülizar dışardan yanıtladı:
"Efendiim?"
"Ramazan orda mı?"
"Burda beyim."
"Gelsin buraya!"
Yasin Ağa'ya döndü.
"Bu işle meşgul ol," dedi. "Bul Cemşir'i, aç meseleyi, sıkıştır eline birkaç kuruş..."
"Birkaç kuruş mu?"
"Canım sözün gelişi işte. Para teklif et."
"Kaç para?"
"Ne bileyim ben? O herif kızlarını parayla satar. Para canlısı deyyusun biri. Yap, çat işte!"
"Bir, iki bin isterse?"
"Pek pek binle hallet. Alt tarafı Elci Cemşir'in amele kızı. Hooş, bu ite o bile çok yaa, neyse..."
Zaloğlu ezile büzüle dayısının yanına girerken, Yasin Ağa çıkıyordu. Külot pantolonu, koca bıyığı, belindeki Trablus kuşağı filan Muzaffer Bey'in tepesini attırdı.

"Nedir bu vaziyet ulan?" dedi. "Ha?"

Zaloğlu şaşaladı:

"Hangi vaziyet dayı?"

"Aynayla dargın mısın it? Şu çizmelere, şu külot pantolona, hele şu palabıyığa bak. Yumruk kadar adamsın, nedir bu caka?"

Zaloğlu buz kesilmişti, başını önüne eğdi. Gözlerini yerden kaldırıp dayısına bakamıyordu. Yanlış bir iş yapıp dayak yemekten ödü kopuyordu. Hiç şakası yoktu adamın. Kızdı mı elinden Allah bile kurtaramazdı!

"... Kılda keramet olsa tabakhaneye nur yağar. O bıyıklar derhal kesilecek!"

Verdiği kesin emirle yetinmeyerek karyoladan atladı, gitti masasının çekmecesinden küçük pırıl pırıl bir makas alıp geldi. Zal-oğlu'nun koca bıyığını hart hart kesip genç adamı kuşa çevirdi.

"Ha şöyle. Abdülhamit'in Arnavut tüfekçileri gibi, istemiyorum..."

Zaloğlu gık diyemiyor ama başı dönüyordu. Yumruk kadar olduğunun farkındaydı. Bunun için bıyık büyütüp beline Trablus kuşak sarıyor, külot pantolon giyiyordu ya! Şimdi bıyıkları doğranmış, kuşa çevrilmişti. Aynaya bakmadan da biliyordu heybetinin gittiğini.

"O imam bir rüyadan bahsetti... Neymiş o?"

Zaloğlu kekeledi:

"Bilmiyorum dayı, haberim yok."

Kapıda yeniden peydahlanan Yasin Ağa'ya sordu:

"Ne rüyasıydı o?"

Yasin Ağa boş bulunarak, "Kendisine anlattıydım beyim," dedi.

Muzaffer Bey, Zaloğlu'ya hışımla döndü:

"Bilmiyorum dayı, haberim yok diyorsun ya? Bak, anlatmış sana!"

Zaloğlu ufaldıkça ufaldı, eridikçe eridi. Her yanı titriyor, renkten renge giriyordu. Şimdi Güllü burada olmalı da, şu zavallı hâlini görmeliydi!

Muzaffer Bey dehşetle gürledi:

"Defoool, defol eşşoğlu eşşek!"

Budanmış kırpık bıyığıyla odadan apar topar çıktı.

Yalnız kaldıkları zaman Muzaffer Bey hâlâ öfkeli, "Hepsi bu itin düzeni," dedi. Bilmeyecek ne var? Gitti zavallı adama, yalvardı yakardı. Böyle böyle, rüya gördüm diye yalan attı. O fukara da... Boşuna kırdık adamcağızın kalbini. Bu it esrar da içiyormuş..."

Yasin ağa, "Bilmem beyim," dedi. "Ne gördüm ne de işittim."

"Ben haberini alıyorum. Neyse, sen bu işle alakalan, baş göz edelim bitsin gitsin. Kızı gördü, abayı yaktı herhalde. Neyse ki Cemşir yabancımız değil. Üç beş sıkıştır eline... Kızı alırsak, itoğlu it ayağını kırar, çiftlikte oturur, işe güce el atar belki... Oldu mu?"

"Oldu beyim."

"Bu sefer de adam olmazsa bilirim ben yapacağımı!"

Pekiştirdi:

"İmamı bul, özür dile yerime... Anlıyorsun ya?"

"Anlıyorum beyim."

10

Kabak Hafiz, Yasin Ağa'nın telaşlı telaşlı gelmekte olduğunu pencereden görünce yatağına girdi, yorganı omuzuna aldı, sırınmış beyaz takkesini başına geçirip gözlerini yumdu, pıtırdayan dudaklarıyla başladı sallanmaya.

Dua ediyordu sözde.

Yasin Ağa içeri girip de onu bu hâlde görünce durakladı. Sonra da bir kıyıya sessizce ilişti. Mübarek nasıl da kendinden geçmişti! Böylesine dini bütün, Cenab-ı Allah'ın makbul bir kuluna karşı o türlü terslenmek doğru muydu? Ne günlere kalınmıştı Yarabbi! Gün günden beter geliyor, gelen, gideni aratıyordu. Kim bilir daha ne kötü günler gelecekti. O günleri göstereceğine, Cenab-ı Allah ruhunu alsaydı razıydı.

Kabak Hafiz, çatık kaşları, öfkeyle yumulu gözleriyle uğultu hâlindeydi. Bu hâl her an artıyor, gittikçe celalleniyordu. "Vay mübarek vay!" diye geçirdi Yasin Ağa. "Şuna bak, nasıl da hırslanıyor... Sen tut, böyle mübarek bir adamın kalbini kır. Sanki o babayla o dedenin sulplerinden gelmemiş. Hey gidi günler hey... O rahmetlilerin günlerinde olsaydı da, böylesine bir mübarek gelip, Mehdi-i Resul'den söz açsaydı! Söz açmasına ne hacet? Bir hacı, bir hoca, bir derviş, kim olursa olsun, günlerce el üstünde tutarlardı. Onun için de bet bereket vardı, insanın insana, fakir fukaranın, ırgat marabanın ağasına saygısı vardı. Rızk darlığı nedir bilinmezdi. Şimdi? Şimdi ya? "Dünya tekmil veled-i zina'ya kesti veled-i zinaya!"

Hazret'in derinlere dalma hâli Yasin Ağa'ya da geçti. O da tıpkı Kabak Hafiz gibi, gözlerini yumdu, tıpkı onun gibi sallanarak, bildiği namaz dualarını mırıldanmaya başladı. Bildiği dualar çok olmadığından, bitince aynı dualara yeniden başlıyordu. Arada da efendi hazretlerini kontrol etmeyi unutmuyordu.

Hazret neden sonra ağır ağır yavaşladı, kendine geldi, duruldu ve gözlerini açtı. Yasin Ağa'nın geldiğinden haberi yokmuşçasına, yarı dargın, sordu:

"Sen burda mıydın?"

Hakareti eden kendisiymişçesine ezilip büzülen Yasin Ağa, "Burdayım erenler," dedi.

"Buyur, yukarı buyur!"

Üç basamaklık merdiveni çıktı, hazretin yatağı kıyısına ilişti:

"Ah İmam Efendi... Size karşı nasıl mahcubum, bilemezsiniz!"

Kabak Hafiz sözünü kesti:

"O iş nasıl oldu, o iş?"

Yasin Ağa birden kavrayamadı:

"Hangi iş efendi hazretleri?"

"Canım, işlerin en efdali!"

"Haa... Oldu şükür, oldu..."

"İmana geldi mi encam?"

"Sayenizde, gelmeyip de ne yapacak?"

"Benim değil, Cenab-ı Allah'ın sayesinde. Öyle ya, gelmeyip de ne yapacaktı? Aynı rüyayı demin de gördüm. Hem de gecekinden daha ayan beyan, daha sarih olarak. Ben Zülcelal'in emr-i ilahilerini tebliğle mükellef bir fakir-i pürtaksirim. Bana edilen hakaretler doğrudan doğruya Rabbül âlemine edilmiş demektir. Binaenaleyh..."

Yasin Ağa, "İt gibi pişman oldu," dedi. "Yuvasını öyle bir yaptım ki, eh!"

Ceketinin yan cebinden çıkardığı para destesini, efendi hazretlerinin yatağı altına sıkıştırdı. Kabak Hafiz görmemiş davranarak gözlerini yumdu. Pıtırdayan dudaklarıyla yeniden başladı.

Yasin Ağa için daha fazla kalmak gerekmezdi. Hazreti ibadetiyle baş başa bırakıp yavaşça çıktı. Kabak Hafiz neden sonra gözlerini açıp yanındaki pencereden baktı. Gidiyordu upuzun boyuyla. Güldü, "Kerhaneciler!" diye geçirdi. "Şu Cenab-ı Allah da olmasa, zırnığınızı koklatmazsınız fakir fukaraya. Kurban oluyum kudretine, kuvvetine, kerametine. Zira dinsizin hakkından imansız gelir!"

Hemen, yatağın altına sıkıştırılan paraya uzandı, alıp saydı: İç içe beş tane onluktu.

"Seni seniii," dedi, "anayı kızdan ayıran seni!"

Para cüzdanını çıkardı, onlukları özenle yerleştirip kalktı. Kallavi bir sade kahveyi hak etmişti. Üstünü başını giyinmeye başladı. Kahveye çıkacaktı.

Köyün tek kahvesi, köyün öteki yapıları gibi, üstü saz örtülü, büyükçe bir huğdu. Birkaç masa, bolca hasır iskemle, duvarlarda dinsel menkıbeleri canlandırmaya çalışan taşbasma resimler ve bir kıyıda da boynunda yedi delikli nazar boncuğuyla en eski tip bir Philips radyo.

Köylünün deyimiyle, "Demirkıratlık icat olmadan" önce, daha çok da Hitler ordularının gemi azıya aldığı yıllar, köylü büyük bir merakla bu radyonun çevresine toplanır, ajansları can kulağıyla dinlerdi. Ama Demirkıratlık icat edileli beri iş değişmişti. Kahve hemen hemen ikiye bölünüvermişti. Halkçılar kahvenin solunu, Demokratlar sağını tutmuşlardı. Birbirleriyle çokluk konuşmazlar, oyun bile oynamazlardı. Herkes kendi partisinin adamıyla düşüp kalkar olmuştu. Radyoda Halkçılar konuşmaya başlamazlar mı, Demokratlar kalkar giderler, onların kalkıp gidişine berikiler küfrederlerdi. Tecrübeli yaşlılarca halkın ikiye ayrılıp birbirlerine küfrederek diş bilemeleri hiç de hayra alamet değildi. 1930'ları unutmamalıydılar. O yıllarda da gene böyle, bir Serbest Fırka icat olmuş, kan gövdeyi götürmüştü. Sonunda Mustafa Kemal Paşa bakmıştı ki olmayacak, kardeş kardeşin kanını içecek, Serbest Fırka'yı paydos edip kurtulmuştu. Bu kez de gene öyle olacaktı galiba. O zaman Mustafa Kemal Paşa, şimdi de İsmet Paşa, Demirkıratların başına mutlaka bir çorap örecekti. Ne diye örmesin? Elinde top vardı, tüfek vardı, bunca asker vardı... E, madem vardı, paşa ne diye elindeki koltuğu Demirkıratlara kaptırsın? Babalarından, dedelerinden duymuşlardı. Sultan Hamit'ten sonra da böyle fırkacılık almış yürümüştü. O zaman da bir İttihatçılıktır sarmıştı her yanı. Şehirlerde, köylere varana dek kulüpler açılmış, kardeş kardeşin gırtlağına atılmış, nutuklar, fener alayları, alkış... Derken, Balkan Harbi, ardından da Seferberlik patlamıştı. Onun için, Osmanlı'ya olsun, Türk'e olsun gürültü, patırtı, şamata iyi gelmiyordu. Bu kez de gene bir şeyler olmasaydı Allah vere...

Kabak Hafiz kahveden içeri girince Halkçılar da, Demirkıratlar da saygıda kusur etmediler. Hatta saygı, izzet, ikramda birbirleriyle yarışa bile başlayıverdiler. Kurnaz imamsa, iki taraftan birini tercih zorunda kalmamak için, "Şöyle daha iyi erenler," dedi. "Siz varın keyfinize bakın!"

Nesine gerekti Halkçılık ya da Demirkıratlık... İkisi ortası kalmakla ne kızı verir ne de dünürü küstürürdü. Yedi düvelle barışık olmak usulüne daha iyi geliyordu.

Kapıya yakın oturdu.

Sağdan soldan başlanmıştı:

"Aptül, Hoca Efendi'ye bak!"

"Hoca Efendi'ye bak Aptül!"

"Bak ne içecek İmam Efendi."

"?.."

"..."

Kahveci Aptül yanına saygıyla geldi:

"Ne emrediyorsunuz Hoca Efendi?"

Alabildiğine büyüklenip şişinerek, "Bol köpüklü, orta şekerli!" dedi.

Tespihini çıkardı, gözlerini hafifçe yumarak başladı. Kahve hemen eski uğultusunu sürdürmeye başlamıştı. Bir yanda tavla, öte yanda kâğıt şakırtıları, çeşitli espriler, ardından kahkahalar... Bir yandaysa yaşlı biri, köşeye kıstırdığı köseye iri iri anlatıyordu:

"Parti marti karın doyurmaz köse. Ali gidecek, yerine Veli gelecekse bana ne? Var mı bana, sana bir istifadesi?"

Köse karşılık vermiyor, boyuna baş sallıyordu.

Yaşlı dayattı:

"Söyle, var mı?"

"Yok," demek zorunda kaldı köse.

"Yoksa ne zoruma? Cebime gireceğe bakarım ben!"

"Doğru."

"Hem canım, Halkçılara güç mü yeter? Top onlarda, tüfek onlarda, dağ taş asker onlarda..."

"Onlarda ki onlarda..."

"?.."

"..."

Kabak Hafiz kahvesini höpürdetirken, cüzdanına yerleştirdiği beş onluğu düşünüyordu. Şehre kaçamak yapsa, dostu sebze komisyoncusu Haydar'ın orda geçenki gibi kafayı çekseydi. O günü hatırladı... Haydar'ın karısı da, ama ille baldızı âlemdi. O gece kafayı aşırı çekip sızıp kalmasaydı... "Bu sefer eşekliğin âlemi yok. Az içip, gece... gece, herkes uyuyunca baldızın odasına... Eteğini tutup çektiğimde iri gözleri nasıl da açılmıştı! Aman ne yapıyorsunuz? Eniştem görürse... Dilini dişini yediğim. Enişten deyyusun biri. Görse ki ne çıkar?"

İçinden bir şehvet titremesi geçti. Bu kez geçenki gibi eşeklik edip zom olmayacaktı. Haydar'a dayanacaktı rakıyı, sızdıracak, ondan sonra da artık Allah ne verdiyse, baldız mı olur, Haydar'ın akça pakça karısı mı? Çünkü Haydar'dan çok işitmişti: "Karı iyi ama bende iş kalmadı imam. İnsan kendi helaline değil de namahreme daha çok alaka duyuyor. Avrat şurda yatar, ben giderim baldızın yanına. Lakin o orospu da kendini naza çek ha çek eder. Vallaha ablama derim enişte..."

Daha düşünecekti tatlı tatlı, birden Zaloğlu!

Kapıdan girmiş, içeri bakınıyordu. Bakınıyordu ya, ne o? Oğlan bıyıklarını mı kazımıştı?

Zaloğlu da Hafiz'ı görmüştü. Sırıtarak yanına geldi:

"Merhaba hocam!"

"Merhaba, merhaba ya... Ne oldu bıyıklarına?"

Zaloğlu bozmadı:

"Kazıdım."

"Niye?"

Attı:

"Emir yukardan geldi!"

"Yani nerden?"

"Kızdan."

"Cemşir'in kızından hı?"

"Korkuyorum bıyıklarından kes, dedi, kestim..."

Kabak Hafiz kıs kıs güldükten sonra, "Çehren neye dönmüş Ramazan, bil bakalım!" dedi.

Zaloğlu'nun bıyıksızlığı kahvede birden dikkati çekti. Demokratlar da, Halkçılar da kahkahayı basmışlardı. İlkin Zaloğlu da güldüyse de, sonra kızdı:

"İşinize bakın yahu! Bıyık benim bıyığım. İster keserim, ister..."

Demokratlardan biri, "Boka sokar!" dedi. "Doğru."

Gene kahkahalar yükseldi. Zaloğlu öfkeden titriyordu.

Halkçılardan biri, "Lakin," dedi, "çok yakışıyordu!"

Bir başkası:

"Köroğlu'ya benziyordu şerefsizim..."

"Halis koç bıyık. İnsanın eli varır da keser mi o güzel bıyığı?"

"Canım yiğitlik kılla olsa, tabakhaneye nur yağardı!"

"Doğru."

"Şalvarı, Trabulus kuşağı duruyor."

"Bes çizmeleri yeter!"

"Doğru. Yiğit adamın yiğitliğine bes çizme yeter!"

"..."

"..."

Zaloğlu tahta iskemlelerden birini altına çekip ata biner gibi oturmuş, iskemlenin arkalığına dayanarak Kabak Hafiz'la konuşmaya başlamıştı. Kahvedekilerin sözlerine kulağını tıkayacak, öfkelenip de heriflerin kışkırtıcılığını körüklemeyecekti ama, olmuyordu. Çenelerinin durduğu yoktu. Çeneleri durmuyor, kahkaha da sinirine dokunuyordu. Sonra dikkat etti, Halkçılarla Demokratlar güya birbirleriyle dargın gibiydiler. Ama o kahveye gelince iş değişmiş, dargınlık filan kalkmış, Zaloğlu'yu hedef tutan şakalar, esprilerle hep birlikte gülüyorlardı. Dayanamadı:

"Siz seçimi kazanmaya bakın oğlum," dedi. "Benim bıyığım üstünüze vazife değil."

Ve artık onlarla ilgilenmedi.

Kabak Hafiz usullacık, "Gözün aydın," dedi.

İskemlesini az yaklaştırdı:

"Aydınlık içinde ol!"

"Razı gelmiş hı?"

"Dayım mı? Gelmeyip de n'olacaktı?"

"Gelmese?"

"Gelmese mi?"

"Öyle ya, hayır deseydi ne yapardın?"

Gerçekten de, ne yapabilirdi?

Gene de:

"Ne yapabilirdini var mı yahu? Razı gelmeyeydi de bak!"

Kabak Hafiz fiyakasına dokunmak istemedi. Etli, kocaman elini uzattı:

"Öp bakalım şunu!"

"Niye?"

"Niyesi var mı? Senin yüzünden it gibi kovulduk!"

Zaloğlu katıla katıla güldü.

"Bir iştir oldu. Kusura bakma."

"Telafi etmelisin."

"Ederim."

"Ne zaman?"

"Hele dayım gitsin..."

"Ne zaman gidecek?"

"Bugün, yarın. İyi bir papaz uçururuz."

"Sardalya mardalya, havyar mavyar da isterim ha!"

"Canın sağ olsun. Sana Rokfor peyniri bile getireceğim bu sefer."

"Nedir o?"

"Peynirlerin Allah'ı!"

Kabak Hafiz pek bir şey anlamadığı hâlde, gene de yutkundu. Sonra Zaloğlu'nun kazınmış bıyığına gülmeye başladı. "Lakin Ramazan, heybetin kayboldu be!"

Zaloğlu içini çekti. Biliyordu, biliyordu ama ne gelirdi elinden?

Karşılık vermedi.

Kabak Hafiz da üstelemedi, lafı değiştirdi:

"Düğün ne vakit gayri?"

"Belli değil."

"Kızı Yasin mi isteyecek babasından?"

"Başka kimim var?"

"Dayın?"

"Boş ver."

"Niye?"

"O böyle şeylere tenezzül etmez. Hem de ben istemem onun karışmasını."

"Kızın babasının haberi var mı meseleden?"

"Yok, yok ama, boş ver..."

11

Cemşir meseleyi henüz bilmiyordu ama, Berber Reşit o geceyle ilgili neler de neler anlatmıştı!

Cemşir o gece devrilip uyuduğu sıra oğlan, gözlerini Güllü'ye dikmiş, iç çekip kadeh kaldırmış, hatta göz etmişti. Reşit bunların tekini olsun kaçırmamış ama, hasbi geçmişti. Hamza'ya sorsundu en biri. O bile adamakıllı farkındaydı işin. İkisi iki yandan dayanmışlardı rakıyı ki, iyice sarhoş olsun, kıza karşı neler duyuyorsa açıp yaysın. Reşit bununla da kalmamış, evden sonra oğlanı alıp dükkânına götürmüştü. Yoksa deli miydi? Gecenin o ileri saatinde berber dükkânında ne işleri olabilirdi? Maksat oğlanı eşelemek! Eşelemişti hakçası ama, tek laf edememişti oğlan. Herhalde dayısına güveni yoktu henüz. Ama madem kafasına takmıştı bu işi, mümkünü yok, açılıp saçılacak, dayısını da razı edecekti. Bir insan bir işi kafasına takmasındı. Taktı mı, bırak. Allem eder, kallem eder üstesinden gelirdi. Ramazan Efendi de gelecekti Allah'ın izniyle. Gelince de değme keyfine, tadından yenmeyecekti!

Bunları Hamza'yla Cemşir'e anlattığı gün, ikisinin de gözleri parlamıştı:

"Allah be Reşit, Allah be!"

"Allah be ki Allah be Reşit Emmi..."

"Hani biliyon mu, tadından yenmez ha!"

"Yenmez ki yenmez!"

Reşit de hayale dalıvermişti:

"Muzaffer Bey'e akraba oldunuz mu, kim bakar berberliğin yüzüne?"

Cemşir de Ramazan'ın kaynatası oluvermişti:

"Hiç canım. Parayla oynarız Allahıma.."

"Eniştemin dayısının sekiz silindirlisinin direksiyonuna yanladım da, müdürün zillisini yanıma aldım mı, eh beeeee!"

"O zaman sen dersin ki, beyefendi, şu senin Yasin'e yol ver de, bizim Berber Reşit'i alalım yerine... Hı? Demez misin?"

"Demez misin ne kelime kurban? O saat!"

"Yasin'in yerine çiftçibaşı oldum mu, bırak gayri..."

"Bırak ki bırak Reşit. Bir zamanlar nasıl avuç avuç para harcardık?"

"Gene öyle olacak, ondan da ziyade!"

"Müdürün sürtüğü yanımda, sekiz silindirlinin direksiyonunda şehrin anacaddesinden öyle bir geçecem ki, şan olsun memlekete!"

İngiliz laciverdinden kostümü, briyantinle gıcır gıcır ovulmuş saçlarıyla sekiz silindirlinin direksiyonundadır. Pırıl pırıl araba yumuşacık vınıltısıyla İstanbul yolunda, İstanbul'u hiç görmemişliği önemli değil. Birkaç kez filmlerde görmüştür, bir de babasıyla Berber Reşit Emmisinin ilk gençlik yılları üzerine anlattıkları eski İstanbul.

Bir gün müdürün karısına çıtlatmıştı da, kadın, "Emret Hamzacığım," demişti. "Yarından tezi yok. Atlayalım arabamıza, basıp gidelim!"

Emretmemişti. Kadın en az yirmi, hatta yirmi beş yaş büyüktür ondan. Kim bilir ne harman yerleri dişlemiş, ne hendek, ne çitlerden atlamıştı Hamza'ya gelinceye dek. Etleri iyice gevşemiş, yüzünün nuru silinmişti, ama hakçası, o işin ustasıydı bir, ikincisi çok parası vardı. Kocası olacak "boynuzlu"ya bağırdı mı herif paraları oluk gibi akıtıyormuş. Nerden? Tabii çalıştığı fabrikanın kasasından. Burası önemli değildi Hamza için, önemli olan, karıyla İstanbul'a basıp gidince artık kocasının evine dönemezdi kadın. Birlikte yaşamaları gerekecekti. Buysa mümkün değildi, aradaki yaş çok fazlaydı. Onun için, kadının, "Emret Hamzacığım. Yarından tezi yok. Atlayalım arabamıza, basıp gidelim!" teklifini kulak ardına atmıştı. Ama kız kardeşi Muzaffer Bey'in yeğenine vardı mı, o zaman iş değişirdi bak! Çiftliğe yanlar, sırtını Ramazan Enişte'siyle Muzaffer Bey'e yaslar, yediğini yer, yemediğini ardına atardı ki, çiftlikte yemin, yiyeceğin sözü mü olurdu?

"O zaman, müdürün taponuna da boş veririm. Para hatırı için kahrını çekiyordum pörsüğün. Çiftliğe yanladım mı, allööööööş!"

***

Cemşir, elinde iri taneli sarı tespihi, dükkânın içinde ağır ağır dolaşıyor, Reşit de bir müşterinin sakalını kazıyordu.

Aradan bunca zaman geçmişti de, ne için çiftlikten bir haber çıkmamıştı hâlâ? O gece oğlanın hâli hâl değildi. Utanmasa kızı kucaklayacak, yatağına girecekti. Madem bu kadar beğenmiş, yangına kalmıştı, ne diye hâlâ ne o, ne de usulen büyüklerinden biri meydanlarda yoktu? Kızın babasıyla o günden sonra çok konuşmuşlardı bu meseleyi. İsterlerse nikâhla, istemezlerse parayla da satabilirlerdi. Alt tarafı kızdı bu, nerden baksan bir kız. Onun kadar değilse de gene de çeşitli avradından en az yedi, sekiz kızı vardı Cemşir'in. Satardı. Hele bir de şeriat nikâhı kıydılar mı, bitti gitti. Bir süre Ramazan'la yaşar, ondan sonra ya Ramazan atardı tekmeyi, ya da kız çiftlikte karayağız bir tutmayla işi pişirir, keyfine bakarken, bir gün yakalanır, delik deşik edilirdi. Öyle ya da böyle. Önemli olan kızın Muzaffer Bey çiftliğine yerleşmesiydi ki, karşılığında para gelecekti para!

Cemşir de ağır ağır dolaşırken, Berber Reşit gibi düşünüyordu. Kız boy atmış, yetişip gelmişti. Çalışıyor, ekmeğini çıkarıyordu ama babasına pek bir faydası dokunmuyordu. Eskiden, yani çocukken, gırtlağına basıp tüm kazancını alıyorlardı elinden ama, şimdi işler değişmiş, kızın gözü açılmıştı. Kazandığını babasına da, anasına da kurban ediyordu. Daha kötüsü, Kör Tahir kızı bir Fellah denilen Arabuşağı delikanlısıyla sinemada görmüştü. Belki yalandı, belki de gerçek. Gerçek olması daha aklına yakın geliyordu. Bunca kız yetiştirmiş, kocaya vermiş, yani yuvadan uçurmuştu ama, bu kız, yani Güllü, hiçbirine benzemiyordu. Boy, pos, kalıp, kıyafet... Babasına çekmiş olacaktı. Cemşir de boylu poslu, kalıplı, kıyafetliydi. Yalnız Cemşir esmerdi. Kızsa kar beyazdı ki, rengini anasından almış olacaktı.

Güllü, Fellah oğlunu seviyor da bir gün aklına uyup kaçıverirse, Kerem'in arpa tarlası gibi yanmazlar mıydı?

Derin bir iç geçirdi.

Bütün ümidi bu kızdaydı şu sıra. Satacaktı onu hâlli mallı birine. Ama Muzaffer Bey'in yeğeni Ramazan Efendi olursa, tadından yenmezdi Reşit'in dediği gibi. Su içinde, bir, iki binlik getirirdi, sekiz yüz getirsin, altı yüz, beş yüz getirsindi hiç getirmese. Taş atıp kolu mu yorulmuştu sanki? Güllü de bütün çocukları gibi dünyaya gelmiş, yıllar boyu mahallenin çamuru, tozu toprağı içinde yalınayak koşup oynamış, derken palazlanmış, önce çırçırlara, sonra da fabrikanın çeşitli işyerlerinde çalışmaya başlamıştı. Geçen yıla kadar da kazancını bir tamam avucuna teslim ederdi babasının. Geçen yıldan bu yana huyu değişmişti kızın. Para filan verdiği yoktu. Yani biti kanlanmış, gözü açılmış, aklı başına gelmişti. Demek ki vakitsiz ötmeye başlamıştı... Vakitsiz öten horozunsa boynunu vurmak vacipti!

Berber Reşit işini bitirmişti. Müşteri sakal tıraşı ücretini verip gittikten sonra karşılıklı oturdular.

Arkadaşının gene kara kara düşünüşüne dikkat eden Reşit, "Sıkma tatlı canını," dedi. "Binin yarısı beş yüz, o da bizde yok!"

Cemşir gene derin bir iç geçirdikten sonra, "Şu Fellah oğlu canımı sıkıyor Reşit!" dedi.

Reşit'in de canını sıkan oydu:

"İnşallah aslı yoktur," dedi.

"İnşallah. İnşallah amma..."

"Ne amması?"

"Kör şeytan aklıma kötü kötü şeyler de getirmiyor değil."

"Yüreğini serin tut, tevekkül ol Allah'a..."

Başka başka yanlara bakıp uzun uzun düşündüler. Hemen hemen aynı şeyleri düşünüyorlardı. Kız aklına uyup da Fellah oğluna kaçarsa, koca binlik bağıra bağıra kaçacaktı. Buysa Cemşir'den çok Reşit için felaketti. Günlerdir bu mesele üzerine öyle renkli hayaller kurmuştu ki, binliğin hiç değilse birkaç yüzünü alsa şimdiden cebinde sayıyordu. "Üç yüz, iki yüz olsun... Borç diye alırım. Birazıyla dükkânı onartır, halına suyuna koyarım, üst yanıyla da avrada iyi kötü boyalı bir basma entarilik aldım mı, değme keyfine!"

Ama gerçekten de dükkânın hiç hayrı kalmamıştı. Takımlar yıllar yılı eskiyip yer yer paslanmış, duvarların sıvaları dökülmüş, peşkirler filan tiftiklenmişti. Cemşir'in elinden üç yüzünü iki yüzünü dükkânın badanasına, takımlarla peşkirlerin yenilenmesine harcardı: Haa, bir de karısının kaç vakittir isteyip durduğu kuzuyu satın alırdı sahi. "Zavallı," diye geçirdi. Aslında kadınlıktan hiçbir hayrı kalmamış bu karıdan bıkmış usanmıştı ya, gene de acımıyor değildi. Yıllardır ayrı yatıyorlardı. Kuru, kupkuru, nerdeyse tahta gibi bir şeydi. Önünde teneke semaver, bütün gün kırtlama çay içer, yemek bile yemezdi çokluk. Kurumuş, kabuğuna yapışmıştı. Yapışmıştı ya, hastalık derecesinde de temizdi. Galiba bütün meziyeti buydu. Reşit'i kocası gibi değil, babası, kardeşi, hatta hatta evladı gibi severdi. Reşit eve geç gelse ya da hiç gelmeyip dışarda sabahlasa, uykuları kaçar, sabahı ederdi. Geçen yıla dek. Reşit'ten sonra olanca sevgisini verdiği güzel bir koyunu vardı. Onu sık sık çocuğuymuş gibi sabunlar, kurulayıp, yünlerini tarardı. Yıkayıp, kurulamak, taramakla da kalmaz tüylerini allı, morlu, sarılı, yeşilli nakışlarla süsler, boynuzlarını da beyaz yaldızla yaldızlardı. Hatta gözlerine sürme bile çekerdi. Hayvan renk renk nakışlanıp yaldızlandı mı, keyfine son olmaz, çocuk gibi sevinerek koyununun boynuna sarılır, gözlerinden, kuru yanaklarından, dudaklarından öperdi. Böyle zamanlarında öylesine coşardı ki, gözlerinden yaşlar yuvarlanır, aklına kötü kötü şeyler gelirdi: Koyunu ölüverirse bir gün ya.

O zaman telaşa düşerdi. Allah'ı o sıra, yalnız o sıra düşünürdü işte. Hiçbir dua bilmediği hâlde ellerini göklere açar, Kürtçe yakınırdı ona: Koyununu hasta etmesin, öldürüp ondan ayırmasındı. O büyüktü, rahimdi, şefikti. İsterse koyununa bir değil, bin yıllık bir yaşam ihsan edebilirdi. Hem ne için etmeyecekti? Kolu kanadı kırık bir kuldu işte. Bu dünyada Reşit'le koyunundan başka da kimsesi yoktu. İstemiyordu da. Reşit'i ile koyununu elinden almasın da, isterse onu dilendirsin, kötürüm edip bir kıyıda kımıldayamaz hale getirsindi.

Ama günün birinde olanlar oldu. Kadına göre, hiç nedensiz, aslında kelebek hastalığından, koyun ertesi güne sağ çıkmadı. Yaldızlı boynuzları, nakışlı tüyleriyle yan üstü devrilip bir daha hiçbir zaman gözlerini açmayacak koyununun üstüne kapanmış kadının feryatları göklere yükseliyor, ne Reşit ne de mahallenin yaşlı, genç insanları, onu koyununun ölüsü üzerinden kaldıramıyorlardı. Bir süre öylece bıraktılar. Ağlıyor, yerlerde sürünüyor, sonra göklere bakışlarını kaldırarak günahtan günaha giriyordu: Ağzı yok, dili yok. Melaike gibi bir hayvandı. Ne hayvanı? Yavrusu, kuzusu, bir tanesiydi. Ne diye elinden almıştı sanki? Gücü ona, onun koyununa mı yetmişti? Böyle Allahlık olur muydu? Kolunu kanadını kırıp onu yeryüzünde yapayalnız bırakmakla eline ne geçmişti? Hayır, Allahlık değildi bu. Zalimdi, merhametsizdi, zenginlere değil fakirlere gücü yeten bir Allah'tı işte!

O zaman Reşit, komşuların homurtusundan öfkelenerek, kadına bir tokat, bir tekme, soluksuz yuvarlamış, daha sonra da kuru dala benzeyen bileğinden yakalayıp odaya sürükleyerek alt eve atmıştı. Gebersindi isterse. Konu komşuya, bunca dini bütün, Müslüman, mütedeyyin mahalleliye karşı ne biçim sözlerdi o. Koskoca Cenab-ı Allah kapı komşusu muydu da bir koyun, götü boklu bir koyun için açmış ağzını yummuştu gözünü?

Kadın günler ve günlerce alt evde uğunup durdu. Yemeden, içmeden kesildi, yatağa düştü sonunda. Reşit telaşlandı. Acıyordu ona. Acıyordu ama ne gelirdi elinden? Kulağına söz girdiği yoktu ki! "Bırak beni," diyordu, "beni burda, şu kuru toprakta unut Reşit. Senden ne ekmek isterim ne aş. Hatta bir bardak çay bile istemem. Beni rahat bırak. Sana bir zararım var mı?"

Yoktu, hiçbir zararı yoktu ama, Reşit olanca sert kalpliliğine karşın gene de bir hayli vicdanlıydı. Karısını alt evin nemli toprağında bırakmadıktan başka, alıp götürdü, filmini çektirdi. Doktorlar umudu kesmişlerdi. Hele biri, "Bizden çıktı artık. Onun işi Allah'la," demişti de, Reşit gözyaşlarını tutamamıştı.

Kadın ölmedi. Perde perde kendine geldi. Tenhalarda koyununa ılık gözyaşları dökse de, zamanla unuttu. Unutmadı aslında, unutmuş göründü. Onun için Reşit bütün bunları hatırlayarak, "Elime bir para geçmedi ki," dedi. "Geçse, filik bir kuzu alacam bizimkine de..."

Cemşir'se başka şey düşünüyordu:

"Ramazan Efendi o gün bize gelmiş, Hamza'yı sormuş. Bir daha gözükmedi. Niye acep?"

Reşit karısını, almayı tasarladığı kuzuyu filan unutarak, "Valla," dedi, "kıza essahtan meyli düştüyse gelir. Mücerret gelir!"

"Ya düşmediyse?"

"Düşmese kaş göz eder miydi? Gelip Hamza bahanesiyle görünür müydü? Onun maksadı Hamza mıydı belliyon yani?"

"Ya?"

"Kıız."

"Hayır, meyli düşmediyse diye aklıma geliyor hep!"

Bu, Reşit'in de aklına gelmiyor değildi. Kıza meyli düşmediyse yapılacak bir şey olamazdı. Olamazdı ya, meyil denilen cenabet de dururken düşmezdi hani. Kız kısmı, delikanlının önünde kancıklaşacak, cilve milve yapacak, o da meylinin düştüğünü belli edecekti. O gece dikkat etmişti, oğlan neler yapmamıştı da, kız tövbeee... Ermeni gelini gibi, somurtup oturmuş, gülmemiş, gözlerini hemen hemen önünden kaldırmamıştı. Ya yorgan meselesinde Hamza'yla ileri geri edişi?

Geç vakte kadar oturdular.

Cemşir bir ara saatine baktı:

"Paydosa yarım saat var," dedi.

"Hangi paydosa?"

"Hamzaların."

"Ne olacak paydos olunca?"

"Parası varsa, Giritli'nin orda çekerdik kafaları... Canım pek sıkılıyor..."

"Gelecek miydi?"

"Gelecekti, dosdoğru buraya gelirse. Fellah oğluna göz kulak oluyor bir iki."

Berber Reşit canlandı:

"Amman olsun Cemşir. Amanı biliyon mu?"

"Bilmem mi?"

"Şap gibi yanarız Allah vermiye!"

"Yanarız ki yanarız."

***

"Fellah oğlu" dedikleri Arabuşağı Kemal, o sıra makine dairesinde, ana makinenin yanındaki tahta sandığa oturmuş, başını avuçları içine almıştı. Canı gene öyle sıkılıyordu ki... Bugün bütün gün, belki on beş kez geçmişlerdi makine dairesinin önünden. Ne demek istiyorlardı yani? Kaçtan aşağı olmayacaktı? Güllü yalvarıp yakarmamış olsa biliyordu yapacağını. Kör Tahir'le Hamza'ya oldubitti içerlerdi. Hele Hamza'ya! Kendini fasulye gibi nimetten sayıyordu. Beline Trablus kuşağı bağlar, bıçak taşır, kırk bin kişiden arta kalmış müdürün tapon karısıyla konuşuyor diye sağda solda cart curt...

İç geçirdi.

Güllü, "Sakın Kemal, Allah'ını seversen uyma, uyarsan ölümü öp!" demeseydi, ikisine de gösterirdi Kemal'in ne demek olduğunu, ama Güllü! Güllü arada olmasa, yalvarıp yakarmasaydı... Bir şey değil, makine dairesi kapısının önünden geçerlerken ters ters bakıyor, yere tükürüyorlardı. Ters ters bakıp yere tükürdükleri zaman karşılarına kartal gibi dikilip ikisini birbirine çarpmak vardı ama... Bir şey değil, şurda burda belki de, "Korkuttuk," diyorlardı. Değil onlardan, onların feriştahından korkmazdı Kemal be! Öyle bir iki düzine Hamza'yla Kör Tahir olsalar gene havaydı.

Oturmakta olduğu sandıktan kalktı, elleri arkasında, makine dairesinin penceresinden pamuk balyaları yığılı avluya görmeden baktı.

İzliyorlardı da galiba. Kesinlikle bilmiyordu izlendiğini, ama öyle geliyordu ona. Ardına dönüp bakmayı kendine yediremediği için, yolda oldubitti ardına bakmazdı çokluk. Felekte şu Güllü olmayacaktı arada, "... Allahını seversen uyma onlara, uyarsan ölümü öp!" dememiş olacaktı. Belini büken oydu. Kendi dedikten başka, en yakın arkadaşı Pakize'yle de haber salmıştı. Onun için yutuyordu, yutacaktı da sonuna dek. Yoksa, ah yoksa...

En son sinemaya gittiklerinde Kör Tahir görmüş, Hamza'ya yetiştirmiş olacaktı. O günden sonra sinemaya gitmek şöyle dursun, yüz yüze bile gelememişlerdi pek. Öyle göresi gelmişti ki!

Sinemada sıkı sıkı kucaklayışını hatırladı.

Ne kızdı ya! Baştan aşağı bir ürperme geçirdi.

"İsterse kaçarım," diye haber salmıştı. İsterseymiş. Tabii isterdi. Hem de başının üstünde yeri vardı, ama ne fayda... Kazandığı parayla geçinebilmelerine imkân yoktu. Yoktu, çünkü evlenince ayrı oturmaları gerekecekti. Anasının tek göz huğuna sığamazlardı ki. Ev tutmaya kalksa, eline geçen paranın şöyle böyle yarısı kiraya gidecekti. Kiradan geçtim, tamtakır evde oturulmazdı ya. Masa isterdi, iskemle isterdi, kap kacak isterdi, perde, şu, bu isterdi. Anasına açsa mıydı acaba? Açsa, iki kere iki dört eder gibi biliyordu ki, yaşlı kadın, "Al gel evladım. Başımın üstünde yeri var!" diyecekti.

Ne anaydı bu be!

Güllü silinivermişti aklına anası gelince. "Yavrum, Kemal'im!" diye oğlunu kucaklamaz mı, ağzından sanki beş, on Kemal birden dökülürdü. Zavallı kadının oğlundan başka kimi kalmıştı ki sevecek?

Pencereden çekildi, kapıya doğru gitti, dönüşte askerliğini düşündü. Gelecek yıl belki de alırlardı askere. Yoklaması yapılmış, topçuya ayrılmıştı. Arkadaşlarının içinde en iri, en uzun boylu, bileğine en sağlam o olduğu için, yalnız onu ayırmışlardı topçuya. Heyete bir girmişler, heyet bir bakmış. Başkan, "Yaz, topçu!" demişti. Çok hoşuna gitmişti bu, gururlanmıştı. Evde anasına bunu anlattığı zaman yaşlı kadın da aynı gururu paylaşmış, sevindiği zamanlarda olduğunca, gözlerinden boncuk boncuk yaş dökmüştü. Çünkü başkalarının anası topçu anası değildi. Hiç değilse mahallelerindeki analardan birçoğu. Topçuya ayrıldı diye Güllü bile gururlanmış, böylesine iriyarı, böylesine babayiğit biriyle adının çıkmasına sevinmişti.

Geldi, pencere önüne yeniden durdu. Sevinmişti ama, hepsi bu kadardı işte. Kız, kız başıyla, "Beni kaçırsın, isterse kaçarım," diye haber saldığı hâlde, "Peki kaç!" diyemiyordu. Gerçi babası sağlığında her vesileyle, "Oğlum, sen sen ol, askerliğini yapıp bitirmeden sakın evlenme!" derdi ama, bu o biçim evlenmelerden değildi. Zorunluydu bir parça da evlenmeye. Bugün çalıştığı makine dairesinin önünden meydan okurcasına gelip geçen itler, yarın işi azıtıp kıza baskı yapmaya kalkabilirlerdi. O zaman? O zaman kaça, neye patlarsa patlasın, kızı bileğinden yakalayıp onların arasından kurtarması gerekebilirdi. Parası, ah parası olsaydı!

Pencere önünden gene çekildi, gene makine dairesinin kapısına doğru ağır ağır yürüdü.

Babası ölmemiş olacaktı. O zaman, o zaman işte bir iki demez, kızı kaçırır, zamanı gelince askere çeker giderdi. Babası sağ olsa gözü, tövbe arkada kalmazdı. Baba gibi var mıydı? Şimdi daha iyi anlıyordu bir babanın ne demek olduğunu...

Elleri arkasında, geldi, yeni yağlanmış pırıl pırıl silindirlerin önünde durdu.

Hayal meyal hatırlıyordu babasını. Tarlada anasıyla bamya toplarlardı çokluk. Böyle günlerden birinde komşunun deli koyunu ipini koparıp Kemal'in üstüne gelmiş, bir tosda hendeğe yuvarlanmıştı da nasıl avaz avaz bağırmıştı hendeğin içinde! O zaman, o zaman işte babası... Yıldırım gibi koşup yetişmiş, canı kadar sevdiği oğlunu hendekten alıp bağrına basmış, sonra da deli koyunun boynuzunu bir taşta kırmıştı.

Bu, çok küçüklüğüyle ilgili, ufacık bir anıydı. Ondan sonra yıllar geçmiş, büyümüş, eline çapa almış, babasıyla anasının yanı başında, onlarla birlikte, hatta kendini onlarla yarışır farz ederek, az çapa çapalamamıştı. Ama en çok deli koyunla ilintili olan anısını hatırlıyordu. Galiba babasının çarpan yüreği üzerinde, ona, en yakın olduğundan!

Evet, haklıydı babası. En uygunu, askerden dönüşünde evlenmekti. Hani o zamana dek kızın başına herhangi bir çorap örmeyeceklerini bilse, takardı parmağına bir nişan halkası, basar giderdi askere.

Huzursuzlukla çekildi pırıl pırıl silindirlerin önünden.

Cemşir'in, kızlarını parayla sattığını işitmişti. İşitmişti değil, Güllü söylemişti: "Hiç belli olmaz. Fiyatı uygun buldu mu bir iki demez verir, bir de insanın gözünün yaşına tövbe bakmaz!"

Ama Güllü, gözünün yaşına bakılmadan satılacaklardan değildi: "Ona öyle bir iş yaparım ki, duyanlar aşk olsun der!"

Bütün bunlara meydan vermemeli, bir şeyler yapmalıydı Kemal. Evet evet, çünkü itler, o itlerin bakışı, davranışları hayra alamet değildi. O bakış, o davranışların altında bir şeyler, hem de çok önemli bir şeyler saklıydı.

Aklına bir şey gelmişçesine, makine dairesinin önüne öfkeyle çıktı. Görünürde kimseler yoktu ama huylanmıştı bir kez. Gelebilirlerdi. Gelirlerse onu kapı önünde bulmalıydılar. Hatta hiç âdeti olmadığı hâlde bir de sigara yaktı. İki soluk almıştı ki, vardiya arkadaşı Muhsin Usta da tuvaletten çıkmış, döndü. Kemal'in yanında durdu:

"Hayrola?"

"Sağlığın usta."

"Ver bir cigara da bana."

Kemal sigara paketini uzatırken, Muhsin Usta da yanına çömelmişti. Sigarasını Kemal'inkinden yaktı.

"Anlat bakalım."

"Ne anlatayım?"

"Dikkat ettim, bugün boyuna kara kara düşündün. Kestirmiyor değilim ama..."

Kemal "ama"nın ardını beklediyse de usta getirmedi.

"Ama usta?"

Muhsin Usta kesti attı:

"Sen bu kızı unutmaya bak!"

Kemal sarsıldı. Muhsin Usta hiç bu kadar açık, hiç böylesine kesin, emredercesine konuşmamıştı.

"Niye usta?"

"Çünküü... o itler, makine dairesinin önünden geçmeyi sıklaştırdılar. Pis pis bakıyorlar. Senin huyunsa malum. Onun için, vazgeç bu işten!"

Kemal'in tepesi atmıştı:

"Belle ki vazgeçmeyeceğim. N'olacak?"

"N'olacağı meydanda!"

"Evet?"

"Ya sen onlara çatacaksın ya da onlar sana!"

"Onlar çatarsa günah benden gider!"

"Yani?"

"Yani, Dimitri, Apostol..."

"Değer mi? Bir kız için mahvolmaya değer mi evladım?"

"Değmez mi? Sevdiğin, yandığın bir kız için vurmak, vurulmak değmez mi usta?"

"Değmez Kemal. Çünkü dünyada, uğruna mahvolmaya değecek kadar büyük, şerefli başka tutkular var!"

"Ben henüz o tutkuları tanımıyorum."

"Gün gelecek tanıyacaksın."

"Hem neden mahvolayım?"

"Çünkü ya sen onları vurup hapse gireceksin ya da onlar seni mezara yollayacaklar. İkisi de aynı kapıya çıkar: Mahvolmak!"

Usta sigarasını sinirli sinirli çekti.

Kemal bayağı kızmıştı Muhsin Usta'ya. Güllü gibi bir sevgilisi olsundu da ondan sonra konuşsundu. Başkalarına öğüt vermek kolaydı. Sev, yan, tutuş, geceleri uykuların kaçsın, gündüzleri aklından çıkmasın... Üstelik, "İsterse kaçayım!" diye haber yollasındı sevilen, yanılan, tutuşulan kız da, ondan sonra öğüt versindi. Vazgeç vazgeç. Laf mıydı yani? Geçemiyordu, geçebilecek bile olsa geçmeyecekti işte. O itlerden korkup vazgeçmeyi hele hiç mi hiç yediremiyordu kendine. Ne derlerdi o zaman? "Yıldırdık. Korktu. Kızdan elini çekti. Çekmeseydi, şişleyiverecektik!"

"Usta," dedi.

"Hı?"

"Hiç sevdin mi?"

Usta sanki bu soruyu bekliyordu. Acı acı güldü, başını sallamakla yetinmek istediyse de, Kemal bırakmadı:

"Ha? Sevdin mi hiç?"

"Sevdim yavrum."

Kemal bunu beklemiyordu işte. Demek yüzü kupkuru, baştan aşağı sinir bu adamda da sevecek bir yürek vardı?

"Kimi sevdin?"

"Kimseyi, ama herkesi!"

"Anlamadım."

"Anlayamazsın da. Bir kadını sevmek kolaydır, ama bütün kadınları, bütün çocukları, bütün insanları sevmek, sevebilmek..."

"Mümkün mü bu?"

"Pek çok yürek için mümkün olmayabilir henüz, ama öyle yürekler vardır ki, insanlığı topyekûn severler, sevebilirler, sevmeden edemezler!"

"Nasıl?"

"Nasıl değil mi? Haklısın. Benim sevmemde, daha doğrusu bu türlü seven yüreklerde tek kadını olduğu gibi, kucağına oturtup okşamak yoktur. Öyle bir düzen için çaba sarf ederler ki, insanlar kadın kadın, erkek erkek, çocuk çocuk mutlu olsunlar, dünya nimetleri önlerine bir kardeş sofrası gibi açılıp saçılsın. Bilmem anlatabiliyor muyum?"

Kemal şaşkınlık içindeydi. Bu içine kapanmış adamı nasıl da birdenbire dışa dönüvermiş, nasıl da açılıp saçılıvermişti... Şayet o sıra Hamza'yla Kör Tahir köşeden çıkıvermeselerdi, ustaya sözlerini biraz daha açmasını rica edecekti. Ama onları görünce ustayı, insanları, kadınlarla çocukları falan unuttu. Birbirlerine sokulmuş, sert bakışlarla geliyorlardı. Kemal öyle içerledi ki, yerinden fırlayıp yakalarına yapışmak, çalımlarının içine sıçmak isteğiyle kıvrandı. Muhsin Usta da anlamıştı, kolundan sımsıkı tuttu:

"Kendine gel!"

Kemal gene de ana avrat sövdü.

Berikiler önlerinden hızla geçip aşağıdaki kaynak dairesinin bulunduğu köşede kayboldular.

Kemal titriyordu. Kolunu ustadan kurtararak, "Bir şey değil, onlardan çekindiğimi sanacaklar!" dedi. "Şerefsizim geceleri uyuyamıyorum. Kaç paralık it bunlar ki ben onların yüzünden..."

Muhsin Usta sözünü yalvarırcasına kesti:

"Kemal, yavrum... Vazgeç bu kızdan, n'olursun vazgeç!"

Tepesi attı:

"Vazgeç vazgeç. Geçemem yahu, elimde değil, geçemem!"

"Neden geçemiyorsun?"

"Neden geçemiyorsunu var mı? Bu itlerden korktu dedirtemem kendime. Sonra asıl sebep, seviyorum, elimde değil, istesem de vazgeçemem!"

"Bunun babasına Cemşir derler Kemal. Elci Cemşir. Mahallelim. Kızlarını parayla satar. Cemşir'in dini de imanı da, Allah'ı, kitabı da paradır. Unutma bunu!"

Canı iyice sıkılıyordu Kemal'in. Ne biçim insandı bu be? Bir kız, kız başıyla, "Beni kaçır, sana varmak, senin olmak istiyorum. Sen benim her şeyimsin!" diye yalvarsın, ağlasın da, bir delikanlı, hem de onurlu, haysiyetine düşkün bir delikanlı "Hayır" karşılığını versin, "... Babandan, kardeşinden korkuyorum. Beni döverler, belki de vurup öldürürler. Beni hoş gör. Ben korkağın, ciğeri iki para etmezin biriyim. Bakma kalıbıma kıyafetime. Bıyığıma da bakma. İstersen beni erkek bile sayma, çünkü korkuyorum!"

Çılgın bir öfkeyle kalktı, tuvaletlere gitti.

Dönüşte Pakize'ye rastladı. Kız, Kemal'i görünce yere bir pusula düşürdü, geri dönüp gitti. Kemal pusulayı çaktırmadan yerden aldı. Hızlı adımlarla makine dairesine geldi, Muhsin Usta hâlâ kapı önündeydi. Böylesine kanlı canlı, yumruğuna sıkı bir genç adama kim bilir kaçıncı kez acındı. Acındı, çünkü sevdiği bir alım satım, bir ticaret metasıydı. Görünen köyün kılavuz istemeyeceği gibi, bu delikanlıyı da ölüm bekliyordu. Boş bir kabadayılık kafasında, aklının dikine gidiyor, apaçık gözüken bir sona doğru adım adım ilerliyordu ama ne gelirdi elinden?

Kalktı. Sigarasının dibini ayağıyla ezip içeri girdi. Kemal bir kıyıda pusulayı okuyordu. Sezdirmeden göz hapsine aldı. İlk zamanlar ne umutlar beslemişti! Kitap okuma sevgisini aşılayacaktı ona. Aydınlık, pırıl pırıl romanlardan birinin bir kahramanı gibi görmekten hoşlanıyordu onu.

Bilek saatine baktı. Beş dakika vardı paydosa. Kemal, çamurluksuz eski bisikletiyle fabrikadan çıktı. Her günkü gibi, çevik bir davranışla bisikletine atlayıp şehrin ta öbür ucundaki evine yollanacağına, işçi mahallelerinin birbirini kesen daracık yollarından geçti, parke döşeli genişçe caddenin kadınlı, erkekli, çoluk çocuklu işçi kalabalığına karıştı. Eve gitmeyecekti. Göstermeliydi onlara onlardan korkmadığını. Makine dairesinin önünden gelip geçmek, ters ters bakmak marifet değildi, içlerindeki erik kurusunu döksünlerdi ortaya. Tek başınaydı işte. Onlarsa iki kişi. Kavgaysa kavga, ölümse ölümdü. Kişi bir kez ölürdü. Dövüşecek, gerekirse öldürecek ya da yiğitçe ölecekti. Muhsin Usta filan vız gelirdi. "Bu kızdan vazgeç, bu kızdan vazgeç!" Geçmeyecekti. Hiç, ama hiçbir şey onu kızdan ayıramazdı. Seviyordu, dünyanın bütün bıçakları, tabancaları çıksındı isterse karşısına, seviyordu, o kadar!

Köşe başındaki Arabuşağı kebapçının önünde durdu. Naneli, maydanozlu, sumakla ovulmuş soğanlı kebap, acılı salata, bir şişe de kırmızı şarap nasıl olurdu yani?

Ağzı sulanarak, "Hiç fena olmaz!" diye düşündü. Kafayı bulur, dalar mahalleye. Dövüşüp vuruşmak gerekirse daha cesur, daha öfkeli, çok daha müthiş olurdu. Bu "müthiş" sözünü sinemadan hatırlıyordu. Vur, kırlı Amerikan filmlerinde attığı yumrukla hasımlarını kahreden bir Sinebar tanımıştı. "Kafayı çektim mi tıpkı tıpkısına Sinebar olup çıkıyorum. Kendir, kement zapt edemez böyle zamanlarda beni. Değil bir, birkaç Hamza'yla Kör Tahir olsalar fos! Allahlarını şaşırırım anam avradım olsun. Ah karşıma bir çıksalar..."

Bisikletini kebapçının duvarına dayayıp dükkândan içeri girdi.

Dükkân gene adamakıllı yükünü almıştı. İşçiler, ustalar, muhasebenin küçük memurları yoğun kebap, sigara ve kızarmış et kokusu yüklü dumanı içinde karşıdan karşıya şakalaşıp dünyadan habersiz, habersiz oldukları için de gamsız kahkahalar atıyorlardı.

Ta dipteki boş masaya geçip oturdu. Kebapla bir şişe kırmızı şarap ısmarladı.

Avans almıştı bugün, iyi kötü parası vardı. Vardı ya, fazla açılmaması da gerekiyordu. Anası sabahleyin evden çıkarken, "Oğlum," demişti, "gelirken biraz para getir de yağ alak. Fattum'a bir kaşık borçlandık!"

Fattum'u hatırladı birden. Arabuşağı Dakur Emmi'nin kızı, komşu Fattum. Fena kız değildi belki, ama hoşlanmıyordu. Ya da hiç olmazsa Güllü olmasaydı. Güllü olmasa pekâlâ da hoşlanırdı. On yedi, on sekizinde, güçlü kuvvetli... Anası her fırsatta kızdan laf getirir, kızın üç buçuk dönüm tarlasını, evcimenliğini dilinden düşürmez, bu arada da oğlunu sıkı bir göz hapsine alırdı. Oysa bütün bunların ne gereği vardı? Hoşlansa, bir iki demez, kıza balta oluverirdi. Aslında balta olmasına da gerek yoktu. Akşamüstleri işten eve dönerken, yol üstündeki dardağan ağacının üstünde rastlardı ona. Tam ağacın altından geçerken, leblebiye benzeyen kara kara dardağanlarla taşa tutardı Kemal'i. Dardağanlar çok iri kurşun saçmalar gibi hızla gelir, burnuna, kulağına değer, canını kötü kötü yakardı. Ne demekti bu? Açıktan açığa, "Seni beğeniyorum, hoşlanıyorum senden, bana gel!" demek değil miydi? Sevse, sevebilse... Bisikletinden yere atlar, dardağan ağacına tırmanır, hatta ağacın tepesinde hesap sorardı, ama sevmiyordu. Zorla güzellik olmazdı ki!

Elinin bir davranışıyla Fattum'u sanki düşüncesinden kovdu.

Ne olursa olsun, şuraya gelmekle çok iyi etmişti. Dana çok da bu dükkân Hamza'yla Kör Tahir'in sıkça girip çıktıkları, kafaları çekip sağa sola atıp tuttukları, hele Hamza'nın çürük karı üzerine pireyi deve yaptığı yerdi. Buraya geldiğini herhalde görmüş olacaklardı. Görmeseler bile gelirler, gelmeseler duyarlardı. "Korkuttuk, bizden çekinip kaçıyor, yıldırdık..." falan da diyemezlerdi. Korkmuyordu işte. Korksa, tek başına kebapçıya oturup kafayı çekebilir miydi?

Dumanı tüte tüte kebabıyla kırmızı şarabı geldi. Kan kırmızısı şarapla doldurduğu bardağını tek yudumda yarıladı, kebabın yağlı pidelerinden birini ağzına attı. Hazla çiğnerken, gözleri dükkân kapısındaydı. Fabrikadan çıkıp buraya yöneldiğini izlemişlerse, hele kavgayı da gözlerine almışlarsa ya gelirler ya da kapıdan bakıp kontrol ederlerdi. Ama yoklardı görünürlerde. Acaba yan pencerelerden birinden mi gözetliyorlardı?

Ağzına iri bir parça kebapla sumaklı soğan atıp yan pencerelere kaydırdı bakışlarını. Kimseler yoktu. İzlenmemiş miydi yani? Her gün en az sekiz, on kez makine dairesi önünden geçip paydoslarda da izleyenler şu sıra huylarından vaz mı geçmişlerdi yani? Sanmıyordu. Mutlaka bir domuzlukları vardı ya da olmalıydı.

"Binin yarısı beş yüz, o da bende yok!" diye geçirdi. Gelecekleri varsa görecekleri de var. Benden akacak kan da, onlardan akacak su değil. Onların eli kolu varsa benim de var. Bıçaklarına bıçak, tabancalarına tabanca. Onlar itse, ben itoğlu itim!"

Birden Pakize'nin düşürdüğü pusulayı hatırladı. Cebindeydi. Pusulayı Güllü yazmıştı bozuk elyazısıyla. Çıkarıp okudu: "Aman Kemal, kurban olayım, uyma şunlara. Başına bir çorap örebilirler. En iyisi ananla konuş, gönlünü et. Ne zaman hadi dersen hazırım. Elimizi çabuk tutalım. İşin içinde bilmediğim, bilemeyeceğim bir şeyler dönüyor. Amman Kemal, ağamla Kör'e uyma!" Pusulayı katlayıp cebine soktu.

Uyduğu yoktu. Asıl uyan, daha doğrusu arının deliğine çöp dürten onlardı. Kemal'se sırf onlardan korkmadığını anlatmak istiyordu. Anlasınlardı ki Kemal, değil onlardan, onların feriştahından korkmazdı!

Bardağını doldurup dikti tepesine. Salata, kebap, sumaklı soğan...

Sonra, nasıl olsa günün birinde takışmaları gerekecekti. Kızı kaçırınca, bunu yanına koyacaklar mıydı? Koymak istemeyeceklerdi elbette. O zaman karşılaşacaklardı. Allah ya onlara verecekti ya da ona. İkisini de götürebilirdi eşek cennetine, ki o zaman da Muhsin Usta haklı çıkardı. Öyle de, böyle de haklıydı usta aslında. Ölse, genç yaşında kara topraklara yem olurdu; öldürse, hapislerde çürürdü. Ama üçüncü bir yol da yoktu. Üçüncü yol ustanın sözünü dinleyip kızdan vazgeçmekti ki, şerefsizliğin dik âlâsıydı. Böyle davranırsa, bu memleketten tası tarağı toplayıp gitmeliydi. Gitmedi mi aşağılanıp çeşitli alaylara katlanmalıydı. Buna ise imkân yoktu. Sonu ya hapishaneyle bitecekti ya da mezarla. Üçüncü yol yoktu, olamazdı. Şarabını yudumladı, meze aldı.

Meseleyi anasına açmalıydı artık. Kıza evde kim bilir nasıl eziyet ediyorlardı ki, zavallı acı acı yakınıyor, kaçmaktan söz ediyordu. Sinemaya gittikleri gün yoktu bu tür yakınmaları. Kemal gelecek yıl askere gidecekti. Askerden dönünceye dek kız bekleyecek, ondan sonra evleneceklerdi. Evlenmelerinde de usul, erkândan çıkmayacaklar, Kemal anasını gönderip kızı istetececkti. Verirlerse ne âlâ, vermediler mi, günah onlardan gidecekti. İkisi de on sekizlerini bitirmiş olacaklarından, kanunun tanıdığı haktan faydalanarak, nikâh dairesine gidecek, göbeklerini elleriyle keseceklerdi.

Bir sigara yaktı.

Bütün plan, sinemadaki beş dakikalık arada değişivermişti ellerinde olmayarak. Kör Tahir görmüş, sinemadan sonra kızın ya ağasına ya da doğrudan doğruya babasına koşup durumu anlatmış olacaktı.

Şarabını sinirli sinirli yudumladı.

Ok yaydan çıkmıştı artık. Bu işi yüzünün akıyla sonuçlandırmaktan başka yapacağı yoktu. Kızın yakınması, babasından çok ağasındandı. Ne zaman, nerede rastlasa yılan gibi sokuyor, kız altta kalmayınca da bir kızılca kıyamettir kopuyordu. Kopuyordu da ne? Güllü yürekli kızdı. Ağasının beşine beş, eline taş. Vurdu mu? O da karşılığını veriveriyordu.

Kemal'in kafasında birden iki kardeşin kavgaları ve Hamza'nın bıçağını çekerek kız kardeşini vuruvermesi canlandı. Gerçektenmişçesine, elindeki çatalı öyle bir sıktı ki... hani hiç hesapta olmayan böyle bir şey olsa, oluverse de sevgilisini yerde kanlar içinde bulsa... "Allahımı inkâr edim, onu, o palavracı oğlanı parça parça ederim!"

Şarap bardağına sarılıp içti. Şişeyi temizlemişti. Çatalıyla tabağına vurdu. Koşarak gelen garsona, boşalan bardağını açık şarapla doldurmasını söyledi.

Garson şöyle bir tanıdığı genç adama baktı:

"Şişeyi ne çabuk bitirdin kardaş?"

"Olur bazen böyle."

"Deminden beri bakıyorum, pek efkârlısın!"

"Efkârlıyım."

Mahsustan, üstüne basa basa ekledi:

"Bazı i...eler var, efkârlanmamak elde değil!"

Garson üstelemeden, boş şarap bardağıyla uzaklaşırken, Kemal, sevgilisinin bıçaklanmış kanlı cesedini düşünmeye koyuldu. Hayır, hayır, Güllü ölmemeliydi. Ölürse ne yapardı? Değil yalnız onu öldüreni, anasını, babasını, akraba taallukatını doğrasa ödeşemezdi. Onun için, ölmemeliydi Güllü. Güllü öldükten sonra bin, on bin, yüz bin Hamza ölsündü isterse!

Dolu bardağını garson getirip önüne koydu...

Bu gece mutlaka açmalıydı anasına. "Seni seviyorum diye hakarete uğruyor, dayak bile yiyorum. Beni kurtar, kaçacağım sana, sonu ne olursa olsun, kaçacağım, beni kurtar!" diye yazan bir kızı daha fazla oyalayamazdı. Erkekliğe sığmazdı be!

Anasına açmaya kesin olarak karar verdi. Açmadan da kolundan tutar, götürürdü ama açması daha uygun düşerdi. Anasının vereceği karşılığı da hemen hemen tamı tamına biliyordu: "İyi, hoş amma yavrum... Fabrikada, çeşit çeşit erkeğin arasında gözü açılmış bir kız. Bilmem ki..."

Şarabını sertçe aldı, dikti. Ardından gene Fattum ileri sürülecekti ki, istemiyordu Fattum'u işte. Zorla mı?

Anası karşısındaymış gibi, "İstemiyorum!" dedi.

Vakit hayli geç olmuştu. Eve de geç kalmıştı, biliyordu, ama mahsustan ağırdan almıştı. Kız dardağan ağacının başında bekler bekler, yorulur, sonra da ağaçtan inip giderdi evine.

***

Fattum o sıra, gerçekten de dardağanın başında, Kemal'in nasıl olsa dönüp geleceği yolları gözlüyordu. Entarisinin cebi dardağan dolu, onu taşlamak için dönmesini iple çekiyordu. Dardağan yağmuruna tutacaktı. Kızıyordu dardağan yağmuruna tutulmayı, biliyordu, ama elinde değildi. Onu her hâliyle seviyordu. Bakması, bakmaması, kızması, kızmaması, her şeyi hoşuna gidiyordu. Bekleyecek, sabaha dek gelmese bile gene de bekleyecek, dardağanın üstünden inmeyecekti. Diyelim ki sabaha karşı geldi. O zaman taşlayacaktı. Sövsün, saysın, ağaca çıkıp dövsün, hatta hatta ağaçtan aşağı atsındı. Atsındı, vallaha da billaha da atsındı. Atınca ölüverirse ya? Öldüğüne değil, onu ağaçtan atıp ölümüne sebep olduğu için hapsedilmesine yanardı. En çok da dardağan yağmuru karşısında yalvarmalarına bayılıyordu:

"Fattum yapma, Allahını seversen yapma Fattum!"

Birden bir kadın sesi çalındı kulağına:

"Fattuuuuum, oooo Fattuuuuum!"

Tanış sesi hemen tanıdı. "Kaynanasının" sesiydi; Kemal'in anasının. "Gelinim gelinim" diye Fattum'la şakalaşan bu yaşlı kadını da oğlu kadar seviyordu. Ah günün birinde gerçekten kaynanası olsa!

Dardağandan kocaman bir sincap çevikliğiyle inip koştu.

Yaşlı kadın, üzeri saz örtülü kerpiç huğunun kapısı önünde, elinde tahta kaşık, dikilmekteydi.

Fattum koşarak gelmişti.

"Buyur dezze!"*

Yaşlı kadın, elindeki tahta kaşığı uzattı, sıkılarak, "Gene yağ isteyecem senden kızım," dedi Arapça.

---

* Teyze.

Genç kızın gözleri parladı. "Kemal'e çorba mı pişirecen?"

"Ne yapayım yavrum? Şimdi nerdeyse gelir yorgun argın. Yağ getir dediydim, unutmadıysa getirir, iki kaşık borcumu veririm..."

"Borç mu? Borç mu dezze? Vallaha darılırım!"

Elinde tahta kaşık, koşarak uzaklaştı.

Yaşlı kadın ardından hazla bakıyordu yorgun yorgun. Bütün gün lahanalarla uğraştığı, çapa çapaladığı için yiyecek düşünmemiş, peynir ekmek, kuru soğanla günü geçiştirmişti. Ama akşam inmişti artık. Oğlu gelecekti. Genç adam, boğazlı delikanlı... Önüne hiç olmazsa bir kâse sıcacık çorba koymalıydı. Koymasa aldırış etmezdi rahmetli babası gibi, ama olsun. Etmiyor diye aç bırakamazdı yavrusunu. Onun şimdi bol bol yiyeceği, daha da semireceği yıllardı. Yarın askere gidecek, askerde çok ter dökecekti. Onun için, ilikleri ne kadar dolarsa, gücü kuvveti o kadar artardı.

Yaşlı kadın hayli fersiz gözleriyle kızın hayaline içtenlikle baktı. Oğlu geldi gene aklına. Aksilik etmese de, alıverseydi şunu. Yaşlı babasından başka kimsesi yoktu. O da gözlerini yumuverirse, hiç kimsesi kalmayacaktı. Anası iki yıl önce "cin çarpması"ndan* ölmüş, zavallı kızını acıların en korkuncuyla baş başa bırakmıştı.

Ne kadar ağlamıştı zavallı!

İç geçirdi.

Evcimen, derli toplu, ateş gibi bir kızdı. Oğluna karşı da iyice meyli olduğunu biliyordu. Ama gene de çok namusluydu doğrucası. Kız kısmı yetişip gelince, elbette fingirderdi. Kaide buydu. Zamanında kendi nasıldı? Kendi de, başkası da, bütün genç kızlar da böyleydi. Fingirdenir, anlaşılırdı birisiyle. Sonra da Allah'ın emriyle varılır ve her şey biterdi. Nikâh altına girdikten sonra da fingirdemeye devam etmek, başkalarını baştan çıkarmak, çok ayıp, hatta günahtı. Fattum da oğluna tutulmuştu.

---

* Kanser.

Ne ayıptı ne de günah. Elbette oğlu gibi bir delikanlıya tutulacak, ardından koşacaktı. Oğlu gibi oğlan var mıydı şu sıra? Ama neye yarar, oğlan oğlan değildi ki! Kızın cilvelerine boş veriyor, görmezlikten geliyordu. Hazır kızın kimsesi olmadıktan başka üç buçuk dönüm tarlası da vardı ki, aradan sınır kaldırılırsa tarlaları birleşir, ne iyi olurdu. Üç buçuk dönüm kızın, iki buçuk kendilerinin, altı dönüm tarla. Arayanın eline geçmezdi. İki aile birleşip sırt sırta verdiler de çalıştılar mı, her mevsim dünyanın sebzesi geçerdi ellerine. Fattum'un babasıyla onun ne ömürleri kalmıştı ki? Bundan böyle her şey çocuklarınındı. Onlara düşense, elma kurtları gibi, ortalıkta kıvır kıvır dolanıp oynayacak torunlarını seyretmekten, dişsiz ağızlarıyla gülmekten ibaretti. O zaman oğluyla gelini ya bu huğda ya da Fattumların huğunda yatar kalkarlar, Fattum'un babasıyla kendisi de...

Utandı. Bu yaştan sonra Allah ona sormazdı böyle şeyleri inşallah. Hem nerde rahmetli kocası, nerdeydi Dakur Emmi. Peki ama, nasıl olurdu yatıp kalkma işi? Topu topu ufacık iki huğları olurdu. Oğluyla gelini huğlardan birinde yatıp kalkacaklarına göre, ötekinde kendisi yatsa, Dakur Emmi ne yapacaktı? Gerçi öyle şeyler ikisinden de geçmişti. Huğun birinde, ayrı yataklarda kıvrılır yatarlardı canım!

İçine sinmedi.

Yatarlardı ya, komşular? Komşular ne demezlerdi? Zaten dedikodu için fırsat kolluyorlardı, fırsatınsa en süzmesi ellerine geçerdi ki, ohooo... "Dezze! Dakur Emmi'yle mi yatıp kalkıyorsun?"

Dilediğince, "Yok, hâşâ, Allah bizden öyle şey sormaz!" desinler. Avuçlarının içine kıkır kıkır gülerek pireyi deve yaparlar, karnını yoklar, "Kaç aylık dezze?" diye sorarlardı.

İç geçirdi.

Bu dünyada gerçekten de ah yerde kalmıyordu. Yıllarca öncenin bir yaz gününü hatırladı. O da o zamanlar şu kanlı canlı Fattum yaşındaydı. Güçlü ayaklarıyla toprağa bastı mı sanki dünya sarsılır, kahkahasını da attı mı, yer gök çınlardı. O günlerden birindeydi işte... Tıpkı böyle, bir Selvi Nene vardı. Kemal gibi de torunu. Bu torun, Fattum'a benzeyen bir komşu kızıyla evlenip kızın huğuna yerleşmişti. Kızın yaşlı babasıyla kırış kırış Selvi Nene'ye tek gözden ibaret bir huğ kalmıştı. İki ihtiyar bu huğda barınacaklardı, yoktu başka çareleri. Barınmaya da başlamışlardı. Gelgelelim komşuların, daha çok da kendisinin muzipliği: "Selvi Nene, karnın niye şişmiş?", "Selvi nene, kaç aylık?"

Birinde zavallı kadın çocuk gibi ağlamış, "Kızım, Allah benden sormaz öyle şeyleri," demişti ama, dinleyen kim?

Bütün bunları yeni baştan hatırlayınca aklı gitti. Demek yıllar ve yıllardan sonra dönmüş dolaşmış Selvi Nene'nin âhı yerde kalmayıp gelmiş yakasına yapışmıştı ha?

Bir şey değil, "Dakur'la aynı huğda yatıp kalkmak için, oğluna herifin kızını aldı," derlerdi! Aslında Dakur'un da haberi vardı kızının Kemal'e meylinden. Açık açık konuşmuşlardı hatta. O gün Fattum gene dardağan ağacına tırmanıyordu. İki ihtiyar tarlada, kazmalarına dayanmış, dişsiz ağızlarıyla gülerek, kızı seyrediyorlardı. Meryem, bir ara şakadan, "Ya Dakur," demişti, "kısrağına sahip ol!"

Dakur sormuştu:

"Niye? Ne var?"

"Aygırım nerdeyse gelir!"

"Hoş geldi sefa geldi ya Meryem.."

"Sonra karışmam ha!"

"Ne olur?"

"Allah'ın dediği.."

"Allah'a canımız kurban değil mi? Bırak olsun. Kızımı Kemal'den iyisine mi vereceğim?"

O günden sonra iki ihtiyar birbirlerine daha çok yakınlaşmışlardı. İhtiyar Meryem'in bu işe yanaşmasının asıl nedeni, Kemal, Dakur'un kızı Fattum'u alırsa, tarlalar birleşir, iş genişler, oğlanın ayağı fabrikadan kesilirdi belki. Bunca yıllık yaşamında herhangi bir fabrika görmediği, içine girmediği hâlde fabrikadan korkuyor, ürküyordu. Yılda bir, pek pek iki kez un öğütmeye gittiği değirmene benzetiyordu fabrikayı. Değirmenin motoru gibi, ama ondan çok çok büyük motorların kendi kendilerine çalıştıkları bir yerdi fabrika. Sonra deli deli dönen kasnaklara geçirilmiş bitmek tükenmek bilmeyen kayışların ormanı. Bu kayışlar deli dervişler gibi paldır küldür dönüyor, dönüyorlardı. Yılanlardı belki de. Yılanlardı da insanlara düşmandılar. Aralarından gelip geçen insanlara el atıyor, onları artık saçlarından mı, giysilerinin kolları ya da eteklerinden mi kapıp alıyor, demir kasnaklarda ezip kanlı külçe hâlinde yere kusuyorlardı.

Çoğu geceler kötü düşler de görmüyor değildi. Birinde oğlunu bu kayışlardan birinin kaptığını, anında parçaladığını gördü. Çılgın gibi uyanıp oğlunun yatağına koştu. Horlayarak uyuyordu genç uykusu içinde ama, bu düş neydi? Neye işaretti?

Hıçkırarak eğildi, vazelin likit denilen sıvı vazelinle ovulmuş kapkara saçlarını öptü öptü.

Rahmetli kocasına kızgınlığı sırf bu yüzdendi. Oğlu azıcık palazlanınca alıp fabrikaya götürüp oğlanın kafasına fabrikayı sokmakta ne vardı sanki? O da kendileri gibi toprak adamı olsa, anasıyla sırt sırta verip rızıklarını topraktan kazansalar olmaz mıydı? Oğlan toprak adamı olup fabrikanın şehrinde gözü açılmasaydı, Fattum'u beğenmemezlik etmez, "Peki ana," der, evlenirdi onunla.

Oğlunun Fattum'u beğenmediğini Dakur Emmi'ye açmamıştı. "Oğlum, kızını beğenmiyor," diyemezdi ki! Hem kendi de umudunu kesmemişti henüz. Günün birinde oğlunun peki diyeceğini umuyordu. Peki demeyip de ne yapacaktı? Şehirden kız mı getirecekti? Şehir kızını alıp getirmeye güçleri nerdeydi? Şehir kızı buralarda yaşar mıydı bakalım!

Azgın fırtınaların turunç ağaçlarında parçalandığı kış günlerinde ya kendi ya da Dakur'un ocağı başında oturup çocuklarının baş göz olacakları günü konuşur, hayaller kurarlardı. İkisi de hemen hemen aynı şeyleri düşünürlerdi: Birleştirilen toprak, kıvıl kıvıl torunlar... Gözlerini bu mutlu günlerin dünyasına huzur içinde yumacaklardı işte!

Fattum bütün bu konuşmaları bir kıyıdan, onlara gözükmeksizin, tatlı tatlı dinler, yüreği göğsünü parçalayıp çıkacak gibi çarpardı.

***

Kaynanasına tahta kaşık dolusu yağ getiriyordu! Ocağın üstünde duran yağ tenekesini heyecanla açmış, tahta kaşığı doldurmuştu. Öyle çok doldurmuştu ki... Tabii dolduracaktı, Kemal'e bu yağla çorba pişecekti!

O, yani Kemal istediğince kızsın, yüz vermesindi. Yaşlıların konuştuğunca, günün birinde kocası olmayacak mıydı? Meryem Teyze "Gelinim" diyordu. Oğluyla konuşup, onu razı etmemiş olsa ne diye desindi?

Yağ kutusunu kapatırken babası içeri kedi sessizliğiyle girmişti. Elleri arkasındaydı, biliyordu kızının gene ne yaptığını. Bildiği hâlde gene de keyifle sormuştu:

"Ne o Fattum? Kemal'e çorba mı pişecek?"

Kıpkırmızı kesilmişti ama bozmamıştı da:

"Evet."

"Yağı bizden çıkacak demek?"

"Öööof... baba!"

Babasını dişsiz ağzıyla güler bırakıp koşarak çıkmıştı huğdan. Kızının ardından uzun uzun bakan babaysa, "Allah gönlüne göre verir inşallah yavrum," diye geçirmişti.

Fattum yağla geldiği sıra ihtiyar Meryem, çorba tenceresini ocağa oturtmuştu bile.

Fattum'un uzattığı tahta kaşık dolusu yağı aldı:

"İki kaşık borcum oldu, eline sağlık yavrum."

Genç kız utandı:

"Amaan sen de dezze."

"Niye?"

"Yağın da sözü mü olurmuş?"

"Bayağı hovardasın da ha!"

"Hovardayım tabii."

"Korkarım oğlumu iflas ettirirsin!"

Fattum katıla katıla güldü:

"Ettirmem ettirmem, korkma!"

Sonra, al al yanaklarıyla, yol boyundaki dardağan ağacına koştu.

İhtiyar Meryem, kızın ardından bir süre baktıktan sonra, ocağa döndü. Ocağın turuncu alevleri yüzüne kuvvetle vurdukça kırışıklar siliniyor, yüzü gençleşiyordu.

Tahta kaşığı tencereye bıraktı, gözlerini alevlere dikti. Orda oynaşan alevlerin içinde torunlarını görür gibi oluyordu. İkisi oğlan, ikisi kız dört torun. Kucağına alıyor onları, okşayıp seviyordu Sonra içlerinden biri, "Nene, ııh..." diyordu. Anlıyordu Meryem. Çişe tutuyordu. Daha sonra her birini ayrı ayrı dizlerinin arasına kıstırıp başlarını sabunluyor, havlularla kurulayıp eski ama tertemiz giysilerini giydiriyor, karınlarını doyuruyordu.

Çocuklar az palazlanıyorlardı... O zamanlarda da boylarınca kazmaları kapıp babalarıyla analarının yanına, tarlaya çapa çapalamaya koşuyorlardı.

Gözleri doldu. Onlar o biçim palazlandıkları sıra Meryem Nene nerede olurdu acaba? Ööööf... İstemiyordu, içinde bir korku gibi yaşayan o tümsek toprak yığınını düşünmek istemiyordu. Bütün bu sevgili varlıklarını bırakıp ne diye ortalardan çekilecekti sanki? O bir daha hiçbir zaman geri dönmeyeceğine göre, torunlarının başlarını kim yıkayacaktı? Üstlerini kim değiştirecek, karınlarını kim doyuracaktı?

Bir ara kocasını hayalledi. Toprak yığınının altından el ediyordu. Bir ara sanki sarı, balmumuna dönmüş yüzünü topraktan çıkarıp, yumulu gözleriyle bakarak, "Gel," dedi, "gel Meryem. Burası çok soğuk. Yıllardır tek başıma çok üşüdüm. Allahını seversen gel, gel de beni ısıt!"

Dehşetli korkusunun içinde silkindi, çevresine bakındı yaş yaş. Gözüne raftaki çalar saat ilişmişti. Oğlu her sabah bu saatin çalan ziliyle uyanır, fabrikaya giderdi. Şimdiyse saat yediyi geçiyordu. Aklı giderek her şeyi unuttu. Kalktı. Olduğu yerde hiç nedensiz döndü, yeniden saate baktı. Evet evet, yediyi geçiyordu, yanlış görmemişti. Oğlu bu saatte çoktan fabrikadan dönmüş, ocağın başına yanlamış olurdu. Şimdiyse ne Kemal'in bisikletinin zil sesi, ne de, "Ana, açlıktan geberiyorum!" deyişi.

Kapıya çıktı. Ortalık kararmaktaydı. Alacakaranlıkta yarasalar hızla geçiyor, uzaklarda bir kuş, içini çeke çeke ötüyordu.

Şehirden yana baktı. Güneş çoktan devrilip gitmiş, alt alta, üst üste evler kalabalığı hâlinde şehir, alacakaranlığa gömülmüştü.

Birden aklına Fattum geldi:

"Fattuuuum," diye seslendi. "Oooo Fattuuuuum!"

Genç kız dardağanın üstünden Arapça yanıtladı:

"Efendim?"

"Buraya geel!"

Gene kız hep o kocaman sincap çevikliğiyle ağaçtan inip geldi:

"Efendim?

Yaşlı kadın, genç kızın içlerinden alev almışçasına ışıl ışıl yanan gözlerine baktı.

"Gelmedi," dedi.

"Gelmedi dezze."

"Niye gelmedi?"

"İşi çıkmıştır."

"Ne işi?"

Omuz silkti, güldü:

"Ne bileyim ben?"

Bir süre bakıştılar. Sonra uzaklara, ta uzaklara çevirdiler bakışlarını.

Uzaklar karanlıklara gömülmüştü.

Ne gelen vardı ne giden!

***

İkinci kez iştahı açılan Kemal, yeniden şarapla kebap ısmarlamıştı kendine. Yeni şarabını içmiş, kebabını yemiş, çevreyi de kollayıp gözetlenmediğini anlayarak kalkmıştı. Kim bilir, belki enayiler anlamış olacaklardı işi. Kafayı çekip karşılarına çıkacak, adamakıllı ekşiyecekti.

Cesareti arttı. Madem çekinmişlerdi yoluna çıkmaya, o çıkmalıydı önlerine. Bunun için de tutmalıydı kızın evinin yolunu. Çat kapı, çağırmalıydı kızı. Ama işler sarpa sarar, birkaç kişinin yumruğu, bıçağı, tabancasıyla karşılaşır, dövüşmek gerekirmiş...

"Adaaam sen de..." diye mırıldandı. "Allah ya onlara verir, ya bana. Doğuran kısrak utansın!"

Geç kalmışçasına bir aceleyle hesabı görüp kebapçı dükkânından çıktı. Bisikletini dayalı durduğu yerden aldı atladı. Güllülere sapan karanlık sokağa yıldırım gibi daldı.

Yerler çamur içindeydi. Bisiklet kötü kötü kayıyordu. Bunda bir hayli sarhoş oluşunun da etkisi yok değildi, ama aldırmıyor, işçi mahallesinin birbirini kesen daracık yollarında ilerliyordu. Birden ön teker kızak gibi kaydı. Neye uğradığını anlamadan kendini yerde buldu. Çamurlara batmıştı fena hâlde. Sövdü. Sonra kalktı, bisikletinin yanında ağır ağır yürüdü. Bir köşe, bir köşe daha... Güllülerin beyaz perdesi aydınlık pencereleri göründü. Sustalısını yokladı. Hamza'yla ötekiler önüne çıkıverirlerdi belki. Sustalı yerli yerindeydi. Çıkarıp açtı, ceketinin iç cebine yerleştirdi.

Aydınlık pencerenin altında durdu. İçinde bir şeyler coşmuştu, aşka, sevdaya dair. Şarkı değil de renkli, cıvıl cıvıl bir türkü geliyordu içinden. Öyle bir türkü ki, Güllü duysun, tanısın, babası, ağası, hısım akrabası evdeyse bile fırlayıp gelsin, boynuna sarılıp, "Kaçalım!" desindi. Az önce kayan bisikletine, üstünün başının çamurlarına aldırış etmeden kızı bisikletine bindirsin, çala pedal kaçsınlardı buradan. Hatta arkalarından korkunç küfürler, karışık silah seslerine aldırış etmesinler, kurşunlar isterse kulaklarının dibinden vınıltıyla geçsindi.

Korkmuyordu, hiç kimseden, hiçbir şeyden korkmuyordu işte!

Göğsü heyecanla inip inip kalkıyordu.

Cemşir Ağa, Hamza, anası filan evde miydiler gerçekten de?

Birden izlenmiş olmaktan korkarak sertçe arkaya döndü. Arkalar koyu karanlıklar içindeydi, hiç kimseler de yoktu.

Sustalısını iç cebinden eline aldı.

Bisikletinin zilini çaldı.

Zil sesini işiten Güllü heyecanlandı. Annesiyle çekişmekteydi o sıra.

Kadın, Boşnak kırmalı bozuk bir Türkçeyle çıkıştı kızına:

"Sen gözü kara bir kızsın yavrum. Kendi başını da, benimkini de belaya sokacaksın!"

"Niye sokacakmışım?"

"Oğlan Fellah kızım, Arabuşağı!"

"Olsun."

"Olsun mu?"

"Tabii olsun. Fellahlar Allah'ın kulu değil mi?"

Kadının kesin bir bilgisi yoktu. Yıllar yılı yerlilerin kötüleyişinden öğrenmişti ki, "Fellahlar Allah'ın kulu" değildir.

"Bilmem," dedi kadın.

Güllü üsteledi:

"Madem Allah'ın kulu değiller, babam, analığımı ne diye nikâhlayıp almış zamanında? Ben ne Fellah tanırım, ne Türk, ne de Alaman. Hepsi de insan, hepsi de Allah'ın kulu. Babaymış, anaymış, kardaşmış... Vız gelir tırıs gider. Gönül kimi severse güzel o. Çalışıyorum, kimse karışamaz bana, o kadar!"

Zil sesi üçüncü kez tekrarlanınca kalktı, avlu kapısına çıktı. Gerçekten de oydu, hemen oracıkta, aydınlık pencerelerinin altında, bisikletine dayanmış dikiliyordu.

Görülmek, suçüstü yakalanmak falan vız gelirdi, koştu. Kendini çamurlara bulanmış genç adamın kollarına attı. Birbirlerinin kollarında eriyip akarcasına sarmaş dolaş oldular, sonra da dudak dudağa geliverdiler.

"Kemal!"

"Canım?"

"Geldin mi?"

"Geldim."

"Bana geldin değil mi? Benim için ölebilirsin değil mi?"

"Gözümü kırpmadan!"

"Ben de, ben de Kemal."

Yeniden sarılıp yeni baştan öpüştüler.

Kemal soluk soluğa sordu:

"Evdeler mi?"

"Yok."

"Nerdeler?"

"Nerde olur onlar? Kuruköprü'de, Giritli'nin kebapçı dükkânında kafaları çekiyorlardır."

"Kardeşinle Kör beni günlerdir izliyorlar."

"Pisler!"

"Vız gelirler. Onlardan bir ordu olsa gene hava."

"Kemal!"

"Ha?"

"Sana bir şey diyeceğim ama n'olursun hasbi geç..."

"Nedir?"

"O gün Kör it uğruma çıktıydı. Bizi sinemada gördüydü ya ani? O gün işte. Âleme şapur şupur da, bize yarabbi şükür mü, dedi. Tepem attı. Ne demek istiyorsun yani dedim. Biz de anlıyak, dedi. Bir tokat aşkettim, eh!"

Kemal coştu:

"Yaşa, aslanım benim!"

"Sen de yaşa."

"Tokatı yiyince karşılık vermedi mi?"

"Verse parçalardım onu!"

"Nasıl?"

Omuz silkti:

"Ne bileyim ben?"

Öyle tatlı söylemişti ki, Kemal elinde olmayarak onu yeniden kucakladı, dudaklarını dudaklarına yapıştırdı. Uzun süre öylece kaldılar. Genç kızın dudakları acıyordu ama aldırmıyordu. Canını yakmak değil, alsındı isterse.

Neden sonra ayrıldılar.

"İnsan bir sefer ölür. Ben gözü kara bir kızım. Aklıma bir şeyi taktım mı, ölsem yolumdan dönmem!"

Aklına bir şey gelmişçesine durakladı, sordu:

"Sen?"

"Ayıp ettin," dedi Kemal. "Bunu soruyorsun bir de ha?"

"Peki peki, sormadım. Ananla konuştun mu?"

"Bu gece konuşacağım."

"Hani geçen gün konuşacaktın?"

"Olmadı, konuşamadım."

Kız şakadan küstü:

"Sen beni sevmiyorsun ki!"

Şaştı:

"Ben mi Güllü?"

"Sen. Sevsen konuşur, bu duruma bir çare bulurdun!"

"Söz veriyorum, hemen konuşacağım ve bir çare bulmak değil, yaratacağım!"

Yeniden kucaklaştılar. Ayrılırlarken genç kız, "Bu gece mutlaka konuş," dedi.

"Konuşacağım."

Şehrin saat kulesi gecenin onunu ağır ağır vuruyordu.

***

Kemal'in evde, rafın üzerinde duran çalar saat de gecenin onunu değil, onu beş geceyi gösteriyordu. Kemal mahsustan beş dakika ileri ayarlamıştı. Sabahleyin evden beş dakika erken çıkmak, zamanında çıkmaktan çok daha tedbirli bir davranıştı.

Yolda herhangi bir aksilik olur, örneğin bisikletinin lastiği patlayabilirdi.

Fabrika kapısındaki girişleri vuran kontrol saatinin şakası yoktu.

Yaşlı kadın, Fattum'la kapıda dikiliyordu.

Bu gece ay da yoktu.

Koyu bir karanlık sarmıştı dünyayı. Beş metre ileriyi görmek hemen hemen mümkün değildi. Ne lanet, ne berbat bir geceydi bu gece. Böyle gecelerde kazalar, cinayetler olur, birtakım uygunsuz adamlar böyle gecelerde namuslu insanların önüne çıkarlardı. Bunun böyle olduğunu ya da olması gerektiğini nereden biliyordu? Böyle gecelerde yollarda mı kalmıştı da, önüne çıkanlar olmuş, ya da yanı başında birini mi vurmuşlardı? Bilmiyordu, bilmiyordu ama, oğlu dışardaydı. Bu saatte çoktaaan evine dönmüş, yemeğini yemiş, elini ağzını sabunlayıp yatağına girmiş olurdu.

İç geçirdi.

Fattum Arapça sordu, bir şeyler sezerek:

"Hayrola?"

Yaşlı kadın dertli dertli başladı:

"Fabrikası bataydı, ah bataydı fabrikası. Gâvur icadından kime hayır gelmiş ki?"

Fattum bu kanıda değildi ama, "kaynanası"nın fabrikadan yakınması işine geliyordu:

"Şurda bunca toprağımız var. Bahçeyle uğraşsa... değil mi?"

"Tabii ya. Demiyor muyum? Dinletemiyorum ki. Öteki oğullarım beni dinlemediler. Bu küçüktür, bunu dizimin dibinden ayırmam diyordum..."

İçini çeke çeke ağlamaya başladı.

Fattum, "Sus," dedi, "ağlama!"

"Ağlamayayım amma, ya bir iş geldiyse başına?" Fattum'a sarıldı. Genç kız "kaynana"sını sımsıkı tuttu. Şu sıra Kemal'in karısı olsaydı da, o da birlikte ağlasaydı.

Saat on buçuğa doğru birden bisikletinin zil sesini işittiler. Hele şükür, geliyordu!

Fattum kıyıya çekildi, ihtiyar kadın koştu. Bisikletten inen oğlunu zayıf kollarıyla kucaklayıp başını delikanlının sağlam göğsüne dayadı, boşandı. Hüngür hüngür ağlıyor, ağlarken sarsılıyordu.

Hâlâ sarhoş genç adam, anasının başını okşarken, "Ana," diyordu, "anacığım. Geldim işte, bak!"

Fattum karanlık bir kıyıdaydı. Kemal görmemişti onu.

"Anacığım, şeker anacığım, bak, geldim işte diyorum!" Anasıyla sarmaş dolaş, huğdan içeri girdi, kapıyı kapadı.

Fattum dışarda, huğun koyu karanlık duvarı dibinde kalmıştı. Çekilip gidemiyordu. Kalmaksa... Niçin kalacaktı? Anasıyla içeri çekilip kapıyı yüzüne kapamıştı. Oysa onu ne kadar merak etmiş, nasıl üzülmüştü!

"Fattuuuuum, yaa Fattuuuuum!"

Babasının yorgun sesi. Kendine geldi. Tam yolu tutacaktı, Kemal'in bisikleti gözüne çarptı. Genç adam o telaşla bisikletini sağlamca dayayamamış, bisiklet devrilmişti. Devrildiği yerden kaldırıp duvara sağlamca dayadı. Sonra Kemal'in elleri değen gidonu öptü. Yaşlı gözleriyle yavaşça uzaklaştı.

12

Zaloğlu'nun günlerden beri gözükmeyişi, Berber Reşit'in de canını sıkmaya başlamıştı. Demek ki oğlan, rakı zoruyla kıza kaş göz etmiş, ertesi gün ayılıp kendine gelince de unutmuştu.

Kupkuru yüzünden sıkıntının grisi geçti.

Kız kız değildi! Kız kız olsa, oğlanın bakışlarından ne demek istediğini anlar, güler, fingirder, kaşla gözle işaretler verir, ne yapar yapar, oğlanı kendine iyice bağlardı. Derin bir iç geçirdi.

Bir mesele daha vardı. Koca Muzaffer Bey, Elci Cemşir'in, beş paralık işçi kızını, yeğenine nikâhlayıp da, el âleme, "Tuu lanet olsun. Bula bula yeğenine bir işçi kız bulmuş..." dedirtir miydi?

Dedirtmez gibi geldi. Gibi geldisi yoktu, dedirtmezdi. Dedirtmeyeceğine göre de, günlerdir kendi kendilerine gelin güvey olmuşlardı.

Kalktı. Hiç gereği yokken peşkiri aldı, tıraş koltuğuyla, koltuğun önündeki aynanın tozunu sildi.

Hemen de gelin güvey oluvermişlerdi. Düşünmemişlerdi ki, oğlan, yani Zaloğlu, ne kadar zirzopsa, dayısı da o kadar kalıplı, oturaklı adamdı. Yeğeni, işçi kızına "hee" dedi diye, o kalıplı, o oturaklı adam da yeğenine uyuverip "he" der miydi hiç? Akıl var, yakın vardı!

Sıkıntıyla peşkiri bir kıyıya atıp, tam, "Olmayacak duaya amin dedik..." kanısına varacaktı ki, dükkâna Cemşir girdi. Onun da canı iyice sıkkın görünüyordu. Reşit bakınca anlardı Cemşir'in canının sıkkın olup olmadığını. Cemşir'in canı sıkkınsa, bıyıklar düşer, rengi solar, gözlerinin feri kaçardı. Gene öyleydi. Bıyıkları düşmüş, rengi solmuş, gözleri fersizleşmişti.

Her zamanki gibi buyur etti. İskemle verdi.

Cemşir oturmadı.

Reşit dayattıysa da, Cemşir iyice dalgındı.

"Dün," dedi, "oğlan da kafayı çekmiş!"

Reşit anlamadı:

"Hangi oğlan?"

"Fellah oğlu."

"Essahtan mı? Nerde çekmiş?"

"Fabrikanın böğründeki kebapçı dükkânında. Demek biz Giritli'nin dükkânında kafaları çekerken, o da..."

Uzun uzun bakıştılar. Canı kafa çekmek isteyen herkes, parası da varsa, kafayı çekebilirdi. Kimse kimsenin keyfinin kâhyası değildi ama Fellah oğlunun çekişinde iş olmalıydı. Meydan okur gibi falan. Çünkü dün Hamza, "Fabrikadan çıktı, bisikletine bindi, hırslı hırslı gitti," demişti. Hamza'ya kalırsa, Fellah oğlu, onlardan it gibi korkuyordu. Kör Tahir'le günde hiç değilse beş, on kez makine dairesinin önünden gelip geçtikleri halde tek laf edemiyordu. "Allah vere etsin!" diyordu Hamza. "Onun Habibini şaşırırım. Burnuma kan kokuyor zaten..."

Reşit, "Sonra kardaş?" dedi.

Cemşir omuz silkti:

"Sağlık. Şarabını içmiş, kebabını yemiş, binmiş tekerine basıp gitmiş."

"Kızla konuşup monuşmuş mu?"

Cemşir pek farkında değildiyse de, "Yok canım," dedi gene de. "Kızı nerde bulacak da konuşacak?"

Güllü'nün, Fellah oğluyla sinemaya gittiğini Kör Tahir'den öğrendiği günü hatırladı. Hamza'yla eve öyle gelmişlerdi ki... Ama kızın da hani pek bir pervası olmamıştı. "Yalan," demişti sadece, "kör itin yalanı. Ben ne sinemaya gittim, ne bir yere. Ardımda dolandı dolandı, hava alınca, şimdi de bok atıyor!"

Biraz sıkıştırınca da öfkelenmiş, ağzından baklayı çıkarıvermişti: "Belleyin ki gittim. Size ne? Bana ne karışıyorsunuz? Keyfimin kâhyası mısınız?"

Donmuş kalmıştı. Hamza'ysa inadına. Bıraksa, kızı belki de bıçaklardı. Bırakmamıştı. Araya girip kıza sormuştu:

"Ben senin neyinim?"

"Babamsın."

"Demek babanım?"

"He. Ne var?"

"Sözümü tutman ilazım değil mi?"

Güllü öyle bir boşanış boşanmıştı ki:

"Babamsın da şimdiye kadar ne babalığını gördüm? Şu kadardan beri çalışır, kazanır, kazandığımı veririm. Baba olup da sordun mu bir günden bir güne aç mıyım, susuz muyum? Giyecek sırtım var mı? Hı? Sordun mu? Madem sormadın, ister babam ol, ister olma!"

Cemşir afallamıştı. Dört karıdan yığınla çocuğu olmuştu, ama hiçbiri bir günden bir güne karşısına geçip bunun gibi çemkirmemişlerdi.

Beri yanda Hamza da kendi kendini yemişti: "Ulan Allah be! Nerden baksan bir eksik etek şu. Al ayağının altına..."

Cemşir, "Madem öyle," demişti, "geç köşeye bundan böyle, otur. İş miş istemez. Her bir hacetin boynuma. Fabrikaya mabrikaya da gitme!"

Güllü buna da karşı çıkmıştı:

"Geçti. O önceleri lazımdı. Fabrikaya alıştım ben. Eve kapanıp, kafes ardı kızı olamam. İstesem de olamam!"

Cemşir anlamıştı bütün bunların bahane olduğunu. Demek Kör Tahir yalan söylememişti. Fellah oğluyla konuşuyordu kahpe! Öfkeden çılgına dönerek bağırmıştı:

"Eve kapanıp kalacaksın!"

Kız da ondan geri kalmamıştı:

"Kapanmayacağım!"

"Kapanacaksın!"

"Kapanmayacağım!"

"Boğarım seni!"

"Hiçbir şey yapamazsın. Dağ başı değil burası!"

"..."

"..."

Hamza dayanamamış, ok gibi fırlayıp bir tokat, bir tokat daha. Sen misin? Kız çılgına dönmüş, mahallenin altını üstüne getirmişti. Mahalleli kapılara pencerelere yığılmış, kıyametler kopmuştu. Kendir kement zapt edememişti kızı. Sürahi, tabak, çanak, bardak... Eline ne geçtiyse kardeşiyle babasına fırlatmış, avaz avaz haykırmıştı:

"Bundan böyle ne babam var benim, ne de kardaşım! Defolun, defolun burdan! Allah ikinizin de belasını versin!"

Cemşir ne yapacağını şaşırmış, donup kalmıştı. Böyle olmasını istememişti oysa, ama olmuştu işte. "Yedi denizin dışarı attığı" denilen cinstendi demek? Nerdense çıkıveren Berber Reşit gelip, "Gel kardaş, Cemşir, uyma. Gel beri!" deyip kolundan çekmeseydi, kim bilir daha ne kadar dikilecekti. Reşit'in kıyıya çektiği sıra gözüne Güllü'nün anası, en küçük avradı ilişince aklı başına gelmiş, bütün bunlara sebep oymuşçasına kadını sille tokat yere yıkmış, çiğnemişti.

Bütün bunları yeni baştan hatırlayan Cemşir, "Bu kız canımı çok sıkıyor," dedi.

Reşit karşılık vermedi. Vermedi ama sıkılmayacak gibi değildi ki. Gözü iyice dönmüştü kahpe dölünün. Gemi azıya almıştı...

Cemşir'e umutsuzlukla baktı:

"Madem gözü Fellah oğlunda. Ramazan Efendi'den haber çıksa ki fos..."

Cemşir de aynı kanıdaydı:

"Fos ki fos."

"Ramazan'da da iş yokmuş..."

"Niye?"

"Madem meylin var, ne diye ardını bırakırsın? Öyle değil mi amma?"

Cemşir başını salladı.

"Bunca kız büyüttüm, hiçbiri bir günden bir güne asilik etmedi bana bu itten başka. Kime çekmiş bu soyka bilmem ki!"

"İyi, kötü... Sat, elden çıkar. Ondan sonra ne hâli varsa görsün."

"Görsün ki görsün. Sattım mı, yularını atardım üstüne. Benden çıkıp çıkışsın da..."

Kızlarını satıp paraları aldıktan sonra Cemşir, gerçekten de kızlarıyla ilgilenmez, defterden silerdi onları. En biri, büyük karısından olan iki kızı. Kızları satıp paraları almış, sonra da unutmuştu. Kızlar, zamanla kocalarının nikâhı altında oynamışlar, adamlar tekmeyi atınca art arda genelevlere düşmüşlerdi.

Cemşir'in kulağı bile duymamıştı! Taneleri fındıktan iri, sarı kehribar tespihini çıkarıp, dükkânın içinde köşeden köşeye gidip gelmeye başladı. Elleri arkasında, gözleri yerdeydi.

Gün günden beter geliyordu. Ortalıkta bir de tarım aletleri dedikodusu çalkalanıyordu. En çok da çapa makineleri. İlk zamanlar kimse bu dedikodulara kulak asmamış, hatta makinelerin ırgat yerini tutacağı söylentisine kahkahalarla gülmüşlerdi. Ama sonraları söylenti gerçeğe binmişti. Bilenlerin anlattığına göre, Amerika'da toprak makineyle sürülüp ekildiği gibi, pamukların çapası makineyle yapılıyordu. Hacı babalar, "1927'lerde de bu balonlar uçtuydu!" diyorlardı. "Topraklar Fordson'larla sürüldüydü de ne olduydu? Her taraf Fordson mezarlığı hâline gelmedi miydi? Sel gider, kum kalır. Siz emektar sarı öküzünüze sahip olun!"

Reşit'in tam karşısında durdu.

"Hepsi hepsi ya, şu çapa makinesi essah çıkarsa, yandım şap gibi Reşit!"

Bu problemi konuşmuşlardı daha önce.

Reşit başını anlayışlı anlayışlı salladı:

"Yandın ki yandın. Lakin, Allah var ya, çapa makinesi bana pot* geliyor."

"Bana da."

Akıl var, yakın var. Toprağın makineyle sürüldüğüne amenna. Ekildiğine de. Lakin çapasının yapıldığına...

Cemşir de inanamıyordu ama, Çiftçi Birliği'nin altındaki kahvede büyük çiftçilerin konuşmalarını kulaklarıyla duymuştu. Bider, yani tohum, mibzerlerle ekiliyor, zamanı gelince çapa da, çapa makineleriyle yapılıyormuş. Amerika'ya gidip, bu işleri gözleriyle görenler yeminle anlatmışlarmış...

"Desene ırgata mırgata hacet kalmayacak?"

"Büsbütün kalmayacak değil, kalacak, kalacak a, binlerce ırgat yerine birkaç yüz ırgat..."

Dükkân kapısına yürüdü. Durdu. Caddeye baktı: Kaynaşan insanların arasında lastik tekerlekli faytonlar, taksiler, hususiler...

---

* Asılsız anlamında.

Bakıyor, görmüyordu. Görmek için bakmıyordu da. Zihni bir yandan Güllü, öte yandan da şu çapa makinesiyle doluydu. Bu yıl olmasa bile gelecek yıl makineler gelir, ırgata pek bir lüzum kalmazdı ki, ırgata lüzum kalmayınca Cemşir ne işe yarayacaktı? Sıkıntıyla iç geçirdi.

Hiçbir işe... Cenab-ı Allah'a tevekkül olmalıydı, deldiği boğazı aç komazdı elbette, ama elinde değil, tevekkül olsa bile, işin ucu kendisine dokununca tevekkül mevekkül uçup gidiyordu. Sonra, Cenab-ı Allah'ın pek öyle deldiği boğazlarla da ilgisi yoktu galiba. Her yıl Çukurova'ya binler, on binlerle ırgat gelirdi. Hepsi de Cenab-ı Allah'ın deldiği boğazlardı. Böyle olduğu hâlde, çoğu iş bulamaz, sürüm sürüm sürünür, yaşlılar, bebeler açlıktan bir deri bir kemik sürünürler, derken Ötegeçe'deki mezarlığa yem olurlardı. Ötegeçe'deki mezarlığa yem olanlar Cenab-ı Allah'ın deldiği boğazlar değil miydi?

Daha fazla düşünmekten korktu.

Şu kız, şu Güllü denilen lanet... Yüzüne karşı nasıl da çemkirmişti! Tıpkı, tıpkı ağası Hamza gibi. O haydi erkekti, hakkıydı onun bağırıp çağırmak. Güllü? Güllü denilen soyka ya? Kız başıyla...

Kafasında Hamza canlandı.

Hamza'ya güveniyordu her bakımdan. Bileğine sıkı, gözünü budaktan sakınmaz, iliklerine dek mert oğlu mertti doğrucası. Hani kafası kızsa da, "Git şu Fellah oğlunu çek vur oğlum!" dese, bir iki demez, çektiğiyle vururdu. Ama demezdi. Açıktan açığa demezdi ya, oğlan kendiliğinden akıl edip... Bir şey değil, Cemşir memşir... Yaşı iyice ilerlemişti. İlerliyordu da. Birkaç yıl sonra eli ayağı tutmamaya başlar da, şimdi ardından dönüp dönüp bakan avratlar boş verirlerse? Yalnız, yapayalnız kalmayacak mıydı? Ne yapacaktı o zaman?

Bunalıyormuş gibi oldu.

Ne günlerden, ne günlerden geri kalmıştı oysa... Karıların yanıp tutuştuğu, erlerini, oğullarını bırakıp ardından sürüklendikleri mutlu yıllar! Hey gidi hey... Ne günlerdi o günler be! Paranın, yemin yiyeceğin, hele içki çeşidinin sözü mü olurdu? Ne diye o yılların değerini bilmemiş de har vurup harman savurmuştu sanki? Eline geçen paraların bir kısmıyla büyük bir kahve ya da Giritli'ninki gibi gramofonlu, radyolu kocaman bir kebapçı dükkânı açsaydı. Günde birkaç bin marka işleyen ya da birkaç yüz lira kâr bırakan bir kebapçı dükkânı... Sabahlardan akşamlara dek oturmazdı dükkânında. Koyardı dükkânın başına Berber Reşit gibi yakın, candan adamını, gezer dolaşır, akşamları şöyle bir uğrayınca da o günün hesabını alır savuşurdu. Muzaffer Bey gibi yaşardı o zaman be! Muzaffer Bey gibi yaşardı ya, sözün gelişi yani. Muzaffer Bey'in tarlalardan yıllık kazancını güne vursa eline birkaç yüz eğil, birkaç bin, belki de beş, on bin lira düşerdi. Çok kazanıyordu çok. Çok kazanıyor, buna karşılık devlete beş kuruş bile vergi vermiyordu. Tarladaki ırgatlarından başka, hükümet de, devlet de sanki onlara çalışıyordu!

Umutsuzlukla iç geçirdi.

Muzaffer Bey'le aşık atacak değildi. Hükümet, devlet Muzaffer Bey gibi ona da çalışsın isteyemezdi kuşkusuz. O, günde temiz bir yüzlük kazansa kuyruğu balmumuna dönerdi ki, tadından yenmezdi hani. Lakin şu kız, şu dik başlı, şu eşek kafalı kız... Aksilik etmese, Ramazan Efendi'ye "Heye" dese, tadından yenmezdi! O zaman Ramazan Efendi'yi bir daha davet ederlerdi. Birkaç şişe rakı, Giritli'nin ordan kebap, salata malata... O günkü gibi değil, bu kez oğlanın yanına oturturdu kızı. İsterse diz dize otursunlar, oğlan kafayı bulunca arada kızın elini tutsa, hele kız da coşup oğlanın ağzına meze verse... Ama nerdee? Kızda o çalım nerdeydi? Oğlanı eve davet etseler bile, geçenki gibi, kaşlarını yıkar, suratını asar, oğlanı tersleyi tersleyiverirdi. Belki de oturmazdı sofraya. Otursa, gülse, kancıklaşıp cilvelenseydi bir iki. Hamza da kendisi gibi, Fellah oğluna "Hayır," Ramazan Efendi'ye ise "He" diyecekti. Diyecekti ne demek? Can atıyordu. Tabii, akıllı oğlandı. Kız gibi... Reşit'e döndü:

"O günden sonra bir daha uğramadı değil mi?"

Berber Reşit:

"Kim?"

"Ramazan Efendi."

"Uğramadı. Lakin ne düşünüyorum biliyor musun?"

"Ne düşünüyorsun?"

"Şu Güllü diyorum..."

"E?"

"Aksilik etmese de..."

"..."

"Öyle değil mi?"

Cemşir kapıdan, Reşit'in yanına gitti:

"Babana rahmet. Ben de bunu düşünüyordum..."

Reşit'in yanındaki iskemleye çöktü.

Reşit iştahla ardını getirdi:

"Hani Ramazan Efendi'ye bir heye dese!"

"Ah Reşit, ah! İnsan rakı makı alır, kebap mebap, salata malata... hı?"

"Eve davet eder..."

"Eder ki eder..."

"Kız ortalarda dolanır... derken..."

"Oğlan zati çalmadan oynayan cinsinden..."

"Ohooo..."

"Kafayı iyice buldu mu da ikisini bırak odada?"

"Nasıl da bildin!"

"Ondan sonra..."

"Ondan sonrası kolay!"

Berber Reşit'in, içlerinden alev almışçasına ışıldamaya başlayan ufacık gözleri gülüyordu:

"Bana bırak ondan sonrasını. Bir dayanırım Muzaffer Bey'e, derim böyle böyle beyim, bir kazadır olmuş, iki genç bir cahilliktir işlemişler. Göster adaletini!"

Cemşir hazla güldü:

"Muzaffer Bey de... hı?"

"Çağırın bana Ramazan'ı. Ramazan Efendi gelir. Bir iki hık mık. Beydir anlar işi. Der kanı kannan yumazlar, kanı suynan yurlar. Haydin bakalım düşün önüme. Yallah nikâh dayresine götürür bunları. Derken, bi hökümat nikâhı..."

Cemşir çocuk gibi sevinmişti, el çırptı:

"Tadından yenmez vallaha..."

"Günün birinde de Muzaffer Bey'e bir emri hak vaki oluverdi mi..."

"Dağ, taş, mal, mülk..."

"Ramazan Efendi'ye!"

"Aaaah ah!"

Bakışa kaldılar. İkisinin aklından da aynı şey geçiyordu; Muzaffer Bey'e bir emri hak vaki oluyor, yani ölüyordu. Tek vârisi kişiliğiyle iğneden ipliğe dek her şey Ramazan Efendi'ye kalıyordu. Ramazan Efendi demek, nikâhlı karısı Güllü demekti. Güllü'yse... Güllü'yse Cemşir'in kızı!

Bir nara attı:

"Oooof Allah of!"

Can sıkıntısını parçalayıp içinden çıkmıştı. Birden bir hafiflik, bir neşe, bir canlılık... Bütün mesele, Muzaffer Bey'in cartayı çekip, fani dünyaya gözlerini yummasındaydı. O aradan çıktı mı, üst yanı kolaydı. Kız babası olarak geçer çiftliğe yanlardı. O zaman çapa makinesi gibi, yeni tarım araçlarının Çukurova'ya dökülmesinin hiç önemi yoktu!

Reşit'e baktı. Gözlerini yummuş, vecd içindeki bir din adamı gibi sallanıyordu.

Mal mülk Cemşir'in kızıyla damadına kalacak olursa, bu biraz da kendisine kalmış gibi bir şeydi. Cemşir avucunun içindeydi. Ondan habersiz helaya bile gitmeyen bir insan, çiftliğe yanladı mı, elbette onu da düşünecek, yanından ayırmak istemeyecekti.

Cemşir, "Ah Reşit ah," dedi. "Şu iş bir olsa!'"

"Aaaah ah."

"O zaman?"

"O zaman, bırak."

"Ne düşünüyorum biliyor musun?"

"Ne düşünüyorsun?"

"Kızı diyorum, yeğenine nikâhladıktan sonra..."

"E?"

"Otomobili diyorum... bi devrilmeli! Hı?"

Reşit heyecanlandı:

"O zaman tadından yenmez. Olmadı mı? Beynine bir kurşun deyyusun..."

"Tamam. Allah bu, kim bilir... son yaşımızda belki de..."

"Doğru."

"Sürdüğü dem, devran da yeter. Biraz da biz gönenek!"

"Gönenek ki gönenek."

"Seni yanımdan tövbe ayırmam. Dükkânın canı cehenneme..."

Reşit dükkânına şöyle bir baktı:

"Canı cehenneme ki canı cehenneme..."

"Giritli'nin dükkânının da canı cehenneme değil mi o zaman?"

"Tabii yahu. Giritli'nin pis kebabına kim tenezzül eder?"

"Arada basar İstanbul'a gideriz!"

"Bak hele bak..."

"İstanbul'a yanlarız."

Reşit ciddilikle, "Yanlamak olmaz," dedi. "Toprak işleri burda ellerin eline bırakılamaz. Yıldan yıla, işlerin teps* olduğu, kış aylarında..."

Cemşir sayıklar gibi:

"Parmaklarımızda yüzükler, boynumuzda medeniyet yuları, altın köstekli saatler... İstanbul'a neyle gideriz bil bakalım!"

Reşit, "Trenle," dedi.

"Trenin ağzına tükürüyüm bre herif..."

---

* İşlerin bitip tükenmesi.

"Neyle ya?"

"Uçakla!"

Reşit bunu akıl edememişti.

"Essahtan da ha!"

Gözüne, aynanın önünde duran kolonya şişesinin etiketindeki yarı çıplak kız resmi ilişti. Uçakta öyle bir kızla yan yanaydılar. Gözlerini yumdu. Benzin kokulu, hafif bir vınıltıyla uçuyorlardı. Kolunu kızın beline dolamıştı. Yanak yanağa giderken bir de bakıyorlardı ki altlarında İstanbul şehri!

Cemşir'in öksürüğü, hayallerini dağıttı. Şerit kopmuştu. Koptuğu yerden sürdürmek istedi, olmadı. Canı bayağı sıkılmıştı. Öksürmenin sırası mıydı? Belli etmeden döndü:

"İnsanın aklına neler getiriyor kör şeytan," dedi. "Tövbe estağfurullaaaah..."

Cemşir güldü:

"Neler geliyor?"

"Neler gelmiyor ki? Para gibisi var mı? Adam paralı olunca tekmil gençleşir be!"

Cemşir içini çekti:

"Ne diyon Reşit, ne diyon?"

"Gençleşince adam yeniden evlenir!"

Cemşir bir kahkaha attı:

"Bir sefer mi?"

"Kaç sefer ya?"

"İki, üç, beş. on... Evlenmenin sözü mü olur? Para bu. Anayı kızdan ayıran... Onu bunu ne yapacaksın, biz bir gün şu Ramazan Efendi'yi çağıralım bize. Ne diyorsun?"

Omuz silkti:

"Ne diyecem? Tam da münasip... Lakin, kıza mukayyet ol sen!"

Kuşkuyla:

"Niye?"

"Niyesi var mı? Fellah oğluna kaçar maçar da..."

Cemşir'i yeniden pis bir sıkıntı sarmıştı. Kızı fabrikadan alıp eve kapamıştı ama belli olmazdı gene de. Aklına uyar, kaçıverirdi oğlana. Gerçi Hamza, oğlanı fabrikada sıkı bir göz hapsine almıştı, anlattığına göre de Hamza'dan ödü kopuyordu ya, gene de belli olmazdı. Çünkü kız, kız değil, bir Allah'ın belası, yedi denizin dışarı attığıydı. Böyle gözleri kara kızdan her şey umulurdu. Değil miydi ki babasının suratına karşı çemkirmiş, kıyametleri koparmıştı, elinden her şey gelirdi onun! Kalktı.

Reşit de saygıyla kalktı:

"Nereye kurban?"

"Eve," dedi Cemşir.

"Ne var evde?"

"Gidip şu asi kıza bir bakayım hele..."

"Güllü'ye mi?"

"Öyle ya. Aklıma kurt düşürdün..."

"Bak kurban bak. O kızdan her bir şey umulur. Gözü kara o kızın. Gene gelecek misin?"

"Benim ikinci avradın yanına varacam..."

"Niye? Bugün para günü mü ki?"

"Para günü ya!"

Göz kırptı:

"Öyleyse akşama..."

"Giritli'nin ordayız!"

Çıktı gitti.

Berber Reşit, ardından bir süre baktı. Sonra kapıdan çekildi. Ramazan Efendi'yi eve davet işinde iş vardı. Geçenkinde gereğince davranamamıştı, ama bu kez biliyordu yapacağını. Oğlanın kulağına, "Arkadaş, bu kızın sende gözü var!" diye fısıldayacaktı. İki kere ikinin dört ettiği gibi biliyordu ki, oğlan bunu duyunca coşacak, hele iki kadeh de attı mı, çalmadan oynayacaktı.

Elleri arkasında, aynaya dek gitti, durdu. Aynadaki hayaline göz kırptı.

Kızın anasını manasını evden dehlerler, oğlan kafayı iyice buldu mu, kendileri de birer bahaneyle sıvışır, kızla oğlanı baş başa bırakıp...

Aklına iyice yatmıştı, güldü.

Ramazan Efendi de gayri ne marifeti varsa göstersindi. Koca bıyık bırakmak, külot pantolon, çizme giymek, bele kuşak sarmakla erkeklik olmazdı...

Durakladı.

İyi ama, ya kız istemezse? Ya gönlü Fellah oğlundaysa?

Mırıldandı:

"Fellah oğlundaysası var mı? Fellah oğlundaydı gönlü tabii. Fellah oğlunda olunca..."

Aynanın önünden sıkıntıyla çekildi.

Kendi kızı olmalıydı ki şu kız felekte... Kendi kızı olsa... Ne yapabileceğini düşündü. Gözlerinin önünde Güllü canlandı. İriyarı, güçlü kuvvetli... Reşit çocuk gibi kalırdı onun yanında. Cemşir gibi yüz kiloluk bir babayı takmıyordu da...

Aynanın altındaki masanın çekmecesini çekti, toz aldığı bezi çıkardı. Tam silecekti, dükkânın önünde bir fayton durdu. Döndü: Çiftçibaşı Yasin Ağa! Arabadan iniyordu.

Bezi atıp koştu:

"Vay ağa... Buyur... Yel mi attı, sel mi?"

Yasin Ağa, "Ne yel attı," dedi, "ne de sel. Seni göresim geldi, geldim!"

Reşit, sevinçten boynuna sarılacaktı nerdeyse:

"Vay hoş geldin, sefalar getirdin sen..."

Bir iskemleyi çabucak çekti, avucunun içiyle tozunu aldı:

"Buyur, şöyle buyur ağam. Kayfelerimizi de söyleyek de. Muhabbetimiz tatlı olsun. Nasıl içerdin kayfeyi?"

Yasin Ağa ikram edilen iskemleye ağır ağır oturmaya çalışırken, "Sade içerim," dedi, "sade içerim ya... Dur, acele etme. Soluğumu toplayayım hele..."

"Topla babam, topla emmim, topla..."

O da bir iskemle çekti altına:

"E, geliş nerden?"

"Fabrikadan biderlik* çiğit çekiyor tutmalar da, ordan geliyorum. Hadi dedim bir soluk uğrayayım Reşit'in oraya... E, sizde ne var ne yok bakalım?"

"Ne olsun Yasin Emmi'm? Yağımızla kavruluyoruz. Küncü göneni işte..."

"Allah kuvvet versin, hep öyle."

"Ramazan Efendi nerde? Görünmez oldu şu sıra..."

Yasin Ağa hemen karşılık vermedi. Gerçi tam zamanıydı... Ramazan üzerine imamın gördüğü düşten söz açıp buraya niçin geldiğini açıklayabilirdi ama uygun bulmadı. Bulmadı, çünkü daha kahvesini bile içmemişti.

"E," dedi, "söyle bakalım kahvemizi!"

Reşit kahveyi söylemek için çıkınca, Yasin Ağa dükkânı gözden geçirmeye başladı: Tozlu kocaman bir ayna, boyaları dökülmüş yan yana iki masa, iki eski koltuk, duvarlarda Arap harfleriyle küçük küçük levhalar. Yasin Ağa'yı bu levhalar ilgilendirmişti, üzerlerinde durdu. Okuma yazma bilmediği halde, Arap harfleriyle yazılmış yazıların insanın yüzüne güldüğünü söyler, yeni harflerde bir yabancılık, bir asık yüzlülük, bir gâvurluk bulur, yeni yazı nerde gözüne ilişse, başını nefretle çevirirdi.

Berber Reşit, Yasin Ağa'nın ne için gelmiş olabileceğini kestirdiği hâlde, gene de aşırı bir merak içindeydi. Ya kız için gelmediyse? Öyle ya, kız için gelmeyebilirdi. Ama gene de kız için geldiğine inanmak istiyor, bunun böyle olmasını diliyordu içten içe. Sonra kız için gelmiş olabileceğini güçlendiren neden vardı ortada. Bu neden de, Yasin Ağa'nın dükkâna öyle sık sık uğramamasıydı. Hele kütlü denilen tohumlu pamuğun fabrikalarda tohumundan ayrılma işinin yapıldığı sıralar, telaşla gelir, her gelişinde de ya Cemşir'i sorardı ya da Irgatbaşı Memo'yu. Bunun dışında, oturup kahve içtiğini pek hatırlamıyordu.

---

* Tohumluk çiğit.

Yasin Ağa kahvesini içene dek dereden tepeden konuştular. Söz bir ara, Amerika'dan gelecek tarım araçlarına döküldü. Yasin Ağa'nın yeniden dertleri depreşmiş, Reşit'in dükkânına ne için geldiğini unutmuştu.

Şu Muzaffer Bey, babasının oğlu değildi vesselam. Rahmetli babasının kesip attığı tırnağa kurban olsundu birçok meselede. Babası, hele dedesi, önemli bir iş görmeden önce Yasin Ağa'yı çağırır, fikrini alırlardı. Onun için de işleri yolunda gider, burunları kanamazdı rahmetlilerin. Muzaffer'se... Her işi kendi bildiğince yapmak ister, sorup danışmazdı. En yenisi şu, Amerika'dan gelecek tarım araçları! Herkes paçaları sıvayıp getirtiyor diye o da sıraya girmişti. Ne gereği vardı? Anasından makineyle mi doğmuştu? Rahmetli babasıyla dedesinin yolundan ne diye çıkıyordu? Yıllar yılı bunca ecdat gelip geçmiş, hiçbiri gâvurun makinesine heves etmemişti. Gâvurun makinesine heves etmeden de toprak sürülüp ekiliyor, ürün alınıyordu. Gâvur sözüne böylesine tapmakta ne anlam vardı? 1927'yi ne çabuk unutmuşlardı?

"Ne hâli varsa görsün," dedi. "Benden söylemesi..."

Reşit merakla sordu:

"Peki Yasin Ağa, hepsi hepsi ya, bu çapa makinesi neyin nesi yani?"

Birden tepesi attı:

"Bok yemekten başları ağrıyor dümbüklerin. Makine, pamuğun çapasını nasıl yaparmış? Olacak şey mi? Gâvurun yalanı tekmil. Akıl var, yakın var. Böyle bir kolaylık olsa, gâvur kendi kullanmaz da bize mi gönderir? Bize gönderip düşmanını ne demeye kuvvetlendirsin? Bir maksadı var çıfıtın... Bizim budalalar da gâvurun yarım aklıyla..."

"Çok doğru Yasin Ağa."

"Sen tut, elindeki silahı düşmanına ver. Görülmüş şey mi?"

Esmer yüzü kırışıklar içindeydi, terlemişti. Sır verircesine fısıldadı:

"Kıyamet alametleri. Kıyamet yaklaşınca, insanların basiretlerini bağlayacak Cenab-ı Allah diye ayet-i kerime var!"

Aklına Ramazan ve Mehdi-i Resul geldi. Yüzü birden yumuşadı, sevimli bir hâl aldı.

"Eee, Reşit Çavuş," dedi. "Bil bakalım, ben buraya ne için geldim?"

Berber Reşit iskemlesine yerleşti:

"Hoş geldin, sefalar getirdin emmi!"

"Orası öyle, eksik olma amma..."

"?.."

"Gelişimin sebebi başka!"

Berber Reşit'in yüreği tatlı tatlı çarpmaya başlamıştı. Gene de belli etmemeye çalıştı.

"Hoş geldin sefalar getirdin!"

"Bizim köyün imamını biliyorsun tabii?"

"Yüz be yüz gelmedik amma, işittim."

"İşitmeyen var mı onu? Hâşâ hâşâ, peygamber gibi adam. Dini bütün, ırz ehli, özü sözü doğru, dümdüz bir mübarek. Ünü tekmil memlekete yayılmış. Herkesin dilinde. Sonra, her gittiği yerde bir, pek pek iki haftadan ziyade kalmadığı da herkesçe malum!"

Reşit'i gözden geçirdi. Sözlerinin etkisini anlamak istiyordu.

"Böyle olduğu hâlde, bizim köyde bu ikinci senesi!"

Reşit merakla dinliyordu ama imamdan, imamın köyde iki yıldır eğleşmesinden ona neydi?

Yasin Ağa, üzerine basa basa, "İki sene bizim köyde eğleşmesinin sebebi ne ola ki?" diye sordu.

Reşit omuz silkti:

"Herhalde sizin köyü yeyimli bulmuştur..."

Kızdı:

"Suus, günaha girme! Öyle mübarekler için yemin yiyeceğin sözü mü olur? Onların dünyayla ne alakaları var? İşleri güçleri asi kulların hidayeti. Onlar kendilerini Cenab-ı Allah'a vakfetmiş insanlardır!"

O hırsla, Kabak Hafiz'ın düşünü anlattı.

Pek öyle dini bütün olmamakla beraber, aklına estikçe camiye gidip yalan yanlış namaz kılan, oruç tutan, bu arada rakı, şarap ve zina işlerinde de kusur etmeyen Reşit, Mehdi-i Resul'ün, Güllü'yle Ramazan'ın dölünden geleceğini duyunca, dünyalar onun olmuşçasına sevindi, galiba da yaşamı boyunca ilk kez Cenab-ı Allah'ın kudretine inandı. Seviniyordu. Sevincinin heyecanı kulaklarında vınlıyor, yerinde duramıyordu. Mehdi-i Resul kimin dölünden gelirse gelsin. Güllü, Muzaffer Bey'in yeğeniyle evlenecekti ya!

Sevincini belli etmemeye çalışarak, "Yarabbi," dedi, "şükür, çok şükür sana. Sana inanmayan kâfir! Demek böyle? Ramazan Efendi'nin tepesinde, devlet kuşu dolanıyor desene."

"Yalnız Ramazan'ın mı?"

"Ya?"

"Kızın daa, kızın da!"

"Doğru. Yalnız..."

"Ne yalnızı?"

"Bir mesele var..."

Yasin Ağa sözü heyecanla aldı:

"Biliyorum. Allah'ın sevmediği bir kul diyeceksin. Cenab-ı Allah'ın indinde kimin sevgili, kimin sevgisiz olduğunu biz günahkârlar ne bileceğiz?"

"?.."

"Zat-ı Kibriya'nın keremine bin şükür!"

Berber Reşit'e göre hava hoştu. Sevgili kul, sevgisiz kul, zat-ı Kibriya, zat-ı Kibriya'nın keremi... Kız önünde sonunda çiftliğe gidecekti ya!

Başını eğmiş, sadece dinliyordu. Kaldırıp baksa, kabil değil belli edebilirdi sevincini. Sevinci, kızın çiftliğe gideceği. Yoksa Mehdi-i Resul'ün, Ramazan'ın dölünden geleceğine inanamıyordu. Evet, çocukluğundan beri işitmişti hacılar, hocalar ve de büyüklerinden ki, ahir zamanda bir Mehdi-i Resul gelecekti. Gelecek, dünyayı düzene sokacak. Düzenli dünya kırk yıl barış içinde sürecek, hatta bu süre içinde kurtlar bile kuzularla kardeş kardeş yaşayacaklardı. Buna inanıyordu da, Mehdi-i Resul'ün, Ramazan gibi bir sapısilikten* geleceğine inanamıyordu.

Gene de kendini topladı. Günaha girmişçesine tövbe etti içinden. Öyle ya, aklı neye ererdi? Belki de gelirdi, ne belli? Hem canım gelmiş, gelmemiş... Nesine gerekti? Bütün mesele, kızın çiftliğe gelin gitmesi!

Yasin Ağa coşmuş, anlatıp duruyordu ya, Reşit'in anlatılanlara kulak astığı yoktu. Sabahleyin Cemşir'in öksürüğüyle bozulan hayalleri, yeniden renklenmeye başlamıştı. Kolonya şişesinin üstündeki etiketin kızıyla uçakta yan yanaydılar. Derken uçak havaalanına indi. Kızla taksiye bindiler. Sirkeci'de, yıllarca öncenin büyük otellerinden birinin kapısından girip merdiveni yan yana çıkarlarken, bu kez de Yasin Ağa'nın öksürüğüyle kendine geldi. Gelince de Yasin Ağa'ya ürküntüyle baktı; kurduğu hayallerden haberliymişçesine.

Yasin Ağa sordu:

"Öyle değil mi?"

Hiçbir şey anlamadığı hâlde, "Doğru," dedi.

"Sen usulen Cemşir'in ağzını ara. Sonra gelir ben seni görürüm."

Ferahladı:

"Sen hiç merak etme ağa. Böyle hayırlı, mübarek bir iş için, hemen şimdi gider, Cemşir'i bulur, getiririm sana!"

"Acelesi yok. Yavaş yavaş... Arap'ın dediği gibi şıvey şıvey..."

"İyi ya. Kızın bir babası da ben sayılırım."

"Biliyorum. Lakin..."

"Evet evet. Ben gene de..."

"Sen gene de ağzını ara bakalım..."

Kalktı.

Reşit de kalktı:

---

* Rezil, kepaze.

"Acele ettin..."

Kapıya yürüyen Yasin, "Şu meseleyi de sor," dedi. "Kızı kaçla vermeye razı olacak..."

Yaa, demek para da vardı ucunda? Sevinçten çıldıracaktı. Gene de kaşlarını çatarak, "Valla Yasin Ağa," dedi, "atla deve değil. Aramızda teklif de yok. Ortanca avradından olma çirkin kızını beş yüze verdiydi. Onun büyüğünü altı yüz elliye. Bu, malum ya, hepsinden güzel. En çok da bu kızını sever..."

"Canım, yuvarlak hesap, binle bitirsin bunu da..."

Bin lira!

Kız hem çiftliğe gidecek, hem de bin lira alacaklardı.

Yasin Ağa'nın sırtını okşadı, kapıya dek yolcu etti:

"Olur ağa olur. Senin gül hatırın için... Değil mi ki kalkmış buraya kadar zahmet edip gelmişsin... Ben bu işi binle yapacağım. Hem canım böyle mübarek bir iş için, paranın sözü mü olur? Dur, sana bir fayton çağırayım!"

Hacet kalmadı. Boş bir fayton geçiyordu. Yasin Ağa seslendi. Araba durdu. Dükkândan birlikte çıktılar. Yasin'i arabaya bindirdi.

"Sen ne gün gelirsin?"

"Ben mi? Belli olmaz ama herhalde yarından sonra..."

"Ne zaman istersen buyur. Ben her zaman dükkândayım. Cemşir olsun olmasın, ben burdayım. Haberi benden alırsın..."

"Eksik olma. O gün Cemşir de bulunursa iyi olur. Sözü pekiştirir, paranın da yarısını veririm. Oldu mu?"

"Bak hele bak. Oldu da öte bile geçti..."

"Eyvallah."

"Güle güle Yasin Ağa'm, uğur ola..."

Araba yürüdü.

Reşit, dükkâna rüzgârın savurduğu kuru bir yaprak gibi adeta uçarak girdi. Etekleri zil çalıyor, kabına sığamıyordu. Şimdi ne yapmalıydı? Koşup Cemşir'e haber mi vermeli, yoksa beklemeli miydi?

Dükkânın ortasında, elleri belinde, dikiliyordu. Gözüne gene kolonya şişesi üzerinde etikette gülümseyen kız ilişti. "Bu iş oldu!" diye söylendi. "Bu iş sağlama oldu ki tadından yenmez... Yenmez a, şimdi ne yapmalı? Kızı bine pazarlık eden benim. Beş yüz dedi, ben bine çıkarttım demeli. Desem de, demesem de üç yüzü benim. Vermezse? Nasıl vermez? Şerefsizim yüzüne bakmam bir daha. Bakmam mı? Ne demek o? Nasıl bakmam? Öyle bir bakarım ki. Bakılmayacak zaman mı? İsterse hiç para vermesin. Cemşir'in kuyruğu bırakılır mı hiç?"

Ani bir kararla, duvarda asılı kilidi, dükkânın kara kilidini kaptı, dışarı fırladı. Kepenkleri gürültüyle indirdi, kilitledi. Sonra da Cemşir'in evinin yolunu tuttu. İncecik bacaklarının olanca gücüyle koşuyor, uçuyordu adeta. Geç kalmışçasına bir telaş vardı içinde. Havadisi bir an önce vermeli! Sonra da Giritli'nin oraya oturup ağız tadıyla başlamalıydılar ufaktan ufaktan çekmeye.

Kulakları vınlıyor, gözleri seyiriyordu. Birden, biri:

"Nerye, nerye, nerye? Ne bu telaşın?"

Durdu. Devamlı müşterilerinden biriydi.

"Hiç, işim vardı da."

"İyi amma..."

"E?"

"Şu sakalımı al diyecektim."

"Valla işim çok acele, bildiğin gibi değil!"

"Yani berber mi değiştirek şimdi?"

Sertçe, "Değiştirirsen değiştir bre herif," dedi.

Müşteri alındı:

"Ne o? Ciddi mi yapıyon ne?"

"Canım, belle ki ciddi yahu!"

Bastı gitti.

Fena bozulan müşteri ardından uzun uzun baktı. Sonra sövdü, saydı. "Deyyus. Kendini bir adam belliyor. Belle ki ciddiymiş. Ulan seni ot diye yer, bok diye sıçarım, dümbük!"

Bundan böyle başkasında tıraş olmaya karar vererek Allah'ın böyle tırnaksızlara gün yüzü göstermemesini diledi.

***

Kapıyı Güllü'nün anası açtı.

Reşit soluk soluğaydı:

"Cemşir evde mi?"

"Yok."

"Nerde?"

"Bilmem. Geldi, kapıdan şöyle bir baktı, gitti."

İçerden Güllü'nün alaycı sesi geldi:

"Beni kontrol etmeye geldi Reşit Emmi."

Berber Reşit anlayarak güldü.

"Seni ne demeye kontrol etsin yavrum? Senin kontrol edilecek neyin var şükür?"

Güllü de kuşkulanmıştı:

"Babamı ne yapacaksın?"

"Lazım."

"Neye lazım?"

Söylese miydi acaba? Kaçırıverdi:

"Hazır ol, hazır!"

"Kim? Ben mi?"

"Sen!"

"Neye hazır oluyum?"

"Başına devlet kuşu konuyor!"

Güllü'nün içi hop etti. Yoksa... Ama herhalde babasının haberi yoktu henüz devlet kuşundan. Devlet kuşunu bu kuru herif bulmuş olmasın sakın?

Anası sokak kapısını Berber Reşit'in ardından kapayıp yanına gelince, "Ben bu heriften huylanıyorum," dedi.

Yediği dayaktan göz kıyıları mosmor kadın, "Niye?" diye sordu.

"Dilinin altında bir şey var. Babamı boşuna aramıyor!"

Kadın omuz silkti, tırabzanda duran sofra bezini alıp katladı.

Güllü sıkıyı verdi:

"Benim başımı belaya sokmayın! Sana bir şey açar, beni satacağını matacağını söylerse, karışmam. Başıma devlet kuşu konacakmış... Kendi başına konsun devlet kuşu. Pis cenabet. Kuru bamya. Ondan koca isteyen varmış gibi..."

Kadın, Boşnakça, "Yavrum, Güllü..." dedi. "Duyan da bir şey beller. Rezil olduğumuz yeter. Ortada fol yok yumurta yok. Hemen de celallenme!'"

"Var yok... Telaşını beğenmedim. Babam gelir sana böyle böyle, Güllü'nün ağzını ara filan derse, karışma sen. Kendileri gelip arasınlar ağzımı. Bak, vallaha arada kalır, rezil olursun!"

Kadını bir düşüncedir almıştı. Kocası, "Git, böyle böyle, kızın ağzını ara!" derse, nasıl karşı gelebilirdi?

"Vallaha şaştım kaldım elinizden. Onlar bir deli, sen iki!"

"Ne ikisi? Ben beş deliyim, on deliyim, yüz deliyim. Sen araya girme. Vallaha olanlar sana olur gene, karışmam. Benden söylemesi!"

Ne yapacağını şaşırmış kadın, tevekkülle sustu.

Güllü'nün tüm antenleri gerilmiş, titriyordu.

Pencereden dışarı baktı.

***

Cemşir'i, ikinci karısı Arnavut Şükran'ın evinde buldu. Sedire yanlamış, mahallenin ne kadar karı, kancığı varsa başına toplanmıştı gene. Cemşir ne vakit karılarından birinin yanına gitse, tekmil avlu halkı, karısı kancığı, genci yaşlısıyla başına toplanır, başlarlardı: "Enişte, enişte!"

Gene öyle, el, dil yarenlikleri, kahkahalar gırla gidiyordu. Gidiyordu ya, Cemşir gülmüyordu pek. Huyu buydu. Tuhaf tuhaf laflar eder, çevresini kırar geçirirdi de, o, tövbe gülmezdi.

Karısı Şükran'ın altına serdiği mavi yüzlü yatağa yanlamış, hep o besili camız ağırlığıyla, karı kancığı güldürüp duruyordu.

Berber Reşit, içtenlik dolu havaya buz gibi daldı. Sağa, sola ne selam ne selamünaleyküm, Cemşir'in kulağına eğilip bir şeyler söyledi, sonra da adamı, "cin çarpar gibi" çarpıp götürdü. O gidince odanın neşesi de gitmişti.

Saç örgüleri iki kara yılan gibi besili kıçını döven Arnavut Zülfiye, "Pis," dedi.

Bir başkası ekledi:

"Solucan!"

Ve nefretler kusulmaya başlandı:

"Uğursuz!"

"Kedi suratlı!"

"Onu gördüm mü, anamın kırığını görmüşüm gibi huylanıyorum!"

"Ya ben?"

"Tekmil cinlerim tepeme toplanıyor!"

"Gülüp söyleyen adamı geldi, alıcı kuş gibi kaptı gitti!"

"O da onun ağzının içine bakıyor. Ne bulmuş meymenetsizden bilmem ki!"

"?.."

"..."

"..."

***

Reşit yolda müjdeyi verince, Cemşir neşeden adeta sarhoş oldu. O kadar ki, can beraber dostunun boynuna sarılıp, kuru yanaklarını öpücüklere boğdu. Sonra, "Demek," dedi, "yarın değil öbür gün beş yüze yapışıyoruz?"

Reşit de ondan geri değildi neşe bakımından, "Bak hele bak," dedi keyifle.

"Ulan ağzını öpeyim senin be Reşit kardaş. Anam avradım olsun, kardaşımdan ilerisin!"

Yan yana yürüyorlardı. Bir ara Reşit, "Önce beş yüzden laf açtı," dedi. "Baktım, hayır, olmaz. Dedim ki, emmi dedim, bu kız,

Cemşir'in en sevgili kızıdır ve de en güzeli! Sekiz yüz verdiler vermedi. Beni bilmez misin? Açtım ağzımı yumdum gözümü. Dedim Elbistanlı bir havlucu var, geldi, gördü, oğluna alacak. Sekiz yüzü tıkır tıkır saydı da Cemşir paraları elinin tersiyle itti dedim!"

Cemşir aptal aptal baktı:

"Ne zaman oldu bu be?"

"Mahsustan dedim kurban. Esalet!"

"Haa... yoksa..."

"Bırak şimdi yoksayı moksayı. Gidip soracak değil ya!"

"Sonra?"

"Sonra, elin bin beş yüzünden, senin binin daha makbul dedim. Memnun oldu. Amman Reşit, bu işi yap, açıktan sana da bir üç yüz dedi, kabul etmedim. Neden? Senin şerefin var!"

Cemşir durakladı:

"Çarp kuyruğuna şerefin bre Reşit!"

"Olmaaaz. Kazın ayağı öyle değil!"

"Niye?"

"Öyle değil de ondan. Sen benim kardaşımdan ilerisin. Senin yüzünü gölgelendirir miyim hiç? O üç yüzü ondan alacağıma senden isterim. İstesem vermez misin?"

Cemşir'in içinden bir sıkıntı geçtiyse de, üzerinde durmadı, uygun buldu:

"Senin canın sağ olsun."

"Senin de. Lakin çenem açıldı mı nasılım? Otomatik gibi değil miyim?"

"Otomatik gibisin şerefsizim..."

"Herifi bir çapraza aldım, eh. Lakin üç yüzü senden aldım mı..."

Cemşir durakladı. Reşit anlamıştı:

"Borç," dedi. "Temelli değil!"

Hep böyle ister alırdı ama, başka yapılacak şey de yoktu.

"Demek Mehdî-i Resul bizim kızdan dünyaya gelecekmiş?"

"İmam var ya imam?"

"O mu görmüş üryasını?"

"O görmüş!"

"Bana kalırsa..."

"Pot mu geliyor?"

"Pot geliyor. Demek ben?"

Reşit bıyık altından güldü:

"Mehdî-i Resul'ün dedesi olacaksın. Öte dünyanı da sağlamladın feleksiz... Lakin bırak, günah. Mehdi, mühdüye boş ver de... çiftliğe bir yanladık mı?"

Cemşir'in gözleri gülüyordu. Yirmi yaş gençleşmiş gibiydi.

"Şimdi ne yapacağız biliyor musun?"

"Nasıl bilmem?"

"Ne?"

"Giritli'nin orya... Ha?"

"Kaldır ayağını üstüne bastın!"

"Kafaları iyi bir çekelim..."

"Hamza? Hamza ya?"

"Onu da buluruz!"

"Bulalım."

"Paran var mı?"

"Para mı? Para ne ki Reşit? Para dediğin bir el kiri!"

"..."

"..."

Giritli'nin dükkânından içeri rüzgâr gibi girdiler. Giritli, yıllardır onları böylesine neşeli görmemişti. İkisi iki yandan koca göbekli kebapçıyı öpücük yağmuruna tutmuşlardı. Sonra biri bırakıp biri alarak anlatmaya başladılar: Yaa, demek Cemşir'in güzel kızını ünlü çiftçi Muzaffer Bey, yeğenine istemişti?

"Demek çiftçibaşısını gönderdi?"

Reşit, "Bak hele bak!" dedi.

"Aşk olsun. Çok zengin herif be!"

Cemşir aldı:

"Zengin de söz mü? Dağ taş tarlası, takımı, çifti çubuğu var!"

Reşit:

"Bırak malı mülkü, parayı... Bir tarihte herif öfkelenmiş, hasır iskemleyi arkalığından tutup koca bir paşanın kafasıdır deyip geçirivermişti de, memleket çalkalandıydı tekmil!"

Demek Cemşir'in kızı bu ünlü çiftçinin çiftliğine gelin gidecekti? Demek zengin oluyorlardı? Hele adama "bir emr-i hak vaki" olur da, gözlerini yumarsa, tüm mal, mülk, tarlalar, çiftlik, para yeğenine kalacaktı ha? Yeğen demek. Cemşir'in kızı demek. Giritli'ye para mı gerekti? Hemen koşardı Cemşir ya da berber Reşit'e, böyle böyle, çok sıkıştım, bana biraz para uydurabilir misiniz?

Reşit, "Düşünme," dedi. "Cemşir kim? Kardaşımdan ileri!"

"Sağ ol, tabii ilerisin..."

"Cemşir derim, hı der, Giritli kardaşımıza para iktiza etmiş derim. O saat. Öyle değil mi?"

Cemşir başını salladı:

"Bir iki demem. Benim kıza varırım, kız derim, bana para ilazım. Derhal bir çek yazar, ben beş istedimse o, on beş... Beni pek sever. Baba demez mi, ağzından beş on baba birden dökülür. Bu iyisini bilir, öyle değil mi?"

Değildi tabii ama bozacak değildi ya.

"Değil mi de söz mü? Sen bir yana, dünya bir yana!"

"İstersen bu dükkânı da büyütürüz o zaman?"

Giritli, "Bu dükkânı büyütmeye boş ver," dedi.

"Niye?

"Niyesi var mı? Arkamda siz kardaşlarım olduktan sonra, ırmak kenarındaki gazinoyu kiralarım!"

Cemşir'e göre de, Reşit'e göre de olmayacak ne vardı? Canı nereyi tutmak, ne iş yapmak isterse emretsindi. Teklif mi vardı? Sözü mü olurdu paranın? Bunca yıllık arkadaştılar...

Birden coşan kebapçı, "Ayakta ne dikiliyoruz?" dedi. "Geçip oturalım şöyle bir masaya!"

Reşit, "İyi amma," dedi. "Vakit çok erken daha..."

"Erken olsun."
Adamlarına emri verdi:
"Yakın ocağı, çabuk!"
Kalfa:
"Vakit erken değil mi usta?"
Giritli'nin tepesi attı:
"Buranın sahibi benim. Yak diyorum, yakacaksınız... O kadar!"
Kocaman yumruğuyla yarım kiloluğun tıpasını iki vuruşta fırlatan Giritli, kadehlere rakıları iştahla doldurdu:
"Hadi, Muzaffer Bey'in, kızın, damadın, hepimizin sağlığına!"
Dolu kadehler tokuştu, dikildi. Reşit oldubitti susuz içemezdi. Pıskırdı. Rakı genzine kaçmıştı. Uzun uzun öksürdü. Boğulacak gibi oluyordu. Neden sonra ağır ağır kendine gelebildi.
Kadehler ikinci kez doluyordu. Reşit'inkine yarım kondu. Üstüne su ekleyecekti. Ekledi. Yeniden tokuşturup içtiler. Domates salatası, barbunya fasulye, tahin salatası kaşıklandı. Kaşıklandı ya, Kebapçı Giritli'nin içine sinmiyordu bir türlü. Rakı gittikçe bir şeyleri büyütüyordu içinde.
Damdan düşercesine, "İnsanlık nerdee, ben nerde!" dedi.
Ne Cemşir ne de Reşit bir şey anlamışlardı.
Reşit, "Estağfurullah kardaş," dedi. "Estağfurullah ya, niye kahırlandın?"
Cemşir de aynı şeyi düşünerek, Giritli'nin vereceği karşılığı merakla bekledi.
Giritli ağlayacak gibiydi.
"Nasıl kahırlanmam be arkadaşım? O gece yaptığım hayvanlığı düşündükçe yerlere geçiyorum!"
Cemşir'le Reşit bakıştılar. Reşit sordu:
"Hangi gece?
"O gece işte. Bekçinin gelip cart curt ettiği gece. Delikanlı rakı istediydi. Ben? Vakit geç oldu diye... Tuuu... Ne eşek insanım yahu!"

Reşit her şeyi kavramıştı:

"Ben sonra o işi o gece hallettim..."

Giritli merakla baktı:

"Nasıl?"

"Canım nasılına boş ver. Hallettim!"

"Ramazan Efendi beni affetti mi yani?"

"Düşünme bunu, üzme tatlı canını... Dedim ki, Giritli benim has adamım, hem de arkadaşım. Kusuruna bakma, bekçiden çekindi dedim."

"İtten pişman oldu sonra diyeydin!"

"Dedim, her bir şeyi dedim. Merak etme!"

Giritli bayağı sarhoş olmuştu. Reşit'in ellerine sarıldı:

"Sen," dedi, "sen Reşit Ağa... Ah be! Ne adamsın sen yahu!"

Cemşir kadehini neşeyle kaldırmıştı. O da Reşit'in "Ne adam olduğunu" düşünüyordu. Gerçekten de, amma siyasiydi deyyus oğlu deyyus! Şu kızın satışından gelecek binliğin üç yüzüne balta olmasaydı, onu daha çok sevecekti.

"Haydi şerefe!"

Tokuşturup içtiler.

Reşit'in sivri burnunun ucu hazla parlıyordu. Gerçekten de "Ne adam!"dı. Yıllar yılı Cemşir'e kırk sekiz kilosuyla sahip olan... Ali'nin külahını Veli'ye, Veli'ninkini de Ali'ye giydiren, gerektiği zaman fındık kabuğuna girip koca develeri iğnenin deliğinden geçiren bir adamdı.

"Sen daha benim neyimi gördün ki kardaş," dedi. "Ben, erkân-ı harp gibi adamım. Okusaydım, ha? Ne dersin Cemşir?"

Cemşir'in daha şimdiden gözleri yumulmaya başlamıştı. Başını salladı:

"Ne deyim oğlum? Senin zekâna zekâ mı yeter?"

Coştu:

"Doğru. Hani hemşerim diye değil, iyisini bilir Cemşir Ağa, doğru söylesin, bir vaktin behrinde, İstanbul'da..."

Onun da gözleri ağırlaşmıştı. Yumdu. İstanbul bir an, tramvayları, minareleri, damları, çatıları, denizi, irili ufaklı vapurları, motorları, kaynaşan insanlarıyla kafasından hızla geçti.

Gözlerini açtı.

"İstanbul'un dili olmalı da söylemeli... Bennen oynuyor musun sen?"

Reşit birden sarhoş olmuştu. Kadehine sarılıp kaldırdı:

"Haydi şerefe!"

İçti, kadehini masaya bıraktı. Ağırlaşmış gözkapaklarının altındaki ufacık gözlerinde masalar, iskemleler, kebapçının tezgâhı, tezgâh ardındaki raflarda boy boy, renk renk, cins cins rakılar, şaraplar, biralar, ocağı başında usta, masaların aralarında dolanan garsonlar, tam karşısındaki Cemşir, koca göbekli Giritli, herkes, her şey hafif bir sis içinde gibiydi. Başı tatlı tatlı dönüyor, içmek, daha daha içmek, dünyalar kadar içip bu tatlı sarhoşluğu çoğaltmak istiyordu. Gözlerini yumdu. Yumulu gözlerinin ardında şimdi de pırıl pırıl, renk renk çizgiler... Çizgiler birbiri içinde büyüyerek çoğalıyor, vınıltıyla dönüyor, dönüyorlardı. Birden Şadırvanlı Otel canlandı. Havuzun başına iskemleleri atıp oturdular. Pembe yanakları, is karası kirpikleri, kaşları, yeni terlemiş bıyığıyla Cemşir. Şerefe kalkan kadehler, coşulup havaya sıkılan altı patlarlar. Sonra da coşkun bir sarhoş kalabalığı hâlinde gittikleri Galata. Yüksekkaldırım, Abanoz, Ziba...

O günlerden kalma bir nara patlattı, sonra da Cemşir'in kalın bacağına avucunun içiyle vurdu:

"Koca Cemşir, Cemşirakimu!"

Cemşir, "Cemşirakimu" sözüyle sarsıldı bir an. Nasıl sarsılmasın ki, bu "Cemşirakimu" ona da bir daha asla dönemeyeceği ilk gençlik yıllarıyla, o yılların genç, yaşlı, güzel, çirkin yığınla kadınını hatırlatmıştı. İç geçirdi.

Reşit yorulmuşçasına kendini iskemlesine bırakıp gözlerini yeniden yumdu. Cemşir'in, Çiçi'yi hatırlamaktan gelen bir heyecanla sarf ettiği "Doğru, haklısın!" diye mırıldandığını görmedi, duymadı. Görmese, duymasa da ne zarar? Cemşir'i o yıllara çekip almıştı ya Çiçi! Beyler, paşalardan sızdırıp Cemşir'e avuç avuç harcayan Çiçi, "Of Cemşirakimu" derdi, "ye beni, öldür beni be pasamu!"

İskemlesinde kanlı canlı davrandı.

Kızının sayesinde gene o günler gibi günler yaşayacaktı.

Ne o günleri? Büyük toprakların sahibi, büyük çiftçi Muzaffer Bey'in yeğenine kayınbaba olmaktan gelecek Kadillak'lı, barlı, çalgılı, İstanbul, İzmir, Ankaralı, elma kurtları gibi kıvranan kar beyaz kadınlarla dolu günler!

Yaşayacaktı evet!

Çiçi'nin günlerinde yaşamın değerini bilmezdi pek. Ama şimdi? Şimdi para yemesini, sevip okşamasını, çevreye caka satıp dostuna düşmanına çalım atarak yaşamasını, düşmanlarını çatır çatır çatlatmasını gayet iyi biliyordu.

Demine, devranına yuf çekerek yaşayacaktı!

Reşit'e baktı. Sızmak üzereydi.

Başını masaya indirmiş soluyor, boynundaki kalın damarsa durmadan atıyordu. Dudakları iyice kurumuştu. Diliyle dudaklarını yalasa da kâr etmiyordu. Yıllar yılı hiç böyle içtiğini de hatırlamıyordu hani. Birden, veryansın edip kadehleri art arda devirmişti. Yüreği alev alev yanıyordu da, gırtlağından ağzının içine sanki bir alev sütunu uzanıyor, tükürüğünü kurutuyordu. Hayli kurumuş tükürüğü yapışkan bir hâl almıştı...

Dudaklarını dişlerinin arasından geçirdi.

Ne olursa olsun, böyle içmekle iyi etmişti. Daha, daha, çok çok içecek, ondan sonra zilzurna gideceklerdi Hamza'ya. Hamza havadisi alınca...

Vay anam vaaay... Ne havadisti ya!

Çiftliğe yerleşecekler, hususi araba, tren, uçaktan inmeyeceklerdi!

Ya Hamza? Havadisi alınca kim bilir nasıl coşacak, içmeden kim bilir nasıl sarhoş olacaktı!

Yeni bir narayla rakı şişesini kaptı, dükkânın betonunda parçaladı:

"Oooooof Allaaaaah!"

Birden sanki her şey ters döndü. Koyu, katran koyuluğunda kapkara bir boşluğa sırtüstü daldı, kafasındakiler silindi.

Cemşir'le Giritli de sarhoştular ama, gene de davrandılar.

Cemşir, "Rakı başına vurdu," dedi. "Çarpıldı fukara... Bir araba çağıralım da..."

Davranmalarına kalmadı, garsonlar koştular. Cemşir, yerde çırpınıp duran Reşit'i kucakladı. Her yanı kupkuruydu, dirhem et yoktu sanki. Kemik ve sinir. Dev gibi Cemşir'in kucağında ufacık kalmıştı.

Cemşir kapıya yürüdü. Araba gelmişti. Atlarken, "Hesabı yarın görürüz," dedi.

Yerlere dek eğilerek selamlayan Giritli, üzerinde durmadı:

"Aman ağa... Teklif mi var?"

Araba yürüdü.

***

Kararmış ahşap ve kerpiç kalabalığından ibaret kenar mahallenin, çamurlu, daracık bir sokağında durdu araba.

Berber Reşit'in kuru karısı pencereye abanmış, sokağa bakıyordu. Kapılarının önünde kerusa denilen bir faytonun durmasını yadırgadı. Bu sokağa değil, bütün semte, ne araba gelirdi, ne de taksi hemen hemen. Cama daha dikkatle eğildi. Kucağında Reşit'le arabadan inen Cemşir Ağa'yı görünce aklı giderek fırladı. Merdivenleri çığlık çığlığa indi, avluyu geçti, sokak kapısını yarı deli, buldu:

"Ağa," diye bağırdı Kürtçe, "kurban ağa... Reşit'ime ne oldu?"

Cemşir, kadının kocasına ne kadar düşkün olduğunu bilirdi. Kocasına çok düşkündü ama Cemşir Ağa'ya karşı da öylesine saygılı. Şu anda bu köklü saygı nice olmuştu?

Kızdı:

"Niye bağırıyorsun be?" dedi Kürtçe. "Görüyorsun, bir şey yok!"

Kadın yuttu. Yuttu ama gene de elinde olmayarak dövünüyordu.

Avlu halkı kadının çığlığına merakla koşup çevresini alıvermişti hemen. Kürtçe, Türkçe, Arapça konuşmalar veryansın gidiyor, Berber Reşit'e ne olduğu öğrenilmek isteniyordu:

"Vurmuşlar mı?"

"Vallaha ben de bilmiyorum."

"Herhalde bayılmış olacak!"

"Niye?"

"Biliyorsam Allah elimden alsın!"

"..."

"..."

Cemşir, sorulanlara aldırış etmeden, kucağında Reşit, avluyu geçiyordu ki, kadın yeni bir çığlıkla öne düştü. Merdivenleri filan hıçkırıklar içinde çıkarken dövünüyordu:

"Vay yavrum Reşit'im vay, vay ciğerim vay."

Cemşir okkalı bir küfürle kadının sözlerini ağzına tıkayıvermese, kadın bayrakları açacaktı. Açamadı. Cemşir'den, hemen hemen o semtin bütün Kürt kadınları gibi çekinir, hatta korkardı. Hangisine kızsa da dövse, kocalarına şikâyet şöyle dursun, neden şikâyet edip yakındıkları için bir de kocaları tarafından dövüleceklerini bilirlerdi.

Odaya önden girecekken akıl ederek kapıda durdu, Cemşir Ağa'sına yol verdi. Kucağında Reşit'le Cemşir ilkin girdi, kadın ardından. Cemşir hafif yükünü pencere önündeki sedirin üstüne sırtüstü yatırdı. Derin derin hırlıyordu. "Görüyorsun işte," dedi Cemşir, "bir şeyi yok!"

Kadın gene de hıçkırıklar içinde sordu:

"Peki, ne oldu buna böyle?"

"Hiiç. Biraz fazla kaçırdı."

Kadın kanmamıştı. Hıçkırıklarını içine ata ata gene de uğunuyordu. Bir ara gözü oda kapısına ilişti. Avlu halkı irili ufaklı toplanmış, içerisini merakla gözetliyordu. Nefretle kalktı, gitti, kapıyı suratlarına çarparak kapattı.

Dışarda kalanlar tınmadılar bile.

Bir genç adam merakla sordu:

"Reşit Emmi'yi vurmuşlar mı?"

Bir başkası, "Yok canım," dedi. "Ne vurması?"

"Vursalar kan olurdu!"

"Ne olmuş öyleyse?"

"Hiiç. Bayılmış."

"?.."

"..."

Odasının çarparak kapadığı kapısı önündeki konuşmalara sinirlenen kadın dışarı hışımla çıktı. Kadın, erkek, çoluk çocuğu kovdu. Sonra içeri çekildi. Cemşir Ağa'sının ayakları dibine diz çöktü:

"Demek böyle ağam? Eeeh... desene başınıza devlet kuşu kondu."

Derin, bir iç geçirdikten sonra da ekledi:

"Acıyan bizlere acısın!"

Kocasıyla günlerdir kurdukları hayaller, içinden tatlı tatlı geçti.

Cemşir, bunu anlamışçasına kadını yanıtladı:

"İlahi bacı, Reşit kim, ben kim? Ben Reşit'siz olabilir miyim? Reşit de, orda dur. Reşit bana kardaşımdan ileri. Anca beraber kanca beraber. Et tırnaktan ayrılabilir mi? Reşit olmadıktan sonra ne gereği var bana malın, mülkün, çiftin çubuğun?"

Kadın da bunu bekliyordu. Sevinçle gülümsedi. Yanı başındaki sedirde sırtüstü yatmakta olan kocasına baktı. Neler de neler anlatmıştı!

Büyük, çok büyük bir çiftliğin sahibi ünü dünyaya yayılmış Muzaffer Bey'in yeğeni, bir gün Cemşirlerde içerken, Cemşir'in kızına abayı yakmıştı. Yaktığını oğlanın davranışlarından ilk sezen kocası, yani Reşit olmuştu. Bir bakmış, oğlan kimseye çaktırmadan kıza bıyık buruyor, göz kırpıyor. Kaçın kurasıydı o, baktığını hiç belli etmemişti oğlana, ama gözaltından da izle ha izle etmişti. Sonra da geç vakit Cemşirlerden çıkmışlar, oğlanı bırakmamış, Kuruköprü'deki berber dükkânına götürüp ağırlamıştı: Çay, ardından kahve, gene çay, daha sonra süt... Oğlanın açılmasını beklemişti, ama açılmamıştı. Dilediğince açılmasın, Reşit, Allah'ı bir bildiği gibi biliyordu kıza tutulduğunu! Hatta, "Kert şuraya," demişti. "Eğer dediğim çıkmaz da o oğlan haber gönderip kızı istemezse, ben de hiçbir şey bilmem. Reşit, sende de iş yokmuş, sen de fosun fosuymuşsun de!" demişti.

Kadının, kocasına inancı sonsuz olduğundan, günün birinde haklı çıkacağını, oğlandan kıza haber geleceğini biliyordu. Gelmişti işte. Reşit'ti o be, onun Reşit'i! Reşit bir şeye, "Bu böyle olacak!" dedi mi, öyle olurdu. Kim bilebilirdi Reşit'in bildiğini? O günden sonra karı koca, Güllü'nün gelin gideceği çiftliğin hayaliyle tatlı tatlı avunmuşlardı. Her şeyden önce gayet iyi biliyorlardı ki, Güllü çiftliğe gelin giderse, Cemşir de giderdi. Cemşir gidince de, canından çok sevdiği Reşit'ini arkada bırakmaz, mutlaka onu da aldırırdı aynı çiftliğe. Yani yerleşirlerdi. Yerleşince...

Kadın merakla sormuştu:

"Öyle mi Reşit, kurban? Çiftlikte kuzu bulunur tabii değil mi?"

Reşit gülmüştü:

"Kuzunun, koyunun sözü mü olur kız? Dağ taş kuzu, koyun, öküz, camız... Muzaffer Bey çiftliği bu, oynuyor musun? Herif, paşanın bile kafasına iskemleyi indirmiş adam!"

Bu konuşmaları hatırlayan kadın içini çekti. Reşit, kocası, küçük tanrısıydı ya, ayıp olmasa da bir kez de Cemşir Ağa'sından sorsaydı. Lakin sorulmazdı, ayıp olurdu herhalde. Kim bilir, belki de, "Avrat sevincik oldu. Suyu görmeden paçaları çemirliyor!" diye düşünebilirdi. Der miydi acaba? Demezdi belki de be. Vallaha billaha demezdi!

Biraz da elinde olmayarak soruverdi:

"Öyle mi ağa? Bizi de çiftliğe götürür müsün gayri?"

Cemşir güldü:

"Bak hele bak!"

Kadının içinde sevinç şimşekleri:

"Sağ ol. Reşit dediydi ki, Cemşir Ağa gibi yok. Cemşir Ağa beni kardaşından ziyade sever dediydi... Çiftlikte dağ taş koyun, keçi, kuzu olur tabii değil mi? Reşit dediydi..."

"Doğru demiş, tabii olur. Sözü mü olur koyunun, kuzunun kız? İstediğin koyun, kuzu olsun bre bacı..."

"Diline sağlık!"

Şimdi içi rahatlamıştı işte. Gerçi kocasının dediklerine de inanmıştı ama Cemşir Ağa'sının pekiştirmesi tabii daha da rahatlatmıştı.

Kapı önündeki faytoncunun hırslı hırslı zil sesi geldi.

Cemşir pencereden baktı.

Arabacıyla bakışları karşılaştı! Adam, "Daha bekleyecek miyiz arkadaş?" dedi.

Cemşir unutmuştu, davranıp kalktı. Kadın da kalktı:

"Nereye?"

"Gitmem lazım bacı. Arabacı huysuzlandı."

"Bir kahvemi bile içmedin."

"Ziyade olsun. Yadırgı mıyız? Haydi hoşça kal!"

"Güle güle. Sağlıcakla git..."

Kapıdan yolcu edip kocasının sırtüstü uzanmış derin derin horladığı sedirin yanına geldi. Çöktü. Bitişikteki tuvalete birinin girdiğini anlayarak o yana baktı. Tuvalet duvarın ötesindeydi. Gece gündüz pis pis kokardı. Ama alışmışlardı kokuya da, genç, yaşlı kadın, erkeklerin girip çıkmasına da. Aklında, henüz görmediği ama olması gerektiğince yaşattığı Muzaffer Bey çiftliği. Bu çiftliğin irili ufaklı, saz ya da kiremit örtülü çatıları, çatıların altında kıvıl kıvıl insanlar vardı kuşkusuz, ama o, ne insanları, ne de bir çiftliği çiftlik yapan şeyleri düşünüyordu. Onun düşündüğü koyunlar, kuzulardı. Hem de dağ taş dolu koyun kuzu. Koyun, kuzu, koyunlar kuzular evet, ama bu koyunlarla kuzular arasında onun ölen kuzusu gibisi var mıydı? Olabilir miydi? O başkaydı. Ama kim bilir belki de öylesi de bulunurdu be! Dağ taş koyun kuzuydu çiftlik madem, neden bulunmasın?

Tuvaletten yaşlı bir kadının boğula tıkana öksürüğü gelmeye başladı. Anladı kim olduğunu. Çünkü bu yaşlı kadını anasına benzetirdi. Boyu bosu, öksürüp aksırması tıpkı tıpkısına anasıydı. Anasıydı ama, anasını görmüş müydü? Ne gezer? Görmemişti ya, şu bir duvar ötedeki tuvalette öksürüp duran yaşlı kadını gördükçe, "Anam herhalde bu kadın gibiydi!" diye geçirmişti.

İçini çekti.

Çokluk olduğunca, gene, "Bir anam olmalıydı!" diye geçirdi. Öyle istiyordu ki bunu. Bir anası olsaydı, şu bir duvar ötedeki helada öksüren kadın gibi de olmasaydı, isterse, kırış kırış, bir gözü kör, bir bacağı sakat... Yatalak olsundu isterse de yerinden kalkamasındı. Sadece, "Kızım!" desin, "Yavrum!" desindi arada yeter. Aklı memleketine gitti. Yıllar yılı, zaman zaman tasarlamaya çalıştığı memleketi... Bağlık, bahçelik, büyük, çok büyük bir köy. Köyün kıyısından geçen bir dere hatırlar çokluk. Köy çocuklarıyla bu derenin çipil sularında koşar oynarlardı. O çocuklar kimlerin çocuklarıydı? Şimdi neredeydiler? Yalın ayakları çamur içinde, entarisinin etekleri sırılsıklam gelirdi eve. Evde uzun boylu, kuru mu kuru bir kadın karşılardı. Kızını öyle sırılsıklam görünce bağırıp çağırır, kıçına kıçına vurarak ıslak entarisini değiştirirdi. Bu kadın mıydı annesi? Yüzü nasıldı? Mezarı o köyde miydi? Günün birinde çiftliğe yerleşip zengin olsalar da, Reşit bir gün, "Haydi avrat, hazırlan. Seni köyüne götüreceğim," dese? Gitseler, orda akrabalarını bulsa, örneğin kardeşlerini... Kardeşleri değilse bile, bir erkek kardeşi neden olmasın?

Zaman zaman düşündüğünce bir erkek kardeş hayallerdi. Yüzü pek belli değildi, ama iriyarı, güçlü kuvvetli, aslan gibi bir kardeş, belki de kendinden büyük bir ağa. Enine, boyuna... Yavaş yavaş bu yüz belirmeye başladı. Bu yüz, Elci Cemşir'in yüzü müydü ne?

İrkildi.

"Bismillahirrahmanirrahim..." dedi, Cemşir Ağa'nın yüzü kaybolmuştu. Kalktı, kapıya gitti, avluya baktı. Bakıyor, görmüyordu. Görüyordu, ama gerçekten de, Cemşir Ağa gibi bir ağası olamaz mıydı?

Komşular, kapının açılıp kadının gözükmesini beklerlermişçesine, merdiveni birer ikişer çıkıp geldiler. Çekinerek çevresini aldılar. Ne vardı? Allah göstermesin, Reşit Ağa'nın başında bir hâl mi sakın? Hastalanmış mı? Yoksa birisiyle ileri geri mi etmişti? Etmişse niçin etmişti? Alacak malacak meselesi mi? Olur a, sinek pis değil, mide bulandırırdı. Küçük bir alacağı olur. Borçlusuyla karşılaşır. İster. Zaman tevatür azdığı için, herif durup dururken ağzını bozar. Hiç yoktan kapışırlar... Biraz da canı sıkılarak toptan yanıtladı:

"Ne alacak verecek, ne kavga, ne de bir şey şükür."

İyi ama neden serilmiş yatıyordu adam ya?

Baklayı çıkardı:

"Şu hani tarlalarında çapa çapaladığınız, kütlülerini devşirdiğiniz çiftçi Muzaffer Bey yok mu?"

Vardı, biliyorlardı. Nasıl bilmezlerdi Muzaffer Bey'i! Onu kim bilip tanımazdı! İriyarı, enine boyuna bir adamdı ki, tarlalarını pırıl pırıl hususiyle gezip dolaşır, zaman zaman da ırgatbaşını çağırıp açardı ağzını yumardı gözünü. Bir de, güzelce oynak ırgat karılar, kıs kıs gülerek, eline eteğine olan pisliğinden söz ederlerdi. Avradı gözüne kestirdi mi, tamamdı. Bileğinden sürüklerdi çiğit ambarı mı olur, dere içi mi, fundalığın ardı mı...

"E, n'olmuş Muzaffer Bey'e?"

"N'olacak? Atmış arabasına bizim Reşit Efendi'yi, almış çiftliğine götürmüş... Erkek değiller mi? Karşılıklı oturup çekmişler kafayı. Bizimki, sağ olsun, biraz fazlaca kaçırmış..."

Anlaşılmıştı mesele. Kadınlar hasetle bakıştılar. Büyük çiftçi Muzaffer Bey, demek arabasına atıp çiftliğine götürmüş? Demek öylesine büyük ve zengin adam, Reşit Efendi'yi karşısına alıp rakı içmişti ha?

Kupkuru bir kadın, "Allah versin," dedi. "Reşit Efendi'nin işi iş desene."

Bir başkası:

"İş ki iş!"

"Muzaffer Bey gibi ahbabı olduktan sonra..."

"Sırtı yere mi gelir adamın?"

"Acıyan bize acısın..."

Reşit'in karısı nedenini gayet iyi bildiği hâlde, gene de sordu:

"Niye?"

"Niyesi var mı?" dedi kuru kadın. "Bizim soğan erkekleri ne Muzaffer Bey gibi hatırlı zenginlerle rakı içebilirler ne de bir şey. Onlara varsa ırgatlık, yoksa amelelik!"

Kadının koltukları kabardı:

"Yook, o cihetten bizim Reşit Efendi doğrusu Allah içindir. Çiftçiler, böyük böyük adamlar hatırını dirhem dirhem sayarlar. Niye? Lafi sözü dinlenir de ondan."

Ve madem ok yaydan çıkmıştı, atışın ardını getirmeye başladı:

"Muzaffer Bey demiş ki, içki sırasında, Reşit Efendi demiş, gördüm gördüm ya senin gibisini görmedim, demiş. Niye, diye sormuş bizimki. Akıl sende, görgü, feraset, bilgi sende demiş!"

İnanmıyorlardı, mümkün değil inanmıyor, inanamıyorlardı. O, bastığı yeri titreten, enine boyuna adam, sıska Reşit'e böyle desin? İmkânı yoktu. Hem herif hâlâ serilmiş yatıyordu. Ayılmamıştı ki karısıyla konuşmuş, Muzaffer Bey bana böyle böyle dedi desin!

Sordular.

Kadın fena yakalanmıştı ama çabucak toparlandı. "Cemşir Ağa anlattı. Bizimkinden duymadım. Zaten böyle şeylerin lafını etmez. Marifetlerini ellerden duyarım, sorarım da kızar. Kendimi övmeyi sevmem der!"

İçler çekildi, hasetler depreşip kabardı. Bunu sezen, sezmesiyle de sevinci artan kadın, son darbeyi vurdu:

"Biz yakında Muzaffer Bey'in çiftliğine yerleşeceğiz!"

Darbe korkunçtu.

"Yaa?"

"Demek yerleşeceksiniz?"

"Vay talih, gözün çıksın talih..."

"?.."

"..."

Sözü yeniden aldı:

"Hem yerleşeceğiz, hem de Reşit Efendi beni memleketime gönderecek, gezmeye!"

Çevre büsbütün şaştı:

"Ne memleketi kız?"

Göğsünü gere gere:

"Doğduğum memleket!"

"Orda kimin kimsen var mı?"

"Olmaz mı? Yer yarığından çıkmadım ya? Elbet kimim de var, kimsem de..."

Bunca yıllık komşuydular, bir günden bir güne duymamışlardı bunu.

"... Anam da var, babam da şükür. Yalnız anam babam değil, aslan gibi kardaşlarım, emmilerim, dayılarım, çifte çifte halalarım..."

Coşmuştu. Anlatacaktı, daha daha anlatacaktı ya, kıskançlıklar da ayaklanacağı kadar ayaklanmıştı.

"Peki, bunca yıl ne demeye aramadılar seni?"

Doğru, dosdoğru bir soruydu hakçası ama, gene de kızdı o kuru karıya. Kan tepesine çıktı. Niye inanmıyorlardı anlattıklarına? Yalan mı söylüyordu? Yalan söylese bile, ne diye yüzüne vururcasına davranıyorlardı? Hep böyleydi bu pis cenabetler işte. İnsanı gözleriyle yerler, bir laf söyleyince kolay kolay inanmazlar, inanmak istemezlerdi. Sonra çok da geçimsizdiler. Bütün gün birbirlerini çekiştirir, hırlaşır dururlardı. Bıkmış usanmıştı bu mahalleden de, bu mahallenin insanlarından da. Nasıl dayanabilmişti bunca yıl bu pis insanlarla komşuluğa? Yakında, Muzaffer Bey çiftliğine göçerlerse, kurtulacaktı. Böylesine pis mahallede, sefil, perişan, üstelik dedikoducu komşularla burun buruna oturulur muydu?

Bir dudak büküşüyle topunu küçümseyip odasına çekildi. Kapıyı yüzlerine örttü.

Dışarda kalanlar hiç de şaşmadılar, kızmadılar da.

Portakalcının kuru karısı, eliyle, "nah sana" yaptı.

13

Raftaki çalar saat akşamın altısını gösteriyordu.

Hâlâ sinirli Güllü, beyaz perdesi inik pencere önüne oturmuş, Berber Reşit'in söylediği "devlet kuşu"nu düşünüyordu. Neydi bu? Koca mı? Herhalde. İyi ama ona neydi bundan? Koca isteyen mi vardı? Anası, babası, kardeşi, yakın uzak yığınla hısım akrabası dururken. Reşit Emmi ne diye uğraşıyordu? Yoksa bunda çıkarı mı vardı?

Sıkıntılı bir iç geçirdi.

Ufacık ufacık gözleri birbirine çok yakın bu kupkuru adamı oldubitti hiç mi hiç sevememişti. Ta çocukluğundan beri ne zaman görse iğrenme karışık bir duyguyla yüzü asılır, kaçmak gelirdi içinden. Kanı kaynamamıştı bir türlü. Zaman zaman "Reşit Emmi" diyordu, ama öylesine... Hani günün birinde çaresiz kalsa onu hiç acımadan boğup öldürebilirdi. En çok da babasına şaşıyordu... Ne bulmuştu bu kuru bamyadan? Ona karşı nefreti de bu yüzdendi ya! Yıllar yılı yularını ona kaptırmış, emrine girmişti adeta. "Cemşir gel!", "Cemşir git!", "Cemşir rakı içek mi?", "Cemşir şöyle", "Cemşir böyle"... Sanki ondan yiyip içtiği vardı dağ gibi babasının. Reşit'in tiryakisi olmuştu basbayağı. Gece Reşit, gündüz Reşit, yatarken Reşit, sabahleyin uyanınca Reşit, hep Reşit!

Yanına annesinin sokulduğuna dikkat bile etmedi.

Kadın çekinerek sordu:

"Ne düşünüyorsun yavrum?"

Usullacık baktı. Yalnız annesini seviyordu Güllü. Yalnız sevmek değil, acıyordu da ona. Babası da, ağası da çok kötü davranıyorlardı. Ne zaman yumruklarını kaldırıp üstüne yürüseler, Güllü atmaca gibi yetişir, babasını da, ağasını da göğüsleyiverirdi. Göğüsleyiverince kesesine mi kalırdı? Ne gezer? Anasından alınamayanı kızından almak istercesine ona saldırırlar, iter kakar, sümsüklerlerdi. Çokluk tokat yediği bile olurdu ya, aldırış etmezdi. Babası haydi neyse. Babaydı. El kaldırıp vurmaya hakkı vardı. Kopuk ağasına ne oluyordu? Babası mıydı? Anası mı? Hiç, hiçbir şeyi değildi pis köpek. Dünyaya bir, pek pek iki yıl önce gelmişse ne olmuştu yani? Dünyaya daha önce gelmek marifetse, utanmadan, utanma ne kelime, Allah'tan korkup vicdanı sızlamadan el kaldırdığı anası da ondan yıllarca önce gelmişti dünyaya. Demek dünyaya önce gelmenin hiç mi hiç önemi yoktu. Bileğinin gücüne güvenerek, onu doğuran anasına bile el kaldırabiliyordu madem, Güllü de ona kaldırırdı işte!..

Yüzü nefretle buruştu. "Pis!" diye geçirdi. "Sevmiyorum, günahım kadar, hatta hatta Reşit Emmi kadar bile sevmiyorum seni!"

O kadar sevmiyordu ki, gözlerinin önünde lokma lokma doğrasalar kılı bile kıpırdamazdı.

Çocukluk yıllarını hatırladı.

O yıllarda ne iyiydi... Kız kardeşini mahallenin haşarı oğlanlarına karşı korur, eline bir lokma bir şey geçse yarısını bacısına vermeden edemezdi. Fırtınaların uğuldadığı, yağmurların ortalığı sele verdiği karanlık kış günlerinde birlikte Seyhan Nehri'ne giderlerdi çalı çırpı, odun toplamak için. Köpüre köpüre, kıyılarını döve döve akan deli nehrin sürükleyip getirdiği ağaç kütükleri, tahta parçaları, çalı çırpıyı yakalamak için soyunur, azgın sulara girer, saatlerce uğraşırdı nehirde. Sonra sırılsıklam, bacısının yardımıyla, kan tere batarak odunlarla ötekileri eve getirirdi.

Eve kan tere batmış gelmez mi, Güllü dayanamaz, boynuna sarılırdı ağasının. Terli kıpkırmızı yüzünü öpücüklere boğar, ıslak üst başını değişmesine yardım eder, çay kaynatır, boyuna terleyen alnını eteğiyle siler, arkasına kuru bez yatırırdı.

Birinde, ağır bir ağaç kütüğünün altında saatlerce yürüyüp ter burnundan damlayarak eve gelmişti. Tam sokak kapısından içeri girerken, ayağı eşiğe takılmış, yuvarlanmış, dizleri, avuçları kan içinde kalmıştı da ona nasıl acımış, nasıl ağlamıştı!

Kafasında gene ağasının o günkü kanlı hâli canlanmıştı. Acıdı ona. Gözlerinin önünde lokma lokma doğrasalar acıyıp acımayacağını düşündü. Acırdı acırdı, istemezdi ağasının lokma lokma doğranmasını. Yalnız ağasını değil, hiç kimsenin!

Annesine yeniden baktı: Boynunu bükmüş, melül, mahzun oturuyordu. İçine dokundu. Yüreği birden öyle kabardı ki, boynuna sarıldı.

"Anneciğim, niye öyle acı acı bakıyorsun?"

Kadın şaştı:

"Ben mi?"

"Sen tabii. Kara kara bakıyorsun, içime dokundu!"

Kadın ne türlü baktığının farkında bile değildi ama, demek kızının içine dokunmuştu bu?

Kızına sarılıp onu yüklü göğsünün üstünde sıktı:

"Yavrum," dedi Boşnakça. "Güllü'm benim!"

Güllü birden pirelendi. Annesinin kara kara bakışı, "Yavrum benim. Güllü'm!" derken gözlerinden yuvarlanan damlaları yadırgadı. Değişmiş miydi annesi; yoksa değişiyor muydu? Değişmiş ya da değişiyorduysa neden? Kızının başında dolanmakta olan bir şeylerden haberliydi de ona acıyor muydu?

Annesini iki omuzundan sımsıkı tutarak kendinden uzaklaştırdı. Gözlerinin ta içine bakarak sordu:

"Ne o? Ağlıyor musun ne?"

Kadın boşandı, hıçkırıyordu. Tuhaftı, hem de çok tuhaf. Annesini hiçbir zaman böyle zayıf gördüğünü hatırlamıyordu. Kuşkusu arttı. Bir şeyler biliyordu herhalde. Bilmese ara sıra neden kara kara baksın, niçin ağlasındı? Arap Kemal'le seviştiğini, ondan başkasına mümkün değil varmayacağını biliyordu. Yoksa babası akşam yeni bir teklifle mi gelmişti? Neden olmasın? Gelebilir, kadına kesin emirler verebilirdi. Kadın iki cami arasında kalarak ne yapacağını şaşırır, şaşırınca da...

Oysa Güllü'nün düşündüğünce, kadının bir şeyler bildiği yoktu henüz. Bildiği, Güllü'nün de öteki ablaları gibi, istese de istemese de satılacağıydı. Ama şu anda bunu düşündüğü için kızına melül, mahzun, kara kara bakıp ağlamamıştı. Ağlaması, yetişip gelen kızının belki de bu yakınlarda babası tarafından satılığa çıkarılmak istenmesineydi. Cemşir'di bu. Aklı hükmetti mi, Reşit'e danışır, o da, "Çok münasip!" dedi mi, artık caymazdı vardığı karardan. Kız ise daha çok cumartesileri paydostan sonra ayna karşısında uzun uzun taranıyor, Arap oğluna daha güzel görünmek için sürüp sürüştürmese bile, boynunu boğazını kolonya, pamukla siliyordu. Ne yapsa boştu oysa. Cemşir kızını birine satmak isteyecek de, kız karşı koyacak, babasının satmak istediğine varmayacaktı ha? Buna pek de imkân yoktu ya, kız, herhalde böyle bir şey karşısında dayatıp direnecek, bu yüzden belki de sopa yiyecekti. Kadını üzen de buydu işte!

Dövmesindi kızını. Onun yerine kendisini dövsün, vurup bir yanını kırsın razıydı da, yavrusuna ilişmesindi. O mutlu olsundu o kadar!

"Ne o? Ağlıyor musun?" sorusuna anasının karşılık vermeyişine sinirlenen Güllü, sertçe sordu:

"Sana söylüyorum!"

Kadın çekinerek baktı.

"Ne var?"

"Niye ağlıyorsun?"

Boynunu büktü.

"Hiç."

Büsbütün kızdı.

"Hiç değil, var bir şey. O kuru bamyanın babamı vakitsiz araması boş değildi. Söyle ne var? Niye aradı babamı?"

"Vallahi hiçbir şey bilmiyorum kızım. İçim kabardı..."

"Bir insanın durup dururken içi boşuna kabarmaz. Söyle!"

"Gözüm çıksın ki bir şey yok yavrum..."

Gene de, "Kuru bamyanın," dedi, "babamı öyle vakitsiz aramasında bir iş var! Sen istediğin kadar sakla. Başıma devlet kuşu konacakmış."

Ve kesinlikle ekledi:

"Bana bak: Böyle bir şey varsa, yahut olur da babam beni de üvey ablalarım gibi satmaya kalkarsa, araya girme, karışma benim işime anladın mı? Benim yüzümden kötü kişi olursun, sonunda kabak senin başında patlar!"

"?.."

"Dillerinin altında ne varsa gelsin benimle kendileri konuşsun. Babam sana böyle böyle, kızla konuş derse, git kendin konuş, de. Oldu mu?"

Kadın ürktü. Hani olabilirdi böyle bir şey de, kocası git Güllü'yle konuş filan derdi.

"Peki, böyle bir şey olsa... Ne yapmak niyetindesin?"

"Ne yapacağımı bilirim ben. Sen araya girme!"

Kadın korkmaya başlamıştı. Babayla kızın arasına girmek istemezdi ama, kocası onu keyfine bırakırsa.

Güllü sözlerinin ardını getirdi:

"Şu hâline bak! Gök çürük içindesin. Ne hakları var? Hele oğlun olacak kopuk... Bir günden bir güne al şunu harca ana dedi mi? Parası mı yok? Kafayı çekmeye buluyor. Sonra, müdürün o...usu... El âlemin dediğine göre, karı yemiyor yediriyormuş. Parayla oynuyor tekmil be!"

Güllü doğru söylüyordu. Bir günden bir güne, evlat olup da, "Anacığım, al şunu harçlık et!" dememişti.

"Allah'a taparcasına tapıyorsun onlara. Sen değil sadece, analıklarım da... Nedir bu korku? Nelerinden korkuyorsunuz?"

Kadın yaşlı gözlerini kızına kaldırdı:

"Erkek, karısının küçük tanrısıdır yavrum!"

Tepesi attı:

"Nee? Küçük tanrısı mı?"

"Evet. Küçük tanrısı!"

"Babamla Hamza Ağam senin küçük tanrıların mı demek?"

"Baban. Hamza değil."

Güllü, bütün küçük tanrılara bir erkek gibi sövdü. Sonra, "Onlar erkekse," dedi, "biz de kadınız. Kadın olduksa erkeklerin esiri, kulu olmadık. Ama sizin gibi kadınlara müstahak. İçer, sıçar, her bir haltı karıştırır, ırz namus tanımazlar, kazançlarınızı ellerinizden alırlar, sonra da, küçük tanrı!.. Ben tanrı manrı bilmem. Sen sensin, ben de ben. Sayarlar hatırımı, sayarım hatırlarını. Saymıyorlar mı? Canları cehenneme. Hele telime dokunsunlar, kahpe dölüyüm beşlerine beş, ellerine taş!"

Kadın ürktü:

"Güllüüü?"

Sertçe:

"Ne var?"

"Bunun sonu iyi getirmez amma?"

"Sen tapıyorsun da iyi mi getiriyor? Pakize'ye bak. Feleğe şuncacık minneti yok karının. Ben de onun gibiyim. İki el bir baş içindir. Aha, iki elim var benim dç. Kocaya mocaya ihtiyacım yok!'"

Şaştı:

"Yok mu?"

Kesti attı:
"Yok!"
"Her cumartesi süslenip sinemaya gittiğin neyin nesi?"
Güllü, "O başka," dedi. "Onu seviyorum. Ama bir gün onunla evlenir, birlikte yaşar, yaşarken de huyu değişir, cart curta başlarsa..."
"Başlarsa?"
"Külahları değişiriz!"
Pakize'yi hatırlamıştı birden. Kemal'den cevap getirecek miydi acaba? Çünkü anasıyla konuşmuş olması gerekirdi şimdiye Kemal'in. Şayet iyi bir cevap getirirse, ağzından öpecekti onu. Hani iyi bir cevap gelmeliydi ki, eh. Ağzı bir kat daha havalanır, minneti bir kat daha kalmazdı babasına falan. Kafa tutardı be topuna!
Çeyrek saat sonra Pakize deli deli geldi. Yumruklarını, beline dayayarak çıkıştı:
"Kız tembel cenabet?"
Gülüverdi:
"Ne var?"
"Ananın dini!"
"Ne var bee?"
"İşe niye gelmedin?"
Güldü, "Babam göndermedi," dememek için, attı:
"Hastaydım."
"Hasta mıydın?"
"Hastaydım."
"Neyin vardı?"
"Başım ağrıyordu."
Pakize öykündü:
"Başım ağrıyordu... Hanımefendi, başı ağrıyormuş..."
"Vallahi başım ağrıyordu ha!"
Pakize, Güllü'nün annesine döndü:
"Doğru mu Meryem Teyze?"

Kadın, kızını yalancı çıkarmadı:

"Doğru kızım. Bütün gün yattı, yeni kalktı vallaha..."

"Öyleyse inandım."

Beyaz başörtüsünü atıp üç basamaklık merdiveni rüzgâr gibi çıktı. Gözleri ateş gibi yanıyordu. İşlerin yolunda olduğunu anlayan Güllü, arkadaşını elinden pencere önüne çekti, karşılıklı oturdular.

Güllü'nün annesi onları yalnız bırakmak için kalktı.

Güllü fısıltıyla, ama sabırsızca sordu:

"Ne haber?"

Pakize müjdeyi verdi:

"Tamam!"

Genç kızın içini müthiş bir sevinç çılgınca dolaştı:

"Hadi?"

"Valla."

"Ne dedi?"

"Ne diyecek? Anasıyla konuşmuş..."

"Konuşmuş ha? Ne demiş anası?"

Pakize gene yalancıktan kızdı:

"Ne demişse demiş. Oğlan diyor ki: Ne zaman isterse kaçıp gelsin. Başımın üstünde yeri var!"

Güllü gittikçe artan çılgın sevinciyle arkadaşının boynuna sarıldı, yanaklarını öptü öptü öptü.

Pakize bunalmışçasına, "Yeter," dedi, "yeter kız. Fellah oğluna bir şey kalmadı..."

Güllü'nün canı sıkıldı.

"Ne o?" dedi Pakize.

"Konuşma benimle!"

"Niye?"

"Fellah oğluymuş..."

"Değil mi?"

"Zıkkımın dibi!"

"Karnına."

"Senin karnına. Fellah, oğluymuş. Fellah çiftçi demek. Ne var?"

"Hiiiç. Madem çiftçi demek, niye kızıyorsun?"

"Kızıyorum işte, deme. İsterse Çingene olsun, makbulüm benim!"

Pakize gene yalancıktan davrandı:

"Başlarım senin istavrozundan şimdi ha... Ben gidiyorum!"

Elini tuttu:

"Nereye?"

"Nereyeyse nereye..."

"Küstün mü bana yani?"

"Küstüm."

Boynuna yeniden sarıldı:

"Yook bacıma benim. Küsmeee..."

"Peki, peki, bırak!"

"Küsmedin değil mi?"

"Küsmedim bırak, deli cenabet."

"Küsmedinse nereye gidiyorsun?"

Göz kırptı:

"Dostumun yanına!"

Güllü bir kahkaha attıktan sonra:

"Yeni mi bu da?"

"Tabii. Eskidiler mi tatları kaçıyor..."

"Kaçıncı numara bu?"

Omuz silkti:

"Ne bileyim ben? Kâtipliğim yok ki, defter tutmadım. Amasya'nın bardağı, biri olmazsa biri daha. Hadi hoşça kal!"

Hovardaca bir türküyü mırıldanarak merdiveni indi. Kapıda Güllü'nün annesiyle karşılaştı.

Kadın sordu:

"Gidiyor musun?"

"Gidiyorum teyze. Berelerin nasıl oldu?"

Kadın sıkıntıyla içini çekti, karşılık vermedi.

Pakize anlamıştı:

"Erkeğe bağlanıp taptın mı, şımarırlar, sonu da böyle olur işte."

Merdiven başındaki Güllü'ye döndü:

"Benden sana abla nasihati kız: Hiçbir eşşoğlu eşşeğin kahrını çekme. Hatırını sayarsa sen de say. Saymadı da cart curta başladı mı, kuyruğuna tenekeyi bağla, at tekmeyi!"

Güllü de tıpkı böyle düşünüyordu:

"O kadaar," dedi.

"Beni görüyorsun. Nasılım ben? Feleğe minnetim var mı? İki el bir boğaz için. Çalışıyorum da. Canım erkek mi istedi? Erkekten çok ne var? Birini gözüne kestirirsin. Tıpış tıpış gelir enayi. Bitti mi işin, hadi bakalım dersin, al palamarı, yallah!"

Güllü'yle annesinin kahkahaları arasında basıp gitti.

Güllü, annesine döndü:

"Gördün mü kadını... Nasıl? O da kadın, sen de, analıklarım da..."

Kadın gene de başını gururla kaldırdı:

"Baban gibi kocayı bulsun da kurtarsın kendini. O berber Reşit arada olmasa, babanız gibi baba yoktur amma, ne fayda. Benim kocam gibisini göremiyorum erkeklik bakımından!"

Güllü de Kemal'i hatırladı.

"Ben de benimki gibisini," dedi.

Anayla kız yeniden, heyecanla sarılıp öpüştüler. Güllü, aldığı müjdeden ötürü öylesine bir çılgın neşe içindeydi ki, yüksek bir yere çıkıp aldığı müjdeyi dünyaya avaz avaz haykırmak istiyordu. Kemal, "Başımın üstünde yeri var," demişti. Hiç kimseden korkusu yoktu artık. Babası, ağası, Berber Reşit... Vız gelir tırıs giderlerdi!

Gözlerinin içi alev alev parlıyordu.

Annesiyse, kapının ordan kızına bakıyor, onu böyle kabına sığmaz hâle getiren neşenin ne olabileceğini anlamaya çalışıyordu. Günlerdir hemen hemen tutuklanmıştı kız. Pakize'yse, Fellah oğlundan haber getirmiş olabilirdi. Gelen haber, kızını madem böylesine mutlu kılmıştı, varsın gelsindi. Kızının mutluluğu onun felaketi de olsa razıydı. Tek kızı sevinsin, kabına sığamasın, coşsun evinin içinde bülbül gibi şakısındı. Bunca yıldır karılık yapıyordu Cemşir'e. Öteki karıları da karılık yapmış, yığınla oğlan, kız doğurmuşlardı. Cemşir, öteki karılarından olma kızlarını inek satar gibi satmış, sattıktan sonra da unutuvermişti. Ama Güllü onlara benzemeyecekti besbelli. Varsın benzemesindi üvey ablalarına. Ötekiler babalarının karşısında gık dememişlerdi de ne olmuşlardı? Hiiç. Birkaç yıl, sonra başka başka kocalara varmışlar ya da ayakları kayıp genelevlere...

İçi titreyerek kızına baktı.

Hayır hayır, Güllü onlara hiç benzemeyecekti inşallah. Pek pek Pakize gibi, kendi başına buyruk, sevdiği, gönlünün çektiği erkekle yaşar, tıpkı tıpkısına Pakize gibi, usandı mı bağlardı kuyruğuna tenekeyi. Bağlasındı, canı sağ olsundu da bağlasındı itoğlu itlerin kuyruğuna tenekeyi... "Yazının ne idiği belirsizine var, dayağına küfürüne tahammül et, kazandığını teslim et avucuna. Bu daha mı iyi? Aferin Pakize'ye. Varsın Güllü de onun gibi, kemiğini kemirtmesin!"

Çalışan bir kadın için erkek, bulunmaz bir meta değildi. Erkek dediğin, karısının karnını doyurmalı, üstünü başını bütünlemeliydi. Karnını doyurmaz, üstünü başını bütünlemez, üstelik elindekini çekip alırsa, ne demeye çekmeliydi kahrını? Delilikti, ama ne fayda? Geçmişti kendinden artık. Onun yaşamı böyle gelmiş böyle gidecekti. Bari kızı kurtulsundu.

"Pakize doğru söylüyor kızım," dedi. "Onun dediğini tut. Erkeğine kemiğini kemirtme!"

Güllü'yse tamamıyla başka şey düşünüyordu: Madem "Başımın üstünde yeri var. Ne zaman isterse gelsin!" demişti, hiç vakit geçirmese miydi acaba?

Annesinin dediklerini anlamadı:

"Ne dedin?"

"Pakize'nin dediğini tut diyorum."
"Ne dediydi ki?"
"Erkeğine kemiğini kemirtme!"
Güllü birden anladı:
"Demek dediğime geldin?"
"Geldim kızım. Babandan başkası olsa, ben de Pakize gibi yapardım ama baban..."
Tepesi attı:
"Amaan sen de!"
"Niye?"
"Baban baban..."
İç geçirdi:
"Baban gibi erkek göremiyorum yavrum. Benim değil, herkesin gözü onda. Komşu kadınların bana nasıl imrendiğini de biliyorum. Hatta beni kıskananlar da var. Hem de taze kadınlar, kızlar... Bu da bana yeter. Baban benim küçük tanrım. İsterse beni çekip vursun, etimi lime lime doğrasın. Kanım helal ona!"
Güllü koştu annesinin boynuna sarıldı, öptü öptü. Hak veriyordu. Annesi, babasına karşı nasılsa, Güllü de Kemal'e karşı tıpkıydı. Annesini yüzde yüz anlayarak onun yıllardır alışkın olduğu kokusunu gene hazla kokladı, bir zamanlar emdiği iri memelerinin üstüne başını koydu. Daha çok da sevinçten, hıçkırmaya başladı.
Annesi ise coşmuştu:
"Seviyorum, hâlâ seviyorum babanı kızım. Onun karısı olmak az şey mi? Düşmanlarım çatır çatır çatlıyorlar. Bu da bana yeter. İsterse kemiklerimi kırsın!"
Kızının başını göğsü üzerinden kaldırıp önemle sordu:
"Öbür karılarının yanında niye yatmıyor?"
Güllü gülüverdi:
"Seni onlardan daha tatlı buluyor herhalde..."
"Tabii. Yoksa niye benimle yatsın?"
"Seviyor seni anacığım, seviyor!"

"Bu da bana yeter."

Güllü göz kırptı:

"Kemal de beni onun seni sevdiği gibi seviyor işte!"

Kadın, kızına anlayışla baktı.

Güllü, bunca yıldır tanıdığını sandığı annesinden neler de neler işitmişti. Tuhafı, böyle konuştuğunu işitmediği gibi, konuşabileceğini de sanmazdı. Kocasını hâlâ nasıl sevdiğini şimdi daha iyi anlıyordu. Demek babası bu kadar yakışıklı bir erkekti? Şimdiye dek buna da dikkat etmemişti. Babası onun için, iriyarı, kaba saba, kalın kaş, bıyıklı, iri yumruklu bir adamdı işte. Filmlerde gördüğü bu tip erkekler, amca, baba, dayı rollerine çıkıyor, jön rollerineyse daha çok Kemal'e benzeyen, ince uzun tipler konuluyordu ki, yakışıklı erkekler, başrollere konulan bu ince uzun, göbeksiz jönlere benzeyenlerdi.

"Erkek, karısının küçük tanrısıdır!" sözlerini hatırladı.

Gerçekten de Kemal neden onun küçük tanrısı olmasındı?

Annesini ıslak gözleriyle bırakıp pencere önüne gitti, dizleri üstüne oturdu.

Dar sokağa karanlıklar inmişti. Yalın ayaklı çocuklar sokağın alacakaranlığında bir kedi yavrusuyla oynuyorlardı.

Pencerenin beyaz perdesini indirip kalktı, gaz lambasını yaktı.

Evet evet, Kemal de onun küçük tanrısı olacaktı!

Odanın ortasında canlı bir soru gibi durdu. Şimdi ne yapmalıydı? Beklese mi, yoksa hemen haber gönderip yarından tezi yok, basıp gitse mi?

Nasıl gidecekti?

Gene Pakize'ye iş düşüyordu galiba. Haberi götürüp haber getirdikten sonra bir sabah ya da bir akşam, bohçasını kapıp, yallah!

Kendi kendine sordu:

"Yallah ama, nasıl? Neyle?"

Kafasında bir taksi canlandı. Kemal taksinin içindedir. Sabırsız, heyecanlı. Belki de hafif tertip sarhoş. Belki değil, sağlama içmiş olurdu. Birinde, "İnsan kafayı buldu mu daha cesur oluyor!" dediğini hatırladı. Onun için, o kebapçıda gene şarap içer, kafayı bulur, bir taksi çevirip girer, sözleşecekleri yerde onu beklerdi.

Birden heyecanlandı. Koltuğunda bohçası, beyaz başörtüsünü savura savura giderdi ona. O hemen davranır, arabanın kapısını açardı. Girerdi yanına. Taksi şoförü herhalde arkadaşı ya da hiç değilse tanışı olurdu, dönüp bakmadığı gibi, dikiz aynasını ayarlayıp da gözetlemezdi. Kemal koluna alırdı Güllü'yü. Güllü kendini bu sağlam kola bırakıverirdi. Hatta başını genç adamın göğsüne düşürür, yüreğinin çarpışını tatlı tatlı dinlerdi!

"Sinemadaki gibi!" diye mırıldandı. Kendini Kemal'in koluna yaslanmış düşünmekten gelen bir heyecanla titredi. Gözlerinin içi yanıyordu. Şimdi düşünürken böyleydi ya ona kaçtığı gün, takside, başını onun göğsüne düşürdüğü sıra?

"Dünya ne güzel... İyi ki doğdum, onu iyi ki sevdim!"

Bir kıyıya geçip oturdu.

Kemal'in içi nasırlı, kocaman eli koltukaltından kayıp göğsünü avuçlardı belki de. Tabii avuçlardı, durur muydu hiç? Sinemada bile, o kadar insanın içinde rahat durmazdı da, takside baş başa oldukları sıra... "Durmasın, varsın durmasın. Ne isterse yapsın. Onun değil miyim? O da benim küçük tanrım değil mi?"

Annesini arandı, yoktu. Az sonra alt evden birtakım bezlerle çıktı. Kaldığı yerden düşünmesini sürdürmek istediyse de olmalı. Annesiyle bakışları karşılaşınca da utandı. Sanki annesi aklından geçenleri okuyormuşçasına!

Kadın, kızının bu düşüncesini güçlendirir biçimde çapkın bir göz işareti yaptı:

"Ne düşünüyorsun?"

Şaşaladı:

"Hiiç."

"Aklından gene ne yaramazlıklar geçiyor?"

Büsbütün şaşaladı:

"Hiiiç valla..."

"Demek Kemal'i..."
Kesti attı:
"Evet, evet, evet!"
Sonra ayağa fırladı.
"İbrik nerde?"
"Ne yapacaksın?"
"Ayaklarımı yıkayacağım..."
"Alt evde."

Merdiveni bir solukta indi, alt eve girdi, ibriği alıp dışarı çıktı. Ortalık iyice kararmıştı. Avlunun sıra sıra odalarının pencerelerinde ışıklar yanmıştı. İçeri dışarı girip çıkanlar...

Yaşlı bir ses:
"Ooo... Adeeem!"

Bir çocuk gölgesi koşarak avludan içeri girdi.

Güllü elinde ibrik, dikiliyor; düşünüyordu: Sonra eve geliyorlardı taksiyle, Kemal'in anlattığına göre, evleri bahçelerin içindeymiş. Demek boy atmış kocaman kocaman ağaçların arasındaydı? Koltuğunda bohçası, Kemal'in ardında, birazcık suçlu, evden içeri girerdi. Kemal'in yaşlı annesi karşılar, elini uzatırdı. Bu eli, belki de mavi damarları fırlak bu kupkuru eli alır, heyecanla öper, alnına götürürdü. Sonra o da, yani Kemal'in annesi de, "gelini"ni kucaklar, alnından öperdi. Daha sonra herhalde bir masa başına geçerlerdi. Kızın kaçıp geleceğini bilen kadın mutlaka akşam için bir şeyler hazırlamış olurdu. Yemeklerini pek konuşmadan, ama Kemal'e sık sık kaçamak bakışlar atarak yerler, vakit gelince de...

Kafasında Pakize canlandı: İlk geceye dair neler anlatmıştı neler... Allah kızların canını yakmaktan zevk mi alıyordu? Alıyorsa, hıncı neydi kızlara?

İç geçirdi.

Ama o geceden sonra... Pakize, "Ondan sonra kervan geçer, yol olur!" demişti. Kâfir karı neler bildikten başka, öyle de tuhaf, insanı gülmekten katılacak biçimde konuşurdu ki!

"Sevdiğinle yatmak dünya cennetidir kız!"

Güldü.

"O gece"yi tasarlamaya çalıştı. Evleri tek gözden ibaretse, kaynanası nerde yatardı?

"Komşularda belki," dedi.

Sonra da omuz silkti:

"Nerde yatarsa yatsın, onu mu düşüneceğim?"

Düşünmek istemiyordu, ama henüz yüzünü bile görmediği kadın kafasına fena yerleşmiş, "o gece"yi istediğince düşünmesine bırakmıyordu. Nasıl kadındı acaba? Kemal, "Ufak tefek, kırış kırış..." demişti. Bütün yaşamı, hemen hemen tek gözden ibaret eviyle bahçesinde geçmişti. Belki de aksi bir kadındı da Kemal saklıyordu bu yanını. Kemal'i çok severmiş babasına benziyor diye, bu yüzden de oğluna inadına düşkünmüş. Oğullarına çok düşkün anaların, gelinlerini sevmediklerini söylemişti Pakize. Pakize'nin kaynanası öyleymiş. Gece yarısı çokluk odalarına girer, "Ben de burada sizin yanınızda yatacağım!" diye tuttururmuş. Ama Pakize takmazmış hiç. Birinde kapmış sopayı, yer misin yemez misin! Sakın Kemal'in annesi de bu biçim analardan olmasındı? Oğluna çok düşkün olduğuna göre, herhalde. Başörtüsüz gezdiğine, saçlarını kestirip kıvırttığına karışırsa külahları değişirlerdi bak. Hele karışsındı... "Vallaha Pakize gibi sopayı kaptım mı..."

Sokaktan bir sarhoş narası geçti.

Canım, kocakarıya gelin gitmiyordu ya! Oğluna. Oğlu karışsa da, "Başını ört" ya da "Saçlarını kestirip kıvırtmanı istemiyorum. Çok daha güzel oluyorsun, seni kıskanıyorum," dese bak giderdi hoşuna, ama anası? Karışmasındı. Bahçesi, sebzeleri, varsa meyveleriyle uğraşsındı. Nesine gerekti gelin, gelinin başı açık gezmesi, saçlarını kestirip kıvırtması, kıvırtmaması? Hoş, Kemal, "Anam bizimle oturamaz," demişti birinde. "Toprağından ayrılamaz o. Biz şehirde otururuz. Tutarız iki odalı bir ev ooooh!"

Tabii tabii, ayrı oturmalıydılar. O zaman ne iyi... İki odalı, şipşirin bir evceğiz. Sedir örtüleriyle perdelerini kendisi işleyecekti; tıpkı Pakize'ninki gibi. Mor pamukakiyle beyazı karıştırıp, dumanlı dumanlı çiçekler... Ya da Bankocu Kıymet'in perdeleri gibi... Kıymet'inkinde bir sıra tüfekli asker vardı...

Asker deyince... Kemal'i topçuya ayırmışlardı. Askere gidince Güllü yalnız kalacaktı. Ne yapardı? Yeniden fabrikaya mı girerdi? Yoksa, Kemal'in annesiyle... Hayır hayır, annesiyle oturmak istemezdi! Yeniden fabrikaya girmesi daha iyi olurdu. Paradan paraya kocasına harçlık gönderir, tatillerde de kaynanasını görmeye giderdi. Her gidişinde ona ufak tefek hediyeler götürür, geceyi yanında geçirir, sabahleyin de erken erken tutardı şehrin yolunu ki, böylesi daha iyiydi. Burun buruna olurlarsa birbirlerine çabucak doyar, birbirlerinden bıkıp usanırlar, başlardı dırıltı.

Ama Kemal askerden döndükten sonra... "Belki de ustabaşı olurum..." demişti. Olsa, oluverse. Kendisi de ustabaşı karısı. Şimdiki ustabaşının japone kollu karısı gibi. Saçlarını kestirip kıvırtır, onun gibi japone kollu giysiler, şapka bile giyerdi be! Ya dudaklarını boyayıp gözlerine sürme çekmesi? Boyanır, sürmelenir, pudralanır; şapka giyerdi işte. Kim karışabilirdi kocası istedikten sonra?

Ya bayramlarda küçük sıra ustalarıyla yağcılar, işçiler, küçük kâtiplerin bayramlaşmaya gelmeleri? Karılarıyla çekinerek gelir, ellerini sıkarlar; karşılarında ezile büzüle otururlardı. Bu arada tabii işsiz oğullarıyla kocaları için iş ricasında bulunanlar da olacaktı. O zaman şimdiki ustabaşının karısı gibi sorardı:

"Ne var hanım? Ne istiyorsan açık söyle!"

Yaşlı ya da genç kadın kızara bozara, ellerini ovalaya ovalaya, "Ah hanımefendi," derdi, "kocam altı aydır işsiz. Sıkıntı içindeyiz. Hasta çocuğumun ilacını bile alacak paramız yok!"

Ustabaşının karısı gibi sorardı:

"Peki ne yapmamı istiyorsunuz?"

"Beyinize söyleseniz de bir iş verse bizimkine..."

"Ne iş yapar kocanız?"

"Fabrikada ne iş olsa... Vallahi bugünden yarına yiyeceğimiz yok hanımefendi, inanın!"

Güldü.

"Hanımefendi" olacaktı, "Bey" karısı!

Kim bilir nasıl hasetle bakarlar, mahallede nasıl dedikodu ederlerdi! Etsinler, etsinlerdi be, cehennemin dibine kadar. "Hanımefendi olacağım, elbette olacağım. Çatlayın, patlayın, kıskançlıktan kendi kendinizi yiyin. Güllü Hanımefendi!"

Ama Güllü adı iyi değildi. "Güllü Hanımefendi." Hiç işitmemişti. Belki de değiştirirdi. Şimdiki ustabaşının karısının adı neydi?

Uzun uzun düşündü.

Birden buldu: Serap! Tamam. Serap Hanım. O da adını Serap olarak değiştirirdi. "Hanımefendiciğim, Serap Hanımefendi hazretleri... Beyinize lütfen söyleseniz de..."

İçinde birden gene Pakize!

Kâfir karı, ona Serap der miydi hiç? Hele Serap Hanımefendi? Dünya, dünyaya geçse demezdi. Belki de kıskanırdı o da başkaları gibi. Belki de değil sağlama. Omuz silkti.

Kıskanırsa kıskansındı. Konuşmayıverirdi daha olmazsa be. O zaman da dedikodu mu yapardı? "Ustabaşı karısı oldu diye burnu büyüdü" mü derdi? "Civciv, yumurtadan çıktı kabuğunu beğenmiyor" mu? Belki de demezdi ama, derse desindi isterse. Ne ihtiyacı olurdu o zaman Pakize'ye? Yeni yeni ahbaplar, yeni yeni bildik, gördük, tanıdık, eş, dost... Yeni ahbaplarla yeni yeni eş dostu gibi, yeni yepyeni ev eşyası satın aldırırdı kocasına. Yeni giysileri de olurdu ki, bütün bu yenilikler karşısında Pakize zaten olmazdı. Misafir hanımefendiler ne derlerdi sonra? "A... Serap Hanımefendi, doğrusu aşk olsun. Kim bu kaba saba işçi karısı? Size doğrusu hiç yakışmıyor! Nasıl tahammül ediyorsunuz?"

Gecenin derinliklerinde birden Hamza'nın narası!

İrkildi, kafasındakiler siliniverdi. Nara uzaklardan, ta uzaklardan geliyordu. İçine cam isi gibi bir sıkıntıdır çöktü. Geliyordu Allah'ın belası gene. Belki de babası, Reşit Emmi'si falan da birlikteydi. Zilzurna, cıvık mı cıvık...

"Allah kahretsin böyle insanları!"

O zaman bunların da ayağını keserdi evinden. Tabii keserdi. Koskoca bir ustabaşının evinde ne işi vardı böyle yılışık, kaba saba, zilzurna, terbiyesiz insanların?

Elinde ibrik, ayaklarını yıkamayı unutarak içeri girdi.

"Gözün aydın. Geliyor seninkiler!"

İbriği bırakıp yukarı çıktı. Ayaklarını yıkamamıştı, ama zararı yoktu. Kirli değillerdi. Utançtan ayak yıkama icadını çıkarmıştı, annesini oyalamak, dışarda rahat rahat düşünebilmek için.

Ani bir kararla döşeğini kucakladı, her zaman yattığı başköşeye götürüp attı.

"Ben bunların kahrını çekemem. Sorarlarsa hasta, vurdu kafayı yattı dersin!"

Annesi, "İyi ya," dedi. "İyi ama..."

"Aması maması yok. Ağızları leş gibi rakı kokuyordur gene. İstemiyorum. Beni uyandırmasınlar!"

"Bana göre hava hoş kızım. Ama bilmiyorum, böyle ilk akşamdan seni uyuturlar mı?"

Güllü kızdı:

"Ne karışıyorlar bana? Keyfimin kâhyası değiller ya!"

"Değiller, değiller ama..."

"Sen karışma. Araya da girmeye kalkma!"

Kadın boynunu büktü:

"Girmem yavrum."

"Girme. Ben yatayım da onlar da kaldırsınlar sıkıysa..."

Yatağını sinirli sinirli serip girdi. Yorganı tepesine çekti. "Ben yatayım da onlar da kaldırsınlar sıkıysa," dediği hâlde, babasından çok Hamza'nın tebelleş* olacağına hiç kuşkusu yoktu. Leş gibi kokan ağzıyla yanına gelecek, "Bacı, kız, bacı. Sen kimin bacısısın?" diye yorganı çekecek, el şakasına başlayacaktı.

---

* Musallat olmak.

İstemiyordu, sevmiyordu bu tür şakaları!

Hamza'nın yakınlarda patlayan yeni bir narası. Güllü'nün aklını başından aldı. "Pis cenabet!" diye homurdandı yorganın altında. "... Gözü çıkasıca..."

Fitil gibi Hamza'ysa keyiften uçuyordu. Bacısı, Ramazan Efendi'nin karısı olup çiftliğe yerleştikten sonra, Allahını şaşıracaktı dünyanın. Altında sekiz silindirli hususi, dosta düşmana karşı, allöööööş!

Bir ara, "Lan baba!" dedi.

Cemşir de en az oğlu kadar sarhoştu:

"Hı?"

"Sen kimin babasısın?"

"Oğlumun!"

"Bize yan bakana?"

"Yan takarız!"

Cemşir, oğlunun koluna girmiş, onu sımsıkı tutmaya çalışıyordu. Çalışıyordu ya, oğlan öyle sarhoştu ki, bıraksa yuvarlanacak, hemen de sızacaktı.

Bir ara babasının kulağına fısıldadı:

"Desene Reşit Emmi'de de iş yokmuş?"

"Yokmuş," dedi Cemşir.

"Ben nasılım? Benim içtiğim rakıyı içse... hı?"

"İçemez ki."

"Belle ki içti?"

"Bir hafta yerinden kalkamaz!"

Hamza memnun, babasının boynuna sarıldı:

"Öpecem seni baba!"

"Öp oğlum."

Yanaklarını öptü öptü.

"Baba!"

"Hı?"

"Ben kimin oğluyum?"

"Babanın."

"Babam kim benim? Adı ne?"

"Bilmiyor musun?"

Kızdı. "Lan baba, bak; bozulurum ha! Adı ne benim babamın?"

"Cemşir," dedi Cemşir, çaresiz.

"O kadar. Senin oğlun büyüyünce kim olacak?"

"Babası."

"Bize yan bakan var mı? Olabilir mi?"

"Olabilir mi hiç oğlum?"

"Olursa?"

"?.."

"Olur da yan bakarsa, yan takar mıyız?"

"Bak hele bak!"

"?.."

"..."

Sonra tehlikeli yalpalarla gene yürüdüler. Çamurlu, dar sokaklarda duvardan duvara yalpalayarak yürüyorlardı. Yürüyorlardı ya, aklı fikri asi kızındaydı. Bu kafayla açarlarsa açarlardı Güllü'ye. Açarlardı ya, nasıl? Nasıl açarlarsa uygun düşerdi? Doğrudan doğruya kıza mı açsalar, yoksa kızın anasına mı açsalar da, anası usulüyle... Çünkü madem Fellah oğlunda gözü vardı, belki de terslenir, artık eksik laf ederdi ki, Cemşir'den çok Hamza bozulabilir, bu suretle bir çuval incirin içine...

"Baba!"

"Emret."

"Sen kimin babasısın?"

"Yiğit oğlumun!"

Bir nara attıktan sonra bağırdı:

"Atalım atalıııım!"

Cemşir, yerliler gibi karşılık verdi:

"Nereyeee?"

"Herkesi sevdiğinin kucağınaaaa!"

İkisi iki yandan bağırdılar:

"Eheeeeeey!"

Yakınlarda bir ses, "Yaşaaa!" dedi.

Hamza peltek, sarhoş ağzıyla yapıştırdı:

"Sen de yaşa."

"Hep yaşayalım," dedi sahibi belirsiz ses.

"Yaşayalım," karşılığını verdi Hamza.

"Nasıl?"

"Nasırdı, yumuşadı!"

Ses kızdı:

"Ne o? Deveye mi binmişsin ne?"

Hamza da kızdı:

"Bindim, heye. Gel de indir!"

"İndirirsem bir daha kalkamazsın."

"Kalkmışı var!"

Korkunç bir ağız dalaşı için bu yetti de arttı da. Görünmez adamın sesi usulünce ana avrat sövdü. Hamza Allah kitap karıştırdı. "Erkeksen meydana çık!" dedi. Erkekti ama, itle köpekle dalaşacak vakti yoktu. Cemşir ne türlü diller dökse, Hamza'ya etki yapmıyor, basıyordu küfürü. Anlaşılan, sesin görünmez sahibini sahipleri içeri çektiler de Hamza kendi kendine bağırdı çağırdı, sövdü saydı. Sonunda baktı ki karşılık gelmiyor, gururu okşanarak, babasına, "Pes etti i..." dedi.

Babası çaresiz:

"Bak hele bak..."

"Etmese n'olurdu?"

"N'olacak, kan olurdu."

"Kim kaybederdi?"

"Oooo!"

Babasının "O!" değil de "Ooo!"su, Hamza'nın, gururunu büsbütün okşamıştı. Son bir Adana biçimi naradan sonra, "İsa'sını, Musa'sını, yedi göbek sonra gelecek zürriyetini İskender'in askeriyle..." diye, o biçim bir küfür patlattı. Karşılık alamayınca daha fazla durmanın gereksizliğine hükmederek, ama hazdan sarhoş, yürüdü.

Bütün bunlar olurken Cemşir, hâlâ meseleyi kızına ne türlü açması gerektiği üzerindeydi. Gece herkes yattıktan sonra karısına açardı. Derdi ki: "Kızın ağzını ara. Böylesine zengin bir çiftliğe gelin gitmek ister herhalde. İstemezse deli derim ona. Aklını peynir ekmekle yemiş derim!"

Ve fısıldardı:

"Üstelik bin kayme de başlık alacağız!"

İç geçirdi.

Şu sıra Reşit de olsaydı ah!.. Reşit de şu sıra yanlarında olsa, tadından yenmezdi hani. Çünkü, kendi yok, Allah'ı vardı, ne tür laf edilmesi gerektiğini bilirdi hakçası. "Herif yarım kiloluğun yarısını içince murt oldu be!" diye geçirdi. "Ben? Bense hem Reşit'le içtim, sonra da Hamza'yla devam ettim. Lakin iyi dayandım. Sarhoşum amma, kulak asma. Hamza gençken, benden beter. Onu idare etmeliyim. Yoksa bir çuval incir berbat olur!"

Hamza'nın koluna sımsıkı yapışmıştı. Çamurlara bata çıka yürüyor, arada korkunç yalpalarla allak bullak oluyorlardı.

Evlerinin bulunduğu avlu kapısına gelince Hamza durdu, sallandı, sonra yeni, zifir gibi bir nara attı:

"Oooooof Allah of!"

Deminki ses gibi sinirli biri karşılık verdi:

"Ohaaaa!"

Hamza adeta ayıldı. Allahlı kitaplı bir küfür savurduktan sonra, "Erkeksen meydana çık gav gav!" diye bağırdı.

Kışkırtıcı tınmadı bile:

"Ooooşt!"

"O kesiiik," dedi Hamza.

Babası kolundan sertçe çekip avluya sokmasaydı, kışkırtıcı, "Kesikse üstüne otur!" diyecek, Hamza çılgına dönecek, uzayacaktı. Zaten Güllü'nün anası kapıyı açmış, onları bekliyordu. Hamza hemen girmedi:

"Baba," dedi.

"Hı?"

"Lan baba?"
"Hı oğlum?"
"Efendim de lan Allahçı baba!"
"Efendim oğlum, emret!"
"Öldük mü biz?"
"Niye ölelim ciğerim, düşmanlar ölsün!"
"Madem ölmedik, niye o i...nin ağzının kayarını vermedik?"
Cemşir, oğlunun huyunu bildiği için alttan aldı:
"Yakışır mı? Herkes ne der?"
"Ne der?"
"Cemşir Ağa'nın yiğit oğlu, çoluğa çocuğa, ite köpeğe uyuyor der!"
Hamza sarhoş gözlerle babasına şöyle bir baktı. Aklına yatmıştı.
"Doğru," dedi. "Bizi ayıplarlar değil mi?"
"Bak hele bak..."
"Uyduğumuz bir adam olmalı, hı?"
"Değil mi ya?"
"Biz kiiiim, o kim?"
"Tabii yahu."
"Biz kimin hısımı olacağız?"
Cemşir bunu hatırlayınca gülümsedi, ama karşılık vermedi, oğlanı içeri sokmaya çalıştı. Sokamadı. Ayağını eşiğe dayamış, keçi gibi direniyor, girmek istemiyordu.
"Söyle," diye üsteledi, "kimin hısımı olacağız biz?"
Cemşir çaresiz, "Büyük çiftçi Muzaffer Bey'in," dedi.
"Kim Muzaffer Bey?"
"Vali paşanın kafasına iskemle indiren..."
Hamza, Muzaffer Bey'in şerefine yeni bir nara attıktan sonra içeri girdi. Oda sallanıyor, raftaki gaz lambası, tavan, döşeme, serili yatak geniş eğrilerle sanki yer değiştiriyorlardı.
Hamza merdiveni çıktı; tırabzana tutundu.
"Oooooof... Allaaaaaaah! Ben mi uçuyorum, ev mi sallanıyor?"

Birden serili yatak dikkatine çarptı:

"O yatan kim?"

Kendi kendini cevapladı:

"Güllü mü?"

Anne'nin yüreği ağzına geldi:

"Güllü," dedi. "Güllü yavrum."

Sendeledi:

"Yani bacım hı?"

"Bacın."

"Niye yatıyor?"

"Hasta, başı ağrıyormuş..."

"Niye ağrıyormuş?"

Yatağa doğru sendeleyen oğlunu önleyen anne, "Gitme," dedi, "bırak..."

"Onu kim hasta ettiyse söyle ana, söyle onu hasta edenin Allahını kitabını, yedi göbek sonraki zürriyetini..."

Odanın orta yerine gelmiş, sendeleyip duruyordu. Kadın, elinden geldiğince zapt etmeye çalışıyorsa da, genç adam ayakta duramıyordu. Anası tutmasa yuvarlanacaktı:

"... Söyle! Benim bacımı kim hasta etti? Biz öldük mü? Bize kim derler?"

Anasının kolları arasında, babasını arandı:

"Baba!"

Cemşir Ağa bir kıyıdan cevapladı.

"Buyur oğlum?"

"Söyle, bize kim derler?"

"Bize biz derler yavrum!"

"Bugüne bugün kâinata hükmetmiyor muyuz?"

"Ediyoruz oğlum."

"Bize yan bakana ne yaparız?"

"Yan takarız!"

"Bize kim yan bakabilir baba?"

"Kimse bakamaz!"

"Deminki gav gava niye uymadık?"
"Şerefimize yakışmazdı oğlum..."
"Yoksa?"
"Habibini şaşırırdık!"
"Şaşırırdık ki o kadar olur. Amma, duyuyon mu ana? Amma, bir düşündük, uyacağımız, adam değil. Uyduğun bir adam olmalı ki herkes ulan aşk olsun, aferin be desin!"
Sarhoşluktan buğulu gözleriyle babasını arandı:
"Çar çakala uymak bize yakışmaz değil mi baba?"
"Yakışmaz oğlum."
"Baba!"
"Babam?"
"Biz kime hısım olacağız?"
Cemşir akları kanlı, iri gözleriyle karısına baktı. Kadın iğne üstünde gibiydi.
Hamza tekrarladı:
"Kime hısım olacağız baba, söylesene! Söyle de anam duysun!"
Anasının boynuna sarıldı, yanağını öptü:
"Ana!"
"Anam?"
"Bil bakalım, biz kime hısım olacağız..."
"Bilmiyorum oğlum. Allah kime kısmet etmişse..."
"Çiftçi Muzaffer Bey'e be, Muzaffer Bey'e!"
Sendeledi. Anası zorla tuttu gene.
"Muzaffer Bey, de, orda dur! Bu memlekette çiftçilik dersen onda, kabadayılık dersen onda. Üstüne yok!"
Babasına döndü:
"Var mı baba?"
"Yok oğlum."
"Herif bir kızmış bilmem hangi paşaya, iskemleyi arkalığından bir tutmuş, demiş lan paşa, seni bana sayıyla mı verdiler? İskemleyi paşanın kafasına geçirince herifin Allahı şaşmış!"

Durdu, sözlerinin etkisini anlamak istercesine bir süre çevreyi dinledikten sonra, "Biz," dedi, "böyle bir soyluya hısım olacağız işte ana!"

Sendeledi. Sonra başını kaldırdı, gaz lambasına baktı:

"İ... lambaya hele... Mostra mı ne? Lan lamba, yerinde niye duramıyorsun lan? Vay Allahsız... Ana be, söyle şu lambaya yerinde dursun!"

Güllü'nün yatağına devrildi.

Kız tetikteydi, yorganın altında homurdandı. Hamza duymadı bereket versin. Duymadı ama, kız kardeşinin hastalığı aklına gelmişti gene. Yorganın ucunu kaldırdı:

"Bacı!"

"?.."

"Allahçı bacı, neyin var?"

"?.."

"Hı? Neyin var Allahçı?"

"?.."

"Sen kimin bacısısın? Cevap versene kız! Bak, yorganı çekiyor hasiyet... Bu yorgan böyle duracak işte!"

Güllü yeni bir homurtuyla yorganını gene sertçe çekip çıplak bacaklarını örtmek istediyse de Hamza bırakmadı:

"Kız çekme, çekme diyorum kız ha!"

Güllü gene de yorganın altına dertop olmuştu.

Hamza yeniden, sertçe çekip aldı yorganı:

"Çekme diyorum sana işte lan!"

Güllü öfkeyle fırladı yataktan, yorganını ağasının elinden çekip aldı:

"Bırak şunu be. Pis, kopuk!"

Hamza tokat yemişçesine öfkelenmişti:

"Nee? Pis mi? Kopuk mu? Bana ha?"

Araya babasıyla anası girip zorla kıyıya çektiler:

"Peki," diyordu, "peki Güllü... pis, kopuk hı? Peki. Senin değil, eniştemin hatırı olmasa senin feleğini şaşırırdım amma, onun hatırı!"

Güzel yüzü allak bullak olmuş, daha koyu bir sarhoşluğa yuvarlanmıştı. Karanlık bir sarhoşluğun uçurumuydu bu ki, her an artıyor, Hamza'yı konuşamaz hâle getiriyordu. Öyle bir an geldi ki karanlık sarhoşluğun dibine, ta dibine indi, orada sızıp kaldı.

Babası, karısına, "Yatağını ser," dedi.

Kadın geç kalmışçasına, emre uydu.

Cemşir, bunca yıllık yanında belki de ilk kez, şimdiye dek hiçbir çocuğuna yapmadığı bir şey yaptı: Kızının yatağı kıyısına oturdu, yorganının ucunu kaldırdı, Güllü'nün genç kız başını okşamaya başladı.

Güllü susuyordu. Kinle, sabırla susuyor, dişlerini sıkarak, kendini zorlayarak susuyordu. Bunca yıldır yüzüne bile bakmayan babasının, şimdi niye okşadığını anlıyordu. Hamza'nın az önceki sözlerinden de anlamıştı anlayacağını. Demek "devlet kuşu"ydu? Yakında satılacaktı!

Kinle, sabırla, nefretle içini çekti. Gösterecekti onlara "devlet kuşu"nu... Satacakları çiftçi, zengin, isterse vali, paşa, paşalar paşası olsundu. İstemiyordu. Dünya bir yana, Kemal bir yanaydı. Neyse ki tam zamanında haberi getirmişti Pakize. Bugün, bugün değilse, pek pek yarın, ne olacaksa olacaktı, işi düşünce gelmiş, başını okşamaya başlamıştı. Ya o Hamza iti? Bacım, seni kim hasta etti. Bacımmış. Zıkkımın dibi. Kim ettiyse etti. Her zaman gebersem sormazdın. İşiniz düştü diye, değil mi? Çocuk var karşınızda, gözü küllü var öyle ya...

Anası yatağını sermişti babasının. Kırık Türkçesiyle, "Haydi," dedi. "Yatağın hazır, buyur!"

Cemşir, kızının yatağı kıyısından kalktı. Karısıyla yardımlaşarak, oğlunu yatağına kaldırdıktan sonra kendi yatağına geçip bağdaş kurdu. Karısıyla yatarlardı. Ama şu sıra onun da başı fena dönüyordu. Midesi de bulanıyordu ya, aldırmıyordu. Çok içmişti, gerçekten her zamankinden çok fazla!

Soyunmaya başladı.

Karısı yardım ediyor, bu işi zevkle yapıyordu. Sonra, galiba kocası bugün ona her zamandan daha yakındı. Oğlunun ağzından kaçanlar üzerine bir şeyler sorup eşelese miydi? Vazgeçti. Kızı, "Aramıza girme. Kabak sonra senin başında patlar!" demişti.

Cemşir soyunmuş ama yatmıyor, yatakta oturuyordu. Arada gözü karısına kayıyor, düşünceli düşünceli bakıyor, sonra da gözlerini kızının yatağına çeviriyordu. Uyuyor muydu acaba? Az önce Hamza yorganını çekince, yataktan firlamıştı, ama yeniden devrildiğine göre, uykuya geçmiş olabilirdi. Belki de uyumuyordu.

Karısıyla göz göze geldiler.

Sordu:

"Uyuyor mu?"

Kadın kuşkuyla, "Bilmem," dedi.

Uyumadığını biliyordu oysa. Araya girmemek için yan çizmişti. Reşit ayılmış mıydı acaba? Ayılsa gelirdi herhalde. Ayılmadıysa... Çünkü adam fena çarpılmıştı. Bunca yıllık arkadaşıydı, onun böylesine içip yıkılacak kadar sarhoş olduğunu hiç anımsamıyordu!

Saat ona dek sigara üstüne sigara içerek bekledi. Kız uykuya geçerse, karısına müjdeyi verecekti. Yalnız, elden alacağı bin lirayı karıştıracak değildi. İki, üç yüzünü Reşit istemişti borç diye, ama geri vereceğini hiç sanmıyordu. "Borç" diye alır, sonra da unuturdu. "Unutursa unutsun," diye geçirdi. "O olmasaydı bu iş de olmazdı. Babamdan da, kardaşımdan da ileri. Feda olsun..."

Gecenin onunu çeyrek geçe, uykunun iyice bastırdığı sıra, karısına yavaşça sordu:

"Uyudu mu?"

Kadın döndü, baktı:

"Herhalde."

Uyumadığını, uyumayacağını biliyordu oysa.

Cemşir, "Beri gel," dedi.

Kadın yanına sokuldu. Cemşir, karısının elini tuttu. Bir süre bakıştılar. Kadın öylesine mutluydu ki, kızını, kızının sıkılamasını filan unutuvermişti. Kocasıyla yıllarca önceki gibi yan yana, diz dizeydi, eli adamın iki avucu arasında.

Adam karısının elini öptü:

"Kızına iyi bir kısmet çıktı!"

Kadın şaşmadı. Biliyordu, öğrenmişti. Kızı, kızına çıkan kısmet, şu, bu... Her şey vız gelirdi.

Eli kocasının avuçları arasındaydı ya!

Bu eli öpmüştü ya!

Cemşir'se hiç oralarda değil, anlatıyordu usul usul. İlkin ağır ağır başlamış, sonra sonra coşmuştu. Kızının yorgan altında, uyanık olması ihtimali, dinlemesi umurunda değildi. Güllü, o büyük çiftçinin yeğeniyle evlenirse hepsi kurtulacaklardı. Hele oğlanın dayısı Muzaffer Bey gözlerini yumup, onca mal, mülk yeğenine kalırsa tadından yenmezdi. Çiftlik, kızına kalmış sayılır, göçerler, yaşamlarının sonunda da olsa tam rahata kavuşurlardı. Bunun için de tek şart, kızın "Peki" demesiydi. Dedi mi, tamamdı.

Kızsa yorgan altında uyanık, çarpan yüreğiyle alabildiğine sinirli, kulak kesilmiş dinliyor, ne türlü davranması gerektiğine kararını vermiş, hiç sesini çıkarmıyordu. Kemal'e kaçacaktı!

O gece gördüğü palabıyıklı, çizmeli, soytarıya benzettiği büyük çiftçi yeğenine varmaktansa, kendini kaldırır ırmağa atardı. Hem gayet iyi anlıyordu, bu işi Berber Reşit parmaklamıştı. Bir çıkarı olmalıydı. Olmasa ne diye parmaklasın?

Bir sıra babasıyla anasının fısıldaşmalarını dinledi. Dinledi ya, işi asıl parmaklayan adam ne diye gelmemişti bu gece? Gelmesi, babasının sakalının altına girmesi, hatta anasının da aklını çelmesine yardım etmesi gerekirdi. Olağandı çünkü. Ne zaman böyle ya da buna benzer bir şeyler olsa da anasının aklı çelinmek istense, şıp, hemen gelir, başlardı diller dökmeye. Babası rakıyı yalnız oğluyla içmemişti herhalde, o da birlikte olmalıydı. "Cehennemin dibine kadar yolu var!" diye geçirdi. "... İster gelsin, ister gelmesin. Ben ne yapacağımı biliyorum!"

Kulak verdi. Babası anasına, "Yarın usulüyle aç," dedi.

Kadın direndi:

"Senin açman daha doğru olur!"

"Niye?"

"Ben beceremem, dilim dönmez. Senin bildiğin lafları ne bileyim ben?"

Cemşir'in hoşuna gitmişti. Yeni bir sigara yaktı. "İyi ya, ben açarım. Sabah olsun hele hayırlısıyla... Aklı varsa, peki der. Koca çiftliğin sahibi olacak. Attığı attık, tuttuğu tuttuk. Altında kız gibi araba. Hele Muzaffer Bey gözlerini yumdu mu... Onca mal, varı yoğu, tarla, çift, çubuk. Kıymetini bilirsek devlet kuşu. Mesele, kuşu ürkütmemekte!"

Yorgan altında sinirli sinirli gülen Güllü, "Yaşadınız!" diye geçirdi. "... İnşallah ürkütmezsiniz kuşu. Yarın olsun, hayrı da beraber gelsin. Koydunuzsa bulun yarın Güllü'yü!"

Karı koca, gece yarısına dek konuştular. İlk evlilik günlerinden bu yana yavaş yavaş unuttuğu şeydi bu, kadının. Herkesin imrenerek baktığı kocasıyla baş başaydı. Çatlasındı düşmanlar. Bir günün beyliği de beylikti ya!

Gece yarısına doğru Cemşir, sigarasını tablada ezip, oğlunun yanına devrildi. Yorgunluk, ağır gövdesinde seller gibi akıyor, fazlaca kaçırdığı içkiden midesi bulanıyordu. Gözlerini yumdu.

Kadın da lambayı üfleyip kızının yanına girdi. Güllü uyuyor muydu acaba? Dürttü. Güllü uyuyormuş gibi davrandığı için, karşılık vermedi. Kadın yeniden dürttü. Gene karşılık alamayınca, uyuduğuna inanarak üstelemedi. Üstelemedi ya, uyku da tutmuyordu. Değil ünlü, büyük çiftçi Muzaffer Bey'in yeğeni, isterse valinin yeğeni, hatta bizzat vali olsundu, kızın yanaşmayacağını biliyordu. O zaman ne olacaktı? Gerçi araya girmeyecekti, ama gene de bulaşmaması mümkün müydü? Kızı dövecekler, sövecekler, razı olmaya zorlayacaklardı. Kız ise inadım inat, Nuh diyecek, peygamber demeyecekti!

Bir yandan bir yana sıkıntıyla dönerken, "Oooof Allah of!" diye geçirdi. Gerçekten de iki cami arasında kalmışa dönmüştü. Esnedi. Gözlerinin yaşını yumruklarının tersiyle sildi, yeniden esnedi. Öyle uykusu vardı ki oysa!

Güllü sabahı sabah etmişti. Beyaz perde ışırken, yatağında doğruldu. Annesi, babası, babasının yanındaki kardeşi Hamza derin uykudaydılar. Usullacık kalktı. Tam zamanıydı. Ayaklarının uçlarına basarak yataktan çıktı. Çoraplarını, iş önlüğünü giydi. Sandıktan bohçasını aldı. Kedi sessizliğiyle merdiveni indi. Yeniden çevreye kulak verdi. Değişen hiçbir şey yoktu. Üçü de kim bilir kaçıncı uykudaydılar. İşe gidip gelirken giydiği beyaz keten lastik pabuçlarını ayaklarına çabucak geçirdi. Kapının paslı sürgüsünü usul usul çekerken, heyecanı son kertesine varmıştı. Sürgü hafifçe gıcırdadı. Aklı gittiyse de korkacak bir şey yoktu. Kanadı açıp alacakaranlığa süzüldü.

Ooooh... Kurtulmuştu!

Sabahın tertemiz havasını içine uzun uzun çekti. Kolaydı bundan ötesi. Bu saatte değişecek vardiya olmadığından, işçi mahallesi derin bir sessizlik içindeydi. Mahallenin bomboş sokaklarından yıldırım gibi geçip çamur içindeki caddeye çıktı. Aklına Pakize'yi takmıştı. Pakize'ye gidecek, üst yanını birlikte düşüneceklerdi.

***

Pakize, dünyadan habersiz, yeni tanıştığı parlak oğlanla koyun koyuna yatıyordu. Yorgan kaymıştı üzerlerinden. Kadının çıplak bacağı pencereden vuran kirli ışıkla aydınlanmıştı. Oda kapısı vurulunca, bacak kımıldadı. Kadın sırtüstü döndü. Kapı üst üste vurulunca, gözlerini açtı. Bir an, hiçbir şey görmeden sadece baktı.

Kapı yeniden, daha hızla vuruldu.

Kısık bir ses:

"Pakize, kız!"

Yataktan fırladı. Böyle sabah sabah kim olabilirdi?

"Pakizee!"

"Kim o?"

"Zıkkımın dibi..."

Anlamıştı.

"Sen misin kız?

Güllü, "Dert," dedi.

Şakacı kadın altta kalmadı:

"Karnına!"

Kapıyı çabucak açtı. Güllü'yü koltuğunda bohçasıyla görünce işi anlamıştı:

"Dur biraz!"

Yatağa koştu. Geceyi birlikte geçirdiği genç adamı şiddetle sarsmaya başladı. Bütün gece azgın karıyla boğuşmaktan yorgun adam, gözlerini zorla açtı:

"Ne o be, ne o?"

"Kalk, misafirim geldi!"

"Ne misafiri?"

Tepesi attı:

"Elinin körü. Ne misafiriymiş. Sana hesap mı vereceğim?"

"Sabah sabah..."

"Fazla konuşma. Burası otel değil. Beleş karı, beleş yatak... Bir de kafa tutuyor... Kalk hadi!"

Genç adam istemeye istemeye kalktı, giyindi... Boyuna esniyor, uykusundan bir türlü kurtulamıyordu. Kurtulamıyordu ya. Pakize'nin de genç adama içi gitmiyor değildi hani. Güçlü, kuvvetli, eline koluna sağlam, tuttuğu yeri koparan cinstendi. Gene de, "Oynama," diye çıkıştı. "Elini çabuk tut biraz. Misafirim kapıda bekliyor!"

"Misafirin erkek mi kadın mı?"

"Sana ne?"

"Hiiç, yani."

"Misafirim kız oğlan kız. Fabrika arkadaşım. Kusura bakma. Bu seferlik bu kadar olsun. Başka zaman..."

"Başka zaman da korkarım gece yarısında sepetlersin!"

"Yok yok. Her zaman böyle olmaz. Gene bekleyeceğim, gel ha!"

Genç adam bir sigara yakıp yolu tuttu.

Güllü, koltuğunda bohçası, odaya girdi:

"Kim bu kız?"

Pakize güldü:

"Anla işte..."

"Amasya'nın bardağı mı?"

"Tabii. Sen, ne vaziyet bu kız?"

Güllü bir çırpıda her şeyi anlattı.

Pakize, "Enayi," dedi.

"Niye?"

"Niyesi var mı? Koskoca çiftliğin hanımı olacaktın be!"

"İyi ama kızım, oğlanı görsen katıla katıla gülersin. Anlattıydım ya? Yumruk kadar. Koca bıyığı, çizmeleri, belindeki kuşağı muşağıyla kendini Zaloğlu belliyor. İnsan onu bir tokatta yıkar. Erkek dediğin güçlü olmalı. Sıska, çocuk gibi be. Yan yana sokağa çıksak herkes üstümüze güler!"

"Daha iyi ya kız. Nikâhın onun boynuna, bacakların..."

Gülüştüler.

Güllü, "Allah bana Kemal'den başkasını nasip etmez inşallah."

"Peki, n'olacak şimdi?"

"Ne bileyim ben?"

Pakize dudağını kemirerek şöyle bir düşündü. İşin şakası yoktu. Deli kız bohçasını kapıp kaçmıştı, ama kesesine bırakacaklar mıydı bakalım? Babası Cemşir, ağası Hamza, emmisi yerinde Berber Reşit... Kızlarını çatır çatır satmış, para canlısı Cemşir, Güllü gibi en alımlı, en güzel kızını Fellah oğluna beleşi beleşine yedirir miydi hiç? Üstelik Güllü'nün yaşı da küçük olduğundan, iş elbette karakola, ardından da mahkemeye düşecekti. Düşünce de Pakize'nin bile başının ağrımamasına imkân yoktu. Bir tarihte bir arkadaşı tıpkı böyle, bir kız kaçırmaya yardım etmişti de yakasını kurtarana dek başına gelmedik kalmamıştı. Onun için, nesine gerekti? Güllü, sevgilisine kaçacak diye, ağrımaz başını ne diye ağrıya sokacaktı?

"Bana bak," dedi.

Güllü baktı:

"Ne var?"

"Al bohçanı!"

Şaştı:

"Niye?"

"Niyesi yok. Hemen gidip Fellah oğlunu yolda bekleyelim!"

Güllü kızdı:

"Fellah oğlu mu?"

Pakize gülüverdi:

"Pardon. Dilim alışmış. Kusura bakma..."

"Ben burda bekleyim. Sen git, gör, anlat. Bir taksi getirsin."

"Olmaaaaz!"

"Niye olmuyormuş?"

"Birlikte gideceğiz."

"Benim burada kalmamdan korkuyor musun?"

Korktuğu hâlde, "Bana göre hava hoş kızım," dedi. "Ben seni düşünüyorum. Kaçtığının bombası patladı mı, akıllarına ilkin ben geleceğim. Gelince de şıp, buraya. Ananın haberi var mı?"

Güllü unutmuştu. Hatırlayınca kadına öyle acımaya başladı ki.

"Yok," dedi. "Haberi maberi yok fukaranın..."

"Desene avradı itlerle çuvala soktun?"

***

Saat beşe geliyordu. Güllü'nün annesi uyandı, esnedi. Birden Güllü'yü hatırladı. Kız yerinde yoktu!

İlkin umursamadı pek. Helaya gitmiş olabilirdi. Zaten oda kapısı da açıktı. Demek sabah sabah tuvalet için yatağından kalkmış, gitmiş, giderken de aceleden kapıyı örtmeyi unutmuştu. Önemli olan, bakalım kocası, kızına meseleyi nasıl açacaktı.

Nasıl açarsa açsın, babayla kızın arasına girmemeye çalışacak, sonunda kötü kişi olmaktan sakınacaktı.

"Ne hâlleri varsa görsünler. Zararları bana dokunmasın da..."

Kocasına baktı. Üzerinden yorgan kaymıştı. Uzanıp örttü. Herif iri bir camız gibi sırtüstü yatmış, öyle horluyordu ki. Bu biraz da başının yastıktan kaymış olmasındandı. Ya oğlu? O da tıpkı tıpkısına babasının küçük bir modeli, sırtüstü uzanmış, dişlerini kötü kötü gıcırdatarak uyuyor, arada anlaşılmayan bir şeyler söylüyordu.

Esnedi, öyle uykusu vardı ki. Vardı ama, uyanmıştı bir kez, yeniden uyuyamazdı. En iyisi kalkmalı, maltızı ya da gaz ocağını yakmalı, mor çaydanlığı üstüne oturtmalıydı. O zamana dek çaydanlık kaynar, kocasının kallavi sade kahvesini pişirir, eline tutuştururdu. Güllü de dönerdi o zamana tuvaletten.

Ah ah, kocası her zaman akşamki gibi olsaydı!

Kalktı. Derme çatma tahta merdivenden aşağı indi, bir maşrapa suyla elini yüzünü yıkadı, kurulandı. Akşamki gibi olsa her zaman, onu ilk evlendikleri yıllardakince sevecekti. O zaman dövmez, sövmez, gözünün üstünde kaşın var gibi bahaneler bulmazdı. "Karıcığım" diye sarıldı mı, güçlü kolları arasında kemiklerini çatırdatır, ona hiçbir zaman unutamadığı hazları verirdi.

Alt eve girdi. İri, mor çaydanlığı, gaz ocağını aldı. Yaktı. Çaydanlığı su doldurup ocağın üstüne oturttu. Sonra küllü su tenekesine su doldurdu. Çaydanlıktaki su kaynadıktan sonra küllü su tenekesini ocağa oturtur, çay içilinceye dek kaynardı. Kaynasındı. Kirli hayli çamaşır birikmişti, iki su yıkayıp avlunun paslı teneke duvarlarına sererdi.

Oda kapısına çıktı, kapının kenarına sırtıyla dayandı.

Sıravardiya göz göz odaların çepeçevre bulunduğu avluda ağırdan ağırdan hareket başlamıştı. Üçer beşer liraya kiralı, ayı inlerine benzeyen odalardan ceketleri omuzlarında erkekler boğula tıkana öksürerek çıkıyor, ellerini yüzlerini yıkamaya lüzum görmeden basıp gidiyorlardı. Yüzlerinden düşen bin parça, insan biçimine girmiş canlı birer küfüre benziyorlardı. İyi gıda alamamış ya da uykuya doyamamışlıkları yanında, işsizliğin verdiği sıkıntı her hâllerinden belli oluyordu. Sabah sabah nereye gidiyorlardı? Bildikleri yoktu ki! Şehrin çeşitli yerlerindeki insan pazarlarının kalabalığına karışacak ya sırt hamallığı ya da günübirliğine herhangi birer iş uydurup üçün beşin yoluna bakacaklardı. Çokluk bu da geçmiyordu ellerine. Hızla yükselen güneşin acı sıcağı ya da mevsim kışsa bardaklardan boşanan yağmurun altında sırılsıklam, aç acına bir çatı altı bulup sığınıyorlardı ki, sıkıntıları alabildiğine artıyor, gelip geçen pırıl pırıl hususilere öfkeyle bakıyorlardı. Akıl erdiremedikleri, madem bir Allah vardı, ne diye onlara süreli birer ırgatlığı çok görüyordu da, hususilere lüzumundan fazla önem yeriyordu? Hak mıydı bu? Adalet miydi? Çalışmaksa, işin en ağırına razıydılar. Yoktu, yoktu Allah belasını versin. Keyiflerinden mi sabah sabah tatlı uykularını bırakıp sokaklara döküldükleri? Yukarda bir Allah varsa, içlerini de biliyorsa apaçık bilmeliydi ki keyiflerinden değil. Ne tembeldiler ne de çalışmadan kazanıp yemekten yana. Kana kana çalışmak, karşılığında az buçuk bir şeyler ele geçirip çoluk çocuklarıyla yemek, uykuya ekmeğe doymak istiyorlardı. Buncacık şeyi bile çok görüyordu onlardan yukardaki!

Olmazdı, böyle Allahlık olmazdı işte!

Kocaları sabah sabah iş bulmak üzere evden çıkan kadınlarsa önce tuvalete koşuyor, sonra da ellerini yüzlerini yıkayıp ikişer üçer, bazen dörder beşer toplanıyor, ne konuştuklarının da pek seçisine varmadan, konuşuyorlardı. Konuşulanlar, erkeklerinin günlerdir işsizliği üzerindeydi çokluk. Bu gidişle ne yapacaklar, ne olacaklardı? Oğlanlar, kızlar bütün gün sokağın çamurlu ya da tozlu özgürlüğünde debelenmekten ya trahoma yakalanmış ya da ne olduğunu bilmedikleri yığınla hastalık içinde yüzüyor, geceleri ateş basıyordu. Elde avuçta paraları yoktu ki doktora götürsünlerdi. Haydi götürdüler diyelim, doktordu bu. Senin parasızlığını, kocanın işsizliğini dinlemezdi ki. Reçeteye yaz ha yaz ediyordu. Yazdıklarının her biri ateş pahasınaymış, alamazlarmış, alamayınca da çocukları elden avuçtan gider ya yataklarında ya da sokağın, kim bilir hangi köşesinde kıvrıla kalırlarmış...

"Tembelsiniz, pissiniz!" diyordu doktorlar çokluk. "Çocuklarınızı kapmış koyuvermişsiniz sokaklara. Kafalarınızda mikrop nosyonu yok. Mikrop efendim, mikrop... Bütün hastalıkların başı mikrop! Siz ise o mikropları önce kendiniz yaratıyor, sonra da adeta yarattığınız mikropların koynuna salıveriyorsunuz çocuklarınızı!"

Güllü'nün annesi, gittikçe kalabalıklaşan avlu halkının ta öbür baştaki tuvalete girebilmek için kuyruk hâlinde sıra beklediklerini görüyor, ama kızının hâlâ böyle bir tuvalette olamayacağını düşünmüyordu bile. Öyle de sıkışmıştı ki. Bacaklarını kısıyor, karnını bastırıyordu. Kadınlı, çoluk çocuklu upuzun bir kuyruk vardı tuvaletin kapısı önünde. Sıraya girse bile en azından yarım saat beklemesi gerekecekti ki, mümkün değil, bekleyemezdi. O hâlde? O hâlde hazır kocasıyla oğlu da uyurlarken, işini alt evde görüvermeliydi.

Girdi, ufak suyunu döküp çıktı. İyi ama kızı nerdeydi kızı?

Komşuları bir bir dolaştı. Yoktu. Zaten kızı sabah sabah komşuları dolaşmazdı, yoktu öyle huyu.

Odaya telaşla döndü. İçeriye yeniden göz attı. Yok, yok, yoktu!

"Peki?" diye sordu kendi kendine. "Nereye gitmiş olabilir?"

Olduğu yerde döndü, gözlerini kocasının yatağına dikti. Sakın günlerdir deli deli söylenip durduğu işi yapmasındı? Öyle ya, kaçmış olabilirdi!

Aklına yatarak, merdiveni telaşla çıktı. Kızının çoraplarını, siyah iş önlüğünü arandı. Bohçası? O da yoktu yerinde. Artık kuşkusu kalmamıştı. Yutkundu. Hâlâ horlayarak uyumakta olan kocasına korkuyla baktı. Ne yapacaktı şimdi? Kızı kendi kaçırmamıştı, Allah biliyor, şuncacık izni, haberi yoktu ama dinletebilir miydi? Ne baba, ne oğlu tövbeler tövbesi dinlemezlerdi. Kabak gene de onun başında patlardı çaresiz!

Aklına Pakize geldi. Dün ağız ağıza verip bir şeyler konuştuklarını hatırladı. Kız belki de Pakize'nin evine atmıştı kapağı sabah sabah. Atmadıysa bile, Pakize bilirdi herhalde nereye gittiğini. Şimdi hemen bir koşu Pakize'nin evini boylamalı, ordaysa alıp getirmeliydi ki, kocasıyla oğlu uyandıkları zaman kızın kaçtığının farkına varmasınlar!

Başına kirli başörtüsünü dolayıp nalınlarını giydi, evden fırladı.

Pakize evde yoktu. Kapıyı alabildiğine yumrukluyor, ne yapsa boş, tek karşılık alamıyordu. İçindeki korku gittikçe büyüyordu. Demek Pakize'nin de eli vardı bunda. Olmasa, sabah sabah nereye gitmiş olabilirdi?

"Pakize, kıız!"

Pakize'nin beş çocuklu komşusu orta yaşlı kadın, uyku dolu gözleriyle kapıya çıktı:

"Hayrola Meryem Abla?"

Telaşla sordu:

"Pakize evde yok mu?"

"Yok."

"Niye?"

Kadın omuz silkti.

"Ne bileyim ben. Senin kıznan çıkıp gittiler az önce."

Meryem kurşun yemişçesine dondu bir an.

"Benim kıznan ha?" dedi. "Koltuğunda bohçası var mıydı benim kızın?"

"Vardı."

Meryem, Pakize'nin kapısı önüne çöküverdi. Belden aşağısı tutmuyordu. Kireç kesilmişti. Pakize'nin komşusu koştu.

"Kurban olayım Meryem Abla, ne oluyorsun? Hasta mısın?"

"Kaçtı," dedi Meryem ölü gibi. "Güllü kaçtı. Vay başıma gelenleeeer..."

Ağlamaya başladı. Dövüne çırpına ağlıyor, baygınlık geçiriyordu. Hemen meraklı bir kalabalık çevrelerini alıverdi gene. Her kafadan bir ses çıkıyordu:

"Su getirin su!"

"Kolonyanız var mıydı?"

"Çiçek suyu da olur..."

"Ne var? N'olmuş?"

"Kızı kaçmış."

"Kızı mı kaçmış? Ben de belledim ki..."

"Hiç canım."

"Cenaze menaze belledim ben de Allah vermiye..."

"Kızı kime kaçmış?"

"Kime olacak? Sevdiğine herhalde..."

"Sevdiğineyse daha ne?"

"Muradına ermiş demek!"

"Ayılıp bayılacak ne var bunda?"

"Hiç canım, akıl işte..."

"Sus bacım sus. Canı sağ olsun, de, bir bardak su iç üstüne!"

"İç ki iç..."

"..."

"..."

Ne derlerse desinler, Meryem'in kulağına girmiyordu hiçbiri. Kızının kaçması, hele sevdiğine kaçması umurunda olmak şöyle dursun, sevinirdi bile, ama kocasıyla oğluna nasıl anlatacaktı bunu?

Başını avuçları arasına aldı, bir süre düşündü. Gerçekten de, nasıl anlatacaktı onlara bunu? Söze neresinden başlamalı, ardını nasıl getirmeliydi de kızmasın, vurup çarpmasınlar. Kızın kaçtığını öğrenince, babayla oğulun gözlerini belerte belerte nasıl bağırıp çağıracaklarını geçiriyor, korkusu arttıkça artıyordu.

Çevresini almış mahalleli kadınlarsa habire laf öğütüyorlardı:

"Anam deli misin, akıllı mı?"

"Madem sevdiğine kaçmış..."

"Sizi masraftan da kurtarır hazır."

"Hiç canım. Kız, demek akıllı kız. Şu işi, anama babama yük olmadan bitiriverevim bari demiş olacak!"

"Aaaah ah benim soyka da şöyle bir akıl ediverse..."

"Sevin bacım sevin. Kız, el malı. Nasıl olsa çekip gidecek bir gün..."

"Değil mi ama?"

"..."

"..."

"..."

Birden aklına Berber Reşit geldi. Gidip anlatsa durumu? Yalvarsa, yakarsa... Neden olmasın? Pekâlâ da olurdu. Kocası, Berber Reşit'in sözünden çıkmayacağına göre...

Çöktüğü yerden kalktı. Aklına iyice yatmıştı.

Berber Reşitlerin yolunu tuttu.

***

Berber Reşit horlayarak uyuyor, kuru karısı da teneke semaverinin başında kırtlama çay içiyordu.

Kuru karı, kesme şekeri kim bilir kaçıncı kez kırt diye dişleyip çayını yudumlarken, "Allah bu," diye geçirdi. Kara gün kararıp gitmeyecekti. Onlar da ulu Tanrı'nın kuluydular. Kız çiftliğe gider, yerleşirse...

Berber Reşit uyku arasında homurdanarak bir yandan bir yana döndü. Kadın ulu Tanrı'yı falan unutup kocasına içtenlikle baktı. Yorganı kaymış, sırtı açılmıştı. Uzandı, yorganı adeta saygıyla çekti erkeğinin üstüne.

Elindeki şekere yeni bir kırt, çaydan yeni bir yudum.

Kız çiftliğe yerleştikten sonra mı, yoksa hemen mi giderlerdi çiftliğe acaba? Yoksa bir yıl sonra mı? Bir yıl sonra bile gitmeye razıydı. Geç olsun da güç olmasındı!

Gözlerini odanın tek penceresine kaldırdı. Dışarda kocaman kanatlarıyla iri bir alıcı kuş uçuyordu. Diyelim ki bir yıl sonra gittiler... Ne zaman giderlerse gitsinler, tıpkı ölen kuzusu gibi bir kuzu bulacaktı kendine. Ölen kuzusu gibi sabunla yıkayacak, gözlerine sürme çekecek, boynuna mavi kurdele bağlayacak, dudaklarını gelin kızılıyla boyayacaktı. Şeker, fındık fıstık, kuru üzümle besleyecekti. Memlekete giderken de birlikte götürecekti. Ah ne iyi olacaktı, ne iyi! Allah'tan, bir kardeşi ya da halası, teyzesi, amca, dayı çocuğu çıkıvermeliydi memlekette. Bir çıksa!

Sesli sesli, "Belki de çıkar be!" diye düşündü.

Kim bilir, bunca yeri göğü yaratan Tanrı, her bir şeyi yoktan var ediyor, çiğ yumurtaya can veriyordu da... O zaman, tabii paraları da olurdu, hısımını alır getirirdi mahalleye. Görsünlerdi. Görsünlerdi ya, bu pis mahallede mi olurlardı o zaman da? Olmazlardı herhalde. Pis, görgüsüz insanların arasında! Bıkmış usanmıştı be. Bir şey söylese inanmaz, güler, ardından çekiştirirlerdi. Böyle oldukları için de Tanrı kel vermiş, tırnak vermemişti ya!

Kapı vuruldu.

Düşündükleri uçup gitmişti. Kimdi acaba sabah sabah? Komşulardan biri mi? Yumurta, iki dilim ekmek, birkaç kara zeytin ya da bir parça peynir mi istemeye gelmişlerdi?

İsteksizlikle kalkıp kapıyı açtı. Şaşaladı. Cemşir Ağa'sının karısı Meryem. Yüzü kireç gibi, elleri de titriyordu:

"Reşit Ağa'm evde mi?"

Hiç gereği yokken kocasının yatağına baktı.

"Evde, buyur."

Meryem odaya adımını attı atmadı, sendeleyip yığıldı oracığa.

Kuru karı koştu:

"Ne o Meryem? N'oluyorsun bacı?"

"Sorma," dedi, "ah sorma..."

"Tövbe estağfurullaaah... Hayrola?"

"Yüreğim kötüleniyor. Bir yudum su ver hele."

Kuru karı telaşla suyu getirip uzattı. Onu hiç böyle görmemişti. Hasta mıydı yoksa? Hastaysa burda ne işi vardı sabah sabah?

Meryem suyu ağır ağır içip boş tası uzatırken, "Güllü," dedi, "Güllü kaçtı!"

Kuru karının birden gözleri kararararak oda sanki tepesinde dönmeye başladı.

"Kaçtı mı? Kaçtı mı dedin?"

Meryem'in karşılık vermesine kalmadı, Berber Reşit yataktan don paça fırladı.

"Kaçtı mı? Güllü mü? Kaçtı mı dedin? Encam kaçırdın mı kızı? Ne zaman kaçtı? Fellah oğluna mı? Öyle ya, tabii, başka kime olacak desene... Nerde erin? Cemşir nerde?"

Meryem güya arka olmayı umuyordu ondan.

"Evde," dedi isteksizlik ve korkuyla.

"Peki nasıl kaçtı? Haberin, haberiniz olmadı mı? Bu kıza sıkı sıkı mukayyet olun demedim miydi? Kaçar, gözü kara demedim miydi? Bu ne gözü bağlılık? O kadar insan bir kıza sahip olamadınız mı?"

Meryem her şeyi korkuyla tek tek anlattı.

Reşit, "Madem yamacında yatıyordu," dedi, "neden haberin olmadı? Ölü müydün? Bu ne iştir? Bir çuval inciri berbat ettiniz. Demek Fellah oğluna kaçtı?"

"Bilmem ağa. Ben Fellah oğlu mellah oğlu bilmem, tövbe haberim yok!"

Berber Reşit dokunsalar patlayacak, karısına döndü:

"Ver şurdan şeyimi..."

"Neyini?"

"Elinin körünü. Pantolonumu. Ben sarhoş olup yıkılmasaydım bu iş böyle olmazdı ya, ne fayda. Ah kafa ah..."

Gene karısına:

"Çoraplarımı..."

Meryem'e:

"Cemşir ne diyor bu işe?"

"Onun haberi yok daha..."

"Ceketimi ver. Haberi yok da sen ondan habersiz mi geldin?"

"Habersiz geldim ağa. Ocağına düştüm. Cemşir beni öldürür vallaha..."

Reşit ceketini sırtına nefretle geçirirken, "Öldüreceği kadar da var," dedi.

Meryem korktuğuna uğramıştı. Reşit'in eline ayağına sarıldı:

"Kurban olayım ağa, elini ayağını öpeyim, beni dövdürme. Allahını seversen dövdürme beni. Vallaha, billaha, tallaha suçum yok benim. Allah bin belamı versin ki yok. Yediğin ekmek hakkı için yok!"

"Fellah oğlundan başkasına kaçamaz, muhakkak ona kaçtı!"

"Bilmem, kahpe dölüyüm ki bilmem..."

"Ben bilirim."

"Akşam eve sarhoş geldiler, bir iki yarenlik ettiler. Bilmez misin kızı? Surat etti, çemkirdi memkirdi. Önce Hamza paldır küldür konuştu, eniştem meniştem diye takıldı. Sonra da Cemşir, sağ olsun..."

"Ne dedi?"

"Her bir şeyi açık açık anlattı o kafayla. Bana anlattı ya, demek kız duymuş yorganın altında. Benim tövbe suçum yok!"

Reşit odanın içinde huylu huylu dolaştı bir iki:

"Ben yıkılmasaydım bu iş böyle olmazdı. Düş önüme bakalım!"

Kadın öne değil, yalvar, yakar, Berber Reşit'in ardına takıldı. Takıldı ya, kulağına söz girmiyordu Reşit'in. Daha da kurumuş, sanki bütün gövdesi baştan ayağa kabuğa kesmişti. Çatık, kapkara kaşlarıyla hınçlı, ardından yalvar yakar gelmekte olan kadının söylediklerini duymuyordu. O olsaydı bu iş böyle olmazdı. Koca bin lira bağıra çağıra gidiyordu ha? Tuuu... Kızı kaçırıp ilişti miydi acaba? İliştiyse yandı, boylardı hapsi. Canı cehennemeydi, acıyacak değildi. Acıyacağı, daha doğrusu yanacağı, binliğin uçması. Yoksa... Beyin yeğeni istemezdi ki örselenmiş kızı!

Durdu, sertçe sordu:

"Ne zaman kaçtı bu?"

"Bilmem. Uyuyordum ben."

"Bilmem bilmem. Bir insan, yanında yatanı bilmez mi?"

"Vallaha bilmiyorum Reşit Emmi, billaha bilmiyorum..."

"Bilmiyormuş. Nasıl bilmez? Pekâlâ da biliyor amma, o değilden geliyor. Soytarı. Sen benim avradım olmalısın ki..."

Gene durdu.

"Yaşı on beşi geçti miydi bu soykanın?"

"On altıya yeni girdiydi."

"Nüfusu sende mi?"

"Nüfusu mu? Sandıkta olacaktı..."

"Olacaktı hı? Olacaktıymış..."

"?.."

Avlu kapısından girdiler. Meryem ter içindeydi. Kapıda bekledi. Yüreği sökülürcesine çarpıyordu.

Berber Reşit'se merdivenleri çıkmış, Cemşir'i sarsmaya başlamıştı bile.

"Cemşir, ooo Cemşir. Cemşiiiir!"

"?.."

"Kalk, kalk kurban!"

Cemşir gözlerini zorla açtı:

"Hıh?"

"Kalk. Bir çuval inciri berbat etmişsiniz, kalk. Kalk da temizliyek şu işi..."

Yanüstü bir ayıyı hatırlatırcasına uzanmış Cemşir kımıldadı. Akları kıpkırmızı gözleriyle Reşit'e baktı, yekindi. Hiçbir şey anlamamıştı. Aptal aptal bakıyor, sadece bakıyordu. Bir ara, "Sarhoşluğun nasıl oldu kardaş?" diye sordu.

"Benim sarhoşluğuma boş ver, sarhoşluğum batsın!"

"Niye?"

"Niyesi var mı? Güllü kaçmış, kızın!"

Davrandı:

"Güllü mü? Kızım mı? Kime kaçmış?"

"Kime olacak, Fellah oğluna herhalde. Çabuk giyin de karakola gidek!"

Cemşir odayı bir an dehşetle gözden geçirdi, sonra, "Meryem," dedi, "nerde Meryem?"

Kireç kesilmiş yüzüyle Meryem kapı aralığında belirdi:

"Buyur, burdayım."

"Güllü nerde?"

Gözlerini Berber Reşit'e kurbanlık koyun gibi çevirdi.

"Reşit Emmi, kurban olim Reşit Emmi!"

Cemşir gök gibi gürledi:

"Güllü nerde diyorum kıız!"

Oda zangır zangır titredi. Hamza da uyanıp yatakta doğruldu:

"Güllü mü nerde?"

Meryem olduğu yere çömelmiş, ağlıyordu:

"Ah Güllü, iki gözün birden kör ola Güllü. Ben şimdi kimin boklarını yiyeceğim?"

"?.."

"!.."

"..."

Cemşir, zincirinden boşanmış ayı hıncıyla merdiveni bir solukta indi, karısının karşısına hışımla dikildi. Kadın kaçmak istercesine ayağa kalkmıştı, ama kaçamadı. Tiril tiril titriyor, kollarıyla sakınıyordu.

"Güllü nerde diyorum sana!"

Berber Reşit koşarak yetişmişti.

"Cemşir, babam, sakın ha. Avradın tövbe suçu yok!"

"Kız, Güllü nerde diyorum sanaaa!"

Meryem'in kolları başını korumak istercesine kavuşmuş, kadın yeni baştan olduğu yere çökmüştü ki, Cemşir'in ağır, okkalı yumruğu tepesine hızla indi. Kadının korkunç çığlığı sabahın alaca sessizliğini çınlattı bir an. Sonra tokat, tekme, kan içinde yere yıkıldı. Ne Reşit ne de Hamza kâr ediyor, zincirinden boşanmış dev, kadını ayakları altında eziyor, eziyordu. Kadının sesi soluğu kesilmişti. Kanlı bir külçe gibi yatıyor, kımıldamıyordu bile. Odaysa, anında avlu halkıyla dolmuş, Cemşir güçlü erkek ellerinin çekmesiyle dışarı çıkarılmıştı. Hamza da arkalarından çıkarken, anasına korkunç bir bakış fırlatıp, "Geber!" dedi. Demeyebilirdi ama demesi gerekiyordu galiba. Erkeklik buydu. Erkeklik anadan değil, babadan yana olmaktı!

Avlunun işçi, maraba halkı kolonya, tentürdiyot, çiçek suyu, sargı bezi, şu buyla, eli yüzü kan içindeki baygın külçeyi çabucak ayıltıp kaldırdılar. Kaldırdılar ama, yüzü, gözü yırtık ağız kıyısıyla hâlâ kan içindeki kadın bayılıp bayılıp gidiyordu.

"Lanet olsun, lanet olsun böyle insanlara!"

"Oğlu, oğlu olacak it ya?"

"Gebersin öyle evlat!"

Meryem usul usul kendine geliyordu. Bir ara iyice yüze çıkarak, büyük büyük açılmış güzel gözleriyle sordu:

"Ne var? N'oluyor?"

Aklını mı kaçırmıştı yoksa?

"Bir şey yok," dediler, "bir şey yok evladım."

Birden aklı başına gelerek telaşlandı:

"Nerde? O nerde?"

"Kim?"

"Benimki?"

"Cemşir mi? Gitti. Korkma kızım, korkma yavrum..."

"Nereye gitti?"

Bir kocakarı hırsla, "Cehennemin dibine," dedi. "Gittiği olsun da gelmesi olmasın!"

Meryem'in boynu büküldü, acıklı bir yakarışla, "Deme," dedi. "Demeyin. Allahınızı severseniz demeyin!"

"Demeyinmiş. Şu hâline bak kız, ne hâle getirdi seni... Hâlâ demeyin hı?"

Bir başka kadın, bir ana kartal, "Ne duruyorsunuz, karakola koşun, polis çağırın," dedi. "Yazık değil mi kadıncağıza?"

Daha çok da kadınlar, yakın çırçır ya da iplik, dokuma fabrikalarında çalışan kadınlarla kızlar coşmuşlardı. Karakola gidecek, "Allah için" tanık olup, kadını az önce insafsızca çiğneyen yabaniden şikâyetçi olacaklardı ki Meryem, hepsini şaşırtarak aralarından sıyrıldı, karşılarına geçti, öfkeli kadınlar, kızlar kalabalığını göğüsledi:

"Hayır, istemiyorum, çağırmayın. Polis molis istemiyorum. Ben her şeye razıyım. Kocamdır. Dövsün, öldürsün isterse. Davacı değilim ondan!"

Kalabalıkta bir çözülme oldu. Bu kadar uysallığa da kızılırdı doğrusu.

Birer ikişer dağılınırken söyleniyorlardı:

"Ne hâlin varsa gör!"

"Senin gibi aptala bu bile az..."

"Az ki az."

"Karı dişli olsa..."

"Dişli değil, insanlığını idrak etmiş olsa... Hey gidi insanlık hey!"

"..."

"..."

"..."

Bir başkası sordu:

"Nereye gittiler acaba?"

"Hocası nereye götürdüyse... Lakin kıza aferin."

"Aferin ki aferin. Anası gibi hımbıl değil..."

"Değil ama, bakalım kesesine bırakacaklar mı?"

"Niye?"

"Niyesi var mı? Yaşı küçük. Kanunlar alangirli. Babası, anası razı gelmezse sevdiğine varamaz..."

"Doğru."

"Karakola gittiler öyleyse..."

***

Tam da polis karakolunun önünde durmuşlardı. Berber Reşit, "Dediğimi unutma," diye pekiştirdi. "Haydi!"

Cemşir'i önüne kattı, karakoldan içeri soktu. Hamza da artlarındaydı.

Komiser meşgulmüş. Beklediler. Cemşir'in, zincirinden boşanmış ayı öfkesi uçup gitmişti. Komiserle karşılaşmaktan korkuyor, hatta elinde olmayarak titriyordu. Devlet, hükümet adamlarına karşı pek tabansızdı. Reşit'se tam tersi. Gözleri öfkeyle parlıyor, sinirli sinirli tekrarlıyordu:

"Dediğimi unutma kurban. Kimden şüpheleniyorsun derse, Fellah oğlundan, de. Adı Kemal, de!"

Komiserin işi bitmiş olacak, girdiler. Girdiler ya, Cemşir'in dili tutuluvermişti sanki. Ne söyleyeceğini unutmuştu. Ya da, söze neresinden başlaması gerektiğini kestiremiyordu.

Berber Reşit dayanamadı, boşandı. Öyle heyecanlı, öyle patırtıyla anlatıyordu ki komiser, "Dur," dedi, "dur. Kaçan kızın babası sen misin, bu mu?"

Reşit sinirli sinirli güldü.

"Bu kurban, bu..."

"Sen nesi oluyorsun?"

"Belle ki emmisi."

"Yani hiçbir şeyi değilsin?"

"Değilim amma, emmisinden dayısından..."

"İlerisin. Çık dışarı, dışarda bekle!"

Reşit öfkeden mosmor, istemeyerek çıktı. Kapıyı mahsustan iyice çekmemişti. Aralığa kulağını yaklaştırmış, konuşulanları sabırsızlıkla dinliyordu. Bir ara dayanamadı, ne olursa olsun. Cemşir'in hatırlayamadığını yapıştırdı:

"Adı Kemal. Yağcı. Makineleri yağlayan yani beyim!"

***

Yağcı Kemal, yolda Pakize'yle Güllü'ye rastlayınca şaşırmıştı. Şaşkınlığı, günün bu erken saatinde ne diye yollara dökülmüş olmalarınaydı. Öğrenince şaşkınlık falan silinmiş, kızı taksiye atıp anasına teslim ettikten sonra, tam saatinde fabrikaya, işinin başına dönmüştü.

Elinde yağdanlık, "Santral Dairesi"nin dev makineleri arasında sinirli sinirli dolaşıyor, kulağı kirişte, bekliyordu. Her şey birdenbire olup bitmişti ama bu işin böylesine kolay olabileceğine de aklı bir türlü yatmıyordu.

Duvardaki elektrikli saate baktı. Ona geliyordu. Kızın kaçması öğrenilmiş, işin bombası patlamış olacaktı herhalde şimdiye. Kızın babası, anası, kardeşi, hısımı akrabası ayaklanmış, karakola dayanmış olabilirlerdi. Belki şimdi, belki de az sonra çağrılır, ihtimal tutuklanırdı. Tutuklanırsa tutuklansındı. Kızı o kaçırmamıştı ki! Kız kendiliğinden kaçıp gelmişti, ama gene de karakola "Kızımızı Yağcı Kemal kaçırdı" diye şikâyet etmiş olurlardı. Zaten bu hep böyleydi. İplikhanedeki kızlardan çoğu, gözlerine kestirdikleri yakışıklı oğlanlara kaçarlar, analarıyla babalarıysa, kızlarımızı filanca ya da falanca kaçırdı diye yakınırlardı. Karakol marakol uzatacaklarına, iş madem bu kerteye geldi, kabadayılık bizde kalsın, şunu sağlam bir kazığa bağlayalım demezlerdi. Deseler, mesele kapanıp gitse... Hayır, olmazdı. Böyle olmaz, iş yokuşa sürülür, oğlan hapse girer...

Şöyle bir düşündü: Gerçekten de, hapisliği de vardı bu işin. Kız karakolda, "Beni o kaçırmadı, ben kendim kaçtım..." dese. Derdi. Onun bildiği Güllü böyle derdi sağlama, "Ben kaçtım, kendi gönlümle gittim," derdi, "onu hapsetmeyin," derdi ama gene de... Çünkü bir tarihte dokumacı bir arkadaşı iplikhaneden yaşı küçük bir kız kaçırmıştı. Oğlanı yakalamış, ifadesini almışlardı. Kız, ben kendim kaçtım dediği hâlde, oğlanı gene de tutuklamışlardı. Sonunda kızın babasıyla anası peki demeselerdi, yatacaktı. Hem de uzun uzun.

Onun durumu da tıpkı tıpkısına böyleydi şimdi. Güllü, "Ben kendim kaçtım. O beni kaçırmadı..." derdi, ama acaba Cemşir

Ağa, kızını vermeye yanaşır mıydı? Sanmıyordu pek. Öyle bir babanın beleş beleşine kızından vazgeçeceğini sanmıyordu.

Birden sinirli sinirli söylendi:

"Vazgeçmezse turşu kursun. Kızı ben kaçırmadım ya!"

Sabahtan beri genç arkadaşındaki sinirliliğe dikkat etmekte olan Muhsin Usta, "Kızı ben kaçırmadım ya!" diye iri iri söylenmesi üzerine işi anladı.

"Ne zaman kaçtı?

Kemal irkilerek döndü:

"Ne kaçması?"

"Öyle mırıldandın ya."

"Ne dedim?"

"Vazgeçmezse turşu kursun. Kızı ben kaçırmadım ya," dedin.

Kemal'in yüz çizgileri yumuşadı, bakışı tatlılaştı:

"Valla ben kaçırmadım usta..."

"Peki, nasıl oldu bu iş?"

Omuz silkti:

"Hiiç. İşe geliyordum bisikletle. Yolda bir baktım şu Giritli Pakize'yle bizimki. Beni bekliyorlarmış. Ne o, dedim. Böyle böyle, dediler. Babası olacak boynuzlu bizimkini zengin bir çiftçinin yeğenine satacakmış. Bizimki de..."

İşin hiç de şaşılacak yanı yoktu Muhsin Usta için. Cemşir'i yakından tanımıyordu, ama gene de adamın süregelen serüvenlerini herkes gibi biliyor, günün birinde kızını paralı birine satabileceğine inanıyordu. Kemal'i bu yüzden uyarıyordu zaman zaman. Kızdan vazgeçmeliydi. Geçmezse, sonu Kemal için kötü olabilirdi ki, işte düşündüğünce gelişmişti iş.

"Peki, ne yapmak niyetindesin şimdi?"

"Neyi ne yapmak?"

"Kıza iliştin mi?"

"Yok canım, ilişilir mi?"

"Sakın ilişme. Yaşı kaç dediydin?"

"On beş, on altı..."

"Sakın Kemal, sakın yavrum ilişme!"

"Yok yahu usta, ilişilir mi? Kendi derdime düşmüşüm ben ki..."

"Ananın yanında mı?"

Anlamadı birden:

"Kim?"

"Kız."

"Yanında."

***

Gerçekten de Güllü, o sıra tam anasının yanındaydı. Ocağın oraya çömelmiş, "kaynana"sının tahta kaşıkla karıştırdığı çorba tenceresine gözlerini dikmiş, anasını düşünüyordu. Anasının bu kaçma işinde hiç suçu yoktu. Akşam babasıyla kardeşinden durumu öğrenince kararını kesinlikle vermiş, bütün gece sabahı iple çekmiş, sabah olunca da bohçasını kaptığı gibi...

"Anama çene etmeye hiç hakları yok!"

Yoktu, olmaması gerekirdi, ama gene de diken üstünde gibi rahatsız, anasını düşünüyor, kabağın zavallı kadının başında patlamasından korkuyordu.

"Kaynana"sı öksürdü.

O da, Güllü gibi diken üstündeymişçesine rahatsızdı.

Çok bozuk Türkçesiyle sordu:

"Anan var mı senin kızım?"

Güllü, başını salladı.

"Var."

"Baban?"

"Babam da."

"Kardeşlerin?"

"İki yaş büyüğüm bir ağabeyim var."

Yaşlı kadının içinden kapkaranlık bir korku geçti. Oğlu tam da belaya çatmıştı. Çünkü Kemal o gece, "... Kız beni çok seviyor ana, ben de onu seviyorum, haberin olsun!" demişti. Haberi olmuş, içten içe sevinmişti, ama gene de bu iş tatlıya bağlansaydı hiçbir diyeceği yoktu. Demek babası, anası, ağası razı gelmiyorlardı ki kız kaçmıştı. Yoksa ne gereği vardı kaçmanın? "Anacığım git, iste," derdi. Adam adam gider isterdi.

Derin bir iç geçirdi.

Allah vere de kötüleşmeselerdi. Ya kötüleşirlerse? Ya bıçak bıçağa, tabanca tabancaya gelirlerse? Bıçak tabanca değil de, kızın babasıyla anası, oğlunu karakola şikâyet ederlerse? Oğlu hapislere girerse? Gerçekten de, oğlu canının içi, gözünün bebeği Kemal'siz ne yapardı?

Telaşlandı.

Kızı sabahleyin taksiden inerken görünce yüreğine kapkara bir ağırlıktır çökmüştü. Güzel, alımlı olmasa belki de böylesine kaygı çekmeyecek, "Madem oğlum beğendi, canı sağ olsun!" deyip geçecekti. Ama öyle olmaması gerekirdi kazın ayağı. Güzeldi kız, güzel. Böyle güzel kızı fabrikada çalışan fakir bir işçiye yedirmek istemeyebilirlerdi sahipleri. Onun için karakola da başvururlardı, bıçağa tabancaya da. Kim bilir, belki de birazdan kırmızı yakalı, sert yüzlü polisler gelir, oğlunu sorarlar, bulamayınca fabrikadaki adresini öğrenir, gider, sonra da tutuklarlardı.

Yüreği gittikçe kararararak kalktı, kırmızıbiber kutusunu almak üzere odaya geçti.

Güllü, kadının birden sıkıntılı bir hâl alışına dikkat ederek ardından baktı. Yaşlı kadının bu işten memnun olmadığı besbelliydi. Pakize, "Kaynana mı?" demişti, "... En iyisinin boynu altında kalsın!"

Pakize haklıydı. "Şuna bak..." diye geçirdi. "... Daha bismillah demeden... Kuru karı. Ben senin gibilere kemiğimi kemirtmem ya, hele şu fırtınayı atlatalım hayırlısıyla!"

Yaşlı kadın kırmızıbiber kutusuyla odadan döndü. Tencerenin başına az önceki gibi çömeldi. Çorbaya iki tutam kuru kırmızıbiber attı. Hep o düşünceli, düşünceli de değil, kaygılı hâliyle kutunun kapağını kapadı.

"Yaşın kaç senin?"

Güllü, "On altıya girdim," dedi.

"Vah vah vah, vah yavrum vah. Deli gençlik işte... Peki, bunun sonunu düşünmedin mi? Polisler gelir dayanırsa kapımıza? Oğlumu alır götürür hapse atarlarsa?"

Güllü, kadının kaygılı hâlinin nerden geldiğini anlamıştı. Huylanmış bir kısrak gibi başını sertçe kaldırdı:

"Korkma ana, korkma, hiçbir şey olmaz. Polisler gelse bile, söyleyeceğimi biliyorum ben. Beni oğlun kaçırmadı, ben kendim kaçtım, kendi gönlümle. Kimse onun kılına dokunamaz!"

Yaşlı kadın, kızın cerbezesinden ürktü. Böylesine dişli bir gelini hiç düşünmemişti. O, Fattum gibi, gözü açılmamış, kendi hâlinde, oğlundan gayri erkek tanımamış, polise, jandarmaya karşı ağzında dili dönmeyecek, yadırgı erkekler karşısında kulakmemelerine dek kızaracak bir kızcağız isterdi. Birden gene Fattum'u hatırladı. Dili dilinden, teni tenindendi zavallı. Taksiye koşarak gelmiş, içinden Kemal'le inen yabancı kızı görünce şaşalamış, sonra da işi anlayınca... Boynu nasıl bükülmüş, gözleri nasıl da dolmuştu!

İç geçirdi. Yaşaran gözleriyle baktı.

Güllü'yse ardından huylu huylu bakıyor, "Cadı!" diye geçiriyordu. "Şu gürültü, patırtı geçsin, sorarım ben sana bütün bunları. Anam, babam var mıymış, kaç yaşındaymışım, polisler gelir kapıya dayanırlarsa... Dur sen dur. Ben de sennen birlikte oturursam kahpe dölüyüm!"

Yaşlı kadın evden çıkmış komşulara doğru gidiyordu. "Git git," dedi. "Git de orda kendin gibilerle beni çekiştir bakalım, ne gelecek elinden!"

Yaşlı kadın, Fattumların huğunun kapısında durmuştu. Seslendi:

"Fattuuuuuum, ooo Fatttuuuuuum!"

O sıra Fattum, başını babasının kupkuru dizine koymuş, usul usul ağlıyordu. Bu ağıt sabahtan beri, Kemal'in taksiyle yadırgı bir kız getirdiğinden beri aralıksız sürüp gidiyordu. Yaşlı Dakur da, kızı kadar kederliydi. Onun da nice tatlı hayalleri, düşleri bir darbede yıkılıvermişti. Artık ne tarlalar birleşecek ne torunları olacak ne de boynu bükük kızını dünyada gönül rahatlığı içinde bırakıp huzurla ölebilecekti. Her şey altüst olmuş, kolu kanadı kırılmıştı.

Kemal'in yaşlı anasının sesini işitmişti:

"Kalk kızım," dedi. "Kalk bak bakalım..."

Fattum öyle hâlsizdi ki. O artık başkasının "kaynana"sıydı. Madem başkasınındı ne diye kalkacaktı sanki?

"Ooo Fattuuuuuuuum!"

Yaşlı Dakur da kızının hissettiklerini duyuyordu ama gene de, "Kalk yavrum," diye sarstı kızını. "Kalk, ayıp!"

"Kalk sen bak baba."

Dakur üzerinde durmak istemedi. Kızının başının altına bir yastık koyup kalktı, kapıya çıktı:

"Buyur bacı."

"Fattum yok mu?"

"Var, içerde..."

Yol verdi. Yaşlı kadın, her zamandan daha yaşlı, girdi. Fattum ağladığını belli etmemek için gözlerini iyice kurulamıştı sözde. Yaşlı kadın bir bakışta her şeyi anladı. Öylesine doluydu ki, genç kızın boynuna sarılıp sarsıla hıçkıra ağlamaya başladı. Artık birbirlerinden saklayacak şeyleri kalmamıştı. Fattum, babası, Kemal'in anası ağlıyor, ağlıyorlardı. Onca yıl kurdukları hayaller, gördükleri düşler, tüm umutları yıkılmıştı. Bundan böyle ne diye yaşamalıydılar sanki? Yaşamalarından ne çıkacaktı?

Kendini ilk toparlayan Dakur oldu. Gözlerini sildi. Tütün tabakasını çıkarıp kalın bir sigara sardı, sedirin ayakucuna çöktü:

"Ne yapalım? Allah böyle istemiş..."

Kemal'in anasıysa kendini bir türlü bulamıyordu. Gene de Dakur'un yanı başına çöktü. Fattum da karşılarına iki dizi üstüne çökmüştü. Bir ara elini Kemal'in anasının dizine koydu. Demek onun hiç suçu yoktu bu işte? Demek oğlu, ondan habersiz girişmişti bu işe?

Bir süre hiçbir şey konuşmadılar.

Neden sonra Dakur, gene ilk sessizliği bozdu:

"Mübarek olsun bacı. İnşallah mesut olurlar. Madem iki gönül birbirini sevmiş..."

Kemal'in anası, "Bilmem ki," diye yaşlı gözlerini Dakur'a kaldırdı. "O kadar erkeğin içinde yetişmiş, yırtık bir kız... Korkuyorum Dakur, Kemal'imin başına bela gelmesinden korkuyorum. Yüreğim gazel yaprağı gibi titriyor. Evimi polisler basacak, oğlumu alıp götürecekler gibi geliyor, hapislere atacaklar gibi geliyor, Allah seni inandırsın..."

Sonra, bütün kaygılarını teker teker saydı döktü.

"Böyle, kendi ayağıyla gelen bir kız..."

Fattum, "Doğru," dedi.

"Polisler kapıma dayanır da kızı isterlerse..."

"Teslim edersin."

"Oğluma bir zarar gelmeyeceğini bilsem..."

Dakur, "Kıza ilişmediyse hiçbir zarar gelmez," dedi. "Yaşı kaç?"

"On beş mi, on altı mı, bilmem. Yaşı batsın."

Dakur başını bilgiççe salladı.

"Öyle öyle. Kıza ilişmediyse, ilişmesin. Hiçbir şey çıkmaz altından. Zarar da gelmez. Çok çok alır giderler..."

Bakıştılar, uzun uzun bakıştılar. Aynı şeyleri düşünüyorlardı: Kızı alıp gitseler ne iyi olurdu. Keşke alıp gitselerdi!

Fattum'un gözleri parlıyordu. Yeniden umuda düşmüştü. Kızı alıp giderlerse mesele kalmazdı gerçekten de!

Birden, "Keşke polisler gelip alsalar," dedi.

Dakur başını salladı:

"Gelirler gelirler. Mücerret gelir, alır giderler!"

"Oğluma zarar gelmeyeceğini bilsem?"

"İlişmediyse, bir de bundan böyle ilişmezse zarar gelmez!"

"Sonra akıl var, yakın var. Oğlum kaçırmamış ki. Kendi kaçıp gelmiş."

Başını kaldırdı, babayla kıza baktı:

"Kendi kaçıp geldiğine siz de şahitsiniz değil mi?"

"Bak hele bak," dedi Dakur.

"Tabii şahidiz dezze. Gözümüzle gördüğümüz bir şey mesela..."

"Hem biliyor musunuz? Fabrikada, onca erkeğin arasında gözü açılmış, yırtık bir kız..."

Fattum, yaşlı kadının en can alacak yerine bastı:

"Öteki gelinlerin gibi, yarın bu da oğlunu alır, buralardan yallaaaah..."

Meryem'in kırışık, esmer yüzü karardı. Heyecanlanmıştı. Gerçekten de, doğru, dosdoğru bir sözdü. Öteki oğulları gibi. Kemali de bunun ardına takılır, giderdi şehre. Torunları dünyaya gelse bile, dizinin dibinde olmaz, onları kana kana sevemez, okşayıp bağrına basamaz, başlarını yıkayıp çişe tutamazdı. Daha kötüsü, bu oğlu da elinden kaçtı mı, yaşamının sonuna dek artık tek başına... Hem kim bilirdi? Belki de bir gün evinde, tek başına, kukumav gibi ölürdü. Kaynanası gibi. Kadına bir gece fenalık gelmiş, sabaha dek uluya uluya, yatak, döşek, yorgan paralaya paralaya can vermişti. Kaynanası gibi tek başına kalmak istemiyordu yeryüzünde. Bu sonuncu oğlu, en çok sevdiği, kocasına en çok benzeyen oğluydu. Bunu da ötekiler gibi yitirmek istemiyordu. Kemal dizinin dibinden ayrılmamalıydı.

İçini çekti. Gözleri hınçla parlıyordu:

"Oğlumu elimden alacak," diye homurdandı. "Ötekiler gibi. Sanki oğullarımı onlar için doğurdum. El kızları, şehir sürtükleri istemiyorum, istemiyorum onu. Allah belasını versin, Allah bütün şehirli kızların belasını versin. Kendilerine kocayı şehirden bulsunlar, benim oğlumu rahat bıraksınlar! Benim oğlum, babasından vasiyetlidir, askerliğini yapmadan evlenmeyecek..."

Fattum'un heyecanı son kertesini bulmuştu. Yüklü göğsü inip inip kalkıyor, gözleri parlıyordu. İnşallah polisler gelir, alır götürür, hatta Kemal'i de hapse atarlardı. Keşke atsalar... Yemeğini taşır, kirli çamaşırlarını alır, onu hapishanede her gün arardı.

Biliyordu hapishaneyi, gitmişti. Halasının kızıyla birlikte gitmişlerdi. Halasının kızı bir oğlanı seviyordu, nişanlanmışlardı. Nişandan iki gün sonra, pazaryerinde birisiyle kavga etmiş, adamı çekip vurmuştu. Üç ay hapis yatmıştı yaralamadan. Üç ay içinde belki yirmi kez gitmişlerdi halasının kızıyla. Yemek, temiz çamaşır götürmüşler, kirli çamaşırlarını alıp getirmişlerdi. Keşke Kemal'i de hapsetseler de, kendi de gitse, yemek, para, temiz çamaşır götürüp, kirli çamaşırlarını alıp getirse, kana kana yıkasa onları. Ah oluverse şu. Üç ay, altı ay, bir yıl, beş yıl... Beklerdi, on yıl bile beklerdi. Halasının kızıyla gittikleri sıra bir kız tanımıştı. Kızın sevgilisi de hapisti. Ziyaretine sık sık geliyordu. Anası, babası oğlana vermemişler. Çocuk kızmış. Kafayı çekip dikilmiş kızın babasının karşısına. Küçük bir ağız dalaşı, sonra çekmiş bıçağını vurmuş. Kız diyordu ki: "O olmadıktan sonra, gözümde hiçbir şey yok. Ne ana ne baba ne de kardeş. Varsa o, yoksa o. Değil üç ay, üç yıl, beş yıl, on beş yıl beklerim!"

Hasret dolu bir iç geçirdi Fattum. O da onun gibiydi. Kemal'i üç yıl, beş yıl, on beş yıl bile beklerdi; daha da çok!

Dakur, "Kendi ayağıyla kaçıp gelen bir kızdan hayır çıkmaz," dedi.

Meryem başını salladı.

"Kaçmaya alışkın ayaklar, yarın oğlumu bırakıp başkasına da kaçarlar!"

"Çok doğru. Şehir kızı, şehir insanının oyununa oyun mu yeter?"

"Yetmez!"

İki yaşlı, anlayışlı anlayışlı bakıştılar. Neden sonra Meryem, "Polisler geliverse," dedi.

Dâkur da aynı şeyi düşünüyordu:

"Gelir gelir, sağlama gelirler..."

Fattum endişeyle sordu:

"Kız, gitmem diye ayak direrse ya?"

Babası, kızına baktı.

"Nasıl yani?"

"Gitmek istemezse?"

Yaşlı babanın, polisler üzerine fikri vardı. Polisin ne demek olduğunu pazaryerinden biliyordu.

"Gitmek istemezse mi? Hı hıı... Keyfine mi bırakırlar onu? Polis bu. Kimsenin istediği yere köy yapmaz. Elinde bir evrak, gelir, dayanır kapına, der böyle böyle, hık mık ettin mi, kaşları bir çatılır. Ondan sonra tamam, Polis bu. Bu böyle olacak desin de olmasın..."

Meryem başını salladı:

"Dakur doğru söylüyor. Polis bir işe el attı mı, tamam!"

"Demek sürüye sürüye götürürler?"

"Hiç şakaları yoktur..."

Meryem'in gözleri daldı. Huğun ufacık penceresinden günlük güneşlik dışarlar gözüküyordu. Gökyüzü masmaviydi, boy atmış iri bedenli ağaçlar ağır ağır sallanıyordu. Arada bu dupduru, masmavi gökten geniş kanatlı alıcı kuşlar süzülerek geçseler bile görmüyordu. Şehirli kız, polislere gerçekten, dikilebilir miydi? "... Korkma," demişti. "... Hiçbir şey olmaz. Polisse Allah olmadılar ya! Ben diyeceğimi biliyorum. Beni oğlun kaçırmadı, ben kendim kaçtım ona!"

"Kız dişli," diye mırıldandı. "Polislere molislere kavuk sallamaz gibime geliyor. Böyle gelin istemezdim ben!"

Fattum'a baktı:

"Dişli gelin istemezdim. Benim gelinim benim gibi uysal olmalı. Kaynanasının karşısında dil aşırmamalı. İtaatli olmalı, evcimen olmalı. Bu kız dişli. Bu kız..."

***

Güllü hâlâ ocak başında çömelmiş, yüzü avuçlarında, huğun açık kapısından dışarlara bakıyordu. O da Kemal'in annesi gibi duru mavi gökyüzüne, boy atmış ağaçlara, geniş kanatlı alıcı kuşlara bakıyor ama onları görmüyordu. Kocakarının basıp gitmesini hayra yormamıştı. Duruşu, bakışı, soru soruşu... Kocakarıya gelin gelmemişti ki!

Kalktı, sağdaki odanın açık kapısı önüne gitti, durdu, içerisini gözden geçirdi: Karşıda bir sedir, yerde yırtık, kirli bir kilim, sağda harap bir aynalı dolap. Bu aynalı dolaplar ta Ermenilerden kalma şeylerdi ki, Güllü bu biçim dolaplara yerlilerin evlerinde çok rastlamıştı. Ermeniler yurttan kovulurken kapışılan mallardan. Tam karşı duvarda Kemal'in orta büyüklükte fotoğrafı. Zevksizce boyanmıştı.

İçeri çekinerek girdi, fotoğrafa yakından baktı. "Dert," dedi. "Dudaklarını avrat gibi boyamış!"

Oysa Kemal'in suçu yoktu. Fotoğrafçının maskaralığı. Dudaklarını boyamış, gözbebeklerini renklendirmiş, gözlerine sürme çekmişti. Bu hâliyle Kemal'e benzer yeri yoktu pek, gene de Kemal olduğu belliydi.

Dışarı çıktı. O, bu değil ya, şu kocakarı zihnini bulandırıyordu. Babası var mıymış, anası, kardaşları... Ya polisler gelirse, ya oğlunu hapsederlerseymiş...

Kapıda durdu. Göz alabildiğine sebze bahçeleri, bahçelerde çapa çapalayan kadınlar, erkekler, çocuklar... Kapıya dayandı. Şu akşam oluverseydi hayırlısıyla. Kemal gelseydi. Karakola çağırmışlar mıydı acaba? Çağırmışlarsa ne ifade vermişti?

Gözüne birden Kemal'in bisikleti ilişti. Dışarda, huğun duvarına dayalı duruyordu. Niçin? Bisikletle gitmemiş miydi fabrikaya? Düşündü, uzun uzun, kaygılı kaygılı düşündü bir süre. Sonra hatırladı: Sabahleyin taksiyle gelmişler, Kemal taksiyle döndüğü için bisiklet evde kalmıştı.

Gitti, direksiyonu tuttu. Acaba ne yapıyordu şu sıra Kemal? Karakolda mıydı? Yoksa hapiste mi? Sanmıyordu. Hapiste değil, belki karakoldaydı. Çünkü babası... Babasından çok Berber Reşit. En çok da o. Burun köklerine akmış ufacık gözleriyle herhalde kışkırtıyordu babasını. Hamza da yanlarındaydı tabii. Sağlama koşmuş olacaklardı karakola. Şişman komiser, Kemal'i çağırtmış mıydı acaba?

***

Çağırtmıştı.

Bir polis fabrikaya gelmiş, Kemal'i alıp karakola götürmüştü. Cemşir, Berber Reşit, Hamza, nerden haber aldıysa alıp koşarak gelen Irgatbaşı Memo filan oradaydılar. Kemal zerrece korkmamıştı. Nelerinden korkacaktı? Berikilerin öfkeli, homurtulu bakışlarına karşın, ifadesini güzel güzel vermiş, durumu kısaca anlatmıştı: Evet seviyordu kızı, seviliyordu da, ama o kaçırmamıştı. Kız kendiliğinden kaçmıştı ona.

Mosmor kesilen Berber Reşit öfkeyle bağırmıştı:

"Yalan! Kızı kandırıp zorla kaçırdı..."

Kemal alabildiğine soğukkanlıydı:

"Kaçırmadım. Kendi kaçtı."

"Kaçırdın!"

"Kaçırmadım. Bana inanmıyorsanız Pakize'ye sorun."

Komiser:

"Pakize kim?"

"Giritli Pakize. Güllü'nün iş arkadaşı..."

Pakize çağırtılmış, Muhsin Usta da kendiliğinden gelmişti. Gerek Pakize, gerekse Muhsin Usta bildiklerini çekinmeden söylemişler, iki gencin nasıl seviştiklerini saymış dökmüşlerdi. Hele Pakize... Sımsıkı sarındığı beyaz başörtüsü uça uça öyle anlatmıştı ki... Sevişiyorlardı, evet. Ayıp mı? Günah mı? Ona kalırsa ne ayıptı, ne de günah. İki gönül bir olduktan sonra samanlık seyrandı be!

Berber Reşit'in gene karşı çıkışına öfkelenen Pakize'nin öfkesi birden öyle taşmıştı ki, nerdeyse bu öfke, kupkuru adamı azgın bir sel gibi kapsayıp boğacaktı:

"Reşit Emmi, Reşit Emmi, gözünü aç, beri bak! Ben, Allah'tan başka hiç kimseden korkmam. Kızın babası sen değilsin, karışma sen. Oğlana da yazık. Elin oğlunun bu işte tövbe suçu yok. Kız benim eve geldi sabah sabah, koltuğunda bohçası, ben alıp götürdüm oğlana. Oğlanınsa hiçbir şeyden haberi yoktu. Bisikletiyle fabrikaya, işe geliyordu. Kızsa benimle belki elli sefer haber göndermişti, beni kaçıracaksa kaçırsın diye. Oğlan gene akıllılık etti. İşte yüzü, dünya ahret kardeşim olsun, aferin!"

Muhsin Usta da Pakize gibi aynı şeyleri, ama daha akıllıca, daha ağırbaşlı anlatınca, komiser, kız sahiplerine döndü:

"Evet. Bütün bunlara ne diyeceksiniz?"

Ne diyeceğini bilmiyordu ki Cemşir. Boynunu bükmüş, Reşit'e bakmış, Reşit'ten yardım dilenmişti adeta. Reşit'se baruttu:

"Ne bakınıp duruyorsun budala? Kızın sözlü değil mi? Kaçtığı oğlanınsa Fellah olduğunu bilmiyor musun?"

Sanki Kemal orada değilmişçesine söylenen bu "Fellah" sözüne yalnız Kemal değil, komiser bile kızmıştı:

"Sus be! Fellah ne demek?"

"Arabuşağı."

"Arabuşağı ne demek? Onlar da bu millete dahil değil mi? Senin, benim gibi vergi vermiyorlar mı? Askere gitmiyorlar mı?"

"Gidiyorlar."

"Peki?"

"Yalnız ben demiyorum ki beyim? Fellah Fellah, Türk Türk."

"Keees!"

Kesmişti, kesmişti ama gene de Fellah Fellah'tı, Türk Türk. Hem canım ne olursa olsun, kanun madem babaya hak tanımıştı, baba da hakkını kullanmalı, on sekizini bitirmemiş kızını çekip almalıydı.

Cemşir'e sertçe bakmıştı:

"Ne duruyorsun? İstesene kızını! Kanun sana bu hakkı tanımıyor mu? Kızın on sekizini bitirdi mi?"

Cemşir anlamış, yekinmişti:

"Hayır, bitirmedi. İstiyorum kızımı. Şeriatın kestiği parmak acımaz beyim. Kızımı istiyorum!"

Kemal'le Muhsin Usta bir kıyıdan sadece bakıyorlardı. Komiser, tutanağı düzenledikten sonra kız tarafıyla kızın sevgilisini savcılığa yolladı. Savcı tutanağa baktı. İki tarafı da ayrı ayrı dinledikten, kızın yaşının küçük olduğunu öğrendikten sonra, kanunun emrettiğini uyguladı: Kemal tutuklanmış, Güllü'nün babasına teslim işlemi şipşak yapılmış, polis görevlendirilmişti.

***

Güllü, Kemal'in bisikletinin zilini çalınca, ses, uzaklara, ta uzaklara yayıldı. Çapa çapalamakta olan kadınlı erkekli bahçeciler işlerinden başlarını kaldırıp zil sesinin geldiği yana baktılar. Orda, yaşlı Meryem'in huğunun önünde dikilmekte olan "şehirli kız"ı gördüler. Taksiyle gelişini de görmüşlerdi sabahleyin ama, koşup merakla bakana kadar kız huğa sokulmuş, kapı kapanmıştı. Demek buydu? Uzaktan yüzü pek de belli olmuyordu, ama boyu bosu fena değildi. Bir şey değil, Meryem Ana'ya gülecekleri tutuyordu. Avrat büyülü müydü ne? Öteki oğulları da yıllar yılı şehirli kızların artlarına takılıp analarını tek başına bırakmışlardı. Bu en küçük oğlunu güya şehirli kızlara kaptırmayacaktı. "Kemal'im, Kemal'im, oğlan, babasına benziyor," diye çok seviyor, sık sık, "Bunsuz olamam!" diyordu. Sabaha dek desin. İşte bu da ağalarınca davranmıştı. El kızı, üstelik şehirli kızıydı gelin. Yarın kocasının ağzından girip burnundan çıkar, kocasını kandırır, bir sabah da tıpkı ağaları gibi, yallah. Meryem dilediğince vurup çarpınsın, ağlayıp sızlasındı. "Evlatlarımı el kızları için mi doğurdum? Onlar için mi bu boylara getirdim? Kahırlarını onlar için mi çektim? Karnımda dokuz ay onlar için mi taşıdım?"

Bu kadına gerçekten de büyü sinmiş olacaktı. Fukara... Fattum'un babası yaşlı Dakur'la az mı çene çeneye vererek hayaller kurmuş, dağları az mı bedesten etmişti? Lakin Fattum'un da artık ayağı suya değmiş olmalıydı. Şehirli kız taksiden inerken çarpılmışa dönmüştü fukara. Akşamüzerleri yol kıyılarındaki dardağan ağaçlarından birinin üzerine kalle denilen kocaman bir sincap gibi tırmanır, Kemal'i bekler, tam yaklaşınca da iri birer saçmaya benzeyen yeşil yeşil dardağanların yağmuruna tutardı. Cilveydi bütün bunlar ama, Kemal hiç oralı olmaz, hatta içerlerdi. Kızsa aldırmazdı. Aldırmazdı ya, bunca sırnaşıklığın anlamı neydi yani? Apaçık bir şeydi bu. Oğlandan hoşlanıyor, oğlanı eline geçirmek istiyordu. Şimdi? Şimdi bir kıyıda kalakalmıştı işte. Daha önce el oğluna böylesine sırnaşmış bir kızı kim isteyip alırdı ki? Kendini bilen hiçbir delikanlı dönüp bakmazdı herhalde. Şurda burda, "Kaynanam, kaynanam..." İnsan suyu görmeden paçaları sıvamamalıydı. Sıvarsa, böyle olurdu işte!

Şehirli kız, alacalı bulacalı basma entarisiyle içeri çekilmişti. Çekilmişti ya, dilediğince çekilsin. Çapalara dayanılmış, sigaralar yakılarak başlanılan dedikodu sürdürülüp duruyordu. Nasıl sürdürülmesin ki, böyle esaslı, böylesine meraklı bir konu her zaman kolay kolay ele geçmezdi. Tarla, çapalanacak ot, otlardan arınacak sebzeler kaçmıyordu ya!

Yaşlı Meryem'in huğdan kahırlı kahırlı çıktığını, Fattumların huğuna girdiğini, bir daha da çıkmadığını görmüşlerdi. Fattumlarda ne konuşuyordu acaba? Niçin kahırlıydı? Orada ne yapıyordu? Ne yapacak, hiiiç, dedikodu tabii. Şehirli kız istemiyordu ki o. Ne diye kaçıp gelmiş, oğlunun sakalının altına ne diye girmişti? Acaba Dakur Emmi'ye ağlıyor muydu? Ağlıyorsa haksız mıydı? Hiç de haksız değil. Oğlanı onlar için doğurmamış, bu boylara onlar için getirmemişti, haklıydı ama, işte, arabasının tekerine taşı koymuştu oğlu! Bir gün, beş gün, günün birinde de pırrr...

Birden bir ses yükseldi:

"Meryem Teyze huğdan çıktı!"

Yaşlı Dakur'un huğuna merakla bakıldı. Gerçekten de, çıkıyordu yaşlı kadın. Girerkenki gibi kahırlıydı. Ardından Dakur'la Fattum da çıkmışlardı. Onlar da Meryem gibi sıkıntılıydılar. Ne vardı? Bir şey mi vardı yoksa? Ne olabilirdi?

Seslendiler:

"Ooo Meryeeem!"

Sesi işiten yaşlı kadın durdu. Güneşte kamaşan gözlerine elini siper ederek baktı. "Efendim?" anlamına, yanıtladı:

"Naaam?"

"Gel buraya, geel!"

Çağırılan yana yolunu değiştirdi.

Kazmalar atılı atılıverilmiş, yaşlı Meryem'in çevresi merakla alınıvermişti. Sordular, soruşturdular. Sonunda öğrendiler yaşlı ananın sıkıntısını da, kahrını da: İstemiyordu şehirli kızını, gözü tutmamıştı. En küçük yavrusunu böylesine yırtık, yüzü sanki cam kırığıyla sıyrılmış hayasız bir kız için doğurup bu boylara getirmemişti. Polislerin gelip onu sürükleye sürükleye götürmelerini istiyordu.

Yaşlı bir bahçeci Arapça sordu:

"Yaşı kaç?"

Meryem nefretle, "Yaşı batsın," dedi. "On dört mü, on beş mi?"

Daha çok da yaşlı erkekler başlarını tecrübeli tecrübeli salladılar: On sekizini bitirmediğine göre, babası, anası da razı gelmezse, polis gelir alır, direnirse de sürükleye sürükleye götürür, anasına, babasına teslim ederdi!

Canım biliyordu, bu kadarını o da biliyordu ya, başkaydı öğrenmek istediği. Sordu:

"Kız gitmek istemezse ya?"

Kargayı hatırlatan yaşlı bir bahçeci:

"Kızın fikri sorulmaz!"

"Sorulmaz demek?"

"Sorulmaz."

Meryem'in gözleri dolu dolu oldu. Yaşlar gözpınarlarından süzülüp kırış kırış yanaklarından aşağılara yuvarlandılar. Ne iyi olurdu, ah ne iyi... Demek sürükleye sürükleye götürürlerdi? Götürsünler. Allah kılıçlarını keskin etsindi. İnşallah bir daha da gelemezdi gözü çıkasıca!

İç geçirdi.

Fattum'u istiyordu o. Arlı, namuslu, terli tertipli Fattum'u. Fattum onun gibi yırtık, arsız, dişli değildi. Tarlası da vardı. İki tarla birleşir, torunları olur, torunlarını çişe tutar, başlarını köpürte köpürte yıkar...

Birden durakladı. Bir motor sesi, bir korna ardından. Yoksa geliyor muydu polisler? Zaten bekleniyordu, kulaklar kirişteydi. Başlar seslerin geldiği yana döndü.

Sesler gittikçe yaklaşıyor, güçleniyordu. Meryem'in heyecanı son kertesini bulmuştu. Geliyordu, polisler almaya geliyorlardı şehirli kızı. Gelsinler, gelsinlerdi. Direnirse sürükleye sürükleye götürsünler, ite kaka, döve döve götürsünlerdi. Nesine acıyacaktı? O değil de Fattum olsa acırdı bak. Fattum olmadığına, günün birinde öbür oğulları gibi Kemal'ini alıp şehre götüreceğine göre canı cehennemeydi.

Sesler iyice yaklaştı, sonra ağaçların arasında mavi boyalı, pırıl pırıl taksi göründü.

Meryem'le ötekiler koşuştular. Taksi, sabahki kara taksi gibi, huğun tam önünde durdu. İri bir komiserle polisler, birtakım yabancılar taksiden yere atladılar. Motorlu araçlar buralara sık uğramadığından, motor homurtusu, korna, irili ufaklı, genç yaşlı semtlileri heyecanlandırmıştı. Anında kadınlı erkekli, çoluk çocuklu bir kalabalık taksinin çevresini merakla alıverdi. Birbirlerine sokularak, daha iyi görebilmek için ayak parmakları üzerinde yükselerek Meryem Teyze'nin kapısına bakıyor, işin nereye varacağını kestirmeye çalışıyorlardı. İşin şakası olmamalıydı. Çünkü elinde evraklarla komiser, ardında polisler kapıya yığılmış, şehirden kaçıp gelen kızı soruyorlardı.

Kız ise öyle farfarı, öylesine çenebazdı ki...

"Gitmem!" diye bağırıyordu. "Etimi lokma lokma doğrayacağınızı bilsem bile, gene de gitmem!"

Şaşı bir orta yaşlı kadın çirkin çirkin homurdandı:

"Tövbe estağfurullaah... Gözleri dönmüş kaltağın..."

Şişman komiser durmadan, "Yavrum," diyordu, "evladım," diyordu, "kanun," diyordu.

Kızın kulağına söz girmiyordu ki:

"Gitmem Komiser Bey gitmem, boşuna zorlamayın! Kanundan bana ne? Benim anam da, babam da, kardaşım da, kanunum da Kemal. Beni o kaçırmadı, ben kendim kaçtım ona. Bırakın beni, karışmayın bana!"

"Kanun kızım, kanun!"

"Bana ne sizin kanununuzdan? Rahat bırakın beni!"

"Bırakamayız."

"Niye bırakamıyormuşsunuz?"

"Kanuna göre babana, anana aitsin!"

"Değilim. İstemiyorum anamı da, babamı da, kardaşımı da. Allah hepsinin belasını versin!"

"İyi amma, sözlüymüşsün..."

"Kiim? Ben mi? Tövbe, tövbe vallaha Komiser Bey. Yalan söylüyorlar. Beni paralı birine satıp aldıkları parayla rakı içecekler!"

Bir an uçurum sessizliği oldu. Berber Reşit, "Utanmaz," diye sessizliği bozdu.

"Sensin, utanmaz da, rezil de, namussuz da sensin. Ölü yıkayıcı, ıskatçı. Sen ne karışıyorsun? Neyimsin benim? Babam mısın? Kardaşım mı? Neyimsin?"

Berber Reşit fena bozulduğu hâlde, gene de ileri atıldı, Güllü'nün bileğini yakaladı.

"Güllü, yavrum, kızım..."

Güllü, bileğini nefretle çekti.

"Bırak be!"

Bileğini öyle sertçe çekmişti ki, Reşit sendeledi. Nerdeyse yuvarlanacaktı. Ama kendini çabucak toparlayarak Cemşir'le ötekilere bağırdı:

"Ne duruyorsunuz? Ne bekliyorsunuz?"

Bir anda meraklı kalabalıkla polisleri falan yaran Hamza'yla Cemşir, Güllü'nün üstüne atılıp kızı kıskıvrak yakaladılar. Bağırta bağırta sürüklemeye başladılar.

Yerlerde sürüklenen Güllü bas bas bağırıyordu:

"Bırakın, bırakın beniiii! Cankurtaran yok muuuu? Allahını seven yok muuuuuu?"

Taksiye zorla sokuldu. Hüngür hüngür ağlıyor, kısılmış, çatlak sesiyle bağırıyor, yırtınıyordu.

Komiserle polisler de bindikten sonra taksi hızla uzaklaştı.

Kırış kırış Meryem donmuş kalmıştı. Gözleri, uzaklaşmakta olan takside, bakıyor, az sonra taksi ağaç kalabalığı içinde kaybolduğu hâlde, hâlâ bakıyordu. Kurtulmuştu ondan, cehennemin dibine kadar yolu vardı ama oğlu? Oğlu ne olmuştu ya? Yoksa hapis mi etmişlerdi? Ya hapsettilerse? Gidip arasa mıydı? Nerden arayacaktı? Kimden? Hapishane nerdeydi?

Fattum yanına sokuldu.

Döndü.

"Kemal'i hapsettilerse ya?"

Fattum ne şöyle dedi ne böyle. Ne şöyle ne böyle ama, keşke hapsetselerdi de ona yemek, harçlık götürse, temiz çamaşır verip kirlilerini alsaydı.

"Sen hapishanenin nerde olduğunu biliyor musun?"

Fattum heyecanlandı:

"Biliyorum."

"Beni oraya götürür müsün?"

"Götürürüm."

"Götür haydi!"

"Hemen mi?"

"Hemen, şimdi..."

Başını filan örtmeden, huğunun kapısını olsun çekmeden, oğlunun dışarda dayalı duran bisikletini bile içeri koymayı düşünmeden yolu tuttu. Fattum da yanı başındaydı. O da babasından izin almayı akıl edememişti. Bahçecilerin meraklı bakışları önünde, hızla uzaklaşıyorlardı.

Yaşlı Dakur, kızının gitmesine tek laf etmeyi aklından geçirmemişti. Varsın gitsin, yüreği yanık anaya oğlunun hapsedildiği cezaevini göstersindi. Tevekkülle Kemal'in bisikletini içeri soktu, huğun kapısını çekti, kilidi vurup kapıyı kilitledikten sonra artlarına düştü, o da şehrin yolunu tuttu.

14

Muzaffer Bey çiftliğinde cümbüş vardı. Ud, keman, tef, gırnata sesleri, arada naralar yükseliyordu.

On ikinci aya girilmiş, bereketli yağmurlar günlerden beri durmamacasına yağmıştı ama henüz kış gelmiş sayılmazdı. Hoş, yazı kışı pek de belli olmazdı ya... Kış ortasında, hatta zemherilerde güneş açtı mı, ortalık yaz günlerinde olduğunca kavrulmaya başlar, gençlere ceketlerini filan attırıverirdi. Şubatta hava ısınmaya başlar, bağcılar kıska denilen küçük küçük soğanlarla bağlarına koşar, ekerlerdi bereketli topraklara.

Havada parçalı bulutlar dolaşıyordu.

Yasin Ağa, omuzunda Muzaffer Bey'in sırf Yasin Ağa için İngiltere'den getirdiği pırıl pırıl çifte tüfeği, çiftlik kapısında nöbetteydi. Ağır adımlarla kapı önünde ciddi ciddi dolaşmasıyla, kışla önündeki bir nöbetçiyi hatırlatıyordu.

Ne ud, ne keman, ne tef, ne gırnata, ne de arada patlayan naralar. Ölçülü adımlarla bir boy gidiyor; dönüyor, gittiği yol boyunca yeniden adımlıyordu ıslak toprakları. Düşünceliydi ama, ne düşündüğünü kendi de bilmiyordu. Birden bilmediği düşüncelerinin şeridi kopuverdi: Kulağına birtakım ayak sesleri çalınmıştı. Kemik kokusu almış aç bir köpek hisliliğiyle durdu:

"Kim o?"

"Benim emmi!"

Zaloğlu'nun sesini tanımıştı.

"Nereye böyle gece vakti?"

"Hiç. Yukarda canım sıkıldı da."

Yasin Ağa yukarda, yani beyin beton köşkünde neler olduğunu sordu. Huyu değildi. Ne olursa olsun, onu ilgilendirmezdi.

Yıllar yılı alışageldiği şeylerdi bunlar. Çoğu kez gece yarısı, herkes kim bilir kaçıncı uykuya geçtiği, el ayak çekildiği sıra Muzaffer Bey'le arkadaşları, beş, altı, yedi, bazen daha çok otomobille çiftliğe baskın verirlerdi. Kadınlı erkekli bir kalabalık, zilzurna sarhoş, arabalardan çılgınlar gibi atlayıp Yasin Ağa'nın boynuna sarılarak yanaklarını öpücüklere boğarlardı. En çok da bar kadınları!

Yasin Ağa'yı tanımayan, güneş yanığı kuru yüzünü öpücüklere boğmamışı yoktu. Tabii güzel olmak şartıyla. Çünkü Muzaffer Bey çiftliğine çirkin kadın giremezdi. Giremezdi ya gene de çapa ırgatlarını ayrı tutmak gerek. Çünkü bunlar, Muzaffer Bey'in deyimiyle, "Bunlar, kocalarının köleleridir. Ağalar, beylerden başkasıyla oynaşamazlar pek!"

Bu gece Yasin Ağa'nın neşesi yerindeydi.

"E," dedi, "ne haber bakalım?"

Haber kendindeydi. Zaloğlu yanına laf olsun diye gelmemişti ki. Dayısı çoktan peki demiş, hatta kızın emmisi yerindeki Berber Reşit fiyat üzerinde bile anlaşmıştı. Bin lirayı götürüp kızı nikâh dairesine çekmekten, sonra da düğün derneği kurmaktan başkası kalmıyordu.

Ah şu bıyıkları!

O gün dayısı doğramasaydı, atlar gider, hiç olmazsa kızı görürdü. Çok yanlış işleri vardı şu dayısının.

İçini çekti.

"Ne o?" dedi Yasin Ağa. "İçini niye çektin?"

Boynunu büktü:

"Hiç."

"Deryada gemilerin mi battı?"

"Batmadı, batmadı ya..."

"E?"

"Kırk yılda bir işimiz düştü..."

Yasin Ağa bu gece neşeliydi ama gene de ciddileşti:

"Oğlum, yavrum, sabırlı ol. Tevekkülün koyununu kurt yememiş. Yasin Emmi'nin yaşı ohooo... Benim bes kulağımın dibi kalmış bu yaşa kadar. Ne derler, yol yoluynan, orman baltaynan!'"

"Doğru emmi, doğru, biliyorum ya..."

Gülizar'ın sesi işitildi:

"Ramazan Efendii!"

Zaloğlu sıçradı:

"Buyuur?"

"Dayın çağırıyor!"

Koştu.

"Ne var? Niye çağırıyor?"

Gülizar gülüverdi:

"Çağırdığı mağırdığı yok."

"E?"

"Canım sıkıldı yalnız. Nerdeydin?"

"Yasin Emmi'yle konuşuyorduk."

Mutfağa geçtiler. Gece yarısı baskın eden kadınlı erkekli misafirler şehirden tedbirli geldikleri için, Rus salatasından koç yumurtasına, hatta hatta havyara dek her şey vardı.

Gülizar alçak bacaklı iskemleye oturdu, bacak bacak üstüne attı, sigara yaktı. Zaloğlu tam karşısında, ayakta dikiliyordu. Gözucuyla kadının etekleri altında gözüken bacaklarına bakıyor, ama görmüyordu. Gülizar'sa, mahsustan açıyor, oğlanı huylandırmaya çalışıyordu. Bütün çabasının boş olduğunu görünce, "Pis," dedi. "Sen de erkek misin? Kazık gibi dikiliyorsun!"

Bir an bile Güllü'nün hayalinden kurtulamayan Zaloğlu'nun tepesi attı:

"N'olacaktı ya?"

"Dert!"

"Niye?"

"N'olacaktı ya'ymış. Git hadi, defol!"

Zaloğlu anlar gibi olmuştu. Kadına sokuldu, tombul ama gergin derili kolunu tuttu:

"Kaçtan aşağı olmaz yani?"

Kolunu sertçe çekti:

"Git hadi git!"

Zaloğlu sendeledi.

Gülizar yarı dargın, ekledi:

"Yarın el kızına da mı böyle yapacan?"

"Nasıl?"

"Nasılmış. Avrat şurda kendi kendine oturacak, sen?"

Anlamıştı. Kadının hayli zamandır zarına bakmadığını biliyordu ama ne gereği vardı? Yakında piliç gibi kızla evlenecekti. Kabak Hafiz, "Bol bol ye," demişti, "en çok da havyar, balık yumurtası ki, iliklerin dolsun. Yoksa kıza karşı mahcup olursun. Neden dersen, çok zayıfsın!"

Bu arada, Gülizar'a da boş vermesini tembihlemişti. "O kadın insanı yer, yutar, Allahını şaşırır!"

Ve göğsünü yumruklamıştı.

Bütün bunları yeni baştan hatırlayarak, "Senin hakkından Kabak gelsin," dedi.

Gülizar'ın istekli kadın bakışları vahşice parlıyordu:

"Zıkkımın dibi. Yarın evlenirsen elimizi yıkayalım senden artık değil mi?"

Erkekliğine pek dokunmuştu. Mutfak kapısını itti. İçerden yansıyan çeşitli çalgıların sesleriyle azgın kadınların kahkaha, daha çok da canları yanmışçasına haykırışları birden ta uzaklara gitti sanki. Kadının üstüne aç kurt gibi tam atılmıştı, dayısının sesi:

"Ramazaaan!"

Gülizar'ı unutup koştu:

"Buyur dayı!"

Dayısının çevresi çeşitli kadınlarla çevriliydi. Emretti:

"Koç yumurtalarını getir!"

Zaloğlu geri döndü. İri ampullerden fışkıran ışıklar, kesme billur kadehlerde kırılıyordu. Sarhoş çalgıcılar, akları kıpkırmızı gözleriyle yay çekiyor, gırnata üflüyorlardı. Allı, morlu, yeşilli, sarılı kadınlar, Louis Quins koltuklara ya da Viyana tipi divanlara sereserpe oturmuşlardı. Çoğu kendinden geçmişti. Savrulan etekleri altında, hemen hemen en gizli yerlerine varana dek her yanları meydandaydı. Meydandaydı ama, başta Muzaffer Bey, bütün erkeklerde bıkmış, kanıksamış bir hâl vardı. Çapa ırgadı kadınlar karşısında bile şehvetten canavar kesiliveren Muzaffer Bey, şimdi her yanları meydanda kadınlara bakmıyor, burnunu, önündeki Rus salatası tabağına indirmiş, arada kıs kıs gülerek Muzaffer Bey'i çileden çıkaran Zekâi'ye fikirlerini illaki kabullendirmeye çalışıyordu.

Zekâi Bey vermut şişesini aldı, boş bardağını yarı yarıya doldurdu:

"Sonra?"

"Ne sonrası?"

"Demek Voltaire..."

Muzaffer Bey sinirlendi:

"Zekâi, alay mı ediyorsun?"

Kadehini diken Zekâi Bey, Rus salatasını kaşıkladıktan sonra, "Sen," dedi, "Voltaire'i yanlış anlamışsın."

Muzaffer Bey, salonun sol duvarını boydan boya kaplayan muazzam kitaplığına başını çevirdi. Kentin en zengin kitaplığının sahibi, bunun için de en kültürlü kişisi geçinirdi. Oysa başkaları, yani kültürlü kişi uzmanı geçinenler bu kanıda değillerdi. Tam tersi. Şurda burda Locke'dan, Giordano Bruno'dan, Hobebs'tan ya da Condillac'tan ezberlediği parçaları yerli yersiz sayıp dökmesine karşın, Muzaffer Bey'in sağlam bir dünya görüşü olmadığını bilirler, "O, iliklerine dek şehvet dolu cins bir aygırdan başkası değildir," derlerdi.

Muzaffer Bey'e gelince, bütün misafirlerine göğsünü gere gere gösterdiği kitaplığından ötürü gururluydu. Güçlü ampullerin ışığında küstahça parlayan, daha doğrusu, taassup kokulu ışıltılarla birer Katolik kini içinde bakışan sıra sıra ciltler okunmak için değil, çaka satılmak gayesiyle raflara yerleştirilmişlerdi.

Bossuet'den Mallarme'ye, Diderot'dan Farabi'ye dek birbirleriyle ilintisi olan olmayan neler!

Voltaire'in *Dictionnaire Philosophique*'inden *Kama-Sutra*'ya, Jül Sezar'ın Latince *Galya Seferi*'nden, Montesquieu'nun *Esprit de Lois*'sına, Gilliero'nun sözlüğüne dek yüzlerce cilt. Hele her biri kapı gibi *Atlas Linguistique*'lere hayran olmamak kabil değildi. Burada örneğin, *Guide de Parfait Jordinie* ya da Arap harfleriyle *Anadolu Yavrusunun Kitabı*'na da rastlanabilirdi.

Zekâi Bey, Muzaffer'in kitaplığa neden baktığını anlamıştı.

"Bu tarafa dön," dedi.

Muzaffer'se çırpındı:

"Ben Voltaire'i yanlış anlamadım. Ben cahil değilim, bana cahil diyemezsin. Hem canım, uzağa gitmeye ne hacet? Söyle bakalım: Locke'a göre, bilgi nedir?"

Yüzünde sinirli tikler başlamıştı.

Zekâi Bey'se çıldırtan bir soğukkanlılık içindeydi:

"Bilmiyorum."

Muzaffer Bey çok iyi bildiği bir konudan sınav veren bir öğrenci ciddiliğiyle başladı:

"Fikirlerimizden ikisi arasında bulunan bağlılık ve uygunluğun yahut zıddiyet ye uygunsuzluğun idrakinden başka bir şey değildir. Bu tariften, bilgimizin, fikirlerimizden daha ileriye gitmediği, hatta basit fikirlerimizin ekserisi arasında bulunan..."

Birden, suyu kesilmiş musluk gibi, durdu. Ezberlediği, çok da iyi kıvırdığı şeyleri unutuvermişti. Takıldığı yerin az gerisinden tekrar aldı:

"... Hatta, basit fikirlerimizin ekserisi arasında bulunan..."

Ardı gelmiyordu, Allah belasını versin. Kulaklarına dek kızardı, iri gövdesini ateş bastı. Zekâi Bey hınzırca, "Evet?" dedi.

"?.."

Karşılık alamayınca da burnunu Rus salatası tabağından çıkarıp kalın bağa çerçeveli gözlüğü ardında kıs kıs gülerek, "Unuttun," dedi. "Hafizan sana oyun etti değil mi? Daha doğrusu puştluk etti. Aldırma. Cevap ver bakalım şimdi sen bana: *Nominalist peripatetism*'e dair neler biliyorsun?"

Muzaffer Bey iyice şaşalamıştı. Zekâi yaylım ateşe geçmişti bir kez:

"Durand kim? Occam? Buridan, d'Ailly?"

"?.."

"Fichte, Schelling yahut Kant? Bana, 'Mahz aklın tenkidi'ni anlatsana!"

Muzaffer yenilmemiş, ezilmişti. Bu adamın karşısında nedense hep böyle oluyordu. Atatürk'ün sağlığında genç bir devrimci olan Zekâi'nin gerçekten de keskin bir zekâsı vardı. Devrimden önce medrese öğrenimi görürken, devrimden sonra cüppeyi, sarığı herkesten önce atmış, kendi deyimiyle "sivilize" olmuş, şaşılacak bir çabuklukla ağızdan dolma Fransızca öğrenmiş, milli bayramlarda zamanının en ileri Türkçesiyle en ateşli söylevleri çekmişti. Bulunduğu toplantıların nabzına göre şerbet vermekte üstattı. İçkinin, kadının, tütünün iyisini bilir, zemin ve zamana göre fıkralar sayar döker, sayıp döktüklerini tüketirse de uydururdu. İstediğince içsin, sarhoş olup cıvımazdı. Elle tutulur, gözle görülür hiçbir iş yapmadığı hâlde, öğle ve akşam yemeklerini Şehir Kulübü'nde yer, az da olsa mutlaka alkol alır, ustaca poker ya da bezik oynardı.

Hâlâ devrimci partiden olmakla birlikte, karşı partiye içten içe yakınlık duyuyor, av köpeklerinin o harika koku alma özelliğiyle, zamanın yeni partiden yana çalıştığını hissediyordu.

Çatalı, bıçağı elinden bıraktı, ağzını peçetesiyle sildi, iskemlesinde doğruldu. En etkin biçimde konuşabilmek için, en uygun tümceyi arıyordu.

Bulamayınca, iskemlesinden kalktı. Maroken ciltleriyle küstahça bakmakta olan kitaplığa gitti, durdu. Kitapları gözden geçirdi. Sonra döndü, masa başına geldi, elini aziz dostu Muzaffer'in omuzuna koydu:

"Sen, ben, biz, bizler yani..." diye başladı, "bu bilgilerimizle kulaktan kapma, ağızdan dolma bilgilerimizle, yaya kalmaya mahkûm Tatar ağalarından başkası değiliz azizim!"

Sözlerinin Muzaffer üzerindeki etkisini anlamak için sustu. Gözlerini aziz dostunun gözlerinin ta içine dikmişti. Neden sonra ardını getirdi:

"Sana Yunan felsefesinin menşeinden, Empedokles'ten, Pluton'dan, Aristoteles'ten ya da *Nominalist peripatetism*'den bahsebilirim. Sen de beni hayranlıkla dinler, ilmi irfanım üzerine şüphe götürmez bir kanaate varırsın. Fakat..."

Yeniden sustu. Gene ağır adımlarla kitaplığa gitti, gözüne ilişen "Amerikan Traktörleri Katalogları" arasından birini seçip aldı, masaya döndü.

"Fakat," diye yineledi az önceki tilciğini. "Ben kendi kofluğumun farkındayım. Bereket versin dünyayı, hele bizim dünyamızı, fikirler ve bilgi, köklü bilgi yani, idare etmiyor!"

Muzaffer Bey biraz da yapma bir öfkeyle, "Ya?" dedi.

"Malımız, mülkümüz, servetimiz..."

Elindeki kataloğu salladı:

"Bunu görüyor musun bunu?"

"Görüyorum."

"Senin, bilhassa bilhassa senin istikbalin bunlarla ilgili!"

"Malum."

"Müsaade et, sözümü bitirmedim. Senin ve bilginin, şu anda neyi düşündüğünün farkındayım. Tarlalarını bu traktörlerle sürer, eker, zamanı gelince çapasını yapar, dinamik ziraata geçer ve çok daha fazla kazanırım diye düşünürsün, düşünüyorsun."

"Muhakkak."

"Muhakkak değil Muzaffer. Bu memleketi sadece dinamik ziraat, daha doğrusu sadece döviz kurtaramaz. Bu memleketi, bu traktörleri yapan işadamlarının şuuru, yani Amerikan tipi demokrasinin temeli olan liberalizm kurtarabilir, devletçilik değil!"

Kadehine doldurduğu vermutu birden dikti.

Muzaffer Bey, ahbabının gene "Yeni Parti"yi öveceğini anlamıştı. Belliydi ki sözü döndürüp dolaştırıp oraya getirecek!

Nitekim o yolda ardını getirdi sözlerinin:

"Atatürk inkılapları, Atatürk inkılâpları. Bu muayyen, malum, belirli bir zümrenin yaygarasından başka nedir? Sözlerime dikkat et: Hâlâ parti üyesi biri sıfatıyla böyle konuşmamam icap eder. Fakat azizim, şunu unutma ki, memleketin yüksek menfaatleri, parti tüzüğünden, bir kelimeyle parti ve parti menfaatlarinden önce gelir!"

"Yani?"

"Hareket noktamız bu olunca, meseleyi gene Atatürk görüşünden müzakere edebiliriz, etmeliyiz. Evet, Atatürk... Büyük adam, dâhi, münci, falan filan. Her şeyimiz, sembolümüz. Bütün bunlar gene böylece kalacak. Ama, zamanla ahkâmın değiştiği sözünü de unutamayız. Atatürk'ten beri zemin ve zaman çok değişti. Yeni şartlara yeni ahkâm lazım. İnkılap, inkılaplar diye, körün değneğini bellediği gibi hareket edemeyiz. Ya topyekûn Amerikan demokrasisi ya da..."

Bütün bunlara Muzaffer Bey'in şöyle ya da böyle dediği yoktu, iş açısından, zamanın gereklerine uyulmasından yanaydı. Yalnız, şu gericilik problemi.

Zekâi Bey, "Onda da liberalist olacağız elbette," dedi. "Çoğunluğun arzu ve iradesine boyun eğmekten başka çıkar yol var mı?"

"Fakat biliyor musun ki..."

"Biliyorum."

"Neyi?"

"Dostum, her şeye rağmen başka çare yok. Şeri devletten onu korkunç sayan, ona kötülük edenler korksun. Sanır mısın ki zamanımızın şeri devleti, ortaçağın şeri devleti olacak? Hayır, asla. Olamaz, istese de olamaz. Modern bir şeri devletse irtica olmaktan çıkar!"

"Bakıyorum, kararını vermişe benziyorsun?"

Zekâi başını salladı.

"Yaa?" dedi Muzaffer.

"Evet."

"O hâlde ne duruyorsun? Bas istifayı, geç Yeni Parti'ye!"

Zekâi karşılık vermedi. Neyin, ne zaman yapılması gerektiğini gayet iyi bilirdi. İstiyordu ki aziz dostu Muzaffer de aynı kanıya gelsin, hazırda bir köpek gibi beklesinler.

Vermut şişesine uzandı.

Kadınlı erkekli sarhoş kalabalığı ancak öğleye doğru ayılıp kendine gelebildi. Hafif bir kahvaltıdan sonra, çiftlik avlusunda bekleyen renk renk, cins cins, boy boy otomobillere binildi. Arabalar; yağmur yemiş, tozsuz yolda şehre yöneldiler. Yol köyün içinden geçiyordu. Yalınayak çoluk çocuk, kadın erkek seyre çıkmışlardı. Alışkındılar böyle şeylere. Babası ölüp de çiftlik, tarlalar, şehirdeki "konak" denilen evler kendisine kalalı beri işi büsbütün azıtan Muzaffer Bey'in, çiftliği sık sık "kerhane"ye çevirmesine şaşmıyor, olağan sayılıyordu. Köydeki Dul Naciye'yi gizli zinalarından ötürü ikide bir tefe almalarına karşın Muzaffer Bey'i hoş görmeye alıştırılmışlardı açıkçası. Alışmamışlardı aslında, içerliyor, kimselere duyurmadan okkalı küfürler sallıyorlardı ya, kimseye duyurmadan! Çünkü partiliydi, tabancası vardı, her yanda hatırı dirhem dirhem sayılıyordu. Sonra hiç şakası yoktu. Tabancasını çekti mi...

Sanılıyordu ki Muzaffer Bey adam öldürse de mahkemeye düşse, hâkim onu muhakeme etmekten korkar, çekinir. Onun için de Muzaffer Bey'in astığı astık, kestiği kestiktir. Köylü böyle sandığından, ne zaman çiftliğe kadın, daha çok olduğunca da kadınlar getirse, çalgı sesleri, gazel, şarkılar göklere yükselse, beyefendiyi kızdırmamak için çiftlik yakınlarında dolaşılmaz, beyefendinin gazabından korkulurdu.

Muzaffer Bey'e öfkeleri salt bundan da değildi. Asıl öfkelerinin nedeni, haksız oluşundandı. Tarlasına kazara herhangi bir inek, bir öküz ya da bir eşek girse, anlayıp dinlemeden çiftesine sarılır, beton evinin balkonundan hayvana ateş ederdi. Bu da belki yeterince önemli değil. Köyün hazine malı tarlalarını bile kendi tapulu topraklarına katmıştı. Bu da yetmezmiş gibi, köylünün tapulu topraklarına bile sataşmış, gık diyenin gözünü patlatmıştı. Bütün bunlarsa köylüyü Yeni Parti'ye alabildiğine itmişti. Ama şimdilik ses çıkarmıyor, zamanını bekliyorlardı. Köye kadar gelip ateşli nutuklar çekenlerin dedikleri doğru çıkar da Yeni Parti seçimi kazanır, iktidarı alırsa, biliyorlardı yapacaklarını. Anasından emdiğini burnundan getirecekler, bunca yıldır çektiklerinin hesabını soracaklardı.

Muzaffer Bey'e karşı beslenen bu kin, gittikçe büyüyerek güçlü bir homurtu hâlini alıyordu. Aşırılar daha da ileri gidiyorlardı: Çiftliğini ateşe verip keyfettiği kadınlarla birlikte cayır cayır yakmalı, diye söyleniyorlardı. Hele Habip'le kardeşlerinin kini sonsuzdu. Beyin en çok hışmına onlar uğramışlardı. Tarlalarını ellerinden çekip almış, kendi tarlasına katıvermişti. Hangi avukatı tutsalar, adam tehdit ediliyor, dava arzuhalini mahkemeye vermeden işi bırakıyordu.

Renk renk kadınlar, yüklü arabalar köyün içinden geçip kaybolmuşlardı ama, dedikoduları kesilmemişti. Üçer beşer kişilik topluluklar hâlinde konuşuluyor, homurdanılıyordu.

Yasin Ağa karşıdan görününce, homurtu kesildi.

Yalnız Hıdıroğulları'nın Habip, "Karabaş," dedi Yasin Ağa için. "Akşam gene omuzunda çifte, bekliyordu!"

Kara kuru biri sordu:

"Nerde bekliyordu Habip?"

"Çiftlik kapısında..."

Homurdandı:

"Kerhaneci oğlu kerhaneci..."

Yasin Ağa, Habip'in ne için savuştuğu üzerinde durmadı. Şehre hemen gidecek kamyon olup olmadığını sordu. Varmış. Yarım saat sonra gidecekmiş.

"İyi ya, şoför mahallinde bir kişilik yer bana..."

"Kim için Yasin Ağa?"

"Benim için."

"Tamam, derhal."

Yasin Ağa çiftliğe döndü.

Zaloğlu heyecanla bekliyordu. Havadisi alınca, yaşlı adamın ellerine sarıldı, öptü öptü... Gülizar'la çiftliğin öteki kadınları da ordaydılar. Oğlanın şu hâline gülüştüler. Biliyorlardı Yasin Ağa'nın elini neden öylesine heyecanla öptüğünü.

Yarım saat sonra Yasin Ağa'yı kamyona bindirip yolcu etti. Sevinçten kabına sığamıyordu. Demek üç-beş gün sonra bu iş olup bitecek, Güllü'yü kollarının arasına alacaktı? İçi tatlı tatlı gıcıklandı. O gece kar gibi bacaklarını nasıl da görmüştü yorgan altında! Sonra daha başka şeyler... Evet, kız uzun boyluydu kendinden, güçlüydü de. Güçlüydü ama, ne önemi vardı? Bütün mesele erkekteydi. Erkeğinse güzeli, çirkini olmazdı. Erkek erkekti, "Avradın küçük tanrısı!"

İç geçirdi. Şu bıyığı doğranmasaydı felekte... Kahvenin tam köşesinde Kabak Hafiz'la karşılaştı. Adam dargın gibi bakıyordu.

"Ne o?" dedi. "Küs müyüz yoksa?"

"Küsüz," dedi Kabak Hafiz.

"Niye?"

"Niyesi var mı erenler? Bütün gece yutkunmaktan hunnak illetine tutuldum. Mübarek kudümünüze muntazır, sabahı ettik!"

Zaloğlu uzun uzun güldü:

"Lakin, başın gerekti imam, öyle avratlar vardı ki, anam avradım olsun, gâvur ol deseler olurdun!"

Kabak Hafiz heyecanla sordu:

"Şöyle tombul tombul muydular? Bıngıl bıngıl mı?"

"Ne diyorsun yahu? Dayımı bilmez misin? Yanaştırmışlar hususileri bara, doldurmuşlar avratları, çalgıcı malgıcıları, çek çiftliğe. Bir geldiler, hepsi zilzurna!"

"Bol bol yiyip içtiler mi?"

"Yemenin içmenin sözü mü olur? O bu değil ya, içeri bir girdim, ne gireyim? Allahım şaştı şerefsizim. Avratlar al, yeşil, mor, sarı... Birer kenara sızmışlar. Her bir yanları meydanda... Kiminin sutyeni kaymış, kiminin külotu..."

Kabak Hafiz soluyordu. Gözleri hırsla parlıyor...

"Haydi bize gidelim!"

Zaloğlu'nun şöyle ya da böyle demesini beklemeden, elini yakalayıp çekti. Sürüklüyordu. Eve hep aynı heyecanla girdiler. Adam bütün geceyi, gerçekten de umutla geçirmiş, çiftlikten yansıyan çalgı çığırı, sarhoş kadınların esans dolu çığlıklarını şehvetten titremeler geçirerek dinlemişti.

Birer kıyıya iliştiler.

"Lambayı yakmayacağım, ne dersin?"

"Erken daha."

Heyecanla sordu:

"Demek sutyenleri, külotları... ha?"

"Sorma. Başın gerekti ne yapacaksın?"

"İçki?"

"Çeşidi, dereler gibi akıyordu!"

"Başka?"

"Ne başkası?"

"Avratları yüzlerine bakmak için getirmedilerdi ya?"

Zaloğlu güldü:

"Tabii yahu. Birinde bir baktım, koca burun Zekâi, morluyu kucaklamış..."

"Kucaklamış?"

"O biçim işte!"

"Yani ne biçim?"

"Dalga mı geçiyorsun Hafiz?"

"Şerh et mirim, şerü izah et. Demek kucaklamış... Yani sedire falan sırtüstü yatırıp mı kucaklamış, yoksa dizlerine oturtup mu?"

"Yahu kucaklamış sofayı geçiyordu!"

"Yatak odasına doğru mu?"

"Hayır, banyoya doğru!"

Kabak Hafiz'ın gözleri daldı. Beyaz fayanslarıyla banyo canlanmıştı kafasında. Halvet sıcağında soyunan dişiyle erkek... Zaloğlu'nun anlattıklarını duymuyordu. Koca burun Zekâi'yle morlu kadını kafasındaki banyoda çırılçıplak soydu keyfince. Bol köpüklü sıcak sularda iri iki balık gibi altüst oluşlarına dalıp gitti.

Zaloğlu kendi havasındaydı. Onun içinde de Güllü. Yasin Ağa'nın akşama şehre varacağı, gidip Cemşir'le Berber Reşit'i bulacağı, kız meselesini görüşeceği... İyi ama, koca herif dinlemiyor muydu onu ne?

Omuzundan sarstı:

"Ayıl oğlum heeey. Yarbaşına geldik!"

Kabak Hafiz irkildi:

"Ne var?"

"Ananın dini!"

"Anamın dini İslam!"

"Seninki?"

Kabak Hafiz güldü:

"Daha belli değil!"

Zaloğlu davranıp kalktı. Beriki merakla sordu:

"Nereye erenler?"

"Akşamdan yığınla havyar, Rus salatası, böbrek, ciğer, koç yumurtası kaldıydı..."

"E? Yumulacan mı?"

"Ben mi? Ne münasebet?"

"Ya?"

"Alıp getireceğim. Ne dersin?"

Kabak Hafiz da ayağa fırlamış, etekleri zil çalıyordu:

"Ne mi derim? Allah senden razı olsun, derim erenler. Seni iki cihanda aziz etsin derim. Tabii kadirse!"

"Zât-ı Kibriya mı?"

"Hayır. Vâcibül vücut ve tekaddes hazretleri. Şakayı bırak, çabuk git, çabucak da gel. Amanı bilir misin? Gecikirsen karışmam!"

"N'olur?"

"Zaloğlu ismi celîline gölge düşer!"

"Yok be Kabak oğlu Kabak!"

"Sen şu getireceklerini tez elden getir de ondan sonra da sülâle-i tâhireme ana avrat giriş istersen. Haydi!"

Zaloğlu'yu bir çocuğu kucaklarcasına kucaklayıp merdiveni hızla indi. Kapı önüne bıraktı:

"Zemin ve zamana uygun düşerse, Gülizarcığımın da al yanaklarından pus eyleyiver!"

Zaloğlu bir kahkaha attı.

"Ne o?" dedi Hafiz.

"Sana Allah adamı diyenin... Ulan ne anasının gözüymüşsün meğer be!"

"Hadi, hadi, hadi şimdi. Çabuk git çabucak dön gel!"

Zaloğlu, çiftliğin yolunu tuttu.

Islak tarlalara güneş olanca sıcaklığıyla vurmuştu. Yerler tütüyordu. Maviye çalan boz bir duman, yamaçları sarmıştı. Zaloğlu'nun dudağında, keyifli bir ıslık...

Çiftliğe niçin gitmekte olduğunu unutmuştu. Aklında Yasin Ağa ve Güllü. Daha çok da Güllü. Demek çok yakın bir gelecekte kıza kavuşacaktı? Yasin Ağa pek pek bir saat sonra şehre varır, Kuruköprü'de Berber Reşit'e kızın babasını buldurur, paraları avucuna sayar, "Hadi bakalım Cemşir," der, "göster adaletini!" Cemşir de eve koşar, kızın anasına, "Allah'ın emri, peygamberin kavli, babalık hakkıma da dayanarak, Güllü'yü büyük çiftçi Muzaffer Bey'in yeğenine verdim. Tedarike başlayın!" der. Kızın anası da memnun olurdu herhalde. Neden olmayacaktı? Koskoca, anlı şanlı bir bey, beyefendinin yeğeni. Bunca uçsuz bucaksız tarlalar, şehirde evler, konaklar, altlarında hususi araba. Cemşir'in de, karısının da eteklerinin zil çalması gerekirdi. Aslına bakılacak olursa, başlarına devlet kuşunun kocamanı konmuş sayılırdı. "Yok canım, bu iş oldu. Oldu ki öteye bile geçti. Bir saat sonra her şey yoluna girer. E... Güllü Hanım, sıra ifadeni almaya gelince kurtul kurtulabilirsen cırnağımdan gayrı!"

Keyifli keyifli güldü.

Nikâh günü gelirdi sonunda. Zaloğlu yepyeni lacivert giysileri içinde, ayaklarında yüksek topuklu, sivri burunlu ruganlar, beyaz ipek gömlek, belki de boynunda kravat!

Birden içindeki lamba sanki kısıldı. "Bıyıklarım!" diye düşündü. Bıyıkları da olsaydı felekte. Ne demeye kesmişti sanki? Ne zararı vardı ona? Dayısı mayısı... Hani dayısı olmasa bilirdi yapacağını!

Ayağının dibinden bir kuyrukkaldıran ok gibi fırlayınca ürktü. Dayısı olmasa ne yapabileceğini düşündü. Gerçekten de, ne yapabilirdi dayısı olmasa? "Hiç," diye geçirdi. Dayısı tipinde bir yabancı, onu bir tokatta...

Canı sıkıldı.

Ne diye böylesine çelimsiz yaratılmıştı sanki? Allahlık mıydı bu? Böyle Allahlık, böyle adalet mi olurdu? Kız halaya, oğlan dayıya çeker derlerdi bir de. Hani, niye çekmemişti dayısına?

Yerden bir toprak parçası alıp uzaklara fırlattı.

Dayısına benzeseydi, ah benzeseydi... O zaman bütün kadınlar, kızlar tav olurlar, onunla yatmaya can atarlardı. Hazreti Allah'ın neden böyle nekeslik ettiğini düşünecekti ki, ayağının hemen hemen altından yeni bir kuyrukkaldıran fırlayıp göklere doğruldu. Düşüncelerinin şeridi kopmuştu. Kopmuştu ya, gene de ucunu yakaladı. Eli, kazınmış bıyığına gitmişti. Yoktu, yoktu artık o güzelim palabıyığı. Hele bir hafta on gün geçsindi. Bu kez pala değil, portatif bıyık bırakacaktı. Büsbütün bıyıksızlık sinirine dokunuyor, kendini kadınlaşmış gibi görüyordu. Buysa Çukurova'da çok ayıptı. Yalnız Çukurova'da mı? Her yerde ayıptı erkeğin kadınlaşması. Erkek erkekti, kadın da kadın! Bu yüzden herkesin ona duyurmadan ondan, bıyıksızlığından, kadına benzediğinden söz ettiklerini sanıyordu. Dayısına yalvarıp eline ayaklarına kapansa da yeniden bıyık bıraksa nasıl olurdu?

Durakladı.

Bıyığının dayısına hiçbir zararı yoktu üstelik. O gece Güllü nasıl bakmıştı bıyıklarına? Suratı asıktı, canı sıkkın gibiydi ama cilveydi tabii bütün bunlar. İlk gördüğü insana yılışacak değildi ya! Dürüst kızlar elbette yılışmazlardı önüne gelene. Güllü'nünse çok namuslu olduğunu ilk bakışta anlamıştı. Namuslu olmasa, gülüverir, kırıtır, cilvenin daniskasını yapardı. O kadar kaş göz etmiş, kızdan karşılık alabilmiş miydi? Çapa ya da patoz zamanı karısını çiftlikte koyup gidecekti şuraya buraya. Hatta haftalarca çiftlikten uzaklarda kalması gerekecekti. Koca çiftlikte ise "Erkek" adına Yasin Ağa'yla çobanlar... Birden dayısını hatırladı.

Durdu bir an. Ölçtü, biçti. Sonra, "Yok canım," diye geçirdi. "Yapmaz. Dayı gibi var mı? İnsan yeğeninin karısına... Ahlaksız mı bu? Sütübozuk, hatta hatta kominis bile olsa gene de..."

Yolu yeniden tuttu ama içi rahat değildi. Dayısının ne "Allahsız" olduğunu bilirdi. Pireyi sekitmezdi. Güllü boş verse bile, gece, el ayak çekildikten sonra yanına varsa, karanlıkta el atsa... Fenasına gitti, yeniden durdu.

"Allahını şaşırırım onun dayı gibi! İsa'sını, Musa'sını, yedi göbek sonra gelecek zürriyetini..."

Yürüdü, durdu. Yeniden yürüdü. Dayısı gene kalın, çatık kaşları, ağır gövdesiyle yüreğine kâbus gibi oturmuştu. Nasıl şaşırtabilirdi böyle dev gibi adamın İsa'sını, Musa'sını, yedi göbek sonra gelecek zürriyetini? Hem evli bile değildi ki, zürriyeti olsun. Sonra, madem kendinde böyle bir güç görüyordu, bıyıklarını makasla doğradığı zaman ne diye kendini göstermemişti? Tekmesinin altına kaç kez almıştı da neden sırtaramamış, karşı koyamamıştı?

"O başka, bu başka!" diye yolu yeniden tuttu. Bu, namus meselesiydi. Namuslu bir insan, namusu uğruna her şeyi yapardı. İnsan değil dayısını, babasını bile öldürebilirdi. Allah da böyle emretmemiş miydi? Hem canım, dayısı gibi yakışıklı, anlı şanlı bir adamın Güllü'ye ne ihtiyacı vardı? Bir işaretiyle en palikarya karılar, kızlar karşısında el pençe divan durmazlar mıydı? Durmuyorlar mıydı?

Hafifçe öksürüp yoluna koyulmuştu ki Aptal Pembe'yi hatırladı birden. Gene böyle, çiftliğe iki hususi dolusu bar kadınlarının geldiği cümbüşlü gecelerden birinin sabahında, dayısını ahırda yakalamıştı. Hem de Aptal kızıyla! Güzel de değildi üstelik. Hatta dudakları irin içinde, patlak patlak...

Tükürdü.

Ne midesiz eşşoğlu eşşekti şu dayısı be!

Elinin bir davranışıyla aklındakileri sanki itti, adımlarını açtı. Çiftlikten içeri hızla girdi. Gülizar'ın berrak sesiyle kendine gelerek kulak verdi. Bir sevda türküsüdür tutturmuştu kancık. Yasin Ağa'nın odasından geliyordu sesi. Kapıya yavaşça gitti, durdu. Tamam. Süpürge süpürmekteydi. Birden, çiftliğe ne için geldiğini hatırladı. Tam zamanıydı. Gülizar'ın yokluğundan faydalanarak içki, yiyecek falan uçlanmalıydı.

Beton eve hızla yöneldi.

Huğun alacakaranlığını süpürürken bir an kapıda beliren bir insan dikkatini çekmişti. Kimdi? Yoksa bir yabancı mı?

Kapıya çıktı. Zaloğlu'ydu, sağlama. Nitekim beton evin merdivenlerini ikişer ikişer çıkıyordu; gecikmişçesine. Niye? Neden yanına gelmemişti de, firsattan faydalanmak istercesine beton eve saldırmıştı? Muzaffer Bey'in sıkı tembihini hatırladı: "Ben çiftlikte yokken bu serseriye göz kulak ol! İçkilere, balık yumurtalarına, bilhassa bilhassa havyarıma musallat gibi geliyor bana. Kendi yese ehemmiyeti yok, yesin. İte köpeğe ziyafet çeker de..."

Süpürgeyi bırakıp beton eve yöneldi.

Merdiveni çabucak, kedi sessizliğiyle çıktı.

Sofayı geçti: Mutfak kapısı aralıktı. İçeriye usulcacık baktı. Düşündüğünce, akşam misafirlerden kalan mezeleri büyükçe bir kayık tabağa acele acele dolduruyordu: "Neden acele acele?"

Telaşını hayra yoramadı. Demek doldurup birisine götürecekti!

Kapı boşluğunu sertçe doldurdu:

"Kolay gelsin efendi!"

Zaloğlu iğne dürtülmüşçesine döndü. Yakalanmıştı ama, belli etmemeye çalışarak, "Hoş geldin," dedi.

"Ne yapıyorsun?"

"Hiiç. Öyle..."

"Neyle?"

"Canım bırak yahu be. Her şeyi görmezler. Dayım yemez bunları nasıl olsa. Atılacağına..."

"Kime vereceksin?"

"Bil bakalım: Kime verebilirim?"

Gülizar omuz silkti:

"Ne bilecekmişim ben?"

"Bizim fukara Hafız'a."

Güldü:

"Rakı da götür bari..."

"İznin olursa, hani pek makbule geçer."

"Sahi mi? İçer mi?"

"İçer mi de söz mü? Dibinde uyur. Hem sana bir şey deyim mi? Senin de gözlerinden öpüyor!"

Yalancıktan canı sıkıldı:

"Dert. O ne biçim laf o?"

"Basbayağı laf, nesi var? Kanına mı dokundu?"

O günden beri Gülizar için Kabak Hafiz sadece bir din adamı olmakla kalmamış, iriyarı, sağlam heybetiyle kafasını kurcalamaya başlamıştı. O ne hâkim bakıştı o? O ne çapkın, istek dolu süzüşlerdi!

Gülizar'da Kabak Hafız'ın taşkın erkek kudretini düşünüyordu. O günün gecesi, sabaha dek Hafız'ı, Hafız'ın bir erkek olarak neler yapabileceğini düşünmüş durmuştu. Öyle kapı gibi bir erkek, istek dolu, susamış, yiyecek gibi bakan bir erkek, eline düşüreceği, istekten kudurmuş, tavında bir kadına neler yapmazdı.

Daha sonraları düşlerine girmişti. Ancak o, yüz kiloluk gövdenin hırsı Gülizar'ı doyurabilir, doymayan isteklerini yüz kiloluk ağırlığı altında ezebilirdi. Demek "Gözlerinden öperim," diye haber salmıştı? Demek gözleri dönmüştü adamın böylesine? Yani azgın bir boğa isteği içindeydi?

Ağzından kaçıverdi:

"Ben de onun gözlerinden öperim!"

Zaloğlu hayretler içinde:

"Sahi mi kız?"

"Tabii!"

"O da senin gözlerinden öpüyor deyim mi?"

"De."

"Peki, Yasin Ağa?"

"Aman sen de..."

Ramazan'ı bir çocuk gibi kucaklayıp dışarı çıktı. Sofayı geçti. Akşam renk renk kadınların sere serpe uzandıkları koltukların bulunduğu odaya girdi. Geniş sedirlerden birinin üstüne bıraktı kendini. Zaloğlu'yu hınçla sıktıktan sonra, "Seni yemek geliyor içimden!" dedi.

Ramazan, kadının dönmüş gözlerine korkuyla baktı. Bu gözler alev alevdi. Davranıp kalkmak, kadının güçlü kollarından kurtulmak istediyse de olmadı.

Gülizar, "Ne o?" dedi. "Bakıyorum kaçmaya çabalıyorsun, dürzü!"

"Canımı yakıyorsun."

"Canın çıksın!"

"?.."

"Akşam yarı buçuk bıraktın, sabaha kadar deli oldum. Vallaha öldürürüm seni."

Zaloğlu'nu yeniden, olanca gücüyle sıktı.

Genç adamın canı yanmıştı, elinde olmayarak inledi:

"Uuuuuuf..."

"..."

"Kolum incindi, bırak!"

"Bırakmayacağım."

"Bırak."

"Bırakmayacağım!"

"Niye?"

"Öyle."

"Neyle?"

"Bana onu getirirsen bırakırım."

Şaştı:

"Kimi? Kabak Hafiz'ı mı?"

"Rakınızı burda için!"

"Olur mu kız?"

"Of gibi de olur, niye olmayacakmış? Hazır Yasin masin de yok..."

"Güpegündüz, herkesin gözü önünde ha?"

Doğruydu, güpegündüz, herkesin gözü önünde koca adamı çiftliğe nasıl alabilirlerdi? Ama canı istiyordu onu, istiyordu evet. Herkesin Allah belasını versindi. Ne karışıyordu herkes?

Zaloğlu'yu bırakıp kendini sedire yüzüstü attı, elinde olmayarak hıçkırmaya başladı. Omuzları sarsıla sarsıla ağlıyordu. Zaloğlu şaşkına dönmüştü. Onu hiç böyle görmediği için, bu yaşam dolu kadının, ne için ağlayabileceğini anlayamıyor, sadece bakıyordu hayret içinde. Bir ara kadının çıldırıp çıldırmadığını düşündü. Çıldırdıysa belki de ona saldırır, boğabilirdi. Kalkıp savuşmaksa, olmayacaktı. Ya çıldırmadıysa? Ya sonradan alay ederse korkusuyla?

Gülizar birden hınçla doğruldu:

"Git," dedi. "Defol. Cehennemin dibine kadar yolun var. Erkeğim diye gezip dolanma bu dünyada!"

"Niye?"

"Derdin dibi. Sen yarın avradından da böyle kaçarsın!"

Kanına dokunan Zaloğlu:

"Ben ha?"

"Sen tabii."

"Görürsün."

"Göreceğiz."

Sonra birden değişerek sordu:

"Kız güzel mi çok?"

Anlamadı:

"Hangi kız?"

"Seninki."

"Ha, Güllü mü? Güzel. Akşam hani bir mavili vardı ya?"

"E?"

"Ona benzer amma ondan daha boylu, daha güzel, daha da tatlı."

Gülizar akşamki maviliyi hatırlamıştı:

"Onun kadar beyaz mı?"

"Bak hele bak..."

Gülizar'ın içini bir kıskançlık dolaştı. Bir çatı altında olacaklardı. Muzaffer Bey de aralarında. Kim bilir, belki de bir gün o azgın herif...

"Demek ondan da beyaz?"

"Beyaz da söz mü?"

Belki de banyoyu ona hazırlatırdı. Yalnız hazırlatmayla kalmaz, arkasını da sabunlatırdı. Peki, Gülizar? O ne olacaktı? Kıyıda, köşede mi kalacaktı? Evin hanımı Güllü mü olacaktı? "Gülizar!", "Bana bak Gülizar... Şunu şöyle yap, bunu böyle..." mi diyecekti? Birtakım emirler mi verecekti? Onu hizmetçi yerine mi koyacaktı yani? Belki de "Hanımefendi" demesini isterdi. Tabii isterdi, ne diye istemesin? Yüz bulunca astarını pekâlâ da isteyebilirdi. Hayır, demeyecekti işte. Hanımefendi değildi ki desin. Alt tarafı nerden bakılsa bir fabrika kızı. Fabrika kızı hanım, hanımefendi olacaktı ha?

"Bana bak," dedi. "Avradının kulağını bük. Bana hanımlık taslarsa vallahi karışmam ha!"

Zaloğlu bir kahkaha attı:

"Karışmaz mısın?"

"Karışmam."

"Ne yaparsın?"

"Her bir şey..."

"Mesela ne?"

Gerçekten de ne yapardı?

"Onu beye derim!"

Ve öfkesi büsbütün taştı:

"Ben başıma buyruğum, amir, kumandan istemem. Deli soykanın biriyim zaten..."

"İyi ama ne dersin dayıma?"

"Diyeceğimi bilirim ben!"

"Dayım seni dinler mi?"

Tepesi attı:

"Neee? Dinlemez mi?"

"Dinlemez ya!"

"Ben on yıldır, on koca yıldır kahrını çekiyorum onun. Beni, aslan gibi erimin altından çekip aldı. Beydir, ağadır, soyludur diye kocamızı feda ettik, kendine kul köle olduk. Niye? Yiğitliğine! Pişman değilim amma, yazının şordan gelecek bir..."

Zaloğlu'nun da tepesi attı:

"Ne, yazının şordan gelecek bir kızı mı?"

"Ne ya?"

"Benim karım o be!"

"Ne olursa olsun. Dayının yanında senin ne piyasan var ki?"

"Ne piyasam mı var?"

"Öyle ya, ne piyasan var?"

"Ulan hiçbir piyasam olmasa, dayımın vârisiyim bugüne bugün be, Allah gecinden versin, gözlerini yumdu mu, yerine ben geçeceğim. Yanında ne piyasan varmış. Akıla bak!"

Gülizar anlamlı anlamlı başını salladı:

"Anlaşıldıı... Demek dayının ölmesini bekliyorsun? Dur se-
en. O dayın nasıl olsa gelir. Eğer demezsem. Şuna bak, adamcağızın ölümünü bekliyor!"

Zaloğlu korktu. Gerçekten de dayısına söylerse, yanmıştı. Bütün işleri altüst olabilir, çiftlikten kovulabilirdi. Azgın kadının yanına iliști:

"Allah gecinden versin kız. Günün birinde diyorum, insan hâli, hepimiz öleceğiz. Hem kim bilir, belki de ben ondan evvel..."

Kadının başını okşadı:

"Deli. Seni kızdırmak için... Aboo... Sen benim ilk göz ağrımsın kız. Seni öyle seksen tane Güllü'ye değişirsem anamla Kâbe yolunda zina etmiş olayım be... Sana değil Güllü, hiç kimse dan dun edemez. Sana yan bakanın rabbiyesirini... O biçim işte. Beni ne belliyon sen?"

"Kızın babası, anası, bacıları var mı?"

"Babasını bilmiyon mu?"

"Kim?"

"Bizim Elci Cemşir."

"Hıı, bacısı, kardaşı?"

"Bir oğlan kardaşı var."

"Kız?"

"Yok."

"Onlar da çiftliğe mitili atarlar gayri öyle ya?"

Zaloğlu bunu henüz düşünmemişti. O yalnız kızı istiyordu şimdilik.

Gülizar gene de rahatsızdı. Günlerdir kafasını bu sorun kurcalıyordu. Beyin ölümüne gelince, Allah kerimdi. O zamana kim öle kim kala. Kapı gibi adam sağlığında elinden alınmasındı da... Onun ne uçarı olduğu herkesçe bilinen şeydi. Olsun. Bir çatı altında başka kadınlarla... Evet, bardan gelen kadınlar... Biliyordu, biliyordu ama, onlar zararsızdılar. Akşamüzeri ya da gece yarısı gelir, sabahleyin basıp giderlerdi. Durucu olmayan kadınlara can kurbandı. Bu? Bu kalıcıydı. Kalıcı olunca da, her an beyin gözleri önünde salına salına dolaşacak, adamın aklına zorla iş düşürecekti. Hem bakalım bey ona karşı ne türlü davranacaktı? Yeğen hatırı sayacak mı, yoksa kalbini bozup hişt pişte mi başlayacaktı. Başlarsa ohooo... Banyoyu da hazırlatır, arkasını markasını da sabunlatırdı. Yalnız bu kadarla da kalmazdı o azgın herif. Kollarının arasına bile alıverirdi.

Sol gözü seğirmeye başlamıştı birden.

Bütün bunların böyle olacağını Allah'ı bir bildiği gibi biliyordu. Sonra, bey kadar yakışıklı bir erkeğe hiç ama hiçbir kadının umursamazlık edemeyeceği meydandaydı.

"Sana bacı, kardaş nasihati Ramazan. Beni dinlersen avradını çiftliğe getirme!"

Zaloğlu da huylanmıştı:

"Niye?"

"Niyesi var mı? Dayını bilmiyor musun?"

"Biliyorum."

"Güzel avratlara karşı?"

"N'olur?"

"Ananın dini olur!"

Zaloğlu, kadının kaygısını anlamıştı.

"Çüş be," dedi. "Dayım be!"

"Dayın. Erkek değil mi? Sen yarın çekilip çapa ırgatlarının başına yahut patoza gidecen, şehre gidecen, günlerce kalacan. Genç kadın... Üstelik dini donu olmayan dayın..."

"Benim avradım namusludur!"

"Ramazan, beni dinle: Avradın namuslusu, namussuzu olmaz. Yakışıklı, güçlü erkek... Avrat bir bakışta baştan çıkabilir. İstemese de çıkabilir. Sonra, dayının yanında sen nesin? Hiç, vızırtı. Onun yanında sana bakmaz! Yani piyasaya almaz seni. Beni dinle. Avradını uzakta oturt, şehirde mesela. Dayının ne canavar olduğunu bana sor. Benim erimi bilmezsin. Benim erim de kaytan bıyıklı bir erkek güzeliydi. Ben de daha on altı, on yedi yaşımdaydım. Bir gün dayına rastladım, şu aşağıdaki ahırın köşesinde. Tamam. Ne olduysa oldu. Elimden tuttu, çekti, beni çiğit ambarına götürdü. Gık diyemedim. Ondan sonrası, işte!"

Zaloğlu ters mers olmuştu. Şehirde nasıl oturabilirdi? Dayısı, "Hayır. Burada, çiftlikte oturacak!" derse, nasıl, "İllaki şehirde oturacağım!" diye ayak direyebilirdi?

İç geçirdi:

"Dur bakalım, hele o gün gelsin de..."

"Vallaha karışmam Ramazan. Kedinin boynuna ciğer asılmaz!"

Zaloğlu mutfağa geçti. Mezelerle bir yarım kiloluk rakı şişesini sepete koyup sepetin ağzını bir gazete kâğıdıyla örttü. Neşesi kaçmıştı. Kadın delidoluydu ama doğru şeyler söylemişti. Dayısının ne mal olduğunu bilmez değildi ki!

Hep o düşünceli, daha çok da sıkıntılı hâliyle evden çekti gitti.

Kabak Hafiz dokuz doğururcasına beklemekteydi.

Kapıdan karşıladı:

"Nerde kaldın mirim? Nerde kaldın yahu! Artık ümidimi kesmeye başlamıştım. Bir mâni zuhur etti, gelmeyecek demiştim... Neler getirdin bakalım? Gel şöyle!"

İçeri girip kapıyı kapadılar. Ardından da tahta sürgüyü çektiler.

Beyaz perdeler de indirildikten sonra, Kabak Hafiz kollarını çemirleyip sepete besmeleyle yanaştı:

"Oh oh oh... Ne bu?"

Zaloğlu, "Havyar," dedi.

"Havyaar? Bunlar?"

"Balık yumurtası."

"Ya bu?"

"Amerikan salatası!"

"Rus salatası de şunaaa... Bunlar? Börek. Ya bu?"

"Aç, bak!"

"Açıp bakınca elbette bilirim."

"Ulan Hafiz, her şeyi de biliyorsun ha!"

"Elbette mirim. Ben, dünya nimetlerinden habersiz gafillerden miyim? Dünya nimetlerinden ancak hayvanlar, hayvanoğlu hayvanlar bihaberdirler. Bense, onlardan olmak istemem! Sonraaa... bir teşehhüt* miktarı da olsa, yüksek sosyetede yalandık biz de!"

"Ne demek bunlar be?"

"Ne, ne demek?"

"Lügat paralayıp duruyorsun."

"Haa, şu mesele..."

"Malum ya? Bizim bilgi terazisi bu kadar ağırlığı çekmez!"

"O hâlde, açık konuşuruz bundan sonra. Lügatı mugatı... efendim?"

"Bırakalım!"

"Bırakalım mirim, bırakalım..."

Sepetle merdiveni bir solukta, iştahla çıktı. Tabakları, sahanları indirip yiyecekleri sarılı oldukları kâğıtlardan tabaklarla sahanlara boşalttı.

Zaloğlu başucundaydı. Hafiz'ın iştahla çalışan ellerine gülerek bakıyor, Gülizar'ın dediklerini düşünüyordu. Neşesi adamakıllı kaçtı birden. Dayısını hatırlamıştı. Hatırlayınca da tedirgin edici bir iç huzursuzluğu başlamıştı yeniden. Gülizar'ın dediğince, Güllü'ye hâllenir, elde etmeye kalkarsa...

İrkildi:

"Ya kız da tav olursa?"

Yüzünden kapkara bir gölge geçti. Ne diyordu Gülizar? Kudretli bir erkek karşısında namus mamus sökmezdi gerçekten de.

İçini çekti.

Kabak Hafiz'ın gözünden kaçmamıştı bu:

"Hayrola?"

"Hiç."

"Nasıl hiç?"

---

* Çok kısa bir süre.

"Yok bir şey."

"Yok da niye çektin içini?"

"Başka. Onu diyecektim, Gülizar'a söyledim şunu."

"Neyi?"

"Gözlerinden öptüğünü..."

Hafiz her şeyi bırakıp şimşek gibi baktı:

"Allahını seversen?"

"Şerefsizim ki..."

"Kızdı mı?"

"Yok canım."

"Allah aşkına?"

"Al getir, burada için dedi ama..."

"Ama?"

"Ben uygun bulmadım!"

"Niye?"

"Niyesi var mı lan? Olur mu? Yakışık alır mı?"

Kabak Hafiz işi gücü bırakmıştı. Zaloğlu'nun boynuna sarıldı, yanaklarını öpücüklere boğdu. Sevinçten çıldırmış gibiydi. İçki, yiyecekler, her şey silinmişti, uçuyordu.

"Demek böyle ha?"

"Böyle."

"Aferin sana. Beni memnun, mesut, mesrur eylediğini söyle Ramazan. Ona gece gündüz, yatıp kalktıkça dua edeceğim, bütün işleri kolay olacak!"

Mezelerin tabaklarla sahanlara aktarılması işine Zaloğlu koyulmuştu.

Kabak Hafiz adeta kulaklarına inanamıyordu:

"Vay anasını," dedi bir ara. "Demek... İnanamıyorum, vallahi, billahi, tallahi inanamıyorum..."

Yarım kiloluk rakı şişesini yerden sevinçle aldı. Kocaman yumruğuyla şişenin dibine vura vura tıpayı çıkardı. Bardağa döktü, bir solukta içti:

"Ooooooh!"

Zaloğlu işini bitirmiş, mezelerin kaplarını yerde serili sofra bezinin üstüne sıralamıştı:

"Çok hızlı başladın," dedi.

"N'olacak?"

"Arabın dediği gibi şivey şivey gidelim de tadını anlayalım. Sen kafayı hemen bulacaksın. Ben?"

"Ne olmuş sana?"

Zaloğlu gene aklında dayısı, iç geçirdi. Kabak Hafiz birden bir şeyler sezmişti:

"Hayrola be!"

"Hele oturup bir iki çekelim de..."

"Çekelim mirim."

Kabak Hafiz ekmekle su da getirdikten sonra sofra bezinin iki kıyısına karşılıklı oturup başladılar çekmeye.

Zaloğlu ağır ağır içiyor, gittikçe artan bir huzursuzluk içine gömülüyordu. Sonunda boşandı. Bütün endişelerini hiçbir şey saklamadan saydı döktü.

Kabak Hafiz dikkatle dinlemişti. Gülizar haklıydı ama bunu genç adama açıklayacak değildi. Zaten kuşkudaydı. Açıkladı mı, fitili alacak, tadı tuzu kalmayacaktı. Kaç vakittir o da düşünüp duruyordu zaten bunu. Büyük çiftçi, üstelik domuzuna yakışıklı ve güçlü Muzaffer'i başkalarından sorup öğrenecek de değildi. Gene de, "Ben senin ve Gülizar'ın fikrinizde değilim," dedi.

Zaloğlu umutla baktı:

"Ya?"

"Evet, dayın uçarı zampara, şüphe yok buna. Fakat, yeğeninin menkûhesine..."

"Yahu bıraksana şu lügat paralamayı!"

"Menkûhe, yani nikâhlısı demek. Yeğeninin nikâhlısına el atacak kadar aşağılık değildir!"

"?.."

"Onun elinden gelip geçen kadınları şöyle bir tasavvur etsene!"

"?.."

"Elini sallasa ellisi, başını sallasa tellisi gelir. Hem de koşa koşa. Yalan mı?"

"Doğru."

"Korkma, hiçbir şey olmaz. Mamafih, herhangi bir tehlike bahis konusu olursa, bir tılsım yapar..."

Zaloğlu'nun gözleri gene umutla parlamıştı. Kabak Hafız ardını getirdi:

"Erkekliğini merkekliğini keseriz evvel Allah... Haydi şerefe!"

Rakı bardakları kaldırılıp tokuşturuldu. Zaloğlu iyice umutlanmıştı. Ağzını yumruğunun tersiyle sildi. Meze almayı falan unutmuştu.

"Demek..."

"Evet, bıçak gibi şıp, kesilir nefsi. Hiç merak etme!"

"Sana güveniyorum."

"Güven. İcabını icra edeceğime şuncacık şüphen olmasın. Seni ne kadar sevdiğimi bilirsin. Sonra, şu haberi getirdin mi getirmedin mi?"

Zaloğlu unutmuştu bile:

"Hangi haberi?"

"Aman mirim?"

Göz kırptı. Zaloğlu anlamıştı:

"Haa, şuuu. Anladıım. Valla karı bildiğin gibi değil. Fakat üstesinden gelebilmeli ha!"

"Ne demek o?"

"Şerefsizim camız gibi kuvvetli karı. Beni bir sıktı, cıyak cıyak bağırdım. Avrat değil, pehlivan!"

"Tam benim harcım desene..."

"Bilmem artık. Aranızda bir şey. Lakin ilik ilik avrat!"

***

Gülizar fitili iyice almıştı. Zaloğlu'ya gelin gelecek kızın bir süre sonra hanımefendilik taslayacağına kuşkusu yoktu. Hele gerçekten de güzel, alımlı çalımlıysa. Muzaffer Bey'i avucunun içine alabilirdi. Alınca da tamamdı.

Odadan sinirli sinirli çıktı. Banyoya girdi. Neden girmişti? Bilmiyordu ama bembeyaz, pırıl pırıl fayanslara endişeyle baktı. Beyi avucunun içine alırsa, Gülizar her şeye veda edecekti demek ha? Demek şurda, şu banyonun içinde ya da soyunma yerindeki sedirin üzerinde onu yatıracak...

İçi karardı.

Daha fazlasını düşünmek istemiyordu. Dışarı çıktı, kapıyı hırsla çekti.

Acaba beye söylese de, oğlanı kovdurmanın bir yolunu mu bulsaydı? Ne demişti? "Dayımın vârisiyim ben. Yarın gözlerini yumdu mu, tekmil bu mal mülk kime kalacak?"

Altdudağını dişleri arasında ezerek düşünmeye başladı: Doğru söylüyordu. Dayısı ölünce mal mülk Ramazan'a kalmayacak mıydı? O zaman? O zaman o "fabrika sürtüğü" yani, çiftliğin tam anlamıyla sahibi, hanımefendisi olacak, belki de yol verecekti Gülizar'a!

Hızla yürüdü. Kütüphaneli odaya hırslı hırslı geçti. Kitaplığın önünde durdu. Masaya kalçasıyla dayandı. Amerikan traktörlerinin kuşe kâğıtlara basılı cicili bicili, renk renk kataloglarına bir süre görmeden baktı. O, görmeden baktı ama Massey Harris, John Deere'ler ona albeni dolu, yosma, cıvıl cıvıl bakıyorlardı.

Evet, "fabrika sürtüğü" çiftliğin hanımefendisi olacak, isterse de Gülizar'a yol verebilecekti. Kim bilir, belki de çok kıskançtı. Kıskançsa, bir başka genç kadını aynı çatı altında ne diye tutacaktı? Gülizar olsa tutar mıydı? Şöyle bir düşündü, tutmazdı. "Tutmam doğrucası. Elime firsat geçsin de bak. Değil alımlı çalımlı kadınları çatımın altında tutmak, çiftlikten kancık köpeklerle tavukları bile sürer çıkarırım!"

Kendi kendine sordu:

"O niye tutsun?"

Kendi kendini yanıtladı:

"Hiiç, niye?"

Yüzü belirsiz, alımlı çalımlı bir kadın içinde canlanarak sanki emretti:

"İstemiyorum bu Gülizar mı ne karın ağrısıysa kadını. Hemen, hemen yol verin!"

İç geçirdi, sonra da, "Derse der..." dedi.

Sıkıntısı arttı.

İçindeki, o, yüzü belirsiz ama her yanından alımlı çalımlılık akan "fabrika sürtüğü"ne açtı ağzını yumdu gözünü:

"Pis. İki paralık bir fabrika kızısın, ne yani? Giderim, giderim ama... Bilirim yapacağımı ben de!"

Ne yapabileceğini düşündü. Hiiç, yapabileceği bir şey yoktu ki. Umduğu dağlara kar yağar, dayandığı yerler yıkılırsa çekip gideceği bir yer bile yoktu.

Uzun uzun düşündü. Gerçekten de, böyle bir şey olsa, nereye gidebilirdi? Irz, namus, şu bu umurunda değildi. Yeter ki karnı doysun, sırtını dayasın. Çalışmaya gelince, çalışırdı be. Kana kana çalışırdı ama neresiydi bu? Kimin yanı? O kadar yalnızdı ki!

Ağlamak geldi içinden. Yapayalnızdı. Ana, baba, hısım, akraba, artık çoktan kayıplara karışmış gencecik bir erkek, kocası yani, yoktu. Yeryüzünde tek başına kalmıştı işte!

Ağlayacaktı ki, aklına Kabak Hafiz geliverdi. Ferahladı. Sahi, bu iriyarı, bu kocaman elli ayaklı, bu insanı altına alsa dağ gibi ezecek adam kabullenirdi onu herhalde!

Birden aklına öyle yatıvermişti ki, "Ulan alıver beni be!" diye geçirdi. "Ayı, ayı oğlu ayı, alsan ne çıkar? Sana öyle bir avrat olurum ki! Senin dümenin namaz, niyaz, dua, okuyup üflemek. Uyuveririm sana. Sen erkekleri kafese koyarken, ben de kadınları. Senin hanım sultanın olurum!"

Gerçekten de tadından yenmezdi hani böyle bir şey olsa. Hatta bu köyden çekip giderler. Yeni, yepyeni köy, köyler. Hafiz bu yepyeni köylerin imamı olur, Gülizar da "İmam efendinin hanımı." Köylüler kim bilir nasıl ikrama boğar, nasıl yere yurda kondurmazlardı!

"Neden olmasın? Pekâlâ da olabilir!"

İçinden bir başka yanı yanıtladı:

"Acele etme!"

"Niye?"

"Fabrika sürtüğü belki de çok iyidir, arkadaş olursunuz!"

"?.."

"..."

Arkadaş olmak da çözümleyemezdi ki işi. Ramazan'ın dediğince, kız gerçekten çok güzelse Muzaffer Bey'in gözünden kaçabilir miydi? Gece, gündüz, Ramazan evde, değil... Daha olmazsa Ramazan'ı şehre, birtakım işlerin ardına yollar, o gelinceye dek gencecik kadınla...

İçinden banyo, pırıl pırıl fayanslar, küvet, su dolu küvet, küvette "fabrika sürtüğü," sonra kıllı göğsü, kollarıyla bey geçti hızla. Kaşları öfkeyle yıkıldı:

"Seni Ramazan'a dersem!"

Kız, sanki, "Dee..." karşılığını verdi.

"Korkmaz mısın?"

"Ay bennen olduktan sonra yıldızları kim takar?"

Öyle ya, bey onunla olduktan sonra Ramazan, Gülizar da kim oluyorlardı?

"Tam çattık..."

Gerçekten de çatmıştı. Kız amma da güçlüydü be! Ramazan'ı doldurup karısıyla dayısını bastırmayı geçirdiyse de bu da havaydı. Ramazan, karısıyla dayısını yakalasa ne çıkacaktı? Çekip kızı mı vurabilecekti, dayısını mı? Dayısını vuramazdı. Vurmak şöyle dursun, baskın bile veremezdi. O dağ gibi adam onu tokatla öldürürdü. Kızı çekip vursa? Buna da ihtimal veremedi. O kupkuru, o silik oğlan bunu da yapamazdı.

"Kız"sa sanki içinden bakıp kıs kıs gülüyordu.

"Pis!" dedi Gülizar.

"Sensin!" karşılığını aldı sanki.
"Maymun!"
"Aynayla dargınsın galiba?"
"Neyine güveniyorsun?"
"Beye!"
"Bey seni ne yapsın?"
"Hah hah haaay. Senin gibisine yıllardır neler yapan güçlü bir erkek, benim gibi körpecik bir yeni geline ohoooo..."
"Bey seni bir sıksa suyunu çıkarır!"
"Çıkarsın!"
"Beni senin sözünle atmaz ki!"
"Öyle bir atar ki..."
"Nasıl?"
"Şu kadını defet, görmek istemiyorum, derim. Hemen defeder!"
"Senin sözünle mi?"
"Tabii."
"Ne biliyorsun seni tevatür seveceğini?"
"Dudakları patlak işçi karılarını bile kaçırmayan azgın bir adam, beni kaçırır mı? Yeniyim, sen eskidin. Sözümden çıkmaz. Hiç olmazsa bir süre. O zamana kadar seni kovdururum ya!"
"..."
"..."

Bu kız çiftliğe gelmemeli, o azgın, it nefisli adamın gözleri önünde dolanmamalıydı en iyisi. Nasıl? Bilmiyor, bilmiyordu Allah belasını versin!

Odadan sinirli sinirli çıktı. Merdivenleri indi. Birtakım boş arabalar, tarla sürmeye mahsus paslı pulluklar, köten, diskaro, biçerdöverlerin bulunduğu avluyu geçti. "Evdeci" denilen çiftlik tutmalarının oturdukları, üzerleri saz örtülü toprak huğlara geldi. Çapa vakti ırgatların ekmeğini, yemeğini pişiren, inekleri sağan, duvarlara tezek vuran Seyyare Bacı'nın yanında durdu. Ellilik, karayağız bir kadındı. Yasin Ağa gibi o da bu çiftliğe Muzaffer Bey'in dedesinin sağlığında gelmiş, yıllar yılı çiftlikten dışarı çıkmamıştı.

Bu aylar, Seyyare Bacı'nın en boş zamanlarıydı. Bulgurluk buğdayları "sarat" denilen iri kalburdan geçiriyor, bir türküyü kendi kendine mırıldanıyordu.

Otuz beş yıl öncenin bir gençlik türküsüydü bu. Toprak renkli elleri arasında kalburlanan buğdayların ahengine kapılmış, kendi sesiyle heyecanlanmıştı.

Gülizar başucunda dikilip uzun uzun seyretti. Kadın kendinden öylesine geçmişti ki, dalgasına dokunmadı. Neden sonra başucunda birinin dikildiğine dikkat eden Seyyare Bacı, besmeleyle döndü:

"Bismillahirrahmanirrahiim... Sen miydin kız?"

"Aklına gençliğin geldi galiba?"

Vaktinden önce yıpranmış kadın, dertli dertli güldü:

"Gönül. Kocamıyor işte, gözü çıksın. İnsan ne kadar yaşlansa, gene de..."

Elindeki saradı, elenecek buğdayların üstüne bıraktı, kara şalvar içindeki iri kıçının üstüne oturdu.

"Bu gece üryamda bizim rahmetliyi gördüm!"

Gülizar da karşısına çömeldi:

"Hayırdır inşallah..."

"Hayır içinde ol. Babamın sağlığında, köyde oturmuşuz. Davullar dövülüyor, düğün oluyormuş. Ben de küçücük bir çocukmuşum. Anam rahmetlik... (İçini çekti. Gözleri dolmuştu.) Rahmet istedi fukara. Nereye gidiyon kız Seyyare, dedi. Hiç dedim, davullar dövülüyor bak, Seyyare Abla'nın düğünü oluyor, oraya gidiyorum, dedim. Sonra uyandım..."

Gözlerini Gülizar'a dikmiş, aklında, gördüğü düşün dekoru. Bu dekor, hayal meyal hatırladığı kırk, kırk beş yıl öncesinin Tarsus toprağında, beyaz üzümüyle ünlü Baltalı köyüydü. Gülizar umursamadı.

"Hayırdır inşallah," dedi. "Ölüden diri haber!"

Tembel tembel esnedi, sonra gerindi. Daracık entarisinin göğsünü sertçe geren iri memeleri dirilikle fırladı.

"Meseleyi Ramazan'a çıtlattım. Dedim ki, avradını çiftliğe getirme, hakkında hayırlı olmaz, şehirde oturt, dedim!"

Meseleden Seyyare Bacı'nın da haberi vardı. Günün birinde "fabrika sürtüğü"nün çiftliğe yerleşmesi endişesini birlikte çekmişlerdi. Seyyare Bacı sordu:

"Ne dedi gayrı?"

"Hiiç. Kulağına laf girmiyor ki hayvanın!"

Birden sinirlendi:

"Amma, ben de Gülizar'sam... Kert şuraya, o avrat bu çiftliğe gelir, beynen bir çatı altında yaşarsa, Ramazan boynuzları takar!"

Seyyare Bacı pek öyle namaz kılmaz, oruç tutmazsa da, gene de dinibütün geçinirdi.

"Tövbe de kız," dedi. "Sütü bozuk mu bu Allah vermeye?"

"Sen biliyon mu onu? Gâvırdan bile kötüdür!"

"Heye, eline eteğine pis derler amma, insan yeğeninin avradına..."

"Dolanır Seyyare Bacı, dolanır. Ben bilmem mi güttüğüm domuzun huyunu? Ona yadırgı avrat olsun da, isterse gözleri pişik, akıntılı, irinli olsun..."

Uzaklara, ta uzaklara baktı. Güneş iyice devrilmiş, yamaçlara çöken kül renkli sis koyulaşmıştı.

"Beyi bir güzel avucuna alır gayrı... Ramazan'ın nerden haberi olacak? Yarın kazmaya, patoza, şehre fabrikalara salar, avratla yalnız kalır."

Birden tepesi attı:

"Bana hanımlık taslamasın da ne hâlleri varsa görsünler. Yazının fabrika amelesi. Hanımlık taslayacak bir insan, benden yüksek olmalı. Şöyle asilzade, soylu soplu, insan evladı. O? Anası soğan, babası sarmısak. Öyle değil mi amma?"

Seyyare Bacı yeniden buğday elemeye başlamıştı:

"Doğru," dedi.

"Akıl ne diyor biliyor musun?"

Bakmadan:

"Ne diyor?"

"Tövbe estağfurullaaaah..."

Seyyare Bacı üsteledi:

"Ne diyor akıl kız?"

Gülizar karşılık vermedi. Kalktı. Elleri arkasında, ilerdeki soğan yığınına yürüdü. Taze soğanların mavi dumanlı yeşil sapları ağzını sulandırmıştı. Bir sap koparıp çiğnemeye başladı. Burnuna bol kimyonlu, bol etli, kırmızı biberli "çiğköfte" kokusu çalınmıştı. Geri döndü, Seyyare Bacı'nın yanına gitti.

"Şimdi, yeni yoğrulmuş çiğköfte olmalı ki..."

Yere sulu sulu tükürdü.

Seyyare Bacı, "Akıl ne diyor biliyor musun?"u unutmamıştı. Yeniden sordu:

"Aklın ne diyordu kız?"

Omuz silkti:

"Hiç canım. Adamcağız ölmeden, uyuz it mal, mülk düşünüyor!"

"Hangi uyuz it?"

"Ramazan."

"Ne diyor?"

"Dayısı ölürseymiş çiftlik ona kalırmış. Beyin kulağına bir gitse, tozunu attırır vallaha!"

Seyyare Bacı buğday elemeye ara verdi:

"Demek, dayım ölürse tekmil malı mülkü bana kalır, diyor hı?"

"Diyor ya."

"Eee... Meşhur kelamdır, ne derler? Besle kargayı, oysun gözünü. Dur hele... Yasin meydanlarda yok... Yoksa şehre mi gitti?"

"Şehre gitti."

"O mesele için mi?"

"Tabii. Ne demeye efkârlandım yoksa? Yarın alır getirirler kızı çiftliğe, bir iki derken başımıza hanımefendi olur çıkar. Ne senin ne de benim esamemiz okunur!"

Seyyare Bacı buğdayları yeniden elemeye koyulurken, "Bana ne?" dedi. "Sen düşün. Bana göre hava hoş. Benim işim belli gücüm belli. O benim işimi bilmez, ben onun. Benim buralara dolanıp gelmez bile..."

"Yarın babasını, anasını, kardaşını mardaşını getirirse çiftliğe... Her biri, başımıza bir amir kesilir. Amma gene de iş beyde! Bey, kıza yüz vermezse, elli olsalar hava. Bey tırnaksızlık eder de, avrada dolanırsa, senin de, benim de tepemize çıkar, amir, kumandan kesilir..."

Seyyare Bacı, kızın akrabalarının da çiftliğe yerleşmeleri ihtimalini düşünmemişti. Hani olmaz da değildi. Kız, beyi bin bir cilveyle avucunun içine aldı da, ille babamı, anamı, kardaşlarımı çiftliğe isterim diye dayattı mı, bey hayır mı diyecekti? Elci Cemşir'i, Irgatbaşı Memo'yu bilmez değildi. Her yıl pamukların zararlı otlarının çapası için çapa ırgadını onlar bulup getirirlerdi. Beyin de yabancısı değildiler. Lakin boylu poslu Cemşir'in de yakışıklılığıyla yiğitliğine vurgundu hani. Öyle erkek dünyada kolay kolay bulunmazdı. Aklından, ona kaç kez dolandığı, o değilden laf vurduğu geçti. Herif oralı bile olmamıştı. "Ayı!" diye geçirdi. "Ayı oğlu ayı. Safi kalıp deyyus!"

Sordu:

"Kızın babasını gördün mü sen hiç?"

Gülizar sinirliydi, omuz silkti:

"Yüzünü Azrail görsün!"

Seyyare Bacı irkildi:

"Öyle deme kız. Haza erkektir hani. Boy pos, bakış, endam... Adamın milyonu olacağına, öyle eri olsun. Öyle erim olsa vallaha yemez yedirir, giymez giydiririm!"

İşini gene bırakmıştı:

"Bizim Muzaffer Bey'in daha kalını, daha kalıplısı, daha da yakışıklısı. Ne var ki, bizim bey daha genç!"

Gülizar, "Bizim beye kurban olsun," dedi. "Bizim bey gibi var mı? Erkeğin tekesi..."

"..."

"Ondaki alım, çalım, iştah, hırs kimde var?"

"Ballandır ha, ballandır..."

"Ballandırmıyorum, doğruyu söylüyorum."

"Doğruyu söylüyormuş..."

"Doğruyu söylüyorum tabii!"

"Tabii mi? Koynuna mı girdin yoksa?"

Gülizar çapkınca güldü:

"Girdim belki!"

"Tuh, yüzün iki cihanda kara ola e mi?"

"Eh. Ayıp mı? Günah mı?"

"Yok, sevap. Günah mıymış..."

Gülizar gülmekten katılıyordu:

"Bana bak," dedi. "Hani eline geçse..."

Seyyare Bacı fırlatacak bir şey ararmış cilvesi yaptı. Gülizar şakadan kaçtı. Huğun köşesini siper aldı:

"Öyle mi Seyyare Bacı? Eline geçse de son yaşında, hıı?"

Sözde kızdı:

"Kız defol git, beni günaha sokma ha!"

"Hooooş, ne malum senin de tezgâhtan geçmediğin?"

"Aboooo... Arım namusum... Utanmaz arlanmaza hele..."

"Ne var utanacak arlanacak?"

"Bir duyan da essah beller!"

"Bellesin?"

"Böyle şeyleri yapmak değil, konuşmak bile günah kız!"

Gülizar yanına geldi yeni baştan:

"Bırak onu, dokuzu Seyyare Bacı. Yirmi, otuz yıldır bu çiftliktesin. O zamanlar sen de gençtin, güzeldin. Beyse daha da genç, çocuk. Aranızda hiç mi oldubitti geçmedi?"

Seyyare Bacı homurdandı:

"Tövbe estağfurullaaaah..."

"Hı? Geçmedi mi, doğru söyle!"

"..."

"Gelmiş geçmiş bir şey..."

Seyyare Bacı o yılları hatırlamak istemezmişçesine buğdayları daha sinirli, çok daha çabuk elemeye koyuldu. O yılları gerçekten de hatırlamak istemiyordu. Gelmiş geçmiş, ama tadı elbette damağında kalmış şeylerdi. Tabii kocasından ayrılış nedenini açıklayamazdı, sırdı. Bir gece, şurda, az ötedeki soğan yığınında yakalamıştı kocası, beyle. Bey o zaman yeniyetme bir delikanlıydı. Gene böyle boylu poslu, gene böyle, hem de bundan çok daha güçlü kuvvetliydi. Kocası üstlerine varıvermiş, adamın dili tutulmuşçasına, ne diyeceğini şaşırmıştı.

İç geçirdi.

Tek laf etmemiş, amma o günden sonra da ortalardan silinip gitmişti.

Gülizar üsteleyince, gene de, "Ayıp kızım, ayıp!" dedi. "Adam boyunca günaha girer. Hafız Efendi'ye sor da bak. Böyle şeylerin lafi bile büyük günah!"

"Kime soracakmışım? Kabak Hafız'a mı?"

"Neyse. Vaazda dinlemedin mi hiç?"

"Nesini dinleyecekmişim? Halis zındık deyyus!"

"Bak sen şimdi..."

"Niye?"

"Ağzından çıkanı kulağın duymuyor kız!"

"Duymaz tabii..."

"Niye duymuyor?"

"Sebebi var da ondan!"

"Neymiş sebebi?"

Sır verircesine:

"Gözlerinden öperim diye bana haber salmış!"

Seyyare Bacı bu kalıplı imamı da aklından geçirmişti çok. Gene, sözde, irkildi:

"Daha neler?"

"Vallaha!"

"Ne demiş?"

"Gözlerinden öperim, demiş. Böyle adamın vaazından, kıldırdığı namazdan, tuttuğu oruçtan ne hayır gelir?"

Seyyare Bacı şaşmış kalmıştı:

"Demek böyle haber salmış?"

"Böyle haber salmış tabii."

"Kimnen?"

"Kimnen, Ramazan'nan..."

"Ramazan'nan hı? Peki, beyden korkup çekinmemiş mi bu divane?"

"Beyin ne haberi olacak?"

"Sen söylersen ya?"

Gülizar omuz silkti:

"Niye söyleyim? Herif Allah adamı. Elinde imamlık gibi bir de zenaatı var. Nereye gitse ekmeğini taştan çıkarır..."

Seyyare Bacı bir şeyler sezerek kuşkuyla baktı:

"Eee?"

"E'si sağlığın."

"Demek Hafiz ekmeğini taştan çıkarır?"

"Çıkarır."

"Seni istese?"

"Bey de peki dese..."

"He der misin?"

"Oynaya oynaya. Ondan iyisine mi varacam?"

"..."

"Boyda boy mu yok? Posda pos mu? Öyle kötü bakıyor ki insana."

"Nasıl yani?"

"O biçim!"

"Ne biçim?"

"Hadi, der gibi, iştahnan."

"Tuh."

"İnsanın canı her bir şey istiyor bakınca o!"

Seyyare Bacı güldü:

"Hani tam da hafiz, imam, hoca avradı olursun ha!"
"Niye olmayım? Neyim eksik?"
"Herife taktır ha taktır değil mi?"
"Ne?"
"Ne olacak? Boynuz!"
"Canım sağ olsun. Erkek olsun da takınmasın!"
"O da doğru ya."
"Fırsat vermesin biiir, komşuya muhtaç etmesin ikiii, aç, susuz komasın üüüüç, giyim, kuşamımı eksik etmesin döööört. Amma herif haza erkek gibime geliyor. Ne dersin?"
Seyyare Bacı karşılık vermedi. Ne diyecekti? Enine boyuna alımlı çalımlı, baktığı yerden ses getiren, pek öyle geçkin de sayılmayan bir erkekti. Olsun olsun ellisinde olsundu. Kendisi ellisinde çökmüştü ama erkek için elli yaş neydi ki? Elli yaş, erkeğin tam erkeklik çağıydı. Hele İmam Efendi gibi eli kolu tutan, güçlü kuvvetli biri olursa...
Uzun uzun konuştular.
Güneş devrilmiş, önlerindeki yığında dumanlı mavi saplarıyla yeşil yeşil iştah açan taze soğanlara esmer gölgeler inmişti ki, yakınlarda bir kamyon homurtusu kulaklarına çalındı. Tek laf etmeden uzun uzun dinlediler. Sonunda kamyon çiftliğe girdi. Ancak o zaman akşamın indiğinin farkına vardılar.
Seyyare Bacı, "Ooo..." dedi. "Akşamlar inmiş!"
"Sahi ha, haydi bana eyvallah!"
"Güle güleee..."
Gülizar koşarak uzaklaştı.
Zaloğlu'yla Yasin Ağa kamyondan iniyorlardı. Zaloğlu dehşetli sevinçliydi, ağzı kulaklarına varıyordu. Gülizar her şeyi anlayarak beton eve yürüdü. Merdiveni hırslı hırslı çıktı. Sofada durdu. İçinde bir gariplik, bir yalnızlık, bir kimsesizlik. Ağlamak, kana kana ağlamak istiyordu hem de. Sanki kız çiftliğe gelmiş, bey dolanmış, banyoyu ona hazırlatmış, arkasını ona sabunlatıp kollarının arasına onu almış da, bütün bunlardan şıma-

ran kız, çiftliğin hanımı kesilmiş, "Gülizar mısın ne karın ağrısısın? Seni çiftliğimde istemiyorum. Defol git burdan!" demişti!

Bir ara Zaloğlu'nun sesiyle kendine geldi:

"Ne var?"

"Nerdesin?"

"Burdayım."

"Gel!"

Merakla merdiven başına çıktı:

"Emret!"

"Gelsene buraya!"

Merdiveni indi, Ramazan'ın yanına gitti isteksizce. Oysa kamyonun projektörü içinde keyifli keyifli gülüyordu.

"Tamam!" dedi.

Anladığı hâlde, anlamamışçasına:

"Nedir tamam olan?"

"İşler ekspres..."

"Hangi işler?"

"Yasin Ağa paranın yarısını vermiş. Nikâhtan sonra da yarısını verecekmiş. Dayım da konuşmuş kızın babasıynan. Ulan ne kıyak adam şu dayım be!"

Gülizar'ın sıkıntısı artmıştı. Zaloğlu hep aynı keyifle:

"Öl desin ölürüm şerefsizim. Dayı dediğin böyle olur işte..."

Gülizar'a baktı. O karşılık vermiyordu. Üsteledi:

"Öyle değil mi?"

"Ne?"

"Dayı dediğin?"

"Eee?"

"Böyle olmaz mı?"

"Nasıl?"

Yüzüne dikkatle baktı:

"Canın mı sıkılıyor?"

Gülizar'ın üstüne az daha düşse hıçkırmaya başlayacaktı. Hırsla çekip merdivene gitti, koşarak çıktı. Mutfağa girdi, kapıyı içeriden kilitledi.

Az sonra merakla gelen Zaloğlu kapıyı yokladı: Kilitliydi.

Seslendi:

"Gülizar!"

Duyduğu hâlde aldırış etmedi.

"Gülizar kız!"

"..."

"Aç kapıyı!"

"..."

"Aç da bak ne diyecem..."

Gülizar içerde hıçkıra hıçkıra ağlıyordu. Karanlıktı mutfak. Bu karanlıkta büsbütün garipsediği, kendini her zamandan çok daha yalnız, kimsesiz, daha çok da dayanıksız bulduğu için ağlaması artıyor, hıçkırıkları çoğalıyordu. Artık kızın çiftliğe geleceğine, beyi avucu içine alıp ona her dediğini yaptıracağına, günün birinde de başlarına hanım kesileceğine zerrece kuşkusu kalmamıştı. Kız çiftliğe hanım olacak, Gülizar'ı da attıracaktı. Yapabilirdi bunu. Çünkü anlıyordu ki, anlattıklarınca kız çok güzeldi!

Zaloğlu'ysa kapıyı dışardan habire yumrukluyordu:

"Gülizar, Gülizar diyorum!"

"..."

"Aç şunu!"

"..."

"Aç, bak diyeceklerim var!"

"..."

"Hakkında hayırlı olacak ama."

Hakkında hayırlı mı olacaktı? Nasıl hayırlı yani?

Kalktı. Gözlerinin yaşını kollarıyla uzun uzun sildikten sonra kapıyı açtı. Zaten hemen hemen her şey geçivermişti. Ağlamıyordu artık. Kız gelirse gelsin, beyi elinden alırsa alsın, çiftliğe hanım olursa olsun, onu da çiftlikten attırırsa attırsındı. Cehennemin dibine kadardı, ölümden öteye köy yoktu ya!

"Niye açmadın kapıyı?"

"Açmadım."

"Niye?"

"Niyeymiş. Açmadım, keyfimin kâhyası mısın?"

Zaloğlu şaştı:

"İyi ama, niye değiştin böyle?"

"?.."

Çenesini tutup kaldırdı:

"Ha?"

Gülizar elini itti, karşılık da vermedi.

"Kız çiftliğe gelecek diye mi?"

Sertçe baktı:

"Bana ne gelirse?"

"Hiiiç..."

"Kız çiftliğe gelirse miymiş? Gelirse gelsin. Bana ne? O buraya gelirse, ben de..."

Ardını getirmedi. Zaloğlu üsteledi:

"Ne yaparsın sen de?"

"Zıkkımın dibini yaparım!"

Her şeyi anlamıştı. Kadının direnmesine aldırmadan, zorla kucakladı:

"O gelmeynen senden vaz mı geçeceğimi belliyorsun?"

Kendini genç adamın güçsüz kollarından kurtardı:

"Geçersen geç. Ben de başımı alır giderim. Zaten kafama koydum. Hemi de gideceğim!"

"Nereye?"

Kesinlikle, "Kerhaneye!" dedi.

15

Elci Cemşir'le Berber Reşit oturmuş, kara kara düşünüyorlardı ki, Yasin Ağa çıkagelmişti. Tam da o meseleyi görüşüyorlardı. Kızı polis marifetiyle alıp getirmişlerdi ama bundan sonrasını ne yapacaklardı?

Güllü sararmış solmuştu. Ağlamaktan gözlerinde yaş, bağırmaktan gırtlağında ses kalmamıştı. Bununla beraber, gene de "İstemem!" diyordu, "O soytarı yapılı oğlana varmam! Öldürün beni, asın, etimi lokma lokma doğrayın isterseniz, varmam o soytarıya! Benim babam da, anam da, kardaşım da Kemal'dir, ondan başkasına varmam!"

Bütün bunlardan Yasin Ağa'ya söz açacak değillerdi elbette. Açmamışlardı da. Değil açmak, renk bile vermemişlerdi. Kahveler, sigaralar içilmiş, hoşbeşten sonra, asıl meseleye gelinmişti. Önceden kararlaştırdıklarınca, bin liranın yarısını Cemşir'in avucuna sayan Yasin, "Nikâhtan sonra da, Allah kısmet ederse, öbür yarısını veririz," demiş, az sonra da kalkıp gitmişti.

Şimdi ne yapacaklardı?

Beş yüz, sonra da ikinci beş yüz, iyiydi ama kızın imana geldiği yoktu!

Akşamüstü Reşit, "Bana bak kardaş," dedi Kürtçe, "bu işi biliyon mu ne paklar?"

Cemşir anlamıştı ama uzattı:

"Ne paklar?"

"Bil neyin pakladığını!"

"Rakı mı?"

"Babana rahmet!"

"Kalk öyleyse..."

Dükkânı kapayıp çıktılar.

Giritli'nin kebapçı dükkânı yükünü iyice almıştı gene. Girdiler. Dipte, ta dipte, her zamanki masalarına geçip oturdular. Kebapçı Giritli, altın dişleriyle gülerek geldi. Masa lahzada donandı, başlandı içilmeye. İlk kadehler, Cemşir'i koyu bir düşünce karanlığına gömmüştü. İç cebindeki beş yüz rahatsız ediyordu. Bu para herhangi birinden alınmış olsaydı, umursamayacak, verdiği sözü yerine getirebilirse ne âlâ, getiremezse aldırış etmeyecekti ama bu, öylesi değildi. Karşısında koskoca bir Muzaffer Bey vardı. Bir iskemle darbesiyle dağ gibi bir paşayı bile çökerten, attığını vuran, astığı astık, kestiği kestik Muzaffer Bey!

İç geçirdi.

Bütün bunlar da bir yana, daha önemlisi, her mevsim yüzlerce ırgat denkleştirip, binlerce lirasını aldığı, ekmeğini yediği, yaşamının sonuna dek de yemeyi tasarladığı, velinimeti bir insanla karşı karşıyaydı. Ona kalleşlik edemezdi. Etmemesi çıkarı gereğiydi. Gene tam içini çekerken, Berber Reşit'e rastladı bakışı. Cemşir sanki, "Ne yapacağız?" demek istemişti. Berber Reşit, "Valla bilmem," karşılığına gelen bir işaretle, durumunu açıkladı. Açıkladı ama, Reşit, kaç vakittir gene de ne yapılması gerektiğini pekâlâ biliyordu. Uzun lafın kısası, biçimine getirilip Fellah oğlunun vücudu ortadan kaldırılmalıydı. Böyle davranılırsa, kızın umudu kesilir, kolu kanadı kırılır, istedikleri adama tıpış tıpış giderdi, zaten bütün mesele, istedikleri adama tıpış tıpış gitmesiydi. Olmazsa, işler sarpa saracak, öteki beş yüz güme gidecek, Muzaffer Bey çiftliğine yerleşip yaşamlarının sonunda bir dem sürme hayalleri gerçekleşemeyecekti.

"Fellah oğlu"nun temize havale edilme işininse gecikmemesi gerekliydi. Bekleyecek vakitleri yoktu. "Kız hasta. İyi oluncaya kadar bekleyeceğiz. Başka çare yok!" diye, pek pek bir hafta, on gün, haydi haydi on beş gün, bilemedin bir ay oyalasınlardı. Sonra? Sonrası, ya aldıkları beş yüzü geri vereceklerdi ya da kızı teslim edip paranın gerisini alacaklardı. Parayı geri veremeyeceklerine göre, kızın teslimi gerekti. Gerekti ama, biliyorlardı ki kız, kendi gönlüyle, tıpış tıpış gitmeyecekti.

Cemşir, "Bir akıl ver!" dedi.

Berber Reşit dalgınlıkla baktı:

"Ne aklı?"

"Şu, kız meselesi..."

"Ne aklı vereyim kurban? Ben de şaştım kaldım..."

"Tam şaştık. Boşa koyuyorum dolmuyor, doluya koyuyorum..."

"Almıyor. Doğru!"

"Doğruysa bana bir akıl ver!"
Reşit iç geçirdi:
"Ben de o aklı bulmayı düşünüyorum kurban..."
"Parayı aldık heriflerden..."
"Aldık."
"Kızı teslim etmezsek..."
"Etmezsek?"
"Parayı geri vermemiz lazım."
"Lazım, doğru."
"Para bu, alınmış alınmıştır. Geri verilebilir mi?"
"Kolay kolay verilmez."
"Sonraaa... Öbür yarısı var!"
"Var ya. Bir heye dese."
"Ah dese..."
"Akılsız işte. Kocca Muzaffer Bey çiftliğine hanım olacan. Öyle değil mi?"
"Öyle ki, o biçim!"
"O biçim ki o biçim!"
"Hep kurtulacağız. Dirlik mi şu?"
"İtten reziliz."
"Son yaşımızda iyi bir gün görüp iyi bir devran süreceğiz..."
"Hele Muzaffer de cartayı çekti mi?"
"..."
"Çekmese bile, bizim köroğullarıyla sıpaları doldururum çiftliğe, sürerim kazmanın altına tümünü, ooooh!"
"Oh ki oh. Bizim kuru avrat da can atıyor zaten. Kız kaçana kadar esti gürledi, şarkılar mâniler... Komşularla çekişti tekmil. Ulan bu avrat kısmı gibi yok. Fukaranın üryalarına giriyordu. Geceleri koyun, kuzu diye sayıklıyordu. Kız kaçınca, tamam. Sen şurdan bir yüzlük ver hele!"
Cemşir'in neşesi kaçtıysa da, bozuntuya vermedi. İç cebine yerleştirdiği iç içe beş tane yüzlükten birini çekip uzattı. Reşit parayı iştahla kaptı. Yüzlüğün verdiği taze güçle, "Düşünme,"

dedi. "Canını hiç sıkma. Çala çala bir havaya döndüreceğiz elbet. Sıkma canını!"

Büsbütün coştu:

"Senin için, senin canının bülbülü için değil mi? Anam avradım olsun, bir gece, evirirım kerhaneci oğlu kerhaneciyi, kaçtan aşağı olmaz lan? Hık mık... İki kurşunda... Aaah ne fayda ah... Genç olmak vardı felekte şimdi! Çok değil, bir on sene evvel olaydı, ne fayda. Öyle bir değil, beş Fellah oğlu fostu amma..."

Kadehini kaldırdı:

"Haydi şerefe!"

Tokuşturup içtiler.

Kebapçı, pikaba Cemşir Ağa'nın plağını koymuştu:

"Dünya bir penceredir, her gelen baktı geçti!"

Cemşir Ağa'nın kafasında gene her şey silindi. Ne, aldığı beş yüz lira, ne Reşit'e verdiği yüzlük, ne Güllü, ne de Fellah oğlu. Kafasından bir şeyler geçiyordu. Durmamacasına akan bir şeyler... Tarifsiz hazlar içinde, billur kadehlerde kırılan şimşek aydınlığı bir boşlukta uçuyordu.

İskemlesinin arkalığına, zincirinden boşanmış ayı heybetiyle yaslandı. Gözlerini yumdu. Şarkının süresince açmadı. Şarkı bitti. Açtı. Tam karşısında oturan Reşit'in kopçayı hatırlatan ufacık gözleriyle karşılaştı: Cin gibi bakıyorlardı.

"Fütur getirme kardaş! İyi günler göreceğiz. Dem sürüp devran getireceğiz. İçime doğdu. Allahtan, malum oldu bana. Hiç tasalanma. Cenab-ı Allah'sa, kalbimize göre verecek. Bir gün bir bakarsın, hiç hesapta olmayan bir sebep halk eder, tamam..."

Cemşir umutsuzca içini çekti.

Reşit, "Çekme içini," dedi. "Allah bu, umut kesilmez. Yumurtaya can veren Allah. Kurban oluyum kerametine. Çekme içini, Allah her bir şeyi iyi yapar. Lakin, on yıl evvel olaydı da göreydin Reşit'i!"

On yıl evvel de bu kuru Reşit değil miydi sanki?

Gene de:

"Çeker vururdun hı?"

"Bak hele bak... Beni bilmen mi? Kafam kızdı mı bir iki der miyim? Sen iyisini bilirsin!"

Zincirinden boşanmış ayı kadar heybetli ama bir çocuk kadar bile muhakemeden aciz olmasına karşın, Reşit'in gelmiş geçmişte, hatta en genç çağlarında bile kafası kızınca bir iki deyip demediğini ne görmüş ne de işitmişti.

"Doğru, demezdin," dedi.

Alay ettiğini sanan Reşit kızdı:

"Demezdim tabii ne belledin, der miydim?"

Cemşir üzerinde durmadı:

"Bütün umudum senin avratta. Kızın fikrini çelerse o çeler. Öyle değil mi?"

"Hiç şüphen olmasın. Öyle diller döküyormuş ki, o kadar olur. Kız diyormuş, aptallığı bırak. Kocca çiftliğe hanım olacan. Altında tomafil, dudakların boyalı. Astığın astık, kestiğin kestik. Yediğin önünde, yemediğin ardında..."

Çemşir'in içi hasretle yandı, gözleri umutla parladı:

"Ardında ki ardında Reşit. Aklıma gelmiyor mu, içim yanıyor!"

"Ben onu bunu bilmem, Fellah oğlunun vücudu ortadan kalkmalı."

Bakıştılar. Cemşir:

"Nasıl?"

Birkaç kadeh atalı beri işin "Nasıl?"ı çözümlenmişti Reşit'in kafasında. Bu işin nasıl, kimin tarafından yapılması gerektiğini biliyordu artık.

Sordu:

"Hamza niye gelmedi hâlâ?"

Cemşir düşündü:

"Bugün ne günlerden?"

"Salı."

"Öyleyse tamam..."

Reşit anlamlı anlamlı başını salladı:

"Müdürün avradının yanındadır öyle ya..."

***

Gerçekten de, müdürün karısının yatak odasındaydı: Kuştüyü yataklı karyolaya yan yana oturmuşlardı. Kadın, pembe dekoltesi içinde geçkin, ama capcanlı, kolunu Hamza'nın boynuna dolamış, sarhoş gözlerini genç adamın çok yakışıklı yüzüne dikmişti. Bir ara, "Sana ne?" dedi.

Sertçe sordu Hamza:

"Nasıl bana ne?"

"Öyle ya, sana ne? Başın belaya girerse daha mı iyi?"

Hamza kapkara bıyığı, kapkara kaşlarıyla sürmeli sürmeli baktı:

"Girerse girer!"

Kadın, bu bakışın etkisiyle coştu:

"Ben ne yaparım sonra?"

Başını genç bir kız cilvesiyle genç adamın omuzuna düşürdü:

"Ha?"

"Ne?"

"Hamza'sız ne yaparım ben?"

"Herkesin namusu var!"

"Var, malum ama, Güllü'nün namusu seni alakadar etmez!"

Şimşek gibi:

"Ne? Etmez mi?"

"Etmez. Çünkü baban hayatta. O düşünsün!"

Kadını şöyle bir itti:

"Bas ulan sen de zilliii..."

Kadının çok hoşuna gitmişti. Yeniden, daha hırslı, sarıldı! Hamza ırzına sövülmüşçesine yeniden itti. İtme-sarılma, sarılma-itme... Bir itişip kakışmadır başlamıştı. Sarhoş kadın iliklerine dek istekle doluydu. Geceliğinin fazla açık göğsünden fırlayan iri memeleri delikanlının göğsünde eziliyor, kudurtuyordu.

"Hamza!" diye inledi.

Kollarını arkaya attı. Sonra genç adamın tatlı ağırlığı altında daha da ezilmek için, onu güçlü kollarıyla sardı, kendine şiddetle çekti.

"Hayır!"

"Ne?"

"Bacın senin namusun değil!"

"Bana bak..."

"Bakıyorum, ne var?"

"Bu lafi bir daha etme!"

"Edecem: Bacın namusun değil senin!"

Öfkeyle gürledi.

"Kimin namusu ya o....u?"

Bu öfke genç adama nasıl da yakışmıştı. Yeniden, her zamandan çok daha hırsla sarılmıştı. Büsbütün kızdırmak için uzattı:

"Babanın namusu. O hayatta olmasa amenna. Ama o hayatta!"

Ve dudaklarını dudaklarına yapıştırarak, genç adamın konuşmasını engelledi:

"Hamzacığım, canım, yavrum!"

Hamza da bir hayli sarhoştu. Coşmuştu. Onda da dehşetli bir istek başlamıştı. Ceketini zaten çıkarmış, bir kıyıya, kadının bayıldığı biçimde firlatıp atmıştı. Pantolonunu da ceketinin yanına firlatıp avının üstüne atıldı. Yaşlı ama, azgın kadının da istediği buydu zaten. Kendini bıraktı.

Hamza hınçla kavramıştı kadını. Canını acıtarak kucakladı, sıktı, etini mıncıkladı, sonra da pembe ipek tuvaletini bir çekişte boydan boya yırttı.

Kadın hemen hemen anadan doğma kalmıştı:

"Hamzacığım, vur beni, öldür!"

Yumulu gözleriyle zevkin tam tepesinde, inliyordu:

"Öldür Hamzacığım, vur beni, öldür beni, etimi parça parça et!"

Hamza anlaşılamayan bir şeyler homurdandı. Kadın tekrarladı:

"Etimi parça parça et Hamza, kemiklerimi kır!"

Kemikler gerçekten de genç adamın tatlı ağırlığı ve güçlü kollarında kütürdüyor; ama yetmiyordu kadına bütün bunlar, ki kapı vuruldu.

Hamza, nedeni belirsiz bir korkuyla karyoladan atladı.

Avını elinden kaçırmanın azgınlığıyla kadın yataktan çarşafına sarındı:

"Geel!"

Kapı aralandı. Beyaz önlüğü, ince uzun bacaklarıyla hizmetçi kız.

Kadın, kocası falan sanmıştı:

"Ne var? Ne istiyorsun?"

"Beyefendi adam göndermiş, tahvilleri istiyormuş efendim..."

Kadın nerdeyse çıldıracaktı. Deliye dönerek, az önce Hamza'yla karşılıklı kaldırdıkları zarif rakı kadehlerinden birini kaptı, hizmetçiye fırlattı:

"Beyefendinin de ağzına, senin de... Defol!"

Kadeh, kapı kanadında parçalandı. Hizmetçi çoktan silinmişti.

Hamza memnun, alaylı bir ıslık çaldı:

"Vay anam vay!"

Yaşlı kadın, avının üstüne yeniden atladı. Genç adam onu güçlü elleriyle yakaladı, karyolaya attı. Sonra kucak kucağa yuvarlandılar karyolanın kuştüyü yatağında.

Duvardaki saat gecenin dokuzunu ağır ağır vururken kalktılar.

Bütün bunlar Hamza için pek de önemli değildi. Nasıl olsa bu "kartaloz"a sonuna dek kavuk sallamayacaktı.

Pantolonunu bacağına çekti, ceketini giyindi. Gayet ciddi:

"Bana bak!"

Kadın yorgun, bitik:

"Emret!"

"Ver şu dıngırtıyı bana!"

"Hangi dıngırtı?"
"Tabancanı ulan!"
"Tabancamı mı?"
"Tabancanı. Ne var?"
"Ne yapacaksın?"
"Lazım!"
Elini tuttu:
"Neye lazım?"
Elini çekti:
"Neye lazımsa lazım. Sana hesap mı vereceğim silik?"
Kadın koryoladan yere atladı çıplak ayaklarıyla. Sevgilisini oracıktaki kanepeye itti, genç adamın kucağına oturdu:
"Söyle, neye lazım?"
"Kız sorup durma, canımı sıkıyorsun ha!"
"Hayır, vermeyeceğim!"
"Vermeyeceksen turşu kur!"
Kadını dizlerinden itti. Kadın gene geçip oturdu:
"Ne için istiyorsun? Yoksaaa..."
"Ne yoksası?"
"Fellah oğlunu..."
"Yok canım. Yalnız, oğlanın bakışlarını beğenmiyorum. Eskiden böyle bakmazdı. Şimdi..."
"Peki, ya elinden bir kaza çıkarsa?"
"Çıkmaz."
"Çıkarsa ya?"
Kadını kucağından gene itip kalktı:
"Çıkmaz diyorum sana lan!"
"Kızma, elimde değil, korkuyorum."
"Korkma!"
Dudaklarını uzattı:
"Öp!"
Öpmeden önce:
"Verecek misin?"

"Bana daha sık gelecek misin?"
"Geleceğim!"
"Geceleri kalacak mısın?"
"Kalacağım. Kalacağım ama kocan?"
Müthiş bir küfür savurduktan sonra, "Sana kurban olsun," dedi. "O senin itin, anladın mı?"
Hamza mağrur, başını salladı.
Kadın yeniden sarıldı genç adama:
"O da, ben de, konağım da, her şeyim, hepimiz kurbanız sana Hamza. Tabancanın ne kıymeti var? Yok ama, vallahi korkuyorum. Elinden bir kaza çıkıverir diye aklım gidiyor!"
Sıkılmaya başlamıştı:
"Gitmesin dedik ya, ne var korkacak? Çocuk muyum ben?"
"Değilsin, değilsin canımın içi ama belli olmaz. Şeytan işte. Hiç belli olmaz!"
Hamza, şeytana sövdü.
Kadın kim bilir kaçıncı kez yeniden sarıldı genç adama:
"Sar beni!"
Sabırla sardı.
"Sık!"
Sıktı.
"Daha sık!"
Daha sıktı.
"Kütürdet kemiklerimi!"
Kütürdetti.
"Sen kimin canısın?"
İstemeyerek:
"Senin!"
"Vallaha mı?"
"Vallaha."
"Billaha mı?"
"Billaha."
Dudaklarını uzattı:

"Öp beni!"

Öptü.

"Isır!"

İki dudağını birden ağzına aldı, ısırdı. Kadın inledi. Gözlerini yumdu.

"Oldu mu?" dedi genç adam.

Dudakları kurtulan kadın, "Sana doyamıyorum Hamza," dedi.

"Ver şunu!"

Aynalı dolaba çırılçıplak gitti, kapağı açtı. Renk renk, çeşit çeşit elbiselerini aralayıp el çantasını buldu. Her zaman yanında taşıdığı, herkesçe bilinen, sedef saplı küçücük tabancayı aldı, getirdi. Hamza'ya uzattı:

"Bir şartla!"

"Ne şartı?"

"Mecbur bile olsan kolay kolay kullanmayacaksın!"

Aldı:

"Korkma. Mermileri?"

"Doludur. Doludur ama..."

"Ama?"

"Ne olursun, mecbur bile olsan kullanma e mi?"

Hamza'nın tepesi attı:

"Korkma dedik ya ulan bee!"

"Canım!"

"?.."

"Sar beni!"

Hamza tabancayı ceketinin yan cebine sokmuştu bile. Kadının yeni tıraşlı koltukaltlarından sımsıkı yakaladı, sonra kolları arasına alarak dudaklarını dudaklarına sertçe yapıştırdı.

Evden kaçarcasına uzaklaştı daha sonra. Kuruköprü'ye geldi. Ne olursa olsun yorulmuştu ama aldırış ettiği yoktu.

Giritli'nin kebapçı dükkânından içeri daldı: Berber Reşit tek başına içiyordu.

Sordu:

"Babam nerde?"

Reşit, "Eve gitti," dedi.

"Niye?"

Durumu kısaca anlattı: Yasin Ağa gelmiş, paranın yarısını çıkarıp vermişti ya, gene de babasının burnunu tutsalar canı çıkacaktı. Bunca yıldır tanıdığı koca Cemşir'in böylesine sıkıntılı olduğunu hiç hatırlamıyordu.

Hamza, "Niye?" diye sordu.

"Niyesi var mı kurban? Paranın yarısını almaynan iş bitmiyor ki!"

"N'olacak ya?"

"Kızı teslim etmek lazım!"

"Lazım tabii."

"Yoksa Muzaffer Bey'e karşı yüzümüz gölgelenir. Bir daha babannan aksatayı keser. Otur, otur da çekelim bir iki!"

Hamza az önce babasından boşalmış iskemleye oturdu ama içmek istemiyordu.

"Niye?" dedi Reşit.

Bakmadan:

"Bizimkiynen beraberdik de..."

"Yani avratnan çektiniz kafaları hı?"

"Ufak iş. Demek babam?"

"Burnunu tutsalar canı çıkacak fukaranın!"

"?.."

"Bir şey değil, elinden bir kaza çıkacak diye korkuyorum!"

Hamza irkildi:

"Ne gibi yani?"

"Ne gibi olacak? Fellah oğlunu temizlemekten başka çare yok! Ah benim eski günlerim... Eski günlerim olsa, öyle bir değil, beş, on, yirmi, yüz Fellah olaydı..."

Hamza'ya gözucuyla baktı. Dirseklerini masaya dayamış tombul yanaklarını avuçları arasına almıştı.

"Amma, dur bakalım. Belki de gene ben temizlerim bu pisliği. Bundan sonra benim için ha içerisi ha dışarısı. Duyanlar da hiç olmazsa aşk olsun adama derler. Gençler dururken, yaşlı başıyla..."

Sordu:

"İçeri düşersem arada bana bir ekmek getirirsiniz değil mi?

Hamza karşılık vermedi. Kaşlarını kötü kötü çatmış, dalıp gitmişti.

"Getirmeseniz bile gene de sağ olun. Cemşir'in uğruna benim gibi bir değil, beş Reşit feda olsun. Yiğitlik ölmedi. Onun canının sıkıntısı... Bir şey değil, adam bir bakar iki bakar... Haa, der sonunda, bu işi temizleyecek benden başka erkek kalmamış, bamm! Onun içeri düşmesi olmaz. O düşerse biz bakamayız amma, biz düşersek, yani ben demek istiyorum, o bakar da öteye bile geçer!"

Hamza sordu:

"Fellah oğlunun gebermesiyle iş yoluna girecek mi?"

"Bak hele bak. Ona arkayı veren hep o!"

"Kime?"

"Bacına, kime? O sağken kızı şurdan şurya gönderemeyiz. Geberdi de vücudu ortadan kalktı mı, mesele kalmaz. Kızın kolu kanadı kırılır tekmil!"

Hamza, kebapçıya seslendi:

"Bak hele hısım!"

Giritli kebapçı koca göbeğiyle koştu:

"Emret Hamza Ağa!"

"Temiz bir kadeh ver, bir de kebap söyle..."

"Derhal!"

Garsonuna seslendi:

"Yavruuu!"

"Hop usta?"

"Hamza Ağa'ya biçimli bir kebap! Bir de temiz kadeh!"

"..."

"..."

Berber Reşit, Hamza'yı göz hapsine almış, dikkatle bakıyordu. Genç adam derin, belki de karanlık düşüncelere dalıp gitmişti. Masa üzerindeki değişmez bir noktaya dikmişti bakışlarını. Bir nevi ölçüp biçiyormuşçasına sağ gözü kısılıp açılıyor, arada da başını hınçla sallıyordu.

Temiz kadehi, sonra beyaz bir tabakta kebabı geldi. Hep o aşırı dalgınlık içinde kadehine rakı koydu, sulandırdı, içti. İri bir kebap parçasını ağzına attı. Yanlamış besili bir camız rahatlığıyla, çiğnemeye başladı.

Bir ara, "Bak hele," dedi.

Berber Reşit alestaydı:

"Emret kurban!"

"On sekizi doldurmayınca ceza hafif olur, değil mi?"

Berber Reşit'in gözleri umut içinde pırıl pırıldı.

"Tabiii," dedi. "Ben şimdi senin yaşında olacaktım ki..."

"Ne yapardın?"

"Ne mi yapardım? Tövbe büyük sözüme, anam avradım olsun, onu çiğ çiğ yerdim be!"

Önündeki kebap artıklarını çatalıyla toplayıp ağzına attı:

"Bir şey değil. Yasin Ağa parayı getirdi. Yarın, öbür gün, haydi derler, şu nikâh işini bitirek... Öyle değil mi amma?"

Hamza başını salladı:

"Doğru. Ramazan Efendi niye gelmiyormuş?"

Attı:

"İşleri çokmuş. Hem de, malum ya? Damat sayılır artık. Kaynatasından sıkılır, utanır..."

Hamza iç geçirdi:

"Öyle insanlara karşı... Reşit Emmi, o kız artık eksik laf etmiyor mu, akıl diyor al al, iki dene..."

Berber Reşit'in aklı gene gitti:

"Sakın haa.. Kızın ne suçu var?"

"Ne suçu var olur mu emmi? Kancık it kuyruğunu sallamasa..."

"Doğru amma, suç gene de oğlanda. Niye dersen, kıza tam tebelleş olmuş. Kesip atsa, dese ki, ne yapalım? Baban vermiyor seni bana. Düş yakamdan. Kızın umudu kesilir!"

"?.."

"Amma demiyor itoğlu it. Biznen sidik yarıştırıyor. Alt tarafı bir Fellah parçası. Sakıza tapan insanlardan hayır mı gelir?"*

Hamza merakla sordu:

"Onların Allah'ı başka değil mi?"

Berber Reşit bütün bu işleri bilirmişçesine, "Başka değil, yok!" dedi. "Onların Allah'ı sakız ağacı. Sakız ağacına tapar onlar! Ağaca tapan insanlarla alışveriş olur mu? Bir şey değil, yarın kız ona varsa..."

Hamza çılgına dönerek sordu:

"Kime? Ona ha?"

"Sözün gelişi canım..."

"Sözün gelişi, mözün gelişi yok. Benim canım sağken, bacım yazının Fellah'ına avrat olamaz!"

Berber Reşit de bunu bekliyordu:

"Sen," dedi, "sen yok mu Hamza, sen... Bırak..."

Hamza kuşkuyla sordu:

"Nasıl yani'?"

"Nasıl olacak? Delikanlılık cihetinden... Baban beşse sen onsun, yirmisin, ellisin. Baban hiçbir zaman senin gibi olamadı. Ben onun gençliğini avucumun içi gibi bilirim. İstanbul'da kırdığımız ceviz, ohooo... Lakin sen başkasın. Senin gibi hırslı delikanlı nerde bu zamanda?"

Hamza da coştu:

---

* Aslında böyle bir şey yoktur. Yerlilerden bazıları böyle sanır. Arabuşakları Çukurova'da ilk göçmenler olduklarından, ta o yıllardan kalma yerli uydurmaları. Ne sakıza taparlar ne de Allahsızdırlar. O.K

"Bugün müdürün avradının Allahını şaşırttım! Anam avradım olsun, öl deyim, bir iki demez, derhal!"

Reşit mahsustan üstüne bastı:

"Baban nerdeeee, sen nerde?"

"?.."

"Sen başkasın..."

"Avrat mesela, koskoca bir müdürün karısı değil mi?"

"Olmaz mı?"

"Sırtında bal renkli ipek gecelik ki, Allah gibi. Efendi, bir tuttum, boydan boya bir çektim, caaaart diye..."

"Pıravo!"

"Ben öyle yırtıp iki de tokat atınca ne dedi biliyor musun?"

"Ne dedi?"

"Sen benim Allahımsın dedi, ye beni dedi, öldür dedi. O hırsla nasıl kavradım avradı, nasıl kaldırıp karyolaya attım, hani parçalayacam. Tam o sırada tık tık, kapı vurulmasın mı? İkimiz de anadan doğmayız. Avrattır bir sarındı ipeklere, dedi: Geel! Kapı aralandı, hizmetçi kız!"

"Tuh bee.."

"Bırak tuhu muhu... Laf aramızda, hizmetçi de hizmetçi hani. Lokman Hekim'in ye dediği. Kemiklerini çıtır çıtır kır, ye!"

"Niye gelmiş?"

"Ne biliyim? Bey mey dedi patırdattı bir iki. Bizimki anca celallendi, rakı kadehini bir kaptı, bir patlattı. Kadehtir tuznan buz. Hizmetçi dersen, anide toz!"

"Vay anasını. Demek avrat..."

"Avrat bildiğin gibi değil emmi. Kocası milyoner mesela. Bende bir meziyet görmese... Hıı?"

"Bak hele bak. Sendeki meziyet kimde var?

"Valla övünmek gibi olmasın Reşit Emmi amma, doğru. Yeniyetme delikanlılarda hiçbir meziyet yok be!"

"Yok ki yok."

"Hangisi benim gibi bir milyoner avradını, hıı?"

"Dönüp bakmaz bile milyoner avradı öylelerine! Sen kendini ne belliyon yeğenim? Gençlikse fazlasıynan, yakışıklılık, kabadayılık, dine imana, namusa şerefe bağlılık dersen, o da herkesten ziyade. Böyle bir delikanlıyı eline geçirmiş bir avrat... Öyle avrat bilirim ki, para, pul derya. Yanlarında paranın pulun lafi olmaz. Derileri gevşemiş, boyunları boğazları boşalmış tuluma dönmüş... Dönmüş amma, gönüllerine bak sen. Gönüldür coşmuş, şelale gibi. Buldular mı senin gibi yiğidi, sülük gibi sarılır, emerler. Demek avrat o cinsten! Böyle avratlar deliye benzer. Yaptıklarını zırdeli yapmaz!"

"Valla Reşit Emmi, Allahımı şaşırtıyor. Fistanını tutup caart diye yırttım. Yırt dedi, feda olsun. Beni yırt, derimi yırt, öldür beni dedi. Gözlerine baktım, dönmüş ki, göz göz değil, canavar. Ateş gibi yanıyor. Şerefsizim avrat gözü değil!"

"Doğrudur, öyle olur yangın avrat gözü..."

"Anca bir aldım altıma..."

Berber Reşit, "Bu gençliğin, yiğitliğin kıymetini bil!" dedi.

"Nasıl?"

"Mangiz yoluna bak!"

"Mangiz dedin de, çalışma, diyor. İstersem beni alıp İstanbul'a götürecek. Para, pul, yiyim, içim, giyim, kuşam... Her şey fos. Geyik kocası yetiştiriyor!"

Merakla sordu:

"Reşit Emmi?"

"Hı?"

"Bu okumuş, yazmış, efendiden kişilerin işine de akıl sır ermiyor ha!"

"Niye?"

"Niyesi var mı? Avradı inek gibi yayılıyor da, boynuzlu..."

Berber Reşit kurnazca güldü:

"Kendi de başka yanlarda yayılıyor hey oğlum. Danışıklı dövüş onlarınki. O ona, o da ona göz yumuyor. Sana bir şey deyim mi?"

"De!"

"Bu dünyada haramın tadı helalde yoktur!"

"?.."

"Bunca âlim ulema gelmiş geçmiş, sor hepsine, hepsi de bunun böyle olduğunu tasdik eder!"

"Doğru. Lakin, o bu değil, portmenini aldı, dedi: Hamzacığım, seni çok düşünceli görüyorum. Başında bir bela mı dolanıyor? Al şu tabancayı, yanında bulunsun. Ne olur ne olmaz. Kendine mukayyet ol. Ben sensiz yaşayamam filan fıstık..."

"Tabanca yanında mı?"

"Bak hele bak, olmaz mı?"

"Yaşa be. Bakim!"

Hamza kebapçı dükkânını gözden geçirdi. Herkes kendi dalgasındaydı. Gene de nazlandı:

"Olur mu yahu? Burda gösterilir mi?"

"Masanın altından uzat!"

Kebapçı dükkânını yeniden gözden geçirdikten sonra, ceketinin yan cebinden çıkardığı küçücük tabancayı masanın altından uzattı.

Berber Reşit aldı. Evirdi çevirdi... Beğendi; beğendi değil, hayran kaldı.

"Hamza, kurban!"

"Emret Reşit Emmi..."

"Sana bir teklifim var..."

"Ne gibi?"

"Dediğimi yapacan mı?"

"Başımnan beraber amma, anlayalım bakalım neymiş..."

Hamza'nın gözlerinin içine baktı baktı, sonra hazin olmasına dikkat ettiği bir sesle:

"Ben," dedi, "bu candan vazgeçmişim zaten. Benim yaşadığım fazladan. Hani ne, benim gibi birinin yaşamasından ne olacak? Ama sen? Senin tam zamanın. Ver bana şu tabancayı!"

Hamza dikkat kesilmişti:

"Eee?"

"Fellah oğlunun..."

"Fellah oğlunun?"

"Sakız ağacını..."

"Yani ne yapmak niyetindesin?"

"Anla işte, o biçim!"

Hamza'nın kanına dokunarak, masaya dehşetli bir yumruk attı:

"Bana bak arkadaş, bu lafı bir ettin, bir daha etme!"

Berber Reşit sözde şaştı:

"Niye?"

"O kadaar!"

"Niye amma yeğenim, anlayalım?"

"Benim canım sağken, böyle işlerde ne sana ne de hele babama lüzum yok!"

Sarhoşluğu birden artmıştı ama bu, yılışık bir sarhoşluk değil, tam tersi, alabildiğine ataklaşmıştı:

"Ben bu tabancayı avrattan boşuna almadım. Ben adamın eğri dinini o biçim. Ben ölmedim daha. Ben ne zaman ölürsem, o vakit başınızın çaresine bakın. Demin senden, on sekiz yaşını bitirmeyeni sordum. Sen anlamadın. Niye? Anlamadın da ondan. Çünkü anlamazsın. Benim yaşım küçük heye amma aklım büyük. Ben bugüne bugün fabrika müdürünün avradıynan... Benim yaşıtlarımın hangisi öyle zengin bir avradı benim gibi avucunun içine almış. Alamaz. Neden? Çünkü... Alamaz da onun için. Avrada değil tabanca, öl desem bir iki demez!"

"Bilmiyor muyum kurban?"

"Neyi?"

"Sende bir meziyet görmese mesela..."

"Yaşa, ver şu elini!"

Berber Reşit'in uzanan elini sıktı:

"Seni bunun için severim işte. Harbisin, hakikati görürsün, lafını sözünü Allah'tan bile esirgemezsin!"

"O senin babayiğitliğinden..."

"Heye amma, kazın ayağı da öyle değil. O babayiğitlik sende de olmasa tabancayı istemezsin benden!"

"İsteyişim, sana acıdığımdan..."

"Niye acıyorsun bana? Ben zavallı mıyım?"

"Hâşâ. Acıyışım, gençsin, yakışıklısın, babayiğitsin. İki paralık birini vurup mapisane köşelerinde gençliğini tüketmemen için. Halbuki ben, ben neyim? Yaşayacağımı yaşamış, bir ayağı çukurda, bir..."

"Yeter. Demek avrat bende bir meziyet bulmuş. Bulmasa?"

"Bulmasa..."

"Es geçer mi geçmez mi?"

"Geçer ki öte bile geçer!"

"Tamam. Demek es geçmiyor, benim için hizmetçisine kadeh atıyor, kocasına mocasına aftos piyos... İstesem, hadi lan derim, beni İstanbul'a götür. Götürür. Amma demem. Niye demem? Çünkü benim de güttüğüm bir siyaset var. O, benim babam. Babamın bir parçasıyım ben. Avrat diyor ki, sana ne, diyor. Ne bana nesi, dedim. Bacının namusu, dedi. Ulan bacım kim ben kim, dedim. Boş ver, dedi. Boş mu ver? Ben senin boynuzlu kocan değilim, dedim. Bir daha patlattım, ağzı burnu kan içinde kaldı. Niye? Çünkü babam kim, ben kimim be? Baba yahu baba. Allah be! Baba de, orda dur. O olmasaydı ben olur muydum?"

Berber Reşit tam zamanında taşı gediğine koydu:

"Öyleyse aklını başına al. Baban sana böyle böyle yap demez. Amma sen? Aklın var, fikrin var, görgün, ferasetin, yiğitliğin var!"

Durdu, durdu birden parladı:

"Ya gereğini yap arkadaş, yahut..."

Hamza heyecan içindeydi:

"Yahut?"

"Yahut ver tabancayı bana!"

Hamza ayağa fırladı, is karası bıyığını tutup çekerek:

"Bunlar anamın ...... bitsin ki, ben de bu işi halledip bu pisliği temizleyecem!"

Masadan kalktı:

"Gör şu hesabı, ben gidiyorum!"

Masadan birkaç adım ayrılmıştı, durdu:

"Yahut dur Reşit Emmi!"

Sarhoş gözlerle kebapçıyı arandı, seslendi:

"Giritlii!"

Ta ötelerden:

"Hoop!"

"Gel buraya!"

Kebapçı, koca göbeğiyle koşarak geldi:

"Emret Hamza Ağa!"

"Borcumuz ne?"

Berber Reşit aşırı sarhoşmuş da şu hâle üzülmüş gibi susuyor, hesabın görülmesini bekliyordu.

Hesap görüldü.

Hamza, "Reşit Emmi," dedi, "hakkını helal et!"

Berber Reşit hep o aşırı sarhoş sızışını bozmadı.

Hamza yeniledi:

"Hakkını helal et Reşit Emmi!"

Gene karşılık alamayınca yaklaştı, omuzundan tutup sarstı:

"Emmiiii, Reşit Emmi! Reşit Emmi be! Sarhoş mu oldun be?"

Berber Reşit sözde öyle sarhoştu ki, gözleri sanki zorla Hamza'ya kalktı. Dargın dargın, "Sarhoş olmadım," dedi. "Sarhoş marhoş olmadım Hamza!"

"Ya?"

"Biz ölmedik daha yeğen, bizim canımız sağ! Bizim de cebimizde üç beş bulunur. Masamıza gelip oturmuş bir insanın içtiği rakıyla yediği yemeğin parasını veremeyecek kadar tırıl değiliz!"

Cemşir'den aldığı bütün yüz liralığı iç cebinden çıkarıp masaya fırlattı. Hesabı Hamza gördüğü için, bütün yüzlüğün gene kendine döneceğini gayet iyi biliyordu. Öyle de oldu. Hamza bütün yüzlüğü masadan aldı, uzattı:

"Tekmil fosmuşsun be Reşit Emmi!"

"Niye?"

"Niyeymiş. Teklif mi var? Ha sen görmüşsün hesabı ha ben!"

"Madem öyle, ver parayı Giritli'ye, burdan alsın hesabı!"

Böyle bir şey olamayacağını da gayet iyi biliyordu.

Hamza:

"Sen şu paranı sok cebine..."

Kulağına eğildi:

"Senin paran helal para. Benimki? Benimki avrat, o....u parası. O....uya nerden geldi? Geyik kocasından. O kadar. Bize caka mı yapıyorsun?"

Berber Reşit iyice sarhoşluğa vurmuştu:

"Ben, ben..."

"Sen sarhoşsun emmi. Kalk, eve gidiyoruz hadi!"

Bütün yüzlüğün iç cebine sokulduğunu anlamıştı. Sarhoş numarasını sürdürerek Hamza'nın kolunda, kebapçıdan çıktı.

Kebapçı Giritli'yle garsonları kapıya dek gelmişler, uğurluyorlardı:

"Güle güle ağalar, bereket versin, iyi akşamlar!"

Sonra Giritli, dükkânına çekilirken, "Gidin, i...ler," dedi. "Kafa şişirdiniz be!"

Huyu böyleydi. Yüze karşı diller döker, arkadan basardı gamatoyu.

Hamza, "kerusa" denilen bir faytona seslendi. Önlerinde duran faytona ilkin sarhoş Reşit'i soktu, sonra kendi bindi, araba yürüdü.

Dışarda yağmur çiseliyordu. Fısıltıyla yağan, serin, kalleş bir yağmur.

Berber Reşit hâlâ sarhoşluğunu sürdürürken bıyık altından da gülüyordu. Geceden çok memnundu. Oğlanın zihnine girmiş, "şu işi" kafasına sokmuştu. En çok da, "Yap gereğini yap arkadaş yahut ver tabancayı bana!" sözüne seviniyordu. Öyle ya, yapacaksa yapmalıydı. Cart curtla, atıp tutmakla, kabadayı, yiğit numaralarıyla olmazdı. Yaşı on sekiz bile yoktu daha. Çekip vursa ne çıkardı? Hiç. İçeri düşse bile, "sakız ağacına tapan bir Fellah oğlu"ydu çok çok. Kanına dokunmuş, çekip vurmuş olabilirdi. Sonra babası, babası çok sevinirdi. Bir taşla birkaç kuş birden vurulmuş olur, hem kız çiftliğe gönderilir, paranın gerisi alınır, hem de oğlan genç yaşında cinayetten içeri düşmüş olurdu ki, görenler, duyanlar aşk olsunu basarlardı. Az şeref miydi bu yaşta adam öldürmek? Hapisten çıktıktan sonra da herkes saygı gösterir, yanında artık eksik laf edilemez, çevresine korku salardı!

Öte yandan, kız çiftliğe gidip yerleşirdi ki, daha sonra kapı kendilerine de açılırdı. Açılmasa bile, alınacak öteki beş yüzlükten gene bütün bir yüzlüğünü egaflar, keyfine bakardı.

Fellah oğlu ölmüş, Hamza içeri girmiş, şu bu... "İt dişi domuz derisi..." diye geçirdi.

Araba durdu, indiler.

Berber Reşit hep o aşırı sarhoş numarasıyla sendeledi.

Hamza, arabacının parasını verip adamı savdı. Reşit'in koluna girdi. Kuş kadar hafifti ama. "Allahına kadar ciğer vardı herifte..." Ne demişti? "Ya gereğini yap arkadaş yahut ver tabancayı bana!"

Reşit Emmi'sini en çok bu sözünden ötürü sevmeye başlamıştı. Başlamıştı ama, o da ölmüş müydü yani? Göstermeliydi ölmediğini onlara! Yalnız onlara değil, memlekete, dünyaya! Namı her yanda söylenmeliydi. "Aşk olsun çocuğa. Daha on sekizine basmadan cinayet işledi. Helal olsun emdiği süt!" demeliler, yaşıtları kıskanmalılardı!

Daha sonra cinayeti nasıl işleyeceğini düşündü: Fellah oğlu fabrikadan çıkarken bekler, tabancasını çeker, dan daan vurur, sonra da koşardı karakola. Komisere, "Namusumu temizledim Komiser Bey. Buyrun tabancayı!" derdi ki, şan olurdu memlekette. "Helal olsun," derlerdi. "At da ona avrat da!"

İçini çekti. Fellah oğlunun sakız ağacına sövdü usullacık. Altmışlık bir ihtiyarın yanında küçük düşecek değildi ya!

Ne demişti? "Ya gereğini yap arkadaş yahut ver tabancayı bana!"

Merdiveni çıktılar. Kapı önünde durdular. Lamba yanmıyordu. Kadın uyumuş muydu acaba?

Kapıya avucunun içiyle vurdu, bekledi. Karşılık alamayınca, yeniden vurdu. Sonra yeniden, daha hızlı.

Berber Reşit, karısının Cemşirlerde olduğunu, Reşit gitmeden eve dönmeyeceğini biliyordu, aldırmadı.

Hamza birkaç kez uzun uzun vurduktan sonra Reşit'i sarstı:

"Emmi, Reşit Emmi, Reşit Emmi bee!"

Hafifçe:

"Hıı?"

"Teyze evde yok mu ne?"

"Bilmem."

"Nerde acaba?"

"..."

"Bizde mi yoksa?"

***

Onlardaydı.

Yalnız bugün değil, Güllü'yü polis zoruyla çekip aldıkları günden beri. Cemşir, kızın kaçması suçunu yüklediği karısını insafsızca dövdüğü gün, kadın, korkudan sarılık olmuş yatıyordu. Kız da öyle. O da dayaktan gök çürük içindeydi. Evdeyse çorba bile kaynatacak kimse yoktu. Reşit, "Akşama kadar kal, kızın zihnini çel, hem de sevaptır, işlerine mişlerine el at bir iki..." demişti.

El atıyordu.

Ortalığı süpürüyor, çaylarını kaynatıp yemeklerini pişiriyor, fırsat düştükçe de kızın zihnini çeliyordu.

Raftaki çalar saate baktı: On'a geliyordu. Kocası her akşam bu saatlerde çoktan gelmiş olur, ya karısını alıp gider ya da birlikte otururlardı. Otururlarsa, geç vakit evlerinin yolunu tutarlardı. Oturmayacaklarsa, Reşit gelir, alır, götürür, evine bırakır, dönerdi.

Saat on'a geldiği hâlde ortalıkta hâlâ gözükmeyen kocasını merak etmeye başlamıştı. Çünkü bugün Cemşir Ağa'yla birlikte değillerdi. Birlikte olsalar ne zaman gelirse gelsin, umursamayacaktı.

Cemşir'e baktı: Pencerenin önüne yanlamış, dirseğine dayanıp uzanmıştı. Horluyordu. Rahat, sakin bir horlayış. Böyle bir erkeğin kolları arasında sabahlamak!

Utandı. Günahtı da. Nikâhsız mikâhsız sabahlamak şöyle dursun, düşünmek bile çok günahtı. Kocasını hatırladı. Birbirine yakın, kopça gözleriyle karısına bakıyor. "Yaa?" diyordu sanki. "Demek Cemşir'in kollarında sabahlamayı düşünüyorsun?"

Kalktı, dışarı çıktı. Ne tuhaf, hâlâ Cemşir, hâlâ Cemşir'in güçlü erkek kolları! Kapının önüne çömeldi.

Çisentiyle yağmur yağıyordu. Reşit nerdeydi acaba? Gelse de gitseler, öyle de uykusu vardı ki... Esnedi. Yaşaran gözlerini avuçlarının içiyle sildi.

Şu kız, hayallerini tuzla buz etmişti. Ne akılsız kızdı ya! Aptaldı da be. Koskoca bir çiftçinin yeğenine... Aramayla ele geçmezdi. Hanım olacaktı çiftliğe, hanım! Olunca da attığı attık, tuttuğu tuttuk. Yediği önünde, yemediği ardında... Çok, çok akılsız bir kızdı doğrucası. İnsan, ne idüğü belirsiz bir Fellah oğlunun ardına takılıp...

Eğildi, kındırık* kapıdan içeri baktı. Uyuyorlardı. Cemşir, karısı, kızı... İyi ya, onun işi neydi burda?

Birden kocasına kızdı. Gelip eve götürse de ondan sonra içecek mi, diledikleriyle çene mi çalacaksa çalsa, olmaz mıydı?

Sokak kapısının dışında birtakım sesler işiterek ayağa fırladı. Dikkatle bakınca, avlunun hayli koyu karanlığında birbirine tutunmuş iki kişinin gelmekte olduğunu gördü. Bekledi. Sendele-

---

* Aralık.

yerek yaklaşıyorlardı. Korktu ilkin. Sonra içeri kaçtı. Kapının kıyısından dikizledi bir süre. Birbirine tutunmuş sendeleyerek gelmekte olanlar yaklaşıyorlardı. Daha dikkat edince, anladı: Kocasıyla Hamza'ydı!

Ferahladı. Dışarı çıktı. Yardım edecekti.

Reşit, "Gidelim," dedi Kürtçe. "Vakit geç, gidelim!"

Hamza gitmemeleri için dayatmadı.

"Siz bilirsiniz..."

Ama şaşmıştı. Kütük gibi sarhoş sandığı Reşit Emmi'si birden ayılmıştı!

Üzerinde durmadı.

Karı-kocayı avlu kapısına dek götürüp yolcu ettikten sonra döndü. İçeri girdi, kapıyı kapadı.

Babası, annesi, bacısı kim bilir kaçıncı uykudaydılar!

Tabancasını çıkardı, şarjörü yokladı. Alabildiğine gururluydu. O vermişti bunu. "Müdürün ineği!" Gururla güldü. Babasına küçümseyerek baktı: "Ayıl ayıl Yarbaşı'na* geldik. Bak, koskoca bir müdürün avradı bana ne verdi! Bununla mıhlayacağım onu. Bir kurşun, tamam!"

***

"Fellah oğlu" bilek saatine baktı: Gecenin on'unu geçiyordu. Adamakıllı sarhoştu. Daha da içebilirdi... Çatalıyla tabağa vurup bekledi. Garsonun tanış sesi:

"Eveeet?"

"Doldur şunu!"

Garson hemen koşup bardağına şarap doldurmadı, patronuna baktı. Patron da hayli çekmişti, gözlerinin akları kıpkırmızıydı. Garsonuna "boş ver..." anlamına bir işaret geçti. Çünkü çok içmişti genç adam. Biliyor, tanıyordu onu. Hemen her zaman burada karnını doyurur, arada da kafayı çekerdi ya, şu son günlerde kararını çok aşmıştı.

---

* Adana'da bir semt.

Garson masaya yaklaştı:

"Affedersin Kemal Ağa..."

Sözünü kesti, sertçe:

"Doldur dedik be!"

Garson yeniden baktı patronuna. Patron anlamıştı, koştu:

"Ne var? N'oluyor?"

"Şarap istiyor da..."

"İstiyorum evet, doldurun!"

Kebapçı bin dereden bir su getirerek anlattı ki, vakit hayli geçmiştir. Şu sırada karakolun sıkı tembihi, aşırı içkili olanlara daha fazla vermemeliydiler. Malum ya, başları karakollara bağlıydı. Yoksa ne kıymeti vardı? İçiyorsa parasıyla içiyordu. İçkisini satmaktan kaçınacak değildi ya!

Kemal yatıştı. Gerçekten de çok içmişti.

"İyi ya," dedi. "Vakit de geç zaten. Ta bahçelere gideceğim..."

Hesabını görüp borcunu ödedi:

"Nerdeydi benim bisiklet?"

Dükkânın önüne bırakmıştı ama yağmur çiselemeye başlayınca garsonlar içeri almışlardı.

Dışarı çıkardı. Bindi. Başı dönüyor, gözleri kararıyordu. Aldırış ettiği yoktu. Çekip gitmeden önce garsona, "O inek," dedi, "o inek gelirse..."

Ardını getirmedi. Garsonun "o ineğin" kim olduğunu bilmediğini sanıyordu. Garson da, kebapçı da biliyorlardı.

Gene de sordu:

"Hangi inek Kemal Ağa?"

"Şuu.. Cemşir'in oğlu!"

"Hamza mı?"

"Ne boksa."

Garson arkasını tapıkladı.*

"Uyma Kemal Ağa, sonu iyi getirmez!"

---

* Avucunun içi ile arkasına vurmak.

Sarhoş gözlerle şeşbeş baktı:

"Neyin sonu?"

"Hamza mamza."

"Sen ne biliyorsun aramızda gelip geçenleri?"

"Muhsin Usta buradaydı öğlende. Hep senden konuştu. Seni çok seviyor!"

Dükkândan vuran ışık Kemal'in sert yüzünü aydınlattı. Hoşuna gitmişti.

"Demek benden konuştu hep?"

"Seni çok seviyor dedim ya?"

"Ben de onu severdim ama, boş ver."

"Bizim usta da hak verdi ona!"

Kuşkuyla baktı:

"Ne gibi yani?"

"Aslan gibi delikanlı dedi, dediler, hem de öyle. Aslan gibi delikanlısın. Yazık değil mi sana? Onlar kalleş. Erkeklikle hiçbir iş görmezler!"

Sonra sesini kısarak, "Arkadaş," dedi, "biliyorsun. Biz neyiz? Fellah! On sekiz milyona dahil olduğumuza bakma. Bizi kendilerinden saymıyorlar. Sırası geldi mi yüzümüze karşı Fellah, sakız ağacı filan... Yalan mı?"

"Yani ne demek istiyorsun?"

"Hiiç."

"Malum oğlum. Malum amma, ne çıkar?"

"Sağlığın Kemal Ağa."

"Senin de canın sağ olsun."

Bütün bunlar bilinen şeylerdi. Kemal bunu değil de Muhsin Usta'yı düşünüyordu.

"Onu bunu bırak, şu Muhsin Usta tam adam, tam insan!"

Garson başını salladı:

"Tam ki tam."

"Başta Muhsin Usta, sonra Giritli Pakize..."

"Seni karakolda iyi bir tutmuşlar ha!"

"Aslanlar gibi şerefsizim!"

İç geçirdi. Onlara karşı aşırı bir minnet duygusuyla yüklü, pedala basarken, "Haaydi hoşça kal kardaş!" dedi.

"Güle gülee..."

Yağmur hafiften hafiften çiseliyordu. İşçi mahallesinin yarı karanlık, eğri büğrü sokaklarında kayboldu.

Güllülerin avlu kapısı önünde bisikletinden indi.

Güllü'nün penceresi karanlıktı. Avlu kapısından girdi. Avlu-da karanlığa gömülmüştü. Yalnız dipte, ta dipte küçücük bir pencere aydınlıktı. Muhsin Usta'nın penceresiydi o. Gitti, kapı-ya avucunun içiyle vurdu. Az sonra Muhsin Usta, gözünde göz-lük, kapıyı açtı. Kemal'i böyle vakitsiz görünce şaşması gerekir-di ama şaşmadı.

Buyur etti.

Kemal gülerek:

"Uyumadın mı usta?"

"Uyku tutmadı. Okuyordum..."

"Senin bu okuman hiç bitmeyecek mi be usta?"

Muhsin Usta da hafifçe gülmekle yetindi. Bisikleti içeri alıp girdiler. Ufacık bir odaydı burası. Ufacık, eşyaları fakirce ama pis değildi.

Ustanın tek kişilik karyolasına yan yana oturdular.

Hoşbeşten sonra Kemal yeniden, merakla sordu:

"Öyle mi? Hiç bitmeyecek mi senin bu okuman?"

Muhsin Usta gözlüğünü çıkardı, camlarına hohladı, sildi, gözüne takarken, "Bitmeyecek," dedi.

"Hiç mi?"

"Hiç."

"Niyetin kâtip olmak mı yani?"

"Hayır."

"Ya?"

"İnsan olmak!"

"İnsan olmak mı? İnsan değil misin?"

Muhsin Usta sıkıldı:

"Bırakalım bunu. Söyle, niye geldin?"

Kemal niçin geldiğini unutmuştu, hatırladı:

"Akıl ne hükmediyor biliyor musun? Dayan kapılarına, omuzla, gir. Allah ya onlara verir ya bana!"

Muhsin Usta'nın yüzü asıldı:

"Yani ne yapacağını sanıyorsun?"

"Hiiç."

"Peki?"

"Biliyorum, sonu batak. Batak ama akıl hükmediyor işte."

İçini çekti. Sinirli sinirli ardını getirdi:

"Zoruma gidiyor. Kendi ayağıyla gelen bir kızı polis zoruyla alıp götürdüler. Evde işkence ediyorlarmış. Gök çürük içinde bırakmışlar dayaktan. Ne hakları var? Biliyorum, satmak, para kazanmak için yapıyorlar..."

"?.."

"İnsan bu be, hayvan mı ki mal gibi satılsın?"

Muhsin Usta da acı acı güldü:

"Haklısın. İnsanın mal olmaması lazım ama oluyor işte. Ve sen bunu ancak şimdi, yani bıçak kemiğine dayanınca düşünebildin. İğne etine saplanınca..."

Kemal hiçbir şey anlamamıştı. Bildiğini okuyordu:

"Utanıyorum, yerin dibine geçiyorum. Bana teslim olan, bana sığınan bir kızı tuttum kuzu kuzu teslim ettim. Erkekliğe sığar mıydı usta?"

"Ne yapabilirdin?"

"Vermezdim kızı!"

"Alırlardı."

"Zorla mı?"

"Zorla."

"Ben de bir ikisini yerdim!"

"Sonra?"

"Beni de yerlerdi!"

"Ona hiç şüphen olmasın..."

"Biliyorum. O zaman da doğuran kısrak utansın!"

Muhsin Usta çok sevdiği bu delikanlıya gene de boş veremedi:

"Kemal, aklını başına al! Bütün bunlar hiçbir şeyi halletmez, hiçbir şeyi de değiştirmez. Kabak tadı versem de gene tekrarlayacağım: Bu kızdan vazgeç!"

Sarhoş Kemal, anasına avradına sövülmüşçesine yerinden fırladı:

"Geçmeyeceğim usta!"

Muhsin Usta karşılık vermemeyi uygun buldu.

Kemal'se coşmuştu:

"Gerekirse vuruşacağım!"

"Ölürsen ya?"

"Kolay kolay ölmem ama ölürüm icap ederse! Ben o...u avrat kasığında yatmadım. İnsanım ben, erkeğim. Bana sığınan bir kıza omuz silkemem. Sonunda ölüm olsun isterse. Haydi bana eyvallah!"

Üç basamaklı merdiveni indi, bisikletini aldı, çıktı. Muhsin Usta tek kelime söylemedi.

Kemal, Güllülerin kapısı önünde durdu. Kulak verdi derinden derine bir horultu. Demek uyumuşlardı! Avludan çıktı.

Hâlâ hışıltıyla yağmur çiselemekteydi.

İyi ama nereye gidecekti? Ev? Aklına Fattum geldi. "Herhalde gene bekliyordur," diye geçirdi. Kaç gecedir yolunu gözlüyor, yüzüne hüzünle bakıyordu. İstemiyordu, bu türlü bakmasını istemiyordu kızın. Sevmiyordu ki. Zorla da güzellik olmazdı. Anası manası... Anasının hatırı için ne diye istemediği bir yemeği yemek zorunda kalacaktı?

Aklına Giritli Pakize geldi. Az sonra işten çıkacaktı. O vakte dek şurda burda dolaşsaydı ya da kahvelerden birinde oturup vakit öldürseydi de işten çıkmasını bekleseydi. Belki de yeni havadisleri vardı kadının Güllü üzerine!

Aklına yattı.

Demin kafayı çekerken oturduğu, şarap istediği, vaktin geçtiğinden söz ederek şarap vermeyen kebapçı hâlâ açıktı. Dükkânın önünden geçerken fren yaptı, durdu. Seslendi:

"Hani heey... Vakit geç dediydiniz şarap istediğimde... Hani? Hâlâ açıksınız?"

Deminki garson koştu:

"Emret Kemal Ağa!"

"Hani vakit geçti? Hani polis, karakol tembihi?"

"Eve gitmedin miydi sen?"

"Gittim gitmedim, bırak. Nerde polis tembihi?"

"Karnımızı doyurduk, temizlik yapıyoruz. Eve gitmedin miydi sahi?"

"Gitmedim. Muhsin Usta'ya uğradım. O da nasihat geçmeye başladı. Tepem attı, bastım çıktım. Saat kaç?"

Garson döndü, dükkân duvarındaki saate baktı:

"On bir buçuğa geliyor. Boş ver de bas git evine Kemal!"

"Niye?"

"Belanın üstüne gidilmez. Lanet et kör şeytana!"

"Canım eve gitmek istemiyor..."

"Kır şeytanın ayağını, git!"

"Gitmeyeceğim."

"Sen bilirsin."

"Haydi bana eyvallah!"

Bisikletini sürdü. Garson ardından bakıyordu. Yanına gelen kebapçı da bir şeyler sezmişti.

"Ne diyor?"

Garson dediklerini anlattı. Kebapçı kızdı:

"Herifin gözünü kan bürümüş. Ya bu onlardan birini yiyecek ya da onlardan biri bunu. Bırak sarhoşu yıkılana kadar!"

"?.."

"..."

Fabrikanın on bir buçuk borusu kalın kalın ötmeye başlayıncaya dek bekledi. Hâlâ çisentiyle yağmur yağıyordu. Ahmakıslatan dedikleri...

Bisikletini fabrika kapısına doğru sürdü. Tam kapının yanında durdu. İşe girip işten çıkan işçilerden çoğu, bu saatte burada ne beklediğini kuşkuyla sordular. Neyi, niçin sorduklarını gayet iyi bildiği hâlde, sırf genel ilgiyi artırıp hasımlarının kulağına gitmesini sağlamak için mahsustan kuşkulu davranıyordu.

"Hiç. Uyku tutmadı da..."

"Niye? Ne var?"

"Ben de bilmiyorum. İçimde bir sıkıntı işte..."

Hışıltıyla yağan yağmurdan korunmak için siper altlarına sığınmış satıcıların karpit lambaları geceyi yer yer ısıtıyordu.

İşe giren işten çıkanlar:

"Vay. Kemal Ağa, ne bekliyon?"

O gene yanıtlıyordu soruları:

"Uyku tutmadı da..."

"Yoksaaa?"

"Ne yoksası?"

Göz kırpılıyordu:

"Şu mesele mi?"

"Hangi mesele?"

"Şu işte yahu..."

Gülüyordu:

"Haa, yok canım. Onlar adamı çir* gibi yerler. Korkarım. Allahımı şaşırtırlar sonra..."

Bel bağlanmıyor, gülünüp geçiliyordu. Gülünüp geçiliyordu, çünkü Kemal'di o. Arabuşağı. Fellah Kemal. O boy, o pos, o kalıp kıyafetle hiç ama hiç kimseden korkmaz, belanın üstüne giderdi. Bilmiyorlar mıydı?

---

* Kayısı kurusu.

Onun için eşelenmiyor, bıyık altından gülüp geçiyorlardı. Aslında, duruşunu beğenmemişlerdi. Ama bu saatte de kimi beklediğini kesinlikle anlayamazlardı. Hamza ile Kör Tahir sabahçıydılar. Burada sabaha dek beklenmezdi. O hâlde kimi bekliyordu?

Paydos eden işçilerin kalabalığı birden arttı. Giritli Pakize, pamuk tozu içindeki kara iş gömlekleri, beyaz başörtüleriyle işten terli ve yorgun çıkan kadınların arasında iri kalçalarıyla sapasağlam gözüktü. Yanında gene iriyarı, çok yakışıklı bir delikanlı, gülerek geliyordu. Pakize daha iç kapıdaki kadın kapıcıya üstünü başını aratmıştı, çıkış kapısında da yakışıklı delikanlı erkek kapıcılardan birine arattıktan sonra çıktılar.

Pakize, Kemal'i görmüştü. Yanına geldi:

"Merhaba enişte, hayrola?"

Kemal, "Hayır," dedi. "Havadis sende!"

"Ne bekliyorsun bu saatte burda?"

"Seni!"

"Beni mi?"

"Seni tabii."

Yan yana yürümeye başladılar. Bir ara Pakize, yanındaki yakışıklı gence döndü:

"Neden geliyorsun ardımdan gölgem gibi?"

Genç adam bozularak durdu:

"İyi amma..."

Tersleyiverdi:

"Şimdi başlarım amandan mamandan ha!"

"?.."

"Görüyorsun senden gizli konuşacaklarımız var!"

"Ben gideyim öyleyse?"

"Git. Sonra görüşürüz..."

Genç adam ayrıldı. Kemal göz kırptı:

"Kim bu?"

Gülüverdi:

"Hiç canım."
"Aklıma gelen gibi mi?"
"Ne sayarsan say. Bırak şimdi onu bunu da... O, bir Reşit var, Berber Reşit. Onun avradı, seninkini tavlamaya çalışıyormuş haberin olsun. Lakin kız, yiğit kız. Nuh diyor peygamber demiyormuş!"
Karanlık bir sokağa yan yana saptılar. Pakize, Kemal'in koluna tutundu:
"Buralarda ne işin var bu saate kadar?"
Kemal gidonunu sol eliyle tuttuğu bisikletinin yanında yürüyordu.
"Dedim ya demin, seni bekliyordum."
Pakize duraklıdı.
"Leş gibi şarap kokuyorsun. Nerde içtin?"
"Bizim kebapçıda."
"Niye içtin?"
"Malum!"
"Bu saate kadar hep içtin mi?"
"İçki verseler içerdim. Vermediler. Ben de Muhsin Usta'nın odasına gittim..."
Pakize dehşetle durdu:
"Nee? Muhsin Usta'nın odasına mı?"
"Ne var?"
"Onların avlusuna ha?"
"Tabii."
"Ne cesaret, aşk olsun..."
"Niye?"
"Niyeymiş. Ya çekip vursaydılar seni?"
"Onlar mı beni vururdu, ben mi onların birini, ikisini yerdim, belli olmazdı!"
Pakize yeniden koluna girdi Kemal'in. Su birikintilerine bata çıka yürüyorlardı. Pakize'ye göre, iyi cesaretti. Muhsin Usta'nın odası, Güllülerin odalarının bulunduğu avludaydı. Karakolda

onlara karşı tanıklık eden Muhsin Usta'ya da zaten diş biliyorlardı. Sen tut gözünü budaktan sakınmazcasına ayaklarına git heriflerin. Bir şey değil, karşılaşıverince, zaten huylu insanlar, işi başka türlü sanıp çeker vurabilirler, hükümete de, "Üstümüze geldi. Bizi tehdit etti. Vuracaktı, canımızı koruduk!" diyebilir, kanun karşısında haklı çıkabilirlerdi. Kemal, "Onların topu tüfeği vız gelir bana," dedi. "Değil mi ki bana kaçmış kızı polis marifetiyle aldılar benden, bırak. Hükümet olmasaydı da onlar benden kızı alaydılar. Hooş, kız eninde de benim, sonunda da!"

Pakize güldü.

"Ne biliyorsun?"

"Bilmeyecek ne var? Sen demedin mi Reşit pezevenginin avradı kızı tavlamaya çalışıyormuş diye?"

"Dedim."

"Tavlayabiliyor muymuş?"

"Yok canım, imkân mı var?"

"Öyleyse, ne derler? Ay bennen olduktan sonra çarp kuyruğuna yıldızın!"

"Orası öyle. Ben Güllü'yü bilmem mi? Öyle bir değil, bin aracı tavcılık yapsa hava. Bir sefer sana meyli düşmüş..."

"İşittiğime göre, alacakları adam, daha doğrusu satacakları adam çok zenginmiş, ha?"

"Çoook!"

"Onun parası, benim sevgim. Sana bir şey deyim mi? Çok paralıların canı tatlı olur. Bense, bu canı o kızın yoluna koymuşum. Lakin kertesini bekliyorum..."

Pakize anlamamıştı.

Kemal sordu:

"Kıza çok zulmediyorlarmış... Doğru mu?"

Pakize söylemek istemiyordu ama, neden söylemeyecekti? Madem kızın uğruna canını koymuştu, her şeyi bilmeliydi!

"Doğru," dedi. "Onların avlusunda oturur bir Seher var, benim hem arkadaşım hem de casusum. Kız sana kaçtıydı ya hani, o gün işte, babayla oğul Güllü'nün fıkara anasını öyle dövmüşler ki iler tutar yeri kalmamış kadının!"

Kemal sövdü.

"Avratcağızı gök çürük içinde bırakmışlar. Ben o günkü şahitlikten sonra gidip gelmiyorum. Kızı da fena hırpalıyorlarmış. Sonraaa... Kardaşı Hamza'yla Kör Tahir de bana çok ters bakıyorlar!"

"Bana da öyleydi ama, kızı polis marifetiyle aldılar alalı bakışları değişti. Atölyenin önünden de eskisi gibi sık geçmiyorlar. Dur sen, ben de Kemal'sem, Fellah Kemal yani, alacakları olsun. Yalnız, senden istediğim şu: Bana Güllü'nün vaziyetini günü gününe bildir. Bildir de icap ederse, İsalarını, Musalarını, evliya enbiyalarını... E mi?"

"Eh. Eh amma, bakalım benim hakkımı nasıl ödeyeceksiniz?"

Kemal, Pakize'ye sağ koluyla kardeşçe sarılıp alnından öptü:

"Yiğit bacım benim! Senin canın sağ olsun. Senin gibi aslan avrada kul köle olur insan be!"

Bu alabildiğine içten an, Pakize'nin aklına hiçbir kötü şey getirmedi. O sırada hovarda Pakize için bile Kemal, yabancı, güçlü, üstelik yakışıklı yabancı bir erkek değil, bir kardeş, kardeşten de ileri bir şeydi. Arada Güllü olmasa da, Kemal'i sokakta, rasgele tanımış olsaydı, Kemal de böylesine koluna girmiş, bedenleri sık sık birbirlerine değseydi, hemen içini bozar, oğlanı tavlamak için kadınca bütün silahlarını kullanırdı.

"Eksik olma kardeş," dedi. "Sağ ol, var ol. Sen benim öz kardeşimden de ilerisin!"

Pakizelerin avlu kapısında el sıkışıp ayrıldılar. Kemal bisikletine atlayıp hızla uzaklaşmıştı. Pakize'yse içeri girerken bir gölgeyle karşılaşmıştı.

"Bismillah!"

"Korkma, yabancı değil..."

Sesinden tanımıştı:

"Allah canını almaya, sen miydin?"

"Bendim. Niye ektin Kemal'i görünce beni?"

Pakize'nin tepesi attı:

"Seni de ekerim, senin Allahını da lan! Benden hesap mı soruyorsun?"

"Aklıma gelen gibi değil mi?"

İnadına, "Aklına gelen gibi," dedi.

"Yalancı!"

"Niye?"

"Sizi izledim, hiçbir vukuatınız olmadı..."

"Olsaydı?"

"Olmadı. Olmayınca da anladım ki konuşarak eve geliyorsun. Bekledim seni..."

Pakize güldü:

"Akıllı oğlanmışsın, aferin. Bak severim böylelerini. Kafasızlar dünyanın en yakışıklıları bile olsalar, hava! Ama iyi ettin beklediğine..."

"Ne konuştunuz?"

"Yoook, o kadar değil. İşime karışıp canımı sıkma. Valla külahları hemen değişiriz!"

"Çok senli benliydiniz de..."

Pakize'nin suratı hemen asıldı:

"Yani kaçtan aşağı olmaz?"

Genç adam karşılık vermedi, öne düştü. Merdiveni çıktılar. Çıktılar ama, kadının öfkesi geçmemişti. Kapıyı açtı, gaz lambasını yaktı. Beyaz başörtüsünü çıkarıp karyolanın üstüne attı:

"Bana bak!"

Genç adam korkuyla değilse bile, çekinerek baktı. Kadın, "Beni," dedi, "nikâhlı kocammışsın gibi kıskanmak yok!"

Genç adam, tam karşısında dikilmekte olduğu kadından daha güzel, hatta bir kızı hatırlatarak, bakıyordu.

Ellerini beline koyarak, "Eee?" dedi.

Pakize belki de küfredecekti ki, vazgeçti; genç adam öyle güzeldi ki!

Boynuna sarıldı:

"Yok yok, bir şey yok. Sana demedim!"

"İstemiyorsan giderim."

"Yok dedik işte ulan, şımarma. Sar bakayım beni!"

Genç adam beğenilmenin gerçek şımarıklığıyla kadını şöyle bir sarmıştı ama yetmedi bu Pakize'ye:

"Olmadı. Daha kuvvetli sarıl. Daha daha daha!"

Genç adam kollarının olanca gücüyle sarılıp sıktı. Yüzünün kız güzelliği yerine ilkçağların gerçek erkek vahşiliği belirmişti yüzünde. Kadının sanki kemiklerini kıracaktı.

Onun da istediği buydu. Titreyen sesiyle, "Lambayı," diye kekeledi. "Lambayı üfle!"

Genç adam bir an kadını bırakıp lambayı üfledi. Sonra karyolaya yuvarlandılar.

Daha sonra kalktılar. Pakize lambayı yaktı. Genç adamsa kendini yeniden bırakmıştı karyolaya sırtüstü. On iki saat iş, sonra azgın kadın. Öyle yorgundu ki!

Karyolaya boylu boyunca uzandı. Kirli çoraplarının yırtıklarından kirli topukları görünüyordu. Pakize bütün bunları gördü, acıdı ama gene de, "Şu çoraplara, kirli topuklara bak!" dedi. "Hâline bakmadan zamparalığa çıkmış!"

Ortaokul sondan öğrenimini bırakmış genç adam, bir eski öğretmen çocuğuydu. Kulaklarına dek kızardı ama "Haklısın!" diyemedi. Ufalıp küçülmüş, sanki dünyanın en büyük ayıbını işleyerek rezil olmuştu. Hiçbir şey olmamıştı aslında ama, öyle geliyordu.

Şaşkınlıkla karyoladan atladı. Ufacık bir çocuğu hatırlatarak mırıldandı:

"İsterseniz gideyim?"

Omuzlarından bastırıp oturttu:

"Hayır, gitmeyeceksin!"

"Ya?"

"Çıkar pis çoraplarını..."

Genç adam çabucak çıkardı. Gerçekten de ayakları kir içindeydi, ama kadın üzerinde durmamış, koşup leğenle su getirmişti.

"Ayaklarımı mı yıkayacağım?"

"Hayır," dedi kadın. "Ben yıkayacağım!"

Sabunla bez de alıp geldi.

"Sok suya!"

Soktu.

Kadın, önünde diz çökerek yıkamaya başladı bu kirli ama çok biçimli ayakları. Dünya silinmişti. Hoşlandığı adamın ayaklarını yıkamıyor, sanki önünde ibadet ediyordu.

Neden sonra kirlerinden arınmış bembeyaz ayakları kuru bir bezle silip kuruladı. Genç adamın karyolaya sırtüstü uzanmasına yardım etti, daha sonra yırtık çorapları aldı. Evirdi çevirdi. Çoraplar topuklarından yırtıktı ama pek öyle kirli değillerdi. İplikle iğne getirip, genç adamın artık tertemiz ayakları yanına oturup çoraplarını yamamaya başladı.

***

Fattum da Kemal'in çoraplarını yamıyordu.

Babası bütün gün Kemal'in annesiyle oturmuş, yemeği birlikte yemişlerdi. Sonra babasının uykusu gelmiş, eve gitmiş, Kemal'in annesi de bir kıyıya kıvrılarak uyuklamaya başlamıştı. Yaşlı kadın yalandan kestireyim derken, başlamıştı horlamaya. Fattum memnundu. Kocakarının -kaynanam diye düşünüyorduuykusu ağırdı. O uyurken fırsattan faydalanarak Kemal'in ötebarileriyle baş başa kalır, Kemal'le berabermişçesine hazlar duyardı.

Gene öyle olmuştu. Yaşlı, kırış kırış kadın, dişsiz ağzıyla horlamaya başlayınca usullacık kalkmış, Kemal'in duvarda asılı yeni elbiselerine gitmiş, okşamaya başlamıştı. Kemal'e çok yakışan lacivertlerin pantolon paçası çamur içindeydi. Kurumuş çamurları çitileyip temizlemiş, sonra da uzun uzun koklayıp öpmüştü. Kemal'indi bu elbise, onun kokusu sinmişti. Kaynanasının uyanıverip görmesinden de ödü korkmuyor değildi hani. Ama kim bilir kaçıncı uykudaydı.

Sonra, Kemal'in büyük fotoğrafının karşısına geçerek belki yarım saat, karşısında dikilmiş, neler, ne hayaller kurmuştu yeni baştan: Şehirli kız zorla götürülmüştü artık. Fattum, Kemal'in karısı olmalıydı. Hani böyle bir şey oluverse! Onu köşede otur-tur, kaynanasının elini de sıcaktan soğuğa vurdurmaz, her işi görürdü. İsterse Kemal sabahları evden erken erken çıkıp gitsin, çalışmasın, yanlasın bir kahveye, kâğıt oynasın, tavla, domino oynasın, arkadaşlarıyla çene çalsındı. Fattum ev işlerini çabucak görür, sonra da altı dönümlük bahçeyi öyle bir çeker çevirirdi ki! Hem de candan, türkü söyler, oyun oynar gibi!

İyi ama Kemal neden ona hiç yüz vermiyordu da şehirliye adeta tapıyordu? Çok mu güzeldi Fattum'dan? Kemal'i çeken ne başkalığı vardı da Fattum'a değişiyordu onu? Yakından gör-müştü. Fena değilse bile pek öyle ahım şahım bir şey miydi san-ki? Boyluydu boylu olmasına, göğüsleri iri... Fattum'un da bo-yu kısa değildi. Göğüslerine gelince, iri iriydi işte. Peki? Bir ka-lıyordu çiçekli fistanı. Fattum'un tıpkısı yoksa da, gene de şehir-li kızdan geri kalmayan fistanları vardı. İş fistanla bitecekse, ba-basına yalvarır, birkaç tane yaptırıp her gün birini giyinirdi. Ba-basının ona hayır demeyeceğini biliyordu.

Birden neşesi uçuverdi: Şehirli kız galiba ondan epeyce be-yazdı. Galiba değil, epeyce de değil, beyazdı evet, çok beyazdı hem de. O? O, esmer. Kemal herhalde şehirli kızın beyazlığına vurulmuş olacaktı ki, ne, o da bol bol pudralanır, dudaklarını nar kırmızısıyla boyar, gene de ondan güzel olmanın yollarını arardı. Şehirli kız kâğıt gibi beyazsa, şehirde oturduğundandı. Onlar da bahçeciler gibi, tarlaya gün doğmadan girip bütün gün güneş altında kazma sallasınlardı da görsünlerdi bakalım o beyazlık kalır mıydı?

Canı sıkılarak ayna karşısına geçti. Kendi kendini uzun uzun seyretti: Önden, yandan, öbür yandan... Nesi vardı?

Sonra çekildi ayna karşısından, Kemal'in elbisesine yeniden gitti. Onları okşadı, öptü. Derken çorapları ilişti gözüne. Sevinçle aldı yerden. Tamam. Eski çoraplarıydı Kemal'in. Evirdi çevirdi. Yer yer yırtılmışlardı. Dikmeli, en iyisi, yamamalıydı!

Pırıl pırıl bir heyecanla iğne iplik aradı, bulamadı. Bulması, ne yapıp yapıp çorapları yamaması gerekti. Bir koşu kendi evlerine gitse? Babasını düşündü: Uyumuş muydu acaba? Uyanıksa bile önemi yoktu ama, sorardı. Sorsundu. Bir yalan atardı. Amaaan, ne yalan atacaktı? Gerekirse doğru, dosdoğru konuşurdu: "İğneyle iplik almaya geldim. Kemal'in çoraplarını yamayacağım! Evet, yamayacağım. Neden ayıp olacakmış? Anası yaşlı, yazık değil mi çocuğa?"

Evden fırladı. Topukları basılmaktan aşınmış, yarım pabuçlarıyla ıslak topraklarda koşmaya başladı. Yağmur çiseliyordu. Çiselesin. Kar yağsındı isterse!

Evlerinden içeri soluk soluğa girdi. Babası altına aldığı ayağının üstüne oturmuş, sigara içmekteydi. Uyumuş sanıyordu oysa, şaşaladı. Yaşlı adamsa farkına varmıştı kızının heyecanının.

Arapça sordu:

"Kemal geldi mi?"

"Gelmedi."

Göz kırptı gülerek:

"Gene çorba mı pişecek Kemal'e?"

Anlamıştı, kaşları çatılıverdi:

"Hayır."

"Bu telaşın ne ya?"

Perdeye saplı iğneyle siyah iplik makarasını aldı. Biraz da öfkeyle, "Çoraplarını yamayacağım," dedi.

Babasının vereceği karşılığı beklemeden, daha doğrusu bu karşılığı duymamak için, geldiği kadar, geldiğinden de çok heyecanlı, kaçarcasına çıkıp gitti.

"Kaynanası" bıraktığı gibi, hâlâ uyuyordu.

Geç kalmış bir heyecanla bir sap ipliği iğneye takmaya çalıştı. Takamadı. Tuhaf, her zaman birde takıverirdi oysa. Bu kez üçte taktı. Çorabı aldı. Hay aksi şeytan... Yama? Yamalık parça? Eve yeniden gitmeliydi. Gidecekti, çare yoktu!

Yeniden fırladı.

Babası bu kez hiçbir şey sormadı. O da bakmadı bile. Yama bohçasında bulduğu irili ufaklı birkaç yamalıkla yeniden tuttu Kemallerin yolunu.

Yamalar çoraba tam da uymuştu. Çarpan yüreği, ışıl ışıl gözleri, makine gibi çalışan elleriyle, bir sevda türküsü gibi başladı. Dalmıştı. Dışarda birden bir bisiklet zilinin tanış sesi. Kemal'di galiba...

Her şeyi bırakıp heyecanlarının içinde, daha coşkun bir heyecanla dimdik, kulak verdi.

Zil tekrarladı.

Kemal gelmişti! Genç adam bisikletinden inmiş, çamurlara bata çıka geliyordu. Kerpiç evlerinin ufacık penceresindeki ışığı beğenmemişti. O kızın gene evde olmasından korkuyordu. Korkuyordu da değil, istemiyordu. Sanıyordu ki ona bakar, onunla bir arada bulunursa, Güllü'ye ihanet etmiş olacak!

Huğun önüne gelince yüzü öfkeyle asıldı: O kız, kapıda, ışık tutuyordu!

Bisikletini evin duvarına dayayıp kızın yüzüne bile bakmadan eve girdi.

Fattum donmuştu. Ne yapmıştı da genç adam öfkelenmiş, surat etmişti?

Elinde lamba içeri girdi.

Kemal, annesini sarsıyordu.

Yaşlı kadın zorla gözlerini açıp karşısında oğlunu görünce işi anlayarak saate baktı.

Kemal uykusuzluktan, bir de şu kızın evlerinde olmasından geberiyordu. İstemiyordu onu, zorla mı? Annesi uyurken, kendiliğinden mi gelmişti? Öyle olduğu anlaşılıyordu. Güllü'nün geri gönderilmesinden faydalanmaya mı kalkmak istiyordu yani? Herhalde. Herhalde ama, avucunu yalasındı. Güllü'nün baba evine zorla götürülmesi hiçbir zaman şu kızın işine yaramayacaktı.

Annesine, "Yatağı ser!" dedi. "Geberiyorum uykusuzluktan..."

Yaşlı kadın, bu vakitlere dek nerelerde olduğunu soracaktı, çekindi azarlanmaktan. Fattum'a da kızdığı için tersleyebilirdi. Gerçekten de Fattum... Ne geziyordu hâlâ gecenin bu saatinde burada?

Fattum, Kemal'in bulunduğu odaya hızla girip az önce yamalarken bıraktığı çorapları yeniden alıp çıktı. Kemal ardından sinirli sinirli baktı. Sonra gözleri annesine takıldı, bakıştılar bir süre. Daha sonra nefretle sordu:

"Bu saate kadar burada ne işi vardı?"

Yaşlı kadının aklı gitti:

"Susss!"

"Niye?"

"Duyar!"

"Duyarsa duysun..."

"Sana ne zararı var evladım? Bütün gün beni o avutuyor. O olmasa tasamdan çatlardım. Bize hiçbir zararı yok. Üstelik can yoldaşı oluyor!"

Fattum oda kapısı önündeydi. Bütün bunları işiterek sarsılmış, derin, ta derinlerden süzülüp gelen ılık yaşlar gözlerinden damlamaya başlamıştı. Derken bir hıçkırık, bir bunaltı... Orada kalsa hıçkıra hıçkıra, bağıra bağıra ağlayacaktı. Elinde çoraplar, evden yavaşça çıktı. Sokak kapısını filan çekmeyi akıl edemeden, evlerinin yolunu tuttu.

Babası hâlâ sigara içmekteydi.

Girse...

Giremedi. Gözlerinin yaşını görecek, nedenini soracaktı. Vereceği bir karşılık yoktu ki! Çiseleyen yağmurun altında, gözlerinden hâlâ ılık ılık yaşlar dökerek beklemeye başladı. Babası nasıl olsa uyuyacaktı. Uyumadansa içeri giremezdi, kabil değil!

Dakikalar ağır ağır geçiyor, az önce işittikleri içine sığmıyor, yüreğini indirip kaldırıyordu.

"Bu saate kadar burada ne işi vardı?"

"Susss!"

"Niye?"

"Duyar!"

"Duyarsa duysun..."

"?.."

"..."

Babasıysa bir türlü uyumuyordu. Aksine, kızının ne için hâlâ evine dönmediğini merak etmeye başlamıştı. Kalktı, kapıya çıktı. Meryemlerin huğundan yana fersiz gözleriyle uzun uzun baktı. Meryemlerin huğu koyu karanlıklara gömülmüştü.

Peki, Fattum nerdeydi?

Çiseleyen yağmurun altında beş, on adım gitti, durdu. Çevresine bakındı. Sonra elini ağzına siper ederek bağırdı:

"Fattuuum, oooo Fattuuuuuum!"

Yaşlı adamın yumuşacık sesi ıslak karanlıklarda eriyiverdi.

Fattum fırsattan faydalanarak huğa usullacık girdi, yatağını çabuk çabuk sererken, babasını yanıtladı:

"Babaaa!"

Adam duydu, geldi:

"Burda mısın Fattum?"

"Görüyorsun işte, burdayım!"

"Bayaktan* nerdeydin?"

"Helada."

Yatağına girip yorganı tepesine çekti.

Yaşlı adam hafifçe ıslak, odaya girip de kızını yatmış görünce şaşmadı. Demek gelmiş, helaya girmişti o seslendiği sıra.

Kızının yatağı yanına çömeldi, oturdu sonra yere. Yorganın ucunu kaldırdı, kızının başını usul usul okşamaya başladı ama Fattum'un yaşlı gözlerini göremedi.

---

* Demin, az önce.

16

Muzaffer Bey parti toplantısından öfkeyle çıktı. Parti binasını sinirli sinirli terk ederek, arabasına girerken, Zekâi Bey koşarak geldi. Bu kadar sinirlenmemesini usulünce söylediyse de, Muzaffer Bey'in kulağına söz girmiyordu. Öfkeli zamanlarında olduğunca, yüzü al bez gibi kıpkırmızı kesilmişti. Parti il başkanının koca göbeğinden, bilgisizliğinden, bodurluğundan, kaypaklığından söz etti. Böyle kaba saba, ağızdan dolma, baştan başa falso heriflerin yüzünden, yaklaşan seçimleri kazanmaya imkân yoktu.

Karşı partinin düzenlediği mitinglereyse halk nasıl candan katılıyor, konuşmacıları nasıl alkışlıyorlardı!

Zekâi Bey, "Kızma," dedi. "Öfkeyle kalkan zararla oturur. Ben sana her zaman söylüyorum. Partimiz seçimleri kaybedecek. Hem de bu koca göbekli, gebeş heriflerin yüzünden. Bütün bunları gayet iyi bilmeme rağmen..."

"Evet?"

"Soğukkanlılıkla hareket etmek lazım. Mühim olan ne partidir ne de parti il başkanı!"

"Ya?"

"Mühim olan, seninle benim menfaatlerimizdir."

"Orası öyle ama, menfaatlerimizin idaresi, birtakım gebeş heriflerin elinde, kötüye kullanılıyor!"

"İşte bundan dolayı, iyiye kullanacaklarla birlik olmamız lazım. Senin çiftlikte bir gece söylediklerimi hatırla!"

"Ne söylemiştin?"

"Bereket versin, dünyayı fikirler idare etmiyor, demiştim. Bereket versin ki etmiyor. Aksi hâlde..."

"Aksi hâlde?"

"Karşı partiden de elimizi yıkamamız lazım gelirdi!"

"Niçin?"

"Çünkü... karşı parti il başkanı da bizimkinden geri kalmaz. Gebeşin biri. Herif hayatı boyunca en kaba manasında ticaretle uğraşmış, yumruk mezesiyle rakı içmiş, göbek şişirmeyi marifet sanmış bir kara cahil. Yalan mı?"

Muzaffer Bey yumuşamıştı:

"Atla da kulübe gidelim!"

Zekâi Bey'in de istediği buydu. Arabaya girdi.

Yolda Yasin Ağa'ya rastladılar.

Muzaffer Bey arabayı durdurarak sordu:

"Hayrola?"

Yasin Ağa dertli dertli, "Şaştım kaldım beyim," dedi. "Nerden girdim bu işe!"

Birden anlayamadı:

"Hangi işe?"

"Şu, Ramazan'ın evlenme işine..."

Unutmuştu. Hatırladı:

"Sahi ne oldu o iş?"

"Emrin üzere kızı bin liraya kesiştik. Çıkardım beş yüzünü de peşin verdim. Gerisini nikâhtan sonra vermek üzere anlaştık."

"Peki?"

"Sağlığın. Bugün, yarın, bugün yarın... Beri yanda oğlan huysuzlanıyor. Bir dert ki sorma beyim..."

Muzaffer Bey'in yüzü karıştı:

"Yani ne demek? Bizi kafese mi sokmak istiyorlar?"

"Zannetmem, öyle şeye cesaret edemezler..."

"Sen bul onu, gönder bana. Ben akşama kadar kulüpteyim. Haydi!"

Araba yürüdü. Zekâi Bey sordu:

"Ne olmuş?"

"Hiç. Şu bizim Ramazan'ın evlenme işi."

"Caymışlar mı?"

"Caydıkları muhakkak değil, ipe un seriyorlar. Bana kalleşlik edebileceğini sanmam Cemşir'in. Her yıl çapa amelesi filan diye benden dünyanın parasını alır..."

"Biliyorum, biliyorum, fakat..."

"Ne fakatı?"

"O zaman da söylemiştim ya, senin tek kusurun, acele karar vermen! Onurunu düşünmüyorsun hiç. Sen kiiim, Cemşir kim, Cemşir'in kızı kim? İsterse dünya güzeli olsun. Fabrikada çalışan bir kızın güzelliğinden, namusundan ne çıkar?"

Araba şehrin asfalt yollarından geçerken yağ gibi kayıyor, bozuk parkelerdeyse kötü kötü sarsılıyordu.

Kulübe geldiler, indiler, yemek salonuna geçtiler.

Salon yükünü almıştı. Akşam yemeğine henüz vakit vardı. Memleketin ileri gelen seçkin tüccarları, büyük çiftçileri, eczacı, doktor, mühendis, mimarları, gazeteciler, renk renk, boy boy, çeşit çeşit zarif kadınlar...

Daha çok da onlar!

Adeta zariflik yarışına çıkmışlardı. Sinema perdelerinden fırlamış nefislerin yanında gudubetler de yok değildi.

Muzaffer Bey'le Zekâi Bey ta dipte boş bir masa keşfedip gittiler, karşılıklı oturdular.

Şef garson devamlı müşterilerini bildiği için gelip sormadı. Masa çabucak donandı.

Hâlâ Ramazan'ın evlenme işi üzerindeydiler.

Sigara dumanlarıyla tüllü salonda hafif bir vals tatlı tatlı çalıyorsa da, kalabalığın öksürüklü uğultusunda silinip gidiyordu.

Muzaffer Bey kadehine Kulüp şişesinden rakı koydu. Susuz içerdi. Zekâi Bey de vermut. Kocaman Rus salatası tabağını önüne çekmiş, iri burnunu tabağa indirmişti gene.

Kadehlerini tokuşturup içtiler.

Muzaffer Bey ekmeğine ançuvez sıkıp ağzına attı.

"Evet, haklısın. Mesele Ramazan meselesi değil benim için. Mevzu bahis olan... Çünkü isteseydim, ona temiz bir aile kızı bulup alabilirdim. İstemedim. Değmez. Serseri, malum. Serserilik bile, biraz gösteriş, biraz çalımla örtülebilir. Mesela senin yetişmiş kızın olsa da. Ramazan için senden istesem..."

Zekâi Bey burnunu Rus salatası tabağından çıkarıp baktı.

"Derhal verirdim!"

"Hadi be sende. Verirmiş. Olmadığı için değil mi? Sana daha açığını söyleyeyim mi?"

Gözü birden iki masa ötedeki zarif bir kadına ilişti. Omuzlarına aldığı kırmızı şalı içinde beyaz bir zambak gibiydi. Muzaffer Bey'i göz hapsine almış, iştahla süzüyor, belki kötülüğüne değil, adamın da ona bakmasını istiyor, bakmayınca da hafiften sinirleniyordu ki, göz göze geldiler.

Kadın sanki beklemiyordu, şaşırdı. Ya da şaşırmış numarası yaptı.

Zekâi Bey hiçbir şeyin farkında değil, "Seni dinliyorum," dedi.

Muzaffer Bey karşılık vermedi.

Zekâi ilkin Muzaffer'e, sonra da işi anlayarak kadına başını çevirdi, gördü. Sanki dehşete kapılmıştı:

"Kim bu yahu?"

"Tanımıyor musun?"

"Yoo..."

"İthal malı. İsviçre mamulatı..."

"Yaa... peki. Kimin nesi?"

"Paşazade Hayrullah'ın..."

"Neden tek başına oturuyor?"

Bunu Muzaffer Bey'in de bildiği yoktu ama, gözü parti sözcülüğü yapan gazetenin başyazarına ilişti. Az önce parti toplantısında, "gericiliğe" verilen taviz konusunda az kalsın yumruklaşacaklardı. O da kaymıştı. O da seçimleri kazanabilmek için hacıları, hocaları okşamaktan yanaydı.

"Bak bak," dedi. "Rezil herif. Hey koca Mustafa Kemal hey! Kaldır başını da dünkü dalkavuklarına bak!"

Zekâi Bey döndü. Parti başkanının kolunda yemek salonuna girmekte olan başyazarı gördü, ama kızmadı. Muzaffer Bey'inse sinirleri gevşemişti:

"Bu herifi bir gün ibretiâlem için evire çevire dövmezsem yuh olsun ervahıma!"

Kalın parmaklı elleri, uzun kollarıyla bir ahtapotu hatırlatan Zekâi, kendini salıvermiş ayıbalığı ağırlığı içinden adeta çevik bir sıçrayışla çıktı:

"Neden? Herkesin keyfinin kâhyası mısın? Pardon, menfaatinin demek istemiştim... Kâhyası mısın?"

"Değilim ama..."

"Aması maması yok. Bırak şu şarklılığı! Binlerce ciltlik kütüphane, Avrupa, Amerika gezileri... Evet ama, memleket şarklılık değil, hakiki sivilizasyon istiyor. Garp demokrasisini iliklerimizde, benliğimizde, benliğimizin ta derinliklerinde duymazsak..."

Muzaffer Bey'in gözü iki masa ötedeki kırmızı şallı kadındaydı:

"Sana söylüyorum!"

Muzaffer Bey bakışlarını arkadaşına çevirdi:

"Devam et, kulağım sende..."

"Şarklılığa, aşırı milliyetçiliğe, yani şovenliğe paydos!"

Muzaffer Bey iç geçirdi:

"Ne harikulade kadın!"

Salon kapısında ikinci bir grup peydahlanmıştı. Aralarında uzun boylu, ablak işadamları ya da teknisyenlerin de bulunduğu bu ikinci grup, karşı parti il başkanının ardında, neşeli, kayıtsız, hatta küstah bir topluluk, salonu gözden geçiriyorlardı.

Muzaffer Bey kırmızı şallı kadına dikkat etti. Yeni grubun görünmesiyle beraber değişivermişti. Nefis boynunu zarif bir kuğu kibarlığıyla uzatmış, onlara bakıyor, ısrarla bakıyor, gülümsüyordu.

Grup masaların arasından geçerek, parti sözcüsü başyazarın masasına gitti.

Muzaffer Bey şallı kadını unutmuştu.

Zekâi Bey, "Görüyor musun?" dedi. "Başyazarın masası ağır basmaya başladı!"

Muzaffer Bey kadehine rakı koydu, sinirli sinirli dikti.

"... Bununsa ne demek olduğunu zekâna bırakıyorum!"

Bakmadan:

"Zekâm işlemiyor. İzah et!"

"Dinle: Bu, şu demektir. Gelecek seçim karşı partinin, yani karşı parti tüzüğünün zaferiyle neticelenecek demektir. O tüzükse, devletçiliğin tasfiyesinden ibarettir!"

"Yok be?"

"Göreceksin."

"Kâhinlerden nefret ederim. Tazı hassasiyetine lüzum yok!"

"Kert şuraya: Gelecek ve ondan sonrakiler..."

"Bin dokuz yüz otuzu unutma!"

"Evet ama şartlar aynı değil..."

"İçelim!"

Biri rakı, öteki vermut kadehini aldı. Tokuşturup içtiler. Muzaffer Bey yan gözle şallı kadına baktıysa da kadın yarım sağ yapmış, Amerikalılarla karşı parti il başkanının masasını göz hapsine almıştı.

Zekâi Bey kıs kıs gülerek, "Kaybediyorsun, elini çabuk tut," dedi.

"Niçin?"

"Bak, şallı o....u bile o tarafa meyletti!"

Muzaffer Bey iç geçirdi:

"Bak buna yanarım işte..."

Gülüştüler.

Salonun elektrikleri yanana dek dereden tepeden konuşarak oturdular. Kafaları hayli olmuştu. Briç salonuna geçmek üzere kalktılar. Tam bu sırada siyahlar içinde bir garson, Muzaffer Bey'e yaklaştı. Sır verircesine kulağına eğildi, onu dışarda iki kişinin beklemekte olduğunu söyledi.

Muzaffer Bey dışarı çıktı. Gelenler Yasin Ağa'yla Elci Cemşir'di. Elci Cemşir, beyin karşısında gene ufalmış, ufalmış, ufalmıştı. Beyefendinin ellerine sarılıp öptü.

Muzaffer Bey'in kalın kaşları çatılmıştı:

"Bu iş neden bu kadar uzadı Cemşir?"

Elci Cemşir, zincirinden boşanmış, art ayakları üzerine kalkmış ayı heybeti içinde ama, ufacık bir çocuktu. Yutkundu:

"Begim, şey..."

"Herhangi bir mahzur varsa çekinme, haber ver!"

Ellerini ovuşturuyordu:

"Yani ne gibi begim?"

"Ne gibisini sen bilirsin. Ne bileyim? Başka sevdiği olur, bizim haytaya varmak istemez, insan hâli... Varsa böyle bir şey söyle, vazgeçelim!"

Cemşir'in aklı gitti. Beyin ellerine tekrar sarıldı. Bozuk Türkçesiyle gürledi:

"Onun boynunu altında korum! Haddine mi düşmüş? Ben sağken benim sözümü çeviremez sayende. Ciğerini sökerim onun!"

"O hâlde?"

"Bir iki gün müsaade et bana begim. Ondan sonra başımnan beraber!"

Mesele yoktu.

Muzaffer Bey, "Pekâlâ," dedi. "Birkaç gün sonra Ramazan'ı da alıp gelsin Yasin Ağa. Bu işi bitirin. Sen yabancımız değilsin, malum a?"

Ellerine gene sarıldı:

"Yoluna kurban olurum begim, ölürem senin yoluna. Ben senin kapının itiyim. Vur öldür istersen. Kanım sana helal!"

Muzaffer Bey elini çekip briç salonuna yöneldi:

"Sağ ol, sağ ol..."

Yasin Ağa'yla Cemşir kulüpten çıktılar. Çıktılar ama Cemşir'in aklı fikri iyice karışmıştı. Günlerden beri Nuh demiş, peygamber dememişti kız. Ya gene dayatırsa? İşi yokuşa sürerse?

İç geçirdi.

Dayatacağına da hiç kuşkusu yoktu.

Yasin Ağa, "Bir daha geldiğimde kız teslim, para teslim!" dedi.

"İnşaallah."

"Haydi bana müsaade."

"Güle güle ağa, yolun açık olsun. Ramazan Efendi'ye selam..."

Ayrıldılar.

Cemşir, Kuruköprü'deki Berber Reşit'in dükkânının yolunu tuttu.

Berber Reşit, Hamza bir de Memo'yla oturmuş şu mesele konuşurlarken Yasin Ağa gelmiş, Cemşir'i Muzaffer Bey'in görmek istediğini söylemişti. Şimdi onu merakla bekliyorlardı. Ne varsa Reşit'te vardı. Bu işi gene o bitirebilirse bitirirdi!

Gerçekten de sabırsızlık içindeydiler.

Berber Reşit içini çekerek kalktı. Can sıkıntısından patlayacaktı nerdeyse. Konsolun gözünden çıkardığı bir paçavrayla aynaların tozunu almaya başladı. Günlerden beri aklı durmuştu. Bir yandan karısı, öte yandan kendi, kıza dökmedik dil bırakmamışlardı da nafile. "Moskof inadı" tutmuştu bir kez. Fellah oğlu da Fellah oğlu! Ne bulmuşsa bulmuştu Fellah oğlunda. Dayak, acı söz, tatlı dil, şu, bu...

Bir şey değil, iş sarpa sarar da, "Madem olmuyor, aldığınız parayı geri verin!" derse Muzaffer Bey?

Bezi sinirli sinirli çırptı, çekmeceye soktu. Hamza'da da iş yoktu. Allah bir sebep halk etmezse işin içinden çıkılamayacağa benziyordu. Günlerden beri Hamza'yı tava getirmek için demediği kalmamıştı. İçirmiş, öğüp göklere çıkarmıştı. Oğlan "Asarım", "Keserim" diye sokağa çıkıyor, sonra geri dönüp geliyordu. Hamza'ya nefretle baktı.

Hamza'ysa korkuyordu Kemal'den. Oğlan gözünde alabildiğine büyümüş, adeta devleşmişti. Her gece geç vakitlere dek fabrikanın oradaki kebapçıda şarap içiyor, sonra bisikletine atlayıp eve dek geliyordu. Hamza birinde uzaktan uzağa izlemişti. Kemal avluya bile girmişti. Avlularında çekip vursa vurabilir, ifadesinde de, "Ardımdan geldi. Beni tehdit etti. Dövdü, tabancasını çekti. Ben de tabancayı elinden alıp kendimi korudum. Evet efendim, tabanca onun tabancasıdır!" diyebilir, çok az bir cezayla da kurtulurdu ama, aması vardı. Düşünüldüğü gibi kolay değildi bütün bunlar! Dönüp üstüne atılır, tabanca zamanında patlamaz, patlar hedefini bulmayabilirdi. Hedefini bulmadı mı biliyordu şap gibi yanacağını.

Korkuyordu açıkçası!

Korktuğu, "Beni hoş görün. Bu işler bilekli, yürekli insan harcı. Bense palavradan ibaretim. Ne bilek ne de yürek bende..." diyemediği için de kemküm ediyordu.

Berber Reşit sıkıntıyla yanlarına geldi:

"Bir şey değil, bey, ya kızı ya parayı derse ne yaparız diye düşünüyorum," dedi.

Hamza dalgın dalgın baktı. Gerçekten de bey, "Ya kızı ya da aldığınız parayı," diyebilirdi.

Berber Reşit biraz da öfkeyle, "Valla," dedi, "onu bunu bilmem. O Fellah oğlunun vücudu ortadan kalkmalı!"

Hamza çaresiz, "Doğru," dedi. "Doğru ya..."

Reşit sertçe:

"Doğru ya?"

"Bizde iş yok!"

Reşit artık boşandı:

"Bizde deme, bende, de! Ver tabancayı diyorum vermiyorsun!"

Hamza da bozulmuştu:

"Versem?"

"Versen tamam!"

"Oğlanı bir iki demez çeker vurur musun?"

"Dinime Allahıma o saat! Neden? Benim zati şurda ne ömrüm kaldı? Girer yatarım. Nasıl olsa bir lokma ekmek getirirsiniz!"

Bir yandan da Hamza'yı inceliyordu. Oğlanın kırışıksız, ablak yüzünde sıkıntıdan başkası yoktu.

Ardını getirdi:

"Onu bunu ne yapacan... Senin yerinde ben olacaktım şimdi. Ben olacaktım da görecektin."

"Ne yapardın?"

"Ne mi yapardım? Onun habibini şaşırtırdım be! Bennen oynuyon mu?"

"İyi amma gelmiş geçmişte bir vukuatın olmamış ki."

Doğru, dosdoğru bir sözdü ama gene de canı sıkılarak, dükkân kapısına kadar gitti. Geri döndü, önlerinde durdu:

"Orasını Allah bilir. Boşboğazlık iyi değildir. Ummadık taş baş yarar. Beni böyle ufak tefek görüp de..."

Hamza, "Estağfurullah," dedi.

"Ne yapacan onu, dokuzu? Ver tabancanı bana, gör!"

Hani tabancayı çıkarıp vermek, şu işin azabından kurtulmak vardı ama gene de kendine yediremedi. Kızıyordu, öyle kızıyordu ki kendine!

Kalktı. Tıpkı Berber Reşit gibi, dükkân kapısına düşünceli düşünceli gitti, caddeye baktı bir süre, sonra kaldırıma tükürüp yanlarına döndü:

"Tabancamı sana değil, Hazreti Allah'a vermem," dedi. "Durun, acele etmeyin. Benim de bir bildiğim var. Ben de onun feriştahını şaşırtmazsam, bana da Hamza demesinler!"

Berber Reşit heyecanla sordu:

"Kimin?"

"Bacım olacak kahpenin!"

***

"Bacısı olacak kahpe" alnını beyaz tülbentle sıkı sıkı sarmış, pencerenin önünde oturmakta, sokağı seyretmekteydi.

O kadar dayak, kötü sözden sonra büsbütün barut olmuş, dayak gözünün kirişini kıracağına, korkularını silip atmıştı.

Güllülerde olup bitenleri Pakize'ye yetiştiren, Pakize'nin "casusu" Seher usullacık sordu:

"Oğlan çok zenginmiş... Doğru mu?"

Güllü nefretle, "Allah belasını versin," dedi.

Sözü Berber Reşit'in karısı aldı:

"Tevatür zengin bacım, dilinen tarifi mümkünsüz. O tarlalar, o çift çubuk, o ev bark... He dese, hanım olacak amma, ne fayda?"

Güllü hınçla döndü:

"Ben hanımlığa, hanımefendiliğe hevesli değilim. Öyle şeylere iştahın varsa kendin var. Günlerden beri dilinden düşürmüyorsun. Ne bu be?"

Kuru karı bozulmuştu:

"Senin iyiliğin için yavrum."

"İstemiyorum, karışmayın bana!"

"Doğru amma, sen rahat edeceksin. Bana göre ne var bunda? Hiç. Şurda bir yabancıyım mesela...

"..."

"Asıl anana acıyorum. Fukara, senin yüzünden ne hâllere girdi!"

Yer yatağında sarılıktan sapsarı yatmakta olan kadına baktı.

"Şuna bak. Limon sarısına döndü fukaranın yüzü. Ona da yazık canım!"

"Yazıksa yazık."

Uzun bir sessizlikten sonra Reşit'in karısı gene başladı:

"Vallaha ne biliyim? Ne diyeceğimi şaşırdım."

"Deme," dedi Güllü. "Hiçbir şey deme!"

"Demesem, karışmasam iyi amma, olmuyor işte."

"Niye olmuyormuş? Pekâlâ da olur. Hem ne? Çeneni boşuna yoruyorsun. Onun canı sağken, ben ondan başkasına varmam!"

"Baban da seni ona vermez!"

"Vermesin."

"Sittin sene bekle!"

"Beklerim. Çok çok dört yıl bekleyeceğim. Ondan sonra da karışamazlar ya!"

"Belli olmaz."

"Niye?"

"Dört yıl sonra baban ölüyor mu?"

"Ölmesin."

"O ölse kardaşın var aslan gibi!"

"Boyu devrilsin!"

"Tuh sana. Gözleri kararmış kızın. Allah vermeye. Kız el oğlu için kardaşa öyle denir mi?"

"El oğlu mel oğlu. Bana hepsinden yakın!"

Reşit'in karısı kısa keserek sustu, sonra yeniden başladı:

"Dört sene bekleyecek. Akıl mı şu?"

"Akıl, fikir ne sayarsan say," dedi Güllü. "Dört sene de beklerim, on dört sene de!"

Oda kapısı vurulmadan açıldı. Biri yaşlı, öteki genç iki komşu, arkadan Cemşir'in büyük karısı, on yaşındaki kızıyla geldi. Kızın üstü başı pamuk tozları içindeydi. Bu kız da geçen yıldan beri fabrika çırçırlarında çalışıyor, kazandığını babasının etli kocaman avucuna koyuyordu. Yaşı küçük olduğundan, teyzesinin kimlik cüzdanıyla kaydolmuştu. Uyku dökülen gözlerini ovalıyor, sık sık esniyordu.

Yetişkin bir insan ağırlığıyla yukarı çıktı, annesinin yanına diz çöktü. Konuşulanları dinlemeye koyuldu.

Konuşulanlar hep aynı şeylerdi; Güllü'ye öğüt!

Güllü'yse bıkmış usanmıştı. Gözlerini yanındaki pencereden sokağa dikmiş, yalınayaklı çocukları seyrediyordu. Ama asıl maksadı başkaydı: Kemal geçiverir miydi acaba?

Geçiverse, görseydi onu. Öyle göresi gelmişti ki... Bir görseydi yeterdi, isterse ondan sonra beş gün, on gün, on beş gün görmesin!

Konuşulanlara kulak verdi. Berber Reşit'in kuru karısı gene akıllılık taslıyordu. Büyük analığı da ona uymuş, veryansın gidiyorlardı: Akıl mıymış Güllü'nünki? Dağ taş toprak sahibi insanlar, koca çiftlik, yem yiyecek, atlar, itler, uşaklar... Yediğini ye, yemediğini at, fakir fukaraya ver. Bir giydiğini bir daha giyme.

Büyük analığı, "Aaaah ah," dedi. "Ben Cemşir'in yerinde olacam."

Güllü'nün tepesi attı:

"Ne yapardın?"

"Ne mi yapardım?"

"Evet, ne yapardın?"

"Güllüüü, aklını başına al! Bak, o adam benim de kocam. Senin yüzünden üzülmesini istemem, anladın mı?"

"Kocansa mübarek olsun. Benim işime karışmasın. Babalığını bilsin, evlatlığımı bileyim. O kadar!"

Kadın alev almış ispirto gibi parladı:

"Keees, kancık!"

Güllü altta kalmadı:

"Ana," dedi, "bak, ana diyorum sana. Sonra vallaha..."

Kadın hınçla dizlerinin üstüne kalktı:

"Yoksa? Ne olur yoksa?"

"Hatırına dokunurum!"

"Parmaklarımı senin ağzına taktığım gibi caaaart diye yırtarım sonra, biliyor musun beni?"

Güllü sinirli bir kahkaha attı:

"Hah hah haaay... Güleyim de araya gitmesin bari!"

"Arsız."

"Arsızım, kancığım, sürtüğüm... Şimdi beni kötü kötü söyleteceksin. Yakamdan düşün diyorum size yahu, düşün be!"

Kendini tutmasa kadının üstüne atılır, saçını başını yolardı ama olmazdı ki. En büyük analığıydı. Ne de olsa öz anasına yakındı. Yaşlı başlıydı üstelik. Yutmak zorundaydı. Ama şu Reşit'in kuru karısına ne oluyordu?

Gözleri, yanındaki pencerede, kulağı onlardaydı.

Kuru karı, ateşe çırpı atıyordu sanki:

"El oğlu için insan anasını babasını böyle hırpalar mı? Hem ayıp hem de günah. Aaaah zamane ah! Bizim zamanımızda, anamız, babamız, analığımız, emmi, dayı, hısım akrabamız bir şey diyeceklerdi de sözlerini geri çevirecektik ha?"

Büyük analık hop kalkıp hop oturuyordu:

"Eskiden tertip, terbiye vardı bacım. Şimdi sen sensin, ben ben. Ah zaman, gözün çıksın zaman. Nerden baksan bir eksikli. El oğlu bu, güvenilir mi? Canım, cicim, şekerim, kaymağım, hevesini aldı mı, yallah!"

"?.."

"..."

"..."

Dar sokağa karanlıklar ininceye dek oturdular. Sonra birer ikişer kalktılar. Bugün de başka günlerde olduğunca, dillerinin döndüğü kadar söylemişlerdi. Ne deseler ne yapsalar nafile. Böyle kız da düşman başınaydı. Doğrusu görmemişlerdi böyle asi kız. İnattı be. Gâvur inadı. Müslüman'da böyle inat olmazdı. Baba demek ata demekti. İnsan atasının sözünden...

Güllü dayanamadı bir an:

"Ben gâvurum," dedi. "Bende din iman yok. Ben laf söz anlamam!"

Kuru karı:

"Tövbe estağfurullaaaaah..."

"Tövbesi mövbesi yok. Düşmeyin üstüme. Benim babam anam, kardaşım mardaşım yok. Ben, yer yarığından çıkmış bir insanım. Benim babam da, anam da, kardaşım da o, her şeyim Kemal!"

Analığı gene de, "Tuh sana," dedi. "Utanmaz, arlanmaz."

"Utanmam da, arlanmam da. Ne utanma bıraktınız bende ne arlanma!"

Kuru karı:

"Ayıp ayıp."

"Bir nokta koydun mu kaybolur gider..."*

"Kız başıyla, şuna hele..."

"Ne olmuş? Sizin benden farkınız ne? Evlenmişsiniz, başınız göğe değmiş. Kocaysa ben kendim buldum kocamı!"

"Sen iyice baştan çıkmışsın."

"Çıktım, doğru."

"Senin sonunu hiç iyi görmüyorum!"

"Görmüyorsan bakma. Hepimizin sonu ölüm. Bu dünyada istediğin gibi yaşama, öte dünyayı düşün. İnanmıyorum, öte dünyaya da inanmıyorum! Uzun lafın kısası: Ben bu dünyada sevdiğim insanla, dilediğim gibi yaşayacağım. Bundan ötesi vız gelir tırıs gider, anladınız mı? Hiç kimse bu dünyaya kazık kakamamış..."

Analığı laf yetiştiremeyeceğini anlamıştı. Kızının elini hırsla tutup kalktı:

"Yürü kız yürü. Asi evlat!"

Kızı çekti, sürükledi. Merdiveni tam ineceklerken durdu:

"Şu ananın hâline bak da utan!"

Güllü bakmadı bile:

"Ben değil, o hâle sokanlar utansın!"

Kara şalvar içindeki kocaman kıçıyla dikilmişti:

"Tuh sana!" dedi.

"Tuh mu? Ana, kendine gel anaa! Namuslu insanların yüzüne tükürülmez!"

"Namusa kurban ol!"

Kızıyla indi gitti.

Güllü, üzerinde durmadı ama içi iyice kabarmıştı. Nerdeyse ağlayacaktı. Boşanmamak için kendini zor tutuyordu ki Berber Reşit'in karısı gene başladı:

---

* Arap harflerinde ayıp, "ayn" harfiyle yazılır. Üzerine bir nokta konursa gayıp okunur. Çok eskiden kalma bir deyim.

"Herkesin gözünden düşmek iyi mi? Değil. İnsan, hele kız eksiği, ananın babanın dediğinden çıkmamalı. El oğlu için anaya babaya çemkirmek doğru mu?"

Basık tavanlı, loş oda iyice kararmıştı. Kuru karı kalktı, raftaki gaz lambasını yaktı. Ne kadar çok söylerse o kadar etkin olacağını sanıyor, arada azarlansa bile aldırmıyordu.

Güllü pencerenin beyaz perdesini öfkeyle indirdi. Şu kadını vallahi de, billahi de boğabilirdi. "El oğlu için anaya babaya çemkirmek doğru muymuş. Sen, iskelet Reşit için dünyayı ateşe verebilirsin ama!"

Bir kıyıda, hiç toplanmadan serili durmakta olan yatağına girdi, yorganı tepesine çekti. Karının sinir sesinden kurtulmuştu. Büsbütün kurtulamamıştı ama ne de olsa ses iyice hafif geliyordu.

Düşünde Kemal'leydi bir ara. Başını o gün, sinemadakince sevgilisinin omuzuna koymuş, ağlayarak anlatıyor, gözlerinden ılık ılık yaş döküyordu. Kemal, nasırlı kocaman avucuyla gözlerini sildi:

"Sus, ağlama!"

"Ağlamak istemiyorum ama elimde değil."

"Korkma, seni benden hiç kimse ayıramaz!"

"Babamla Hamza?"

"İkisini de öldürdüm."

"Öldürdün mü?"

"Öldürdüm!"

Genç adama deli gibi sarıldı:

"Seni niye hapse atmadılar ya?"

"Kaçtım!"

"Kaçtın mı?"

"Kaçtım."

"Şimdi ne olacak?"

"Bilmiyorum."

"Seni yakalarlarsa ya?"

"?.."
"Hapse atarlarsa?"
"?.."
"Korkmuyorum!"
"Korkma. Kılık değiştireceğim, buralardan kaçıp gideceğiz..."
"Nereye?"
"Bilmiyorum ama gideceğiz. Mecburuz gitmeye!"
"Gidelim Kemal, hemen kaçıp gidelim. Uzaklara, çok uzaklara. Bizi arasalar bile bulamayacakları kadar uzaklara. Adımızı değiştirelim, başka insanlar olalım. Gene ikimiz de çalışalım ama evimiz için. Kendimiz için. Baş başa yaşayalım olmaz mı?"
"Yaşayacağız Güllü."
"Sar beni!"
"Sen de beni sar!"
Sımsıkı sarıldılar.
Güllü, "Daha sık!" dedi.
Kemal'in kolları daha sıktı ama yetmedi:
"Daha!"
Daha sıktı.
"Daha, daha, daha. Kır kemiklerimi, öldür beni!"
Güçlü kollar çelik gibiydi. Canını acıtıncaya dek sıktılar. Sonra nasırlı, kocaman eller işe girişti. İlkin entariyi çıkarıp attı, sonra fanilayı. Fanilası yama içindeydi, utandı. Kemal, "Aldırma," dedi, "benim iç çamaşırlarım da yama içinde. Gün gelecek, yamasız, yepyenilerini giyeceğiz!"
Nasırlı kocaman eller heyecan içindeydiler. Güllü'nün üzerinde çamaşır adına ne varsa soydular. Kız utandı.
"Yapma Kemal!"
"Neden?"
"Nikâhımız kıyılsın sonra."
"Kıyılır, inanmıyor musun bana?"
"Sana mı? Sana her şeyim feda!"
"?.."

"..."

Kemal de çırılçıplak soyunuyordu ki sarsılarak uyandırıldı. Dehşetli bir utanma duygusu içinde gözlerini açtı: Babası, Hamza, Berber Reşit, hatta Irgatbaşı Memo!

Az önce görmekte olduğu düşün öylesine etkisi altındaydı ki, yorganı habire çıplak sandığı bedenine örtmeye çalışıyor, babasıysa boyuna çekiyordu.

Gene düşte miydi acaba? Bir an kendini düşte sanarak, yorganı babasından hırsla çekti, altına girip büzüldü. Anlıyordu düşte olmadığını. Düşte olsa, yanında Kemal olurdu! Kemal'se yoktu, yoktu. Allah belasını versin şunların. Ne istiyorlardı gene, ne?

Yorgan hırsla çekilince yatağında oturuverdi. Yorganı çeken kardeşi Hamza'ydı. Avazı çıktığınca bağırdı:

"Ne var? Ne istiyorsunuz?"

Karşısındakiler fitil gibi sarhoştular. Berber Reşit araya girmek istedi:

"Yavrum. Güllü..."

"Ne var?"

"Bugün gene haber geldi!"

"Heriflere karşı yüzümüz kalmadı..."

"Bana ne kalmadıysa?"

"Bu işe heye de, de..."

Güllü her zamankince kesti attı:

"Hayır, istemiyorum!"

"Kızım, yavrum, evladım..."

"Ben senin kızın da değilim, yavrun da, evladın da!"

Hamza korkunç bir küfür savurdu.

Güllü karşılık verdi.

Hamza ani bir atak yaptı, Reşit önledi.

"Geri dur!"

Güllü'ye döndü:

"Bu işin sonu iyi getirmeyecek, aklını başına al gençliğine, güzelliğine acı!"

"Acımıyorum. Elinizden geleni ardınıza komayın. Çekin bıçağınızı, tabancanızı, vazgeçmişim ben bu candan. Ne duruyorsunuz? Erkek değil misiniz? Vurun beni, öldürün!"

Hüngür hüngür boşalmıştı. Fırtına gibi, hem ağlıyor hem de bas bas bağırıyordu:

"İstemiyorum o soytarıyı, varmayacağım. Varacak, sevecek siz değilsiniz. Onunla yaşayacak benim. İçimden gelmiyor. Elimi kolumu, ayaklarımı bağlayın, tortop götürün beni isterseniz. Ona avrat olmam. Gittiğim yerin altını üstüne getiririm, kıyametleri koparırım. Kemal sağken başkasına avrat olmayacağım, anlayın artık!"

Cemşir, yani art ayakları üstüne kalkmış ayı, homurdandı. Akları kızarmış gözleri dehşetle parlıyordu. Ayakta dikilip vurup kırmak, yakıp yıkmak geliyordu içinden ama kendini zor tutuyordu. Bunca karıdan sayısını unuttuğu kadar çok kızı olmuştu. Kızlarını dilediğine satmış, paraları üç gün içinde deve yapmıştı da ne kızlar ne de anaları gık demişlerdi. Bu neydi böyle? Zoru neresindendi? Kime güveniyordu?

Berber Reşit'se habire:

"... Kendi düşen ağlamaz yavrum. Bizi ele güne karşı rezil rüsva etme. Ettin zati. Şu babana acı. Fukaranın ağzını bıçaklar açmıyor. Dağ gibi adam, koskoca babayiğit. Yazık değil mi?"

Kuru karısı pekiştirdi:

"Yazık ki yazık..."

Güllü ona çıkıştı:

"Aman ha, sen de geri kalma ha!"

"Sen sus avrat, onun aklı kendine yeter. Karışma!"

Güllü kesti attı:

"Reşit Emmi, soluğunu tüketme. Uzun lafın kısası: Kemal'in canı sağken başkasına varmaaaam!"

Ayının sabrı taşarak hınçla yürüdü. Reşit'i, oğlunu falan itip kızıyla karşı karşıya geliverdi. Tiril tiril titriyordu. Beş yüzün yüzünü Berber Reşit'e kaptırmıştı. Üst yanıyla da içip duruyorlardı. Beye karşı yüzü kara çıkacaktı ama çok çok yanına varır, durumu bütün açıklığıyla anlatır, beş yüzün bundan böyleki hesaplarına mahsup edilmesini yalvarırdı.

Kızı teslimden sonra kavuşacağı beş yüzü hatırlayınca, nevri yeniden dönerek ellerini arkasına dehşetle koydu:

"Kız, son sözünü söyle!" dedi bozuk Türkçesiyle.

Güllü de korku içindeydi. Söylerse biliyordu başına gelecekleri. Ama artık ok yaydan çıkmıştı.

"Söyledim ya!"

"Heye mi, değil mi?"

Canını dişine takarak, "Heye değil, değil, değiiiil!" diye bağırdı.

Bir an, saniyenin yarısından da kısa, kısacık bir an... Sonra Cemşir'in art arda, şimşek gibi inen tokatları...

Güllü korkunç bir çığlıkla, kan içinde yatağına yuvarlandı. Tekme, tekmeler, yumruk. Cemşir artık çıldırmış bir devdi. Ne Berber Reşit ne Hamza ne de yatağından avaz avaz haykırarak fırlayan sarılık olmuş hasta kadın.

Güllü hemen hemen kendinden geçmişti. Çığlıkları işçi mahallesinde uykulara giriyor, yorgun kadınlar, çocuklar, erkekler uyanıyor, don paça koşuyorlardı. Kapı ardından sürgülü olduğundan açıp giremiyorlardı ama kapıyı yumrukluyorlardı. Bununsa hiçbir önemi yoktu.

Yer yer ışıklar yanan evlerin pencereleriyle alacalaşan avluda her kafadan bir ses çıkıyor, polis, karakol, devlet, hükümet sesleri yüklü çekişmeler sürüp gidiyordu...

Bir ara Giritli Pakize'nin "casusu" Seher, yalınayak fırladı avludan. Kızın korkunç çığlıkları kulaklarında, işçi mahallesinin çamurlu sokaklarında deli gibi koşuyordu.

Pakize'nin evine geldi. Penceresinde ışık vardı. Kapıyı yumrukladı yumrukladı yumrukladı...

Pakize yatağına henüz girmişti. Fırladı. Karşısındaki kadının büyük büyük açılmış gözleriyle dehşete gelerek soluk soluğa sordu. Berikinin anlatacak gücü kalmamıştı. Koşmaktan o da soluk soluğaydı.

"Kızı," diyebildi. "Güllü'yü..."

"E, çabuk söyle n'oldu?"

"Öldürüyorlar!"

"Kim?"

"Bilmiyorum. Belki de öldürdüler şimdiye!"

Pakize de çılgına dönmüştü. Ne yapabilirdi? Gecenin bu saatinde karakola gitse?

Birden hatırladı: İşten çıkmış eve dönerken, yol boyunca uzanan cadde üzerindeki kebapçıda Kemal'i görmüştü. Oturmuş içiyordu!

Evi, haberi getiren kadını filan öylece bırakıp fırladı.

Kemal hâlâ içmekteydi. Pakize'yi karşısında öyle yarı çılgın görünce çatalı elinden düştü.

"Hayrola bacı?"

"Hayrı şerri bırak. Koş, kızı öldürüyorlar!"

"Kızı mı? Hangi kızı?"

"Hangi kız var seni alakadar eden, aptal?"

"Güllü mü yoksa?"

"Evde kıyametler kopuyor. Sen oturmuş içiyorsun. Ne biçim erkeklik bu? Ne biçim yiğitlik?"

Sarhoş Kemal'in kafasında dünya birden ters döndü. Demek Güllü'yü öldürüyorlardı? Kim, ne, niçin diye sormadı. Herhalde evde babası, kardeşi, belki de Berber Reşit, şu bu...

İskemlesini, içki masasını filan devirerek dükkândan fırladı, karanlıklara ok gibi daldı. Yerlerdeki çamura, ayak bileklerini burkabilecek bozuk parkelere filan aldırış etmeden koşuyor, alabildiğine koşuyordu. Avludan içeri çılgın gibi girdi. Kan tere batmıştı. Güllülerin kapısını itti, ardından sürgülü ya da kilitli olmalıydı, açılmadı ama içerden kırbaçla dövülmekte olan birinin, bir kadının fersiz çığlıklarıyla kırbacın şakırtısı geliyordu. Avlu halkının galeyanını bile duymuyor, söylenenleri anlamıyordu.

Kapıyı yumruklamayı olsun akıl edemeden, yetmiş beşin üstündeki kilosuyla kapıya bir omuz, bir omuz daha... Rezelerinden sökülen kapıyla birlikte daldı içeri: Güllü'yü merdiven direğine bağlamış, kırbaçla dövüyorlardı! İlkin Cemşir çıktı karşısına. Bir sağ! Sonra Hamza, bir sol! Daha sonra Berber Reşit. Yalvaracaktı. Kemal onu da bir yumrukta merdivenin yanına yuvarlayıp cebinden sustalısını çıkardı, şakırtıyla açtı, kızı bağlayan ipleri keserken, Berber Reşit'in kuru sesi yükseldi:

"Hamza, daha ne duruyorsun Hamza!"

Hamza'nın eli kara şalvarının cebine gitmişti. Müdürün karısından aldığı tabanca ordaydı. Her yanı titriyordu ki tabancayı çıkardı. Kemal farkına varıp döndü, üzerine yürürken, Hamza'nın elinde tabanca zangır zangır titriyordu.

"Gelme!" diye bağırdı. "Gelme, yakarım!"

Kemal birden öylesine büyümüş, öylesine devleşmişti ki duymadı bile. Çığ gibi yürüdü üstüne, tabanca tutan ele tekmeyi tam atacaktı, tabancanın ufacık namlusunda bir alev yanıp söndü.

Kemal sendeledi, sonra atamadığı tekmesiyle sırtüstü devrildi.

Hamza, elinde beyaz sedef kabzalı tabanca, şaşırmıştı.

Berber Reşit yanına geldi:

"Korkma kurban, aşk olsun. Git karakola, tabancanı teslim et komisere. Ardında biz varız korkma!"

Kapının yanına iterek götürdü Hamza'yı:

"Korkma kurban. Evinize baskına geldi, hepimizi yumrukladı, sen de, anlıyorsun ya?"

Aysız göğün altındaki karanlık avluda insanlar kaynaşıyordu. Hamza, elinde tabanca, yarıp geçerken:

"Bekçiiii!"

"Poliiiiis!"

"Vukuat var, vukuaaaaat!"

"Kaçıyor!"

"Tutun, tutun!"

"..."

"..."

Hamza, elinde tabanca, kalabalığın arasından yılan gibi sıyrılıp avludan çıkmış, koşuyordu. Pencereleri yarı aydınlık karakoldan içeri koşarak girdiği sıra ardında bekçi düdükleri, insan sesleri çoğalıyordu.

Bütün bunları duymuyordu o. Komiserin odasına daldı:

"Fellah oğlu eve baskına geldi beyim, bıçak çekti. Korkumdan çektim vurdum. Buyur tabancamı."

Beyaz kabzalı ufacık tabancayı komisere uzattı.

***

Komiser, polis, bekçilerle olay yerine geldiği zaman, Kemal can çekişmekteydi. Kurşun sol şakaktan girmiş, gözü kapatmıştı. Omuzları düşmüş Cemşir, ufacık gözleriyle Berber Reşit, kuru karısı, Güllü'nün anası. Yalnız Irgatbaşı Memo yoktu. Cemşir kızı dövmeye başlayınca, kimseye sezdirmeden evden çıkmış, kapıyı açık bırakmıştı ki Hamza, babası kızı döverken kapıyı ardından sürgülemişti.

Fırtınadan sonraki yağmur gibi, ortalık sütliman olmuştu. Herkes yuvalarından fırlamış gözleriyle yerdeki genç irisi cesede bakıyordu.

Bir ara kapıda, kalabalığın arasında bir hıçkırma oldu. Başlar döndü. Bu, Muhsin Usta'ydı. Alnını kapı tahtasına dayamış ağlıyor, sarsıla sarsıla ağlıyordu.

Güllü'yse baygın yatıyordu yerde. Ama ipleri kesilmiş, kurtarılmış olarak.

Kemal bir an derinden derine inledi, sağlam sağ gözü açıldı, belli belirsiz mırıldandı:

"Ümmi, ya ümmiii!"*

***

---

* Ana, anacığım.

Kemal'in annesi o sıra ocak başında, oğluna gene çorba kaynatıyordu sabırla. Fattum gene de yanı başındaydı.

Meryem, "Biber kutusunu alıver kızım," dedi. "Acıyı çok sever..."

Fattum kalktı. Gözü çalar saate ilişmişti. Saat gece yarısından sonra ikiyi gösteriyordu. Durakladı. Biber kutusunu verip eve gitse miydi acaba? Gelmiyordu, gitmek istemiyordu içinden. Gerçi Kemal, "Bu saate kadar ne işi var burda?" demişti o gece ama gene de gitmek gelmiyordu içinden.

Kutuyu yerinden alıp yaşlı kadına uzattı.

O gece işittiği sözler tekrarlanmışçasına bir eziklik duydu içinde. Biliyordu sevilmediğini. Çekip gitmeli, hatta bir daha bu eve uğramamalıydı ama yapamıyordu, elinden gelmiyordu.

Meryem "Acıca olsun," diye kuru kırmızıbiberi çorbaya iyice ekeledikten sonra kutuyu Fattum'a uzattı. O gece oğlunun dediklerini bilmediğini sanıyor, oğlu gelip de gene burada görünce nasıl bozulup belki de açıktan açığa tersleyeceğini düşünerek kıza acıyordu.

Kıza baktı.

Kız ayaktaydı. Bakışları karşılaşınca, "Saat iki," dedi.

Yaşlı kadın oturduğu yerden saate baktı: Gerçekten de ikiye geliyordu. Hiç bu kadar gecikmemişti şimdiye dek. Sonra "Canı sağ olsun da varsın geciksin," diye geçirdi. Oğlu herhalde Fattum'la karşılaşmamak için böylesine gecikiyordu. Eskiden daha erken gelirdi. Daha eskidense ilk akşamda gelir, yol boyundaki dardağanların oradan geçerken kız, ağaçtan kara kara dardağanlarla onu taşlarmış.

İç geçirdi.

İstemiyor, sevmiyorsa zorla güzellik olamazdı ki!

Fattum bunu anlamış gibi, "Artık ben gideyim teyze," dedi.

Yaşlı kadın bayağı sevindi. Oğlu gelivermeden gitmesi gerçekten de iyi olacaktı. Açık açık söylemişti sevmediğini, sinirlendiğini. Şehirli kız polis zoruyla zorla götürüldükten sonra gene dadanmıştı ama oğlunun sağı solu da yoktu doğrucası!

Fattum, "Artık ben gideyim teyze"sine karşılık alamayınca, az daha bozularak, "Hatırküm,"* dedi.

Kapıya yürüdü.

Meryem neden sonra:

"Gidiyor musun?"

Fattum kapıda durdu:

"Gideyim ya."

"Sen bilirsin yavrum. Maasselami..."**

Fattum çıktı, istemeye istemeye kapıyı çekti.

Gitmek gelmiyordu içinden. Nereye gidecekti? Yaşlı babasının horlayarak uyuduğu huğa mı?

Bir sıkıntı vardı içinde, öyle bir sıkıntı ki...

Gece, serin gece, yıldızsız, aysız gece... Değil uzaklar, beş metre öteyi görmek bile hemen hemen mümkün değildi. Hava belki de soğuktu ama Fattum duymuyor, tersine, sıcaktan yanıyordu.

Kemal'i küçük küçük dardağanlarla taşladığı ağaçların bulunduğu yana baktı. Görünmüyor, hiçbir şey görünmüyor, böylesine kapkara, sıkıntılı bir geceyi ise hatırlamıyordu.

İç geçirdi.

Patlayacaktı. Çaresiz eve gitmeliydi. Huğlarından yana isteksizlikle yürüdü.

Kapıda durdu. Kemal bu saate kadar niçin gelmemişti? İki saat sonra ortalık ışımaya başlayacaktı. Şimdiye dek çoktan gelmesi, hatta yatıp uykuya geçmiş olması gerekirdi. Hemen gelse, kafayı vurup uykuya geçse bile, pek pek iki, üç saat bir uyku kestirebilirdi. Ondan sonra haydi gene işbaşı!

Niye böyle yapıyordu sanki?

Canına neden acımıyordu?

---

* Hoşça kal.

** Uğurlar olsun.

Huğun kapı tahtasına sırtıyla dayandı.

Vermemişlerdi işte şehirli kızı. Polisler gelmiş, bağırta bağırta, zorla götürmüşlerdi. Böyle bir kızdan ne bekleyebilirdi? Oysa kul, köle olabilirdi ona. Hiç çalışmasın, bir köşede otursun, isterse şehirdeki herhangi bir kahveye yanlasın ya da rakı içsindi meyhanelerde. Her şeye, her şeyine razıydı. Gece yarıları gelsindi eve. Sarhoş gelsin, kapsın sopayı, dayaktan gök çürük içinde bıraksındı!

İç geçirdi.

Nasıl, nasıl anlatmalıydı bunu ona? Nasıl, nasıl anlatmalıydı ki en az o şehirli kız kadar seviyordu onu. İçinden söküp atamıyordu, atamayacaktı!

Uzaklarda, derinden derine gök gürledi birden. Döndü baktı gürleyen göğe. Hiçbir şey göremedi. Karanlık, kapkaranlıktı ortalık!

Demek yağmur geliyordu? Ya Kemal yoldayken bastırırsa? Ya sırılsıklam ederse? Ya soğuk alırsa? Bisikletinin lastiği kayarsa? Su dolu bir hendeğe yuvarlanırsa? Pis sular iliklerine işlerse? Soğuk alıp yatağa düşerse?

Kemal'in eve sırılsıklam geldiğini tasarladı. Sırılsıklam gelse, öksürse, başı ağrısa, vursa kafayı yatağa üç gün, beş gün, on gün, bir ay. Hiç kalkmasa, kalkmasa da başucundan ayrılmasa... Sirke ya da kolonyayla ıslatılmış tülbentler koysa alnına, şakaklarını ovsa...

Bir umut, pırıl pırıl bir şeyler oynadı içinde. Gök gürültülerinin gelmekte olduğu yana yeniden umutla baktı.

Mavi bir şimşek çaktı uzaklarda! Gök daha yakın gürledi.

Sabahlara dek ayrılmazdı başucundan. Zonklayan şakaklarını ovar, yaş bezler koyar alnına, bileklerini tutardı: Babası hasta olduğu zamanlardakince. Ama ona babası gibi değil, çok daha yakınlık gösterirdi. Babası neydi ki? Hiç. Yaşlı bir adam. Ona da acıyordu, ama Kemal? Kemal başkaydı. Çorba pişirir, eli ile içirirdi. Bir ay, iki ay yatsındı. İki aydır uğramadı diye şehirli kız umudunu keserdi. Belki de bir başkasını bulurdu. Bulsundu. Vefasız şeylerdi herhalde şehirli kısmı. İpleriyle kuyuya inilmezdi.

Gök az daha yakınlarda, yeniden gürledi.

Fattum'un içini yeni bir sevinç, öncekilerden çok daha derin, çok daha taze bir umutla dolaştı. Yağmur geliyordu. Nerdeyse gökler yarılacak, dünyayı sel sele verecekti.

Gök çok daha dehşetle, çok daha yakınlarda, çok çok daha dehşetle gürledi. Hava birdenbire soğumuştu da. Soğusundu, soğursa soğusundu. Sırılsıklam Kemal'i hasta etsindi, yatağa düşürsündü. Allah vere de şu sıra gelmeseydi. Yağmurun bardaklardan boşanırcasına indiği sıra yazının yüzünde olsa, yağmurdan kaçıp korunacak yer bulamasa, iliklerine dek ıslanıp...

Tam tepesinde masmavi bir şimşek çaktı, dünya ışıdı bir an. Ardından, hasırlı patiskanın yırtılması gibi gök şakırtıyla gürledi. Çok soğuk bir rüzgâr ağaçları falan önüne katıp hışıldatarak geçerken, iri taneler serpelendi ilkin, sonra kırbaç gibi sert bir yağmur, koyu karanlıkları dövmeye başladı.

Kemal tam bu sıra yolda olmalıydı işte! Umutla bekledi. Yağmurun hızı arttıkça arttı: Gökler delinmişti sanki. Sanki yağmur yağmıyor, göklerdeki su hazineleri dünyaya boşanıyordu.

Acaba yolda mıydı Kemal?

Belki de aklından geçtiğince yazının yüzünde. Ah böyle olsa, oluverseydi!

İçi içine sığmıyordu. Hani gerçekten de yolda olsaydı. İliklerine dek ıslansa, başlasa titremeye, derken bir saplıcan, kafayı vursa, bir ay, iki ay, üç ay... O vakte kadar da şehirli kız...

Yağmur geldiği gibi hızla geçti.

Fattum'un canı sıkıldı. Niçin çabuk geçmişti sanki? Sabaha dek hiç durmadan yağsaydı oysa!

Kemallerin evlerinin tam üstünde çakan yeni bir şimşek ortalığı mavi mavi aydınlatınca, kapıda birinin dikildiğini fark etti. Fattum olanca dikkatiyle o yana bakmaya başladı. Kimdi? Sakın anası olmasındı Kemal'in? Şu şimşek yeniden çaksa da daha dikkatle baksaydı. Ama çakmıyordu. Sanki inat etmişti, çakmayacaktı bir daha!

Çakmazsa çakmasın. Yağmur sularıyla iyice kaypaklaşmış yolda o yana doğru yürüdü. Yerler öyle kayıyordu ki! Kayarsa kaysın, yuvarlanırsa yuvarlansındı. Mutlaka Kemal'in anası, Meryem'di.

Gerçekten de oydu.

Arapça sordu:

"Hayrola? Ne dikiliyorsun?"

Yaşlı kadın karşılık vermedi. Fattum yeniden sormaktan çekindi. Ama gene de kaynanasının elini tuttu. Buz gibiydi:

"Üşümüşsün, içeri girelim haydi!"

Yaşlı kadın ne elini çekti ne de içeri girmeye yanaştı. Uzaklara bakıyordu, göz kırpmadan. Oğlu uzaklardan gelecekti. Neden gelmemişti hâlâ?

Fattum, yaşlı kadının elini bırakıp içeri koştu. Kısılı lambayı açtı. Sonra yeniden bir koşu yanına geldi "kaynanası"nın. Elini yeniden tuttu, onu adeta zorla aldı içeriye. Kadın tek laf etmiyordu. Lambanın sarısı, ufacık gözlerindeki yaşları sarı sarı parlatmıştı. Fattum'a değil, hâlâ açık kapıdan dışarlara bakıyordu. Fattum anlayarak gitti, kapıyı örttü.

Sonra ocağın yanına karşılıklı çömeldiler.

Yaşlı kadın bir ara döndü, saate baktı.

Fattum, "Üçe geliyor," dedi.

Yaşlı kadın, korku dolu bakışlarını genç kıza çevirdi:

"Bu vakte kadar hiç kalmadıydı."

Fattum mırıldandı:

"Allah vere de yağmurda ıslanmamış olsa!"

"Ben de onu düşünüyorum. Bu soğuk havada, bu yağmurun altında, saplıcan hazır Allah vermiye..."

Fattum'un içini, önleyemediği yeni bir sevinç dolaştı. Demek "kaynanası" da onun gibi düşünüyordu? Demek yağmur yiyebilir, yağmur iliklerine işleyebilir, saplıcan olabilirdi?

"Ocağa odun atayım mı?"

"At!"

Fattum fırladı. Bir kıyıdaki kuru dallar kalabalığından bir kucak alıp geldi. Güçlü güçlü kırdı, ocağa attı, çabucak tutuşturdu. Bol dumanlı turuncu alevler anında gaz lambasının sarı ışığını yalayıp yuttu. Kuru dallar öylesine bir sevinçle parlıyorlardı ki!

Meryem, gözlerini oynaşan alevlere dikti. O kaypak yollarda, yağmur sularıyla göller peydahlanıveren yollarda bisiklet yürümezdi! Çamurlara saplanır kalır, belki de bisikletini omuzuna alırdı. O sırılsıklam üst başıyla, omuzunda bisiklet, diz boyu suların içinde çapul çupul... Hay fabrikası bataydı, hay Allah kahredeydi şu fabrika denilen yeri! Kocası da o vakitler neden icat çıkarmıştı sanki? Nelerine gerekti? Fabrika olmasaydı oğlu, kocasına en çok benzeyen, en küçük bu oğlu, şimdi dizinin dibinde yatmış uyumuş olurdu mışıl mışıl. Şimdi ya? Yollarda, çamurlu sulara bata çıka, omuzunda bisiklet...

Ya saplıcan olursa? Ya günler, haftalar, aylarca kalkamazsa yataktan? Yaşlı, kırış kırış bir kadındı o. Tarlayla mı uğraşacaktı, oğluyla mı?

Genç kıza baktı:

"Fattum, yavrum..."

"Buyur dezze?"

"Yağmur çok hırslı yağdı, değil mi?"

"Çok hırslı yağdı."

"Yollar şimdi vıcık vıcıktır..."

"Vıcık vıcıktır..."

"Bisiklet de yürümez o yollarda herhal?"

"Yürür mü? Kabili var mı?"

"Herhalde bisikletini omuzuna alır, değil mi?"

"Ne yapsın? Başka çaresi var mı?"

"Vay yavrum vay, sırılsıklam da ıslanmıştır..."

"Islanmıştır."

"Ne deyim o babasına ki ne olsun... Benim bir tanecik yavrum böyle..."

Gırtlağına bir şey düğümlendi, ardını getiremedi. Gözleri gene dolmuştu.

Fattum merakla:

"Ne dezze?"

"Ne olacak evladım, babası vaktiyle icat etmeseydi fabrikayı, ne şehir bilirdi şimdi ne bir şey. Kafayı vurur yatardı ilk akşamdan. Kocamdı evet, ama arada böyle yanlış işleri çok olurdu rahmetlinin. O zaman da herif dedim, aklını başına topla, biz rençber insanlarız, bizim çocuklarımız bizim gibi olmalı... Hayır dinlemedi. Kafasının dikine gitti. Şimdi, bu yağmur çamurda dizimin dibinde olsaydı kötü mü?"

"Şehirli kızları da tanımazdı!"

"Tanımazdı ya. Ben dişli gelin istemem yavrum. Benim gelinim yumuşak başlı olmalı. Beni ana bilmeli, ben de onu evlat. Dişli gelin nasip etmesin Allah bana..."

Fattum utanarak, "Allah vere de soğuk iliklerine işlememiş olsa!" dedi.

Meryem kaygıyla baktı:

"Sağlama saplıcan olur değil mi?"

"İnşaallah olmaz. Aklına kötü şeyler getirme..."

"Olursa ya?"

"Olmaz!"

"Olursa ne yaparım ben? Sebzelere mi bakayım, ona mı?"

Fattum utanç dolu bir sevinçle, "Olsa bile," dedi, "ona ben bakarım!"

"Allah razı olsun senden, benim iyi huylu kızım. Allah gönlüne göre versin..."

"Yanından hiç ayrılmam. Tülbendi sirkede ıslatır ıslatır alnına korum. Babam hastalandığında öyle yaptıydım. Hastanın dilinden anlarım ben. İnşaallah olmaz ama, olursa ben bakarım, meraklanma!"

Dışarda horozlar tek tük ötmeye başlamıştı. İkisinin de gözleri yeniden saate kalktı: Dörde geliyordu!

Meryem içini çekti.

Fattum'un sevinçten gözleri parlıyordu. Sabahın yaklaşması, geceyi uykusuz geçirmesi filan umurunda değildi. Nerdeyse sırılsıklam gelecekti. Bisikletini omuzundan yere indirecek, bir kıyıya dayamayı olsun akıl edemeden, belki de tiril tiril titreyerek. "Yatağımı," diyecekti, "ana, çabuk yatağımı ser. Hiç hâlim yok. Başım çatlayacak gibi ağrıyor!"

Yatağın çabucak serilivermesine yardım edecekti. Kemal yorganın altına girecekti. Girecekti ya, girmeden önce üstünü başını, ta iç çamaşırlarına varıncaya dek değişmesi gerekecekti ki, o zaman o da dışarı çıkacaktı. Sonra gene girecekti odaya. Başucuna oturacak, çatlarcasına ağrıyan alnını uzun uzun, hiç yorulmadan ovacak, sirkede ıslatılmış tülbentleri art arda koyacaktı çatlarcasına ağrıyan başına.

Meryem, "Ocak körlendi," dedi.

Fattum gene fırladı. Yeni bir kucak kuru dalla ocağı canlandırdı.

"Çaydanlığı oturtayım mı?"

"Oturt kızım."

Mor çaydanlığı doldurup geldi, ocağa oturttu. Kendini zorlamasına karşın Meryem'in öyle uykusu vardı, öyle uykusu vardı ki!

Mırıldandı:

"Nedir bu evlatlardan çektiğim? Doğur, büyüt, bu boylara getir, el kızları çekip alsınlar. Cefalarını sen çek, sefalarını onlar sürsün. Ama dünya işte. Bizim kaynanalarımız da bizim için böyle dertlenmişlerdir herhalde. Ben yanarım yavruma, yavrum yanar yavrusuna. Yağmurda ıslandı mı? Çamurlara mı saplanıp kaldı? Yağmurlar, soğuk... Hele sarhoştu da kendini tutamayıp su dolu bir hendeğe yuvarlandıysa?"

Gözleri birden yırtıcı bir kuşunki gibi büyüdü. Fattum'a korkuyla baktı. Oğlunu su dolu bir hendeğe bisikletiyle yuvarlanıp, sulara gömülmüş farz etmekten gelen bir telaşla kalktı, kuru bacakları üzerinde çömeldi. İyice heyecanlanmıştı. Su dolu hendeğe yuvarlanıp sulara gömülmese, şimdiye dek gelmesi gerekirdi.

Yoksa...

Yoksa, boğulmuş olmasındı?

Kafasında oğlu canlandı: Su dolu bir hendekte çırpına çırpına, sularla boğuşa boğuşa boğulmuştu!

Telaşla kalktı, kapı önüne çıktı. Horozlar sağdan soldan adamakıllı sürdürüyorlardı ötüşlerini. Böyle olduğu hâlde henüz sabaha dair hiçbir belirti yoktu. Oğlunun akşamüzerleri bisikletiyle geldiği yöne gözlerini dikti. Karanlıklar duvar gibiydi.

Yanı başında Fattum, "Yoksa..." deyip kesti.

Meryem, "Yoksa..." diyenin Fattum olduğunu bir an unutarak öfkeyle döndü. Ocağın ikinci kez körlenmesiyle yeniden güçlenen gaz lambasının sarı ışığında, gözleri ateş saçıyordu sanki.

"Ne yoksa'sı?"

Genç kız ürktü:

"Hiç. Öyle..."

"Ne yoksası Fattum?"

Kavga edip karakolluk mu oldu diyecekti Fattum. Vazgeçti.

Yaşlı kadın daha sert:

"Ne yoksa'sı diyorum sana Fattum?"

"Hiç canım, bir şey değil. Acaba dedim, şehirli kızla beraber mi?"

Meryem köpürdü:

"Allah belasını versin şehirin de, şehirlinin de, kızlarının da! Bütün bunlar hep onların yüzünden değil mi? Bu saatlere kadar niye kalaydı benim evladım? Sürtükler! Ben yavrularımı onlar için mi doğurdum? Bu boylara onlar için mi getirdim? Boyunları altlarında kalasıcalar. Lanet olsun. Benim kız gibi oğlumu baştan çıkardılar da. Aaaah ne deyim o babasına... Başına bir iş gelirse yavrumun, deli olur dağlara düşerim gayri. Yavrum benim, canım, ciğerim. Kemal'im!"

Hüngür hüngür boşanarak kendini Fattum'un kollarına bıraktı. Genç kız "kaynanası"nı güçlü kolları arasına aldı, odaya götürdü, sedire boylu boyunca yatırdı, üstünü örttü. Yaşlı kadın hıçkıra hıçkıra ağlıyordu.

Fattum şaşırmıştı. Ne yapması gerekirdi acaba? Gözüne, masa üzerindeki Çoban marka kolonya şişesi ilişti. Gitti, aldı. Kemal'in tıraşlardan sonra kullandığı kolonyaydı. En çok da cumartesi öğleden sonraları, evin içini burcu burcu kokutarak çıkar giderdi.

Avucuna bolca döküp "kaynanası"nın alnını, şakaklarını, bileklerini falan ovmaya başladı. Bu koku, yaşlı kadın için de yabancı değildi. Oğlunu büsbütün hatırlayarak, gözyaşları arttı. Oğlu su dolu bir hendekte boğulmuştu sanki.

Neden sonra geyirerek doğruldu:

"Ooooh," dedi. "Allah senden razı olsun yavrum. Biraz kendime geldim. İnşallah ağladığımnan kalırım..."

"İnşallah dezze."

"Bak, sol gözüm de seyirmeye başladı."

"Hayırdır inşallah..."

"Kör şeytan insanın aklına kötü kötü şeyler getiriyor."

"Getirir dezze. Bir şey olmamıştır inşallah..."

"İnşallah yavrum. Bir de bakarız ki, çıkmış geliyor... Değil mi?"

"Tabii dezze, elbette gelecek."

"Amma bu sefer biliyorum ben. Hayırlısıyla gelsin hele... Çocukken yaptığım gibi, kıçına kıçına. Edepsiz. Yüreklerime indirecektin, diyeceğim. Belki de bir arkadaşında kalmıştır değil mi Fattum?"

"Kalır kalır."

"Baktı yağmur azıttı, yolları da biliyor..."

"Belki de arkadaşları bırakmamıştır!"

"Öyle ya, bırakmamışlardır..."

"?.."

"..."

İkisinin de gözleri dalmıştı. Meryem birden sordu:

"Ya bu sabah da gelmezse Fattum?"

Bir erkek sesi yanıtladı:

"Gider ararız!"

Fattum'un yaşlı babasıydı. Kızını geç vakitlere dek beklemiş, gelmeyince, Kemal'i de merak ederek, gelmiş huğun açık kapısından girmiş, oda kapısında, konuşmalarını dinlemişti.

Meryem, "Buyur," dedi Arapça, "buyur kardaş!"

Yaşlı Dakur içeri girdi, sedirin önüne çöktü, tütün tabakasını çıkardı. Bir sigara sararken, "Kör şeytan," dedi. "İnsana az yolunu şaşırtmaz hani. Uymayacaksın... Allah gafûr-ür-rahîmdir. Gönlünü serin tut, kalbini bozma. Arslan gibi delikanlı. Kim cesaret edebilir sataşmaya? Arkadaşlarıyla oturmuş, biraz fazlaca kaçırmıştır. Eh, gençlik tabii..."

Meryem, Dakur'a hazla bakıyordu:

"Allah senden razı olsun," dedi. "Yüreğime su serptin..."

"Yarın gelir gene, türkü çağırır, yeni urbalarını giyer..."

"Şehirli kızı unutur, de!"

"Unutur ki öte bile geçer..."

"Ben de ağladığımla kalırım değil mi kardaş?"

"Hiç merak etme. Sen benim bacımsın. Ağladığınla kalacaksın!"

"..."

"..."

"..."

Sabaha dek oturdular.

Pırıl pırıl güneş ıslak topraklara olanca sıcaklığıyla vurmuştu. Sebze tarlaları ılık ılık tütüyordu. Bahçeciler kırk yamalı üst başlarıyla çapa çapalıyorlardı. Küçük sarı kuşlar, tibililer, serçeler, sinekler hazla uçuşuyor, bulutsuz, çivit mavisi gökten sevinç yağıyordu.

Çapa çapalamakta olan bahçeci kadınlardan birinin gözü Meryem'in huğuna ilişti. Meryem, Fattum, Fattum'un babası hazırlanmış, bir yere mi gidiyorlardı?

Kadın daha dikkatle bakıp görebilmek için çapasına dayanarak doğruldu. Onu görenler de meraklanmışlardı. Çapalarına dayandılar. İş bırakılmıştı. Fiskos hemen başladı:

"Nereye gidiyor bunlar?"

"Sabah sabah..."

"Şehre mi?"

"Ne var şehirde?"

"Yoksa oğlu hâlâ gelmedi mi?"

"Sahi ha. Bir iş olmasın başında oğlanın?"

"Ne gibi?"

"Şehirli kız yüzünden..."

"Olur olur..."

"Oğlan bütün gece gelmedi eve. Gelse, sabah sabah işine giderdi. Bugün gitmedi."

"Niye?"

"O oğlan akıllı oğlandır. Dışarda hiç kalmaz!"

"Bugün niye kaldı?"

"Var var, bir iş var bunlarda..."

İşten gelmediği üzerinde durdular ama niye gelmemişti? Yoksa kızın yaşı küçüktü de Kemal'i hükümet tutuklamış mıydı? Bak bu olabilirdi. O zaman söylememiş miydi en akıllı geçinenlerinden biri? "Kertin burya, oğlanı tevkif ederler," dememiş miydi? İşte etmişlerdi, ettikleri için de anası...

Bir başkasına göreyse, ne belliydi oğlunu tutukladıkları için gittiği? Oğlan belki de kızın yakınlarından biriyle takışıp çekmiş vurmuş ya da vurulmuştu? Tutuklamak gerekseydi, kızı alıp kaçırdığı sıra tutuklarlardı. Aradan bunca zaman geçtikten sonra mı?

Daha bir başkasına göreyse, ne o ne de buydu neden. Diyelim ki oğlanı tutukladılar! Anasının nereden haberi olmuştu da sabah sabah, kargalar boklarını yemeden kalkmış şehre gidiyordu?

İçlerinden biri, "Doğru," dedi.

Kadınlarsa çapalarını atıp bir araya gelivermişlerdi:

"Dakur'la kızına ne oluyor?"

"Koca, kazık gibi herif!"

"Utanmıyor da..."

"Bir kızla ortada kalmış!"

"Oğlan, kızını istemediği hâlde... Ne ayıp!"

"Ayıp ki ayıp."

"İnsan ne kadar boynuzlu olmalı ki..."

"O kız sürüklüyordur babasını. Azgın, utanmaz!"

"Sürüklese bile. Ayıp denen bir şey var. Ben kendi nefsime kızım hani ölüp geberse, adımımı atmam!"

"Atılır mı?"

"Atılmaz. Nişan olur arada, nikâh olur, o zaman anlarım. Ama nikâh şöyle dursun, nişan bile yok. Sen ona elsin, o sana yabancı. İnsan ne kadar kızmış olmalı ki..."

"Durun durun, aklıma başka şey geldi: Ya oğlan şehirde, kızın evine yanladıysa?"

Bakıştılar. Neden olmasındı? Yanlar yanlardı.

"Kız, vallaha aklınla çok yaşa. Nerden geldi aklına?"

"Ben bes öleceğimi bilmem. Vay Meryem vay, insan büyük lokma yutmalı da, büyük söz etmemeli. Öteki oğullarımdan içim pek yandı. Kemal'ime şehirden kız aldırmam, diyordu..."

"Keremine çok şükür. Allah'ın parmağı yok ki taktığıynan adamın gözünü oysun. İşte böyle yapar. Keremine çok şükür. Anası neyse ya, şu Fattum bokuyla babası olacak geyik... Utanmıyorlar da!"

"O kızın da başına çıkacak var, görürsünüz. Şehirli kızı polisler zorla götürdüler ya? Meydan kendine kaldı belliyor!"

"Pis."

"Kara meşin."

"Bir gülmüyor mu, ağız varıyor kulaklara!"

"Ayakları? Ayakları ya?"

"Düztaban mıdır nedir?"

"Bundan sonra o kızı kimse almaz!"

"Ben erkek olsam, tövbe."

"..."

"..."

Bu konuşmalar, güçlü güneşin tam tepeye yaklaştığı saate dek sürdü. Güneş tam tepeye yükselmişti ki, ağaçların koyu yeşil denizi arasında yorgun bir polis göründü, ilkin hiç kimse seçemedi. Çamurlara bata çıka yürümekten hâl olmuştu. Ter içindeydi, boyuna küfrediyordu. Buralar nerelerdi? Bütün gece karakolda nöbet tutmuştu, tam görevini devredeceği sıra... Hep de onu bulurlardı böyle angaryalara!

Tarlaların alt başında durdu. Çapa çapalamakta olanlara öfkeyle seslendi:

"Heeeey... Kim var orda?"

Başlar birden sesin geldiği yana kalktı, bakıldı, görüldü:

"Poliiiis!"

Telaşlandılar. Neden gelmişti? Hiçbir ilgileri yoktu ki polisle. İçlerinde ne asker kaçağı, ne şehre inip kafayı çektikten sonra vukuat çıkarmış biri, ne de hırsız vardı. Sabahlardan akşamlara dek çapa çapalarlar, güneşler devrildikten sonraları da evlerine çekilirlerdi. Hemen de kafayı vurup uykuya vardıklarından, kimsenin etlisi sütlüsüyle ilgilenmezlerdi. İsteseler de ilgilenemezlerdi zaten. Vergi borcu için geldi deseler... Bak bu olabilirdi, ama böyle bir şey olsa, yanında kara çantalı tahsildarın da bulunması gerekirdi.

İçlerinde hükümet adamının dilinden en iyi anlamakla geçinen biri vardı: Diyap, Şişko Diyap.

"Ne korkuyorsunuz?" dedi. "Hükümet adamından korkacak ne var?"

Şaştılar. Bu şişko ne zamandan beri hükümet adamından korkmaz olmuştu? Tahsildarın kara çantasını görünce bucak bucak saklanan o değil miydi? Şehre bamya, patlıcan, domates filan satmaya götürdüklerinde, önüne gelen kravatlıya selam çakan, karakolluk olmamak için kopuklara haraç veren, "Ömrümde yolum devlet kapısına düşmedi şükür," diyen...

Gene de, "Yaşşa Diyap!" dediler. "Koş git, orda konuş, buraya getirme!"

"Getirme Diyap, sen kendin git!"

Şişko Diyap, çok iri bir balkabağını hatırlatarak, geniş kenarlı hasır şapkasını düzeltti:

"Ahmaklar. Polisten de korkulur muymuş?"

Hızlı adımlarla tarlanın alt başındaki polise doğru giderken cesaretine kendi de şaşıyordu. Yanında yönünde kız, oğlan çocuklar da ondan cesaret alarak koşmuşlardı.

Bu yandaysa sonuç, merak, hatta heyecanla bekleniyordu.

Şişko Diyap hasır şapkasını çıkarıp polisi saygıyla selamladıktan sonra, polisle, çocukların pek de anlayamadıkları bir dille konuştu ve heyecanla haber verdi Arapça:

"Şehirli kızın kardaşı, Meryem'in oğlunu tabancayla vurmuş!"

Çocuklar her şeyi anlamışlardı. Kızlı oğlanlı çocuklar bacaklarının olanca gücüyle haberi koşturdular. Sanki çok sevindirici bir haber, bir müjde götürüyorlardı da kim daha önce götürürse bahşişi o alacaktı!

Kara haber soluk soluğa çocukların hemen hepsi tarafından aynı zamanda verildi. Bu hiç beklenmeyen bir şeydi. Demek bunun için Kemal gece gelmemişti?

Haber lahzada şimşek hızıyla, dal budak salarak büyüyüp şişiyor, alabildiğine genişliyordu. Demek çekip vurmuşlardı? Bilip duruyorlardı zaten. Dememişler miydi? El mi yaman, bey mi yamandı! Canım aslına bakılırsa, düşlerde görülüp duruluyordu... Allah onlara malum etmişti. Düş, düşler yalan söylemezdi. Kara

Zeynep de bir gece düşünde oğlanı görmüştü. Kızın sırtına binmiş gidiyordu da kız beyaz bir at oluvermiş, nedense ürküp oğlanı uçuruma atmıştı. Kız, kızgın haberdi. Demek ki oğlan, kız yüzünden vurulacaktı!

Düşlerin boş olmadığını hep biliyorlardı doğrucası. Demek anacığına da malum olmuştu ki sabah sabah erkenden kalkıp usullacık gitmişti. Dakür'la kızına ne demeliydi ya? Onları da ardına takıp gitmek, usullacık gitmek miydi insanlık? Madem biliyordu oğlunun vurulduğunu, komşulardan ne demeye gizlemişti? Komşular duyarsa ne olurdu? Düşman mıydı komşular? Duyarlarsa "Oh olmuş" mu derlerdi? Demek komşularını yürek soğutucu, oh olsun deyici düşmanlar biliyordu? Bilmese, gelir söyler, teselli arardı. Evet evet, düşman biliyordu. Madem böyle, oh olmuştu öyleyse. Allah, dağına göre kar verirdi. O, onları madem düşman biliyordu, onlar da onu dost bilecek değillerdi ya!

Şişko Diyap koca göbeğini çıkara çıkara şu tavsiyede bulundu:

"İşin aslını öğrenmeden hüküm vermeyin!"

Şişko Diyap'ın çevresi alınıverdi:

"Hadi hadi, herkesi kendin gibi bilme!"

"O ne ağzı karadır o!"

"Onu bilen bilir..."

"Oğlunun vurulduğunu bilmiyordu da sabah sabah ne diye yolu tuttu?"

"Cevap ver, cevap!"

"O ne içten pazarlıklıdır o!"

"Kan kusar, sordun mu da kızılcık şerbeti içtim, der!"

"Kurban olayım Allah'a..."

"İstediği kadar saklasın bizden. Allah bizimle. Bak, polis gönderip nasıl haberi ulaştırdı?"

"Allah ona kel versin de tırnak vermesin!"

"Amiiiin..."

"..."

"..."

Meryem'le ötekilerinse hâlâ hiçbir şeyden haberleri yoktu. Şehre inmişlerdi ama Kemal'in yıllar yılı çalıştığı fabrika nerdeydi?

Yorgunluktan bacaklarında derman kalmayan Dakur, "Beni dinleyin," dedi. "Şurda biraz soluklanıp gidelim yerimize. Bir hafta dolansak bulamayacağız. Vallaha dilim damağıma yapıştı!"

Meryem'in de hâli hâl değildi ama buluvereceklermiş gibi geliyordu:

"Bilmem ki, polise sorsak mı acep?"

Noktadaki polise yaklaştılar. Dakur, karton siperi yer yer kırılmış, tozlu kasketini çıkararak polisi selamladı. Polis sertçe:

"Ne var?"

Dakur yutkundu.

Meryem, "Oğlumu arıyoruz," dedi bozuk Türkçesiyle.

Polis hiçbir şey anlamamıştı. Gözleri Fattum'un yüklü göğsünde:

"Kimi arıyorsunuz?"

Fattum:

"Kemal'i."

"Hangi Kemal'i?"

"Benim oğlum..."

"Ee?"

"Akşam eve gelmedi. Hiç böyle huyu yoktu. O şehirli kızı aklına taktı takalı..."

Polis bu berbat Türkçeden hiçbir şey anlamıyordu. Fattum'un çok hoşuna giden yüklü göğsü olmasa dinlemeyecekti bile. Aslında haksız da değildi. Bu işler görevi değildi ki. Kimin, ne şikâyeti varsa görevli katı bulup oraya yapması gerekirdi!

Karşısındakilere şöyle bir baktıktan sonra, "Sarı çizmeli Mehmet Ağa," dedi. "Oğlun eve gelmediyse, çalıştığı yerdedir. Ordan ararsın. Haydi, marş!"

Dakur, aklederek polisi yeniden selamladı:

"Sağ ol!"

Ayrıldılar. Ayrıldılar ama ne yapacaklardı? Nereye gideceklerdi? Kemal'in çalıştığı yer nerdeydi? Çalıştığı yerin adı neydi? Meryem'in de yorgunluktan dolaşacak hâli kalmamıştı.

Dakur kim bilir kaçıncı kez, "Beni dinle bacı," dedi. "Şimdiye belki de eve gelmiştir!"

Meryem kuşkuyla baktı:

"Acaba?"

"Öyle geliyor bana..."

"Öyle geliyor ha?"

Fattum'un da yüklü göğsü, koltukaltları terden sırılsıklamdı:

"Gelmiştir belki dezze, gidelim!"

Meryem düşündü: Olabilirdi. Yorgun argın, belki de geceki yağmurdan sırılsıklam gelir, bakar kapı kilitli... Ele güne karşı... Komşular. "Avrat delirmiş!" diyebilirlerdi. "Oğlunu kapıda koyup gezmeye gidiyor sabah sabah..."

Geç kalmışçasına telaşlandı:

"Doğru doğru, en iyisi evimize dönmek!"

Yolu tuttular.

Yolda pek konuşmadılar. Konuşmanın gereği de yoktu. Kemal çoktan gelmişti şimdiye. Gelmiş, bisikletini evlerinin kerpiç duvarına dayamış, kapı önünde öfkeli öfkeli dikilmekteydi. Dakur'a göre, belki de sövüp savmaktaydı. Meryem'e göreyse, sövüp saymazdı. Yoktu böyle huyu. Fattum'sa sövsün, saysın, kıyametleri koparsın istiyordu. Akşamüzerleri dardağan ağacının üzerinden dardağanlarla taşladığı zamanlar nasıl öfkelenir, söver sayardı? Asıl hoşuna bu sövüp saymaları geliyor, o günleri hasretle arıyordu.

Bahçelere vardıkları sıra, adımlarını artık ters mers atıyorlardı ki Meryem, "Dinlenelim," dedi.

Oracığa çömeldiler. Dakur bir sigara sarıp fosurdatmaya başladı.

Her üçünün aklında da Kemal'in gelmemiş olması! Ya gelmediyse?

Gelmediyse yapacakları bir şey yoktu. Gelmesini bekleyecekler, hiç gelmezse o zaman... Belki de kızın evine kapağı atmışlığını düşüneceklerdi ki, Meryem buna bile razı olabilirdi. Bütün mesele, gece düşündüğünce, su dolu bir hendekte boğulmuş olmaması. Canı sağsa, varsın şehirli kızıyla evlensindi. Öteki ağaları gibi onu da unutmaya çalışırdı. Yeter ki canı sağ olsun. Allah ölüm kederi vermesindi.

Dakur sigarasını bitirip kalktı. Ötekiler de kalktılar. Bir an önce gidip kuşkudan kurtulmalıydılar.

"Doğru bacı, doğru..."

"Ne desek boş. En iyisi..."

"Tabii canım."

"?.."

"..."

"..."

İkindi güneşinin altında bahçeciler çapa çapalıyorlar ya da öyle görünüyorlardı. Kara haberi onlardan duymasındı kadın. Gelsin, haberi kendi versin, ağlasın, kendini yerden yere atsın, baygınlıklar geçirsindi. Gözucuyla baktılar: Kadında hiçbir keder izi yoktu. Çalışmakta oldukları tarlanın kıyısından ağır ağır geçmişler, eve gitmişlerdi. Tuhaf, hem de çok tuhaftı! Oğlu öldürülen bir ana böyle umursuz mu olurdu? Maksadı, kara haberi "düşman" bildiği komşularından gizlemek miydi? İstediğince gizlemeye çalışsın, biliyorlardı. Polis gelmiş, haber vermiş, hatta bir de kâğıt bırakmıştı. Diyap'taydı kâğıt. Şişko Diyap'ta!

Meryem kaygıyla bakıyordu Dakur'a.

Dakur telaşla bir sigara yaktı. Fattum iç geçirdi.

"Şimdi ne yapacağız?" dedi Meryem.

Bildiği yoktu ki Dakur'un...

Fattum parlak bir fikir attı ortaya:

"Geldi, bulamadı, dönüp geri mi gitti acaba?"

Üçü, ellerinde olmadan, bakışlarını çapa çapalamakta olanlara çevirdiler.

Çapa çapalamakta olanlarsa öyle kızıyorlardı ki! Kadınlar, şişkoyu boyuna sıkıştırıyorlardı:

"Götür kâğıdı ver. Ver de anlasın bildiğimizi!"

Şişko Diyap şaşırmış kalmıştı. Kadınlar ne derlerse desinler, isterse onları düşman bilsin, gene de o da başkaları gibi anaydı. Bunca insan varken, ne diye o götürecekti kâğıdı? Kara haberi o niye verecekti?

"Hadi be Diyap Emmi!"

"Ohooo..."

"Polisle konuşan sen değil misin?"

"Korkuyor musun yoksa?"

"Korkuyoooor..."

"Ayıp ayıp. Şu kalıbı, kıyafeti gören de dev beller!"

"..."

"..."

Şişko Diyap çaresiz, geniş kenarlı fötr şapkasını düzeltti. Düzeltti ya, gene de çekimserlik içindeydi. Kalıp kıyafeti, görenin dev bellemesi önemli değildi, önemli olan...

"Hadi be Diyap Emmi, hadi be, ohooo!"

Aniden düğmesine basılmışçasına davrandı. Cebinden kâğıdı çıkardı, tam gidecekti, baktı onlar bu yana geliyor. Ferahlayarak durdu.

"Gelsinler bakalım..."

Ne de olsa tek başına gidip haber vermek başkaydı, burada, kalabalıkla birlikte olmak başka!

Çapacı kadınlar, Şişko Diyap'ı unutuverdiler. Geliyordu. Hepsini düşman belleyen, gittiği yeri onlardan gizleyen kocakarı geliyordu. İyi ama, ne diye geliyordu? Madem biliyordu oğlunun öldüğünü, böylesine rahat, sakin olmaması gerekirdi. Hani Kemal'i öteki oğullarından çok sevdiği? Böyle mi severdi Kemal'ini? Kemal dedi mi, ağzından bin Kemal'i böyle mi dökerdi?

Kimseye bir şey demiyordu Şişko Diyap ama kadının henüz kara haberden bilgisi yoktu. Olsa, imkânı yok, kendini yerden yere atar, debelenirdi!

Kazmalara dayanılmış, heyecanla bekleniyordu gelmeleri. Bakalım nasıl bir tepki gösterecekti kara haberi işitince?

Meryem önden yürüyordu. Ardında Dakur, en arkada da Fattum. İyice yaklaştıkları sıra, elinde polisin verdiği kâğıtla Şişko Diyap öne çıktı. Meryem, oğlunun gelip gelmediğini tam soracaktı ki Şişko Diyap geniş kenarlı fötr şapkasını çıkarıp, "Başın sağ olsun Meryem," dedi. "Allah başka keder vermesin!"

Elindeki kâğıdı uzattı:

"Bir polis geldi siz gittikten sonra. Bunu verdi. Karakola gidecekmişsin!"

Meryem yutkundu, iki yanına baktı, sonra fersiz gözlerini Şişko Diyap'a çevirdi:

"Başım mı sağ olsun Diyap?"

Diyap da şaşalamıştı:

"Ne yapalım, kaderi böyleymiş. Çok acındık amma..."

"Kime? Oğluma mı? Kemal'e mi acındınız? Yoksa oğluma bir şey mi oldu?"

"?.."

Şişko Diyap'ın yakasına yapıştı:

"Öldü mü Diyap? Oğlum öldü mü? Cevap ver: Öldü mü oğlum?"

Şişko Diyap'ın başı önüne düştü.

Her şey anlaşılmıştı. Bir an tarlaları korkunç bir çığlık dolaştı. Sonra iplerini koparmışçasına, kalabalıktan sıyrılıp avaz avaz koşmaya başladı. Saçını başını yoluyor, üstünü başını parçalıyor, korkunç çığlıklarıysa ta uzaklarda yankılar yapıyordu.

Fattum'la babası, bütün bahçeciler ardından koştular. O, şehrin yolunu tutmuş, çamurlara, su birikintilerine bata çıka koşuyor, koşuyordu. Öyle güçlenmişti ki koşarak şehre gidecek, şehrin kanlı dişleri arasından oğlunun kanlı cesedini çekip alacak, ne olursa olsun oğlunu, ciğeri Kemal'ini bağrına basacak, belki de onunla birlikte mezara girecekti.

Birden çamurlara yuvarlandı. Kalkmak istedi, gene kaydı. Fattum'la ötekiler yetiştiler. Gözleri yuvalarından uğramış, yer yer çamur içindeki yüzü korkunç bir hâl almıştı.

"Bırakıııın, tutmayın beni, bırakın!"

Bırakmadılar.

"Yavrum, Kemal'im, bir tanem!"

Sonra bir çözülme, bir gevşeme... Fattum'la ötekilerin kollarında bayıldı. Kuş kadar hafifti. Huğunun önüne taşıdılar. Herkes işini bırakmış, yardımına koşmuştu. Çamurlar içindeki sırılsıklam üstünü başını soydular, kurularını giydirdiler. Dedikodu unutulmuş, kadınlar tek yürek, tek çaba hâlinde sağa sola koşuşuyor, ona faydalı olabilmek için adeta yarışıyorlardı.

Fattum'un aklına bir ara içerdeki masa üzerinde duran Çoban marka kolonya, Kemal'in kolonyası geldi. Bir koşu, odadan içeri daldı. Kemal'in duvarda asılı karakalem portresiyle karşılaşarak durdu. Unutmuştu. Sendeledi, sedire kapandı. Hıçkırıyor, omuzları sarsıla sarsıla hıçkırıyordu.

17

Güllü'nün kolu kanadı kırılmıştı. Günlerden beri yarı baygın yatıyor, boyuna Kemal'i sayıklıyordu. O gecenin dehşetinden kurtulamamıştı. Analıkları, yabancı kadınlar bir an başından ayrılmıyor, öğütlerinden geçilmiyordu, ama kulağına söz girdiği yoktu. Ağzından tek lakırdı çıkmıyor, kimsenin yüzüne bakmıyor, bakmak gelmiyordu içinden.

Soruşturmada bile pek bir şey söylememişti. Soruşturmada asıl notu Berber Reşit almıştı:

"Ben," demişti, "ifademi Allah için vereceğim. Şurda bir yabancıyım mesela... Elimi vicdanıma koyup..."

Allah için de elini vicdanına koymuştu.

Cemşir'in kızı Güllü, büyük çiftçi, adı dillere destan, yedi düvelin bilip, tanıyıp, saydığı Muzaffer Bey'in yeğenine sözlüydü. Fabrika makine dairesinde çalışan Yağcı Kemal'se aynı fabrikada işçilik yapan kıza gözünü takmış, ardını bırakmıyor, kız kendine verilmezse kan dökeceğini söylüyor, korkunç haberler gönderiyordu. Hatta o gün, yani kızın kardeşinin bu cinayeti istemeye istemeye işlediği gün, kafayı çekmiş, eve taarruz etmiş, evin kapısını mapısını söküp atmış, bu da yetmezmiş gibi kızın babasını, kardeşini, hatta o sırada evde misafir bulunan Berber Reşit'i bile yumruklamıştı. Bunun üzerine kızın kardeşi de, genç çocuk, ateşli çocuk tabii, dayanamamış, fabrika müdürünün karısından onartmak için alıp, sırf raslantı, üzerinde nasılsa bulunan tabancayı çekmiş...

Ortadaki delillere göre mahkeme, Hamza'nın yaşının küçüklüğünü de göz önünde tutarak, öteki hafifletici sebeplerle birlikte, dört yıl hapis cezası vermişti.

Ne olursa olsun ucuz kurtulduklarına inanıyorlardı. Hamza'nın cezaevine yollandığı günün akşamı kara kara düşünen Cemşir'in koluna giren Reşit, "Ne düşünüyorsun kurban?" demişti. "Yarın Asri cezaevine gider, iki sene sonra gene dizinin dibinde. Evlat, böyle günde lazımdır. Sana öte dünyada şefaat edecek değil ya!"

İlk günlerin yadırgılığı geçtikten sonra Hamza cezaevine alışmış, sağı solu, girdiyi çıktıyı bellemiş, çay, kahve, esrarlı sigara âlemlerine katılıp, cezaevi usulü, iyi bir tespih uydurmuş, avluda afili voltalar atmaya başlamıştı.

İlk zamanlar, "Şeytana uyduk. Bir kazadır oldu," derken, sonraları ağzı değişmeye başladı: "Esasta vaziyet başka. Ulan dedim, biçimli ol, anam avradım olsun seni çir gibi yerim, dedim. Amman Hamza Ağa, ben ettim sen etme. Tövbe vallaha, bir daha kızın ardında görürsen çek vur, dedi. Meğer dalga geçermiş biznen. Lan biz oynanacak, dalga geçilecek adam mıyız? Tabancamı çektim. Beynini parçaladım!"

Bir gün şöyle bir olay oldu. Hamza gene işlediği cinayeti anlatıyordu:

"... Anca bir haber çalındı kulağıma, bacımın ardında dolanıyormuş... Tepem attı efendi. Biz, bacısının ardında dolanılacak adam mıyız? Yer miyiz bunu? İki paralık bir oğlan bacımızın ardına düşsün... Olur mu? Kitaba sığar mı? Karnım almadı efendi, tövbe... Bir dostum var, kocca fabrikanın müdürünün avradı. Beni nasıl seviyor, bildiğin gibi değil. Öl deyim aniden ölür. Öyle avrat ki..."

Çeşitli cinayetlerden yirmi dört yıla hükümlü İbrahim sözün tam burasında başını yorgandan çıkarıp, "Hanginiz hanginizin avradıydınız?" diye sorunca, kahkahalar yükseldi.

Hamza'nın duru beyaz yüzü al bez gibi kızardı. Bugüne bugün "cinayet"ten yatıyordu. Dağ gibi delikanlıyı çekip vurmuş, daha doğrusu, çir gibi yemişti.

"Ne demek o?" diye efece sordu.

Yirmi dört yıllık İbrahim günlerdir tutuluyor, bir pundunu arıyordu zaten. Yataktan don paça fırladı, karşısına dikiliverdi:

"Ne demek o mu?"

"Öyle ya, ne demek?"

İbrahim yukardan aşağı bir, bir daha!

Hamza yuvarlandı. Kalkarken bir daha!

Sonra da tekme, sille tokat... Yerlerde yuvarlanıyordu. Neye uğradığını şaşırmıştı. Kolu kanadı kırılmış, ufalmış, gülünç duruma düşmüştü.

İbrahim, "İnek," dedi. "Dün bir, bugün iki. Dayı mı kesildin başımıza?"

Hamza yatağı kıyısına çökmüş, ağlıyordu.

İbrahim sıkıladı:

"Bir daha şurda burda cart curt ettiğini duymayım ha!"

Hıçkırıyor, karşılık veremiyordu.

İbrahim ayağıyla dürttü:

"Sana söylüyorum!"

Korku dolu gözleriyle yaş yaş baktı:

"Buyur!"

"Bir daha duymayım şurda burda cart curt ettiğini..."

"Duymazsın."

"Duyarsam?"

"Duymazsın."

"Duyarsam lan?"

Tekme korkusuyla toparlanarak, "Gene döv," dedi.

O günden sonra Hamza, yirmi dört yıla hükümlü katil İbrahim'in çevresinde pervane kesildi. "İbram Abi" aşağı, "İbram Abi" yukarı. Yatağını da İbrahim'in yatağı yanına taşımıştı. Yemeklerini birlikte yiyor, çayı kahveyi birlikte içiyor, Hamza'nın sık sık gelen ziyaretçilerine birlikte çıkıp, birlikte konuşuyorlardı.

Müdürün karısı iki gözü iki çeşme, çeşit çeşit hediyelerle geliyordu. Ağlamaktan göz kıyılarında mor halkalar peydahlanmıştı. "Hamzacığım," diyordu. "Ah Hamzacığım, ben sensiz ne yapacağım dört yıl?"

İbrahim bıyık altından gülüyordu:

"Üzülme abla. Gün doğmadan neler doğar. Yarın bakarsın Asri cezaevine gider, yahut Demirkıratlar başa geçer, af çıkar. Dur bakalım... Üzme kendini!"

Kadın kesenin ağzını iyice açmıştı. Başta İbrahim, gerekenleri memnun ettikten sonra, yalvarıyordu:

"N'olursunuz Hamza'ma iyi bakın, yalvarırım!"

İyi bakılıyordu.

Yirmi dörtlük İbrahim gece gündüz, yanından bir an bile ayırmıyor, "Meydancı" denilen, hırsızlıktan hükümlü iki hizmetçi yemeklerini pişiriyor, yataklarını serip topluyor, çaylarını kaynatıp kahvelerini ayaklarına getiriyorlardı. Hatta tuvalete ibriklerini bile bunlar doldurup götürüyor, tuvalet kirliyse bunlar yıkayıp temizliyorlardı.

Keyifleri beyde yoktu!

Çoğu kez Hamza, başına mor ipekten puşu sarıyor, puşunun püsküllü ucunu sol kaşına doğru düşürerek, çok güzel bir kızı hatırlatıyordu.

Böyle zamanlarda delikanlının seyrine doyum olmuyordu. Başka koğuşlardan da "erbap"lar gelince, İbrahim fena hâlde kıskanarak çıldırıyor, emrediyordu:

"Çıkar o puşuyu lan!"

"Peki İbram Abi..."

Çıkarıveriyordu.

Dillere destan olmuştu. Geceleri düşlere giriyor, "Hamza" değil, "Ayvaz" diye sözü ediliyordu.

Arada babasıyla Berber Reşit de geliyordu ziyaretine. Hediye filan getirdikleri yoktu. Müdür karısının, çocuğu hemen hemen kuş sütüyle beslediğini biliyorlardı.

Hamza da zaten onlardan hiçbir şey istemiyordu:

"Siz kendi dalganıza bakın. Benim burda keyfim beyde yok. İbram Abi'yle yan bakana yan takıyoruz, öyle değil mi İbrahim Abi?"

Berber Reşit'in gözünün hiç tutmadığı bu gaga burunlu, ince uzun ama sırım gibi otuzluk adam, bıyık altından gülüyordu:

"Benim canım sağken sana burda kimse dın diyemez!"

Reşit çaresiz karşılık veriyordu:

"Eferim, öyle olmalı. Burası Hazret-i Yusuf mekânı. Şurda erkekler yatar. Sen adi suçtan düşmedin, cinayetten düştün bugüne bugün. Namus meselesi... Yarın bacını da uğurlarsak çiftliğe..."

"Sahi, ne oldu o mesele?"

Göğsüne avucunun içiyle gururlu gururlu vuruyordu:

"Evvel Allah, sonra ben! Benim canım sağ olduktan sonra..."

"Ne diyor?"

"Kim?"

"O, Güllü?"

"Hiç. Kolu kanadı kırıldı iyice. Ben demedim miydi? Fellah oğlu aradan çıkmazsa bu iş düzelmez demedim miydi?"

"Hâlâ istemem mistemem demiyor mu?"

"Bir şey dediği yok. Arpacı kumrusu gibi düşünüp duruyor. Düşünsün, geçer. Yavaş yavaş unutur. Yol yoluyla orman da baltayla. Ben bunu bilir bunu söylerim! Sonra, enişten, Ramazan Bey..."

Hamza gururla:

"Ne diyor?"

"Ne desin?"

"Nasıl vurduğumu anlataydın gayri..."

"Anlatmam mı?"

"Ne dedin? 'Kanına dokandı, tabancasını bir çekti...' mi dedin?"

"Orası lazım değil. Beni bilmez misin? Alladım, telledim, pulladım..."

"Aşk olsun bizim kayına demiştir gayri..."

"Demez mi?"

"Öyle asilzade, kabadayı bir enişte... İşitmiş ki kaynı vukuat işlemiş, atlayıp gelmez mi?"

O gün Zaloğlu gerçekten de geldi. Dayısından aşırdığı beş, altı paket ucu yaldızlı Sipahi sigarası, balık yumurtası, çay, kahve, şeker, et... Alabildiğine heyecanlıydı:

"Yaşa kaynım, bravo. At da sana, avrat da!"

Hindi gibi kabaran Hamza, "Tabii yahu enişte," karşılığını verdi. "Ne belledin? Öldük mü? Nerden baksan iki paralık bir amele parçası. Sonra, sen ortada yokken ben neciyim? Senin malının bekçisi değil mi?"

"Eksik olma. Nasıl rahatın?"

"Rahatım mı? (Güldü.) Enişteme hele yahu. Bizim rahatımız nasıl olur? Kim bize dın diyebilir?"

"Yaşa!"

"Yan bakana yan takarız tekmil. Öyle değil mi İbram Abi?"

İbrahim başını salladı:

"Çok yaman senin bu kayınço bey. Hapishanenin Ali kıran baş keseni oldu Allahıma..."

Hamza, "Sıkıntımız bes, rakı!" dedi. "Rakı da olsa, insan sittin sene yatar burda!"

Zaloğlu fısıldadı:

"Avrat? Avrat dalgası?"

Hamza iç geçirdi:

"Sorma enişte... Geberiyorum ya, hasbi geçiyorum. Neden? Çünkü yiğit böyle günde belli olur. Yiğit dediğin, eline, beline, diline sahip olacak!"

İbrahim göz kırptı elinde olmayarak:

"Canım işin o tarafını idare ediyoruz işte..."

Zaloğlu merakla sordu:

"Asri cezaevi filan?"

"Valla enişte hepsi olacak sayende. Cezamın üçte birini doğru dürüst yatayım hele... Ondan sonra gönderecek Müdür Bey. Yani senin anlayacağın, Fellah oğlu çir gibi yendi!"

Göz kırptı:

"Ben burdan çıkınca dünyanın Allahını şaşıracağız değil mi?"

"Bak hele bak!"

"Atlayıp atlayıp İstanbul'a?"

"Tamam."

"Sütbeyaz avratlar?"

"Sözü mü olur?"

"Yan bakan olursa?"

"Yan takarız be kaynım, sen emret. Yeter ki günler geçsin, çık!"

Günler ağır ağır, ama gene de zorla geçiyordu. Geçiyordu ya, yanıp tutuştukları Hamza'ya ulaşamayan, yirmi dörtlük İbrahim'e ise ifrit olanların dedikodusu rahatlarını kaçırmaya başlamıştı: Ne olacaktı bu işin sonu? Herif gece demiyor, gündüz demiyor, nikâhlı karısıymış gibi... Kimseye de aldırdığı yoktu. Yani ne? Geyik miydiler?

Hamza bir gün İbrahim'in kışkırtmasıyla koğuşta ana avrat bastı küfürü.

"Bana hiç kimse karışamaz," dedi. "Hiç kimse benim keyfimin kâhyası değil!"

Sonra da İbrahim'in boynuna sarılıp çökük avurtlarını öptü. Sarı sarı parlayan ufacık gözleri, avurtları çökük kuru yüzü, sivri çenesiyle kurdu hatırlatan İbrahim memnun, güldü. Koğuş halkına gururla baktı: "Görüyorsunuz ya, ne yapsanız, ne deseniz, ardımızdan ne kadar atsanız boş. O bana âşık, ben ona!" demek istiyordu.

Mesele kalmamıştı. Ha aynı yatakta yatmışlar, ha yatmamışlar.

Cezaevi hamamında bile birlikte yıkanıyorlardı!

O gün Berber Reşit, ufacık gözlerinde sevinç, geldi, müjdeyi verdi:

"Tamam!"

Hamza anlamadı:

"Ne tamam?"

"Bacın razı oldu."

Sevinçle çalkanarak:

"Oldu mu? Deme Reşit Emmi?"

"Oldu ki öte bile geçti..."

"Ne diyor?"

"Ne diyecek, nasıl bilirseniz öyle yapın, diyor..."

"..."

"..."

Hamza sevinçten yerinde duramıyordu. Nasıl sevinmezdi ki, kız kardeşi Muzaffer Bey'in dillere destan çiftliğine gelin gidiyordu! Artık karada ölüm yoktu ona. Gözlerinin önünden koca çiftlik, iriyarı Muzaffer Bey, buğday harmanları, göz alabildiğine beyaz, bembeyaz patlamış pamuklarıyla tarlalar geçti.

Beyin su gibi akan pırıl pırıl kocaman hususisi, sürüler, atlar, itler, inekler, kalaylı bakraçlarda yeni sağılmış, dumanı üstünde sütler, yayıktan yeni çıkmış tereyağları, kaymak tepsileri... Burdan çıkınca o da bu çiftliğe yanlayacaktı. Daha şimdiden bacısının çiftliği sayılırdı. Çok değil on yıl sonraysa gerçekten bacısının olacaktı!

O gece koğuştakilere çay, kahve, hatta esrarlı sigara ikram etti. Yirmi dörtlük İbrahim bağlama çaldı. Yakıştıranlar oyun oynadılar. Muhabbet gece yarısından çok sonralara dek sürdü. Hamza, ona çok yakışan, onu erkekten çok güzel bir kıza benzeten mor puşuyu gene "Köroğlu'nun Ayvaz"ı gibi başına sarmış, puşunun püsküllü ucunu sol kaşına düşürmüştü. Esrarlı sigaranın dalgasıyla kalkıp tombul kalçalarıyla kıvıra kıvıra oynamaya başlayınca, İbrahim cilaya, yani aşka gelmiş, bağlamanın tellerini koparmış, sonra da bağlamayı koğuş betonunda parçalamıştı. Hamza koşmuştu:

"Ne yaptın İbram Abi?"

İbrahim ne yaptığını biliyor muydu ki?

"Kırdım, parçaladım bağlamamı..."

"Niye? Yazık değil mi?"

"Sana bin, on bin bağlama feda olsun!"

Hamza da coşmuş, İbrahim'in boynuna sarılmıştı.

Sonra gene koğuş halkına kim bilir kaçıncı kez tavşan kanı çaylar demletilmiş, arkasından kahve, sigara paketleri atılmıştı ortaya. Hamza, muhabbetin iyice koyulaştığı sırada anlatmaya başlamıştı:

"Eniştem deyip geçmeyin. Bir dayısı var, herif enine boyuna adam ki tıpkı Zaloğlu! Bir tarihte, iki mi, üç mü paşa, dan dun etmiş. Demişler senin beyliğin, çiftlik sahaplığın bize vız gelir. Paşalar amma, bilmem hangi padişahın dağ gibi paşaları. Eniştemin dayısıdır, demiş: Eeey paşalar, ne demek istiyorsunuz? Kaçtan aşağı olmaz? Hık mık demeye kalmamış, eniştemin dayısıdır, iskemleyi arkalığından tutup paşaların kafasıdır diye vurunca, paşalar duman! Herifi bir görseniz, korkudan dudaklarınız uçuklar anam avradım olsun. Onun gibi adam mı var? O tarlalar, o evler, o konaklar... Karun şerefsizim. Eniştem dersen, bizim İbram Ağa gördü, nasıldı İbram Ağa?"

İbrahim esrarlı sigaranın mastorluğu içinde, "Halis Zaloğlu," dedi. "İnsan görünce çekiniyor."

Hamza şaşaladı:

"Kim? Eniştem mi?"

Laf karıştırdı:

"Tabii enişten. Bunun eniştesi gibi var mı?"

Gene de sordu:

"Eniştemi dışardan tanırsın değil mi?"

"Bak hele bak, Muzaffer Bey'in yeğeni Ramazan Bey de, orda dur. Nasıl tanımam? Kim tanımaz?"

"İki sene sonra burdan çıkınca onların çiftliğine gidecem işte ben. O çiftlik bizim sayılmaz mı?"

"Sayılmaz olur mu? Eniştenin dayısının çiftliği..."

"Dayısı ölünce?"

"Çiftlik yeğenine kalır kanunen!"

Keyifle üsteledi:

"Yeğeni kim?"

"Enişten!"

"O kadaaar..."

Dalmıştı. Muzaffer Bey'in pırıl pırıl hususisinin direksiyonundaydı. Şimdi direksiyon kullanmayı bilmiyordu, ama o zaman öğrenecekti ister istemez. Yani öğreneceği zamanlardan bir an, bir dilim. Başında altı parçalı kasket, dirseklerine dek sıvalı kolları, püfür püfür gidiyordu. Hem de doğru İstanbul'a! Birtakım renkli kartpostallarla, sinemada görüp kafasında canlanan İstanbul'a... İç geçirdi:

"Bacım diyor ki, Hamza diyor, kardaşım. Çiftlik benim değil, senin. Sen benim biricik kardaşımsın. Bu dünyada benim senden başka kimim var?"

İbrahim kısılı gözlerini Hamza'ya dikmiş, "Kendi böylesine güzel, bacısı kim bilir ne afetidevrandır!" diye geçiriyordu.

Yavaş yavaş Hamza silindi ya da Hamza, az daha değişip kız hâline girdi. İbrahim bu kızı kollarının arasına aldı, okşamaya başladı. Esrarın verdiği dalgayla da içi kötülenerek yatağa kapanıp kaldı.

Hamza da, koğuş halkı da telaşlandılar.

"Ne oldu İbram Ağa'ya be?"

"Esrar çarptı galiba!"

Koğuşun tecrübelileri üzerinde durmadılar:

"Mastor oldu canım, korkacak bir şey yok."

İbrahim, elbirliğiyle yatağına yatırılıp yorgan üzerine çekildi.

Millet yarıda kalan konuşmanın sürmesini istiyordu:

"Sonra Hamza Ağa?"

İbrahim'in yokluğundan faydalanan "erbap" Hamza'nın çevresine daha bir sokulmuşlardı.

18

Güllü boyun eğmekten başka çaresi kalmadığı için "Peki," demişti, "peki amma, ben de Güllü'ysem o soytarıya avrat olmam!"

Berber Reşit ağzını kapamıştı:

"Kızım, yavrum, evladım..."

Ona da ayrıca tepesi atmıştı:

"Kızımı, yavrumu, evladımı yok! Benim aslan gibi sevgilimi hakladınız, ben de Güllü'ysem sizin başınıza oyun komaz çıkarırım!"

Varsın çıkarsındı. Bütün mesele, kızın teslimi, geriye kalan beş yüzün alınmasıydı. Beş yüz alındı da kız çiftliğe yollandı mı, mesele kalmayacaktı. Bu beş yüzün de gene bir yüzlüğü herhalde ve elbette Reşit'in olacaktı. Bütün mesele buradaydı!

Kız ne pahasına olursa olsun çiftliğe gitmeliydi!

Gidecekti de. Gözlerinin önünde sevgilisinin öldürüldüğü bu evden, bu evin insanlarından nefret ediyordu. Bunalıyordu buranın havasından. Hele üç analığıyla kuru Reşit'in kuru karısının dırdırından illallah demişti.

Çiftliğe gider, bu havadan, bu evin insanlarından kurtulurdu, ama sonra? Nikâhlısı olacak o soytarıyla ne yapacaktı? "Hiç," diyordu. "Ona avrat olmam, dünya dünyaya geçse olmam ona avrat. O ne ki? Bir sıkımlık canı var. İnsan onu bir tokatta yıkar be!"

Kemal gün geçtikçe içinde büyüyüp yüceleşiyordu.

O geceyi hiç unutmayacaktı!

Kapıyı filan rezelerinden söküp nasıl da aslanlar gibi yetişmişti! Soğan erkeği babasını, Hamza'yı, Reşit'i birer yumrukta nasıl da devirmişti!

Unutamıyor, unutamıyordu. Geceleri düşlerine giriyor, gündüzleri aklından çıkmıyordu. O, düşlerine girip aklından çıkmadıkça da ötekine "koca" demeyecekti!

O gün, yağmur yüklü bulutların gökyüzünü sımsıkı kapladığı, bunaltıcı bir gündü, yıllar yılı hiçbir motorlu aracın, semtine bile uğramadığı harap mahallenin daracık sokaklarında, boyaları yer yer dökülmüş bir taksinin güçlü homurtusu duyuldu. Yalın ayaklı, donsuz, etekleri şakıldaklı, çoğunun gözleri trahomlu bir alay çocuk koşuştular. Taksinin çevresini aldılar. Sonra el ele vererek bayram sevinci içinde coştular. Yaygaracı bir çocuklar ordusu kalabalığı hâlindeydiler. Yalnız çocuklar mı? Büyükler de aynı sevinci paylaşıyorlardı. Eğri, yamuk çerçeveli pencerelerde yaşlı, genç kadın başları birbirini çiğnercesine dışarıya, daha çok da dışarda bekleyen taksiye bakıyorlar, çeşitli fikirler ileri sürüyorlardı.

Kendi kendine nasıl gidiyordu?

Benzini neresinden konuyordu?

Suyu? Suyu ya?

Lastiği patlarsa nasıl yamanıyor? Nasıl şişiriliyordu? Onlar da belleyebilirler miydi sürmesini?

Atı, treni geçebilir miydi?

"..."

"..."

Taksi tam da Cemşirlerin avlu kapısı önünde durmuştu. İlkin Berber Reşit, ardından düşünceli düşünceli Cemşir, Memo, en arkadan da Yasin Ağa inmişlerdi. Zaloğlu, şoförün yanındaydı. O da indi bir ara. Kırpık bıyığından başka her yanı bilindiği üzereydi: Pırıl pırıl çizmeleri, belinde kuşağı, tabancası, cebinde sustalısı...

Berber Reşit'ten başkası dışarda kalmıştı. Oysa sevinç ve heyecandan birbirine dolaşan bacaklarıyla avluyu geçmiş, kapı önünde bir süre gezindikten sonra, sabırsızlıkla dalmıştı odaya:

"Haydi, neredesiniz?"

Kuru karısı da ordaydı:

"Hazır Reşit Ağa, hazır..."

Güllü'nün burnunu tutsalar canı çıkacaktı. Sertçe bakmıştı kuru karıya:

"Nedir hazır olan?"

Reşit:

"Geldik kızım, taksi getirdik senin için, hususi..."

"Sen mi getirdin?"

"Hâşâ. Onlar!"

"Onlarmış. Başıma tuğ dikecekler sanki..."

Berber Reşit'in aklı gitti:

"Sakın bir terslik çıkarmaya kalkmasın kancık?"

"Gitmeyecek misin yani?"

Güllü gene parladı:

"Giderim gitmem, sana ne? Size ne? Nedir telaşınız?"

Bozulmuştu:

"Hiç evladım, ne olsun? Bize göre hava hoş. Bizimki..."

Güllü dinlemedi. Analıklarıyla ötekilerin imrenen bakışları önünde, öz anasının yatağına gitti, ağlayarak diz çöktü, kadının sarılıktan hâlâ sapsarı yanaklarını öptü öptü. O da kızını hıçkırıklar içinde sarmış öpüyor, kokluyordu. Uzun uzun ağlaşıp öpüştükten sonra kalktı, orada kalanların hiçbirine, "Hoşça kalın!" bile demeden, koltuğunda bohçası, merdiveni öfkeyle indi. Avluda Berber Reşit yanına sokuldu:

"Bohçanı bana ver," dedi.

Güllü bakmadı bile. Hızlı adımlarla avluyu sertçe geçti. Ağlamıyordu artık. Nefretle çatılmıştı kaşları, sımsıkı dudaklarıyla kinden bir heykeldi sanki.

Taksinin yanına gelince, Zaloğlu arabanın kapısını açtı:

"Buyurun!"

Bakmadı bile, girdi, köşeye büzüldü, başını kolları arasına alıp başladı hıçkırmaya.

Zaloğlu, etekleri zil çalarak, şoförün yanına geçmişti.

Berber Reşit yenilemeyen bir yüzsüzlükle taksinin kızdan yana olan penceresine koşmuştu. Gene başladı:

"Kızım, yavrum, evladım... Ele güne karşı, aman deyim ha!"

Cemşir'se, vukuat gecesinden beri büsbütün ufalmış, durgunlaşmıştı. Bir kıyıda bir gölge gibi dikiliyordu, ne yapması gerektiğini kestiremiyordu.

Bir ara yanına Yasin Ağa sokuldu. Avucuna, dörde katlı bütün bir beş yüz liralık sıkıştırdı. Bunun üzerine kendine gelen Cemşir, önce paraya, sonra Yasin Ağa'ya baktı.

"Sağ ol," dedi şaşkınlıkla.

Yasin Ağa duymadı. Arabaya atladı:

"Haydi hoşça kalın!"

Berber Reşit yaklaştı arabaya:

"Güle güle Yasin Ağa. Uğurlu, kademli olsun. Bundan böyle Güllü bizim değil sizin. Yolunuz açık olsun!"

Taksi, çocukların yaygaraları arasında ağır ağır yürüdü. Köşeyi dönüp gözden tam kaybolmuştu ki Reşit, Cemşir'in yanına koştu, merakla sordu:

"Parayı bir tamam aldın mı kurban?"

Adeta pörsümüş Cemşir, aldım anlamına başını salladı.

"Hani? Ver bakim!"

Aldı.

"Bütünmüş. Gidip bozdurak hadi!"

Cemşir nedenini kavrayamadı birden:

"Niye?"

"Bana para vermiyecen mi?"

Cemşir unutmuştu.

Berber Reşit, Cemşir'i kolundan çekti. Az önce taksinin kaybolduğu köşeye doğru omuz omuza yürüdüler.

BİRİNCİ CİLDİN SONU